Straße nach
Nirgendwo

끝나지 않는 여름

넬레 노이하우스 장편소설
전은경 옮김

북로드

살면서 원해야 할 것은 소속감을 느낄 장소뿐이다.

비판받지 않고, 아무런 조건 없이 사랑받을 수 있는 곳.

그랜트 집안 가계도

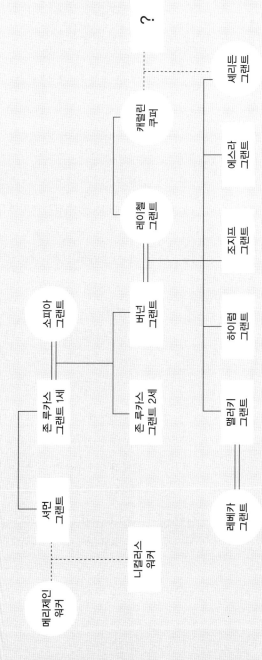

혼인관계
혼외관계

메리제인 워커

니컬러스 워커

서면 그랜트

존 루카스 그랜트 1세

소피아 그랜트

존 루카스 그랜트 2세

버넌 그랜트

레이철 그랜트

캐럴린 쿠퍼

?

레베카 그랜트

멜러키 그랜트

하이럼 그랜트

조지프 그랜트

에스라 그랜트

세리든 그랜트

Contents

1996년 12월 25일
네브래스카 주 페어필드

"저 아래인 것 같군요."

네브래스카 주 경찰 경위 조던 블라이스톤 형사는 생각에 깊이 잠겨 있다가 헤드셋으로 들려오는 헬리콥터 조종사의 목소리에 흠칫 놀라 아래를 내려다봤다. 그는 눈 속에서 반짝이는 두 개의 붉은 점을 보고는 고개를 끄덕였다.

거친 눈보라를 뚫고, 끝이 없어 보이는 흰 벌판을 40분이 넘게 날아오면서 형사와 조종사는 거의 아무런 말도 하지 않았다. 목적지에서 어떤 일이 기다리고 있을지에 대해서는 더더욱 이야기하지 않았다. 그러는 동안 무전기는 10-32, 10-52, 10-79 등의 코드를 계속 쏟아냈다. 특히 마지막으로 전달된 10-35는 부모님과 여동생 가족과 함께 크리스마스 만찬을 즐기려던 조던의 기대를 완전히 무너뜨렸다. 폭력범죄 발생. 강력계 형사 현장 호출.

네브래스카 주 경찰 살인사건 전담반은 주 전체의 살인범죄를 담당한다. 조던은 끔찍한 장면을 마주하기에 앞서 마음을 다스렸다. 크리스마스 이른 아침, 구급차 여러 대와 검시관을 요청하는 신고가 들어왔다. 외딴 농장에서 총격 사건이 벌어져 부상자가 발생했다는데, 검시관을 요청한 걸 보면 사망자도 있는 것 같았다.

반평생을 알래스카에서 보낸 조종사는 이런 날씨에 비행하는 게 아무렇지 않은 양 30년 된 벨 47G 헬리콥터를 부드럽게 왼쪽으로 돌려 아래로 향했다. 조던은 헬리콥터의 플렉시 유리창을 통해 순찰차를 내려다봤다. 순찰차에 있던 사람도 그 순간 헬리콥터를 본 모양이었다. 차 지붕에서 번쩍이던 붉은 경광등이 꺼졌다. 가로수가 줄지어 늘어선 농장 북쪽 끝에는 구급차들이 여전히 붉고 푸른 경광등을 번쩍이고 있었다. 10시 42분. 매디슨 카운티 보안관이 네브래스카 주 경찰본부에 전화를 건 지 한 시간 30분 뒤였다.

조던은 크리스마스 아침에조차 효율적으로 움직이는 자기 팀이 자랑스럽다는 생각이 슬며시 들었다. 헬리콥터가 경광등 사이에 부드럽게 착륙했다. 그를 맞기 위해 순찰차에서 내린 경찰은 헬리콥터 회전날개가 만든 눈보라 때문에 고개를 돌리고는 모자가 날아가지 않게 꽉 붙잡고 있었다.

"여기서 기다릴까요?"

조종사의 말에 조던이 대답했다.

"오래 걸릴 것 같습니다. 매디슨 경찰서로 가서 기다리시는 게 나을 것 같군요."

"알겠습니다."

조종사가 고개를 끄덕이며 말을 이었다.

"바람이 좀 잦아들었네요. 나중에 모시러 오겠습니다."

"고맙습니다."

조던은 다운파카의 모자를 뒤집어쓰고 장갑을 낀 다음 유리문을 열었다. 얼음 같은 냉기에 몇 초 동안 숨을 쉴 수가 없었다. 영하 23도였고, 체감온도는 그보다 20도는 낮은 것 같았다. 그는 몸을 잔뜩 숙이고 발을 세게 내디디며 순찰차로 다가가 헬리콥터가 완전히 이륙하기를 기다렸다가 경찰에게 인사했다.

"차에 타세요!"

경찰이 헬리콥터 모터 소음을 뚫으려 고함을 질렀다. 조던은 조수석 문을 열고 앉아 신발에 묻은 눈을 털고 발을 들여놓았다. 난방이 최고로 올라가 있어 갑자기 땀이 솟았다.

"네브래스카 주 경찰 살인사건 전담반 소속 조던 블라이스톤 형사입니다. 링컨에서 왔습니다."

그는 자기소개를 하고 파카 지퍼를 열었다.

"매디슨 카운티의 켄 스키아보니 보안관보입니다."

보안관보는 얼굴에서 얼음 알갱이를 떼어내고 기어를 D에 맞췄다. 모터가 울리자 스노체인이 눈길을 파고들었다. 포드 크라운 빅토리아가 심하게 흔들리며 움직이기 시작했다.

"정확히 무슨 일이 벌어진 겁니까?"

조던이 묻자 보안관보가 입을 열었다.

"7시에 비상 호출이 왔습니다. 윌로크릭 농장에서 총기 난사 사고가 발생했다고요. 당직자가 비상대기조 두 명을 보냈습니다. 그런데 두 사람이 도착했을 땐 이미 상황이 종료된 후였다고 합니다. 여러 명이 사망했는데, 정확하게 무슨 일이 벌어졌는지는 저도 모릅니다."

보안관보는 아직 젊었다. 20대 중반, 기껏해야 후반으로 보였다. 창백한 얼굴에 긴장한 기색이 가득했다. 시신을 본 게 이번이 처음인 듯했다. 이런 시골 경찰이라면 기껏해야 음주운전이나 주먹다

짐, 절도, 마약 소지, 이런저런 교통사고 따위를 처리하는 게 다다. 시골에서 중범죄가 일어나는 일은 극히 드물다. 실제로 통계에 따르면 네브래스카 주의 살인과 치사 사건 대부분이 링컨이나 오마하 같은 도시에서 발생한다.

"농장주는 누굽니까?" 조던이 물었다.

"윌로크릭 농장은 그랜트 집안 소유입니다."

보안관보는 충분히 설명했다는 듯 입을 다물고 부옇게 얼어붙은 앞 유리창으로 바깥을 내다보는 데 집중했다.

"그 집안을 잘 아십니까?"

"그럼요. 여기 사람들은 다들 그랜트 집안을 잘 압니다."

젊은 보안관보는 입술을 깨물더니 갑자기 눈물을 글썽였다.

"조지프랑은 같이 고등학교도 다녔고, 미식축구팀도 같이했습니다. 좋은 친구였어요. 어제도 주유소에서 만났는데…… 그런데…… 조지프가 죽다니…….'

"안타깝네요."

형식적인 소리처럼 들릴지 몰라도 정말이었다. 직업상 늘 죽음과 마주치는 조던이지만, 그때마다 안타까운 마음이 들었다. 아니, 그 이상이었다. 인명피해가 발생할 때마다 그는 마치 주변 사람이 그런 일을 겪은 것처럼 마음이 아팠다. 몇 년 전 살인사건 담당 형사가 되기로 결정한 데는 그런 이유도 컸다.

보안관보는 금방 이성을 되찾았다. 낯선 사람에게 감정을 드러내 보인 게 창피한 듯했다.

"원래 눈물이 많은 편은 아닙니다만."

그는 당황해서 얼버무리고는 속도를 낮췄다. 순찰차는 양쪽에 키 큰 나무들이 서 있고 한쪽에는 눈보라를 막을 바람막이 울타리가 있는 진입로 끝에 도착했다. 순찰차가 활짝 열린 문으로 들어가니 또 다른 보안관보 한 명이 고개를 끄덕이고는 노란색 경찰 저지선을 열어 차를 통과시켰다.

"우는 건 당연한 일입니다."

침묵하고 있던 조던이 무심한 목소리로 말했다.

"살인사건을 눈앞에서 보고도 아무렇지 않은 사람은 없습니다. 게다가 희생자를 알았다면 더욱 그렇죠. 친구의 죽음을 애도하세요. 그게 친구를 위해 할 수 있는 마지막 일이니까요."

젊은 보안관보는 아랫입술을 깨물며 고개를 끄덕였다. 그러고는 눈 덮인 넓은 마당, 다른 순찰차 두 대 옆에 차를 세웠다.

"고맙습니다." 그가 중얼거렸다.

"별말씀을요."

조던은 그의 어깨를 가볍게 두드리고 차에서 내려 주변을 둘러보기 시작했다.

중서부 농가들은 대개 아름다움보다는 기능과 실용성에 가치를 둔다. 그런데 이 붉은 벽돌집은 단순히 다르다, 낯설다는 말로 표현할 수 없는 대저택이었다. 수많은 작은 탑과 굴뚝, 다양한 높이의 뾰족지붕, 베란다와 발코니는 실용성과는 거리가 멀었다. 아름답고, 인상적이었다. 하얀 테를 두른 격자창과 저택 전면의 예술적인 목재 장식에 감탄하며, 조던은 대체 누가 이 촌 동네에 이런 집을 지을 생각을 했을까 궁금해졌다.

저택 앞에는 흰색 포드 트럭이 문이 다 열린 채 서 있었다. 앞 유리창은 깨졌고, 오른쪽 흙받기와 조수석 문에는 총알구멍이 나 있었다. 차 옆에 달라붙은 핏자국이 그의 시선을 사로잡았다. 눈길을 조금 더 내리자 노란색 구급 담요 아래 누워 있는 사람의 윤곽이 보였다. 몇 미터 떨어진 저택 북동쪽 귀퉁이에는 담요에 덮인 두 번째 시신이 피가 흥건한 눈밭에 누워 있었다.

눈이 휘몰아치는 바람에 공중에서는 못 보고 지나쳤는데, 농장의 규모는 실로 굉장했다. 저택 건너편에는 지붕이 납작하고 셔터가 달린 커다란 사각형 건물이 여러 채 있었다. 농기구 창고와 저장 창고인 듯했다. 그 뒤에는 곡물 저장탑들이 높게 솟아 있었다. 왼쪽으로 좀 떨어진 곳, 앙상한 포플러나무들 뒤편에는 거대한 홀의 전면이 보였다. 나지막하게 환풍기 돌아가는 소리가 조용한 대기를 뚫고 들려왔다. 삼나무가 우뚝 선 저택의 정사각형 마당 12시 방향에는 진입로와 정확하게 대칭을 이루는 가로수길이 나 있고, 그 길가에는 목조주택 네 채가 20미터 정도 간격으로 나란히 서 있었다.

마당의 눈은 마구 짓밟혔고 자동차 바퀴 자국도 여기저기 났다. 지금 오고 있을 과학수사팀에게는 대재난이겠지만 어쩔 수 없는 일이다. 설령 중요한 흔적이 망가지더라도, 인명구조가 최우선 순위니까.

매디슨 카운티 경찰 한 명이 눈보라를 뚫고 다가왔다. 경찰모가 아니라 귀 덮개가 있는 토끼털 모자를 쓰고 있었다. 검은색 다운파카에 붙어 있는 계급장을 보니 보안관이었다.

"보안관님, 안녕하십니까?"

조던은 그 남자에게 인사를 건네며 신분증을 내보였다. 매서운 추위에 빨개진 뚱뚱한 얼굴에 얼핏 놀랍다는 표정이 스치고 지나갔다. 밝은색 눈동자가 심사하듯 그를 재빠르게 훑었다.

"형사님."

보안관은 손가락 두 개를 모자에 붙여 인사했다.

"매디슨 보안관 루커스 벤턴입니다."

"무슨 일이 벌어진 겁니까?"

"다섯 명 사망, 두 명 중상. 여기서 23년째 보안관으로 일하고 있는데, 이런 빌어먹을 학살은 한 번도 본 적이 없어요."

"누가 총을 쐈습니까?"

"그랜트 집안 아들 중 한 명. 이유는 아직 모르고."

"체포하셨습니까?"

"아뇨."

보안관은 고개를 저었다. 조던이 아는 대부분의 경찰처럼, 벤턴 보안관도 경악을 무표정 뒤에 감추고 있는 것 같았다.

"누가 그 애한테 총을 쐈어요. 안 그랬더라면 사망자가 더 많이 나왔겠지. 그 애는 람보처럼 무장하고 있었으니까."

"애라고요?"

조던은 깜짝 놀랐다.

"용의자 에스라 그랜트는 겨우 열일곱 살입니다."

벤턴 보안관은 몸을 돌렸다. 조던은 그를 따라 집 귀퉁이에 있는 시신에 다가갔다. 보안관은 끙 소리를 내며 몸을 숙이고는 담요를 조금 들췄다. 시신의 얼굴에 눈송이가 떨어졌다.

"윈체스터 308. 100보쯤 떨어진 곳에서 쐈어요."

그는 제일 앞에 있는 목조주택을 가리켰다.

"저기 베란다에서 쏜 총에 맞았지."

"누가 쐈습니까?"

"농장에서 일하는 인디언 일꾼."

죽은 소년은 위장복을 입고 군화를 신고 있었다. 상체에는 두 개의 탄띠를 둘렀고, 몸 아래에 총기가 삐져나와 있었다. 조던은 눈밭에 쪼그리고 앉아서 이마를 찡그렸다.

"총신을 자른 이타카 맥-10 샷건이군." 그는 무기를 확인하고는 보안관을 쳐다봤다. "열일곱 살짜리가 어떻게 이런 끔찍한 무기를 손에 넣었을까요?"

"모르죠. 농장에는 원래 무기가 많은 법인데 뭐."

보안관이 대꾸했다. 그의 호흡이 차가운 공기 속에서 하얀 입김으로 변했다.

"어쨌든 처음에는 권총으로 쐈어요. 총기는 스미스 앤 웨슨 44 매그넘 모델 29."

보안관의 무전기가 지지직거렸다. 보안관은 무전을 받고 몇 가지 지시를 내렸다. 시신을 자세히 관찰하던 조던은 목에서 문신을 발견했다. 아이는 열일곱 치고는 놀랄 만큼 덩치가 컸다. 족히 100 킬로그램은 될 것 같았다. 창백한 피부에 고딕서체로 새겨진 '증오'라는 단어에서 일단 범인의 감정을 추측할 수 있었다. 하지만 이른 아침에 가족을 죽이려고 중무장하고 나선 원인이 오로지 증오였을까? 이 살상에 알코올이나 마약이 한몫했는지는 부검을 하면 밝혀질 것이다. 요즘은 이런 황량한 시골에서도 필로폰이나 코카인 구하기는 어려운 일이 아니다.

"언론이 벌써 냄새를 맡았어요."

보안관은 이렇게 말하며 범인의 시신을 다시 덮었다.

"방송국 기자들이 헬리콥터를 타고 개떼처럼 모여들기 전에 시신들을 치워야겠습니다."

"죄송하지만 그건 안 됩니다."

조던은 바지에 묻은 눈을 털어내며 말했다.

"사진을 다 찍고 과학수사팀이 수사를 마칠 때까지 범행 현장은 그대로 보존되어야 합니다."

"이것 봐요, 어린 양반. 내 카운티의 시신이 텔레비전에 나오는 건 용납할 수 없어요." 보안관이 조급하게 끼어들었다. "그리고 여기를 완전히 차단할 만큼 인원이 충분하지도 않고."

서른세 살인 조던은 '어린 양반'과는 거리가 멀었지만, 무례한 호칭은 일단 무시했다. 보안관과 그 부하들은 지금 충격 때문에 불안정한 감정 상태에 빠져 있는 데다 사망자들과 마음의 거리를 유지할 만한 심리적 훈련과 경험이 부족했다.

"지금 노픽에서 지원 인력이 오는 중입니다." 조던은 그 소식이 보안관의 마음에 전혀 들지 않으리라는 사실을 알고 있었다. "또 오마하에서 과학수사팀이 오고 있고요. 그들이 올 때까지 아무것도 손을 대서는 안 됩니다."

보안관은 화를 참지 못해 숨이 거칠어졌다. 조던은 이성적인 협동 작업을 할 수 있는 마지막 기회를 놓쳤음을 깨달았다. 유감스럽지만, 그는 이런 상황 또한 익숙했다. 보안관들은 자기 영역에 관한 일이라면 사춘기 소녀처럼 예민하게 반응한다. 부담스러운 사건을 맞닥뜨려서 주 경찰의 도움이 필요하다는 사실을 인정하는 보안관은 한 명도 못 봤다.

"또 누가 사망했습니까?"

"과학수사팀한테 물어보시든가."

보안관이 모욕감에 불타 으르렁거렸다. 다음은 조던의 발 앞에 침을 뱉을 차례였다.

"우린 여기서 꺼져주지. 내 부하들은 모두 가족이 있고, 오늘은 크리스마스거든."

위협이나 명령은 통하지 않을 것이다. 조던의 계급이 더 높다는 사실을 내세우거나 규정을 들먹인다 해도 꿈쩍도 하지 않을 것이다. 이럴 때는 섬세함과 실용적인 태도가 중요하다. 오랫동안 경찰복을 입은 조던은 보안관이 지금 어떤 기분일지 이해할 수 있었고, 그 두 가지는 그의 전문분야였다. 그는 부드럽게 말했다.

"보안관님, 지금 무척 잘해주고 계십니다. 이런 상황을 처리한다는 게 얼마나 힘들지 저도 잘 알죠. 하지만 유감스럽게도, 살인사건 수사에는 지키지 않으면 곤란한 일이 벌어지는 규정들이 있지 않습니까? 저도 어쩔 수가 없어요. 저희를 계속 도와주신다면 정말 기쁘겠습니다만."

보안관은 고집 센 어린아이처럼 부츠 끝으로 눈을 차다가 결국 어깨를 으쓱했다. "저기 픽업트럭 쪽에 있는 시신은 조지프 그랜트. 셋째 아들입니다."

툭 던지는 듯한 그의 말에 조던은 마음이 놓였다.

"그 밖에도 농장 일꾼 세 명을 쐈고, 아버지와 둘째 형에게 중상을 입혔어요."

그는 장갑 낀 손을 재킷 주머니에 넣고는 조던에게 따라오라고 무뚝뚝하게 고갯짓을 했다. 네 채의 집 중 첫 번째 집을 지났다. 규모가 제일 큰 두 번째 집 베란다에 시신 두 구가 있었다.

"리로이 밀스랑 카터 밀스. 아버지인 조지가 윌로크릭 농장 작업반장입니다. 아들들은 부모랑 같이 살면서 농장에서 일했고."

보안관이 눈짓을 하자 부하 두 명이 담요를 걷었다. 사고, 살인, 치사 등 끔찍한 사건 현장을 숱하게 봐온 조던이지만, 이 두 젊은 이의 모습에는 엄청난 충격을 받았다. 겨우 스무 살쯤 되어 보이는 형제가 잠옷 차림으로 누워 있었다. 범인은 청년들이 옆집에서 들리는 총소리에 놀라 문밖으로 나오자마자 쏜 모양이었다.

밀스의 집과 세 번째 집 사이에 시신이 또 한 구 있었다.

"라일 패칫. 마구간 뒤쪽 고용인 숙소에 사는 농장 일꾼입니다. 20년도 넘게 여기서 일했지."

조던은 고개를 끄덕였다. 세 남자 중 무장한 사람은 한 명도 없었다. 총을 쏘는 범인에게서 도망치려고 시도한 사람도 없었다. 모두 살인범을 잘 알았고, 자기가 그를 말릴 수 있다고 믿은 모양이었다. 목숨과 바꾼 착각이었다.

"시작은 아마 저기 세 번째 집인 것 같아요."

보안관은 이렇게 말하고 다시 발걸음을 옮겼다.

"에스라는 집에 들어가서 곧장 아버지 버넌 그랜트가 잠들어 있는 방으로 갔을 겁니다. 그러다 복도에서 형인 하이럼을 쏜 거고."

"희생자의 가족들은 어떻게 됐습니까?"

"조지 밀스랑 부인은 지금 콜로라도의 친척집에 있어요. 소식은 이미 보냈지."

"범인의 어머니, 그러니까 그랜트 씨의 부인은요?"

"레이첼 그랜트. 웬만한 일로는 흔들리지 않는 여잔데, 신경쇠약으로 쓰러졌더군. 그럴 만도 하지. 매디슨 병원으로 수송했습니다. 다친 아들도 마찬가지고. 버넌은 헬리콥터 편에 오마하로 보냈어요. 상태가 아주 안 좋아요. 머리랑 배에 총을 맞았거든. 장남과 며느리는 안 다쳤고."

조던은 부서진 현관문 자물쇠를 살피고는 집 안으로 들어갔다. 벽과 바닥, 현관문 등 사방에 피가 튀어 있었다. 그는 보안관을 따라 복도를 지나 세 개의 방 중 제일 끝에 있는 방으로 향했다.

"버넌은 여기서 당했어요."

조던은 문간에 멈춰선 보안관을 지나 방으로 들어갔다. 그런데 범인의 아버지는 왜 집에서 자지 않고 고용인 숙소에서 잤을까?

책상에 놓인 교과서, 앞발에 '나를 잊지 마'라고 쓰인 하트를 들고 있는 헝겊 곰 인형, 벽에 붙은 마돈나와 브루스 스프링스틴의 포스터가 눈에 들어왔다. 분홍색과 흰색 체크무늬 침구는 피로 물들어 있고, 바닥에는 분홍색 쿠션이 떨어져 있었다. 뭔가 이상했다. 조던은 간소한 가구들을 훑어보고는 옷장 문을 열었다. 모두 여자아이 옷이었다. 조금이라도 빈 공간이나 바닥에는 모두 책이 쌓여 있고, 작은 스테레오 기기 위에는 브라이언 애덤스와 존 맬런캠프, 휘트니 휴스턴의 CD가 놓여 있었다. 책상 의자 팔걸이에는 성인 남자의 옷이 걸쳐져 있었다. 셔츠와 스웨터, 허리띠가 끼워진 바지. 그리고 그 아래 놓인 신발과 양말.

버넌 그랜트는 여기서, 어린 아가씨 방에서 뭘 한 거지? 혹시 바람을 피웠나?

"여긴 누가 삽니까?" 조던이 물었다.

"나야 모르지."

모자를 벗고 손등으로 이마를 쓸면서 사방을 둘러보던 보안관의 표정이 어두워졌다.

"지금 여기 없는 유일한 인물은 딸이에요. 이름은 셰리든. 분명히 도망쳤을 겁니다."

그의 밝은색 눈동자가 재빠르게 침대로 향했다.

"그 애가 이 사건이랑 관련 있다고 해도 놀랄 건 없지. 아주 매력적인 계집애고, 사실은 진짜 가족도 아니니까."

"예?"

조던은 귀가 번쩍 뜨이는 것 같았다.

"입양아예요. 그랜트 부부는 교양 있는 사람들이라, 부모 없는 그 애한테 제대로 된 가정을 준 겁니다. 하지만 그 애는 늘 수상쩍은 사람들을 좋아했어요. 버넌과 레이첼을 힘들게 만들었지.”

“딸은 몇 살입니까?”

“열여섯인가, 열일곱인가……”

보안관은 다 알지 않느냐는 듯 눈썹을 치켜세웠다.

“지독하게 매력적인 계집애라고.”

그가 무슨 말을 하고 싶은지, 누구 편인지는 명백했다. 하지만 조던은 신중한 사람이었다. 이 방이 입양한 딸 셰리든의 방이라는 것도 아직은 짐작에 불과했다. 하지만 광기어린 살인의 원인이 가족의 비극 때문으로 밝혀지는 것은 그리 드문 일이 아니다. 중년의 버넌 그랜트가 아름다운 미성년자 양딸의 매력에 홀린 걸까? 막내아들이 그 비밀스러운 관계를 눈치채고 엄마에 대한 효심으로 아버지를 쏜 걸까? 말도 안 되는 의심은 아니다. 그게 동기일 수도 있다. 아직은 그저 추측일 뿐이지만, 이런 조각 하나하나를 맞춰가다 보면 언젠가는 전체적인 그림이 드러날 것이다.

1996년 12월 25일
일리노이 주 어딘가

어떤 결정을 내릴 때는 그 결과도 인식하고 있어야 한다. 특히나 파장이 큰 결정은 급하게 내려서는 안 된다. 냉정한 머리와 면밀한 계획이 필요하다. 그런데 난 그러지 못했다.

어제 내 차에 올라타 출발했을 때는 나 자신이 마치 영웅처럼 느껴졌다. 페어필드와 윌로크릭 농장과 호레이쇼 버넷을 영원히 떠나, 등 뒤에 연결고리를 하나도 남기지 않는 게 최고의 결정이라고 확신했다. 이론상으로는 정말 그럴지도 모른다. 하지만 현실은 완전히 달랐다. 나는 자유를 꿈꾸면서도, 주머니에 1000달러밖에 없는 열일곱 살짜리 여자애가 혼자 아무도 모르는 곳으로 떠난다는 게 무슨 뜻인지 제대로 이해하지 못했다.

30년 전 내 친엄마도 지금의 나랑 비슷한 상황이었다. 하지만 그때 엄마는 나와는 아주 다른 이유에서 페어필드를 떠났다. 행복한 결말을 기대하면서.

몇 달 전까지만 해도 나는 세 살 때 교통사고로 부모님을 모두 잃고 버넌 그랜트와 레이첼 그랜트 부부에게 입양되어, 하필이면

이 황량한 네브래스카 주까지 온 게 비극적인 우연의 일치라고 믿었다. 아니, 사실 그때는 비극적이라는 생각까지는 하지 않았다. 그랜트 집안은 주 전체에서 인정받는 유명한 가문이다. 양아빠의 조상은 150년 전 이 시골에 처음 정착한 주민들 가운데 한 명이었고, 그랜트 집안 남자들은 대대로 현명하고 신중한 농부였다. 대공황 시기에는 토지를 어마어마하게 사들여서, 윌로크릭 농장은 지금까지도 미국 중서부에서 가장 큰 농장으로 꼽힌다.

나는 입양아라는 사실을 늘 알고 있었지만, 그 사실 때문에 괴로워하지는 않았다. 아주 어렸을 때도 엄마의 사랑 빼고는 부족한 게 없었다. 양엄마는 나를 싫어한다는 걸 감추지 않았지만, 양아빠의 사랑은 양엄마의 부당함을 상쇄하고도 남았다.

그런데 재작년 여름, 우연히 입양 문서를 발견한 뒤로 모든 게 달라졌다. 친부모님이 교통사고를 당해서 돌아가셨다는 이야기는 다 거짓말이었다. 나는 끈기와 추리력을 발휘해, 그랜트 집안을 뒤흔든 도저히 믿지 못할 진실을 알아냈다. 내 친엄마가 양엄마의 동생 캐럴린이라는 진실을.

캐럴린이라는 이름은 우리 집에서 단 한 번도 언급된 적이 없다. 내가 친엄마의 일기장을 발견한 것도 정말 우연이었다. 작은 돌멩이인줄로만 알았던 이 일기장은 엄청난 산사태를 불러일으켰고, 엊그제 저녁에는 거의 종말에 가까운 상황을 초래했다. 양엄마, 아니 이모가 30년 이상 철저하게 지켜온 교묘한 거짓말이 한순간에 와르르 무너진 것이다. 이모는 임신한 동생을 속이고, 아이를 빼앗고, 거짓말로 멀리 쫓아보내고, 동생 대신 양아빠와 결혼했다. 게다가 에스라 오빠도 양아빠의 자식이 아니었다. 하지만 뻔뻔한 양엄마와 나를 증오하는 에스라 오빠는 그 모든 일을 끝까지 내 탓으로 돌릴 게 분명했다.

이렇듯 엄청난 사건에 휘말린 나는 농장과 페어필드를 당장 떠나기로 결심했다. 내가 무자비하게 밝힌 진실이 어떤 결과가 되어 돌아올지 두려웠다.

지금 나는 어제저녁 우연히 묵게 된 모텔 객실의 천장을 노려보고 있다. 수십 년 전에 전성기가 지난 듯한 이 모텔은 80번 주간고속도로에서 몇 킬로미터 떨어진 낙후된 산업지대 한복판에 있다. 모텔 주차장에는 트럭 두 대밖에 없었다. 크리스마스이다 보니 화물차 운전사들도 보기 흉한 모텔에 청승맞게 혼자 있기보다는 가족과 함께 집에서 오붓하게 지내기를 택한 것이리라. 로비에 들어선 지 한참 지나서야 눈이 퉁퉁 붓고 머리카락이 잔뜩 헝클어진 여자가 퉁명스러운 얼굴을 한 채 뒷방에서 나왔다. 여자는 신분증이나 운전면허증을 보자고 하지도 않았고, 숙박신고 서류도 내밀지 않았다. 입을 꾹 다물고 38달러를 받더니 탁 소리 나게 열쇠를 내놓으며, 커피메이커는 고장이고 아침식사도 제공되지 않는다고 중얼거렸다. 생각보다 숙박비가 비쌌지만 자동차에서 밤을 보내기에는 정말 너무 추웠다.

"남자도 데려오면 안 돼!"

여자가 내 등에 대고 소리쳤다.

"여긴 매음굴이 아니야."

나는 다시 차로 가서 뒷좌석에서 가방을 꺼냈지만 책이 든 상자는 트렁크에 그대로 뒀다. 20년 된 혼다를 터는 건 미친 사람이나 할 짓이니까. 원래는 초록색이었던 듯한 낡은 양탄자가 깔린 객실에서는 스프레이 탈취제 냄새가 풍겼지만, 그 들척지근한 냄새도 오래된 땀 냄새와 찌든 담배 냄새, 곰팡내를 몰아내지는 못했다.

욕실 수건은 종잇장처럼 얇은 데다 끝이 해져 너덜거렸고 거울에는 금이 가 있었다. 하지만 눈보라와 어둠을 헤치고 열 시간 동안 1000킬로미터 정도를 달려온 뒤라 세면대에 널린 머리카락도, 고장 난 브라운관 텔레비전이나 거칠고 얇은 이불도 전혀 신경 쓰이지 않았다.

나는 열두 시간 동안 꿈도 꾸지 않고 잤다. 일어난 뒤에도 동쪽으로 차를 운전할 마음은 들지 않았다. 늘 떠나고 싶던 장소를 그리워하게 되리라고는 생각도 하지 못했는데, 내 말 웨이사이더와 메리제인 아줌마, 낙원만이 그리워서 눈물이 솟구치고 용기가 사라졌다. 특히 호레이쇼에 대한 그리움은 고통스러울 정도였다. 부드러운 잿빛 눈동자와 나지막한 목소리, 함께 있을 때면 위안을 주던 그의 따뜻함이 너무도 그리웠다.

메리제인 아줌마가 내 작별 편지를 그에게 전해줬을까? 어제 차를 몰고 오는 내내 나는 편지를 받았을 때 그가 어떻게 반응할지를 상상했다. 낙원만으로 가서 자동차 안에서 읽을까? 우리가 마지막으로 사랑을 나눈 그 차 안에서? 이마를 핸들에 대고 눈물을 흘리고 있을까? 희생적이고 강인한 내 행동이 고맙고 존경스러워서? 그런다면 좋을 텐데. 하지만 내 상상과 전혀 다르다면? 빽빽하게 쓴 두 장짜리 편지를 사무실에 앉아 눈물 한 방울 없이 후다닥 읽고, 내가 그의 문제를 이렇듯 우아하게 해결해준 데 안심하고 문서 분쇄기에 넣는다면?

함께 있을 때는 한 번도 들지 않던 의심이 그와 멀어질수록 점점 더 커져서, 이제는 나를 거의 잡아먹을 지경이 되었다. 내가 사라져서 양엄마, 아니 레이첼 이모가 기뻐하는 거야 견딜 수 있다. 하지만 호레이쇼는 내가 느끼는 고통을 똑같이 느끼길 바랐다. 나는 그의 사랑과 더불어 권리를 주장할 수 없는 뭔가를 잃은 느낌이 들었다. 그런 생각은 상실 그 자체보다 훨씬 더 날 힘들게 했다.

내가 떠나온 삶의 마지막 며칠을 생각하니 불현듯 소름이 끼쳤다. 나와 호레이쇼가 자동차에 함께 있는 모습을 에스라 오빠가 목격하지 않았더라면 나는 분명 지금도 페어필드에 있었을 것이다. 내가 스스로에게 뭐라고 말을 하든, 나는 서부영화의 여자 주인공처럼 고결한 마음에서 사랑을 포기한 게 아니라 작별인사도 하지 않고 도망친 비참한 신세에 불과했다.

나는 이불 속에서 흐느끼며 자기연민에 빠졌다. 어제까지만 해도 이성적이고 다른 대안이라고는 없어 보이던 내 결정이 이렇게 의심스러워지다니. 나 스스로 만들어나갈 미래가 드디어 내 앞에 놓여 있지 않은가! 음악 프로듀서 해리 하트그레이브가 뉴욕의 자기 스튜디오에서 내가 테스트 녹음을 해주기를 기다리고 있다. 늘 꿈꾸던 기회가 주어진 거다! 크리스마스라서 이렇게 감상적이 된 걸까? 아니, 그건 아니다. 우리 가족이 즐거운 크리스마스를 보낸 적은 없다. 레이첼 이모 같은 여자와는 도저히 불가능한 일이다.

나는 어제 처음으로 그동안 내가 뭘 놓치고 살았는지 뼈아프게 깨달았다. 라디오에서 하루 종일 캐럴이 흘러나왔다. 나는 홀로 차에 앉아서 눈이 빠지도록 울고 있는데, 세상은 가족과 함께 크리스마스 때 뭘 하고 뭘 먹으며 어떤 선물을 할지 이야기하는 사람들로 가득했다. 양아빠에게 전화를 걸어 도움을 청하고 싶다는 유혹이 불안을 동반하는 자유보다는 훨씬 매력적으로 느껴졌다.

방은 추웠다. 난방장치가 딱딱거리고 그르릉 소리를 내긴 했지만 온기를 내보내는 것 같지는 않았다. 욕실은 더 불편했다. 변기 옆의 녹슨 전기 난방기에선 아무런 소리도 나지 않았다. 나는 이를 덜덜 떨며 샤워는 포기해야겠다고 생각했다. 고양이 세수만 하고 대충 옷을 걸쳐 입고는 가방을 들고 침대에 열쇠를 던진 뒤 초라한 방에서 나왔다. 로비로 가는 수고는 하지 않았다. 38달러나 받았으니 열쇠를 가지러 직접 오는 정도는 해도 되는 거 아닌가?

기온은 밤새 훨씬 떨어졌다. 눈은 그쳤지만, 너무 추웠다. 하늘은 추위에 빛이 바랜 듯 창백한 재색이었다. 운전석 쪽 열쇠구멍이 얼어붙어서 조수석 쪽으로 타서 운전석까지 기어가야 했다. 다행히도 하이럼 오빠가 트렁크에 넣어둔 두꺼운 판지를 앞 유리 와이퍼에 끼워두는 건 잊지 않았다. 안 그랬더라면 유리창에 낀 얼음을 긁어내느라 15분은 걸렸을 것이다.

낡은 혼다에 시동이 걸리더니 모터가 공회전하며 부르릉거렸다. 연료통이 거의 비어 있었다. 떠나기 전에 주유부터 해야 했다. 배에서 꼬르륵 소리가 나는 걸 보니 식사도 해야 할 것 같았다. 어제 아이오와 주 주유소에서 산 닭고기 샌드위치는 멍청하게도 깜박 잊고 차에 둔 바람에 돌처럼 딱딱하게 굳었고 초콜릿도 마찬가지였다. 난방기는 한참 뒤에야 따뜻한 기운을 내보냈다. 20킬로미터 정도 운전한 뒤 주간고속도로에서 드디어 주유소를 발견했을 때 나는 뼛속까지 얼어붙어 있었다.

주유소 사무실에는 여자 직원 하나와 김이 나는 커피 컵을 들고 벽에 걸린 무음 텔레비전을 노려보는 형광 노란색 조끼 차림의 제설작업반 두 명밖에 없었다.

"메리 크리스마스!"

직원이 싹싹하게 외쳤다. 나는 그럴 기분이 아니었지만, 워낙 예절 교육을 잘 받은 탓에 자동적으로 마주 인사했다.

"식사도 되나요?"

나는 주유비를 계산한 뒤에 물었다.

"그럼 물론이지, 얘야. 저기 바로 앞 왼쪽에 식당이 있단다."

직원이 대답하며 환하게 미소를 지었다.

"아가, 정말 꽁꽁 얼었구나. 어서 가서 몸을 좀 녹이렴."

이 낯선 사람의 연민에 마음이 편해졌다. 나는 고맙다고 미소로 대답하고 식당으로 건너갔다. 새빨간 인공가죽 벤치와 플라스틱 식탁과 잿빛 타일 바닥뿐인 무미건조한 내부를 조금이나마 안락하게 만들려는 듯, 예쁘게 장식된 크리스마스트리와 플라스틱 전나무 리스, 사슴 모양 조명이 놓여 있었다. 나는 주위를 둘러본 뒤 벽감에 놓인 탁자에 앉아 재킷을 벗고, 차가워진 손을 녹이기 위해 양손을 열심히 문질러댔다.

"메리 크리스마스."

얼굴이 해파리처럼 늘어진 여자가 다가와 나른한 목소리로 말했다. 자기가 입고 있는 위아래가 붙은 빨간 유니폼과 바보 같은 산타클로스 모자를 싫어하는 게 분명했다.

"뭐 드릴까요?"

배에서 꼬르륵 소리가 났다. 그럴 형편이 아니었지만 커피와 도넛, 베이컨을 넣은 스크램블드에그에 몇 달러 투자하기로 했다.

진한 블랙커피가 정신을 맑게 해줬고, 스크램블드에그도 아주 맛있었다. 나는 음식을 하나도 남기지 않고 싹싹 긁어 먹었다. 손발이 슬슬 녹으면서 간지러워졌다.

"커피 더 줘요?"

5분 뒤 종업원이 다시 다가와 토끼처럼 빨간 눈으로 나를 빤히 바라보며 물었다. 유리 주전자가 내 커피 잔 위에서 춤을 췄다. 무료하던 차에 손님이 와서 같이 수다를 떨고 싶어 하는 것 같았지만, 나는 그럴 기분이 아니었다. 대화를 나누려는 시도들을 무뚝뚝한 대답으로 자르자 그녀는 빈 접시를 들고 터덜거리며 사라졌다.

나는 배낭에서 지도를 꺼내 펼쳤다. 어제는 예상보다 훨씬 더 많이 왔다. 정확히 850킬로미터를 달려 아이오와 주와 일리노이 주를 관통했다. 이제 조금만 더 가면 인디애나 주 경계다. 운이 좀 따라준다면 오늘 오하이오 주까지 갈 수 있을 것이다. 그러면 뉴욕까지 가는 여정은 절반쯤 성공한 거다. 나는 초콜릿 도넛을 먹으며 생각에 잠겼다. 지금까지 주유와 식사, 숙박에 124달러 68센트를 썼다. 앞으로 계속 이렇게 낭비한다면 늦어도 일주일 후에는 파산할 것이다. 해리 하트그레이브에게 전화해서 내가 가는 중이라는 걸 알려야 한다. 그는 내가 1월에나 갈 것으로 알고 있을 텐데. 하지만 그가 뉴욕에 없고 내가 가진 돈이 다 떨어지더라도 어디선가 일자리를 구할 순 있을 거다. 일하는 건 익숙하니까.

어딘가에 숨은 스피커에서 유치한 크리스마스캐럴이 흘러나왔다. 배부르고 따뜻해서, 페어필드를 떠난 뒤 처음으로 낙관적인 기분 비슷한 게 슬며시 고개를 들었다. 그때 계산대 옆쪽 텔레비전 화면이 내 눈길을 끌었다. 하얀 눈밭에 노란 경찰 저지선과 경광등을 켠 경찰차들이 있었다. 눈 덮인 농가를 조망하는, 헬리콥터에서 찍은 듯한 화면도 보였다. 모피 모자와 다운파카 차림에 코가 빨갛게 언 여자 기자가 등장해 마이크에 대고 무슨 말인가를 했다. 그

다음에 앵커 두 명이 심각한 표정을 짓고 있는 스튜디오 장면이
이어졌다.

이 세상 어딘가에서 뭔가 끔찍한 일이 벌어진 것이다. 대재난은
크리스마스라고 봐주지 않는다. 도넛을 한입 베어 물며 다시 지도
를 보려는데, 텔레비전 화면에 젊은 여자 사진이 나왔다. 지난여름
학교에서 찍은, 매디슨고등학교 앨범 사진이었다. '나'였다! 나는
기절할 듯 놀라 화면을 노려봤다. 내 이름과 기사 제목이 보였다.

윌로크릭 학살 사건. 네브래스카 주에서 크리스마스 아침에 벌어진 가
족의 비극. 다섯 명 사망, 두 명 중상. 실종자 셰리든 그랜트.

두 눈으로 뻔히 보면서도 전혀 알아들을 수 없었다. 손에서 도넛
이 떨어졌다.

"끔찍하네. 안 그래요? 정신 나간 촌놈이 가족을 다 죽였대요. 그
것도 크리스마스에!"

기척도 없이 내 옆에 불쑥 나타난 종업원이 말했다.

복잡한 생각들이 퍼즐 조각처럼 머릿속을 떠돌다가 소름 끼치
는 하나의 장면으로 뭉쳤다. 다섯 명 사망! 당연히 내가 아는 사람
들일 텐데, 다섯 명이나 죽다니! 내가 농장을 떠난 뒤에 도대체 무
슨 일이 벌어진 거지?

화면에 머리카락이 검은 남자가 나왔다. 짧은 순간, 나는 그 남자
가 아빠라고 생각하고는 안도감을 느꼈다. 그러나 모르는 이름이
자막으로 쓰여 있었다. 네브래스카 주 경찰 조던 블라이스톤 형사.

"커피 더 마실래요?"

종업원이 여전히 커피 주전자를 들고 내 탁자 앞에 서 있었다.

나는 혼미한 정신으로 그녀를 올려다봤다. 텔레비전 화면을 본 지 몇 초밖에 되지 않았지만 아주 오래전 일처럼 느껴졌다.

"아…… 아니…… 괜찮아요. 아, 텔레비전 소리 좀 크게 해주시겠어요?"

나는 그렇게 중얼거리고는 자리에서 일어났다.

"그럴게요."

종업원은 어깨를 으쓱하고 계산대 뒤로 갔다. 잠시 후 크리스마스캐럴이 멎고, 윌로크릭 농장의 닫힌 대문 앞에 서 있는 기자의 목소리가 흘러나왔다. 그 뒤로 집과 맬러키 오빠의 하얀 픽업트럭, 순찰차와 경찰들이 보였다. 관자놀이에서 맥박이 뛰는 게 느껴졌다. 팔과 등과 목덜미까지 소름이 돋았다.

"사건은 오늘 이른 아침, 네브래스카 주 매디슨 카운티 페어필드 인근 농장에서 발생했습니다."

코가 빨갛게 언 여기자가 말했다.

"네 명을 사살하고 여러 명에게 중상을 입힌 17세 소년이 다른 사람이 쏜 총에 맞아 사망했습니다. 경찰은 이와 관련, 현재 실종 상태인 17세의 셰리든 그랜트를 찾는 중입니다. 경찰은 이 소녀 또한 범인에게 희생당했을 것이라고 추정하고 있습니다."

17세 소년. 에스라 오빠다! 배가 뭉치면서 구역질이 났다. 누군가의 손이 내 어깨 위에 올라왔다. 깜짝 놀라 뒤를 돌아본 나는 아까 주유소 사무실에 있던 직원과 눈이 마주쳤다.

"애야, 괜찮니?"

그녀가 걱정스러운 표정으로 물었다.

"아뇨."

나는 속삭이듯 작게 대답했다.

"아뇨, 괜찮지 않아요. 저 사람들은 제 가족이에요. 여기…… 여기 어디서 전화 좀 쓸 수 있을까요?"

"어머나, 세상에! 이런 끔찍한 일이!"

직원은 놀라서 눈이 휘둥그레졌다.

"당연하지. 어서 이리 오렴!"

나는 재킷과 배낭을 들고 그녀를 따라 선반에 부동액과 모터오일, 그 외에 다양한 자동차 부속품들이 쌓여 있는 좁은 복도를 지나 사무실로 갔다. 여러 대의 모니터가 감시 카메라에 잡힌 흐릿한 흑백 화면을 보여주고 있었다. 급유기들 사이에 혼자 주차돼 있는 내 차도 보였다. 건물 뒤쪽에는 앞에 제설용 삽이 달린 화물차가 주차되어 있었다.

"아가, 여기선 차분하게 전화할 수 있을 거다. 뭐 좀 가져다줄까? 커피? 아니면 물?"

"아뇨, 괜찮아요."

나는 고개를 저으며 의자 앞쪽 끝에 살짝 걸터앉았다. 책상에 놓인 전화 수화기를 들었다. 그런데 누구한테 전화해야 하지? 아빠? 맬러키 오빠? 둘 다 총에 맞아 사망한 거면 어쩌지? 손가락이 너무 떨려서 우리 집 전화번호를 제대로 누를 수 없었다. 늘 하는 일상적인 일이 이렇게 어려울 수 있다니……. 신호음이 들렸다. 아무도 전화를 받지 않았다. 심장이 불안하게 뛰었다. 모두 죽은 걸까? 흰 오버롤을 입은 사람들이 총탄에 산산조각 난 시신의 사진을 찍는 집에서 전화벨이 울리는 장면을 상상하자 공포에 질려 식은땀이 났다.

직원은 문 앞에서 잿빛 수염이 난 마른 남자와 소곤거리며 걱정스러운 시선을 나에게 던지고 있었다. 경찰이 찾고 있는 여자아이를 어떻게 해야 할지 의논하는 것 같았다. 두 사람 뒤로 해파리를 닮은 식당 종업원이 나타나 호기심 가득한 표정으로 문 안쪽을 흘깃거렸다. 자기들과 한참 떨어진 곳에서 벌어진 비극이, 나 때문에 돌연 생생한 현실이 된 거다.

수화기를 내리고 맬러키 오빠와 레베카 새언니의 전화번호를 눌렀지만 역시 아무도 받지 않았다. 그냥 바쁜 거겠지. 지금쯤 전화를 받는 것 말고 신경 쓸 일이 많을 테니까.

내가 외우는 전화번호가 또 하나 있었다. 번호를 누르기 전에 잠깐 망설였지만, 고민을 밀어내고 익숙한 그 번호를 눌렀다. 그런 다음 잔뜩 긴장한 채 눈을 감았다.

"여보세요?"

다시는 듣지 못할까 두려웠던 따뜻한 저음이 내 귓가에서 울렸다. 눈물이 쏟아졌다.

"호레이쇼!" 나는 울먹이며 말했다. "집에 전화를 했는데 아무도 안 받아요!"

"셰리든! 너 지금 어디야? 몸은 어때?"

"나…… 어떤 주유소에 있어요. 일리노이 주 어디쯤일 거예요."

"그랬구나." 그가 안심했다는 어투로 말했다. "셰리든, 걱정 많이 했어. 혹시나 걔가 너도…… 너도……. 무슨 일이 벌어졌는지 들은 거야?"

"예, 방금 텔레비전에서 봤어요." 나는 떨면서 대답했다. "아빠는 어떻게 됐어요? 오빠들은요?"

"나도 방송에 나온 것 말고는 잘 몰라."

그가 갑자기 아주 낮은 목소리로 빠르게 말했다.

"셰리든, 잘 들어. 경찰이 널 찾고 있어! 너희 어머니가 우리가 에스라한테 덫을 놔서 낙원만에서 익사시키려 했다고 말한 모양이야. 그 애가 우리 관계를 알아챘기 때문에! 걔가 미친 짓을 한 것도 다 우리 탓이라고 했나 봐. 경찰이 에스라가 우리에 대해 쓴 메모를 발견하고는 방금 날 찾아왔었어. 경찰은 정확히 무슨 일이 일어났는지 제대로 몰라. 그래서 네가 네 양아버지랑 모종의 관계가 있다는 추측까지 하고 있어! 에스라가 총을 쐈을 때, 네 아버지가 네 침대에 누워 있었대. 아무튼 셰리든, 경찰이 우리 관계를 알고 있어."

그의 목소리에서 공포가 묻어났다. 그가 하는 말이 서서히 이해되면서 어지럼증이 일었다.

"뭐라고요?" 나는 어리둥절해서 나지막하게 말했다. "그건……그건 말도 안 되는 소리예요. 난…… 어제 아침에 떠났어요. 당신한테……."

'당신한테 편지를 남겼어요. 당신을 보호하려고 페어필드를 떠난 거예요.'

하지만 말을 잇지 못하고 아랫입술만 깨물었다. 내가 에스라 오빠를 멈출 수 있었을까? 내 침대에 누워 있던 아빠를 쐈다면 오빠는 나를 노린 거다! 날 쐈더라면 오빠는 만족해서 그만뒀을 테고, 그랬다면 다른 사람들은 지금 살아 있을지도 모른다! 레이첼 이모 말이 옳았다. 모든 건 내 탓이다. 30년도 더 지난 오랜 비밀을 발견해서 레이첼 이모와 에스라 오빠의 인생을 파괴한 사람은 바로 나다. 바로 그게 이 비극이 일어난 원인이니까. 아빠의 아들이 아니고, 그러니 그랜트 가문의 사람도 아니라는 걸 알게 된 에스라 오빠가 오늘 아침에 네 사람을 죽였다! 조지프 오빠, 하이럼 오빠, 맬러키 오빠, 그리고 아빠는…… 살아 있을까?

"나, 이제 어떻게 해야 해요?"

나는 절망에 빠진 채 새된 목소리로 물었다. 그가 당장 자기에게 오라고 말하기를 바랐지만, 실망스럽게도 그는 내 기대와는 완전히 다른 말을 했다.

"최대한 빨리 도망쳐!" 호레이쇼가 낮은 목소리로 다급하게 말했다. "차에 올라타고 아무 데로나 가서 여기가 좀 잠잠해질 때까지 그대로 있어. 고속도로는 피하는 게 좋아. 그리고…… 셰리든, 이제 전화하지 마. 알았지?"

그는 내 대답을 기다리지도 않고 전화를 끊었다.

나는 몇 초 동안 손에 수화기를 쥔 채 마비된 듯 그대로 앉아 있었다. 방금 무슨 일이 벌어진 건지 이해할 수 없었다. 경찰이 나를 찾고 있다. 폐쇄된 방앗간에서 친구들과 음악을 듣다가 벤턴 보안관에게 들켰을 때처럼 하찮은 일로 찾는 게 아니다. 게다가 며칠 전까지만 해도 평생 누군가를 이렇게 사랑하게 될 줄은 몰랐다고 내 귓가에 속삭였던 호레이쇼 버넷이, 이제 자기에게 전화하지 말라고 했다.

"얘, 어떠니? 연락이 됐어?"

직원의 목소리에 마비에서 깨어났다.

"예."

수화기를 내려놓고 자리에서 일어나 배낭을 집어들었다.

'차에 올라타고 아무 데로나 가서 여기가 좀 잠잠해질 때까지 그대로 있어. 그리고 이제 전화하지 마.'

호레이쇼가 정말 이렇게 말했던가, 아니면 그저 내 상상일까?

"전화 쓰게 해주셔서 고맙습니다. 얼마인가요?"

"안 내도 돼. 괜찮아."

이제 직원의 눈에는 오로지 호기심과 즐거움만이 번쩍였다. 친절과 연민은 연기에 불과했던 걸까?

"하지만…… 커피랑 스크램블드에그도……."

흘깃 곁눈질하니 남자와 산타클로스 모자를 쓴 통통한 해파리 종업원이 눈에 들어왔다. 둘은 복도에 서서 당황스러운 눈빛을 주고받는 중이었다. 매장 유리문 앞을 우연인 듯 막고 있는 제설작업반원 두 명도 보였다. 뭔가 위험한 일이 닥치기 직전이었다. 메슥거리는 느낌이 배에서부터 번져나갔다. 모니터를 흘깃 보니 내 차는 이제 더 이상 혼자가 아니었다. 순찰차 네다섯 대에서 경찰들이 뛰어내리더니 제설작업반 남자들을 거칠게 밀치고 유리문으로 달려 들어왔다. 진열대 하나가 넘어지며 와장창 깨지는 소리가 났다.

"이쪽이에요!"

종업원의 새된 목소리가 들렸다. 친절하던 직원이 갑자기 달려들더니 마치 도망치는 걸 막으려는 듯 내 손목을 거칠게 잡았다.

"여기! 여기 있어요!" 직원이 소리쳤다.

"이거 놔요. 도망칠 생각 없다고요."

하지만 여자는 내 말을 들을 생각도 하지 않았다. 몇 초 뒤 경찰세 명이 사무실로 뛰어들어, 수십 년 동안 수배 중이던 연쇄살인범이라도 마주한 것처럼 흥분해서는 총을 흔들어댔다. 그중 한 명이 침을 튀기며 나더러 손을 들고 바닥에 엎드리라고, 넌 체포됐다고 외쳤다. 팬케이크 같은 그의 넓적한 얼굴이 결연한 의지로 일그러졌다. 나는 이 모든 상황이 무서우면서도 너무나 기괴해서 신경질적인 웃음을 발작처럼 터뜨렸다.

이 웃음 때문에 나중에 언론이 내가 감정이라고는 없는 냉혹한 괴물이라고 말하리라는 걸 그 순간 알았더라면 나는 이를 악물고 울기라도 했을 것이다. 하지만 이때는 아무런 생각도 들지 않았다. 무슨 일이 나를 기다리고 있을지, 크리스마스에 일리노이 주 주유소에서 일어난 이 일이 어떤 결과를 초래할지 나는 전혀 몰랐다.

수갑을 차고 끌려나와 순찰차로 가는데 여기저기서 플래시가 터졌다. 누군가 내 이름을 불렀다. 나는 대답하지 않았다. 기자들이 어디서 이렇게 빨리 나타났을까? 경찰관 한 명이 내게 진술 거부권과 변호사 선임권이 있다고 읊었지만, 내가 무엇에 대한 진술을 거부해야 하는지, 왜 변호사가 필요한지는 말해주지 않았다.

경찰들이 나를 어떻게 해야 할지 의논하는 동안, 나는 지저분한 순찰차 유리창 너머로 해파리 같은 얼굴의 여자와 친절한 척하던 직원을 지켜봤다. 두 사람은 요란하게 손짓을 하며 인터뷰하고 있었다. 이제 자기네 천박한 인생이 끝날 때까지 이 이야기를 신나게 우려먹겠지.

∞

겨우 24시간 사이에 내 인생은 악몽으로 변했다. 경찰들은 이렇다 할 이유 없이 나를 지독히도 위험한 중범죄자처럼 취급했다. 내 배낭을 마구 뒤졌고, 주유소에서 화장실에 갈 때도 문을 열고 볼일을 보라고 했다. 그런 뒤에는 즉각 다시 수갑을 채웠다. 날 어디로 데리고 가는지, 내 차와 짐은 어떻게 됐는지도 전혀 알려주지 않았다. 트렁크에 든 상자에 내 소지품 전부와 노래 악보, 가사, 〈록 마이 라이프〉를 녹음한 마지막 CD 두 개가 들어 있는데.

경찰에 대한 신뢰야 벤턴 보안관의 폭압을 겪었던 3년 전에 이미 깨졌지만, 이제 경찰은 완전히 내 적으로 변했다. 에스라 오빠가 총질을 했을 때 나는 윌로크릭에서 800킬로미터도 넘게 떨어진 모텔에서 자고 있었다. 경찰이 나를 이토록 거칠게 다루는 이유가 뭔지 아무리 생각해도 알 수 없었다.

내 첫사랑 제리 브래니건이 아주 오랜만에 생각났다. 제리는 벤턴 보안관의 괴롭힘 때문에 페어필드를 떠났는데, 벤턴이 그랬던 이유는 제리의 아버지가 마음에 들지 않았다는 것뿐이었다. 호레이쇼가 한 말도 떠올랐다. '너희 어머니가 우리가 에스라한테 덫을 놔서 낙원만에서 익사시키려 했다고 말한 모양이야. 그 애가 우리 관계를 알아챘기 때문에!' 내가 순찰차에 타고 있는 게 레이첼 이모의 거짓말 때문일까? 오빠를 죽이려 했다는 죄목을 뒤집어쓰고 있는 걸까? 아니면 내가 호레이쇼를 유혹해서 간통을 저질렀다는 이유 때문일까?

'이제 전화하지 마.' 호레이쇼의 목소리가 머릿속에서 끝없이 반복됐다. 그러다 서서히 그 뜻이 이해되기 시작했다. 불안이 차츰 가라앉았다.

내가 페어필드를 떠나려고 결심한 건 호레이쇼를 위해서였다. 우리 사랑에는 미래가 없고, 더군다나 미성년자인 나와의 관계가 발각되면 목사인 호레이쇼에게는 아주 끔찍한 일이 벌어질 테니까. 그런데 누군가 우리 관계를 알아냈다. 그것도 나를 증오하는 에스라 오빠가.

오빠는 차 안에 함께 있는 우리를 보고 사진까지 찍었다. 김 서린 호레이쇼의 자동차 유리창 너머로 오빠의 얼굴을 봤을 때가 영화의 한 장면처럼 눈앞에 나타났다. 나는 충격과 공포로 바짝 얼어붙었지만, 호레이쇼는 차분하게 그저 "그래도 할 수 없지"라고 말했다. 지금 생각해보니 그 말은 누군가 우리 관계를 알아도 상관없다는, 내가 그에게 정말로 의미 있는 사람이라는 말 같았다. 아내나 가족보다 더 의미 있는 사람!

그는 나를 사랑한다. 그건 확실하다. 지난 몇 달 동안 언제나 그렇게 말했다. 연락하지 말라고 한 말은 내가 너무 당황해서 잘못 들은 거겠지. 아니면 나를 보호하려고 그런 걸지도 모른다! 경찰이 벌써 그를 찾아갔다면, 어쩌면 그의 전화를 도청하고 있을지도 모르는 거 아닌가? 호레이쇼는 경찰이 나를 찾아내는 걸 원하지 않았던 거다.

마음이 가벼워지자 갑자기 몸이 나른해졌다. 나는 눈을 감고 우리 둘이 함께했던 아름다운 추억들을 떠올렸다. 낙원만에서 낚시를 하던 호레이쇼를 우연히 만나 그를 깜짝 놀라게 한 일, 교회에서의 첫 키스, 처음으로 함께 잤던 날. 나는 그를, 그는 나를 믿었다. 그는 자기 이야기를 무척 많이 했다. 첫 아내와의 사별, 절망과 불안과 걱정……. 나를 사랑하지 않는다면 그런 이야기를 할 리가 없다. 내가 저지른 일, 내가 당한 그 '끔찍한 사건'에 대해 말했을 때도 호레이쇼는 등을 돌리지 않았다. 나를 품에 안고, 위로가 절실하던 나를 위로해줬다. 그래, 그의 사랑을 의심하지 않는다. 조금 전 그가 한 말은 나를 도와주려는 조언이었다.

'하지만 왜 도망치라고 조언했을까?' 어떤 목소리가 머릿속에서 끈질기게 속삭였다. '넌 아무 짓도 하지 않았는데? 넌 죄가 없어. 사건이 발생했을 때 거기 있지도 않았다고!'

어쩌면 호레이쇼는 내가 모르는 뭔가를 알고 있는 걸지도 몰라. 나는 그 목소리에 저항했다. 그래, 분명히 그럴 거야. 그래서 도망치는 게 내게 최선이라고 생각한 거야.

늦은 오후 대번포트에 도착했다. 미시시피 강 건너에서 아이오와 주 경찰들이 기다리고 있었다. 잿빛 황혼 속에서 순찰차로 끌려간 나는 수갑이 벗겨지고 아이오와 주의 수갑을 차기 전 짧은 틈을 이용해 아픈 손목을 문질렀다. 얼음처럼 차가운 공기에서는 금속 냄새가 났다. 지평선 쪽 하늘에 위협적일 만큼 샛노란 띠가 보였다. 눈보라가 몰아칠 전조였다.

이제 곧 타게 될 순찰차도 여기까지 타고 온 차와 비슷한 냄새가 날 거라고 예상하면서 심호흡을 했다. 오래된 땀 냄새와 음식 냄새, 방귀 냄새, 그리고 공포가 풍기는 악취. 이중턱이 두툼한 어깨로 바로 이어져 목이 없는 것처럼 보이는 지방 덩어리 경찰이 나를 순찰차 뒷좌석으로 밀어 넣었다. 나는 통통한 그의 손이 내 머리카락에 닿기 전에 얼른 고개를 숙였다.

"지금 출발하면 눈보라를 만나게 될 거예요."

내가 경고했지만 그는 아무 말도 없이 내 배낭을 무릎에 집어 던지고는 쾅 소리 나게 차문을 닫았다.

새 감시자들은 일리노이 주 동료의 복제품 같았다. 똑같은 콧수염에, 지독히도 적대적인 태도. 내가 예고했듯, 대번포트에서 50킬로미터쯤 가자 눈이 세차게 퍼붓기 시작했다. 차는 거북이처럼 기어갔다. 전조등 불빛에 보이는 거라고는 흩날리는 눈송이뿐이었다. 와이퍼는 속수무책이었고 경찰들은 점점 더 기분이 안 좋아졌다. 차가 덜컹거리고 미끄러지더니 멈춰 섰다. 목 없는 경찰이 욕설을 퍼부으며 차에서 내렸다. 그의 동료는 경광등을 켠 뒤 무전기에 대고 뭔가 말했다. 트렁크가 열렸다가 닫히는 소리가 들렸다.

유리창 바깥으로는 눈과 어둠밖에 보이지 않았다.

　한참 시간이 흐른 뒤 목 없는 경찰이 돌아와서 젖은 재킷을 내 옆 뒷좌석에 던지고 앞좌석에 털썩 주저앉았다. 차가 움직이자 스노체인이 절렁절렁 소리를 냈다. 저녁 7시였다. 페어필드까지는 아직 500킬로미터는 더 가야 했다. 도로 상황이 이렇다면 내일 아침이나 되어야 도착할 터였다. 자동차 안이 따뜻해서 눈이 슬슬 감겼다. 나는 목 없는 경찰의 재킷을 바닥으로 밀어내고 좌석에 다리를 올린 다음 배낭을 베고 잠이 들었다.

물빛 별장

"난 그만 가볼게요. 이제 정리가 꽤 된 것 같으니."

여자가 나지막하게 말했다. 조던은 그녀의 존재를 거의 잊고 있었다. 여자는 구석에 차분하게 서서 과학수사팀과 링컨에서 온 조던의 동료들이 이 작은 집을 지휘본부로 바꾸는 광경을 말없이 바라보고 있던 참이었다.

지휘본부는 잘 조직되긴 했으나 정신없이 복잡했다. 전화와 팩스를 연결하고 화이트보드와 책상, 컴퓨터를 트럭에서 내려 집 안으로 옮겼다. 조던은 사건 현장을 보자마자 링컨으로 돌아가는 건 포기하고 페어필드에 호텔이 있는지 물어봤다. 그러자 여자는 뜻밖에도 호텔 대신 농장에서 몇 킬로미터 안 떨어진 자그마한 빈 집을 사용하라고 했다. 이곳 '물빛 별장'에는 임시 사무실과 회의실을 꾸릴 공간은 물론, 위층에 방 두 개와 욕실까지 있었다. 조던은 다른 팀원들처럼 고속도로 모텔이나 매디슨에 있는 호텔로 가지 않고 여기에서 지내기로 했다.

"아, 워커 부인. 죄송합니다."

조던이 말했다.

"이렇게 서 계시게 하다니, 너무 무례했네요. 이제 모든 게 완벽합니다. 이 집을 쓰게 해주셔서 정말 감사드립니다."

여자는 메리제인 워커, 에스라 그랜트를 쏘아서 학살을 멈춘 농장 일꾼 인디언 존 화이트호스의 아내였다. 조던은 이제 메리제인이 인사를 하고 가겠거니 생각했지만, 그녀는 그러지 않았다. 그녀의 시선은 그의 얼굴에 붙박여 있었다.

"뭔가 하실 말씀이라도? 저희가 차로 댁에 모셔다 드릴까요?"

"아니, 괜찮아요."

모든 걸 꿰뚫어보는 듯한 메리제인의 시선이 불현듯 조던 안의 어떤 줄을 건드렸다. 그는 당황했다.

"아주 오래전에 이 집에서 시작된 일이 오늘 끝난 거예요. 경위님, 당신은 좋은 사람 같아요. 믿을 수 있다는 느낌이 드네요. 당신도 이제부터는 믿을 수 있는 사람들을 만나게 될 겁니다."

"워커 부인, 그게 무슨 뜻입니까?"

조던은 앞에 선 작고 나이 든 여자의 새까만 눈동자를 바라보며 물었다. 살면서 겪은 근심과 고통이 모두 드러나 있으면서도 절망이나 비통함이라고는 없는 눈이었다. 여자에게는 자연스러운 품위와 평화로운 분위기가 있었다. 젊은 시절에는 말할 수 없이 아름다웠을 것 같았고, 세월의 흔적이 생긴 지금도 충분히 아름다웠다.

"사람은 첫눈에 보는 것과는 다르죠. 셰리든은 좋은 아이예요. 내일 직접 말해보시면 알게 될 테지만."

"제가 그 아이랑 직접 얘기를 한다고요? 내일? 그걸 어떻게 아십니까?" 조던은 깜짝 놀라서 물었다.

"그냥 알아요. 전 다른 사람들보다 아는 게 많답니다."

메리제인 워커는 그런 것쯤은 아무것도 아니라는 듯 어깨를 으쓱했다. 그녀가 수 족 인디언이라는 사실을 떠올리자 조던은 갑자기 소름이 끼쳤다. 직접 만나서 얘기해본 적은 지금이 처음이었지만, 원주민의 후예는 네브래스카 주민의 10퍼센트 정도를 차지하고 있다. 사우스다코타에서 30년 동안 근무한 동료가 수 족 보호구역에서 일어난 기이한 일들을 이야기해준 적도 있었다. 그때 조던은 정령과 꿈과 저주에 관한 그의 이야기가 터무니없는 소리라고 생각했지만, 지금 이 순간은 전혀 웃어넘길 수 없었다.

메리제인은 그의 표정을 보고 조용히 미소를 지었다.

"그럼, 안녕히 계세요."

그녀는 그가 뭐라고 답하기도 전에 인사를 하고는 나갔다. 조던은 창가로 가서 그녀가 눈 덮인 마당을 가벼운 걸음걸이로 건너가는 모습을 지켜봤다. 가냘픈 형체는 곧 어둠 속으로 사라졌다.

"괴상하군."

조던은 이렇게 중얼거리며 고개를 젓고는 책상에 놓인 서류로 다시 눈길을 돌렸다. 옆방에서 전화가 울렸다. 귀에 익은 동료들의 목소리와 컴퓨터 자판 두드리는 소리가 들리고, 갓 내린 커피 향기도 풍겼다. 늘 있는 외부 수사 때와 같은 상황인데도 뭔가 다른 느낌이 들었지만 왜 그런지는 알 수 없었다.

"팀장님."

노크 소리가 나더니 방문이 살짝 열렸다. 그레그 홀스워스 경사가 조던이 자기 사무실로 정한 방의 문간에 서서 흥분한 표정으로 종이를 흔들었다.

"일리노이 주에서 방금 팩스가 왔습니다. 졸리엣 인근 주유소를 급습해서 그 여자애를 체포했답니다."

"말도 안 돼."

조던은 손을 내밀어 팩스를 받아 들고는 재빠르게 훑어봤다.

"그렇죠? 이렇게 빨리 찾을 거라고는 생각도 못 했어요."

그레그가 히죽 웃으며 말했다. 악천후 때문에 헬리콥터로 호송할 수 없어서 일단 아이오와 주 경계까지 셰리든 그랜트를 차로데리고 왔고, 아이오와 경찰이 다시 인계받아 이곳까지 데려다줄계획이었다. 적어도 열두 시간은 걸릴 테니 그 아이와 이야기를 나눌 기회는 내일이나 되어야 생길 것이다. 메리제인 워커가 말한 대로였다.

"팀장님, 커피라도 드릴까요?"

그레그의 말에 조던은 고개를 끄덕였다. 인디언 여자가 정말 예언 능력이 있는지, 아니면 그저 운이 좋았던 건지 더는 고민하고싶지 않았다. 조던은 대신에 범인의 자료가 들어 있는 비닐봉지에집중했다. 쓰레기통에서 찾아낸 거였다.

조던 블라이스톤은 성실하고 세심한 사람이었다. 수많은 심문과수사를 거치면서 사람들이 하는 말의 행간과 아주 작은 정황에도주목해야 한다는 사실을 배웠다. 그는 유족과 목격자들과의 짧은대화를 통해서 그랜트 집안에 대한 전체적인 그림을 어느 정도 그릴 수 있었다.

이틀 전 그랜트 가족은 심하게 다퉜다. 싸움의 가장 중요한 원인은 아마 실종된 양딸인 듯했다. 사건 직후에 당사자들과 이야기를나누는 것은 서로 불편한 일이지만, 사건 직후는 정황을 파악하고진실을 알아내기에 최고의 기회이자 유일한 기회다. 심각한 정신적 외상을 가져올 만한 사건을 겪은 지 두세 시간만 지나도 인간뇌의 시냅스는 기억에 영향을 미치고, 객관적인 관찰과 주관적인 판단을 무의식적으로 뒤섞어놓는다.

그레그는 몇 분 후에 돌아와, 김이 나는 커피를 조던의 책상에 올려놓았다. 조던이 첫 심문에 하필이면 신참을 동반하겠다고 결정했을 때 동료들은 좀 놀란 것 같았다. 그래도 이의를 제기해서 그의 권위를 흔드는 사람은 없었다. 그레그는 몇 달 전 임관해서 아직 경험이 많지는 않지만, 그동안 함께 일해보니 상당한 자질을 갖추고 있었다. 농부의 아들인 그레그는 동안에다 거의 멍청한가 싶을 정도로 순진해 보여서 늘 과소평가를 당하곤 했다. 그러나 어리고 촌스러워 보이는 얼굴 뒤에는 엄밀한 이성과 재빠른 이해력, 놀라운 기억력이 숨어 있었다. 몇 시간 뒤에도 대화를 정확하게 기억해낼 수 있었고, 복잡하게 꼬인 사건도 힘들이지 않고 이해했다.

"이 벽지에는 피자 가게가 없더라고요." 그레그가 말했다. "그래서 냉동피자를 사 왔는데, 하나 드시겠습니까?"

"좋지." 조던은 고개를 끄덕이며 커피를 홀짝였다.

바깥에서 자동차 소리가 들렸다. 잠시 후에 하루 종일 농장에서 작업한 과학수사팀원 일곱 명이 집에 들어섰다. 모두 지치고 꽁꽁 얼어 있었지만 성공적으로 작업을 마친 상태였다. 10분 후 팀원 모두가 큰 방에 모여 앉았다. 참치와 정어리, 케이퍼를 올린 냉동피자는 놀랄 만큼 맛이 좋았다. 조던은 피자를 먹으며, 그와 그레그가 유족과 농장 일꾼들을 조사하는 동안 페어필드 주민들의 이야기를 듣고 온 팀원들의 보고에 귀를 기울였다. 시신은 오마하 법의학부로 운송 중이었다. 중상을 입은 환자들에게서 아무런 소식이 없다는 건 아직 살아 있다는 의미다. 다만 현재 매디슨병원 정신병동에 입원 중인 범인의 어머니 레이첼 쿠퍼 그랜트가 지역 텔레비전 방송과 인터뷰한 것은 아주 짜증나는 일이었다.

"이해가 안 되네요."

팀에서 가장 노련한 수사관 중 한 명인 던 캔트럴이 말했다.

"레이첼 그랜트는 텔레비전에서, 그 양딸은 오빠들과 양아버지를 포함해서 남자라면 누구든 유혹하는 매춘부라고 했습니다. 이곳 교회 목사랑도 관계가 있다고 했고. 하지만 페어필드 주민들은 대부분 완전히 반대되는 말을 했습니다. 양딸은 재능이 탁월한 가수인 모양입니다. 작년에는 큰 축제에서 공식적으로 무대에도 섰다는군요. 교회 성가대에서도 적극적으로 활동했고요. 양아버지 또한 무척 명망 있고 존경받는 사람입니다. 나쁘게 말하는 사람은 한 명도 없었어요."

"하지만 레이첼에 대해서는 좋지 않은 말들을 했어요."

다이앤 개리슨 형사가 덧붙였다. "그다지 사랑받지 못하는 사람 같았습니다. 하지만 다들 구체적으로 말하기를 꺼리더군요."

조던이 자리를 정리했다. "몇 시간만 있으면 그 애랑 직접 이야기할 수 있을 겁니다. 자, 다들 수고했어요. 오늘은 그만하고, 내일 아침 7시 정각에 다시 시작합시다."

회의는 나지막한 대화와 의자 미는 소리로 끝났다. 다이앤 개리슨과 그레그 홀스워스가 지저분한 그릇과 컵을 부엌 식기세척기에 넣었다. 밤 11시가 조금 안 된 시각에 팀원들은 매디슨으로 출발했고, 조던과 그레그는 물빛 별장이라고 불리는 이 작은 집에 남았다.

두 사람은 수사 상황이 적힌 커다란 화이트보드 앞에 앉아 범행 경과를 다시 한 번 요약했다. 에스라 그랜트는 아침 6시에 이타카 맥-10과 대구경 권총으로 무장하고 집을 나왔다. 그러고는 둘째 형 하이럼의 집으로 곧장 가서 입양한 동생 셰리든이 있을 거라고 짐작되는 방으로 들어갔다. 셰리든은 12월 24일 낮에 농장을 떠났지만 에스라와 그의 엄마인 레이첼 그랜트는 그 사실을 몰랐다.

6시 7분경 에스라는 침대에서 자는 인물에게 권총을 세 발 쐈다. 아마 셰리든이라고 생각한 듯하다. 하이럼은 총성에 잠이 깼다. 에스라는 형의 복부와 어깨, 허벅지를 쏴서 부상을 입혔다. 그런 상태에서도 하이럼은 큰형 맬러키에게 전화를 했다. 맬러키는 아내와 아이와 함께 몇 킬로미터 떨어진 곳에 산다. 맬러키는 하얀 포드 트럭을 타고 농장으로 달려왔다. 해군 복무 중에 크리스마스 휴가를 나온 셋째 아들 조지프와 함께였다. 그러는 동안 에스라는 하이럼의 집에서 나와 옆집 베란다에 있던 리로이와 카터 밀스 형제를 쐈다.

6시 15분, 닭장에 있던 라일 패칫은 뒤에서 범인에게 다가갔고, 그와 동시에 맬러키의 차가 마당에 들어섰다. 에스라는 아주 가까운 거리에서 패칫의 머리를 쏴서 살해하고 곧장 형들에게 총격을 가했다. 그리고 6시 17분, 첫 번째 집에 사는 농장 일꾼 존 화이트호스가 자기 집 베란다에서 범인의 머리에 총을 쏴서 죽였다.

조던은 생각에 잠긴 채 말했다. "아무것도 듣지 못했다는 레이첼의 말은 믿을 수 없어. 20분 동안 총성이 54발이나 울렸으면 코끼리라도 잠에서 깼을 텐데."

"저도 안 믿습니다." 그레그도 동의했다. "그 여자 이야기는 전체적으로 앞뒤가 맞지 않아요. 인디언 노인이 그러길, 범인이 형을 쏠 때 그 여자가 베란다에 있었다고 했잖아요? 그 말이 맞을 겁니다. 게다가 집 어디에서도 그 여자가 썼다고 주장하는 이어플러그랑 수면제는 발견 못 했다고요."

조던은 커피를 한 모금 마셨다.

"흠, 에스라의 계획을 써 놓은 종이는 왜 쓰레기통에서 발견된 거지? 누가 거기 둔 것 같나?"

"범인이 계획을 실행하기 전에 자기 방을 청소하고 모두 버린 거 아닐까요? 자기가 죽을 걸 예상하고서 말이죠."

그레그가 대답했다.

"아니, 그건 광적인 살인 행각을 벌이는 자들의 전형적인 행동이 아니야. 난 레이첼 그랜트가 수상해. 무슨 일이 벌어졌는지 알고서 그녀가 버린 게 분명해."

"설마 그럴 리가요." 그레그가 반박했다. "자기 눈앞에서 한 아들이 다른 아들을 쐈습니다. 그런데 태연하게 위층으로 올라가서 방을 정리하고 증거를 없앤다고요?"

"충격을 받은 사람들은 때로 설명할 수 없는 행동을 하지." 조던은 화이트보드를 보며 말을 이었다. "아니면 계산된 행동일 수도 있고. 지금까지 우리가 알아낸 사실에 따르면, 범인은 레이첼 그랜트가 가장 아끼던 아들이야. 그 아이를 보호하려고 한 일인지도 모르지."

그는 라텍스 장갑을 낀 뒤 쓰레기통에서 발견된 비닐봉지 안의 종이와 사진들을 다시 훑어봤다.

"어쨌든 에스라 그랜트가 입양된 여동생을 지독하게 증오했던 건 확실해." 조던이 말을 이었다. 동생을 그린 것이라고 짐작되는 서툰 그림들이 그 사실을 증명했다. "그 아이는 머릿속에서 여동생을 목매달고, 찌르고, 토막 내고, 강간하고, 목 졸랐어."

범인은 셰리든 사진 여러 장을 보기 흉하게 망가뜨려놓았고, 동생을 어떻게 할지 몇 장이나 되는 종이에 세세하게 장광설을 늘어놓았다. 창녀, 매춘부, 갈보, 비열한 년, 쌍년, 더러운 년 등 동생을 지칭하는 거친 욕설의 목록은 아주 길었다.

"에스라 그랜트는 모든 실패의 원인이 여동생이라고 생각했어."

조던은 이마를 찡그리고 불이 붙은 듯 따가운 눈을 비볐다.

"그런데 왜 가족 중 그 누구도 그 애가 시한폭탄이라는 걸 몰랐을까요? 또 이 사건에서 엄마는 어떤 역할을 한 거고요?"

조던과 그레그는 범인에게 감정이입해보려고 애썼다. 그러면서 내일 범인의 큰형과 형수, 또 셰리든 그랜트에게 물어볼 질문을 몇 가지 메모했다. 이런 사건은 어느 날 아침 갑자기 벌어지는 게 아니다. 에스라 그랜트는 심각한 심리적 문제가 있었을 테고, 주변에서도 몰랐을 리 없다.

조던은 손목시계를 흘낏 봤다.

"오늘은 그만하지." 그는 이렇게 말하고는 하품을 했다. "그레그, 모텔로 가서 몇 시간이라도 자둬. 내일 아침에 레이첼 그랜트랑 이야기해보자고. 그 여자가 텔레비전 카메라 앞에서 또 뭔가 말하기 전에 말이야."

셰리든과 직접 대화하면 결정적인 정보를 얻을 수 있을지도 모른다. 조던은 젊은 형사를 문까지 바래다주고 자동차의 붉은 후미등이 사라지는 모습을 지켜봤다. 메리제인 워커의 기묘한 말이 머리를 스치고 지나갔다. '아주 오래전 이 집에서 시작된 일이 오늘 끝난 거예요.'

그게 무슨 뜻일까? 여기서 무슨 일이 시작됐다는 거지? 그리고 그 일은 어째서 이런 참극으로 끝난 걸까?

"내가 알아내겠어." 조던은 이렇게 중얼거리며 거친 나무문을 손바닥으로 쓰다듬었다. "이봐, 집. 나한테 말해줄 생각 없어?"

아이오와 주 어딘가

얼음처럼 차가운 바람이 나를 깨웠다. 깜짝 놀라 잠에서 깼지만 환한 빛 때문에 좀처럼 눈을 뜰 수 없었다.

운전하던 경찰이 호통을 쳤다. "이봐, 일어나! 좀 쉬다 갈 거야."

목 없는 경찰은 바닥에 널브러진 재킷을 보더니 잔뜩 화가 나서는 내가 차에서 내리자마자 거칠게 밀쳤다. 거세진 눈보라가 주유소 지붕에 쌓인 눈을 쓸어내렸다. 동료가 주유를 하는 동안, 목 없는 경찰은 불만스러운 표정으로 나를 주유소 입구 쪽으로 밀었다. 계산대 위에 있는 시계가 10시 15분을 가리키고 있었다. 화물차 운전사 몇 명이 탁자에 앉아 커피를 마시며, 윌로크릭 농장 학살 뉴스가 보도되는 텔레비전 화면을 무표정한 얼굴로 보고 있었다. 나도 이미 본 화면이었다.

"꼼짝하지 말고 여기 앉아 있어."

목 없는 경찰이 으르렁거리며 끈적거리는 판매대 철제 버팀대에 내 수갑을 묶었다.

"화장실에 가야 한다고요!"

"안됐군."

내 항의에 그는 이렇게 대꾸하고 그냥 사라졌다. 솜을 누빈 체크무늬 셔츠를 입은 화물차 운전사 네 명은 마치 머리가 세 개 달린 송아지를 보듯 나를 노려봤다.

"뭘 봐요?"

내가 소리치자 네 명은 눈을 동시에 텔레비전으로 돌렸다. 나는 의자에 기어 올라가 텔레비전으로 눈길을 돌리다가 레이첼 이모의 얼굴을 보고는 깜짝 놀라 몸을 움찔했다. 머리가 잔뜩 헝클어졌고, 흥분하면 늘 그렇듯 피부가 얼룩덜룩했다. 어디선가 본 듯한 두 여자가 좌우에서 그녀를 부축하고 있었다. 이모는 붉게 충혈된 눈으로 턱을 떨며 마이크 여러 대에 대고 말하는 중이었다.

"아들 둘이 죽었고, 남편이랑 또 한 명의 아들은 목숨이 위태롭습니다. 저는 두 사람을 제발 살려달라고 신께 기도하고 있어요. 남편이 없으면 저는 어떻게 해야 할지……."

레이첼 이모는 절망에 빠진 모습으로 흐느꼈다. 이모의 연기에 너무 어이가 없어서 하마터면 웃음을 터뜨릴 뻔했다. 온 세상 사람이 속을지 몰라도, 나는 이모의 연기 뒤에 숨어 있는 냉철한 계산을 잘 알고 있었다. 희생자로 변신해 대중의 동정을 불러일으키려는 뻔뻔한 계산 말이다. 이모는 남편에게 전혀 마음 쓰지 않았다. 아니, 오히려 경멸하고 증오했다. 그런데 저렇게 끔찍이 걱정하는 척하다니. 아빠가 죽는다면 이모한테는 상황이 훨씬 유리하게 돌아갈 텐데도……

"오늘 아침에 발생한 사건의 원인이 뭐라고 생각하시나요?"

격렬하게 몸을 떨며 우는, 내가 한때 '엄마'라고 불렀던 여자에게 기자가 조심스럽게 물었다.

"난 가족을 잃었어요. 내가 딸처럼 받아들인 그…… 그 뻔뻔한 창녀 때문에!"

레이첼 이모는 기자의 질문에는 대답하지 않고 새된 목소리로 내가 기절초풍할 만한 말을 쏟아내기 시작했다.

"우리 부부는 안타깝게 죽은 내 여동생의 딸인 셰리든을 친자식처럼 키웠어요. 진짜 가족처럼. 그런데 은혜를 저버리고, 그 애랑 그 애의 유부남 애인이 우리 아들을 죽이려고 했어요!"

내 속에서 증오가 뜨겁게 끓어올랐다. 이모가 저지른 온갖 악행, 굴욕감을 느끼게 하고 내 삶을 힘겹게 한 그 미묘한 심술과 계략, 시도 때도 없던 매질을 생각하니 소름이 끼쳤다. 나는 이모가 왜 나를 죽어라 미워하는지 오랫동안 알지 못했다. 내가 직접 끔찍한 가족의 비밀을 알아내기 전까지는. 어떻게 아무도 이모의 거짓말을 알아채지 못했을까? 어째서 그토록 오랜 시간 동안 이모라는 사람을 믿을 수 있었던 걸까?

경찰들이 나를 왜 이다지도 경멸하는지 적어도 그 이유는 알게 됐다. 경찰은 별안간에 너무나 큰 고통과 마주한 저 성실한 농장주 아내의 말을 그대로 믿고 있는 거다!

화장실에서 돌아온 목 없는 경찰은 내 옆에 서서 주유 비용을 계산하고 동료와 자기가 먹을 커피와 샌드위치를 주문했다. 나한테는 묻지도 않고. 하지만 먹는다고 해도 샌드위치가 목에 걸릴 것 같았다. 생각했던 것보다 상황이 훨씬 더 소름 끼치게 돌아가고 있었다.

"윌로크릭 살인범의 입양된 여동생이자 이번 학살에 연대책임이 있다는 의혹을 받고 도주 중이던 셰리든 그랜트는 일리노이 주어느 주유소에서 직원의 제보로 체포됐습니다."

극적인 목소리가 뉴스를 전하는 가운데, 적의를 풀풀 풍기는 경찰 두 명이 수갑을 찬 나를 순찰차로 끌고 가는 모습이 나왔다. 그런 다음 화면에 해면처럼 부풀어오른 창백한 얼굴이 나타났다.

"그 애는 여기 앉아서 아주 차분하게 커피를 마시고 스크램블드에그를 먹었어요." 그녀는 힘주어 말하며 분노를 한껏 표시했다. "끔찍한 학살 소식을 텔레비전으로 보면서도 전혀 동요하지 않더라고요. 그러더니 전화를 써야겠다고 했어요."

장면이 바뀌더니 나를 동정하는 시늉을 하던 직원이 등장해서 간교한 뱀 같은 목소리로 말했다.

"지금도 믿기지가 않아요. 그 애는 아주 냉혹했어요! 경찰에 체포됐는데 웃더라고요! 상상해보세요, 가족 중 절반이 죽었는데 웃다뇨!"

나는 꼼짝도 하지 않고 앉아 있었다. 충격으로 몸과 뇌가 마비된 것 같았다. 살면서 이렇게 막막했던 적은 없었다. 레이첼 이모가 만들어낸 거짓말이 광속으로 전국에 퍼진 거다. 트럭 운전사들이 텔레비전 화면과 나를 번갈아보더니 수군거리기 시작했다. 나는 그들이 던지는 적의에 찬 눈초리를 무시하려고 애썼다. 그러다 한 명이 말했다.

"저 애 맞지? 그 어린 창녀."

다른 운전사도 거들었다. "개 같은 년."

또 다른 운전사가 말했다. "그래, 맞아. 개야."

그들이 움직이자 의자 다리가 낡은 리놀륨 바닥에서 삐걱댔다.

"이봐, 여기서 이러지들 말라고."

판매대 뒤에 있던 주유소 주인이 끼어들었다. 하지만 냉장고 속의 샌드위치에게 말하는 것처럼 무미건조한 태도였다. 살집이 두

둑한 운전사와 이가 누런 운전사가 위협적인 몸짓으로 나에게 다가왔다. 나는 이런 종류의 인간들을 잘 안다. 텔레비전에서 하는 말은 뭐든 진실이라고 믿는 멍청이들. 이런 사람들은 사적 제재를 시민의 권리라고 생각한다. 그리고 이번 경우엔, 경찰들 역시 비슷한 놈들인 것 같았다. 운전사들이 내 앞에 버티고 섰지만 경찰들은 손가락도 까딱하지 않았다.

"가족에게 그런 짓을 하다니, 지옥에나 떨어져라."

이가 누런 남자가 권투하듯 내 어깨를 아프게 쳤다. 나는 살면서 겁쟁이였던 적이 없었다. 걸어오는 싸움은 피하지 않았고, 거친 남자들과 함께 경쟁하고 다투며 자랐다. 남자의 손이 어깨에 닿는 순간, 내 속에서 퓨즈가 나갔다. 수십 시간 동안 나를 짓누르던 엄청난 긴장감이 뚜껑을 열고 폭발했다. 나는 한쪽 다리를 뒤로 뺐다가 부츠 끝으로 놈의 생식기를 걷어찬 뒤 다른 쪽 다리를 휘둘러 명치를 찼다. 놈이 뒤로 나가떨어지며 부딪치는 바람에 벽에 달린 선반이 요란한 소리를 내며 무너졌다. 얼굴이 시뻘게지고 눈이 돌아간 놈은 숨을 헐떡이며 지렁이처럼 바닥에서 꿈틀거렸다.

덩치 큰 운전사는 믿지 못하겠다는 얼굴로 입을 벌린 채 나를 멍하니 봤다. 경찰들도 마찬가지였다. 목 없는 경찰은 샐러드 조각을 흘렸고, 그의 동료도 씹는 걸 멈췄다. 몇 초쯤 지났을까, 충격에서 벗어난 다른 트럭 운전사 두 명이 사나이들의 연대감으로 일치단결해 벌떡 일어섰고, 주유소가 난장판이 되는 모습을 상상한 주인이 요란하게 소리를 질렀다. 그러자 드디어 경찰이 반응을 보였다.

"그만둬!"

운전을 하던, 햄스터처럼 뺨이 터질 것 같은 경찰이 고함을 질렀다. 입에서 샌드위치 부스러기가 튀어나왔다.

"뒤로 물러서! 안 그러면 일 날 줄 알아!"

그러다 사레가 들린 듯 얼굴이 보라색으로 변한 채 한참 동안 기침을 했다. 그러자 목 없는 경찰이 권총집에서 총을 꺼내 들고 트럭 운전사들을 겨누었다. 운전사들은 결의에 찬 사나이에서 얌전한 주일학교 학생으로 변했다. 증오에 찬 시선으로 나를 쏘아보는 것으로 만족하고는 과자 봉지 사이를 네 발로 기며 신음하는 동료를 살폈다. 목 없는 경찰은 판매대에 묶어두었던 수갑을 푼 뒤 나를 출구 쪽으로 끌고 갔다. 여전히 숨을 색색거리며 기침을 해대는 햄스터 경찰이 우리 뒤를 따라왔다.

"나 화장실 가야 한다고요!"

나는 고함을 지르며 부츠 굽을 바닥에 딱 붙였지만 목 없는 경찰은 인정사정없이 나를 잡아끌었다. 그는 새된 목소리로 분노를 터뜨렸다.

"나가서 눈에다가 싸. 젠장, 이런 꼴은 한 번도 못 봤어!"

"그럼 왜 먹기만 하고 안 도와줬어요?" 나도 화가 나서 똑같이 소리를 질렀다. "그 남자가 때릴 때 그냥 가만히 있었잖아요!"

"넌 그런 일을 당해도 싸."

햄스터 경찰이 숨을 몰아쉬며 나를 바깥으로 밀어냈다.

"난 아무 짓도 안 했어요!"

"그건 우리 차 뒷좌석에 타는 영광을 얻은 인간이라면 누구나 하는 말이지."

햄스터 경찰이 이렇게 말하며 사악하게 히죽거렸다.

네브라스카 주 페어필드

조던은 커피 잔을 양손으로 감싸 쥐고 물빛 별장의 지붕 덮인 베란다로 나갔다. 새까만 밤이 잿빛 새벽으로 변하고 있었다. 커피 잔에서 올라오는 뜨거운 김이 얼음처럼 차가운 공기와 섞였다. 어제는 이 멋진 풍경을 둘러볼 여유가 없었는데, 잠시 짬이 나 주변을 돌아보던 그는 눈앞에 펼쳐진 광경에 매혹되고 말았다. 언덕 위에 위치한 물빛 별장에서는 드넓은 대지에 펼쳐진 윌로크릭 강의 모습을 한눈에 볼 수 있었다.

매디슨 카운티는 로키 산맥까지 이어지는 거대한 초원 가장자리에 있다. 옥수수와 밀과 대두를 재배하는 비옥한 경작지가 남쪽으로 길게 뻗어 있고, 여기서 서쪽으로 한 시간만 가면 200년 전이 지역 최초의 이주자들이 정착한 곳이 나온다.

윌로크릭 강은 지난 몇 주 동안 계속된 매서운 추위에 얼어붙어 있었다. 지난밤에는 눈도 좀 내렸다. 얇게 깔린 눈 때문에 바퀴 자국과 발자국이 모두 지워져서 마치 아무 일도 벌어지지 않은 것처럼 느껴졌다. 심장 박동 소리가 들릴 만큼 사방이 고요했다. 맑고 차가운 공기를 한껏 들이마시던 그는 새삼 의아함을 느꼈다. 이런 평화로운 곳에서 왜 그런 소름 끼치는 사건이 벌어졌을까?

동쪽에서 해가 솟았다. 햇살이 부드럽게 내려앉아 눈을 분홍색으로 물들였다. 조던은 커피를 홀짝였다. 그는 네브래스카 주에서 태어나고 자랐지만, 이 주의 대부분을 차지하는 드넓은 초원에 대해서는 잘 몰랐다. 그의 일터는 대부분 고속도로였고, 늘 헬리콥터를 타고 초원 지역을 건너서 범죄 현장으로 가곤 했다. 이 땅을 지금처럼 강렬하게 경험해본 적은 없었다. 휴가철이면 하와이나 플로리다, 콜로라도나 동부 연안 도시로 가기 바빴고, 고향은 지루해 보이기만 했다. 그는 웅장한 로키 산맥이나 와이키키의 하얀 해변에만 관심이 있었다. 여기가 미국의 심장이라는 사실을 간과하고 있었다. 미래에 대한 꿈과 마차 한 대만 가지고 미지의 세계에 뛰어든 사람들의 정신이 여기보다 더 진하게 남아 있는 곳은 없을 것이다.

모터 소음이 정적을 갈랐다. 집 안에서는 휴대전화가 울렸다. 마법의 순간은 지나갔다. 조던은 몸을 돌리고 신발에 묻은 눈을 턴 다음 휴대전화를 찾았다.

밤사이 링컨의 경찰본부에 도착한 셰리든 그랜트가 헬리콥터로 이송되는 중이라는 소식이었다. 곧 팀원들이 하나둘씩 모여들었다. 다이앤 개리슨과 레슬리 코진스키가 매디슨에서 소시지와 베이컨, 달걀 등 식료품을 잔뜩 사 왔다. 팀원들이 함께 먹을 아침거리였다. 조던은 그들이 가지고 온 일간지 두 종류를 책상에 펼쳤다. 윌로크릭 학살 사건 기사를 읽다가 화가 나기 시작했다. 입양된 딸이 학살과 아무런 연관이 없는 게 확실한데도 언론이 소녀에게 어찌나 맹렬하게 달려드는지 기가 막힐 정도였다. 사건 자체는 부수적으로만 다루고, 매력적이고도 배은망덕한 입양아 이야기에 훨씬 더 많은 지면을 할애했다.

아침식사를 하면서 업무를 분배하고 앞으로의 계획에 대해 이야기를 나눴다. 팀은 두 그룹으로 나뉘어 페어필드 주민들을 계속 심문할 예정이었다. 지난밤 메리제인 워커가 말했던 일이 뭔지 알아내기 위해 조던은 특히 나이 든 사람들에게 오래전 일에 대해 물어보라고 지시했다. 그런 다음 레이첼 그랜트와 이야기를 나누려고 그레그와 함께 병원으로 갔지만 아무것도 못 하고 돌아와야 했다. 그랜트 부인이 지금 상태에서 또 심문받는 건 무리라며 의사들이 막았기 때문이다. 그레그가 경찰 표식이 없는 은색 링컨 타운카를 운전하는 동안 조던은 몇 군데 전화를 했다. 몇 킬로미터쯤 더 달려 두 사람은 윌로크릭 농장에 도착했다.

"무슨 일이지?" 조던이 깜짝 놀라 말했다.

진입로에는 순찰차도, 경찰 저지선도 전혀 눈에 띄지 않았다. 사방에는 위성접시로 무장한 텔레비전 방송국 중계차와 캠핑카와 개인 승용차들뿐이었다. 선정적 쾌감을 좇는 사람들이 좁은 도로를 빽빽하게 메우고 있었다. 소풍이라도 나온 듯 아이들을 데리고 온 사람도 있었다.

"말도 안 돼!" 조던은 화가 나서 씩씩거렸다. "왜 저지선이 없는 거지? 여길 지켜야 할 매디슨 경찰들은 어디 있나?"

"보안관이 어제저녁에 부하들을 철수시켰답니다." 그레그가 대답했다. "크리스마스라 인원이 부족하다는 핑계로요. 보안관과 이 가족 사이에는 뭔가 일이 있는 것 같습니다. 그랜트 가족을 고의적으로 방치하고 있어요."

"왜 아무도 나한테 보고를 안 한 거야?"

조던은 짜증스러운 표정으로 무전기를 들고 노퍽에 있는 주 경찰을 페어필드로 호출했다. 닫힌 문 앞에 구경꾼과 카메라맨, 기자들이 모여들어서 눈 위에 남아 있는 핏자국이나 희생자 유족 등 뭔가를 볼 수 있으리라는 기대로 눈을 번뜩이고 있었다. 사람들은 그레그가 여러 번 경적을 울린 뒤에야 마지못해 길을 터주었다. 조던이 내리자마자 기자들이 그를 에워싸고 질문을 퍼부었다.

"그 여자애는 어디 있죠?"

"셰리든 그랜트를 심문하셨습니까?"

"그 애가 오빠를 죽이려고 했다는 게 사실인가요?"

"양아버지와 연인 관계였다는 거, 맞습니까?"

조던이 양손을 들어올렸다. "여러분, 오늘 오후 매디슨에서 기자회견이 열릴 예정입니다. 이제 가주십시오. 지금 경찰 업무를 방해하시는 겁니다."

말을 탄 사람이 마당을 가로질러 문으로 다가왔다. 모자를 얼굴 깊숙이 내려쓰고, 양털을 댄 가죽 외투의 깃을 세운 차림새였다. 한 손에는 고삐를, 다른 손에는 엽총을 들고 있었다. 조던은 그 노인이 수 족 인디언 존 화이트호스라는 걸 알아봤다. 노인은 말을 세우고, 높은 격자문 바깥쪽에서 벌어지는 소란을 한동안 무표정하게 바라봤다. 그러다가 엽총을 장전하더니 허공에 발사했다.

"이제 경찰이 들어오게 문을 열 거요." 불현듯 정적이 찾아들자 그가 입을 열었다. "경찰 말고 한 걸음이라도 발을 들여놓는 사람은 총 맞을 줄 아시오."

조던은 그게 현명한 말이라고는 생각하지 않았지만 어쨌든 효과는 굉장했다. 사람들은 투덜거리면서 일제히 물러섰다. 존 화이트호스는 안장 뒤쪽 총집에 엽총을 넣고는 말에 탄 채로 문을 열었다. 그레그가 차를 몰아 지나갔을 뿐, 아무도 마당에 들어설 엄두를 내지 않았다. 헬리콥터 한 대가 모터 소음을 내며 농장 위를 낮게 맴돌았다. 노인은 문을 닫으며 하늘을 흘끗 바라봤다.

"감사합니다!" 조던은 모터 소음 때문에 목소리를 높였다. "늦어도 두 시간 뒤에는 노퍽에서 동료들이 도착할 겁니다. 아무도 마당에 접근하지 못하게 하겠습니다."

주름이 깊게 파인 늙은 인디언의 얼굴에는 아무런 변화도 나타나지 않았다.

"맬러키 그랜트가 어디 있는지 아십니까?"

조던이 물었다. 신발 틈새로 녹은 눈이 스며들어 바짓단을 적셨다. 이른 아침에 모습을 드러냈던 태양은 구름과의 싸움에서 패배한 모양이었다. 새하얀 대지에 낮게 깔린 납빛 구름을 보니 앞으로 눈이 더 많이 내릴 것 같았다.

"우리 집에 있소." 노인이 대답했다.

"같이 가시겠습니까?"

"아니."

존 화이트호스는 엽총을 다시 꺼내고 말을 문 앞으로 몰았다.

"난 여기 있는 게 나을 것 같군."

∞

눈 폭풍을 통과하는 끔찍한 여정을 뒤로하고 링컨에 도착한 건 새벽 3시였다. 나는 네브래스카 주 경찰본부의 유치장에 갇혔다. 사흘 동안 샤워를 못 했고 옷도 그대로였다. 물 한 병과 플라스틱 상자에 진공 포장된 치즈 샌드위치를 주기에 먹긴 했지만 아무런 맛도 느낄 수 없었다.

휴게소에서 있었던 사건 이후로 나는 한마디도 하지 않았다. 난방도 되지 않는 삭막한 공간에서 무뚝뚝하고 잠이 덜 깬 듯한 여경이 지켜보는 가운데 옷을 모두 벗고, 그녀가 고무장갑을 끼고 내 몸의 모든 구멍을 샅샅이 조사하는 걸 참고 견디면서도.

여경은 내가 벌거벗은 채 얼음처럼 차가운 타일 바닥을 맨발로 딛고 있는 동안 화가 치밀 정도로 철저하게 내 옷과 배낭을 뒤졌다. 내가 불평하거나 빌거나 눈물을 쏟거나 소리치기를 기대하는 것 같았지만, 나는 그녀가 바라는 대로 행동하지 않았다.

모든 조사가 끝난 뒤에야 다시 옷을 입을 수 있었다. 그런 다음에는 범죄자라도 된 양 사진을 찍히고 지문을 채취당했다. 나는 이 모든 굴욕적인 절차를 말없이 견뎠다. 하지만 금발로 염색한 보기 흉한 사디스트의 제복 명찰에 달린 이름과 계급은 기억해두었다. 마지 켈러먼이라는 이름은 햄스터 닮은 경찰과 목 없는 경찰, 해파리 여자와 가식적인 직원의 이름과 함께 블랙리스트에 올라갔다.

어렸을 때 나는 다혈질적인 성격 탓에 늘 레이첼 이모의 희생양 노릇을 했다. 하지만 이제는 도발에 내적으로 방어하는 방법을 터득했다. 이모는 어떻게 하면 내 화를 돋울 수 있는지, 어떻게 하면 내가 막무가내로 달려들지 잘 알고 있었다. 날 잔뜩 흥분시켜서 벌을 줄 구실을 만드는 게 이모의 기쁨이었다. 그 사실을 파악한 나는 언젠가부터 절대로 반항하지 않고 이모의 심술을 모두 견뎌내기로 결심했다. 그 전략은 효과가 있었고, 나는 전보다는 쉽사리 흥분하지 않게 되었다. 휴게소에서처럼 누가 날 직접적으로 건드릴 때만 빼고.

이번에도 이 무반응 전략을 쓰기로 했다. 나는 낯선 사람들의 손아귀에 있었고, 내 힘으로 상황을 바꿀 수는 없을 것 같았다. 전화를 걸어 도움을 청할 사람도 없었다. 일단은 운명에 순응하고 감정을 최대한 다스려야 했다. 유치장 문이 닫히자마자 나는 좁은 침상에 누워 이불을 덮고 눈을 감았다.

다음 날 아침, 경찰이 나를 깨웠다. 화장실에 다녀온 뒤에 커피와 샌드위치를 받았다. 마지 켈러먼 경사는 더없이 느릿한 동작으로 내 허리띠를 건네줬다. 나는 말없이 그저 기다렸다. 얼마나 오래 걸리든 나랑 무슨 상관인가.

그러고도 한 시간 동안 유치장 의자에 앉아 기다린 뒤에야 경찰 두 명이 와서 뒷문을 통해 나를 헬리콥터 비행장으로 데리고 갔다. 헬리콥터 한 대가 날개를 천천히 돌리고 있었다. 나는 또 중범죄자처럼 수갑을 차고 헬리콥터에 올랐다. 어쩌면 이들은 정말로 날 두려워하는지도 모른다. 내 행동이 평범하지 않아서. 다른 열일곱 살짜리들은 이런 악몽 같은 상황이 48시간 동안 지속되면 울고 소리지르고 뭔가 알려달라고 매달릴 것이다. 하지만 그 다른 열일곱 살짜리들은 레이첼 그랜트라는 양엄마가 없고, 나는 이보다 훨씬 끔찍한 일도 겪어봤다. 내 마음은 완전히 무감각했다.

헬리콥터는 한 시간 뒤에 페어필드와 물빛 별장 사이의 국도에 착륙했다. 나를 호송해온 경찰이 유리문을 열더니 내 팔을 거칠게 잡아당겼다. 손이 묶여 있던 나는 균형을 잃고 눈밭에 쓰러졌다. 딘 스테트너 순경. 당신도 블랙리스트에 이름을 올려주지.

그는 경멸하듯 히죽거릴 뿐 나를 일으켜 세워줄 생각은 전혀 하지 않았다. 나는 그대로 누워 있었다.

"일어서!"

그의 명령에도 나는 꼼짝도 하지 않았다. 역겹다는 표정으로 내 팔을 잡고 일으키던 그의 재킷 주머니에서 휴대전화가 빠져나와 눈 속으로 떨어졌다. 스테트너 순경은 분실한 휴대전화 때문에 뼈아프게 슬퍼하게 될 것이다. 오는 내내 조종사에게 자기 휴대전화가 최신 모델이고 아주 비싸게 주고 샀다며 떠들어댔는데. 쌤통이다! 조금이라도 친절하게 굴었다면 말해줬을 테지만, 나는 그냥 입을 다물고 있기로 했다.

몇 미터 떨어진 길에서 잿빛 자동차가 기다리고 있었다. 나는 또다른 경찰들에게 인계되어 뒷좌석에 앉았다. 스테트너 순경이 헬리콥터로 돌아가서 올라타자 조종사는 곧장 출발했다. 눈보라가 쏟아질 거라는 일기예보가 있었으니, 떠나지 못하는 상황이 벌어지기 전에 서두르는 것이리라.

곧 낯익은 풍경이 펼쳐졌다. 우리는 물빛 별장으로 향하는 중이었다. 낡은 헛간과 삼나무 사이의 마당에 자동차 몇 대가 주차되어 있고, 자그마한 집의 1층 창문에서 불빛이 새어나왔다. 경찰이 이곳에 임시 수사본부를 차린 모양이었다. 경찰들을 따라 계단을 올라가 베란다를 지나는데, 이 집과 연관된 기억들이 밀려들었다.

나는 이 집의 저장실 대들보 아래에서 캐럴린 쿠퍼의 일기장이 들어 있는 신발상자를 발견했고, 덕분에 양엄마에게 여동생이 있다는 사실을 알아냈다. 그때 신발상자를 발견하지 않았더라면 이 모든 끔찍한 비밀은 하나도 밝혀지지 않았을 것이다. 그랬다면 나는 지금까지도 캐럴린 쿠퍼가 내 친엄마라는 사실을 몰랐을 거고, 양아빠는 엄마가 자기를 버린 거라고 여전히 믿고 있었을 것이다. 그리고 에스라 오빠는 어제 아무도 쏘지 않았을 테고.

내가 처음으로 누군가와 잤던 작은 방에서 여러 사람의 목소리와 전화벨 소리가 새어나왔다. 나는 현관 벽에 기대선 채 2층으로 이어지는 나무 계단을 바라보며 크리스토퍼를 떠올렸다. 신발상자를 발견한 바로 그날 나는 크리스토퍼를 처음 만났다. 그는 자기가 오하이오 주에서 온 작가라고 거짓말을 했다. 돌이켜보면 이 작은 집 지붕 아래에서 나는 수많은 경험을 했다. 아름답고 흥분되는 경험도 있었지만, 기쁨이나 자랑스러움과는 거리가 먼, 잊고 싶은 기억도 있었다. 크리스토퍼는 물론이고 호레이쇼와의 만남만 해도 그랬다. 행복했지만, 언제 이 비밀스러운 관계가 들킬지 모른다는 걱정 때문에 늘 어딘가 그늘이 드리워져 있었다.

"그랜트 양?"

검은 머리의 남자가 문간에 서서 나를 바라보고 있었다. 어제 텔레비전에서 봤을 때 잠깐 아빠라고 착각했던 남자였다. 자연스러운 권위를 풍기는, 호리호리한 미남이었다. 이곳의 우두머리 같았다. 그는 내 손을 보더니 얼굴을 찌푸렸다.

"왜 수갑을 채웠습니까?"

그러자 나를 데리고 있던 경찰이 뭐라고 중얼거리며 서둘러 수갑을 풀었다.

부엌에서 풍기는 커피 향기가 현관까지 몰려왔다. 향기를 좇아 고개를 돌리니 엉덩이에 권총집을 매단 젊은 여자가 서 있었다. 나와 눈이 마주친 여자가 등을 돌리고 있는 동료에게 뭔가 이야기를 하자 그가 나를 돌아봤다. 두 사람은 적대감을 감추지 않고 나를 노려봤다. 모두 나를 싫어하는 것 같았다.

"그랜트 양, 들어와요."

검은 머리 남자가 한 걸음 뒤로 물러나며 왼쪽 방으로 들어오라고 손짓했다. 호레이쇼와 내가 쓰던 매트리스 대신 철제 책상이 놓여 있고 그 옆에는 화이트보드가 서 있었다.

"조던 블라이스톤 경위입니다. 네브래스카 주 강력계 형사예요." 그가 자기소개를 하며 오른손을 내밀었다.

"이렇게 일찍 와줘서 고마워요. 편안히 오셨기를 바랍니다."

나는 어안이 벙벙해서 그를 노려봤다. 경찰들이 즐기는 괴상한 유머인가? 아니면 지금 날 놀리는 건가?

"아, 감사해요. 24시간 동안 수갑을 차고 오니까 정말 편안하더라고요."

나는 냉소적으로 대꾸하며 그가 내민 손을 무시했다.

"제가 눈 속에서, 아니면 화장실 문을 열어놓고 오줌 싸는 거 엄청 좋아하는 줄은 어떻게 아셨나 몰라요. 제대로 먹지도 마시지도 않고 말이죠. 아, 그리고 진짜 편안했던 게, 어떤 트럭 운전사가 절 때렸는데 동료분들이 그냥 보고만 있더라고요. 굉장한 경험을 하게 해주신 것도 정말 감사드려요. 마지 켈러먼 경사가 제 옷이랑 배낭을 뒤지는 동안 난방도 안 되는 방에서 벌거벗고 30분이나 서 있었거든요. 혹시 뭐 빼먹은 거 없나? 참, 헬리콥터에서 절 밀어서 눈밭에 쓰러뜨린 스테트너 순경의 싹싹한 행동도 정말이지 표창감이었어요."

조던은 내 말을 끊지 않고 입을 다문 채 귀를 기울였다. 그 점은 확실하게 점수를 땄다.

"게다가 동료분들이 왜 저를 체포했는지, 왜 이렇게 서둘러서 여기로 데리고 왔는지 말해주지도 않는 바람에 너무 설레고 재미있었답니다." 나는 이렇게 덧붙였다.

형사는 입술을 질끈 깨물고 이마를 잠깐 찡그리더니, 미안하다는 듯이 팔을 벌렸다. "사과드릴 일들이 많네요. 정말 죄송합니다. 몇몇 동료가 과도한 열정으로 잘못을 범했습니다. 사실 지난 몇 시간은 완전히 뒤죽박죽이었답니다."

그의 얼굴에 체념 비슷한 분위기가 얼핏 스쳤다. 책상 스탠드 불빛에 눈 아래 다크서클이 두드러져 보였다. 내가 아직도 연민을 느낄 여력이 있다는 게 놀라웠다.

"그랜트 양, 앉으세요. 커피를 가져다 드리겠습니다."

그가 나가면서 문을 닫았다. 나는 누군가 농장을 대략 그려둔 화이트보드에 다가갔다. 군데군데 붉은 십자 표시가 되어 있었다. 시신이 발견된 자리 같았다. 베란다 앞과 집 한쪽 구석, 밀스네 집 앞, 하이럼 오빠와 내가 살던 집 앞. 그 아래 쓰인 글자가 눈에 들어오자 몸이 얼음처럼 차가워지며 숨이 가빠왔다. 텔레비전에서는 그저 '희생자 네 명'이라고만 언급되던 사람들의 이름이었다.

나는 첫 이름을 마주한 순간부터 무너져내렸다. 모호하던 불안이 바꿀 수 없는 현실로 변하며 실낱같은 희망을 파괴했다. 조지프 그랜트. 나는 화이트보드에 쓰여 있는 이름을 이해하고 싶지 않았다. 온 힘을 다해 거부하고 싶었다. 조지프 그랜트. 조지프 오빠. 내가 가장 사랑하는 오빠가 죽었다. 자기 동생이 쏜 총에 맞아서. 눈앞이 깜깜해지고 무릎이 풀렸다. 나는 배낭을 떨어뜨리고 바닥에 주저앉아 양손에 얼굴을 묻고서 쓰디쓴 눈물을 흘렸다. 오빠는 내가 아는 가장 훌륭한 사람이었는데……. 왜 크리스마스에 집에 와서는…… 왜 군함에 그냥 있지 않고……. 그랬더라면 지금 살아 있을 텐데!

조지프 오빠가 헛간에서 해군에 지원했다고 털어놓던 날이 떠올랐다. 다른 사람들한테는 아직 비밀이라며 히죽 웃던 얼굴, 미래에 대한 확신으로 반짝이던 눈, 어둠 속에서 빛나던 하얀 치아……. 슬픔과 고통이 날카로운 갈퀴처럼 내 심장을 후볐다. 화이트보드를 다시 볼 엄두가 나지 않았다. 또 누가 죽은 걸까? 레베카 새언니와 어린 애덤과 함께 행복하게 살아야 할, 착하고 싹싹한 맬러키 오빠? 아빠 대신 늘 내 편이 되어주고, 레이첼 이모의 야비한 짓거리에서 나를 보호해주던 용감하고 강인한 하이럼 오빠? 아니, 안 돼. 하이럼 오빠마저 죽었다면 난 살 수가 없는데…….

발소리가 가까워지더니 문이 열렸다가 다시 닫혔다. 눈물로 흐릿해진 시야에 신발 한 켤레가 보였다.

"또 누군가요?" 나는 나지막하게 말하며 주먹을 쥐었다. "조지프 오빠 말고 또 누굴 쐈어요?"

"라일 패칫, 리로이 밀스와 카터 밀스."

"말도 안 돼!"

빙고 게임과 스윙댄스를 너무도 사랑하던 라일, 호주가 어디에 붙어 있는지도 모르면서 거기로 가서 사는 게 꿈이라며 호탕하게 웃던 라일……. 늘 부지런하고 다정하던 내 소꿉친구 리로이와 파리 한 마리 못 괴롭히던 맘 여린 카터……. 도대체 왜? 세 사람이 에스라 오빠한테 뭘 어쨌다고? 손등으로 얼굴을 계속 훔쳤지만 둑이 무너진 것처럼 눈물이 계속 흘러내렸다. 내가 지금 너무 생생한 악몽을 꾸는 중일까? 심장을 두근거리며 깨어나도 하루 종일 따라다니는 악몽? 그래, 이건 어쩌면 모두 꿈일지도 몰라…….

"정말 유감입니다." 조던이 연민 가득한 목소리로 말하며 내 어깨를 부드럽게 건드렸다.

"차라리 몰랐더라면 좋았을 텐데!" 나는 흐느끼며 말했다. "더 멀리 갔었더라면, 그랬으면 내가 좋아하는 사람들이 전부 잘 지내고 있다고 믿을 수 있었을 거 아니에요!"

"이해합니다, 그랜트 양. 이런 일을 마주하고도 부서지지 않는 게 운명이 인간에게 요구하는 것 중에 가장 어려운 일이겠지요."

조던이 위로를 건네고는 내 옆에 앉았다. 참나무 바닥이 삐걱거리는 소리를 냈다. 나는 그가 건넨 휴지를 받아들어 코를 풀었다.

"아빠는? 하이럼 오빠는요?"

"두 분 다 살아 계십니다. 오빠분은 좀 회복됐지만, 아버님은 혼수상태라서 특수병동에 입원 중입니다. 어머님은 무사하세요. 부상도 입지 않았고."

"양엄마예요."

나는 그의 말을 고쳐주고는 처음으로 그를 똑바로 바라봤다. 현명해 보이는 갈색 눈동자와 숱이 많은 속눈썹, 각진 턱. 코는 언젠가 한 번 부러진 것처럼 약간 휘어 있었다.

"왜…… 왜 이렇게 모두 저한테 잔인한 거죠? 내가 뭘 어쨌다고……." 나는 나지막하게 중얼거렸다. "제가 이 일과 관련이 있다고 생각하시는 거예요? 그래서 체포한 건가요?"

조던은 생각에 잠긴 표정으로 나를 바라봤다.

"전 체포하라고 하지 않았습니다. 당신이 사라져서, 저희는 당신도 오빠에게 희생됐다고 생각할 수밖에 없었어요."

"그래서 제 사진을 텔레비전에 내보내고, 사람들이 제가 그…… 그 나쁜 놈이랑 뭔가 관계가 있다고 믿게 한 거예요? 절 중범죄자 취급하고, 무슨 일이 벌어졌는지도 말해주지 않고? 전 차에 가서 짐을 꺼내 오지도 못했다고요. 지금 그 짐이 어떻게 됐는지 누가 알겠어요!"

눈물이 또 나왔다. 옷이야 어찌 되든 상관없었지만, 상자에는 엄마의 앨범과 일기장이 있었다. 엄마의 유일한 유품이었다.

"그랜트 양, 아까 말했다시피 당신을 그렇게 다룬 건 정말 죄송합니다." 조던이 미안한 표정으로 말했다. "그럴 줄은 생각도 못했어요. 당사자들에게 책임을 묻겠어요. 약속합니다. 그리고 당신 짐은 제가 챙기겠습니다."

나는 그를 의심의 눈길로 쏘아봤다. 정말일까, 아니면 가식을 떠는 걸까. 신뢰가 실망으로 변한 경우가 너무 많아서 조심스러웠다.

"저희는 어쩌다가 이런 사건이 벌어졌는지 알아내고 싶습니다. 지금 아는 거라고는 가족끼리 다툼이 있었다는 사실뿐입니다."

"왜 범인한테 안 물어보시고요?" 나는 오빠의 이름을 입에 올리기도 싫었다. "그런 일을 저지른 이유를 가장 잘 설명해줄 사람이 잖아요."

"에스라 그랜트는 사망했습니다." 조던이 말했다.

"예?" 나는 고개를 들고 그를 멍하니 쳐다봤다.

"더 많은 사람을 죽이기 전에, 농장 일꾼 한 명이 그를 쐈어요."

그가 하는 말이 더 이상 잘 들리지 않았다. 에스라 오빠가 죽었다. 오빠의 위협도 더는 존재하지 않는다. 나를 향한 바닥 모를 증오와 질투, 오빠가 했던 비열하고 잔혹한 일들이 머리를 스치고 지나갔다. 온몸이 떨리며 뜨거워졌다가 식기를 반복했다. 에스라 오빠는 이제 나에게 아무 짓도 못 한다. 죽었다, 죽었다, 죽었어!

"누가, 누가 쐈어요?" 나는 더듬거리며 물었다.

"존 화이트호스."

따뜻하고 달콤한 꿀 같은 안도감이 핏줄을 타고 흘렀다. 불현듯 너무나 가볍고 자유로워진 느낌이었다. 전에는 이런 느낌을 경험해본 적이 없었다. 그동안 그 나쁜 놈이 날 얼마나 힘들게 했는지, 오빠의 존재 자체가 내 인생을 얼마나 음울하게 만들었는지를 바로 그 순간 깨달았다.

"그런데…… 그런데 뭘 더 알아야 한다는 거죠? 이미 일은 다 끝 났는데, 오빠의 동기가 뭐가 중요해요?"

"이런 폭력범죄의 배경과 범인의 동기를 파악하는 일은 늘 중요 합니다." 조던이 설명했다. "또 당신 오빠 조지프는 해군이잖아요. 해군 범죄수사대는 이 사건의 철저한 해명을 원합니다. 당신 양아 버지는 이 주뿐만 아니라 다른 곳에서도 존경받는 분이고요."

그는 관심을 드러내며 나를 빤히 바라봤다.

"당신이 오빠를 살해하려 했다는 소문이 있더군요. 당신 양어머 니는 당신 때문에 가정불화가 일어났다고 주장했고요. 사람들이 당신에게 보인 회의적인 태도는 아마 그 때문일 겁니다."

회의적인 태도? 그는 내가 겪은 증오와 분노를 아주 멋지게 과 소평가해냈다. 하지만 그런 조심스러운 표현으로도, 자기가 무슨 말을 하고 싶은지를 감출 수는 없었다.

"나는 사악한 입양아고 이모는 착하고 성실한 농장주의 아내죠." 나는 쓴웃음을 지었다. "레이첼 그랜트를 아는 사람이라면 누구나 그 말에 웃음을 터뜨릴 거예요."

"하지만 2억 명의 다른 사람들은 안 그래요." 조던은 진지한 얼 굴로 말했다. "그렇기 때문에 사건의 배경과 동기를 밝혀내는 작업 이 필요한 겁니다. 우리가 바로잡을 수도 있을 거예요."

그가 신중하게 내뱉은 마지막 문장은 이미 야기된 소문을 바로 잡기가 얼마나 어려운지를 분명하게 보여주는 것 같았다. 그 역시 그 일이 얼마나 힘든지 잘 알고 있는 거다. 날 향해 직진하며 내 미 래를 삼키려고 달려드는 재앙이 폭풍전선처럼 뚜렷하게 보이는 듯했다. 이 비극은 이미 오래전에 대중의 무의식 속에 자리 잡고 있었다. 거기에서 내가 맡은 배역은 악인이다. 순박한 가정을 파괴한, 은혜를 모르는 입양아.

"왜 하필이면 크리스마스 하루 전에 떠났죠? 어디로 가려고 했습니까? 왜 떠난다는 말을 아무에게도 하지 않았나요?"

내가 몇 분간 마비된 듯 가만히 앉아서 아무 말도 하지 않자 조던이 물었다.

나는 즉각적으로 방어 태세를 갖췄다. 쌀쌀맞게 톡 쏘아붙이려는데 그와 눈이 마주쳤다. 지난 이틀간 겪은 다른 사람들과는 달리, 그의 눈에는 호기심이나 적대감이 아니라 진짜 관심이 드러나 있었다. 나에 대한 선입견은 없어 보였다. 그저 윌로크릭 농장에서 무슨 일이 일어났는지를 정말로 이해하고 싶은 듯했다.

"저는 여기서 진정한 행복을 느끼지 못했어요. 양엄마는 절 싫어한다는 걸 늘 분명하게 드러냈죠. 그래서 최대한 빨리 페어필드를 떠나기로 마음먹고 있었어요. 전 노래를 좋아하고, 직접 여러 곡을 작곡하기도 했어요. 그 곡들로 학교에서 뮤지컬 공연을 했는데, 뉴욕에서 온 프로듀서가 공연을 봤어요. 그 사람이 절 뉴욕으로 초대했어요. 1월에 스튜디오에서 테스트 녹음을 하기로 되어 있었죠. 그런데 가족 간에 다툼이 생겼고, 이렇게 된 바에는 당장 떠나야겠다고 생각한 거예요. 아빠한테는 편지를 남겼고 메리제인 아줌마한테 작별인사를 했어요."

나는 양팔로 무릎을 감싸 안았다.

"한 가지는 양엄마가 옳아요. 물론 오빠를 의도적으로 죽일 생각은 없었어요. 하지만 크리스마스 이틀 전에 오빠가 또 제 뒤를 캐다가 얼음이 깨져서 물에 빠졌을 땐 정말이지, 그냥 익사하게 내버려두고 싶었어요. 하지만 우린 오빠를 물에서 건져냈죠. 우리가 그렇게 하지 않았더라면 조지프 오빠와 라일과 밀스 형제는 아직 살아 있을 거고, 아빠도 혼수상태로 누워 있지 않을 텐데.”

“‘우리’가 누구죠?”

나는 에스라 오빠를 데리고 농장으로 왔을 때 호레이쇼가 아빠에게 했던 거짓말을 그대로 유지해야 했다. 호레이쇼와 내가 연인 관계라는 사실이 밝혀지면 절대 안 된다. 그 비밀을 아는 유일한 사람은 이제 죽고 없는데, 이제 와서 호레이쇼를 힘들게 할 이유가 뭐란 말인가.

“호레이쇼 버넷 목사님이랑 저요. 저는 목사님이랑 아주 친해요. 제가 에스라 오빠를 얼마나 무서워하는지 털어놓은 사람도 목사님뿐이고. 목사님이 페어필드 인근 농장으로 가시다가 제 차 뒤를 따라가는 에스라 오빠의 차를 우연히 보셨대요. 오빠가 저한테 또 해코지를 할까 봐 걱정스러워서 뒤따라오신 거죠.”

형사가 이 이야기를 믿을까? 내 귀에도 억지로 맞춘 거짓말처럼 들리는데.

“에스라 오빠는 절 증오했어요. 평생 질투했죠. 저를 성폭행하려고 시도한 적도 있는데, 그때는 다행스럽게도 하이럼 오빠가 제때 나타나줬어요. 그날은 운 좋게도 버넷 목사님이 나타나준 거고요. 에스라 오빠는 겁을 먹고 도망치다가 호수 끝자락으로 곧장 달려갔는데, 거기는 겨울에도 꽁꽁 얼지 않는 곳이거든요. 얼음이 깨졌죠. 저는 그냥 익사하게 내버려두고 싶었지만, 버넷 목사님이 자기 차에서 견인용 밧줄을 꺼내오라고 고함을 질렀어요. 우리는 오빠를 물에서 건져내서 집에 데리고 왔어요.”

조던은 나를 채근하지 않고 조용히 앉아서 듣고만 있었다.

“그 뒤에 다툼이 벌어진 거로군요. 아마도 그게 이 학살의 원인이고요?”

75

시간이 좀 지난 뒤에 그가 물었다. 나는 고개를 끄덕였다.

"네, 수십 년 동안 숨겨오던 비밀이 그날 다 폭로됐거든요. 에스라 오빠는 자기가 버넌 그랜트의 아들이 아니라는 걸 알게 됐어요. 게다가 아빠가 에스라 오빠의 게으름에 질려서 1월에 입대하라고 했는데, 오빠한테 그 말은 공포로 다가왔겠죠. 모든 게 제 탓이라고 생각했을 거고요."

"왜죠?"

조던이 눈썹을 치켜올렸다.

"이야기하자면 아주, 아주 길어요." 나는 울적한 목소리로 대답했다. "30년도 더 전에 여기 이 집에서 시작된 이야기예요."

사람들의 목소리와 발소리, 전화벨 소리가 닫힌 문 너머에서 흐릿하게 들려왔다. 내가 손도 대지 않은 커피는 차갑게 식은 지 오래였다.

"전 시간 많아요." 조던이 대답했다.

모든 게 너무나 비현실적이었다. 난 지금쯤 작곡한 노래를 챙겨서 뉴욕에 있어야 했다. 그런데 물빛 별장에, 그것도 경찰과 함께 있다니. 갑자기 끔찍할 만큼 피곤해졌다. 더는 한마디도 하고 싶지 않았다. 샤워를 하고, 잠을 자고, 제대로 된 식사를 하고 싶었다. 맬러키 오빠와 레베카 새언니, 메리제인 아줌마와 존 화이트호스 아저씨를 보고 싶었다. 웨이사이더 등에 올라타 어디론가 가고 싶었다. 텔레비전에서 나에 대해 늘어놓은 말들을 모두 잊을 수 있는 곳, 조지프 오빠와 라일과 리로이와 카터를 애도할 수 있는 곳으로.

"이제 가족을 만나고 싶어요." 나는 이렇게 말하며 무릎을 감싸 안았던 팔을 풀었다. "그 이야기는 나중에 하면 안 될까요?"

"아, 물론 되지요."

조던은 고개를 끄덕이고 바닥에서 일어나, 내가 일어나는 걸 도와주려고 손을 내밀었다. 그 손을 잡자마자 강력한 정전기가 내 몸을 훑고 지나갔다.

"아얏!" 난 깜짝 놀라 소리를 지르며 손을 뒤로 뺐다.

"공기가 건조한가 봐요."

조던이 슬며시 미소를 지었다. 따뜻한 미소였다. 우리는 마주 봤다. 잠깐보다는 긴 시간이었다. 그는 경찰이었다. 다시 말해 적이었다. 그렇지만 내가 지금까지 만난 경찰들과는 달리 나를 공정하게 대하고 있었다. 나는 이 남자를 믿고 싶었다. 너무 순진한 생각일까? 결국엔 후회하게 될까? 하지만 이미 의미 있는 것들을 거의 모두 잃은 마당에, 더 이상 후회할 일이 또 뭐가 생길까?

∞

조던 블라이스톤과 그가 그레그 홀스워스라고 소개한 좀 더 젊은 형사가 나를 농장으로 데리고 갔다. 연료통이 거의 비어 있어서 페어필드 시내 주유소에 들러야 했다. 추위와 세찬 눈보라에도 불구하고 놀랄 만큼 많은 차들이 돌아다니고 있었다. 아이오와 주와 오클라호마 주, 콜로라도 주 번호판까지, 의아할 정도로 다양한 지역의 번호판이 보였다.

"이 사람들이 대체 여기서 뭐하는 거죠?"

내 질문에 조수석에 앉은 조던이 나를 흘낏 보며 대답했다.

"구경꾼들이죠. 지루한 일상에서 탈출해 텔레비전에 하루 종일 등장하고 있는 장소를 구경하러 온 사람들."

누군가 불쑥 유리창을 두드렸다. 화들짝 놀라서 쳐다보니 엘머

하이랜드가 히죽거리고 있었다. 주유소 집 아들인 엘머는 싹싹하지만 눈치 없고, 목소리가 너무 큰 게 흠이다. 몇 년 전 제빵사의 딸인 메리 필립스와 연애하다가 그녀를 임신시켰는데, 그때 두 사람은 미성년자였다. 레이첼 이모를 필두로 이 촌구석의 위선자들이 모두 이 스캔들에 달려들었다. 결국 엘머는 도망쳤고, 메리는 헛간 지붕에서 뛰어내리는 바람에 6개월 된 배 속의 아이를 잃고 두 다리가 부러졌다. 이제 메리는 캔자스 주에 살고, 엘머는 페어필드로 다시 돌아왔다.

"어이, 셰리든!" 엘머가 소리치고 유리창을 계속 두드리면서 약간 튀어나온 눈을 크게 뜨고 물었다. "셰리든, 너 뭐야? 체포됐어? 너 텔레비전에 나오더라!"

나는 고개를 저으며 검지를 입술에 댔지만, 늘 그렇듯이 눈치라고는 없는 엘머는 반가움에 목청껏 고함을 질렀다.

"셰리든이 왔어요! 이제 찾을 필요 없어요!"

나는 공중분해되고 싶은 기분이 되어 모자를 푹 내려썼다.

"누구죠?" 조던이 불쾌한 표정으로 물었다.

"주유소 집 아들이에요. 약간 모자라요." 나는 나지막하게 대답했다.

조던은 고개를 끄덕이고는 조수석에서 내려 어딘가로 향했다.

"엄마! 아빠! 셰리든이 경찰차를 타고 왔어요!"

엘머가 계속 고함을 질러대자 사람들의 시선이 이쪽으로 집중됐다. 갑자기 아주 불편해졌다. 낯선 사람들이 자동차로 다가와 호기심 가득한 눈길로 유리창을 들여다봤다.

"이 계집애가 여기 있었네!" 샛노란 파카를 입은 뚱뚱한 여자가 자동차 지붕을 두드리며 소리쳤다. "너 때문에 다섯 명이 죽었다며? 기분이 어때?"

어떤 남자는 사진을 찍으려 했고, 또 다른 남자는 차 문 손잡이를 흔들며 유리창에 침을 뱉었다. 나는 적대감으로 일그러진 얼굴을 보고는 깜짝 놀랐다. 점점 더 많은 사람이 자동차를 에워싸고 욕을 퍼부었다. 나는 놀라서 모자를 더 깊숙하게 내려쓰고 귀를 막았지만, 고함과 유리창을 주먹으로 두드리는 소리는 점점 커졌다. 조던은 어디로 간 걸까? 트럭 운전사들이 날 공격했을 때 경찰들이 그랬던 것처럼 일부러 날 혼자 내버려두는 걸까?

두려움 때문에 심장이 두방망이질하고 식은땀이 솟았다. 나는 이 빌어먹을 차에 갇혀버렸다. 앞쪽 급유기에는 대형 SUV 차량이 서 있고, 뒤에도 긴 줄이 늘어서 있었다. 페어필드에 주유소라고는 여기밖에 없다. 그러다 구경꾼들이 갑자기 시야에서 사라졌다. 덩치 큰 엘머의 아버지 빌 아저씨가 야구방망이를 들고 구경꾼들에게 다가오고 있었다.

"주유소 문을 닫을 거요!" 빌 아저씨가 소리를 질렀다. "여기서 썩 꺼져! 비열한 인간들 같으니라고!"

아저씨는 자동차로 몸을 돌리더니 지붕을 가볍게 두드리고는 말했다. "셰리든, 기죽지 마라!"

나는 멍하니 아저씨를 바라보기만 했다. 드디어 조던과 다른 형사도 돌아왔다. 그들 역시 화가 난 것 같았다. 젊은 형사가 시동을 걸고 경적을 울렸다. SUV 차량이 옆으로 비키자 가속 페달을 밟고 왼쪽으로 방향을 틀었다. 뒤를 돌아보니 빌 아저씨가 주유소에 쇠줄을 치고 있었다. 그와 동시에 간판 조명도 꺼졌다.

"왜들 저러는 거예요?" 나는 떨리는 목소리로 물었다. "내가 저 사람들한테 무슨 짓을 했다고?"

"그랜트 양, 당신을 링컨으로 데리고 가는 게 나을 것 같군요."

조던은 대답 대신 이렇게 말했다. 나를 태우고 주유소로 온 것 자체가 실수였다. 게다가 멍청한 엘머 때문에 내가 페어필드에 있다는 사실이 온 사방에 알려지게 되었다.

"페어필드에서는 당신의 안전을 보장할 수 없어요. 인원이 부족해요." 내게로 몸을 돌린 그의 눈에는 근심이 서려 있었다.

"그랜트 집안 사람은 자기 안전은 자기가 지켜요. 전 가족들이랑 이곳에 있을 거예요." 내가 대답했다.

젊은 형사는 속도를 줄여 농장으로 향하는 길로 차를 꺾었다. 이곳에도 대형 트럭들과 지붕에 위성접시를 단 텔레비전 방송국 차들이 주차되어 있었다. 옷을 두툼하게 챙겨 입은 형체들이 살을 에는 추위와 퍼붓는 눈에도 불구하고 닫힌 문 앞에 버티고 있었다. 그들은 옹기종기 모여 뉴스거리가 될 만한 일이 벌어지기를 기다리고 있다가 내가 탄 차를 보자 움직이기 시작했다. 커피를 급하게 눈에 쏟아버리고는 카메라를 어깨에 메거나 마이크를 뽑아들었다. 내가 올 거라는 소문이 벌써 퍼졌는지, 사람들은 내 이름을 부르며 차로 달려들어 유리창을 세차게 두드렸다.

"아, 이런, 다들 제정신이 아니야." 조던이 탄식을 내뱉었다.

나는 모자를 깊숙하게 눌러쓰고 머플러로 코와 턱을 가리고는 앞좌석 등받이 너머로 조심스럽게 바깥을 내다봤다. 닫힌 대문 뒤쪽에 말을 탄 사람이 손에 엽총을 든 채 보초를 서고 있었다. 거세된 말 컬리를 탄 존 아저씨였다. 아저씨를 보니 마음이 가벼워졌다. 존 아저씨는 안장에 탄 채로 문을 열고는 우리를 들여보냈다.

겨우 이틀 전에 차를 몰고 이 마당을 나섰다는 게 전혀 믿기지 않았다. 다시 돌아온 지금, 외관상으로는 바뀐 게 없어 보였지만 예전과 똑같은 건 하나도 없었다. 에스라 오빠의 행위가 모든 것을 바꿔놓았다. 이 농장과 여기 사는 사람들뿐 아니라, 미국 전역에 잔인한 학살의 대명사로 알려지게 된 페어필드와 그 주민들까지.

∞

메리제인 아줌마네 부엌의 긴 의자에 앉자 몸과 영혼이 다시 하나가 되는 것 같았다. 내 일부는 전혀 이곳을 떠난 적이 없고, 다른 일부는 도망갔다가 고무줄에 당겨지듯 다시 제자리로 돌아온 느낌이었다.

내 눈길은 닳은 부엌 찬장, 수많은 메모지와 영수증과 빙고 쿠폰이 붙어 있는 냉장고를 지나 벽에 걸린 아줌마의 아들 니컬러스의 사진 액자와 신문에서 오려낸 바랜 기사들, 건너편 저택이 내다보이는 유리창을 훑었다. 창틀에 놓인 화분에선 다양한 허브가 자라고 있었다. 나는 이 부엌에서 셀 수도 없이 자주 먹고 마셨고, 때로는 그냥 앉아서 메리제인 아줌마와 수다를 떨거나 함께 편안한 침묵을 즐기기도 했다.

지난해 여름 그 '끔찍한 사건'을 겪고, 그해 겨울 나는 이 부엌에서 위안을 찾았다. 니컬러스가 메리제인 아줌마를 찾아오는 일요일 점심때가 내게는 일주일 중 가장 특별한 시간이었다. 나는 니컬러스와 만나기를 고대하며 일주일을 견뎠고, 일요일 설교가 너무 길어져서 니컬러스와 만나지 못할 때면 버넷 목사를 저주하기까지 했다.

"셰리든, 좀 먹고 기운 차리렴."

메리제인 아줌마가 김이 나는 고구마 그라탱, 밤과 단호박, 소스를 잔뜩 올린 두툼한 칠면조 스테이크와 우유를 내줬다. 어제 식구들이 손도 못 댄 크리스마스 음식이었다.

메리제인 아줌마는 건너편에 자리를 잡고 앉아 검은 눈동자로 나를 가만히 바라보았다. 조던과 그레그 홀스워스는 거실에서 맬러키 오빠와 레베카 새언니와 이야기를 나누고 있었다. 닫힌 문 뒤편에서 그들의 목소리가 나지막하게 들렸다. 나는 메리제인 아줌마에게 이끌려 부엌으로 오기 전에 잠깐 오빠와 새언니에게 인사를 했다. 우리는 한동안 아무 말도 없이 그냥 앉아 있었다.

배에서 꾸르륵 소리가 났지만 식욕은 없었다. 맬러키 오빠와의 짧은 만남이 너무 큰 충격을 안겨줬다. 아빠의 믿음직한 큰아들은 이제 그저 허깨비처럼 보였다. 면도도 하지 않은 얼굴은 시체처럼 창백했고, 충혈된 눈은 텅 빈 것처럼 보였다. 원래도 말수가 적었지만 이제는 아주 입을 열 생각조차 없는 듯했다. 이 비극의 책임이 내게 있다는 레이첼 이모의 비난이 불현듯 내 마음을 아프게 했다. 지금까지 어제의 사건은 텔레비전에 등장하는 비현실적인 장면에 불과했다. 도대체 무슨 일인지 잘 알지도 못했고, 이해는 더더욱 하지 못했다. 그런데 윌로크릭 농장으로 돌아오니 모든 게 불쑥 현실로 다가왔다. 무섭고 끔찍한 현실. 나는 나이프와 포크를 들고 잠깐 망설이다가 다시 내려놨다.

"아줌마도 이 모든 게 제 탓이라고 생각해요?"

나는 메리제인 아줌마의 의견을 중요하게 생각했다. 아줌마는 내가 아는 그 누구보다 따뜻한 마음과 훌륭한 판단력을 갖춘 사람이었다. 어렸을 때 나는 아줌마가 우리 엄마이기를 바라기도 했다.

"아니야. 여기 있는 사람 중 누구도 그렇게 생각하지 않는단다. 네 잘못이 없다는 거야 너 스스로도 잘 알잖니."

"하지만 제가 일기장을 발견하지 않았더라면……."

내가 입을 열자 메리제인 아줌마는 세게 고갯짓했다.

"어제 벌어진 일은 네가 태어나기 훨씬 전에 시작된 거야."

아줌마는 진지한 얼굴로 말하고는 일을 많이 해서 못이 박인 따뜻한 손을 내 손 위에 얹었다.

"레이첼은 운명의 흐름을 거스르려고 했어. 그런 짓을 하면 벌을 받지. 거짓말이 너무 커져서 스스로도 통제할 수 없었던 거야. 네 엄마의 영혼이 돌아와서 복수한 걸지도 모르고."

"그럼 레이첼 이모는 왜 무사한 거죠? 왜 조지프 오빠랑 다른 사람들이 죽은 건데요?"

"그게 레이첼이 받은 저주야." 내 물음에 아줌마가 손을 거둬들이며 대답했다. "레이첼을 편하게 죽게 놔둘 수 없었던 거지. 지금 레이첼은 자기가 텔레비전에서 한 거짓말 덕분에 안전하다고 느끼면서 사람들의 동정을 즐기고 있을 거야. 하지만 언젠가는 그 거짓말 때문에 스스로 해를 입게 될 거야. 레이첼의 시꺼먼 영혼은 결국 드러나게 되어 있어. 어제 죽어서 순교자가 되지 못한 게 레이첼이 받은 벌이야. 너도 곧 알게 될 거다."

나는 아줌마의 예언 같은 말에 소름이 끼쳤다.

"이제 어떻게 해야 하죠? 레이첼 이모가 한 말 때문에 사람들이 절 미워해요."

메리제인 아줌마는 나를 한참 바라보다가 한숨을 내쉬었다.

"그래, 안다. 어려운 일이 눈앞에 있으니 내 말이 위로가 되진 않겠지." 아줌마는 부드럽게 말을 이어갔다. "하지만 언젠가 넌 행복해질 거야. 어쩌면 네가 지금 상상하는 것과는 아주 다른 삶을 살게 될지도 몰라. 이곳이 아닌 아주 다른 장소에서 말이야. 네 앞에는 험난한 길이 놓여 있단다. 그리고 넌 아직 배울 게 아주 많고."

그 말은 정말이지 위로가 되지 않았다. 난 그저 간단한 조언을 원했을 뿐인데, 원하는 걸 얻는 건 늘 쉽지가 않다.

"혹시 호레이쇼 목사님께 편지 전해주셨어요?"

갑자기 편지 생각이 떠올랐다.

"아니, 그럴 틈이 없었다."

"그럼 난로에 던져버리세요. 목사님이랑 직접 이야기할게요."

호레이쇼에게 전화를 걸어도 될까? 어쨌든 그는 우리 교구 목사니까, 내가 지금 같은 상황에서 도움을 청한다고 해도 아무도 이상하게 생각하지 않을 것이다. 나는 칠면조 스테이크를 한 조각 입에 넣고 마지못해 씹었다. 호레이쇼와의 마지막 통화가 떠오르자 갑자기 불안해졌다. 그에게 실망하게 될지도 모른다. 많은 걸 약속했지만 아무것도 지키지 않은 사람들의 목록에 호레이쇼의 이름이 오르는 건 싫었다. 내 첫사랑 제리 브래니건은 페어필드를 떠나면서 편지하겠다고, 꼭 돌아오겠다고 한 맹세를 저버렸다. 내가 사랑하고 존경하던 아빠 역시 비겁하게도 내 친부모가 누구인지, 내가 어떻게 그랜트 집안에 오게 됐는지 이야기해주지 않았다. 나를 한 번도 실망시키지 않은 유일한 사람은 메리제인 아줌마의 아들인 니컬러스뿐이었다.

"여기서 무슨 일이 벌어졌는지 니컬러스 아저씨는 알아요?"

내 질문에 아줌마가 대답했다.

"나도 모르겠구나. 마지막으로 소식을 들었을 때는 알래스카에 있다고 했어. 가을쯤이었는데, 목장 일이 지겨워서 해상 플랜트로 갈 거라고 하더라. 거기서는 돈을 많이 벌 수 있대."

"정말요?"

나는 카우보이 니컬러스가 바다 한가운데 석유 채굴용 인공 섬에 있는 모습을 도무지 상상할 수 없었다. 아주 오랫동안 나는 니컬러스가 일종의 전설 속 인물이라고 생각했다. 윌로크릭 농장에서는 아무도 그에 대해 말하지 않았기 때문이다. 그의 이름을 처음 들은 건 집안일을 해주던 마사 아줌마에게서였다. 아줌마는 스캔들로 가득한 그랜트 집안의 역사를 아주 잘 알고 있었다.

니컬러스 워커는 매디슨 카운티 최고의 스캔들로 인해 태어났다. 아버지는 악명 높은 셔먼 그랜트, 우리 아빠의 큰아버지다. 그는 대공황 때 지금 윌로크릭 농장의 대부분을 차지하는 드넓은 땅을 매입했다. 뛰어난 사업 감각 외에도 아가씨들을 유혹하는 재주가 출중해서 페어필드 지역에 열두어 명은 족히 되는 사생아를 남겼는데, 니컬러스는 그중 한 명이었다. 메리제인 아줌마는 40년이 지난 지금도 그를 위대한 연인으로 기억하고 있다.

마사 아줌마 덕분에 나는 니컬러스라는 이름을 알게 되었지만, 만난 적은 없었다. 니컬러스는 열여섯 살 때 페어필드를 떠났고, 베트남 전쟁에 참전했으며, 교도소에서 복역한 적도 있고, 그 후에는 전국적으로 유명한 로데오 선수가 됐다. 그러다 1995년 여름에 페어필드에 다시 나타나서 한참이나 머물렀는데, 우리는 그때 친구가 됐다.

그와 처음 만났던 때가 마치 어제 일처럼 생생히 떠올랐다. 그날 나는 물빛 별장에 갔다가 크리스토퍼에게 뼈저리게 실망하고는 말을 타고 근처를 방황하던 중이었다. 바로 그때 길가에 서 있는 검은 머리카락에 연푸른 눈동자의 이방인이 눈에 들어왔다. 그는 자동차 타이어가 터져서 난처해하고 있었다. 나는 그에게 스페어타이어를 빌려줬는데, 나중에야 그의 이름도 물어보지 않았다는 생각이 났다. 타이어 값을 내가 맬러키 오빠에게 물어줘야 하는 게 아닌가 걱정한 것도 잠시, 다음 날 메리제인 아줌마 집에서 아침을 먹을 때 그를 다시 보게 됐다. 날 두근거리게 만든 연푸른 눈동자의 이방인, 그가 바로 전설적인 니컬러스 워커였다.

나는 채 24시간이 지나기도 전에 그에게 완전히 빠져들었지만 그는 내 유혹을 철저히 거부했다. 나는 결국 애타는 마음을 숨기고 친구처럼 지내기로 했다. 내가 어째서 그의 연인이 될 수 없는지 그 진짜 이유를 알게 된 건 몇 달이나 지난 뒤였다. 하지만 그렇게 친구처럼 지내는 것도 괜찮았다. 니컬러스는 폭풍을 막아주는 든든한 암벽 같은 존재였고, 내가 그 '끔찍한 사건'을 겪고도 버텨낼 수 있었던 것은 오로지 니컬러스 덕분이었다. 그래서 그가 페어필드를 다시 떠났을 때 그토록 슬펐던 거고.

고구마 그라탱은 무척 맛있었다. 나는 곧바로 양심의 가책을 느꼈다. 옆집에서 조지 아저씨와 루시 아줌마가 눈이 빠지도록 울고 있고 조지프 오빠는 이제 다시는 그 무엇도 먹을 수 없는데, 어떻게 맛있다는 생각을 할 수 있지?

"네가 굶는다고 사람들이 살아 돌아오진 않아."

내 생각을 읽은 메리제인 아줌마가 말했다. 아줌마는 다른 사람들이 책이나 신문을 읽는 것처럼 사람들의 생각을 읽곤 했다.

조던 형사와 그의 동료, 그리고 레베카 언니가 거실에서 나왔다. 세 사람이 목소리를 낮추고 현관에서 계속 이야기를 하는데 존 아저씨가 집으로 들어왔다. 조던이 요청한 지원 인력이 드디어 도착한 것 같았다. 아저씨가 재킷을 벗고 젖은 모자를 옷걸이에 건 뒤에 부엌으로 들어오자 부엌이 단번에 좁게 느껴졌다. 존 아저씨는 키가 크진 않지만 공간을 꽉 채우는 존재감이 있었다.

"셰리든." 아저씨가 눈을 빛내며 말을 건넸다. 돌덩이 같던 얼굴이 부드럽게 변했다. "네가 다시 집에 와서 참 좋다."

아저씨는 식탁으로 와서 옆에 앉더니 내 손을 잡았다. 나는 말과 맑은 공기와 가죽 냄새가 나는 아저씨의 체취를 들이마셨다.

"좀 어떠니?"

"별로예요." 나는 불쑥 솟구치는 눈물을 억눌렀다. "여기서 일어난 일을, 조지프 오빠가 죽었다는 사실을 도저히 못 믿겠어요."

"나도 그렇다. 하지만 밖에 있는 저 벌레들이 만들어내는 쓰레기 같은 소문에 대항하려면 우리 모두 힘을 합쳐야 해."

나는 안간힘을 써서 숨을 삼키며 고개를 끄덕였다. 아저씨는 거친 손으로 내 뺨을 부드럽게 쓰다듬었다.

"용기를 잃지 마라. 너는 카우걸이야. 카우걸은 용기를 잃는 법이 없지." 아저씨가 나지막하게 말했다.

에스라 오빠를 쏴주셔서, 내 공포를 없애주셔서 감사하다고 말하고 싶었지만 부적절한 말 같았다. 아마 어쩔 수 없이 한 일일 테고, 자랑할 만한 일은 아니니까. 하지만 아저씨가 에스라 오빠를 죽이지 않았더라면 지금쯤 어린 애덤은 아버지를 잃었을지도 모른다.

"당신 뭐 좀 먹을래?" 메리제인 아줌마가 물었다.

"그래, 먹고 다시 나가봐야겠어. 바깥에 있는 것들 제정신이 아니야."

"경찰은?" 메리제인 아줌마가 찬장에서 접시를 하나 꺼내며 물었다.

"또 언제 철수할지 모르지." 존 아저씨가 인상을 잔뜩 찌푸리며 대답했다. "루시랑 조지는 집까지 가기도 힘들었어. 스벤이랑 론다, 행크는 까마귀 떼 같은 기자들한테 거의 습격을 당했고."

열린 문을 노크하는 소리가 들리더니 조던이 들어와 메리제인 아줌마에게 가볍게 목례를 하고 존 아저씨에게 몸을 돌렸다.

"화이트호스 씨, 다시 한 번 의논을 하고 싶은데요."

"안녕하세요, 식사 좀 하셨나요?" 존 아저씨가 미처 대답하기 전에 메리제인 아줌마가 물었다.

"아침에 먹었습니다." 조던이 미소를 지으며 정중하게 대답했다.

"그럼 앉으세요. 동료분도요. 식사는 몸과 영혼을 하나로 묶어 생명을 유지하게 해주지요."

두 사람을 설득할 필요는 없었다. 둘은 다운파카를 벗더니 식탁에 함께 앉았다. 메리제인 아줌마가 접시 두 개를 더 꺼내서 음식을 잔뜩 담는 동안 그레그 홀스워스 형사는 입맛을 다셨다.

식사를 하면서 사람들은 몰려드는 언론과 호기심 많은 구경꾼들로부터 농장과 나를 어떻게 보호할지 의논했다. 나는 조던이 이런 일을 왜 존 아저씨와 의논하는지 잠시 의아하게 생각했지만, 곧 아저씨 말고는 의논할 사람이 아무도 없다는 걸 깨달았다. 아빠와 하이럼 오빠는 병원에 누워 있고, 맬러키 오빠는 뭔가에 신경 쓸 수 있는 상태가 아니다. 아들 둘을 잃은 조지 밀스 아저씨도 지금 내 안전이 문제가 아닐 것이다.

순찰차가 집 앞에 와서 섰다. 벤턴 보안관이 팬케이크와 메이플 시럽으로 살찌운 몸을 힘겹게 자동차에서 빼내는 모습이 보였다. 그는 잠시 후 현관문을 노크하고 들어왔다. 부엌에 들어선 그는 메리제인 아줌마와 존 아저씨를 못 본 척했다. 아줌마와 아저씨도 그에게 한마디도 하지 않았다. 두 분은 오래전부터 벤턴 보안관과 말을 섞지 않았는데, 벤턴 보안관의 아내인 도로시와 뭔가 관계가 있는 것 같았다. 도로시도 니컬러스처럼 셔먼 그랜트의 사생아지만, 메리제인 아줌마나 니컬러스와는 달리 아무것도 상속받지 못했다.

벤턴 보안관의 교활한 눈이 부엌을 훑다가 내게 와서 멎었다. 그는 벌레라도 본 것처럼 얼굴을 찌푸렸다.

조던이 물었다. "보안관님, 여긴 웬일이십니까? 무슨 일이라도 생겼습니까?"

"저 여자애 때문에 시내에서 불쾌한 일이 벌어졌다는 소식을 들었습니다." 보안관이 찌그러진 소리를 냈다. 그는 말을 할 때 입을 제대로 열지 않는 버릇이 있었다.

"빌 하이랜드가 자기 주유소 문을 닫았는데, 그 후에 상점 주인들이 죄다 그를 따라했어요. 텔레비전 방송국 직원들은 거리에서 눈에 띄는 사람이라면 누구든 성가시게 굴고, 외지인들은 떼거리로 몰려들어서 죽치고 있고."

"그래서 주 경찰이 지원 인력을 보낸 게 아닙니까?" 조던은 이렇게 대꾸하고는 식사를 계속하며 말을 이었다. "보안관님, 마침 잘 오셨습니다. 지금 농장을 어떻게 지킬지 의논하던 중이거든요."

"제일 간단한 해결책은 저 애가 여기서 사라지는 겁니다. 그러면 사람들도 관심을 끊겠지." 보안관이 대답했다.

나는 곧장 반박하고 나섰다. "지금 이 일이 저 때문이라는 거예요? 전 아무 짓도 안 했어요! 사건이 벌어졌을 때 여기 있지도 않았다고요!"

보안관은 험악한 눈으로 나를 쏘아보더니 조던에게 으르렁거렸다. "형사님, 여기서 느긋하게 앉아 있을 시간에 텔레비전이나 보는 게 좋을 겁니다. 주지사한테 전화를 걸어서 주 방위군을 요청할지 어쩔지 고민하게 될 테니까. 노픽에서 온 당신네 떨거지 몇 명만으로는 어림도 없지."

"텔레비전에서 뭘 보라는 말씀입니까?" 조던이 접시를 옆으로 치우며 물었다. "아, 보안관님 인터뷰는 잘 봤죠."

"인터뷰는 무슨 인터뷰!" 보안관은 흥분해서 씩씩거렸다. "기자들 떼거리가 날 습격한 거지! 어쩔 수 없이 대답한 겁니다!"

조던은 느긋해 보였지만 말투는 칼날처럼 날카로웠다.

"상황에 대해서 저 말고는 아무도 언론이랑 이야기하면 안 된다고 어제 분명히 말했을 텐데요. 그새 잊으신 겁니까, 아니면 제 말을 무시하신 겁니까?"

벤턴 보안관은 이중 턱을 부들부들 떨며 염소 같은 소리로 대꾸했고. "난 25년째 매디슨 카운티 보안관을 맡고 있어요. 여기서 뭘하고 뭘 안 할지 당신 같은 풋내기한테 명령을 받을 이유가 없다고! 저 여자애를 당장 여기서 내쫓아요. 그래야 다시 평화가 찾아오고 기자 떼거리가 주민들을 괴롭히지 않지."

"셰리든은 여기 있을 거예요."

누군가의 목소리에 보안관은 깜짝 놀라 몸을 돌렸다. 레베카 새언니가 자기보다 머리 하나는 더 큰 보안관을 노려보고 있었다.

"보안관님한테 윌로크릭 농장에서 일어나는 일에 대해 결정할 권리는 없어요. 그리고, 남의 집에 들어올 땐 모자를 벗는 법이라고 누가 가르쳐주지 않던가요?"

그러자 보안관은 얼굴이 시뻘게져서 모자를 벗었다.

처음에 나는 레베카 새언니가 지루하고 단순한 사람인 줄로만 알았다. 그래서 맬러키 오빠가 아이오와 주 양계농장 출신인 이 시골 여자의 어디에 끌렸는지 무척이나 의아했다. 하지만 몇 달 함께 지내보니, 새언니는 날카로운 이성과 멋진 유머, 실용적인 사고방식, 그리고 강철 같은 체력의 소유자였다. 다시 말해, 윌로크릭처럼 거대한 농장의 안주인이 되기에 완벽한 자질을 갖추고 있었다. 게다가 생각과 말, 행동이 일치하는 보기 드문 유형의 사람이기도 했다. 내가 가장 좋아하는 책『바람과 함께 사라지다』의 멜라니와 비슷했다. 마음은 따뜻하고, 척추는 강철로 된 듯 꼿꼿하고, 누구에게도 주눅 들지 않는 용기를 가진 사람. 레이첼 이모조차 자기가 며느리를 완전히 과소평가했음을 이를 갈며 인정해야 했다.

"한 가지 더, 보안관님." 레베카 새언니는 소름 돋게 냉정한 말투로 덧붙였다. "이 사건의 희생자는 당신이나 페어필드 주민이 아니라 저와 농장 일꾼들의 가족이에요. 지금껏 보안관님이 저희를 지켜주지 못했으니 저희 스스로 안전을 지키기로 했습니다. 주 방위군은 필요 없어요."

보안관은 아무 말도 하지 못하고 새언니를 노려보기만 했다.

"오빠와 형부들이 지금 아이오와에서 오는 중이에요. 두 시간 후에는 도착할 거예요." 새언니는 눈에서 불꽃을 튀기며 말을 이었다. "허락 없이 저희 땅에 발을 들여놓는 사람은 누구든 쏠 겁니다. 그리고 페어필드 주민들은 그랜트 집안과 한마음이에요. 보안관님이 인터뷰나 하고 다니는 동안, 리비 패글러와 빌 하이랜드가 시민 자경단을 조직했어요."

작은 부엌은 쥐 죽은 듯이 고요해졌다. 조던을 흘낏 봤지만 그는 놀란 표정도, 화가 난 표정도 아니었다. 나는 그가 조금 전에 바로 이것에 대해 레베카 새언니와 맬러키 오빠와 의논했다는 걸 깨달았다. 레베카 새언니는 아직 할 말이 남아 있는 듯했다.

"시아버님은 존경받는 분이고, 저희 그랜트 집안은 친구가 아주 많죠." 새언니가 위협하는 어조로 말했다. "저희는 가족이 부당하게 비난받는 걸 그냥 보고만 있지 않습니다. 이제 윌로크릭 농장에서 나가주세요, 벤턴 보안관님. 당신이 다른 사람들 편에 서 있는 한 여기 오실 필요 없습니다."

보안관은 화가 나서 숨을 헉헉거렸다.

"아니, 이봐! 날 어떻게 이런 식으로……."

그가 입을 열었지만 레베카 새언니가 곧 말을 막았다.

"'이봐'가 아니라 레베카 그랜트입니다."

새언니의 목소리는 얼음처럼 차가웠다.

"시아버님이 괜찮아지실 때까지 남편과 제가 이 농장을 이끌어요. 보안관님, 안녕히 가세요."

보안관의 얼굴은 검붉은 색에서 가지색으로 변해갔다. 나는 그가 내 눈앞에서 심장마비로 쓰러지기를 간절히 바랐다. 하지만 그는 금붕어처럼 입을 뻐끔거리다가 몸을 휙 돌려 신발 뒤축으로 쿵쿵 소리를 내며 나갔다.

"아유, 한 방 잘 먹였다. 쌤통이야." 메리제인 아줌마가 즐거운 듯 킥킥 웃었다.

"하지만 보안관을 완전히 적으로 돌렸네요."

조던이 이마를 찡그리며 말하자, 존 아저씨가 끼어들었다.

"보안관은 예전부터 적이었소."

"맞아요." 레베카 새언니가 고개를 끄덕였다. "저희 시어머니 인터뷰 보셨잖아요. 시어머니랑 같이 병실에 있던 게 보안관 아내예요. 누구 편을 들고 있는지 알 만하죠."

맞아, 그랬지! 레이첼 이모가 눈물을 쏟으며 인생 최고의 연기를 할 때 옆에서 부축하던 두 여자가 어딘지 모르게 낯익다고 생각했는데, 한 명이 도로시 벤턴이었구나. 갑자기 레이첼 이모와 친한 친구가 된 건가? 하지만 가만히 생각해보니 이상한 일도 아니었다. 두 사람은 어렸을 때부터 서로를 알았다. 게다가 둘 다 겉도는 아이였을 것이다. 도로시 벤턴은 추문에 휩싸인 출생 때문에, 레이첼 이모는 이사 온 지 얼마 안 된 이방인이라서.

엄마의 일기장을 읽고 난 지금, 이 소도시의 모든 관계가 불현듯 새로운 의미를 띠게 됐다. 30년 전, 페어필드 같은 촌구석에서는 누구나 버넌 그랜트와 쿠퍼 자매 사이에 무슨 일이 있는지 알고 있었을 것이다. 그런데도 모두 겁쟁이처럼 입을 다물었다. 도대체 왜? 레이첼 이모는 어떻게 그토록 오랜 시간 동안 사람들을 침묵시킬 수 있었을까? 혹시 우체국에서 전화 교환수로 일하면서 통화 내용을 엿들었던 건 아닐까? 그래서 지금까지도 사람들을 압박할 수 있을 만한 뭔가를 알아낸 거 아닐까?

"그랜트 양, 우린 언제쯤 이야기할 수 있을까요?"

나는 조던의 질문에 이런저런 생각에서 벗어났다.

"지금 바로 하는 게 어때요? 메리제인 아줌마도 다 알고 있는 이야기예요. 제가 혹시 뭔가 잊어버리면 옆에서 알려주실 거예요."

나는 두 형사에게 내가 우연히 발견한, 1960년에 시작된 슬픈 이야기를 짧게 요약해서 들려줬다.

"그러니까 당신 양아버지는 당신 친엄마가 다른 남자 때문에 자기를 떠났다고 30년 동안 믿고 살았다는 거죠?"

내가 말을 마치자 조던이 확인하듯 물었다.

"맞아요." 나는 고개를 끄덕였다.

"크리스마스 전날, 시아버님은 셰리든의 친어머님이 자기 아이를 낳았다는 것을 알게 되었어요." 문간에 서서 듣고 있던 레베카 새언니가 말했다. "하지만 시어머니가 여동생이 아기를 낳자마자 빼앗아서 링컨의 어느 집 문 앞에 버렸다더군요. 이 모든 일이 갑자기 밝혀진 그날 분위기가 어땠을지 상상이 가세요? 저도 남편도 엄청난 충격을 받았어요."

"게다가 레이첼 이모는 에스라 오빠가 아빠 아들이 아니라고, 친아버지는 이름도 모르는, 텍사스에서 온 계절노동자였다고 했죠." 내가 덧붙여 말했다.

"그 말에 완전히 돌아버린 거로군." 조던이 생각에 잠긴 표정으로 고개를 끄덕였다.

형사가 메리제인 아줌마에게 몇 가지 질문하는 동안, 내 머릿속에선 현재와 과거가 뒤섞이며 생각들이 흐릿해졌다. 부엌 열기에 몸이 나른해지고 하품이 났다.

형사들은 메리제인 아줌마에게 잘 먹었다고 인사하고는 밖으로 나갔다. 존 아저씨가 두 사람을 따라갔다. 레베카 새언니가 옆에 앉더니, 내 손을 잡고 다정하게 말했다.

"힘든 시간이에요. 하지만 셰리든 아가씨, 아가씨는 혼자가 아니에요. 우리 모두 함께 이겨내요."

그 말에 담긴 포근한 온기에 감동받은 나는 새언니의 목덜미에 얼굴을 묻고서 가만히 품에 안겼다. 새언니는 부드러운 가슴에 나를 안고 어린아이처럼 품어주었다. 나는 그대로 가만히 있었다. 새언니에게서 전해지는 따뜻함은 생각보다 큰 위로가 되어주었다. 나를 감싸 안는 새언니의 강인함과 결단력 덕분에, 그 어느 때보다도 안전하게 보호받는다는 느낌이 들었다. 그러다 내 무의식 깊은 곳에 오랫동안 묻혀 있던 어떤 다른 포옹에 대한 기억이 깨어났다. 오래전 경험한 게 틀림없는, 무조건적인 사랑에 대한 기억이었다.

운명이 나를 삭막한 그랜트 집안으로 이끌어 오기 전, 언젠가 나는 이렇게 사랑받은 적이 있었다. 살면서 어떤 일이 완벽하게 명백해지는 순간은 지극히 드물고, 또 그런 일을 경험하는 당시에는 대부분 알아채지 못한다. 하지만 레베카 새언니의 품에 안겨 마음 깊은 곳에서 오는 선의에 에워싸인 순간, 엄마의 죽음으로 인해 내가 잃은 게 뭔지 쓰디쓰게 깨닫게 되었다. 이런 근본적인 애정을 상실한 게 내가 사랑과 호감을 필사적으로 갈구하게 된 이유일까?

나는 아빠가 나를 자기 능력이 닿는 최대한으로 사랑했다고 믿는다. 하지만 내게 필요한 사랑을 모두 채우기에는 충분하지 않았다. 레베카 새언니 같은 아내가 있는 맬러키 오빠가 불쑥 부러워지면서 내 고독이 더욱 고통스럽게 느껴졌다. 내가 결코 진실한 사랑을 찾을 수 없는 아이라면 어쩌지? 지금까지 그래왔던 것처럼 어울리지 않는 남자만 계속 선택하고, 그래서 평생 사랑에 실망하게 된다면 어쩌지?

∞

눈을 떴을 때 창문 밖은 어두웠다. 잠이 제대로 깨기 전 몇 초 동안 나는 끔찍한 일들이 그저 꿈이었기를 바랐다. 하지만 곧 무자비한 기억들이 돌아오면서 불안도 함께 찾아왔다. 레베카 새언니는 내가 저지른 '끔찍한 사건'에 대해 알게 되어도 내 편을 들까? 미성년자인 내가 이미 남자 넷이랑 잤고, 그중 둘은 아빠만큼이나 나이가 많다는 사실을 알면 어떤 반응을 보일까? 새언니는 진실을 감당할 수 있을까? 나는 새언니를 실망시키고 싶지 않았다. 새언니가 나를 경멸한다면 견디지 못할 것 같았다.

내가 모든 것을 털어놓은 사람은 호레이쇼뿐이었다. 그때는 그가 내 진정한 사랑이고, 진정한 사랑에는 솔직함이 필요하다고 생각했기 때문이다. 그런데 호레이쇼의 태도가 바뀐 지금은 그게 덫이 될지도 모른다는 불안감이 슬며시 고개를 들었다. 하지만 나는 진실을 숨기면 어떤 일이 벌어지는지도 경험했다. 아무리 교묘하게 짜낸 거짓말도 일순간에 사상누각처럼 허물어질 수 있다. 레이첼 이모가 벌인 짓만 해도 그렇다. 영원히 묻힐 수도 있었겠지만 엄마가 쓴 일기가 어딘가에 남아 있었고, 30년이 지난 뒤에 내가 우연히 그 일기장을 발견하지 않았던가? 그렇다면 뭐가 옳은 일일까? 내게 친절하게 대해주는 마지막 사람마저 등을 돌리게 할 각오를 하고서 사실을 말하는 것? 아니면 계속 입을 다물고 있는 것?

계속 뒤척이던 나는 이 문제를 일단 미뤄두기로 하고 이불을 밀치고 일어났다. 나이트테이블에 놓인 알람시계의 디지털 숫자가 23시 45분을 가리켰다. 거의 열 시간이나 잤다는 걸 깨닫고는 깜짝 놀랐다. 잠이 완전히 깬 나는 어둠을 더듬어 창가로 다가갔다. 구름 없는 밤하늘에 창백한 반달이 떠 있었다. 눈 덮인 풍경은 은빛에 잠겨 있고, 나무와 건물의 윤곽은 가위로 오린 것처럼 선명했다. 잎사귀 없는 느릅나무와 참나무 가지들 사이로 보이는 건너편 저택에서는 거의 모든 창문마다 불빛이 새어나왔다. 나는 양말과 부츠를 신고 삐걱거리는 좁은 계단을 내려갔다. 자정이 다 된 시각이었다. 메리제인 아줌마와 존 아저씨는 어디 계시지? 부엌은 어두웠지만 거실 문틈으로 불빛이 새어나왔다.

어린 애덤을 깨우지 않으려고 조심스럽게 노크를 했다. 대답이 없기에 손잡이를 내리고 문을 열었다. 아기는 여행용 침대에서 평화롭게 잠들어 있고, 맬러키 오빠는 아직도 벽난로 옆 안락의자에 앉아 멍하니 앞만 노려보고 있었다. 동생이 다른 동생을 쏘아 죽이는 모습을 눈앞에서 봤고, 자신은 겨우 치명상을 피해 목숨을 건졌으니 어마어마한 충격을 받았을 것이다.

"오빠."

나는 오빠 앞에 가서 쪼그리고 앉아 양손을 오빠 손 위에 얹었다. 거실의 온기에도 불구하고 오빠의 손은 차가웠다.

"내가 뭔가 해줄 수 있는 일 없을까?"

오빠의 눈길이 마지못해 내 얼굴로 향했다. 현실로 돌아오는 게 한없이 힘겨워 보였다. 동생이 두 명이나 죽고, 아버지는 목숨이 위태롭고, 엄마의 흉악한 실체까지 밝혀졌다. 언젠가는 오빠가 이 트라우마를 극복하고 예전 모습으로 돌아갈 수 있을까?

"없어." 오빠가 쉰 목소리로 중얼거렸다. "셰리든, 없어. 난 그저…… 시간이 필요해."

"새언니는 어디 있어?"

"건너편에. 레베카 오빠들이 왔어. 마사 아줌마랑 같이 집을 정리하고…… 엄마 짐을 싸고 있을 거야."

오빠는 입술을 깨물고 한숨을 내쉬었다.

"레베카는 아주 강해. 난 겁쟁이일 뿐인데."

"응, 언니는 놀라워. 하지만 오빠도 겁쟁이가 아니야! 너무 큰 충격을 받은 거지."

"의사도 그렇게 말하더라. 레베카랑 메리제인 아줌마도. 난 살면서 크게 충격받을 일이 없었어. 그러니 그 사람들이 하는 말이 옳은지 어쩐지도 모르겠다. 머리가 텅 빈 것 같아. 무슨 일이 벌어졌는지 제대로 기억나지도 않고."

오빠의 얼굴에 생기가 약간 돌아왔다. 미간에 깊은 주름이 파이더니 튼튼한 손으로 내 팔목을 부드럽게 잡았다.

"셰리든, 미안하다. 정말이야." 꽉 눌린 목소리로 오빠가 말했다.

"뭐가 미안해?" 나는 어리둥절해졌다.

오빠는 잠시 망설이다 폭포수처럼 말을 쏟아냈다.

"엄마가 너를 괴롭힐 때 난 왜 한 번도 뭐라고 하지 않았을까? 여기서 벌어진 모든 일에 왜 관심이 없었을까? 왜 에스라가 어떤 인간인지 알아보지 못했을까? 장남이면서도, 그저 나랑 농장만 생각했지 너희가 어떤 감정인지는 생각하지 않았어. 내 결혼식 전에 네가 다쳤을 때도 네 말이 놀라서 뛰었다고만 믿었어. 걔가 너한테 해를 가했다고 생각하는 것보다 그게 마음 편했으니까. 그리고 피아노 사건 때도……."

"오빠!" 나는 오빠 말을 가로막았다. "오빠, 제발 그러지 마! 애덤이 깨지 않게 부엌으로 가자."

나는 오빠를 일으켜 복도로 밀면서 거실 문을 닫았다. 그러고는 그대로 서 있는 오빠를 부엌까지 밀고 가서 의자에 앉혔다.

"잠깐 기다려!"

나는 식료품 저장실 문을 열고 존 아저씨가 담근 펀치 항아리를 찾았다. 아저씨는 언제나 크리스마스 한 달쯤 전에 전통적인 펀치를 담갔다. 오빠에게 한 잔 따라주고, 잠깐 망설이다 나도 한 잔 따랐다.

"마셔!"

내 말에 맬러키 오빠는 잔을 들어 단숨에 비웠다. 나는 한 잔을 더 따라줬다.

"너무 부끄럽다."

이렇게 말하는 오빠의 목소리는 이제 어느 정도 예전과 비슷하게 들렸다.

"난 매디슨으로 가서 엄마 면전에 대고 거짓말을 그만두라고 말할 용기도 없어. 레베카는 그러려고 했는데. 난 비겁한 겁쟁이야!"

오빠는 양손에 얼굴을 묻었다. 나는 뭔가 중요한 걸 놓쳤다는 걸 어렴풋하게 깨달았다. 그래서 조심스럽게 물었다.

"새언니가 매디슨에 갔었다고? 왜?"

"엄마는 정신병동에 숨어 있어. 경찰 심문을 거부하려고 신경쇠약이라고 우기는 거야."

맬러키 오빠는 이렇게 대답하고는 독한 펀치를 두 잔째 벌컥벌컥 마셨다.

"그러고는 여기저기 인터뷰를 하면서 이 모든 일이 너 때문에 벌어졌다고 우기는 중이야."

그건 나도 봤다. 나는 고개를 끄덕였다.

"오늘도 텔레비전에 나왔어. 어떤 범죄 프로그램 여자 진행자랑 같이. 그 사람은 엄마랑 인터뷰하려고 시카고에서 왔대."

오빠가 충혈된 눈으로 나를 바라봤다.

"그게 무슨 말인지 알아? 미국 전역에 방송이 나간다는 뜻이야!"

나는 간신히 숨을 고르며 고개를 끄덕였다.

"레베카는 폭발했어! 그래서 곧장 병원으로 달려갔지만 엄마는 못 만났대."

맬러키 오빠는 국자를 들고 펀치를 한 잔 더 담으려고 했지만 나는 오빠를 말리며 물었다.

"엄마가 뭐라고 했는데?"

"끔찍한 말."

오빠는 엄지와 검지로 콧등을 문지르고 또 한숨을 내쉬었다.

"정말로 끔찍한 말."

조던 블라이스톤과 그레그 홀스워스 형사는 물빛 별장의 책상에 마주앉아 크리스마스에 벌어진 사건을 분석하고 있었다. 경찰은 그랜트 가족과 희생자의 유족들, 페어필드와 매디슨 주민들과 수많은 대화를 나눴다. 과학수사팀은 모든 증거물을 확보하고 짐을 싸서 링컨으로 돌아갔다. 법의학부는 다섯 구의 시신을 부검했다. 그 결과 범인은 마약은 하지 않았지만 혈중 알코올 양이 엄청났다는 사실이 밝혀졌다. 하지만 심신미약 때문에 그런 행위를 저지른 것은 아니었다.

"그 애는 확고한 살인 의도를 가지고 행동했어. 원래 목표물은 입양된 여동생이었고." 조던은 오늘 아침에만 벌써 다섯째 잔인지 여섯째 잔인지 모를 커피를 홀짝이며 말했다. "희생된 사람들은 사실상 2차 피해자들이야."

"살기에 취했겠죠." 그레그가 고개를 끄덕이며 동의했다. "그의 동기는 증오와 복수예요. 이렇게 무자비한 살인 행각을 벌인 범인들의 전형적인 감정 상태죠. 자기 출생의 비밀이 밝혀지자 그 상황을 벗어날 출구가 없다고 생각했을 겁니다. 그 모든 책임을 오래전부터 증오 대상이었던 입양된 동생에게 돌린 거고요."

에스라 그랜트는 열일곱이라는 나이를 감안하더라도 이룬 게 별로 없었다. 그 자신의 게으름 때문이었다. 아이의 엄마는 자식을 맹목적으로 사랑했고, 아이는 잘못해도 제대로 된 벌 한 번 받지 않았다. 게다가 아들이 문제를 일으킬 때마다 엄마가 나서서 어떻게든 해결하려고 애썼다. 에스라 그랜트는 1995년 여름에 상해와 알코올 남용으로 기소됐다가 지극히 미미한 벌금형 판결을 받았다. 하지만 몇 주 후에는 엄마도 처리해줄 수 없는 일이 벌어졌다. 에스라가 페어필드에서 2년에 한 번씩 열리는 큰 축제에서 엄청난 규모의 패싸움을 꾸민 바람에 부모는 축제 측에 수십만 달러를 배상해야 했다. 에스라는 악명 높은 싸움꾼들을 고용해 여동생에게 폭력을 행사하라고 사주했다. 싸움꾼들은 여동생과 함께 있던 카우보이 몇 명과 맞붙게 됐고, 다행스럽게도 여동생은 해를 입지 않고 도망쳤다.

"여동생 때문에 에스라 그랜트는 자신의 형편없는 처지를 더 절감하게 됐지. 셰리든은 모든 분야에서 에스라보다 뛰어났어. 학교 성적도 뛰어났고, 사람들에게 사랑받았고, 여러 분야에 재능이 있었지. 어렸을 때부터 열등감에 시달렸을 거야."

"그런데도 노력하는 대신 그냥 모든 걸 포기했죠." 그레그가 조던의 생각을 이어갔다. "멍청하진 않았을 것 같지만, 응석받이인 데다 게을렀던 겁니다. 아버지는 집을 자주 비웠고 엄마는 아이의 문제를 다 해결해줬어요. 그리고 셰리든을 미워한다는 점에서 에스라는 자기 엄마와 강력한 연대를 이뤘죠."

"그 애가 얼마나 위험한지 왜 아무도 알아채지 못했을까?" 조던은 서류를 넘기며 이마를 찡그렸다. "우리가 심문한 사람들은 그 애가 여동생을 얼마나 미워하는지 알면서도 손을 놓고 있었어."

"그랜트 가문은 무척 존경받는 집안이에요. 여기를 '그랜트 카운티'라고 부를 정도죠. 아이 엄마는 사교 모임에서 아주 큰 영향력을 행사했고요. 그러니 아무도 그 여자를 거스르지 않으려고 했을 겁니다."

조던이 그레그의 말을 받았다. "오직 둘째 아들 하이럼만 셰리든을 위해 나섰지. 1995년 여름 셰리든을 성폭행하려던 에스라를 막아냈어. 셰리든이 얼마나 공포에 시달리며 살아야 했는지 상상하기도 힘들군."

에스라 그랜트는 재깍거리는 시한폭탄이었다. 하지만 그랜트 집안이 워낙 부유하니 평생 떵떵거리며 살 수는 있었을 것이다. 그러나 이 젊은이의 기대를 한 방에 날려버리는 진실이 밝혀졌다.

"셰리든 그랜트의 이야기를 모두 그대로 믿기는 어려워요. 사실이라고 생각하십니까?" 그레그가 물었다.

"당연히 사실이지." 조던은 고개를 끄덕이고 말을 이었다. "운명은 때로 인간을 정말이지 기묘한 길로 이끌어. 친엄마가 독일에서 살해되지 않았더라면 셰리든은 이곳에 올 일이 없었을 거야. 그랬더라면 레이첼 그랜트의 거짓말도 끝까지 밝혀지지 않았을 거고."

"레이첼 그랜트를 고소할 수 있을까요?"

"아니, 범죄 행위 대부분은 아마 공소 시효가 지났을 거야."

조던은 커피를 마저 마시고 일어나 화이트보드로 다가섰다.

"에스라 그랜트는 여동생이 유부남 목사와 내연관계라는 걸 알아낸 것 같아. 목사는 아주 큰 어려움에 처했겠지."

"셰리든은 그런 말을 하지 않았잖아요. 왜 그렇게 생각하십니까?" 그레그가 깜짝 놀라며 물었다.

"직관이지." 조던은 슬쩍 미소 지으며 어깨를 으쓱했다. "셰리든은 연인을 보호하려고 거짓말을 한 거야. 이제 겨우 열일곱 살이잖아. 미성년자라고. 게다가 형법상의 이유 말고도, 불륜 사실이 알려지면 목사 노릇은 끝이지."

"그럼 그 사실은 그냥 묻어두실 겁니까? 미성년자와 관계했다면 그 목사는 법을 어긴 거잖아요. 당연히 처벌을 받아야 되는 거 아닙니까?"

"원래는 그래야지. 하지만 누가 고소를 하나?" 조던은 창턱에 몸을 기대고 말을 이었다. "우리 사건이랑은 관계없는 일이야. 셰리든의 입장에서 한번 생각해보라고. 자기를 시도 때도 없이 괴롭히는 양어머니와 한 집에서 살아야 했어. 자기를 증오하는 오빠도 있고, 그 오빠한테는 하마터면 성폭행까지 당할 뻔했지. 아버지는 이곳에서 일어나는 일에는 눈을 감았고, 기회만 있으면 밖으로 나돌았어. 이런 상황에서 자기한테 다정하게 대해주는 목사에게 빠진 건 충분히 가능한 일이야."

"그렇다면 그 두 사람은 왜 에스라의 목숨을 구한 걸까요?" 그레그가 물었다. "그냥 익사하게 둘 수도 있었을 텐데요. 그랬더라면 아무도 몰랐을 거고요."

"덜 이성적인 사람이라면 아마 그렇게 했겠지." 조던도 동의했다. "하지만 두 사람은 에스라를 얼음에서 끌어내 집으로 데려다줬어. 그리고 그곳에서 일이 벌어졌지. 레이첼 그랜트는 셰리든이 목사와 만나고 있다며 비난했고, 셰리든은 홧김에 자기가 모든 걸 알아냈다는 사실을 밝혔어. 레이첼이 여동생 캐럴린을 속여서 아이를 빼앗고, 캐럴린이 떠났다며 버넌 그랜트까지 속이고, 우울하고 무기력한 상태이던 버넌 그랜트에게 술을 먹여 결국 농장 안주인의 자리를 차지하게 됐다는 걸 말이야. 그 여자가 그날 조금만 입을 덜 놀렸더라면 일이 이렇게까지 되지는 않았을 텐데."

그레그가 고개를 끄덕이자 조던은 말을 이었다.

"셰리든 그랜트는 그냥 무고한 희생자야. 사람이 자기 출생에 대해서 알고 싶어하는 건 어찌 보면 당연한 일이지. 하지만 양아버지는 캐럴린을 떠올리기가 너무 괴로워서, 또는 무슨 이유에서건 셰리든에게 아무것도 말해주지 않았어. 셰리든이 자기 힘으로 조사에 나선 건 지극히 당연한 반응이었지. 자기가 어떤 진흙탕에 빠지게 될지는 전혀 몰랐겠지만."

맬러키 그랜트의 아내 레베카는 두 형사에게 12월 23일 저녁에 벌어진 일을 자세히 설명해주었다. 셰리든은 자기가 알아낸 것들을 모두 폭로했다. 오빠들은 자기 엄마에게 캐럴린이라는 동생이 있다는 사실을 그때 처음 들었다.

"세 아들은 엄마에게 등을 돌렸어. 결과적으로는 에스라에게도 등을 돌렸고." 조던이 말을 이었다. "게다가 에스라는 자기가 계절 노동자의 아들이라는 사실을 알게 됐지. 그게 이 살인의 직접적인 계기일 거야."

그레그가 고개를 끄덕이며 말했다. "에스라와 레이첼 그랜트는 셰리든이 12월 24일 낮에 농장을 떠난 걸 몰랐습니다. 하이럼의 집에 있을 거라고 생각했지요."

사실 원칙적으로는 이미 끝난 사건이었지만, 마지막 문제가 아직 해결되지 않았다. 범인과 희생자, 범행 원인까지 명확한 사건에서 유일하게 명확하지 않은 것.

"레이첼 그랜트는 이 사건에서 어떤 역할을 했을까?" 조던은 몸을 돌려 눈 덮인 마당을 훑어보며 말을 이었다. "엄마가 아들을 도왔을까? 사주했을까? 아들이 총을 들고 집을 나설 때 엄마는 어디에 있었을까? 계획을 알고도 말리지 않은 걸까? 에스라의 계획이 적힌 종이와 그림들은 왜 쓰레기통에 들어가게 됐을까?"

"그리고 누가 무기와 총알을 구해줬을까요?"

조던은 몸을 다시 돌려 그레그를 바라보며 결연하게 말했다. "우린 바로 그걸 알아내야 돼. 그러기 전에 이 사건은 해결된 게 아니야."

104

"그 여자애를 위해서도 그래야겠죠." 그레그가 말했다.

"그래, 맞아." 조던이 대답했다. "하지만 그것보다도, 난 거짓말을 아주 싫어해. 이 사건과 연관된 사람들이 모두 자기가 행한 일에 대한 정당한 처벌을 받기 전에는 수사를 멈추지 않을 거야."

∾

레이첼 이모가 출연한 〈크라임 리포트〉가 방송된 후 언론이 내게 갖다 붙인 형용사는 '사악한'과 '냉정한'부터 '교활한'과 '남자에 미친'까지 아주 풍성했다. 나는 부엌 식탁에 앉아 새언니의 오빠들 중 한 명이 사온 신문들을 한 장 한 장 넘기며 용기를 잃어갔다. 대중은 레이첼 이모에게 속고 있었다. 아이오와 주 주유소 직원뿐 아니라 경찰과 트럭 운전사들도 나에 대한 이야기를 늘어놓으며 대중의 욕구에 불을 지폈다. 나와 한 번도 말을 해보지 않은 사람들, 내가 전혀 모르는 사람들이 나에 대해 있지도 않은 말을 했다. 레이첼 이모는 오스카상을 받을 만한 연기력으로 미국 전역의 순진한 사람들 마음을 자기편으로 끌어들이는 데 성공했다.

자기 의견을 크게 떠드는 사람들은 예외 없이 멍청했고, 그 멍청함 덕분에 대중의 관심을 끌었다. 사실을 바로잡으려던 학교 교장 선생님이나 반 친구들, 마을사람들은 무자비하게 짓밟혔다. 맬러키 오빠와 레베카 새언니조차 혈육을 배신한 거짓말쟁이라는 욕을 들어야 했다.

경찰이 철수하자 나는 저택으로 돌아가 오빠와 새언니, 애덤과 새언니 가족들과 함께 지냈다. 이 슬픈 시기에 그나마 좋은 소식은 레이첼 이모 때문에 떠났던 마사 아줌마가 돌아와 다시 집안일을 해주기 시작했다는 거였다. 아줌마는 집 안 구석구석 쌓인 먼지를 털어내고, 사람들을 위해 요리를 했다. 다시 돌아오게 되어 무척 기뻐 보였다. 마사 아줌마는 윌로크릭 농장에서 일하던 부모님에게서 태어나 쭉 여기에서 자랐다. 저택에는 아줌마의 방 두 개와 개인 욕실까지 있었다. 일 떠넘기기 대가인 레이첼 이모 대신 우리를 키우고 먹인 건 마사 아줌마였다.

이날 아침 내내 1층에서는 덜컹덜컹, 와장창, 삐걱삐걱 하는 소리가 났다. 어느 정도 충격을 극복한 맬러키 오빠가 집을 수리하기 시작한 거였다. 사실 이미 오래전에 했어야 할 일이었다. 레이첼 이모가 집에 손대는 걸 워낙 싫어하는 탓에 20세기의 온갖 쾌적한 설비는 이 집을 비껴갔다. 난방은 고장 나기 일쑤였고, 유리창도 너무 얇아 한겨울에는 성에로 뒤덮였다. 부엌에서는 아직도 나무를 때서 요리를 했고, 1950년대의 유물인 낡은 냉장고는 소도시 전체만큼이나 전기를 잡아먹는 것 같았다.

맬러키 오빠는 처가 식구들과 함께 바닥 양탄자를 들어내고 벽지를 뜯고 가구들을 옮겼다. 에스라 오빠의 방에서 가구와 커튼, 옷 등 조금이라도 오빠를 기억나게 하는 것들을 모두 꺼내 집 뒤 정원에 내놓고 불을 붙였다. 그런 다음에는 마사 아줌마에게 레이첼 이모의 옷장에 든 내용물을 모두 이사용 포장박스에 싸달라고 부탁했다. 오빠는 윌로크릭 농장을 새롭게 단장할 작정이었고, 그 계획에 자기 엄마를 위한 자리는 없어 보였다. 그러는 동안 레베카 새언니는 레이첼 이모의 사무실에 앉아 회계장부를 정리했다. 오빠 부부는 전날 은행에 가서 새 계좌를 열고 레이첼 이모가 돈을 빼돌리지 못하도록 모든 계좌를 막았다.

"아이고, 허리야!"

마사 아줌마가 부엌에 들어와 신음하며 식탁 의자에 앉았다. 아줌마는 50대 중반으로, 통통하고 힘이 좋았으며 손이나 체격이 남자 같았다. 잿빛이 섞인 검은 머리카락은 늘 일하기 편하게 틀어올리고 있었다.

"아직도 믿을 수가 없구나."

아줌마가 머리를 절레절레 흔들며 말했다. 아줌마는 수다 떨기의 달인이었다. 그랜트 집안의 복잡한 가족사를 훤하게 꿰고 있는 아줌마 덕분에 나는 지난 3세대 동안 일어난 일들을 죄다 알게 됐다. 하지만 요 며칠 동안 일어난 일과 비교하면, 셔먼 그랜트의 섹스 스캔들조차 소소한 일화로만 생각될 지경이었다.

"무슨 일이 벌어진 건지 말해봐라, 셰리든. 하나도 빠짐없이, 처음부터."

아줌마는 말을 돌리지 않고 직접적으로 질문했다. 차근차근 이야기를 하다 보니 마음이 편해졌다. 그러고 보면 경찰 말고 누가 그 사건에 대해 직접적으로 질문한 적은 없었다. 다른 사람들은 모두 말을 최대한 돌려 하면서 그 사건을 일부러 무시하는 것 같았다. 마치 그렇게 하면 그 일이 일어나지 않았던 때로 돌아갈 수라도 있다는 듯이.

오빠와 새언니, 새언니의 가족들은 모두 농부의 자식이었다. 힘겹게 일군 모든 것이 천재지변 때문에 언제라도 파괴될 수 있다는 사실을 몸으로 깨달으며 성장했다. 재난을 겪고 난 뒤에 원망은 아무 소용이 없다. 그런 상황에서 도움이 되는 것은 실용주의뿐이다. 이 사람들은 어떤 일을 겪더라도 계속 살아낼 줄 알았다. 모든 것을 처음부터 다시 시작하는 법을 알았다. 바로 지금 우리 가족이 하고 있는 것처럼. 어쩌면 100년 전 척박한 이 땅에 처음으로 이주한 조상들의 피가 아직도 혈관에 흐르고 있기 때문인지도 모른다.

하지만 나는 그런 사람이 아니다. 나는 아끼던 사람들이 죽었다는 사실을 받아들일 수 없었고, 누가 무슨 말을 하건 이 사건이 내 탓 같았다. 얼마간 여기 갇혀 지내는 것도 견딜 수가 없었다. 하지만 망원렌즈가 달린 카메라가 나를 찍을까 봐 두려워서 문밖으로 한 발짝도 나서지 않았다. 페어필드로 가는 건 생각도 할 수 없었다. 하지만 호레이쇼를 향한 그리움, 그를 만나고 싶은 마음은 점점 더 커졌다. 날 아직도 사랑할까? 아니, 사랑하기는 했나? 난 얼어붙은 부부생활에 약간의 짜릿함을 주는 존재에 불과했을까? 그를 믿을 수 있을까? 그는 내가 털어놓은 이야기를 경찰에게 할까?

현관 초인종이 울렸다. 잠시 후 마사 아줌마가 사흘 전부터 물빛 별장에 머물고 있는 두 형사와 함께 왔다. 심장이 쪼그라드는 것 같았다. 저들이 왜 또 왔을까? 호레이쇼가 다 말한 거 아닐까? 이제 나를 체포할까?

"그랜트 양, 잘 있었어요?"

조던 형사가 싹싹하게 인사를 건넸다. 그의 시선이 내가 탁자에 펼쳐놓은 신문에 와서 멎었다. 그가 걱정스러운 표정을 지었다.

"그런 쓰레기는 읽지 마요."

"대체 왜 이런 기사를 쓰는 거죠?" 나는 조금 긴장을 풀고 물었다. "제가 꼭 오빠한테 총을 쏘라고 사주한 것 같잖아요. 어떻게 이모 말을 믿을 수가 있죠? 왜 이렇게 관심들이 많을까요?"

"흠." 조던 블라이스톤은 재킷을 벗어서 의자 팔걸이에 얹고 앉았다. "지금 달리 특별한 사건이 없어서 언론이 이 일에 달려드는 거예요. 이모분 인터뷰를 막아보려고 했는데, 우리도 모르는 사이에 벌써 했더라고요."

더 젊은 형사도 자리를 잡고 앉았다. 마사 아줌마가 커피를 권했다. 조던 블라이스톤은 잘생긴 남자였다. 난 그가 나를 좋아한다는 느낌을 확실하게 받았다. 몇 달 전이었다면 그에게 첫눈에 반했을지도 모르지만, 지금은 일종의 객관적인 호감만 느껴졌다. 조던도 나에게 다른 감정은 없는 것 같아서 다행이었다. 그의 눈빛과 말에는 단순한 관심을 넘어서는 다른 암시는 전혀 없었다.

지난 2년 동안 도대체 나는 왜 그렇게도 쉽게 남자들과 사랑에 빠졌을까? 제정신이 아니었나? 내가 '남자에 미친 창녀'라는 레이첼 이모의 주장이 옳은 건가? 그런 생각을 하자 너무나 창피해서 얼굴이 뜨거워졌다.

"여기서 일어난 사건, 그리고 이모분이 지금 언론에 퍼뜨리고 있는 이야기들은 고대 비극과 비슷한 구조를 가지고 있어요." 조던이 말했다. "셰익스피어 희곡이나 전래동화와도 비슷하죠. 아름다운 딸과 거기에 흔들리는 가족들. 오래전부터 사람들은 그런 이야기를 좋아했죠."

"하지만…… 너무 부당하잖아요!" 내가 소리쳤다.

"그래요, 부당하죠. 스스로를 방어할 기회도 없고요. 저도 어떻게 하면 당신을 도울 수 있을지 고민하고 있는데, 떠오르는 게 없네요. 정말입니다. 경찰은 무엇에 대해 어떻게 보도하라고 언론에 지시할 수 없어요."

"전 1월에 뉴욕으로 가서 가수가 되려고 했어요." 목소리가 쓰디쓰게 울렸지만 어쩔 수 없었다. "이젠 그럴 수 없겠죠. 제 이름을 들으면 이 사건 생각이 먼저 날 테니까요!"

나는 신문을 옆으로 밀치고는 눈물을 흘리지 않으려고 입술을 깨물었다.

"이름을 바꾸면 어때요?" 그레그가 제안했다. "많은 사람들이 그렇게 하잖아요. 그리고 언젠가는 이 사건도 잊힐 겁니다."

"적어도 페어필드에서는 아니에요." 나는 먹먹한 심정으로 대꾸했다. "절대 잊히지 않을 거예요. 여기서 나는 영원히 그랜트 집안을 망친 괴물로 남을 거예요."

"아닐 거라고 확실하게 말해줄 수는 없겠네요." 조던이 솔직하게 말했다. "하지만 그랜트 양, 좋은 소식이 하나 있어요. 동료들이 당신 자동차에서 소지품을 가져왔답니다."

"정말요?"

그건 정말로 좋은 소식이었다. 두 형사는 커피를 다 마시고 맬러키 오빠 부부와 이야기를 나눈 다음, 내 여행 가방과 상자 두 개를 집 안으로 가져왔다.

"유감스럽지만 저는 오늘 링컨으로 돌아가야 합니다." 유감이라는 조던의 말은 진심처럼 들렸다. "이 사건은 공식적으로 다 해결됐어요. 저희는 더 이상 현장에 있을 이유가 없습니다. 당신과 당신 가족을 버리고 가는 것만 같아서 기분이 안 좋네요."

"아닙니다. 저희는 스스로를 지킬 수 있습니다." 맬러키 오빠가 자신 있게 말했다.

그건 사실이었다. 자경단이 페어필드를 순찰 중이었고, 새언니 가족들과 그 친구들이 밤낮으로 보초를 서며 윌로크릭 농장을 지키고 있었다. 하지만 조던의 마음은 알 수 있었다. 그래서 나는 이렇게 대답했다.

"형사님이 할 수 있는 일은 이미 다 하셨는걸요. 더는 도움이 필요할 만한 일도 없을 거예요."

"그래도 혹시 도울 일이 있다면 연락 주세요."

그는 재킷 주머니에서 명함을 꺼내 나에게 건넸다. 명함을 받다가 그의 손에 내 손가락이 닿자 또 정전기가 일었다. 조던이 미소를 지었다. 영혼을 따뜻하게 해주는 미소였다.

"그랜트 양, 건강 잘 지키세요."

그가 인사를 하고 몸을 돌려 나갔다. 나는 그가 뒤도 돌아보지 않고 차에 올라타는 모습을 부엌 유리창으로 지켜봤다. 내게 친절하게 대해준 또 한 사람이 내 인생에서 사라지는 것 같은 느낌이 들었다.

"참 친절한 사람이야. 매력적인 남자이기도 하고." 마사 아줌마가 말했다.

"그래 봤자죠." 나는 어깨를 으쓱하며 대답했다. "레이첼 이모를 막아줄 수는 없어요. 이모는 이제 곧 여기 나타나겠죠."

"두고 봐야지."

마사 아줌마는 기분이 좋은 것 같았다. 얼굴을 반짝반짝 빛내며 부엌문을 닫고 목소리를 낮춰서 말했다. "저 형사랑 맬러키가 하는 말을 들었어. 어제 레이첼을 심문하면서 에스라가 총을 쏠 동안 어디에 있었냐고 물었대. 왜 막지 않았느냐, 에스라가 총을 어디서 구했느냐 하면서 말이야."

"그랬더니요?"

"변호사 없이는 대답 안 하겠다고 했다더라." 아줌마의 눈이 반짝거렸다. "저 형사는 레이첼이 무기를 구해주고 에스라를 사주했다고 믿고 있어. 그게 사실이라면 레이첼은 교도소에 가게 될 거야."

"그게 사실이라도 증명할 방법이 없잖아요."

나는 힘이 쭉 빠져서 대답했다. 교활한 레이첼 이모가 적당한 대답을 준비해두지 않았을 리 없었다. 맬러키 오빠는 자기 엄마가 영원히 이곳에 발을 붙이지 못하게 할 수 있다고 굳게 믿고 있었지만, 나는 아니었다. 이모에게 경찰을 속이는 건 일도 아니다. 그리고 레이첼 이모가 있든 없든 페어필드에 내 미래는 없었다. 최대한 빨리 벗어나야 했다.

∽

시간이 흘러갔다. 바깥 상황은 전혀 변하지 않은 채 12월 31일이 지나갔다. 아빠는 여전히 혼수상태였다. 다시 깨어날 수 있을지 어떨지 아무도 몰랐다. 나를 향한 마녀사냥은 사그라지기는커녕 더 활활 타올랐다. 일단 한번 사람들의 의식에 새겨진 말은 쉽사리 없앨 수 없다.

얇은 피부막이 자라 상처를 덮듯, 내 주변은 표면적으로는 정상화된 것처럼 보였다. 맬러키 오빠 부부는 정기예금과 유가증권 형태로 큰 재산이 있다는 사실을 확인하고는 깜짝 놀랐다. 우리는 당분간 농장 수입에만 의지해 온갖 종류의 궁핍을 견디며 살 각오를 하고 있었는데, 아빠가 아무도 모르게 세심하게 투자를 해서 재산을 늘려놓았던 것이다. 맬러키 오빠는 레베카 새언니의 가족들이 거절하는데도 극구 보상을 안겨서 집으로 보내고, 오마하 소재의 보안업체를 고용해 농장을 지키게 했다. 나중에 언론의 관심이 잠잠해지면 집 지붕을 고치고 창문과 난방을 교체할 계획도 세웠다. 마사 아줌마에게는 현대식 부엌을 만들어주겠다고 약속했다. 맬러키 오빠가 이렇게 자유롭고 행복한 모습은 처음이었다. 마사 아줌마도 활짝 꽃이 핀 것 같았다. 아줌마는 이따금 위스키를 마시며, 내가 알지 못하는 페어필드 사람들의 역사와 일화를 들려줬다. 아줌마는 갇혀 지내는 걸 견딜 수 없어 하는 내가 그렇게라도 시간을 때울 수 있게 해줬다.

나는 밤마다 몇 시간이고 말똥말똥한 정신으로 침대에 누워, 목재 들보가 끽끽대는 소리나 난방기의 꾸르륵거리는 소리 등 낡은 집에서 들리는 익숙한 소리에 귀를 기울였다. 낮에는 싱숭생숭한 마음으로 복도와 방을 이리저리 거닐거나 이사벨라 고모할머니나 아빠에게 편지를 썼다가 찢곤 했다. 레베카 새언니와 마사 아줌마를 도와 애덤을 돌보거나 집안일을 돕다가, 날이 어두워지면 메리제인 아줌마에게 살짝 가거나 내 말 웨이사이더를 보러 가기도 했다. 호레이쇼에게 전화하겠다고 마음먹고는 레이첼 이모의 사무실에 간 적도 여러 번 있었지만, 막상 손가락이 번호판 위에 닿기만 하면 용기를 잃었다.

이제 더는 전화하지 말라고 했지만, 그래도 혹시 둘이서 만나고 싶지 않을까? 그러다가 그에게 쪽지를 써서 메리제인 아줌마에게 전해달라고 했다. 그를 만나고 싶었다. 아니, 만나야 했다. 반드시 그래야 했다. 그의 마음을 확실하게 알고 싶었다.

∞

아직도 호레이쇼는 답장이 없었다. 레베카 새언니 가족이 떠난 뒤 집은 조용해졌다. 자연스러운 침묵이라기보다는 긴장 가득한 정적이었다. 내 삶은 멈춰버린 것 같았다. 언론의 연락을 피하려고 하루 종일 전화선을 빼두다 보니 외부에서 들려오는 소식도 거의 없었다. 맬러키 오빠의 휴대전화로 이따금 병원이나 경찰에서 전화가 오는 것 말고는 오로지 적막뿐이었다.

텔레비전과 신문은 이제 윌로크릭 학살 사건을 거의 다루지 않았고 페어필드의 비상 상황도 끝났지만, 낯선 사람들과 기자들은 여전히 어슬렁거렸다. 우리는 태풍의 눈에 들어 있었다. 금방이라도 뭔가가 닥칠 것만 같아 불안했다. 어떻게 하면 집과 농장을 몇 시간만이라도 빠져나갈 수 있을지, 호레이쇼에게 전화라도 한번 해볼지 한없이 고민했다. 집에서 옛 생활의 흔적을 지우려는 맬러키 오빠의 열정이 며칠 지나지 않아 시들해지는 바람에 집수리는 잠정적으로 중단됐다. 오빠는 조지 아저씨와 월터와 함께 가족묘지의 꽁꽁 언 땅을 파고 조지프 오빠와 밀스 형제의 무덤을 만들었다. 에스라 오빠의 시신만은 화장한 뒤 링컨의 무명 노숙인들을 위한 묘지에 매장하기로 했다. 그러는 동안에도 레이첼 이모는 여전히 정신병동에 숨어서 연락이 닿지 않았고, 아빠의 상태도 변함이 없었다. 맬러키와 하이럼 오빠는 조지프 오빠와 밀스 형제의 장례를 1월 6일에 치르기로 했는데, 콴티코의 조지프 오빠 부대에서는 조문단을 파견하겠다고 했다. 늦어도 그때는 호레이쇼와 마주치게 될 것이다. 그와 이야기를 나눌 기회가 있을까? 그는 왜 연락이 없을까? 메리제인 아줌마가 혹시 내 쪽지를 전하지 않은 건가?

호레이쇼의 침묵보다 더 마음을 짓누르는 것은 내가 재능을 잃었을지도 모른다는 걱정이었다. 예전에는 언제나 머릿속에 멜로디나 가사가 흘러넘쳐서 계속 메모를 했고, 그런 메모는 나중에 노래가 됐다. 그런데 윌로크릭 농장으로 돌아온 뒤 내 머릿속에는 적막뿐이었다. 음악은 아무리 힘든 일도 견뎌낼 수 있게 도와주는 친구였고, 내 영혼 깊은 곳에서 우러나와 늘 곁에 있었다. 그런데 갑자기 아무것도 느낄 수가 없었다. 멜로디도, 가사도, 아주 짧은 선율도 떠오르지 않았다.

내 느낌과 기분을 멜로디로 표현하는 재능이 영원히 사라져버린 걸까? 아니면 언젠가 다시 나타나게 될까? 그 재능은 어쩌면 사랑의 번민과 연결되어 있었던 거 아닐까? 나는 사랑에 빠지거나 심하게 실망했을 때 가장 창의적이고 생산적이었다. 내 첫 노래에 영감을 준 것도 제리와의 첫사랑이었다. 나중에는 니컬러스나 호레이쇼를 생각하며 피아노 앞에 앉았다. 하지만 다시 생각해보니 처음 영감을 받은 건 피아노 앞이 아니라 웨이사이더를 타고 자연 속을 돌아다닐 때였다. 그렇게 해볼까? 하지만 집 밖으로 한 발도 나갈 수 없는데 그걸 어떻게 시험할 수 있지?

∞

장례식 하루 전날, 하이럼 오빠가 퇴원하기로 했다. 맬러키 오빠와 레베카 새언니가 아침 식탁에서 하루 일정을 의논할 때, 나는 이 반강제적 구금을 끝내기로 결심했다.

"오늘 하이럼 오빠를 데리러 매디슨에 갈 때 나도 데리고 가줘." 식사를 하면서 오빠에게 부탁했다.

오빠는 좀 망설이다가 대답했다. "좋은 생각이 아닌 것 같다."

"어차피 언젠가는 다시 나가야 해. 사흘 뒤에는 개학이야. 늦어도 그때는 매디슨으로 가야 한다고."

"정말로 학교에 갈 생각은 아니지?" 마사 아줌마가 동의하지 못하겠다는 말투로 물었다. "기자들이 당장 몰려올 텐데."

"그럼 어떻게 해요?" 나는 흥분해서 고함을 질렀다. "평생 여기 숨어서 살까요? 아무도 못 알아보게 성형이라도 할까요?"

"셰리든, 좋은 생각이 아니야." 맬러키 오빠가 이마를 찡그리며 다시 말했다. "장례식 전에 사람들을 흥분시켜서 좋을 건 없어. 그리고 픽업트럭도 우리 셋이 앉기엔 너무 좁아."

나는 큰오빠를 좋아했지만, 어려운 날들을 겪어내다 보니 예전에는 몰랐던 오빠의 성격을 알게 됐다. 오빠도 아빠처럼 망설이는 사람이었다. 결과를 예측하기 어려운 일을 결정하는 걸 아주 싫어했다.

"아빠 닷지를 타면 되잖아." 내가 제안했다. "그 차엔 뒷좌석이 있어. 모자를 눌러쓸게. 유리창이 어두우니까 아무도 날 알아보지 못할 거야."

맬러키 오빠는 어쩔 줄 몰라 하다가 애덤에게 음식을 먹이던 레베카 새언니에게 도움을 구하는 시선을 던졌다.

"괜찮은 아이디어 같아. 닷지를 타면 나도 갈 수 있고."

새언니의 대답에 나는 마음이 놓였다.

"그리고 셰리든 아가씨 말이 옳아. 영원히 숨어 지낼 순 없잖아. 보안업체 직원도 같이 가면 돼. 그 사람들이랑 우리 둘이 같이 있으면 아무 일도 벌어지지 않을 거야."

"그러면 그동안 내가 애덤을 돌볼게." 마사 아줌마가 애덤에게 눈짓을 하며 말했다. "어린 양반, 우리는 집에서 은그릇이나 닦자. 아주 거무튀튀해졌더라."

아기는 무슨 말인지도 모르면서 깍깍 소리를 질렀다.

"괜찮을 것 같네."

맬러키 오빠는 여전히 걱정스러운 표정이었지만 자기가 내린 결정이 아니라 마음이 가벼워진 것 같았다.

몇 시간 후 커다란 은색 닷지를 타고 매디슨으로 가면서 나는 창밖을 내다보며 어린아이처럼 기뻤다. 방금 출소한 사람이 이런 기분이겠지! 다른 많은 것들처럼, 자유도 잃어버린 후에야 그 진가를 깨달을 수 있다.

병원에 가까워졌을 때쯤 보안업체 직원 네 명이 우리를 따라온 게 너무나 다행이라는 생각이 들었다. 매디슨병원 대형 주차장은 야단법석이었다. 낯익은 텔레비전 방송국 차들이 보였고, 2층짜리 병원 건물 입구에는 군중이 몰려와 있었다. 하이럼 오빠가 오늘 오전에 퇴원한다는 소식이 언론에 새나간 모양이었다. 기자들은 윌로크릭 학살 사건의 생존자 사진을 찍으려고 제정신이 아니었다.

"병원 측이 비밀로 하겠다더니, 대체 어떻게 된 거야?" 레베카 새언니가 짜증을 냈다.

"이제 어떻게 해?" 몰려든 사람들을 보자 나는 걱정스러워졌다. "뒷문으로 가는 게 낫겠지?"

"아니." 맬러키 오빠가 고개를 저었다. "언젠가는 이 숨바꼭질을 끝내야 해. 셰리든, 네 말이 맞아. 앞문으로 가서 하이럼을 데리고 나오자."

오빠는 군중을 향해 곧장 차를 몰면서 비키라고 경적을 울렸다. 보안업체 차가 닷지 바로 뒤에 멈추더니 검은 옷을 입은 남자 네 명이 뛰어나와 우리 차를 에워쌌다. 차에서 내리려니 심장이 목까지 튀어나올 것 같았다. 사람들은 몇 초 만에 나를 알아봤다. 레베카 새언니가 왼쪽에서 내 팔짱을 끼고 맬러키 오빠는 내 오른손을 잡았다. 그렇게 우리는 나란히 서서 무시무시해 보이는 보안업체 직원들에게 에워싸인 채 마구 쏟아지는 플래시 불빛을 받으며 병원 입구로 향했다.

"셰리든, 이쪽을 좀 봐요!"

"어이, 네가 양아버지랑 그렇고 그런 사이라면서?"

"목사하고도 잤다며?"

"이 배은망덕한 년!"

"창녀!"

"지옥에나 떨어져라!"

욕설은 점점 더 잔인해졌다. 몇 미터 앞에 있는 입구가 까마득해 보였다.

"모르는 척해요."

레베카 새언니가 날카로운 목소리로 말했지만 그러기가 쉽지 않았다. 나는 얼굴이 새빨개져서 앞만 노려봤고, 맬러키 오빠는 온몸을 떨었다. 상황이 이 정도일 거라고는 예상하지 못했다.

"오빠들이랑도 한 거 아냐?" 어떤 여자가 새된 소리를 질렀다. "네 명 모두랑? 응?"

"얠 싸고도는 게 창피하지도 않아?" 다른 여자가 맬러키 오빠에게 소리쳤다. "당신 가정을 망치고, 불쌍한 당신 엄마 마음을 부숴 버렸는데도!"

"더 이상 못 참겠다!"

맬러키 오빠가 으르렁거리며 내 손을 놓았다. 아래턱을 내민 채 화가 나서 창백해진 얼굴로 그 여자에게 다가가 앞을 막았다. 군중이 뒤로 물러나는 바람에 그녀는 갑자기 혼자가 됐다. 여자는 놀라서 오빠를 뚫어지게 노려봤다.

"당신, 린다 프라이죠. 안 그래요? 패밀리 달러 계산대에서 일하지 않습니까?" 맬러키 오빠가 소리쳤다.

"도와줘요!"

여자가 겁에 질려 목소리를 높였지만 아무도 도울 생각을 하지 않았다. 무슨 재미있는 일이 벌어질지 기대하며 모두 구경만 했다.

맬러키 오빠는 자기를 향한 카메라를 보며 말했다. "여기 이 사람은 린다 프라이입니다. 방금 저한테 여동생 편을 드는 게 창피하지 않은지 물었죠. 예, 창피하지 않습니다. 그럴 이유가 없으니까요. 제 동생은 분별 있는 아이입니다. 얘가 그동안 무슨 일을 겪었는지 여러분은 전혀 모릅니다. 하지만 린다, 당신에게 묻고 싶네요. 2년 전까지 오마하에서 매춘부로 일한 건 창피하지 않습니까? 이웃집 남자와 바람을 피워서 남편에게 쫓겨난 뒤에 말입니다. 가정을 파괴한 사람은 당신입니다. 당신 가정과 이웃 가정을!"

사방이 쥐 죽은 듯 조용했다. 여자는 새하얗게 질려서 얼굴을 양손으로 가리고는 비틀거리며 사라졌다.

"동생 두 명이 사망했고, 아버지는 혼수상태로 누워 계십니다. 다른 동생 한 명은 중상을 입었고요." 맬러키 오빠는 계속 말했다. "농장 일꾼 세 명이 사망했습니다. 저희는 아직 충격에서 벗어나지 못한 상태고, 죽은 사람들을 차분하게 추모하고 싶습니다. 그런데 이런 식으로 저희를 포위하고 열일곱 살짜리 여자애를 공격하다니요! 여러분이 지금 하고 있는 행위는 비인간적이고 비기독교적입니다. 창피한 줄 아세요!"

"당신 어머니는요?" 기자 한 명이 소리쳤다. "왜 어머니를 집에 돌아오지 못하게 하는 겁니까?"

오빠는 한순간 당황했다. 오빠도 나도 처음 듣는 소리였다.

"누가 엄마를 돌아오지 못하게 해요?" 오빠는 정말로 놀라서 물었다.

"당신요! 당신 어머니가 그러던데요! 아들과 며느리가 자기를 월로크릭 농장으로 돌아오지 못하게 한다고요!"

"거짓말입니다." 맬러키 오빠는 내가 한 번도 들어본 적 없는 냉정한 목소리로 말했다. "엄마는 언제라도 집에 올 수 있어요. 하지만 본인이 퍼뜨린 온갖 거짓말 때문에 돌아올 용기가 나지 않는 겁니다. 실제로 무슨 일이 일어났는지 저희는 알고 있으니까요."

"실제로 무슨 일이 일어났습니까? 진실을 말해주세요! 저희도 진실을 알고 싶습니다!"

기자들이 한 목소리로 달려들었지만 오빠는 그 질문을 무시하고 말을 이었다.

"30분 뒤에 저희는 다시 이곳으로 나올 겁니다. 저희를 가만히 내버려두고 거리를 유지해주시기 바랍니다. 제 동생 하이럼은 아직 완전히 회복되지 않았습니다. 동생 조지프 장례식 때문에 잠깐 데리고 가려는 겁니다. 죽은 이들과 그 가족을 존중해주세요. 감사합니다."

오빠는 몸을 돌려 다시 내 팔을 잡았다. 우리는 방해받지 않고 병원으로 들어갔다. 등 뒤에서 유리문이 닫히자 맬러키 오빠는 제일 가까운 복도로 꺾어들어 심호흡을 한 뒤에 벽에 기댔다.

"후우!" 오빠가 숨을 몰아쉬었다. "내가 그렇게 말하다니, 믿기지가 않네."

레베카 새언니는 놀라움과 자랑스러움이 뒤섞인 표정으로 오빠를 바라봤다. "당신 정말이지 엄청났어!"

오빠는 떨리는 입꼬리로 히죽 웃고는 새언니를 포옹하면서 나를 바라봤다. "괜찮았지, 응?"

"완전 굉장했지! 뭐라고 표현해야 할지 모를 정도야!"

맬러키 오빠가 그런 행동을 하리라고는 상상해본 적이 없었다.

"갑자기 너무 화가 났어." 오빠가 말했다. "하필이면 그 린다라는 여자가 그런 말을 하다니, 눈이 돌아가더라고."

"그런데 그 여자 일을 어떻게 알았어?" 내가 물었다.

"흠, 난 아는 게 아주 많아." 오빠가 벽에서 몸을 떼며 쓴웃음을 지었다. "엄마 취미가 사람들 뒷이야기 하는 거잖아. 린다라는 여자 때문에 켄 슈워튼이 이혼했다고 열을 냈거든."

"어머, 정말?"

나는 깜짝 놀라 눈을 크게 떴다. 켄 슈워튼은 매디슨에서 가장 잘나가는 자동차 영업자였고, 그의 아내 수전은 레이첼 이모처럼 독실한 척하는 위선자였다.

"아무튼 정말 멋졌어." 레베카 새언니가 사랑이 뚝뚝 떨어지는 눈으로 오빠를 보며 말했다.

나도 오빠를 다른 눈으로 보게 됐다. 진정한 가장이 되기 위해 필요한 권위를 갖춘 것 같았다. 아빠와 달리 오빠에게 월로크릭 농장은 의미가 컸다. 아빠는 형이 사망한 후 어쩔 수 없이 농장을 물려받았지만, 의무를 다할 뿐 농장 일에 열정을 보이지는 않았다. 나는 그런 아빠를 이해했다. 아빠의 원래 인생 계획과는 완전히 다른 삶이었을 테니까.

반면 맬러키 오빠는 대농장의 후계자로 태어나고 자랐다. 오빠는 내가 이해할 수 없을 만큼 농장을 열정적으로 사랑했다. 레베카 새언니 역시 농장 경영자에게 딱 맞는 아내였다. 둘은 완벽한 팀이었다. 나는 불현듯 믿음직한 두 사람과 함께 농장에 남아 있는 내 모습을 떠올렸다. 그동안 하루하루 겨우 버티면서 여기를 떠날 날만 기다리던 나였는데, 이상한 기분이었다. 에스라 오빠의 위협과 레이첼 이모의 심술이 없어서일까? 칙칙한 흑백 동판화가 돌연 아름다운 수채화로, 따뜻하고 사랑스러운 그림으로 변한 느낌이었다.

어쩌면 낯선 곳으로 떠났던 여행이 내가 그리던 모습과는 전혀 달랐기 때문인지도 몰랐다. 이방인들은 여기 사람들보다 훨씬 위험해 보였고, 내게 친절하게 대해준 사람은 없었다. 갑자기 내 모든 꿈이 잘못된 것처럼 생각됐다. 이곳을 떠나면 친엄마와의 유일한 연결고리도 끊어질 것이다. 바깥세상에는 친엄마를 알던 사람도, 좋아했던 사람도 없을 테니까.

"가자." 맬러키 오빠가 단호한 목소리로 말했다. "하이럼이 기다리고 있어. 걔도 빨리 집에 가고 싶을 거야."

"이따 기자들이 정말로 비켜줄까?" 내가 오빠에게 물었다.

"몰라. 그러길 바라야지." 오빠가 대답했다.

병동 표지판을 보고 있는데 내 혈관을 얼어붙게 만드는 목소리가 들려왔다. 하얀 플라스틱에 새겨진 글자와 숫자가 갑자기 흐릿해졌다.

"맬러키, 레베카! 내 병문안을 오다니, 정말 반갑구나!" 레이첼 이모가 울먹이며 말했다. "오늘에서야 돌아다녀도 된다는 허락을 받았지 뭐냐. 그래서 도로시랑 엘리랑 같이 시원한……."

내가 몸을 돌리고 모자를 벗자 레이첼 이모의 말이 뚝 끊겼다. 눈에서 증오의 불꽃이 이글거렸다. 내가 무슨 말이든 한마디만 하면 자제력을 잃을 것만 같았다. 몇 초 동안 우리는 서로 노려보기만 했다. 나는 차분하게 숨 쉬려고 애썼지만 심장이 미친 듯이 뛰었다. 레이첼 이모는 잿빛 조깅복 위에 역시 잿빛 가운을 걸치고 있었는데, 둘 다 이모 얼굴의 주름만큼이나 축 늘어져 있었다. 머리카락은 여기저기 삐져나와 너절했고 두툼한 눈물주머니가 늘어진 눈은 새빨갰다. 세상의 그 어떤 분장사라도 고통에 시달리는 농장주의 아내를 이렇게 잘 꾸며낼 수는 없을 것 같았다.

"안녕하세요, 엄마." 맬러키 오빠가 도로시 벤턴과 또 다른 한 여자는 보지도 않은 채 싸늘하게 말했다. "우린 엄마 병문안을 온 게 아니라 하이럼을 데리러 온 거예요. 그리고 엄마가 병동을 나와서 돌아다니는 게 오늘이 처음이 아니라는 것쯤은 알고 있어요. 텔레비전에서 봤거든요."

레이첼 이모는 과장된 한숨을 쉬고는 가슴을 움켜쥐고 쓰러지려는 시늉을 했다. 나는 경멸을 가득 담아 이모를 노려봤다.

"맬러키 그랜트, 너 어쩌면 그렇게 잔인할 수 있니?" 도로시 벤턴이 목소리를 높였다. "엄마를 이렇게 대하다니 정말 소름 끼친다! 불쌍한 레이첼, 집에도 못 가고 병원에만 있으니 점점 더 몸이 안 좋아지는 거지."

"엄마한테 집에 오지 말라고 한 적 없어요. 통화 한번 제대로 못 했는걸요. 그런데 인터뷰는 잘도 하더라고요." 맬러키 오빠가 반박했다.

"어머님, 전 정말이지 어머님한테 너무 실망했어요." 새언니가 끼어들었다. "내일 11시에 조지프 도련님이랑 밀스 형제 장례식을 치를 예정인데, 거기에 관심이나 있는지 모르겠네요."

"에스라는?" 레이첼 이모가 떨리는 목소리로 물었다.

"화장해서 유골함을 노숙인 묘지에 묻었어요. 살인자한테는 그것도 과분하지만." 맬러키 오빠가 대답했다. "엄마, 개는 살인자예요. 그것도 여럿을 죽인 살인자! 희생자가 아니라고요. 텔레비전에서 엄마가 셰리든에 대해서 한 거짓말은 정말 역겨웠어요. 하지만 우리까지 속일 순 없죠. 우린 진실을 알고 있으니까요."

레이첼 이모의 뺨 근육이 마구 꿈틀거리고 목에 얼룩덜룩한 반점이 나타났다. 아들이 자기편인 줄 알았는데 아니었던 것이다. 하지만 그 순간에도 체면을 지키려는 욕구가 발휘됐는지, 이모는 부축을 순식간에 뿌리치고 나에게 고함을 질렀다.

"너! 우리 가정을 깨고도 뻔뻔하게 여기 나타나다니! 지옥에나 떨어져라, 이 교활한……."

"그만!" 오빠가 손을 뻗었다. "빌어먹을 연극 좀 그만둬요! 마지막으로 한 번만 더 말하는데, 세리든을 내버려둬요. 안 그랬다가는 내가 가만히 안 있을 테니까."

"네가 감히 날 협박해?" 레이첼 이모는 양손을 옆구리에 척 얹었다. "내 편을 들어도 모자랄 마당에, 이 어린 창녀 편을 들어? 여름 내내 자기 선생이랑 잔 애야. 내 보기엔 얘한테 넘어간 계절노동자도 많을 거다!"

이모가 웃음을 터뜨렸다. 거칠고 흉측한 웃음이었다. 눈이 사악하게 빛났다. "호레이쇼 버넷 목사도 희생물이 됐지. 그 불쌍한 사람 머리를 완전히 돌게 해서 자기 본분까지 저버리게 만들었다고."

이모 옆에 있는 두 여자는 놀라서 정신이 나갈 지경으로 보였다. 내 몸은 뜨거워지고 차가워지기를 반복했다. 귀에서 피가 윙윙 소리를 내며 돌았다. 이 순간만큼은 이모를 죽이고 싶었다.

"그렇게 나온다면 저도 할 말이 많아요. 이모는 우리 엄마한테서 아기를 빼앗아서 한겨울에 남의 집 문 앞에다 버렸죠. 엄마를 거짓말로 페어필드에서 쫓아버리고 아빠를 유혹했어요. 그래서 결혼까지 한 거잖아요! 그리고 에스라 오빠는 아빠 아들이 아니라 텍사스에서 온 어느 계절노동자의 아들이고!"

나는 누가 말릴 틈도 없이 고함을 질렀다. 수문이 열린 것처럼 내 안에서 화가 홍수처럼 터져 나왔다. 앞쪽 현관에서 기다리던 보안업체 직원들과 그 뒤에서 카메라를 들고 있던 남자 둘이 유리문을 지나 달려왔다.

"여기 사람들은 이모가 얼마나 사악한지 다 알아요. 사람들 관심이 이모에게 향할까 봐 나에 대한 이야기를 지어낸 거잖아요! 조지프 오빠가 죽고 아빠가 혼수상태인 건 다 이모 잘못이에요. 날 해치라고 에스라 오빠를 충동질한 게 이모니까요! 내가 죽길 바랐겠죠! 우리 엄마처럼, 그리고 이모가 직접 죽인 이모 아버지처럼!"

마지막 말은 그냥 마사 아줌마의 짐작에 불과했다. 하지만 정확하게 들어맞은 것 같았다. 바로 그 순간 이모는 완전히 꼭지가 돌았으니까. 텔레비전 카메라가 있다는 사실도 눈에 들어오지 않는 것 같았다. 이모는 나에게 달려들어 주먹을 쥐고 정신 나간 사람처럼 나를 때렸다. 맬러키 오빠가 미처 말리기도 전에 나는 얼굴을 정면으로 맞고는 벽에 머리를 부딪쳤다. 눈앞이 깜깜해졌다.

∾

"이봐요, 이봐요! 그랜트 양! 내 말 들려요?"

누군가 내 뺨을 조심스럽게 어루만졌다. 나는 눈부신 전등 빛에 당황해서 눈을 깜박였다. 내 위로 몸을 숙인 걱정스러운 얼굴들이 보였다. 불빛 때문에 머리가 아파서 다시 눈을 감았다.

"무슨 일이 벌어진 거죠?" 나는 멍하게 중얼거렸다. 입술 느낌이 이상하고 입에서 피 냄새가 났다.

"아가씨, 정말 다행이에요!" 레베카 새언니의 목소리가 들려왔다. 흥분한 목소리였다.

"여기가 어디예요?"

몸을 일으키려고 하자 누군가 나를 부드러우면서도 단호하게 밀어서 다시 눕혔다.

"어머님이 아가씨를 때렸어요." 새언니가 흐느끼면서 말했다. "아가씨는 얼굴을 맞고 벽에 머리를 부딪쳤어요. 우린 아가씨가 죽는 줄 알았어요."

"그랜트 양, 손가락 몇 개가 보입니까?"

누군가 물어서 나는 힘겹게 중얼거렸다.

"세 개."

"오늘이 며칠이죠?"

"1997년 1월 5일, 목요일."

"생일은 언제입니까?"

"6월 14일."

"좋습니다." 의사는 작은 손전등으로 내 양쪽 눈을 들여다보고 만족스럽다는 표정을 지었다. "이제 터진 상처를 봉합하고 두개골 엑스레이 사진을 찍겠습니다. 그냥 뇌진탕인 것 같긴 하지만 두개골 골절 가능성도 있으니까요."

의사가 시야에서 사라지고, 철컥하고 금속성 소리가 들리더니 리놀륨 바닥을 울리는 발소리가 났다.

"맬러키 오빠는 어디 있어요?"

내가 묻자 뒤쪽 어딘가에서 오빠가 대답했다.

"여기."

오빠는 위로하듯 내 어깨를 잡았다가 병상을 빙 돌아와서 내 얼굴을 똑바로 봤다. 오빠 뺨에 길게 긁힌 상처가 있었다.

"오빠 다쳤네? 무슨 일 있었어?"

"엄마가 너한테 달려들었어." 오빠가 나지막하게 말하며 내 손을 잡았다. "엄마를 제압하지 못했어. 제정신이 아니더라."

나는 침을 꿀꺽 삼키다가 기침을 했다. "그래서…… 지금은……

어디에 있어?”

“정신병동. 하지만 이번에는 폐쇄병동이야.”

오빠는 안심하라는 듯이 내 손을 쓰다듬었다. 병원 현관에서 벌어졌던 일이 천천히 떠오르기 시작했다.

“정말…… 미안해.” 나지막하게 말하고 나니 갑자기 울음이 터졌다. “하지만…… 이모가 그런 말을 해서…… 어쩔 수 없었어. 왜…… 왜 그런 소리를 하는 거지?”

“쉿, 괜찮아. 셰리든, 울지 마. 울지 말라고.”

하지만 맬러키 오빠도 당장 울음을 터뜨릴 것처럼 보였다.

“엄마는 어쩌면…… 정말로 제정신이 아닌지도 몰라. 다른 말로는 설명이 안 되네.”

아니, 오빠는 잘못 생각하고 있다. 레이첼 이모는 미친 게 아니다. 어릴 때부터 자기 처지가 다른 사람들보다 불리하다고 느꼈고, 그 불리함을 무슨 수를 써서라도 없애려고 해왔다. 아주 오랜 시간을 들여서. 이모는 생각보다 더 교묘하고 신중한 사람인지도 모른다. 자기의 비밀과 계략이 다 밝혀졌다는 사실을 깨닫고 미친 척하는 게 유일한 해결책이라고 믿었을지도 모른다. 맬러키 오빠와 보안업체 직원들이 옆에 없었더라면 나를 아예 죽였겠지만.

뒤통수의 상처는 여덟 바늘, 터진 입술은 네 바늘을 꿰맸다. 다행히 두개골에는 이상이 없어서 나는 바로 퇴원하겠다고 고집을 부렸다. 맬러키 오빠는 하이럼 오빠를 데리고 이미 집으로 출발했고, 레베카 새언니와 나는 보안업체 직원들과 함께 움직였다.

주차장에 모였던 군중은 사라졌고 텔레비전 중계차들도 보이지 않았다. 새언니는 늘 그렇듯 세심했지만, 레이첼 이모의 말은 새언니에게도 의심을 불러일으킨 것 같았다. 하지만 그렇다 해도 새언니를 탓할 수는 없었다.

하이럼 오빠를 보고 나는 엄청나게 충격을 받았다. 용감하고 건강하던 오빠, 늘 재미있는 일을 벌이던 오빠, 불안이라고는 전혀 없이 이 세상에 태어났다고 믿었던 오빠는 이제 허깨비처럼 보였다. 자기가 죽을 수도 있는 존재라는 걸 인식했기 때문인지, 아니면 무장한 정신병자 앞에서는 속수무책이라는 사실을 깨달았기 때문인지 오빠는 완전히 균형을 잃어버린 상태였다. 입원한 동안 15킬로그램이나 빠져 잘생긴 얼굴은 수척하고 핼쑥해졌으며 몇 살은 더 들어 보였다. 눈도 광채를 잃었다. 내가 조심스럽게 포옹하자 하이럼 오빠는 눈물을 쏟았고, 나를 다시는 놓지 않으려는 듯 꼭 끌어안았다.

"어쩌면 그럴 수가 있지?"

집에 돌아와서 오빠는 몇 번이고 그렇게 중얼거렸다. 에스라 오빠의 행위를 말하는 건지 레이첼 이모의 태도를 말하는 건지는 확실하지 않았다. 마사 아줌마가 오빠가 제일 좋아하는 촉촉한 퍼지 브라우니와 커피를 챙겨주자 오빠의 기분은 조금 나아졌지만, 그 사건이 오빠의 영혼에 깊은 흔적을 남겼다는 사실은 누구라도 알 수 있었다.

지난 며칠 동안 우리는 하루의 대부분을 큰 부엌에서 보냈다. 거실에 있으면 끔찍했던 마지막 저녁이 생각나서 마음이 편하지 않았다. 맬러키 오빠는 새로 산 텔레비전을 식탁에서 잘 보이는 창가 사이드보드 위에 올려놓았다. 마사 아줌마와 레베카 새언니와 나는 다음 날 장례식에 올 사람들을 위해 음식을 준비했다. 두 사람은 내가 쉬어야 한다며 말렸지만, 나는 침대에 누워 천장만 노려보며 나도 모르게 떠오르는 호레이쇼 생각에 사로잡히는 게 싫었다.

내가 밀가루를 반죽하고 있는데 마사 아줌마의 날카로운 비명이 들렸다.

"왜요?"

나는 깜짝 놀라 몸을 돌렸다. 아줌마는 눈을 크게 뜨고 텔레비전을 노려보다가 황급히 두 손을 앞치마에 닦고는 리모컨을 들어 볼륨을 높였다.

"크리스마스 아침에 발생한 윌로크릭 농장 학살 사건을 다른 각도에서 비추는 새로운 사실이 밝혀졌습니다. 이 사건에는 신경쇠약으로 쓰러져 병원에 입원한 범인의 어머니가 인터뷰에서 진술한 것과는 다른 배경이 있는 듯합니다." 여자 앵커가 심각한 표정으로 말했다.

"맬러키! 하이럼! 빨리 와! 너희들 이거 봐야 해!" 마사 아줌마가 부엌을 뛰어나가 복도에 대고 외쳤다.

화면에는 맬러키 오빠 부부와 내가 플래시 세례를 받으며 병원 출입구로 들어가는 모습이 등장했다.

오빠들이 부엌으로 들어왔다. 새언니는 남편 손을 꼭 잡았다.

"범인의 어머니는 이 가정에 입양된 17세의 셰리든 그랜트가 이번 살인사건의 가장 큰 원인 제공자라고 주장했습니다. 그런데 어제 범인의 큰형이 처음으로 사건 배경에 대해 진술했습니다."

다른 영상이 이어졌다. 기자들을 향한 맬러키 오빠의 인상적인 진술이 편집 없이 그대로 방송됐다.

"어, 우와. 형, 멋있었네!"

하이럼 오빠가 감탄하자 맬러키 오빠는 쓸쓸하게 웃었다.

"그 후 네브래스카 주 매디슨병원에서 범인의 어머니는 입양한 딸을 때려 중상을 입혔습니다."

앵커의 목소리만 들리고, 레이첼 이모가 나에게 고함을 지르며 온 힘을 다해 달려드는 화면이 나왔다. 이모가 주먹으로 내 얼굴을 때리고 내가 머리를 벽에 세차게 부딪치는 모습이 또렷하게 찍혀 있었다.

"아이고!" 마사 아줌마가 놀라서 비명을 질렀다.

"저희는 셰리든 그랜트가 유부남 여러 명과 연인 관계였다는 범인 어머니의 주장을 조사했습니다. 그중에는 양아버지와 교회 목사도 포함되어 있었습니다."

카메라가 페어필드 대로를 비추고 교회와 목사관이 나타나자 나는 금방이라도 기절할 것 같았다. 목사관 앞에는 수많은 사람이 모여 있었다. 목사관이 저렇게 포위되어 있다면 호레이쇼는 내 쪽지에 답하지 않는 게 아니라 못하고 있는 거였다. 호레이쇼의 아내인 샐리 버넷이 불쑥 화면에 나타났다.

나는 손이 떨리고, 무슨 일이 벌어질까 불안해서 온몸이 아플 정도였다. 도망치고 싶었지만 몸이 돌처럼 굳어 움직일 수 없었다.

"버넷 부인, 남편이 셰리든 그랜트와 몰래 관계를 가졌다는 비난에 대해 어떻게 생각하십니까?" 기자가 물었다.

내가 무슨 짓을 했는지 미국 전체가 알게 되기 일보직전이었다. 그런데 예상치 못한 일이 벌어졌다.

"며칠 전부터 낯선 사람들과 기자들이 저희 집을 에워싸고 있습니다." 샐리 버넷은 창백한 얼굴로 단호하게 말했다. "남편과 아이들에게 소리를 지르고 욕하면서, 야생 원숭이들처럼 행동하지요. 저는 중서부 출신의 소박한 여자입니다. 페어필드 목사의 아내고요. 저는 인간의 선함과 정의로움을 믿습니다. 하지만 지금 여기서 벌어지는 일은 소름이 끼치네요. 살인자가 희생자 취급을 당하고,

죄 없는 소녀가 모욕을 당하고 있어요! 셰리든 그랜트는 가정교육을 잘 받은 싹싹한 아이예요. 학교 성적도 좋고 악기도 잘 다루고 노래도 잘합니다. 교회에서도 아주 활동적이었고요. 저희 모두는 그 아이를 무척 아낍니다."

야유하는 휘파람과 고함 소리가 커졌지만 그녀는 전혀 기죽지 않았다. 오히려 다리를 더 넓게 벌리고 단단하게 버티고 섰다. 촌스러운 헤어스타일과 체크무늬 천 바지, 직접 뜬 스웨터를 입은 그녀는 전형적인 시골 목사 부인 같았지만, 분노하는 얼굴에는 웬지 모를 위엄이 서려 있었다.

"레이첼 그랜트에게 속지 마세요. 그녀는 이루 말할 수 없이 나쁜 짓들을 저질렀고, 게으르고 비열한 아들을 바로잡기는커녕 방패막이가 되어주기 바빴습니다. 에스라 그랜트 역시 희생자가 아닙니다. 여동생을 구타하라고 건달들을 고용하기까지 했다고요."

"그래서 남편분이 그를 살해하려던 겁니까?" 누군가 소리쳤다.

"남편과 셰리든은 에스라가 얼음이 언 호수에 빠졌을 때 목숨을 구해줬습니다." 샐리는 싸늘하게 대꾸했다. "두 사람이 목숨을 걸고 구해줬는데, 그 아이는 두 사람이 사귀는 사이라고 거짓말을 해서 명예를 훼손시키려 했어요. 에스라는 그런 아이입니다. 여동생을 위협하고, 미행하고, 자동차를 망가뜨리고, 소유물을 고의로 파괴했어요. 부모님이 없을 때 집에서 파티를 열어서 여자아이들을 술에 취하게 한 뒤 폭력을 쓰기도 했지요. 이 사건은 매디슨 보안관의 서류에도 남아 있어요."

"그런 일을 어떻게 다 아십니까? 지금까지는 왜 아무도 그런 이야기를 하지 않았을까요?" 기자가 물었다.

"아무도 용기가 없었으니까요. 하지만 페어필드 주민은 다 아는 사실입니다. 레이첼 그랜트가 입양한 딸을 얼마나 학대했는지도 모두 알고요. 그 아이는 지옥 같은 삶을 살았고, 더는 견디지 못해서 크리스마스이브에 페어필드를 떠난 겁니다. 에스라는 셰리든을 죽이려 했습니다. 셰리든이 떠나지 않았더라면 아마 죽였겠지요."

"당신 남편이 셰리든 그랜트와 연인 관계라는 주장은 어떻게 된 겁니까?"

샐리가 카메라를 정면으로 보자 나는 몸이 얼어붙는 것 같았다. 양심의 가책이 내 영혼을 갉아먹었다.

"사실무근이에요. 남편과 저는 서로 비밀이 없어요. 남편은 제게 뭐든 솔직하게 이야기합니다. 저는 남편이 그 애를 돌봐주는 걸 알고 있었습니다. 남편은 셰리든을 무척 아낍니다. 만나서 이야기를 들어주고, 지지해주고, 힘든 상황을 버틸 수 있도록 힘을 줬습니다. 하지만 그건 목사로서의 의무를 성실하게 수행한 것뿐이죠. 저희 부부는 셰리든에 대해 많은 이야기를 나눴습니다. 남편은 셰리든에게 아버지 비슷한 사람이었습니다. 셰리든은 그 누구에게도 기댈 수 없었으니까요."

나는 얼굴이 새빨개질 만큼 놀라고 부끄러웠다. 예전에 한 번도 느껴보지 못한 부끄러움이었다. 호레이쇼가 아내와 나에 대해, 우리에 대해 이야기했다는 게 사실일까? 무슨 말을 한 거지? 샐리는 내가 그에게 털어놓은 '끔찍한 사건'에 대해 알까? 호레이쇼는 나에게 어느 정도나 솔직했던 걸까? 나와 사랑을 나누고 집에 돌아가서는 내가 불쌍한 아이라고 이야기한 걸까? 그렇게 생각하자 굴욕적인 기분이 들었다. 크리스토퍼와의 일보다 100만 배는 더 고통스러웠다.

"여러분에게 부탁합니다. 이 도시를 떠나주세요." 샐리가 말했다. "저희 모두는 희생자의 가족들과 함께 슬퍼하고 있습니다. 유족들이 평화롭게 장례식을 치를 수 있게 해주세요. 카메라와 마이크 없이! 그리고 선정적인 언론 말고 여러분의 이성에 귀를 기울이세요. 셰리든 그랜트는 좋은 아이입니다. 범인은 셰리든을 죽이려고 했어요. 신이 그의 영혼에도 자비를 베푸시기를!"

하필이면 내가 속인 여자가 내 삶과 내 명예를 구했다. 나는 레이첼 이모가 지역 선교회와 교회 임원직을 점차 잃어버리게 된 원인이 샐리 버넷이라는 사실을 불현듯 깨달았다. 페어필드에서 그런 일을 할 용기 있는 사람은 저 여자밖에 없을 것 같았다.

레베카 새언니가 눈물을 글썽이며 나를 안았다. "아, 아가씨. 우린 어떻게 아가씨의 고통을 모르고 지냈을까요?"

새언니가 흐느끼며 말을 이었다. "너무 이기적이었나 봐요. 우리는 가족인데, 우리가 도왔어야 하는데! 조금 전에도 하마터면 어머니가 아가씨에 대해 한 말을 믿을 뻔했어요. 너무 창피해요."

새언니는 계속해서 자책했고, 맬러키와 하이럼 오빠와 마사 아줌마는 참담한 표정을 하고 있었다. 지금 고백해야 할까? 레이첼 이모가 한 말 중 일부는 사실이라고? 하지만 이런 상황에서 그 이야기를 꺼낼 수는 없었다. 가족을 실망시키고 싶지 않았다. 그러는 것보다는 영원히 거짓말을 품고 살아가는 게 더 나을 것 같았다.

∞

장례식 날은 1월에 보기 드문 날씨였다. 태양이 두꺼운 구름을 뚫고 몇 시간 정도 햇빛을 비추었다. 몇 주 동안 계속된 음울한 날 뒤에 찾아온 눈부신 빛은 견디기 힘들 정도였다. 수북하게 눈이 쌓인 땅과 슬픔에 젖은 문상객들 위에 맑은 하늘이 걸려 있었다. 암청색 퍼레이드 제복에 번쩍이는 선글라스를 쓴 조지프 오빠 부대의 조문단이 콴티코에서부터 리무진을 타고 왔다. 윌로크릭 농장 사람들, 조지프 오빠의 고등학교 친구들과 미식축구팀 선수들, 페어필드 주민들 몇몇, 그리고 놀랍게도 조던 블라이스톤 형사도 링컨에서 왔다.

당연히 호레이쇼 버닛 목사도 참석했다. 내가 장례식에 오기를 망설였던 이유는 그 때문이었다. 어제 텔레비전에서 샐리가 한 말을 듣고는 호레이쇼와 마주치고 싶지 않은 마음이 들었지만, 그래도 마지막에는 그와 만나 몇 마디라도 나누고 싶은 욕구가 이겼다. 그래서 레베카 새언니와 맬러키 오빠 사이에 서 있는 거였다. 내 얼굴에 와 닿는 호레이쇼의 눈길이 느껴졌다.

목련 저택과 윌로크릭 농장 사이의 낮은 언덕에 위치한 그랜트 집안 가족묘지는 느릅나무 고목들과 거대한 수양버들에 에워싸여 있었다. 여름이면 미풍이 불어 수양버들 가지가 부드럽게 묘비를 쓸곤 했다. 나는 이끼가 낀 하얀 대리석 기단에 앉아 비바람에 흐릿해진 묘비명을 해독하는 것을 좋아했다.

여기서 제일 오래된 무덤은 아빠의 할아버지, 1889년 64세의 나이로 세상을 떠난 존 셔먼 그랜트의 것이었다. 버지니아 주 출신인 그는 남북전쟁이 끝난 뒤 마차를 타고 애팔래치아 산맥을 넘어 서쪽으로 전진하다가 대평원에 도착했다. 그게 1886년의 일이었다. 그는 사람이 살지 않던 땅 160에이커에 말뚝을 박아 경계를 삼고 경작하기 시작했다. 나무도 심었다. 그때 심은 나무들이 이제는 울창한 숲이 되었다. 그 후로 무덤이 늘어났고, 지금은 총 27기의 무덤이 있었다. 아빠의 부모님인 존 루카스 그랜트 1세와 아내 소피아, 추문을 날리던 셔먼 그랜트, 베트남에서 전사한 아빠의 형 존 루카스 그랜트 2세도 이곳에 묻혔다. 아빠는 독일에서 가져온 내 친엄마의 유골함도 이곳 어딘가에 묻었다고 했다. 그러나 아빠가 혼수상태에서 깨어나지 못한다면 나는 엄마가 묻힌 곳이 어디인지 평생 알 수 없게 될 것이다. 그리고 이제 조지프 오빠가 우리 세대 중에서는 처음으로 이곳에 묻힐 참이었다.

호레이쇼가 경건한 목소리로 추도사를 읊고 있었다. 나는 드디어 그의 얼굴을 볼 용기를 냈다. 고개를 들어 그를 흘낏 보자 마음이 아파왔다. 최근에 겪은 사건들이 그에게 뚜렷한 흔적을 남긴 것 같았다. 새까맣던 머리카락은 눈에 띄게 재색으로 변했고 얼굴은 수척해져서 골격이 다 드러나 보였다.

그를 처음 만난 건 1년 전, 페어필드 교회 취임식에서였다. 벨벳 같은 잿빛 눈동자를 처음 본 순간부터 나는 기이할 정도로 그에게 이끌렸다. 그래서 불안해졌고, 짜증이 났다. 처음에 우리 대화는 모두 말다툼으로 끝났다. 나는 그가 싫었다. 레이첼 이모가 그를 너무 존경해서 더더욱. 그러다 낙원만에서 우연히 그를 만났다.

낙원만은 내게 아주 특별한 의미가 있는 곳이다. 친엄마와 아빠가 가장 행복했던 곳, 두 사람의 추억이 가득한 곳이니까. 거기에서 낚시를 하는 그가 달가울 리 없었다. 하지만 그는 다정했고, 따뜻했고, 믿을 만한 사람이었다. 온갖 사랑의 쓴맛을 겪고 실망을 맛본 나를 친절하게 대해주고 이해심을 보여줬다. 그를 향한 사랑에 미래가 없다는 걸 알면서도, 나는 서서히 그에게 빠져들었다. 남의 눈을 피해 그와 보낸 시간들은 지금까지 내 삶에서 가장 아름다운 순간이었다.

리로이와 카터의 관이 덜컹거리며 언 땅으로 내려갔다. 이제 미국 국기가 덮인 조지프 오빠의 관만 남았다.

호레이쇼가 나직이 말했다. "너는 먼지에서 왔으니 먼지로 돌아가리라. 흙은 흙으로, 재는 재로, 먼지는 먼지로."

사람들이 일제히 흐느끼기 시작했다. 관 좌우에 차려 자세로 서 있던 해군들이 경례를 하고 앞으로 나가서 관에 덮인 국기를 걷어서 접었다. 조지프 오빠의 상관이던 장교가 맬러키 오빠에게 국기를 건넸다. 조금 떨어진 곳, 앙상한 느릅나무 아래 있던 트럼펫 주자가 군인 장례식에서 늘 울려퍼지는 장송곡을 연주하는데 나도 모르게 눈물이 나왔다. 조지프 오빠의 동료들이 경례를 하고 관을 무덤으로 내렸다. 이제 다 끝났다.

맬러키 오빠와 조지프 오빠의 친구가 하이럼 오빠를 양옆에서 부축해서 자동차로 돌아가고, 문상객들도 모두 흩어졌다. 나도 오빠들을 따라가려는데 호레이쇼의 목소리가 나를 막았다.

"셰리든."

그가 거의 애원하는 듯한 음성으로 나를 불렀다. 나는 이를 악물고 멈춰서 그를 돌아봤다. 그의 얼굴은 무표정에 가까웠지만 눈은 강렬한 감정을 담고 있었다. 나는 뭔가에 찔린 듯 아팠다. 불현듯 우리가 처음 함께 잤던 날이 떠올랐다. 그때 우리는 낙원만의 수양버들 가지 아래 몸을 꼭 붙이고 누워 있었다. 애정에 압도당하고 황홀경에 젖어 숨을 쉴 수도 말을 할 수도 없었다. 잠깐이지만 호레이쇼는 늘 통제하고 있던 자신의 감정을 모조리 나에게 보여줬다. 나는 그의 눈에서 나 자신을 보았다. 그리움과 혼란, 절망과 양심의 가책.

그날부터 우리의 불장난이 시작됐다. 파멸을 초래할 거라고 예감하면서도 우리는 계속 만났고, 서로에게 점점 더 강렬하게 끌렸다. 나는 그게 사랑이라고 믿었다. 그의 애정은 내 상처를 치유하고 내 마음을 따뜻하게 만들어주었다. 나는 살면서 처음으로 행복을 느꼈다. 그건 그도 마찬가지였다. 몇 번이나 그런 말을 했다. 그런데 지금 그의 눈은 고통과 절망으로 어둡게 끓어오르고 있었다.

"네 쪽지에 답을 할 수 없었어." 그가 나지막하게 말했다.

"괜찮아요. 이런 일을 겪게 해서 미안해요." 나는 얼른 대답했다.

"내가 떠나면 당신을 지킬 수 있을 거라고 생각했어요. 이런 일이 벌어질 줄은 정말 몰랐어요."

그의 얼굴에 한 줄기 경련이 스치고 지나갔다. 나는 그가 눈물을 흘릴까 봐 걱정스러웠다.

"샐리한테 우리 이야기를 했어." 그가 속삭였다. "그럴 수밖에 없었다. 세리든, 이제 다 끝났어."

아주 짧은 순간, 나는 그가 끝났다고 한 게 자기 결혼생활이라고 생각했다. 나를 선택한 거라고, 나 없이는 살 수 없으니 함께 떠나자고 말할 거라고 믿었다. 뜨거운 행복감이 내 몸을 뚫고 지나갔다. 마음이 가벼워지면서 무릎에 힘이 빠진 순간, 그가 다음에 한 말이 내 희망을 꺾어놓았다.

"나를 용서하겠대." 그가 고개를 숙였다. "샐리는 나보다 훨씬 용감하고 강한 사람이야."

"하지만 당신은 아내를 사랑하지 않잖아요." 나는 그의 말을 도저히 믿을 수 없었다. "나한테 그렇게 말했잖아요. 어떻게 사랑하지 않는 사람과 함께 살 수 있어요?"

"셰리든, 우리 둘 사이에 있었던 일은 정말이지 놀랍고 아름다웠어. 너와 보낸 시간을 한순간도 후회하지 않아. 죽을 때까지 그 추억을 성물처럼 가슴에 간직할 거야. 하지만 사랑은 한 종류만 있는 게 아니야. 나는 널 사랑했던 것과는 전혀 다른 방식으로 아내를 사랑해. 네가 내 영혼의 거울이라면, 샐리는 내 버팀목이자 반석이 야. 애들도 아내를 진심으로 사랑해. 너를 통해 알게 된 행복을 아 내와는 아마 경험할 수 없겠지만, 그래도 난 샐리가 필요해."

나는 그를 빤히 쳐다봤다. 그가 한마디를 할 때마다 내 영혼이 조금씩 쪼그라드는 것 같았다. 샐리가 진실을 알고 있다. 다 알면 서도 남편을 지키기 위해, 그의 명예와 자기 결혼생활을 지키기 위 해 카메라 앞에서 거짓말을 한 거였다. 샐리는 나를 위해 싸운 게 아니라 자기 자신을 위해 싸운 거였다. 나는 거짓말쟁이에게 빚을 졌다는 사실을 깨달았다. 나보다 이모를 더 경멸하기 때문에 내 편 을 들어준 거짓말쟁이에게.

"난 아내를 떠날 수 없고 아이들도 못 떠나. 넌 그걸 이해……."

"호레이쇼, 제발!" 나는 그의 말을 막았다. "난 당신이 가족을 떠 나길 바란 적도 없고 그걸 요구하지도 않았어요. 샐리가 당신 아내 라는 사실을 늘 알고 있었다고요. 우리 사이는…… 그냥 지나가는 일이었어요. 그뿐이에요. 당신이 날 위해 해준 모든 일에 감사해 요. 지금 솔직하게 말해준 것도요. 덕분에 이곳을 떠나기가 더 쉬 워질 것 같네요."

우리는 마주 보고 서 있었다. 호레이쇼의 뺨 위로 눈물이 한 줄 기 흘러내렸다. 그는 재빨리 손을 움직여 눈물을 닦아냈다. 그러고 는 어딘가 먼 곳을 바라보며 자기 자신과 싸웠다. 턱 근육을 움직 이며 힘겹게 숨을 내쉬었다.

"아, 셰리든. 난 솔직하게 말하지 않았어." 그가 불쑥 말하고는 나를 다시 바라봤다. "우리 관계는 그저 지나가는 일이 아니었어. 너를 그 누구보다도 사랑해. 여기 있으라고, 아니면 나와 함께 어디로든 가자고 말할 수 있다면 얼마나 좋을까! 너랑 헤어질 때마다 가슴이 찢어지는 것 같았어. 가끔은 아내와 아이들이 밉기도 했고. 가족 때문에 너를 멀리해야 하니까! 내가 했던 말은 모두 진심이야. 난 그저 스스로를 설득하고 있는 거야. 이성적으로 행동하라고! 밤마다 잠 못 이루고 침대에 누워서 너 없이 어떻게 살아갈지 스스로에게 물어봐. 하지만 어쩔 수 없어. 아이들을 버린다면 나는 거울도 마주 보지 못하고 살아가게 될 거야. 이해하겠니?"

나는 당황한 채 그를 빤히 바라보았다. 그가 손을 뻗어 내 팔에 올리려고 해서 나는 몸을 뒤로 뺐다. 그의 눈이 열에 들뜬 것처럼 번쩍였다. 호레이쇼는 지옥 같은 고통을 겪는 중이었다. 이상하게도, 바닥 모를 그의 절망은 나를 정신 차리게 했다. 이 자리를 벗어나고 싶었다. 이제 그의 본모습이 똑똑히 보였다. 호레이쇼는 비겁한 사람이었다. 열정이 아니라 안전을, 나와 함께하는 삶이 아니라 거짓된 삶을 택했다. 가족묘지에 서 있는 이 순간, 내가 지금까지 봐온 세상이 눈앞에서 재가 되어 무너졌다. 그와 더불어 사랑과 신뢰, 정직에 대한 유치한 믿음도 깨졌다.

"이제 가야 해요. 호레이쇼, 잘 지내요." 나는 잠긴 목소리로 말했다.

그가 대답하기 전에 나는 몸을 돌려 눈 쌓인 길을 터벅터벅 걸어 나를 기다리고 있는 자동차로 갔다. 호레이쇼는 나를 다시 부르지 않았고 나도 뒤돌아보지 않았다.

네브라스카 주 링컨

모든 게 소진된 느낌이었다. 내 안에는 아무것도 없었다. 슬픔도, 나에 대한 오해가 풀리게 되어서 다행이라는 안도감도 없었다.

맬러키 오빠가 가져온 산더미 같은 우편물 속에는 나를 이런저런 토크쇼에 부르는 초대장들도 있었다. 나는 언론에 의해 사악한 양딸이 되었다가, 이제 다시 비극적인 인물이 되어 동정을 사고 있었다. 나는 초대장을 모두 찢어버렸다. 내 이름이 여전히 에스라 오빠의 범죄와 연관된다는 것 자체가 기분 나빴다. 그러다가 정말로 이름을 바꿔야겠다는 생각이 들었다. 언젠가 친엄마 이름을 빌렸던 적이 있는데, 캐럴린 쿠퍼라는 이름을 쓰는 건 편안하고도 자유로운 느낌이었다. 나는 늘 셰리든 그랜트라는 이름으로 유명한 가수가 되는 걸 꿈꿨지만, 그런 일은 이제 없을 것이다. 그 이름은 모든 면에서 훼손되었다. 더는 쓸모가 없다.

묘지에서 마지막으로 호레이쇼와 이야기를 나눈 후 내가 페어필드에서 뭔가를 기다릴 필요가 없다는 사실이 명백해졌다. 그래서 조던 형사에게 저녁에 링컨으로 갈 때 함께 데려가 달라고 부탁했다. 나는 주 경찰본부에 가서 혼다를 가져올 거라고, 다음 날 오마하 병원에 계신 아빠 문병을 갈 계획이라고 거짓말을 했다. 그는 잠깐 망설이다가 알겠다고 했다.

문상객들이 거실에서 커피를 마시며 우리가 어제 구운 키슈와 파이를 먹는 동안 나는 짐을 챙겼다. 맬러키와 하이럼 오빠, 레베카 새언니는 모두 깜짝 놀라며 가지 말라고 설득했지만 결국은 나를 말릴 수 없다는 사실을 인정했다. 맬러키 오빠는 현금이 두둑하게 든 봉투를 건네면서, 정기적으로 돈을 부칠 수 있게 통장을 하나 만들라고 했다. 그게 아빠의 뜻이라고 우기는 오빠에게 나는 연락하겠다고 약속했다. 오래전부터 떠날 생각을 했었기에 사람들과의 작별은 고통 없이 짧게 이루어졌다. 말과 작별하기가 훨씬 더 어려웠다. 웨이사이더는 이제 열한 살이나 되어서, 지금 떠나면 다시는 못 볼 수도 있었다. 나는 사람들에게 연락하겠다고, 다시 오겠다고 약속하고 검은 셰보레 조수석에 올랐다. 이번에도 뚜렷한 목적지는 없었지만 지난번보다 훨씬 더 편안한 마음이었고, 도망치는 것처럼 느껴지지도 않았다.

"날 속였죠. 안 그래요?" 천천히 속도를 올리며 81번 고속도로로 향하는 차 안에서 조던 형사가 말했다.

"무슨 말이에요?"

"돌아올 생각이 전혀 없잖아요."

"맞아요."

"뭘 할 생각인가요?"

"몰라요." 나는 어깨를 으쓱했다. "코네티컷 주에 계신 고모할머니께 갈지도 모르겠어요."

"이제 겨우 열일곱 살이니까 천천히 생각해봐요."

나는 머리를 좌석에 기댔다.

"아야!"

뒷머리를 꿰맬 때의 통증이 떠올랐다. 머리를 옆 유리창에 기대니 조던 블라이스톤을 더 잘 관찰할 수 있었다.

"오늘 장례식에는 왜 참석했어요?"

그에게 물었지만, 나는 조던 블라이스톤이 묻는 말에 금방 대답하는 사람이 아니라는 것쯤은 이미 눈치채고 있었다. 이번에도 그는 한참 뜸을 들이다가 대답했다.

"당신 때문에요."

"저 때문에? 왜요?"

맞은편에서 오는 자동차 불빛에 그의 얼굴이 잠시 환하게 드러났다. 생각에 잠긴 듯 입술을 뾰족하게 내밀고 이마를 찡그리고 있었다. 나를 사랑하게 됐다고 고백하려는 건 아니겠지?

조던은 미남인 데다 감정이입 능력도 뛰어나고 신중한 사람이었다. 다른 상황이었더라면 아마 그에게 홀딱 반했을 것이다. 하지만 그는 경찰이다. 어쩌면 그가 보여주는 친절함은 내 믿음을 얻어 뭔가를 털어놓게 만들려는 속임수인지도 모른다. 게다가 나는 이제 나이 든 남자들은 상대하지 않겠다고 굳게 마음먹은 터였다. 크리스토퍼와 니컬러스, 호레이쇼…… 모두 저마다의 방식으로 내마음을 무너지게 만들었다. 조던 블라이스톤은 손가락에 반지를 끼고 있지 않지만, 그가 유부남이든 아니든 지금은 사랑에 빠질 때가 아니다. 그러기에는 이미 충분히 불행하다.

"모든 게 명확하다고 생각했지만, 사실은 무척 특이한 사건이었어요." 대답하지 않을 모양이라고 생각할 때쯤, 그가 다시 입을 열었다.

"당신이 겪은 일을 생각하면 늘 마음이 아파요. 그랜트 양, 당신은 강한 사람이에요." 조던은 나를 흘낏 바라보며 미소를 지었다. "저를 아마추어 같다고 생각할지도 모르겠네요. 하지만 오히려 그 반대랍니다."

그가 진지한 표정으로 말을 이었다. "지금 새로운 부서를 만드는 중이에요. 미제사건팀이죠. 해결되지 않은 살인사건과 실종사건을 다룰 겁니다. 이 나라에는 그런 사건이 차고 넘치거든요."

내 피는 얼음처럼 차가워졌다. 1995년 10월 31일 발생한 경찰 에릭 마이클 데커의 실종사건도 미제로 남아 있다. 실제로는 살인사건이지만, 경찰은 그 사실을 모르니까. 아닌가? 혹시 데커의 시신을 발견했거나 나와 관련된 증거라도 찾은 걸까?

"살인사건 수사관은 종합적인 판단력이 필요해요." 그가 말을 이었다. "특히 증거가 거의 없거나 시신조차 없는 아주 오래된 사건일 때는 더 그렇죠. 범인이나 희생자의 심리 상태가 되어보고, 당시의 주변 환경을 면밀히 살펴야 해요."

도대체 왜 이런 말을 하는 거지? 혹시 호레이쇼나 샐리 버넷과 이야기를 한 거 아닐까? 내가 믿고 털어놓은 비밀까지 호레이쇼가 아내에게 이야기했다면, 그리고 샐리 버넷이 그걸 경찰에게 말했다면? 불안으로 심장이 내려앉았다. 제 발로 경찰이 모는 차에 타다니, 나는 덫에 걸린 걸까?

"그게 저랑 무슨 상관이 있죠?" 나는 용기를 짜내어 물었다.

"사실은 없죠." 조던이 대답했다.

"무슨 소린지 잘 모르겠네요."

"경찰에 가야겠다는 생각을 해본 적 없나요?" 그가 물었다.

"제가 왜 그렇게 해야 하는데요?"

경찰에 가다니, 뭐 때문에? 내가 저지른 일 때문에? 아니면 혹시 레이첼 이모에게 학대당한 것 때문에?

"벤턴 보안관 보셨잖아요. 전 경찰은 안 믿어요."

"아니, 아니에요. 그런 뜻이 아니에요." 조던이 얼른 끼어들었다. "경찰이 되겠다는 생각을 해본 적 있냐는 뜻이었어요. 우린 늘 적당한 후보자를 찾고 있거든요. 가족의 비밀을 당신 혼자 힘으로 알아냈잖아요."

나는 그가 무슨 말을 하는지 드디어 이해하고는 안도감을 느끼며 발작하듯 웃음을 터뜨렸다. 오랜만에 눈물이 날 정도로 웃는 거였다. 내 무례한 행동에 조던은 기분이 상한 듯 입을 다물었다. 그는 자기 제안이 얼마나 허황된 것인지 당연히 모르겠지. 내가 저지른 일이 있는데 어떻게. 내 웃음은 흐느낌을 거쳐 눈물 콧물을 흘리는 울음으로 바뀌었다. 나는 이제 겨우 열일곱 살인데, 이미 인생을 손댈 수 없을 만큼 망쳐놓았다. 앞으로도 많은 것을 포기하며 살아가야 할 것이다. 다른 여자아이들처럼 살 수는 없다. 또래 친구들과 파티에 가고, 사소한 걱정거리들을 나누고, 수많은 것들을 계획하는 아이들. 꿈을 꾸면 경찰이 될 수 있는 아이들.

"그랜트 양!" 조던이 내게로 몸을 숙이더니 조심스럽게 내 팔을 붙잡았다. "왜 그래요? 내가 혹시 뭐 잘못 말했나요?"

"아니, 아니에요." 나는 고개를 저으며 그를 외면했다. "전……저는…… 그냥…… 혼란스러워서요. 당신 말을 비웃은 건 아니에요. 하지만……."

"제가 주제넘었어요. 미안합니다."

"아니에요!" 나는 그의 말을 반박하며 콧물을 훌쩍였다. "형사님은 정말 친절하세요. 이모의 주장을 믿을 수밖에 없는 상황에서도 친절하셨죠. 게다가 지금까지 제가 앞으로 어떻게 살아가야 할지에 대해서 관심을 보인 사람은 한 명도 없었거든요."

또 흐느낌이 몰려왔다. 그동안 시달려온 신경이 한 순간 폭발한 것 같았다.

"여기 휴지 있어요."

"고맙습니다."

나는 휴지를 꺼내 코를 풀었다.

"무슨 얘기든 해봐요, 속이 시원해질 때까지."

셰리든, 입 다물어! 나는 스스로에게 경고를 보냈다. 하지만 며칠간 증오와 경멸을 겪은 후에 그의 친절한 관심은 너무 큰 유혹이었다. 사랑받고 싶은 욕구는 그 어떤 때보다 강했다. 그래서 이야기를 시작했다. 윌로크릭 농장과 내 말 웨이사이더, 내 노래와 우리 밴드, 축제 때 한 공연 이야기를 했다. 주유소에서 내려 트렁크에서 〈록 마이 라이프〉 CD를 꺼내서 내 음악을 들려주기도 했다. 그도 자기 가족 이야기를 했다. 주 경찰 총경이자 언제나 그의 본보기였던 아버지, 여동생들과 매제와 조카에 대해 들려줬다. 늦은 저녁 링컨에 도착했을 때, 난 이 남자가 아무 꿍꿍이도 없고 그저 나를 괜찮게 생각하는 모양이라고 거의 확신하게 됐다.

∞

"이제 가야 할 것 같네요." 조던이 손목시계를 흘낏 보며 말했다. "벌써 11시가 지났어요."

"정말이네요." 나는 시간이 벌써 이렇게 됐다는 걸 전혀 느끼지 못했다. "형사님, 저녁 사주셔서 고맙습니다."

"별 소릴." 그가 친근한 눈길로 나를 바라봤다. "이제 그냥 조던이라고 불러요. 형사님 소린 빼고."

"아, 알겠어요."

우리가 마지막 손님이었다. 20분 전에 이미 우리 식탁 계산을 마친 종업원은 요란한 소음을 내며 식탁 위에 의자를 올리고 있었다. 간판불도 꺼졌고 음악도 그쳤다.

"이봐요, 영업 끝났어요!" 종업원이 드디어 고함을 질렀다. "집으로 돌아가시라고!"

우리는 일어나서 옷을 걸어둔 곳으로 갔다. 조던은 내가 재킷 입는 걸 도와줬다. 아무도 해준 적이 없던 일이라 나는 상당히 서툴게 굴었다. 이런 정중한 행동은 옛날 영화에서나 봤을 뿐이다.

"이제 어떻게 할 건가요?"

자갈이 깔린 주차장에는 가로등이 하나밖에 없었다. 그 가로등 아래 홀로 주차된 차로 터덜터덜 걸어가면서 그가 물었다. 화창하던 낮은 살을 에듯 추운 밤으로 바뀐 지 오래라서 유리창에는 성에가 끼어 있었다. 나는 너무 춥고 피곤해서 걸어가면서 잘 수도 있을 것 같았다. 게다가 병원에서 준 강력한 진통제의 약효가 다 했는지 아랫입술이 불붙은 듯 따가웠다.

"모텔 앞에 내려주시는 게 제일 좋겠어요." 하품을 하는데 입술이 너무나 아팠다. "너무 피곤하네요. 내일 차를 가져와서 오마하로 아빠 병문안을 갈 거예요."

"괜찮다면 손님방에서 자고 가도 돼요." 조던이 제안했다.

나는 망설였다. 그냥 친절한 제안일 뿐일까, 아니면 뭔가 속셈이 있는 걸까? 아니, 절대 아닐 거야! 지독하게 이성적인 사람인 데다 경찰인데, 미성년자와 잘 생각은 하지도 않을 거다. 이 사람 집이라면 안전하겠지.

"그게 불편하다면 내 동생 파멜라 집에 가도 돼요. 몇 집 건너 살거든요." 그가 얼른 덧붙였다.

"이제 곧 자정인데 실례 아닐까요? 손님방이 좋을 것 같아요, 조던. 어차피 전 내일이면 떠날 거니까요."

나는 우리 사이가 뭔가 달라진 걸 느낄 수 있었다. 이제 우린 단순히 수사관과 피해자 관계가 아니었다.

"처음으로 내 이름을 불렀네요." 그가 자동차 열쇠를 손에 쥔 채 말했다.

"여기 계속 서 있다가는 몸이 꽁꽁 얼겠어요. 그러면 침대도 소용없어요." 나는 당황해서 웅얼웅얼 말했다.

"미안해요." 그는 서둘러 조수석 문을 열었다.

그의 집은 혼란스러울 정도로 복잡한 주택가의 외딴 골목에 있었다. 창문틀과 현관을 하얗게 칠한 매력적인 벽돌 건물이었다. 그가 차고 앞에서 리모컨을 작동하니 문이 자동으로 열렸다. 우리는 차고에서 넓게 탁 트인 부엌으로 이어지는 문을 통해 집에 들어섰다. 오면서 나는 형사의 집이 어떨까 상상했는데, 내부는 정말로 뜻밖이었다. 잿빛 대리석이 깔린 바닥, 추상화 몇 개만 걸려 있는 흰 벽. 쓸데없는 잡동사니나 장식은 하나도 없이 넓고 간결하고 안락해 보였다. 나도 언젠가는 이런 집에서 살고 싶었다.

"혼자서 이렇게 큰 집에서 사는 거예요?"

"지금은 혼자지만 언젠가 누가 생기겠죠." 그가 미소를 지으며 재킷을 벗어 옷걸이에 걸었다. "솔직히 말하면 원래는 좀 더 작은 집을 찾고 있었어요. 그런데 건물주가 파산해서 이 넓은 집을 상당히 싸게 살 수 있었죠. 조용하고 정원도 있어서 퇴근하고 집에 오면 스트레스가 풀리는 기분이에요."

"정말 좋은데요." 나는 감탄했다.

"고마워요. 이쪽으로 와요. 손님방으로 안내하죠."

그를 따라 위층으로 올라갔다. 그는 왼쪽으로 돌더니 문을 하나 열고 전등 스위치를 켰다. 밝은 잿빛 쪽매널마루 바닥과 하얀 격자 창, 쾌적해 보이는 박스스프링 침대와 쿠션들이 보였다.

"침구에 먼지가 좀 앉았을지도 모르겠군요." 조던은 내 가방을 침대 발치에 있는 낮은 의자에 내려놓았다.

"몇 주 전 캔자스시티에서 친구들이 온다고 해서 갈았는데, 일이 생겨서 못 왔어요. 그때 이후로는 손도 안 댔네요." 그는 약간 쑥스러운 표정으로 웃었다.

"괜찮아요."

나는 흙이 떨어지는 감자포대를 덮고 바닥에서 잘 수도 있을 정도로 피곤했다.

"옆이 욕실이에요. 깨끗한 수건도 있어요." 그가 하얀 문을 가리키며 말했다. "편하게 쉬어요."

"그럴게요, 조던. 감사해요."

그는 미소를 지으며 말했다. "별 말을 다하네요. 잘 자요."

"안녕히 주무세요."

조던이 나가고 나는 혼자 남았다. 터덜거리며 욕실로 들어가 변기를 사용했다. 거울을 보는 건 피했다. 마지막 남은 힘을 다해 옷을 벗고 널찍한 침대로 기어들어갔다. 2주 전까지만 해도 본 적조차 없던 조던 블라이스톤을 내가 왜 이 정도로 믿게 되었을까 생각하다가 잠이 들었다.

잠이 깼을 때는 아직 어두웠다. 몇 시인지 알 수 없었다. 나는 옆으로 돌아누워 편안한 침대와 비누 향기를 살짝 풍기는 보들보들한 이불에 몸을 비비며 이제 어떻게 해야 할지 고민했다.

조던 블라이스톤. 그와 그의 행동을 어떻게 간주해야 할까? 그는 처음부터 친절했고 나를 객관적으로 대했다. 내가 지금까지 겪은 대부분의 경찰과는 달리 빈정대거나 오만하게 굴지 않았다. 신뢰할 만한 사람 같았다. 꼭 예전의 아빠처럼. 어렸을 때 나는 아빠를 무한히 사랑하고 존경했다. 아빠는 몇 시간씩 나를 데리고 다니며 승마와 트랙터 운전, 자연을 사랑하는 법을 가르쳐줬다. 경비행기 운전을 가르쳐준 적도 있었다. 열네 살이 됐을 때는 내가 오빠들보다 더 조종을 잘할 정도였다. 여행하는 아빠를 따라나선 적도 많았다. 아빠는 나에게 뉴욕과 보스턴, 볼티모어와 워싱턴을 보여줬고, 내가 퍼붓는 셀 수 없이 많은 질문에 성심성의껏 대답해줬다. 글을 가르쳐준 것도 아빠였다. 아빠 덕분에 나는 학교에 들어가기 전에 이미 읽고 쓸 수 있었고, 얼마 지나지 않아 거대한 그랜트 집안 서재에 꽂혀 있는 영미 고전문학들을 읽어치웠다. 아빠는 무엇보다도 나를 향한 레이첼 이모의 공격을 막아줬다. 나는 아빠가 정말로 사랑한 여자의 딸이었다. 아빠는 영원히 잃어버렸다고 생각한 여자의 일부를 나를 통해 찾았고, 그 사실을 알고 있던 레이첼 이모는 질투 때문에 날 괴롭힌 거였다.

아빠가 나에게 뭘 숨기고 있었든, 이제는 아빠에게 화가 나지 않았다. 아빠가 왜 나를 보는 걸 괴로워했는지 이해가 갔다. 내가 나이를 먹고 점점 더 엄마를 닮아갈수록 아빠는 엄마에게 받은 상처가 다시 덧나는 것처럼 고통스러웠을 것이다. '살면서 끝내지 못한 일은 사람을 언제나 괴롭히지.' 언젠가 아빠와 엄마 이야기를 했을 때 호레이쇼가 했던 말이다. 그 말이 옳았다. 아빠의 괴로움은 30년도 넘게 지속됐고, 엄마가 자의로 떠난 게 아니라는 사실에 안도하려는 찰나 에스라 오빠가 모든 걸 파괴해버렸다. 아빠 병문안을 간다는 생각을 하니 겁이 났지만, 그러지 않고서는 이곳을 제대로 떠날 수 없을 것 같았다. 양심의 가책이 느껴졌다. 아빠가 혼수상태로 누워 있는 건 어쩌면 나 때문일지도 몰랐다.

어디선가 변기 물 내리는 소리가 들리더니 다시 조용해졌다. 나는 이불을 젖히고 일어났다. 집 주인을 닮았는지, 이 집은 무척이나 편안했다. 맨발로 마룻바닥을 밟는데도 따뜻한 느낌이 들었다. 나는 욕실로 가서 거울을 보고는 망가진 얼굴 때문에 한숨을 내쉬었다.

"조던."

나지막하게 속삭인 나는 누군가를 사랑하게 될 때마다 느꼈던 익숙한 간지러움을 기다렸다. 그런데 이번에는 그런 느낌이 없었다. 사랑이 아니네. 그럼 뭐지?

어제저녁 조던은 자기 자신과 가족에 대해 많은 이야기를 했다. 무척 친밀하고 행복한 가족 같았다. 내가 늘 꿈꿔온 가족. 그의 아버지는 네브래스카 주에서 총경까지 지낸 전직 경찰이었고, 2년 전에 시한부 선고를 받은 아내 리디아를 돌보기 위해 은퇴했다. 동생 파멜라는 링컨의 어느 병원 의사였고, 또 다른 동생 제니퍼는 대형 보험회사 팀장이었다. 조카도 여럿 있었다. 가족들은 생일과 크리스마스와 부활절뿐만 아니라 별 다른 이유 없이도 자주 만났다.

이 가족의 일원이라면 어떤 느낌일까? 나는 언젠가 이 집에 살게 될 여자를 잠깐 질투하다가, 그의 아내가 되는 상상을 해봤다. 아침이면 입맞춤으로 남편을 배웅하고 아이들을 학교에 태워다 줘야지. 아이는 최소한 두 명 이상일 거다. 그런 다음 장을 보고 요리를 하고 집안일을 하겠지.

예전에는 위대한 가수가 되고 싶었던 나였는데, 불현듯 교외 주택가에서 평범한 주부가 된다는 상상이 너무나도 유혹적으로 느껴졌다. 이 꿈이 이뤄질 가망이 없다고 생각하니 눈물이 났다. 조던이 나 같은 과거를 가진 여자와 결혼할 리 없으니까.

아니, 과거를 숨기고 살 수도 있다. 언젠가 발각될지도 모른다는 불안에 떨며 평생을 보내겠지만, 솔직함은 즉각적인 불행을 가져올 뿐이다. 번듯한 남자가 친아버지가 누구인지도 모르는 나 같은 여자를 원할 리 없다. 친엄마는 독일 어딘가에서 이름 모를 남자친구에게 살해당했다는데, 그 살인자가 내 아버지일 수도 있는 거 아닌가? 내가 살인을 저지를 수 있다는 건 이미 증명되지 않았나? 나는 또 어떤 위험한 유전자를 내 아이들에게 물려주게 될까?

절망이 파도처럼 밀려와 얼마 남지 않은 용기마저 쓸어갔다. 나는 흐느끼며 바닥에 주저앉아 양팔로 무릎을 감싸 안았다. 아, 에스라 오빠가 조지프 오빠 대신 나를 죽였더라면 좋았을 텐데. 내 삶은 제대로 시작되기도 전에 이미 파괴됐다. 내가 한 행위 중 만회할 수 있는 건 아무것도 없었다.

"셰리든?"

욕실 문 바깥에서 들리는 조던의 목소리에 나는 정신이 들었다.

"욕실에 있어요!" 나는 소리쳐 대답하고는 힘겹게 일어섰다.

"괜찮아요?"

"네, 아무 일 없어요!"

151

"자동차를 가지러 가기 전에 아침을 먹는 게 어때요?"

"좋아요." 나는 아무렇지 않게 말하려고 애썼다. "금방 나가요."

밝은색 사암 타일이 깔린 따뜻한 욕실을 떠나고 싶지 않았다. 미래에 대한 불안이 음울한 골짜기로 가득한 산맥처럼 내 앞에 솟아올랐다. 이제는 뉴욕을 선택할 수도 없다. 재능을 잃었을지도 모르니까.

샤워를 하고 머리를 감은 다음 드라이기로 말렸다. 깨끗한 속옷을 입고 청바지와 모자 달린 스웨터를 입었다. 얼굴에 든 멍은 무지갯빛으로 변했고, 아랫입술은 실력 없는 성형외과 의사의 손을 거친 것처럼 어색해 보였다. 무거운 마음으로 여행 가방을 싸서 계단으로 끌고 내려갔다.

"굿모닝. 잘 잤어요?" 조던이 미소를 지었다.

방금 면도한 얼굴이었다. 머리카락은 아직 젖어 있었다. 오늘은 양복이 아니라 청바지와 체크무늬 셔츠를 입고 소매를 걷어 올린 차림새였다.

"오랜만에 정말 잘 잤어요. 여기서 묵게 해주셔서 고맙습니다."

"고맙긴요." 그가 미소를 지었다. "토스트와 베이컨을 넣은 스크램블드에그, 아니면 메이플 시럽을 얹은 팬케이크?"

"우와, 베이컨 넣은 스크램블드에그 좋아해요."

조던이 접시와 포크, 나이프와 커피 잔을 식탁에 놓았고, 나는 높은 의자 두 개 중 하나에 올라앉았다. 조던은 커피 한 잔을 따라주고는 싱크대에 기대어 팔짱을 낀 채, 몇 주 동안 굶기라도 한 듯이 산더미 같은 스크램블드에그를 입에 밀어넣는 나를 흥미롭다는 듯 바라봤다. 몇 주 만에 처음으로 입맛이 제대로 돈 거였다.

"안 드세요?" 나는 입에 음식을 가득 문 채 물었다.

"원래 아침 안 먹어요. 커피 두 잔이랑 과일 한 쪽만 먹으면 점심 때까지 괜찮아요."

내가 접시를 싹싹 비운 뒤 조던이 물었다.

"아버지한테 갔다가는 어떻게 할 거예요?"

"모르겠어요." 나는 솔직하게 대답했다. "원래는 뉴욕으로 가려고 했는데, 이런 사건을 겪고 보니 좋은 생각이 아닌 것 같아요."

"농장으로 돌아가서 학업을 마치는 게 어때요? 내 생각에는 이모분이 금방 돌아오지는 않을 것 같은데요."

사실 그게 가장 이성적인 해결책이긴 했지만, 호레이쇼의 고백을 듣고 난 지금 페어필드로 돌아가는 건 불가능했다. 게다가 에스라 오빠가 일으킨 학살 때문에 모든 게 바뀌었다. 수십 년 전의 비밀들이 현재로 날아와, 침묵하던 사람들을 뒤흔들고 있었다. 레이첼 이모가 무슨 짓을 벌였는지 알고 있으면서도 아빠에게 말하지 않은 비겁한 사람들. 그 생각을 하자 내가 어렸을 때부터 봐왔던 낯익은 얼굴들이 질투와 시기와 거짓으로 일그러져서 내 마음의 눈앞에 나타났다.

페어필드 주민 대부분은 가난했고, 언젠가 부자가 될 가망도 없었다. 그럭저럭 먹고 살았고, 경제적으로든 정신적으로든 다른 곳으로 떠날 가능성도 없었다. 그랜트 집안의 도련님보다는 빈털터리 레이첼 쿠퍼가 자기들과 훨씬 더 가깝게 느껴졌을 것이다. 그녀는 자기들과 같은 부류였다. 억제하지 못하는 욕망만 빼고 이모는 모든 면에서 평범했다. 나는 레이첼 이모가 아빠의 형이랑 결혼해서 절망적인 평범함을 벗어날 거라는 망상에 얼마나 필사적으로 매달렸을지 이해할 수 있었다. 그러나 그가 갑자기 죽는 바람에 필생의 꿈이 깨졌고, 대농장의 안주인 자리는 동생 캐럴린에게 돌아갈 판이었다. 그녀는 목표에 도달하기 위해 극적인 방법을 써야 했다. 비열한 계획은 성공했지만, 윌로크릭 농장의 절대적인 여주인이 되기는 생각보다 쉽지 않았다. 시부모님이 버티고 있었기 때문이다. 그런데 마침 아빠의 부모님이 시간 차이를 얼마 두지 않고 차례로 돌아가셨다. 두 분 모두 쉰 살도 되지 않았으니 이상할 정도로 일찍 돌아가신 거였다. 그러고 보니 조금 수상한 일 아닌가? 갑자기 등줄기에 소름이 쫙 끼쳤다.

"셰리든, 어디 안 좋아요?"

"죄송해요……." 나는 솟구치는 구역질을 억누르며 간신히 대답했다. "저…… 전…… 페어필드로 돌아갈 수 없어요."

"왜죠?"

레이첼 이모가 시부모님을 살해한 걸까? 자기 목표에 방해가 됐기 때문에?

"왜냐하면……."

나는 입을 열다가 바로 닫았다. 너무 끔찍한 의심이라서 밖으로 내뱉을 용기가 나지 않았다. 조던이 걱정스러운 표정으로 나를 바라봤다.

"심리상담사에게 가보는 게 어때요? 당신 상태를 과소평가한 것 같아요. 시간이 조금 지나서 트라우마가 나타날 때도 있거든요."

그의 말에 나는 고함을 질렀다. "아니에요! 트라우마 같은 게 아니에요! 이제야…… 모든 걸 깨달았어요!"

"뭘 말인가요?"

조던의 표정이 걱정에서 긴장으로 변하는 걸 보고서 나는 그가 경찰, 그것도 훌륭한 경찰이라는 사실을 새삼 떠올렸다.

"음……, 레이첼 이모가 30년 전에 두 사람을 살해한 것 같아요.

자기 시부모님을 말이에요. 두 분은 상당히 젊은 나이에, 그것도 몇 달 간격으로 나란히 돌아가셨어요. 그게……. 갑자기 구역질이 나요."

나는 벌떡 일어났다. 겨우 손님용 화장실까지 달려가 엄청난 양의 스크램블드에그를 변기에 토해냈다. 이마에 식은땀이 솟고 오한이 났다. 조던이 통화하는 소리가 들렸다. 그가 힘들이지 않고 나를 안아 올리는 게 느껴졌다. 조던은 나를 거실 소파에 내려놓고, 내 다리 아래에 쿠션을 받쳐주었다.

"일단 좀 누워 있어요." 그가 부드럽게 말하고는 담요를 덮어줬다. "동생한테 전화했어요. 의사라고 했던……."

"아니요, 그러지 마세요!" 나는 그의 팔을 잡았다. "의사는 필요 없어요! 이제 괜찮아요!"

조던은 의심과 연민이 섞인 표정으로 나를 보더니 내 뺨을 손가락 끝으로 쓰다듬었다. 어쩌면 그는 지금 나 때문에 구역질이 날지도 모른다. 토사물 악취와 땀과 멍 든 얼굴……. 나를 데리고 와서 문제를 떠안게 된 걸 후회할 테지. 그렇다 해도 그를 나쁘게 생각할 수 없었다. 하지만 그는 지금 내가 믿을 수 있는 유일한 사람이었다. 그가 내 말에 귀를 기울이기를, 나를 정신과의사에게 떠넘기지 않기를 바랐다.

"허무맹랑하게 들린다는 거, 저도 알아요." 나는 신경질적으로 이야기하지 않으려고 애썼다. "그래도 제 말을 끝까지 들어보세요. 제발요!"

초인종이 울렸다.

"잠깐만요. 나중에 들을게요." 그가 자리에서 일어나며 말했다. "지금은 좀 쉬어야 해요. 알았죠?"

그가 잠시 후에 오렌지색 재킷을 입은 작고 뚱뚱한 빨강머리 여자와 함께 돌아왔다.

"셰리든, 이쪽은 내 동생 파멜라 콜린스예요."

조던의 말에 나는 놀랐다. 여자가 그와 전혀 닮지 않았기 때문이었다. 나는 첫눈에 그 여자가 마음에 들지 않았다. 30대 초반 정도일 텐데, 밀가루 반죽 같은 얼굴에 벌써 주름이 깊게 파여 있었다. 그녀는 아무 말도 하지 않고 물고기처럼 차가운 눈으로 나를 보더니 손목을 잡고 맥박을 잰 후 작은 손전등으로 눈을 비춰봤다. 그런 다음 바늘로 내 손가락을 찔렀다.

"이제 괜찮아요! 너무 급하게 먹었어요. 그게 다예요."

"얼굴의 상처는 왜 생겼죠?"

그녀는 내 말은 들은 척도 하지 않고 물었다.

"넘어졌어요."

나는 불쾌감을 느끼며 대답하다가, 조던과 여동생이 눈길을 주고받는 모습을 목격했다. 나는 잘못된 대답을 했다. 덫에 걸린 것이다.

"넘어졌다고요? 알았어요. 뇌진탕이군. 저혈당에, 수분 부족이네. 안정제 주사를 놔야겠어요. 며칠 병원에 입원하는 게……."

"병원에 안 가요. 그리고 안정제 주사도 싫어요!"

나는 벌떡 일어나 앉았다. 머리가 쿵쿵 울리고, 입술은 종이처럼 바짝 마르고, 구역질이 또 치밀었지만 이 무뚝뚝한 여자가 더는 나를 만지게 내버려두고 싶지 않았다. 오늘 아침까지만 해도 조던의 가족이 되는 게 긍정적인 일처럼 생각됐는데, 이 여자는 그 생각을 한 방에 몰아냈다. 파멜라는 몇 초 동안 적의에 가득 찬 눈으로 나를 노려봤다.

"싫으면 말든가." 여자는 왕진가방을 탕 소리 나게 닫고 자리에서 일어났다. "하지만 여기 있으면 안 돼요. 누군가 돌봐줄 사람이 필요한데, 우리 오빠는 당신 간병인 노릇을 할 시간이 없거든요."

나는 어쩔 줄 몰라서 조던을 쳐다봤다. 그도 동생의 태도에 상당히 당황한 눈치였다.

"파멜라, 이렇게 금방 와줘서 고마워. 하지만 지금 셰리든에게 병원은 적당한 장소가 아닌 것 같아."

다행스럽게도 조던은 이렇게 말했다.

"오빠 맘대로 해."

그녀가 톡 쏘아붙이고는 왕진가방을 휙 집어들고 뒤도 돌아보지 않고 나갔다. 조던은 나에게 미안하다는 눈빛을 보내고 그녀를 따라갔다. 두 사람은 현관에서 잠깐 이야기를 나눴는데, 파멜라는 목소리를 낮출 생각이 전혀 없는 것 같았다.

"저 쓰레기 같은 애가 오빠 집에 있다는 걸 사람들이 알면 뭐라고 할 것 같아?" 그녀가 고함을 질렀다. "시드니는 고사하고 말이야. 시드니한테 쟤 이야기 했어?"

조던의 대답에서 '내 일'과 '의사의 비밀보장 의무'라는 말 말고는 잘 들리지 않았지만, 나는 그녀가 왜 적대감을 보이는지 이해하게 됐다. 레이첼 이모의 비방이 효력을 나타낸 거였다.

현관문이 쾅 소리를 내며 닫혔다. 잠시 후 조던이 돌아와 낮은 탁자에 앉아서 한숨을 내쉬었다.

"제가 왜 뉴욕에 갈 수 없는지 이제 아시겠죠? 사람들이 저를 이렇게 대할 테니까요." 나는 나지막하게 말했다.

"동생이 저러는 모습은 처음 봐요. 원래는 인간적이고 남을 배려하는 성격인데." 그는 고개를 저으며 말했다. 무척 당황한 모습이었다.

의심스러운 말이긴 했지만, 나는 지금 여자의 성격에 대해 토론할 마음이 전혀 없었다.

"시드니가 누구예요?" 대신 이렇게 물었다.

"내 약혼녀예요." 조던이 나를 바라보며 대답했다. "변호사인데, 거의 주말에만 만나요."

파멜라가 무슨 생각을 했는지 알 만했다. 유부남들을 유혹한 창녀가 자기 오빠의 명성에 누를 끼칠 위험이 있다는 거겠지. 링컨은 대도시지만, 여기 사람들도 페어필드 같은 촌구석 못지않게 수다스러운가 보다.

"이제 가야겠어요." 몸을 일으켜 발로 바닥을 딛자 금방 다시 어지러워졌다. "이미 많이 도와주셨어요. 당신이 어려움에 처하는 건 싫어요."

"지금 같은 상태로는 아무 데도 못 가요. 몸이 좋아질 때까지 침대에 누워 있어요."

"오빠가 돈을 줬어요. 모텔 방을 잡으면 돼요."

"말도 안 되는 소리."

우린 서로 마주 봤다.

"제가 여기 있다는 걸 누군가 알게 되면 기자들이 금방 몰려들 거예요. 여자친구도 좋아하지 않을 거고요."

조던은 이마를 찡그리다가 슬쩍 미소 지으며 대답했다. "그건 내가 걱정할 문제예요. 당신은 물을 충분히 마시고 좀 쉬어요. 아까 말하려던 건 그다음에 얘기하기로 해요. 알았죠?"

내가 그를 제대로 봤다는 생각에 마음이 푹 놓였다. 그를 향한 내 신뢰는 옳았다.

나는 밤낮으로 잤다. 조던은 이따금 나를 깨워 물을 마시게 하고 닭고기 스프를 몇 숟가락 떠먹여주었다. 드디어 잠에서 완전히 깨고 나니 쿵쾅대던 두통은 사라지고 가뿐한 느낌이 들었다. 두 군데 꿰맨 상처만 조금 가려웠다. 오랫동안 샤워를 하자 모든 문제에는 해결책이 있다는 희망까지 생겨났다. 옷을 입고 머리를 땋은 다음 아래로 내려갔다. 맨발에 흰 티셔츠, 회색 조깅바지를 입은 젊은 여자가 식탁에 앉아 신문을 읽고 있었다. 열린 문간에 서서 노크하자 그녀가 고개를 들고 나를 바라봤다.

"안녕, 셰리든. 난 시드니 윌슨이야." 그녀가 미소를 지었다.

"안녕하세요?"

나는 그녀에게 인사하고는 문간에 그대로 서 있었다. 시간 감각이 전혀 없었지만, 아마 주말인 모양이었다.

"들어오렴." 높은 의자에서 내려온 시드니가 나를 자세히 살펴봤다. "몸은 좀 어떠니?"

"훨씬 좋아졌어요. 고맙습니다."

"뭐 먹거나 마실래? 토스트랑 차 어때?"

"커피가 좋겠어요. 토스트하고요."

나는 시드니의 친절한 태도가 언제 변할지 몰라서 미리 마음의 준비를 했지만 그녀는 계속 싹싹했다. 매력적인, 그것도 무척이나 매력적인 여자였다. 가는 팔다리는 아름답게 뻗어 있었고 얼굴 윤곽은 매끄러웠다. 입술은 도톰하고, 피부는 흠이라고는 전혀 없는 살굿빛이고, 치아는 눈처럼 희었다. 초콜릿색 머리카락을 느슨하게 틀어올렸는데, 몇 가닥은 풀려서 얼굴에 드리워져 있었다. 부엌에서 고양이처럼 우아하게 움직이는 모습이 얼마나 완벽하고 아름다운지, 그녀와 비교하니 나 자신이 보기 흉하고 서툴게 느껴졌다. 그녀와 당장 결혼해서 가정을 꾸리지 않는다면 조던은 엄청난 바보일 것이다. 저런 여자는 네브래스카에서는 찾기 힘들다.

"오늘이 무슨 요일이에요?" 내가 물었다.

"일요일." 시드니는 빵 두 조각을 토스터에 넣고 미소를 지었다. "너 사흘 동안 잤어. 겨울잠 자는 곰처럼."

"흠."

"네가 무슨 일을 겪었는지 조던이 이야기해줬어. 물론 말해도 되는 것만 말이야. 너 정말 힘들었겠더라."

내가 뭐라고 대답할 수 있겠는가? '힘들었겠다'라는 말은 내 삶을 뒤바꾼 대재난을 지극히 세련되게 표현한 거였다. 우리 대화는 제대로 시작하기도 전에 끊길 위기에 처했다. 흰 빵이 딸각 소리를 내며 토스터에서 튀어나오자 시드니는 빵을 접시에 담아 나에게 건네고 버터와 잼과 나이프도 줬다.

"아, 내가 멍청한 말을 한 거지? 어색해서 그래. 차라리 내 이야기를 조금 하는 게 낫겠다. 괜찮지?"

시드니가 난처한 듯 웃었다. 따뜻한 토스트에 버터와 잼을 두툼하게 발라서 먹는 동안, 나는 시드니가 조지아 출신이며 링컨에 있는 대형 법률사무소에서 교통법 변호사로 일한다는 걸 알게 됐다. 조던은 2년 전 어떤 소송에서 감정인으로 일하다가 만났다.

"그런데 왜 여기서 안 사세요?"

내가 묻자 시드니는 잠시 망설이다가 미소를 지으며 대답했다.

"음, 우린 시간이 날 때마다 같이 지내. 하지만 혼자만의 공간도 필요하다고 생각해. 나는 자그마한 내 집과 내 고양이를 사랑하는

데, 조던은 고양이를 그다지 좋아하지 않거든."

차고 문 열리는 소리가 나더니 잠시 후 조던이 부엌으로 들어왔다. 나를 보자 추위에 빨개진 그의 얼굴에 미소가 스쳤다.

"어어, 이것 참 반가운 장면이군요. 좀 어때요?"

"감사합니다. 훨씬 나아졌어요. 오늘은 아빠에게 갈 수 있을 것 같아요."

조던은 커피를 한 잔 따르더니 시드니 옆에 나란히 섰다. 그녀가 조던에게 몸을 기댔다.

"시드니와 나는 당신이 이제 어떻게 하면 좋을지 생각해봤어요. 우리가 제안을 하나 하려고 해요."

두 사람이 내 미래에 대해 의논했다고 생각하니 기분이 별로 좋지 않았지만, 어쨌든 상당히 친절한 행위였다. 두 사람에게 나는 사실 어찌 되든 상관없는 이방인 아닌가.

"우린 당신이 그런 일을 겪은 후 페어필드로 돌아가지 않으려는 거 이해해요. 여기 링컨에서 학교를 마치는 건 어때요?"

나는 말문이 막혔다.

"내 집에서 살면 돼." 시드니가 미소를 지으며 말했다. "사우스이스트고등학교 교장을 내가 잘 알아. 같이 운동하는 사이거든."

나는 두 사람이 나를 사회복지시설에 밀어넣을 거라고 생각했지 이런 아량을 보일 거라고는 상상도 못 했다. 이런 제안을 거절한다면 바보지만, 한편으로는 두 사람이 왜 이렇게 친절한지 의문이 들었다. 그냥 친절한 걸까, 아니면 내가 모르는 동기가 따로 있는 걸까?

"그건…… 정말 좋은데요." 나는 충격에서 벗어난 뒤에 더듬거리며 말했다. "제가…… 그 제안을 받아들여도 될지 모르겠어요."

"네가 결정할 일이야."

시드니가 싹싹하게 대답하자 조던은 그녀를 내려다보며 미소를 지었다.

"우린 아무것도 강요하지 않아. 그냥 한번 생각해보렴, 응?"

나는 눈물이 솟았다. "그런데 왜 도와주려고요? 전······."

나는 속삭이듯 말하다가 말을 멈췄다. 금방이라도 잠에서 깨어 모든 게 꿈이었다는 걸 확인하고 실망하게 될 것 같았다. 시드니가 싱크대에서 다가와 나를 가볍게 안았다.

"내가 열두 살 때, 부모님이 비행기 추락 사고로 돌아가셨어." 그녀가 나지막하게 말했다. "난 받아줄 친척이 없어서 고아원에 가게 됐지. 누가 올 때마다 날 입양해주기를 바랐지만, 난 나이가 너무 많았어. 사람들은 어린아이를 원하거든. 내가 희망을 버렸을 때 기적이 일어났어. 중년 부부가 나를 입양한 거야. 그분들은 이미 두 아이를 입양한 상태였는데도 말이야. 나는 갑자기 부모님과 형제자매가 생겼고 지극히 평범한 삶을 살게 됐어. 내가 대학 공부를 할 수 있었던 건 모두 양부모님 덕분이야. 그분들이 날 입양하지 않았더라면 내 인생이 어떻게 됐을지 누가 알겠니? 셰리든, 우린 널 도와주고 싶어. 언론이 네게 한 짓은 아주 부당해."

시드니는 두 손으로 내 얼굴을 받치며 나를 살폈다.

"네가 원할 때까지 여기 머물러도 돼. 반년쯤 지나서 다 조용해 지면 앞으로 살면서 뭘 할지 차분하게 생각해봐." 그녀가 다정하게 말했다.

이루 말할 수 없는 안도감이 밀려왔다. 나는 평생 환영받지 못할 거라고, 온정이라고는 없는 가정에서 어쩔 수 없이 받아들인 손님 이라고 생각하며 살아왔다. 그리고 이모는 온 힘을 다해 이런 생각을 확인시켜주었다. 그런데 낯선 사람이 이렇게 온정 넘치는 제안을 했다. 이게 내가 새롭게 시작할 수 있는 유일한 기회다. 이 기회를 잡아야 한다.

∞

오후에 우리 세 사람은 조던의 차를 타고 아빠 병문안을 하러 오마하로 갔다. 지금까지는 아빠에 대한 생각을 일부러 떨쳐버리려고 노력했다. 병원이 가까워질수록 곧 보게 될 광경에 대한 불안이 점점 더 커졌다. 접수처에 도착하자 파란 가운을 입은 땅딸막한 간호사가 나를 경멸하듯 훑어봤다.

"같이 가줄까요?"

내 기분을 알아챈 조던이 물었지만 나는 말없이 고개만 저었다. 나 혼자 해야 하는 일이었다.

"아빠는 좀 어떤가요?"

간호사와 엘리베이터에 단둘이 남았을 때 내가 물었다.

"의사한테 들어요."

그녀는 대답을 거부했다. 8층으로 올라가는 동안 간호사는 두툼하고 허연 팔로 팔짱을 낀 채 벽에 기대, 무표정한 얼굴로 나를 노려봤다. 속으로 무슨 말을 하고 있는지 들리는 듯했다.

'감히 여기 나타날 생각을 하다니. 은혜도 모르는 갈보 주제에!'

나는 그녀가 불편해질 때까지 눈도 깜박하지 않고 마주 쏘아봤다. 간호사는 씩씩대더니 등을 돌렸다. 좋아, 이게 훨씬 낫지.

엘리베이터가 멈췄다. 간호사가 너무 빨리 움직이는 바람에 나는 혼잡한 복도에서 그녀를 놓치지 않기 위해 뛰어야 했다. 찌익,

찌익, 찌익. 간호사의 슬리퍼 바닥이 리놀륨 바닥에 닿는 소리마저 기분 나쁘게 들렸다. 그녀는 '신경외과. 출입금지'라고 크게 쓰인 우윳빛 유리 미닫이문 앞에서 걸음을 멈추고 버튼을 눌렀다. 소리 없이 문이 열리자 간호사는 문 옆에 있는 바구니에서 초록색 가운이 든 비닐봉지를 집어들어 내게 던졌다.

"입어요!"

그녀는 명령을 내리고 사라졌다. 나는 가운을 꺼내 옷 위에 걸쳤다. 초록색 두건을 쓰고 마스크도 했다. 몇 분이 지난 뒤에도 나는 여전히 그곳에 서서 의사와 간호사와 간병인들이 오가는 모습을 지켜보고 있었다. 초록색 가운을 입은 채 투명인간이 된 나에게 아무도 눈길을 주지 않았다. 나는 마스크를 다시 벗었다.

"그랜트 양?"

목소리가 들리는 쪽으로 몸을 돌리니, 이 기분 나쁜 병원에서 처음으로 싹싹해 보이는 얼굴이 눈앞에 나타났다.

"라빈드라 싱 박사입니다. 중환자실 수석의사지요." 의사가 악수를 청하며 미소를 지었다. "아버님 병문안을 온 모습을 보니 반갑습니다."

약간의 친절만으로도 눈물이 솟구칠 것 같았다. 나는 또 흐느끼지 않도록 감정을 억눌러야 했다. 지난 3주 동안 그 전 15년 동안 흘린 것보다 더 많은 눈물을 흘렸다.

"더 일찍 올 순 없었어요."

나지막하게 말하자 의사가 고개를 끄덕였다.

"알아요. 언론이 그랜트 양한테 그다지 친절하지 않았지요."

"아버지는 좀 어떤가요?"

"상태가 약간 안정됐어요." 싱 박사가 대답했다. "이틀 전 마취

회복 과정을 시작했습니다."

"마취 회복 과정요?"

"아버님은 아주 심각한 부상을 입었지만, 불행 중 다행으로 총알은 생존에 필수적인 기관을 비켜갔답니다. 정확하게 좌뇌와 우뇌 사이, 해부학적으로 분리된 곳을 지나갔죠."

싱 박사가 설명을 이어갔다.

"다른 신체 부위와 마찬가지로, 뇌도 부상을 당하면 붓습니다. 이 경우에는 산소를 운반하는 혈관들이 압력 때문에 제 기능을 못하게 되죠. 게다가 아버님은 복부에도 총상을 입었어요. 몸의 부담이 상당한 상황이죠. 그래서 저희는 아버님을 인공적으로 혼수상태에 빠지게 했어요. 아주 긴 마취 상태라고 생각하면 됩니다. 체온이 32도에서 34도 정도로 낮아져서 신진대사가 늦어지는 거예요. 그러면 뇌는 산소를 덜 사용하게 됩니다. 뇌가 심각한 후유증을 겪을 확률도 낮아지게 되겠죠."

"아빠가…… 언젠가는 다시 건강해질까요?" 나는 낮은 목소리로 물었다.

"그런 전망을 하기에는 아직 너무 일러요." 싱 박사가 솔직하게 대답했다. "뇌부종이 가라앉아서, 몸이 호흡과 같은 중요한 기능을 스스로 통제할 수 있게끔 마취제를 서서히 줄이고 있어요. 하지만 이 과정은 며칠, 또는 몇 주나 걸립니다. 환자가 완전히 깬 뒤에야 어떤 장애가 남을지 확인할 수 있어요. 심각한 경우에는 아주 단순한 동작도 기억하지 못하거나, 언어를 완전히 다시 배워야 할 수도 있고요."

나는 아빠가 겪은 재난이 어떤 것인지 어렴풋하게 깨달았다. 나 때문이었다. 에스라 오빠가 아빠를 나라고 착각했기 때문에!

도망치고 싶은 마음을 누르고 싱 박사를 따라 아빠가 누워 있는 병실로 들어갔다. 그러나 미닫이문이 열리자, 나는 그 자리에 뿌리 내린 듯 서 있을 수밖에 없었다.

"가세요." 의사가 용기를 줬다. "가서 말을 걸어봐요. 대화는 할 수 없지만 어쩌면 들을 수는 있을지도 모릅니다."

나는 용기를 내어 아빠가 젖먹이처럼 힘없이 누워 있는 침대로 다가갔다. 쉬잇 소리를 내거나 삑삑거리는 기구들이 침대와 연결 되어 있었다. 선과 호스가 아빠의 머리와 몸으로 들어오고 나갔다. 머리에 붕대를 감은 아빠의 얼굴은 잿빛으로 변한 채 푹 꺼져 있 었고, 감긴 눈 아래에는 보라색 그늘이 드리웠다. 아빠의 삶은 이 제 어떻게 될까? 언젠가는 다시 정신이 들어 퇴원할 수 있을까? 다 시 걷고 말을 타고 운전을 하고 책을 읽게 될까?

싱 박사가 가져다준 의자에 걸터앉아 있자니 갑자기 이런저런 기억들이 밀려왔다. 가장 선명한 기억은 아빠와 새벽까지 이야기 를 나눴던, 함께 보낸 마지막 저녁이었다. 아빠의 만족스러운 얼 굴, 행복한 얼굴을 본 것은 정말 오랜만이었다. 아빠는 그날 친엄 마 이야기를 많이 들려줬다. 우리는 언젠가 엄마의 흔적을 찾으러 가자고, 내가 태어난 독일로 함께 가자고 약속했다. 아빠는 자기가 겁쟁이라서 내 출생의 진실을 말해주지 못했다며, 용서해달라고도 했다.

한 줄기 눈물이 흘러내려 종이 마스크를 적시고 또 한 줄기 흘 러내렸다. 나는 조심스럽게 팔을 뻗어 아빠의 손에 내 손을 얹었 다. 손은 아주 따뜻했다.

"아빠, 정말 죄송해요." 나는 조용히 속삭였다. "아빠가 여기 누 워 계신 건 제 잘못이에요. 제가 그 모든 걸 찾아내지 않았더라면,

그냥 떠났더라면……. 그럼 조지프 오빠는 아직 살아 있고, 아빠
는…… 아빠도 건강했을 텐데."

죄책감이 내 심장을 갉아먹으며 점점 더 깊숙한 곳까지 밀고들
어왔다. 이 죄책감은 평생 떨쳐낼 수 없을 것 같았다. 죄책감을 안
고 살아가는 법을 배워야 한다. 안 그러면 나는 완전히 부서져버릴
지도 모른다.

∞

아빠를 문병하고 나서 우리는 내 자동차를 가지러 네브래스카
주 경찰본부로 갔다. 상당히 나쁜 기억이 있는 장소였다. 그곳에서
조던은 부모님에게 갔고 나와 시드니는 내 혼다를 타고 조던의 집
으로 돌아왔다. 우리는 거실에서 도넛과 차를 먹고 마시며 이야기
를 나눴다.

시드니는 활기차고 말을 잘해서 만난 지 얼마 되지도 않았는데
마치 오래전부터 아는 사이 같은 느낌이었다. 그녀가 자신에 대해
솔직하게 말하는 걸 들으면서, 나는 그럴 수 없다는 게 마음 아팠
다. 시드니는 엄격한 가톨릭 교육을 받으며 자랐다. 그녀와 조던이
혼전 섹스를 부도덕하다고 여기지 않는 건 확실해 보였지만, 살인
과 낙태는 고사하고 크리스토퍼나 호레이쇼와의 연애에도 동의할
것 같지는 않았다. 하지만 말을 하다 보니 부정적인 과거는 지워버
리고 새로운 현실을 만들어내는 게 얼마나 간단하고 마음이 가벼
워지는 일인지 깨달았다. 그래서 첫사랑 제리와 내 또래 브랜던 래
컴과 만났던 이야기만 했다. 브랜던은 학교 육상팀 여자 주장과 데
이트하려고 나를 찼다. 그다지 유쾌하지 않았던, 그의 자동차 뒷좌

석에서 나눈 섹스 같은 건 숨겼다.

이사벨라 고모할머니와 존 화이트호스 아저씨, 메리제인 아줌마와 니컬러스 이야기도 했지만, 니컬러스는 독특한 조연 정도로 축소해서 설명했다. 이따금 던지는 말로 미루어볼 때 시드니가 나에 대해 상당히 많이 알고 있다는 걸 알 수 있었다. 언론에서 들었는지 조던에게서 들었는지는 알 수 없었다. 의심을 사지 않기 위해서는 말을 조심해서 골라야 했다. 바로 그 이유에서 나는 예민한 주제인 호레이쇼 이야기를 먼저 꺼냈다.

"제가 정말로 보고 싶은 사람은 몇 명밖에 없는데, 버넷 목사님도 그중 하나예요."

내 말에 시드니가 눈을 반짝이며 관심을 보였다.

"그분이 아니었더라면 지난 몇 달은 정말이지 절망스러웠을 거예요."

"그런데 왜 네 양엄마는 둘이 연인 사이였다고 주장하는 거야?"

시드니는 지나가는 말처럼 물었지만, 나는 이게 그녀가 그동안 내내 묻고 싶었던 질문이라는 걸 알아챘다. 나에 대한 신뢰가 달린 문제였으므로 절대로 실수해서는 안 되었다.

"레이첼 이모는 목사님과 저 사이를 언제나 질투했어요. 제가 목사님과 이야기하는 걸 왜 그렇게 좋아하는지도 전혀 이해하지 못했고요."

나는 차를 한 모금 홀짝이고 한숨을 내쉬었다.

"저는 친한 여자친구도, 대화를 나눌 만한 다른 사람도 없었어요. 특히 이사벨라 고모할머니가 떠난 뒤로 더 그랬죠. 버넷 목사님은 아는 게 아주 많아요. 신학뿐 아니라 컴퓨터공학도 공부했고, 유럽과 아프리카에 살다가 왔대요. 우리 집에서는 농장 일이나 마을에 도는 소문에 대한 이야기밖에 안 해요. 학교도 별반 다르지 않고요. 그런데 목사님이랑은 음악과 책, 내 미래에 대한 이야기를 할 수 있어서 정말 좋더라고요."

나는 컵을 옆으로 치우고 눈물을 억누르는 척했다.

"버넷 목사님과 사모님이 기자들에게 괴롭힘을 당하는 게 너무 죄송해요. 레이첼 이모가 절 괴롭히려고 한 말인데 말이에요. 상관도 없는 두 분이 이런 일을 당해야 하다니."

시드니는 안쓰러운 듯이 내 손을 쓰다듬었다. 나는 엄마가 일기장에서 쓴 암호가 고대 그리스어 알파벳이라는 걸 알려준 것도 호레이쇼였다고 말했다. 또 그가 나를 위해 독일 주재 미국 총영사관에 팩스를 보내줬다는 이야기도 했다. 에스라 오빠가 자기 차로 일부러 부숴버린 그랜드피아노 이야기, 낙원만과 물빛 별장에서 우연히 그를 만난 이야기도 했다. 이야기를 마쳤을 때 시드니는 호레이쇼와 내 관계가 순수한 우정이라는 걸 확신하게 된 것 같았다.

엄밀히 말해서 내가 거짓말을 한 건 아니었다. 그저 사실 몇 가지를 숨긴 것뿐이었다. 내가 그렇게나 되고 싶었던 순진한 십대 역할을 하기는 놀랄 만큼 쉬웠다. 시드니는 만족스러워 보였다. 나는 시험을 최고점수로 통과했다는 기분 좋은 확신이 들었다.

∞

새로운 인생이 시작되는 첫날은 월요일이었다. 나는 일부러 반차를 낸 시드니와 함께 조던의 집과는 멀리 떨어진 그녀의 집으로 갔다. 링컨의 반대쪽 끝에 있는, 하얀 창틀과 문 두 쪽짜리 차고가 있는 2층짜리 목조주택이었다. 조던이 사는 곳과 비슷한 주택가였고, 앞으로 내가 다니게 될 학교는 겨우 몇 분 거리였다. 넓은 도로가 키 큰 가로수에 에워싸여 있어서 여름이면 동네가 온통 푸르게 변할 것 같았다. 나는 욕실이 딸린 위층 방에 묵게 됐는데, 창문을 열어보니 옆집에 비해 상당히 황량한 작은 정원이 내려다보였다. 링컨은 별천지 같았다. 약국이나 슈퍼마켓에 가기 위해 차를 타고 먼 길을 나설 필요가 없었다. 이곳 주민들은 누구나 휴대전화를 들고 다니면서 통화를 했다. 시드니는 노트북으로 인터넷 서핑을 하고 이메일을 썼고, 100개가 넘는 채널을 수신할 수 있는 텔레비전도 있었다.

내가 다닐 사우스이스트고등학교 역시 믿을 수 없을 만큼 많은 종류의 수업과 클럽활동과 스포츠를 즐길 수 있는 엄청난 규모의 학교였다. 헤르난데스 교장선생님은 넓은 창문으로 운동장이 내다보이는 교장실에서 우리를 기다리고 있었다. 말상에 단정한 금발, 햇볕에 탄 갈색 피부, 매의 눈을 가진 바짝 마른 50대 여자였다. 학생과 교사들이 모두 존경하거나 두려워하는 사람이라는 건 의심할 여지가 없었다. 그녀와 비교하니 부드러운 얼굴 윤곽에 머리를 땋은 시드니는 마치 학생처럼 보였다. 나는 좋은 첫인상을 주려고 옷차림에 특별히 신경을 썼는데, 교장선생님이 호의적으로 대하는 걸 보니 성공한 것 같았다. 내가 상자에서 찾아낸 마지막 성적표도 마음에 든 눈치였다. 내 성적은 언제나 좋았다. 교장선생님은 내가 시간표를 짤 수 있게끔 모든 과목과 클럽활동이 적힌 목록을 건넸다. 진작 이런 학교에 다닐 수 있었다면 좋았을걸!

"혼자 잘해낼 수 있겠지, 응?"

시드니의 질문에 나는 고개를 끄덕였다. 그녀는 용기를 북돋아주듯 내 손을 꼭 쥔 다음 교장실을 나갔다. 30분 후 나는 과목을 모두 골랐다. 5월에 졸업시험을 볼 생각을 하고 문학과 수학 심화 과정, 생물과 지리와 역사 같은 필수과목을 골랐고, 그 외에도 체육과 음악, 프랑스어와 윤리학을 골랐다. 컴퓨터 클럽과 배구팀 활동도 하고 싶었다. 교장선생님을 따라 비서실로 가서 시간표를 출력하고 사물함 열쇠와 학교 건물 배치도, 내가 선택한 과목 선생님들의 서명을 받아 나중에 다시 제출해야 할 확인서도 받았다.

"이건 무슨 과목이에요?"

시간표에 내가 선택하지 않은 뭔가가 월요일을 제외한 매일 14시에 쓰여 있었다.

"그게 네가 우리 학교에 입학하는 조건이야." 교장선생님이 대답했다. "시드니와 나는 네가 심리 상담을 받아야 한다는 데 합의했다. 넌 충격적인 사건을 이겨내야 하잖니. 그리고 상담은 일찍 시작할수록 좋거든. 우리 학교 상담사 매커보이 박사님은 무척 좋은 분이란다. 너도 그분을 좋아하게 될 거다."

전혀 마음에 들지 않았다. 완전히 낯선 사람에게 그 사건 이야기를 할 생각은 절대 없었다. 하지만 싫든 좋든 이 조건을 받아들여야 했다.

"좋아요. 괜찮은 아이디어일지도 모르죠."

"셰리든, 그렇다는 걸 곧 알게 될 거다."

교장선생님은 고개를 끄덕이며 온화한 미소를 지었다. 드디어 등록 절차가 모두 끝나자 선생님은 나를 데리고 역사 수업이 진행되는 교실로 갔다.

"이 학교에 다닐 수 있게 해주셔서 정말 감사합니다."

"여기서 잘 지낼 수 있을 거야. 우린 모두 가족이란다."

점심 무렵이 되자 2000명가량 되는 이 대가족에게 나에 대한 소문이 퍼졌다. 등 뒤에서 조심스럽게 뭔가를 소곤거리는 소리들이 들렸다. 문학 수업을 함께 듣는 셜리와 캐시는 내가 적응하는 걸 도와주라는 교장선생님의 명령을 받고 자신들의 임무를 철저하게 수행했다. 서로 샘내듯 나를 지키며 쉴 새 없이 수다를 떨었다. 점심식사 때도 딱 달라붙어서 학교에서 무엇이, 어떤 사람이 중요한지 열광적으로 설명했다. 둘 다 배구팀이라서, 내가 배구를 선택했다는 말을 듣자 기뻐서 거의 기절할 지경이 되었다. 나는 둘이 떠들며 멋대로 계획을 세우게 내버려뒀지만, 사우스이스트고등학교에서 가장 인기 있는 여학생이 되고 싶은 마음은 전혀 없었다. 그저 최대한 눈에 띄지 않게 지내다 졸업하기만을 바랐다.

선생님들은 친절하고 조심스러웠다. 언론에 나온 소문이나 그 사건에 대해서는 아무도 묻지 않았다. 첫날은 아무런 문제도 없이 지나갔다. 컴퓨터 수업이 끝나고 이른 오후에 집으로 가면서 나는 아주 낙천적인 기분이 들었다. 내일부터 3시에서 6시까지 배구 연습을 할 생각을 하니 벌써부터 기뻤다. 먼젓번 학교에서는 선발팀에도 속했었다.

현관문을 열자 곰팡이 냄새가 났다. 아침에도 이랬는데, 시드니가 며칠 동안 조던 집에서 지내느라 환기를 하지 않았기 때문이라고 생각했다. 그런데 대낮에 보니 가구마다 먼지가 잔뜩 앉아 있었다. 집을 한 바퀴 둘러본 나는 충격에 빠지고 말았다. 냉장고는 시큼해진 우유 한 병과 곰팡이 핀 중국 음식 찌꺼기가 담긴 종이 상자 빼고는 텅 비어 있었다. 냄비와 프라이팬에도 먼지가 쌓여 있는 것으로 보아 시드니는 밖에서 식사를 하거나 배달 음식만 먹는 모양이었다. 나는 구역질을 해가며 냉장고 속 내용물을 쓰레기봉투에 모두 버린 다음, 세 블록 떨어진 슈퍼마켓에 장을 보러 갔다.

페어필드에서는 대부분 농장 온실에서 직접 키운 신선한 채소와 우리 닭들이 낳은 계란, 직접 구운 빵만 먹고 살았다. 그런데 슈퍼마켓 진열대에 놓인 엄청난 양의 식료품을 보게 되니 입이 쩍 벌어졌다. 시골 슈퍼마켓과는 달리 물건이 한눈에 들어오지 않을 정도로 많았고, 개중엔 처음 보는 채소와 과일도 있었다. 나는 혼란스러운 기분으로 선반 사이를 돌아다니며 식재료를 사고, 흰 운동화와 체육복 바지, 흰 티셔츠 세 개 묶음, 샴푸와 보디샴푸, 칫솔과 치약도 샀다.

"어머, 셰리든!"

누군가 갑자기 부르는 소리에 소스라치게 놀랐다. 갈색 고수머리에 큰 눈을 더 크게 뜬 통통한 여자아이가 기대에 찬 표정으로 환하게 웃으며 내 앞에 서 있었다.

"우리, 역사 수업 같이 듣잖아." 그 아이가 말했다. "난 어맨다 닐슨이야."

"아, 그렇구나."

나는 그다지 반갑지 않아서 그렇게만 대꾸했다. 역사 수업에는 24명이나 앉아 있었으니 이 아이도 있었을지 모르지.

"네가 우리 학교에 다닌다니, 진짜 '쿨'해." 어맨다가 나에게 찰싹 붙어 따라오며 말했다. "우리 식구들도 믿을 수 없대! 너 내일 저녁에 우리 집에 올래? 큰오빠 생일이라서 파티를 하거든. 너 여기 아는 사람 없지? 아, 엄마! 엄마! 이리 와보세요! 얘가 셰리든 그랜트예요!"

어맨다가 누군가에게 손짓하자 나는 마음이 불편해졌다.

"셰리든, 기다려. 우리 엄마한테 소개해줄게!" 어맨다가 흥분해서 짹짹거리고는 이리저리 깡충거리며 양손을 흔들었다. "너랑 같이 수업 듣는 거 너무 좋아. 진짜로! 너 무진장 유명하잖아!"

다급하게 달려온 여자를 보고서 나는 어맨다가 25년 뒤에는 어떤 모습일지 금방 상상할 수 있었다. 똑같이 생긴 촉촉하고 큰 눈, 똑같이 치솟은 이마, 똑같이 탄탄한 몸, 똑같은 주먹코.

"어맨다는 네가 전학 와서 너무 좋대."

닐슨 부인이 귀를 울리는 높은 목소리로 자기 딸이 3분 동안 이미 다섯 번이나 한 말을 확인시켜줬다. 그녀는 꽉 찬 내 쇼핑카트를 한눈에 훑어보고는 내가 자기 소유물이라도 되는 듯 내 팔에 손을 얹었다.

"셰리든, 아가. 데려다줄까? 혹시 이 근처에 사니?"

나는 낯선 사람이 '아가'라고 부르는 걸 싫어했다. 만지는 건 더 싫었다.

"고맙습니다. 그런데 차를 가지고 왔어요."

나는 이렇게 대꾸하고는 발걸음을 옮겼지만 모녀는 똥파리처럼 끈질기게 따라붙었다. 다른 손님들도 우리를 돌아봤다. 나는 이를 악물고 계산대만 노려보며 달려갔지만 둘은 쉽게 떨어져나가지 않았다. 내가 주차장에서 장본 물품들을 초고속으로 트렁크에 던져넣고 있는데 모녀가 다시 나타났다.

"내일 저녁 어때?" 어맨다가 물었다. "우리 집 주소는 월러드 드라이브 218번지……."

나는 공손한 거절로는 부족하다는 걸 깨달았다. 이런 사람들은 가차 없이 떼어내야 한다. 그래서 나는 어맨다의 말을 가로챘다.

"미안하지만 난 파티를 즐길 여유가 없어. 3주 전에 오빠 하나가 네 사람을 살해했거든. 그중에는 내가 제일 좋아하던 조지프 오빠도 있고."

두 사람은 입을 다문 채 큰 눈으로 나를 빤히 바라봤다.

"게다가 아빠는 혼수상태로 누워 계시고, 양엄마는 나에 대한 거짓말을 퍼뜨리고 있어. 내가 지금 상당히 기분이 안 좋고, 새로운 사람들을 사귈 마음의 여유가 없다는 것 정도는 너도 이해할 수 있겠지?"

나는 나지막하게 말하며 어맨다를 노려봤다.

"경찰은 내가 기자들에게 괴롭힘을 받지 않고 학교를 마치려면 사람들 눈에 최대한 띄지 않고 지내야 한다고 했어. 그런데 네가 나랑 수업을 함께 듣는다고 이야기하고 다니면 기자들이 금방 나타나고 말 거야."

나는 눈물 한 방울을 뽑아내는 데 성공했다.

"그러니까 그러지 않아준다면 고맙겠어."

나는 떨리는 목소리로 말을 이었다.

"우리 가족 중 절반은 사망했거나 병원에 있어. 난 그냥 평범하게 학교를 다니고 싶어. 알겠지?"

"하지만…… 하지만……." 어맨다는 당황한 듯 말을 더듬었다. "나는 그저…… 미안해. 정말 미안해."

"아이고, 가엾어라." 어맨다 엄마가 가릉거리는 목소리로 말했다. 하지만 눈에서는 선정적인 관심이 번쩍이고 있었다. "당연하지. 아무한테도 말 안 할 거야. 우릴 믿으렴."

하지만 그녀는 친한 친구들에게 곧장 전화해서 슈퍼마켓에서 나를 만났다는 따끈한 소식을 전할 것이다. 분명히다. 물론 비밀을 지키라는 다짐을 받겠지만, 오히려 그 때문에 얼마 지나지 않아 링컨 주민의 절반은 내가 여기 있다는 걸 알게 될 것이다. 시드니 집에 사는 건 어쩌면 별로 좋은 아이디어가 아닌지도 모른다.

나는 풀이 죽어서 집으로 돌아왔다. 뭔가 새로운 소식이 있는지 보려고 텔레비전을 켜려다가 마음을 바꿔서 시드니가 등한시한 집안 살림을 챙기기로 했다. 우울한 생각을 밀어내는 데는 고된 일보다 나은 게 없다.

식료품을 넣기 전에 일단 냉장고부터 깨끗하게 닦았다. 지하실에서 세제를 찾다 보니 닫혀 있는 문 하나가 눈에 들어왔다. 문을 열자 구역질나는 들척지근한 악취가 얼굴로 훅 끼쳤다. 위잉 소리를 내는 형광등이 깜박거림을 멈추고 밝은 빛을 내기까지는 몇 초쯤 걸렸다. 나는 청바지와 블라우스, 속옷과 티셔츠 등 산더미처럼 쌓여 있는 더러운 빨랫감을 멍하니 노려봤다. 천장에 구멍이 뚫려 있는 걸 보니 세탁물을 떨어뜨리려만 놓고 몇 달은 전혀 신경 쓰지 않은 것 같았다. 악취가 너무 심해서 토하지 않으려고 손으로 입과 코를 막았다. 바닥이 움직이는 것 같아서 자세히 보다가 비명을 질렀다. 구더기! 사방에 구더기가 꿈틀거렸다! 수백 마리는 되는 것 같았다! 곧 그 이유가 눈에 들어왔다. 더러운 빨랫감 사이에 죽어서 이미 절반은 부패한 고양이가 있었다!

나는 너무 놀라서 문을 쾅 닫았다. '나는 자그마한 내 집과 내 고양이를 사랑'한다고 시드니가 어제 말하지 않았나? 하지만 고양이가 사라진 것조차 모르는 걸 보면 그다지 사랑하는 것 같지 않았다. 사체 상태로 보면 고양이는 며칠째 여기 있었던 게 분명했다. 이제 어떻게 해야 할지 잠시 생각했다. 구더기가 들끓는 집에 살고 싶은 마음은 전혀 없었다. 농장에서 죽은 동물을 보는 것은 흔한 일이었기에 이런 상황에서도 어느 정도 침착할 수 있었다.

나는 세탁실을 정리하고 철저하게 청소하기로 마음먹었다. 계단 아래 붙박이장에서 청소 도구를 찾아낸 다음 고무장갑과 양동이,

쓰레기봉투와 소독약으로 무장하고 세탁실로 되돌아갔다. 일단 작은 창문부터 열어 환기를 시켰다. 내 신발에 밟혀 구더기들이 툭툭 터졌다. 나는 구역질과 싸우며 고양이를 쓰레기봉투에 넣고, 산더미 같은 빨랫감도 쓰레기봉투 세 개에 나누어 담아 모두 위로 끌고 올라와서 뒤편 베란다로 가지고 갔다. 그런 다음 빨래를 바닥에 모두 쏟고 구더기를 털었다. 날씨가 워낙 추워서 금방 죽을 것이다. 그러고는 지하실로 돌아가서 눈에 띄는 구더기를 모두 양동이에 쓸어담았다. 마지막으로 바닥에 소독제를 뿌린 다음 세탁기를 돌리고, 구더기 양동이를 가지고 위로 올라갔다.

오후 나머지 시간은 집을 정리하고, 세탁기와 건조기를 계속 새로 돌리고, 진공청소기를 돌리고 걸레질을 하면서 보냈다. 나중에는 진공청소기의 먼지 봉투가 가득 차서 제대로 작동하지 않을 정도였다. 양동이 물을 몇 번이나 갈고서야 부엌과 복도와 현관 타일이 원래 색깔을 되찾고 반짝반짝 빛났다. 시드니의 침대보는 몇 주나 갈지 않은 것처럼 너무나 지저분하고 얼룩덜룩했다. 나는 코를 찡그리며 침대보를 벗긴 다음 깨끗한 침대보를 찾아 나섰다. 조던이 이곳에 와본 적이나 있을까? 깔끔하고 단정하던 그의 집을 생각해보면, 악취를 풍기는 이 집을 그가 어떻게 느낄지 상상할 수 있었다.

시드니 윌슨은 대체 어떤 사람인 걸까? 첫인상은 자기 자신과 자기 인생을 잘 돌보는 여자 같았지만, 뭔가 이상했다. 사랑한다고 표현한 집을 이렇게까지 내버려두는 사람은 없다! 게다가 고양이가 세탁실에 갇혀서 굶어 죽은 것도 몰랐다니, 정말로 의아했다.

벽장에서 깨끗한 침대보를 꺼내 시드니의 침대에 씌우고 방금 빨아 깔끔하게 갠 빨래를 그 위에 놓았다. 시드니가 언제 돌아올지 몰라서 차가운 로스트비프와 오이, 마요네즈를 넣고 샌드위치를 만들어 먹었다. 전화가 몇 번 울렸지만 받을 용기가 나지 않았다. 7시가, 그리고 8시가 됐다. 나는 세탁실로 가서 침대보를 넣고 마지막으로 세탁기를 돌리고는 다림질을 시작했다.

9시 반, 빨래를 모두 끝냈을 때 시드니가 현관문으로 들어섰다.

"오후에 어디 있었어?"

그녀가 인사도 하지 않고 묻자 나는 양심의 가책을 느꼈다. 내가 슈퍼마켓에 간 걸 알게 된 건가? 가면 안 되는 거였나?

"외식하러 가자고 몇 번이나 전화했는데 안 받더라고."

시드니는 외투를 벗어 의자에 던지고 뒤따라 가방도 던졌다. 얼굴에 짜증스러운 주름이 지고 일그러뜨린 입에서는 술 냄새가 풍겼다.

"전화를 받을 엄두가 나지 않았어요. 누가 전화했을지 겁이 나서요." 나는 사실대로 대답했다. "식료품이랑 옷을 사러 슈퍼마켓에 다녀오기도 했고요."

시드니의 눈길이 내가 들고 있는 빨래바구니에 와 닿았다.

"그거 뭐야?" 그녀가 날카롭게 묻고는 개처럼 킁킁 냄새를 맡았다. "이게 무슨 냄새지?"

"어…… 정리를 좀 했어요. 빨래하고 청소도 하고."

나는 조심스럽게 대답했다. 자기 집을 마음대로 건드렸다고 화를 내면 어떡하지? 그녀는 신발 굽 소리를 요란하게 울리며 나를 지나서 부엌으로 들어가 냉장고를 열었다. 나는 빨래바구니를 그대로 든 채 심장의 두근거림을 느끼며 문간에 그대로 서 있었다. 시드니는 완전히 달라진 얼굴로 몸을 돌렸다. 그녀는 환하게 웃으며 나를 안고서 뺨에 입을 맞췄다.

"어머나, 셰리든. 너 정말 보물이구나." 그녀가 가르릉거리며 말했다. "여기 꼴이 끔찍했지? 나도 알아. 대청소를 해야겠다고 마음먹고 있었는데 너무 시간이 없었어. 주말이면 늘 조던 집에 가 있기도 하고."

나는 시드니의 갑작스러운 기분 변화에 당혹스러웠다. 뭐, 어쩌면 그냥 힘든 하루를 보낸 건지도 몰랐다. 그런데 왜 청소도우미를 부르지 않았을까? 변호사 월급이면 충분히 감당할 수 있을 텐데.

"옷 좀 갈아입고 올게. 와인 한잔 하면서 오늘 학교에서 어땠는지 이야기해줘. 응?"

"그런데, 시드니…… 세탁실에 뭔가 있었어요."

내 말에 그녀는 당황한 듯 웃음을 터뜨렸다.

"어머, 아주 끔찍했지? 빨래를 떨어뜨리는 구멍이 편하기는 한데, 세탁하는 걸 잊어버리게 만든단 말이야."

"아니요……. 빨랫감만 있는 게 아니었어요."

나는 어떻게 하면 시드니가 충격을 받지 않게 그 말을 전할까 필사적으로 고민하다가, 그냥 솔직하게 해치워버리기로 결정했다.

"고양이가 죽어 있었어요."

나는 시드니가 눈물을 흘리거나 비명을 지를 거라고 생각하고 마음의 준비를 단단히 했다. 하지만 그녀의 반응은 예상과는 전혀 달랐다.

"아……. 그렇게 죽은 고양이가 벌써 두 마리째야. 지난번 고양이는 2주 동안 난로 아래 있다가 완전히 미라가 됐더라."

"어…… 구더기가 가득하더라고요. 그래서 쓰레기봉투에 담아서 뒤편 베란다에 내놨어요."

"알았어, 알았다고. 바로 쓰레기통에 버릴게."

시드니는 윙크를 하고 위층으로 올라갔다. 나는 말문이 막혀 그녀의 뒷모습만 바라봤다.

∽

다음 날 아침 내가 학교에 가려고 나섰을 때 시드니는 여전히 깊은 잠에 빠져 있었다. 우리가 어젯밤 늦게까지 거실에 앉아 이야기를 나누는 동안 시드니는 와인 한 병을 다 비웠다. 그녀는 죽은 고양이 이야기는 꺼내지도 않았고, 쓰레기봉투를 바로 치우지도 않았다. 그래서 결국은 내가 아침에 들고 나왔다.

교문 앞에서 나를 기다리고 있던 셜리와 캐시는 수학 수업에 나를 호위해 갔고, 쉬는 시간에도 내 옆에 딱 붙어 있었다. 내가 적응하는 걸 도우라는 임무를 철저하게 수행하려는 모양이었지만 둘의 끝없는 수다에 나는 신경이 날카로워졌다. 나더러 이 학교에서 친구를 고르라면 이 둘을 제일 먼저 고르지는 않을 것 같았다. 그래도 이 아이들이 내게 잘해주려는 것은 분명했고, 어쨌든 덕분에 여러 층 건물이 여섯 동이나 있는 거대한 학교 건물에서 길을 잃지 않고 다닐 수 있었다.

쉬는 시간마다 복도는 시장바닥처럼 혼잡하고 시끄러웠지만, 내가 군중에 섞여 투명인간이 되는 일은 결코 없었다. 내 이름이 계속 들렸고 호기심 어린 눈길이 쏟아졌다. 나를 둘러싼 비극적인 분위기 때문에 아직은 누구도 귀찮은 질문과 연민으로 날 괴롭히지 않았지만, 어맨다 닐슨 같은 아이들이 이 전국적인 비극에서 아주 작은 배역이라도 맡고 싶어 말을 걸어오는 건 시간문제였다.

오전 시간은 날아가듯 흘렀다. 나는 수업 내용을 따라가는 데 전혀 문제가 없었다. 그냥 내버려두기만 한다면 아주 좋은 성적으로 졸업할 수 있을 것 같았다. B동 건물에 있는 학교 카페테리아에서 점심식사를 한 후 셜리와 캐시는 수업에 들어가고 나는 학교 심리 상담사를 찾아나섰다. 매커보이 박사 사무실은 마지막 건물인 F동에 있어서 늦지 않으려면 서둘러야 했다. 고개를 숙이고 모자를 푹 눌러쓴 채 포석이 깔린 길을 터덜터덜 걷는데 싸락눈이 내렸다. 홀로 내버려졌다는 감정이 불현듯 너무나 강하게 밀려와 걸음을 멈춰야 했다. 이 낯선 도시에서, 자기 고양이가 지하실에 갇혀 구더기에 먹혔다는데 눈도 깜짝하지 않는 정신병자의 집에서 내가 지금 뭘 하는 거지? 어째서 나는 고향을 떠났을까? 물론 늘 떠나고 싶어 하긴 했지만, 그래도 나는 내가 자란 페어필드를 사랑했다. 끝없이 펼쳐진 평야와 굽이치는 강줄기, 높은 하늘과 계절마다 다르게 비치는 햇살, 내 말 웨이사이더와 말 위에서 보던 풍경들이 너무 그리웠다. 나도 언젠가는 어딘가에서 환영받고 편안하게 느끼게 될까? 링컨에서 보내는 시간은 임시해결책이고 중간 경유지일 뿐이다. 내가 시작한 여행은 어디를 향하게 될까?

"고향은 자신이 편안하게 느끼고, 사랑하고 사랑받는 곳이야." 우리가 마지막으로 목련 저택 베란다에 함께 앉아 있던 8월의 어느 날에 이사벨라 고모할머니가 한 말이다. 할머니는 페어필드로 다시는 돌아오지 않을 작정이었고, 이삿짐도 이미 동부로 다시 보낸 뒤였다. "그 말이 옳다면 난 고향이 없는 거네요. 이곳에는 날 사랑하는 사람이 아무도 없으니까요." 난 그렇게 대꾸했다. 할머니는 아빠는 날 사랑하지 않으냐고 설득하다가, 결국 진짜 고향을 결정하는 건 부모님의 사랑이 아니라는 데 동의했다. "그 사랑은 시작이야. 뿌리가 되고, 우리가 살아가면서 올바른 길을 찾을 수 있게 날개를 달아주는 역할을 하지."

그런데 에스라 오빠가 저지른 사건은 안 그래도 허약한 내 날개를 완전히 꺾어놓았다. 이 모든 일을 겪은 후에 돌아갈 둥지가 없었다. 나를 사랑하고 걱정해주는 부모님이 계셨더라면 모든 게 달라졌을 텐데! 물론 이사벨라 고모할머니가 자기 집 문은 나에게 언제나 활짝 열려 있다고 말하긴 했지만, 이 불쾌한 일에 고모할머니까지 끌어들이고 싶지는 않았다.

그때 종소리가 울려서 자기연민에서 깨어났다. 상담 첫 시간부터 늦어 나쁜 인상을 주고 싶지는 않았기에 서둘러 발걸음을 옮겼다. 상담사 사무실은 1층 왼쪽에서 세 번째 방이었다. 나는 심호흡을 하고 노크했다.

"들어와요!"

나를 맞이하려고 자리에서 일어난 남자는 내가 상상한 학교 심리상담사의 모습과는 전혀 달랐다. 기껏해야 30대 초반으로 보였고, 운동으로 단련된 몸에 딱 붙는 물 빠진 청바지와 하늘색 셔츠를 걸치고 있었다. 갈색이 섞인 금발이 어깨에서 찰랑거렸고 보기 좋게 그을린 얼굴에서 새파란 눈동자가 빛났다.

"안녕, 셰리든." 그가 눈처럼 하얀 치아를 보이며 미소를 짓고 악수를 청했다. "만나서 기뻐. 나는 패트릭 매커보이야. 네 심리상담사지."

그는 건조한 손으로 내 손을 꽉 쥐었다.

"안녕하세요?" 나는 상상과 현실 사이의 괴리에 당황해서 이렇게만 대꾸했다.

매커보이 박사는 가죽이 해졌지만 편안해 보이는 소파로 나를 안내했다. "뭐 마실래? 차 어때?"

"아니요, 괜찮아요." 나는 그의 제안을 거절하고, 말 사진이 걸려 있는 벽을 살펴봤다. 한 사진 속에서 눈부시게 아름다운 적갈색 말이 앞발을 들어올리며 급정지하고 있었다. "선생님 말이에요?"

"그래." 패트릭 매커보이가 맞은편에 자리를 잡고는 히죽 웃었다. "2년 전 오클라호마시티에서 찍은 거야. 경기에 참가한 건 그게 처음이었는데 바로 2등을 했지 뭐냐. 말 좋아하니?"

"예, 말 이름이 뭐예요?"

"대니. 내가 직접 훈련시켰어."

"멋지네요."

나는 긴장이 약간 풀렸다. 매커보이 박사는 자기 말들 이야기를 했고, 자기가 애리조나 주 목장에서 자랐으며 거의 말 등에서 살았다고도 했다.

"난 원래 카우보이가 되려고 했어." 그가 유쾌하게 웃으며 말했다. "하지만 부모님이 말리더라고. 우리 아버지는 영화 제작자고 엄마는 심리학자야. 뭐, 어느 정도는 가업을 물려받은 셈이지."

"그런데 왜 하필 네브래스카로 오셨어요?"

내 말에 그는 솔직하게 대답했다.

"사랑 때문에. 아내가 오마하 출신이거든. 처가는 회사를 하나 운영하고 있는데, 아내는 거기서 일해. 우린 가까운 교외에 목장을 사서 말들과 함께 살고 있어. 아내도 승마를 아주 좋아하고."

"멋지네요." 나는 같은 말을 반복했다.

"너도 말이 있니?" 매커보이 박사가 물었다.

"예, 웨이사이더라는 황회색 말이에요. 몇 년 전 생일에 선물로 받았는데, 대회에 몇 번 나가기도 했어요."

우리는 한 시간 내내 말에 대해 수다를 떨었다. 나중에 매커보이 박사는 놀랍게도 내가 원한다면 링컨에서 학교를 다니는 동안 자기 집에서 말을 타도 된다고 했다.

"진심이세요?" 나는 미심쩍어하며 물었다.

"물론이지. 안 될 이유가 없잖아?" 그가 어깨를 으쓱하며 말을 이었다. "승마는 우리 학교 교과목이기도 해. 너도 과목 목록에서 봤을 텐데? 배구 대신 선택할 수도 있잖아."

"정말요?"

"그래, 정말이야."

박사가 미소를 지었다. 이로써 거리감은 완전히 사라졌다. 나는 처음에 말에 대한 대화를 하는 게 어쩌면 상담사들이 사용하는 잔꾀가 아닐지 의심했는데, 설령 그렇더라도 제대로 먹힌 거였다.

"그런데 지금…… 음…… 제 문제에 대해서는 아무 이야기도 하지 못했네요." 쉬는 시간 종이 울렸을 때 내가 말했다.

"시간은 앞으로도 많아." 매커보이 박사가 말했다. "우린 월요일만 빼놓고 매일 만날 거니까. 월요일은 내가 휴무거든."

그는 다시 한 번 사람을 무장해제시키는 미소를 짓고는 자리에서 일어났다. 나도 얼른 배낭을 집어들고 따라 일어났다.

"주말에 우리 집에 와서 말 구경할래? 아내도 있을 텐데, 너랑 아주 잘 통할 것 같다."

"좋죠." 나는 친절한 제안에 감동해서 고개를 끄덕였다. "고맙습니다. 교장 선생님 말씀이 맞네요. 박사님은 정말 좋은 분 같아요."

"고맙다." 매커보이 박사는 기분 좋은 듯 웃었다. "그리고 패트릭이라고 불러!"

∞

몇 주가 지나갔다. 매커보이 박사, 아니 패트릭과의 상담 시간은 내 생활의 정점이 됐다. 나는 주중에 두 번, 그리고 주말에 패트릭의 목장으로 가서 말을 탔다. 오마하 방향으로 가는 길에 있는 그 목장은 플랫 강과도 아주 가까웠다. 나는 날씨가 얼른 좋아져서 야외에서 말을 달릴 수 있는 날이 오기만을 기다리게 되었다. 일주일에 한 번 아빠 문병을 갔는데, 아빠의 상태는 3개월 전이나 지금이나 거의 변화가 없었다. 레베카 새언니와는 일정한 간격으로 통화를 했다. 새언니는 매주 수표를 보냈고, 이제 어느 정도 일상으로 돌아간 농장의 최근 소식들을 알려줬다. 조던에게서 듣자니, 경찰은 에스라 오빠가 사용한 무기가 농장에 들어온 경위를 아직 밝혀내지 못했다고 했다. 조던은 또 법원에 아빠 부모님의 시신 발굴 신청서를 제출해놓았다고도 했다. 레이첼 이모는 여전히 정신과 폐쇄병동에 있었다. 이모가 나와 같은 도시에 있다는 생각을 하면 마음이 무척 불편했다. 학교에서는 별다른 문제가 없었다. 처음에 관심을 보이며 흥분했던 학생들도 곧 잠잠해졌다.

학교생활보다 힘든 건 시드니와 함께 사는 일이었다. 시드니는 칠칠치 못하고 게을러서 살림은 내가 도맡다시피 했다. 그녀가 조던과 같이 살지 않으려는 이유를 알 만했다. 그래도 그건 최소한 내가 짐이라는 기분을 덜어주어서 괜찮았다. 내가 제일 견디기 힘들었던 점은 시드니의 극심한 감정변화였다. 시도 때도 없이 성격이 바뀌는 데다 변덕도 죽 끓듯 해서 눈치를 살피는 것만으로도 피곤할 지경이었다. 하지만 놀랄 만큼 형식에 얽매이지 않는 시드니의 견해가 재미있을 때도 있었다. 그녀는 일요일마다 교회에 가느라 차려 입고 나서는 속물들을 경멸했다. 시드니의 생각에 따르면 조던 역시 지금 전형적인 '네브래스카 속물'이 되는 중이었다. 이웃이든 동료든 의뢰인이든 가리지 않고 모든 사람의 흉을 봤고, 조던의 가족을 얼마나 끔찍하게 생각하는지도 전혀 숨기지 않았다. 미래의 시부모와 시누이들에게도 딱 들어맞는 별명을 안겼다. 의사 여동생은 '체더치즈 박사', 그 빼빼 마른 남편은 '프랑켄슈타인'이라고 부르는 식이었다. 내가 조던에게 이를 걱정은 전혀 하지 않는 눈치였다.

"조던을 여기로 초대해도 될 것 같다." 어느 목요일 저녁에 시드니가 이렇게 말하고는 웃음을 터뜨렸다. "네 덕분에 이제 창피 당할 일 없겠어."

"그럼요. 제가 요리를 좀 할게요. 조던한테는 시드니가 했다고 말하면 되죠."

"내가 요리할 줄 모르는 것 같니?" 시드니가 뾰족한 목소리로 물었다.

"아…… 아뇨. 그런 뜻이 아니었어요."

나는 깜짝 놀라 말을 더듬었다. 화를 돋우려는 의도는 절대 아니었다. 시드니는 다시 웃음을 터뜨리더니 내 팔을 툭툭 쳤다.

"그래, 나 요리 전혀 못 해." 그녀가 내 예상대로 이렇게 고백했다. "주부 노릇에는 영 소질이 없거든. 그 대신 다른 장점이 있지."

그래서 나는 다음 날 저녁에 장을 봐서 요리를 하겠다고 약속했고, 시드니는 조던에게 전화를 걸어 식사에 초대했다.

"조던이 좋대!" 통화가 끝나고 시드니가 말했다.

"고양이는 어떻게 할 거예요?" 나는 지나가는 말처럼 물었다.

"무슨 고양이?" 그녀가 놀란 표정으로 이마를 찡그렸다.

"조던이 고양이를 싫어해서 같이 안 사는 거라고 했잖아요. 그런데 이제 고양이가 없는데요."

"내가 고양이 이야기를 했나?"

시드니는 생각에 잠겨 아랫입술을 깨물다가 와인을 한 잔 더 따랐다. 그녀는 거의 매일 저녁 와인 한 병씩을 비웠다.

"내일 빨리 하나 구해올래?"

"뭘 구해와요? 와인? 안 될 텐데요. 전 이제 겨우 열일곱 살⋯⋯." 나는 의아해서 물었다.

"아니, 빌어먹을. 와인 말고 그 망할 고양이 말이야!"

시드니는 또 공포를 불러일으키는 거친 눈빛으로 변했다.

"한 마리 잡아오든가 빌려와. 아무 농장에나 가서 고양이가 없는지 물어보든가. 봄에는 어디나 고양이 새끼가 있잖아. 아, 갑자기 우리 버스터가 보고 싶네. 귀여운 아이였는데."

나는 시드니가 고양이를 또 집에 들이는 게 좋은 아이디어라고 생각하지 않았지만, 그녀가 분노 발작을 일으킬까 봐 고개를 끄덕였다. 시드니는 한동안 음울한 표정으로 앞을 노려보며 상체를 앞뒤로 까닥거리다가, 갑자기 미소를 짓더니 패트릭과의 상담은 어떤지 물었다.

"좋아요." 나는 어안이 벙벙해서 대답했다. "정말 좋은 분 같아요. 이번 토요일에 비만 안 오면 망아지를 타고 처음으로 목장 밖에 나가기로 했어요."

"조심해!"

시드니가 경고했다. 나는 승마에 대한 충고라고 생각하고 그녀를 안심시켰다.

"저 말 잘 타요. 망아지를 탄 적도 많고요. 걱정 안 해도 돼요."

"말 걱정은 안 해."

시드니는 이렇게 대꾸하고는 나를 예리하게 노려봤다.

"그럼 뭐가 걱정인데요?"

"너 그 심리상담사를 좋아하는 거 같다." 그녀가 먹이를 노리는 맹수 같은 눈빛으로 말했다. "그 남자한테 손대지 마. 조던한테도!"

나는 얼굴로 피가 솟구쳤다. 어쩜 저런 말을 할 수 있지? 나는 조던이나 패트릭에게 전혀 관심이 없는데 도대체 무슨 생각으로 저러는 걸까?

"너 얼굴 빨개졌어." 시드니는 만족스러운 듯이 말했다. "내 짐작이 맞네. 너 뭔가 숨기고 있지?"

"아니, 그렇지 않아요!" 나는 격하게 소리쳤다. "그런 생각은 해본 적도 없다고요."

사실이다. 패트릭 매커보이와 그의 아내는 이제 좋은 친구처럼 느껴졌다. 조던은 기껏해야 일주일에 한 번, 시드니를 따라 그의 집에 식사하러 가는 경우에만 만났다. 그를 사랑하게 될 가능성은 전혀 없었다. 나는 시드니에게 잘 자라고 인사하고 잠자리에 들었지만 그녀가 왜 그런 말을 했는지 이해가 가지 않아서 계속 마음이 답답했다.

∽

조던은 다음 날 저녁 7시에 정확하게 도착했다. 오후에 나는 집을 청소하고 유리창을 모두 닦은 다음 돼지고기와 고구마 그라탱을 굽고, 채소와 소스를 준비하고 후식으로는 촉촉한 애플 크럼블을 구웠다. 그러고는 식탁 중간에 은촛대를 놓고 천 냅킨으로 아름답게 장식했다.

"이렇게 초대해주기를 2년 동안 기다렸어." 조던은 미소를 짓고 점잔을 빼며 시드니에게 진짜 프랑스 샴페인을 건넸다. "특별한 순간에는 특별한 선물을."

시드니는 그의 목을 얼싸안고 웃음을 터뜨렸다. 그녀는 우리가 처음 만났던 날처럼 활달하고 느긋했다. 뺨이 발그스름한 게 몇 시간이나 부엌에 서서 요리한 것처럼 보였다. 가슴골이 드러날 만큼 깊게 파인 검정 캣 슈트는 그녀의 완벽한 몸매를 멋지게 강조해주었다. 모카신을 신고, 어깨에는 아주 얇은 실크 스카프를 둘렀다. 시드니가 너무 매력적이어서 조던은 약간 당황한 눈치였다. 주말에 함께 점심을 먹을 때면 둘은 함께한 지 오래된 지루한 부부처럼 보였는데, 오늘 저녁 시드니는 이제 막 사랑에 빠진 여자 같았다. 시드니가 샴페인 코르크를 따려고 애를 쓰는 동안 조던은 양손을 바지 주머니에 넣고 어슬렁거렸다. 거실로 들어간 조던이 캣타워 앞에서 걸음을 멈췄다.

"그 악명 높은 미스터 콕스는 어디 있어? 내 연적이 상당히 궁금한데 말이야." 그가 물으며 주위를 둘러봤다.

미스터 콕스? 시드니가 자기 고양이 이름이 버스터라고 하지 않았나?

"쉿, 잠깐. 아무 말도 하지 마." 그녀가 경고하는 눈길을 던지고는 활짝 웃었다. "방금 거기 있었어. 귀여운 녀석!"

어리둥절해하는 조던에게 시드니는 가볍게 대꾸했다.

"나가버렸네. 잠깐 산책하려나 봐. 곧 만나게 될 거야."

나는 이 연극에 할 말을 잃었다.

"이거 열어."

그녀는 내게 샴페인 병을 건네며 명령하고는 조던에게 가서 포옹하고 키스했다. 요란한 소리를 내며 병목에서 빠져나온 코르크 마개가 천장에 가서 부딪치고 샴페인이 흘러 넘쳤다.

시드니는 식사 내내 말을 가로채고 술을 따라주며, 나와 대화를 나누려는 조던의 시도를 번번이 막았다. 샴페인이 떨어지자 둘은 와인으로 넘어갔다. 조던은 한입 먹을 때마다 요리를 칭찬했고, 시드니는 마치 첫 데이트라도 하는 것처럼 눈을 반짝이고 뺨을 붉게 물들이며 그에게 환한 웃음을 보냈다. 나는 잘못된 장소에 서 있는 무용지물처럼 느끼다가, 부엌에 가서 식기세척기를 정리하기 시작하자 기분이 나아졌다. 하지만 시드니가 바보처럼 킥킥대는 소리를 들으니 조던을 속이는 데 공범 노릇을 한 나 자신이 싫어졌다. 시드니에게는 저 반듯한 남자의 통찰력을 완전히 무장해제시키는 뭔가가 있는 것 같았다. 나는 조던이 시드니에게 너무나 절망적으로 무너진 것 같아 충격을 받았다.

"이제 애플 크럼블 가지고 올까요?"

내가 묻자 시드니는 눈에서 불꽃을 튀기며 영역 표시라도 하듯 자신의 손을 조던의 손 위에 얹었다. '이 남자는 내 거야'라고 말하는 것처럼. 그럴 필요도 없는데.

"우리는 좀 피곤해." 그녀가 이렇게 말하고 킥킥거렸다. "이제 잠자리에 드는 게 낫겠어. 자기야, 그렇지?"

조던은 이 상황이 창피한지 내 눈을 피했다. 나도 불편했고, 슬쩍 빈정거리고 싶은 마음을 참을 수 없었다.

"부엌을 정리하고 나서 미스터 콕스가 집에 진짜 있는지 둘러볼게요."

그러자 시드니가 독살스러운 시선을 던졌다.

"안녕히 주무세요, 시드니! 안녕히 주무세요, 조던!"

"잘 자요, 셰리든."

조던이 그 자리에 뿌리박힌 듯 앉아서 대답했다. 발기라도 한 걸까? 시드니는 벌떡 일어나 마녀처럼 검은 기운을 풍기며 나에게 다가왔다.

"너도 잘 자, 셰리든!" 그녀는 새된 소리로 인사하면서 나를 거칠게 부엌으로 밀쳤다. 그러고는 내 손목을 잡고 세게 눌렀다. "앞으로는 그 따위 소리 하지 말고!"

"예, 예. 알았어요!"

"네 방으로 올라갈 때 거울을 봐." 그녀가 눈을 번뜩이며 낮게 속삭였다. "아마 재미있을 거다!"

무슨 말일까? 나는 고개를 흔들며 식탁을 치우고 부엌을 정리하면서 시드니가 자기 약혼자를 오늘 저녁 이곳에 초대한 진짜 이유가 무엇일까 생각했다. 나한테 뭔가 증명하려는 건가? 도대체 뭘? 나를 질투하게 만들거나 도발하거나 화나게 만들려는 걸까? 정말 그렇다면 유치하기 짝이 없는 행동이다.

위에서 웃음소리와 목소리, 달그락거리는 소리가 들려왔다. 나는 소리가 멎고 조용해지기를 하릴없이 기다렸다. 발끝으로 계단을 오르다가, 시드니가 침실 문을 열어둔 걸 보게 됐다. 나이트램프가 나무 바닥에 원추형 불빛을 비췄다. 나는 그 자리에 멈춰섰다. 빌어먹을! 지금 저 문을 지나가면 둘이 나를 볼 텐데!

나는 벽에 기대 입술을 깨물었다. 그때 복도에 있는, 바닥까지 닿는 커다란 벽 거울이 눈에 들어왔다. 시드니는 아까 거울을 보라고 했었다. 내가 자기와 조던이 섹스하는 모습을 보길 바라는 건가? 시드니는…… 변태일까? 누가 보고 있으면 더 흥분하는?

"내가 와인을 너무 많이 마신 것 같아." 웅얼거리는 조던의 목소리가 흐릿하게 들려왔다. "자기, 미안해. 정말이야. 당신은 힘들게 수고했는데 내가……."

"내가 할 수 있어." 시드니가 조던의 말을 가로챘다. "내가 할 테니 긴장 풀어."

침대 용수철이 삐걱대기 시작했다. 시드니의 나체가 거울에 비치자 숨이 턱 막혔다. 심장이 두방망이질하고 입술이 바짝 말랐다. 시드니에게 화가 났다. 빌어먹을, 왜 나를 이런 불편한 상황에 빠지게 만드는 거지? 조용히 내 방으로 가서 이불을 머리끝까지 끌어올리는 게 맞겠지만, 내 분노는 이성보다 강했다.

"시드니, 문을 열어뒀네요. 미안하지만 두 사람이 내는 소리를 별로 듣고 싶지 않아요. 그럼 재미 많이 보세요!"

나는 쾅 소리 나게 침실 문을 닫고는 욕실로 도망쳤다. 가슴을 두근거리며 변기 덮개 위에 앉아 있다가, 지금 시드니 방에서 무슨 일이 벌어졌을지, 또는 이제 더는 벌어지지 않을지 생각하면서 킥킥 웃었다. 대충 씻은 다음 잠옷을 입고 잠자리에 들었다. 집은 쥐 죽은 듯이 조용했다. 아무런 소리도 내지 않고 섹스를 하는 게 아니면 둘 중 하나는 욕망이 사라진 것 같았다.

∞

다음 날 아침 8시 조금 지나서 내 방에서 나오니, 방문 앞에 쪽지가 놓여 있었다.

미안. 깨우지 않으려고 쪽지 남겨. 주말 내내 조던 집에 머물 거야.

"그거 잘됐네."

불편한 일이 있은 뒤에 조던과 마주하지 않아도 되어 마음이 가벼워졌다. 그도 아마 마찬가지일 터였다.

서둘러 아침을 먹고서 플랫 강변에 있는 목장으로 향했다. 차 유리창을 내리자마자 바람에 머리카락이 흩어졌다. 초원에 남은 마지막 눈도 녹고, 바람은 취하고 싶을 만큼 시원하고 달콤했다. 올 들어 처음으로 봄 냄새가 났다. 패트릭의 아내 트레이시는 임신 6개월째라 난폭한 망아지를 타는 모험은 패트릭과 나만 감행하기로 했다. 두 마리 모두 세 살짜리였는데, 지난주에 안장과 재갈에 길들여놓았다. 우리는 눈이 녹아 수량이 많은 플랫 강을 따라 질주했다. 말들은 얼마간 달리자 숨이 턱에 차는 듯했다. 우리는 칭찬을 해주고는 천천히 걷기 시작했다.

돌아오는 길에 패트릭은 심리 상담 놀이를 시작했다. 습관은 버리지 못하나 보다. 나는 그에게 이미 많은 것을 이야기했다. 패트릭은 잘 들어주는 사람이라 말하기가 쉬웠다. 하지만 정말로 나를 도와줄 수는 없었다. 나를 도와줄 수 있는 사람은 아무도 없다. 내 안에는 늘 음악이 자리 잡고 있었는데, 이젠 사라진 것 같아서 죽을 만큼 슬펐다. 피아노 앞에 앉아 작곡하고 싶다는 갈망을 몇 달 전부터 더는 느끼지 못했다. 내 안의 이 공허감이 날이 갈수록 나를 점점 더 불안하게 했다. 살면서 좋고 나쁜 모든 순간에 나와 동행했던, 그 가라앉히기 어려운 욕구가 나를 떠나간 것처럼 보였다. 그와 더불어 가수가 되겠다는 꿈도 떠나갔다.

"이제 우리 서로를 꽤 잘 알게 됐지?" 조금 전 질주해서 왔던 모랫길로 천천히 돌아오면서 패트릭이 말을 꺼냈다. "그런데도 네가 날 진짜로 신뢰한다는 느낌이 안 들어."

"왜요?" 나는 놀라는 척하며 물었다.

"지금까지 넌 다른 사람들 이야기만 했지 네 이야기는 안 했어. 네 감정과 소망, 꿈, 실망 같은 거 말이야."

"다 이야기했어요. 제 인생을 전부 다!"

"아니, 그러지 않은 것 같다."

그는 생각에 잠긴 표정으로 안장 머리에 팔을 기댄 채 진파랑 눈동자로 나를 바라보며 고개를 저었다.

"셰리든, 내 도움을 강요하고 싶지는 않아. 너도 이젠 알 거야. 하지만 정말로 너를 억누르는 게 뭔지, 왜 모든 걸 혼자서 안고 가야 한다고 믿는지 털어놓으면 분명히 마음이 가벼워질 거야. 우린 지금 봄 햇살 아래서 느긋하게 말을 타고 있지만, 난 네 이야기를 비밀로 해줘야 할 의무를 여기서도 지킬 거야."

그가 미소를 짓자 치아가 하얗게 빛났다. 시드니가 했던 멍청한 말처럼, 패트릭을 사랑하게 될 수도 있을 것 같았다. 하지만 그런 일은 절대 일어나지 않을 것이다. 나는 어쩌면 다시는 누군가를 사랑할 수 없게 된 건지도 모른다.

"이제 더는 말할 게 없어요. 실망시켰다면 죄송해요."

순진해 보이는 내 겉모습 뒤에 숨은 새카만 심연을 연다면 그는 어떻게 반응할까? 그 '끔찍한 사건'에 대해 듣더라도 비밀 엄수 의무를 지킬까? 첫 경험 이야기를 하면 그는 뭐라고 할까? 아직도 생각만 하면 창피한, 변태적인 행위를 하게 만든 크리스토퍼는? 안된다! 이 싹싹하고 예의 바른 사람에게는 내가 한 행동 중에서 아무것도, 정말 아무것도 말할 수 없다. 학교에서 그는 땡땡이를 치는 아이나 왕따 희생자, 거식증에 걸린 외모지상주의 여학생들이나 상대할 텐데. 그의 친절한 관심이 경멸로 바뀐다면 견딜 수 없을 것 같았다. 적어도 호레이쇼 이야기를 하면 분명히 그렇게 될 것이다.

"셰리든, 서두르지 않아도 돼." 목장과 연결되는 오솔길로 접어들 때 패트릭이 다정하게 말했다. "화요일에 다시 만나자. 혹시 그 사이에 뭔가 할 말이 생기면 연락해. 내 연락처 알지?"

"고맙습니다."

나는 그가 더는 캐묻지 않아서 마음이 가벼워졌다.

∞

시드니는 주말 내내 보이지 않았고 전화 한 통 걸지 않았다. 집 안일을 이것저것 처리하고, 이사벨라 고모할머니에게 쓰려고 마음 먹었지만 계속 미뤄둔 편지도 쓰고, 곧 있을 시험 공부도 하고 레베카 새언니와 통화도 했다. 새언니는 들뜬 목소리로 아빠가 드디어 혼수상태에서 깨어나 맬러키 오빠를 알아봤다고 말했다. 아주 좋은 신호라고, 의사들이 낙관적인 전망을 내놓았다고 했다.

"아버님은 2주 뒤에 콜로라도에 있는 특수병원으로 옮겨서 재활을 시작하기로 했어요. 어쩌면 완쾌될지도 몰라요." 새언니가 환호하듯 말했다.

네 잘못이야, 네 잘못이야. 머릿속에서 누군가 속삭였다.

"아, 정말 기쁜 소식이네요."

나는 잠긴 목소리로 대답했다. 레베카 새언니는 농장 일과 맬러키 오빠가 세운 계획, 메리제인 아줌마와 존 아저씨, 두 아들을 잃은 슬픔을 걱정했던 것보다 잘 이겨내고 있는 밀스 아저씨네 부부 이야기를 해주었다.

"맬러키는 거의 밖에서 시간을 보내요." 새언니가 한숨을 내쉬고 말을 이었다. "어쨌든 자기 엄마잖아요. 지금 벌어지는 일은 맬러키한테는 너무 끔찍하겠죠."

"무슨 뜻이에요?" 나는 무슨 말인지 이해할 수 없었다.

"아, 아가씨도 아는 줄 알았어요. 경찰이 갑자기 왜 그러는지는 모르겠지만, 어머님이 30년 전에 시부모님을 살해했을지도 모른다고 의심하고 있어요. 상상이 돼요? 검찰이 무덤을…… 뭐라고 했더라."

"발굴한다고요?"

내 심장이 쿵쿵 뛰기 시작했다. 조던이 내 의심을 진지하게 받아들였구나!

"맞아요. 유골을 꺼내겠다고 했어요! 세월이 얼마나 많이 흘렀는데 뭘 알아낼 수 있을까요?"

"요즘은 오히려 방법이 더 많대요."

나는 이렇게 대답하고는, 조던이 언젠가 점심을 먹으며 설명해준 획기적인 방법들을 떠올렸다. 과학수사를 통해 오랜 세월이 흐른 뒤에도 뼈나 치아, 머리카락에 남은 아주 미세한 흔적을 찾아낼 수 있다고 했다.

"어쨌든 링컨에서 온 경찰이 여기서 옛날 일을 기억하는 사람들에게 질문을 하고 다녀요. 하이럼 도련님은 그러거나 말거나 상관없대요. 엄마가 한 일을 용서할 수 없다고요. 하지만 맬러키는 아주 많이 괴로워해요."

"에스라 오빠가 무기를 어디서 구했는지는 알아냈어요?"

"경찰이 단서를 찾았다고는 하는데, 경찰이 아는 걸 우리가 다 알 순 없으니까요." 새언니는 한숨을 내쉬었다. "이 악몽이 얼른 다

지나갔으면 좋겠어요. 매일같이 기자들이 전화를 걸어와요. 이렇게 끈질길 거라고는 상상도 못 했어요. 벌 받을 생각이긴 하지만, 이따금은 다른 곳에서 뭔가 끔찍한 일이 생겨서 사람들이 우리를 잊으면 좋겠다는 생각을 해요."

"그 사람들은 뭘 더 알아내려고 그러는 거죠?"

"아가씨랑 이야기를 하고 싶대요. 집에 미국 전역의 텔레비전 토크쇼, 거의 모든 신문사와 잡지사에서 보낸 인터뷰 초대장이 잔뜩 쌓여 있어요."

새언니는 다시 한숨을 내쉬었다.

"어머님이 아가씨에 대해 왜 그런 소문을 퍼뜨렸는지 아직도 이해가 안 돼요. 그 소문 때문에 불쌍한 목사님이 얼마나 괴로워하시는지 몰라요."

호레이쇼 이야기를 듣자 내 심장 한가운데가 고통스럽게 따끔거렸다. 새언니는 호레이쇼를 아주 존경했다. 그에게 경의를 표하느라고 아들 애덤의 중간 이름까지 호레이쇼라고 지었다.

"체중이 적어도 10킬로그램은 빠졌고 눈밑 다크서클도 얼마나 진해졌는지." 새언니가 말을 이었다. "원래도 밝은 성격은 아니었지만, 지금은 전혀 웃지 않고 일요일 설교도 짤막하게만 하세요. 끔찍한 소문들이 목사님을 너무 심하게 괴롭히고 있어요."

나는 호레이쇼를 진짜 괴롭히는 게 뭔지 짐작했지만, 그래서 기뻐해야 할지 슬퍼해야 할지 알 수 없었다. 보나마나 그의 아내가 매일 그를 괴롭히고 있을 것이다. 남편이 어린 여자애와 몇 달씩이나 관계를 가졌다는 걸 알았으니까.

나는 그 어느 때보다 더 외로웠다. 이 사건이 끝나려면 아직 멀었다는 이상한 느낌이 불현듯 들었다. 사냥꾼 기자들도 냄새를 맡은 것 같았다. 레이첼 이모는 샐리 버넷의 이해타산적인 거짓말 덕분에 믿을 수 없는 사람이 됐지만, 뭔가 소름 끼치는 일이 나를 향해 몰려오고 있는 것 같은 느낌을 지울 수 없었다. 페어필드로 돌아가 기자들과 인터뷰를 하면 평온이 찾아올까? 그러면 사람들이 드디어 만족하고서 관심을 잃을까? 조언을 구할 만한 사람이 없었다. 나는 생각에 잠겨 전화를 바라보며, 메리제인 아줌마에게 니컬러스 연락처를 물어볼까 고민했다. 그는 내 비밀 중 가장 어두운 것을 아는 사람, 내가 친구라고 표현할 수 있는 유일한 사람이었다. 어쩌면 내가 뭘 어떻게 해야 알지 알려줄지도 모른다. 잠시 고민하다가 메리제인 아줌마 전화번호를 눌렀지만 벨이 열 번이나 울려도 아무도 받지 않아서 용기를 잃고 수화기를 내려놓았다. 이사벨라 고모할머니에게 전화해볼까 했지만 바로 포기하고 빨래와 바닥 청소를 시작했다.

커튼을 빼고 어제 시드니가 조던과 뒹굴었던 침대보를 벗기고 유리창을 닦으면서 두 시간 동안 신경을 딴 데로 돌렸다. 그런 다음 숙제를 했지만 집중이 잘 되지 않았다. 싱숭생숭한 기분으로 집을 이리저리 돌아다니다가, 이 집에서 유일하게 정리되어 있는 공간인 시드니의 서재로 들어갔다. 벽에는 깔끔한 틀에 넣은 학위증서들이 걸려 있었다. 심리학 석사 학위와 법학 박사 학위, 그리고 그 옆에는 몇 가지 상장과 세미나 증명서들이 걸려 있었다. 책장에 빽빽이 꽂힌 법학과 심리학 전공서적 사이에 최근에 유행하는 소설 몇 권이 보였는데, 기쁘게도 내가 아직 읽지 않은 책들이었다. 시드니가 내 집처럼 편하게 지내라고 여러 번 말한 마당에 책 몇 권 꺼내 읽는 게 큰 잘못은 아닐 거라고 생각했다. 그래서 존 그리샴과 데이비드 발다치, 데이비드 포스터 월러스의 책을 책장에서 뺐는데 금고 문이 불쑥 나타났다. 호기심이 동한 데다 여전히 시드니에게 화가 나 있는 상태였던 나는 금고 안을 들여다보기로 했다. 감추는 데 그다지 고심하지 않았는지 열쇠는 책상 제일 위 서랍에 들어 있었다. 금고 안에는 앨범들과 보석 상자, 서류 뭉치, 편지들, 자동차 예비열쇠, 달러 한 다발이 들어 있었다. 나는 앨범을 꺼내 책들 위에 얹어 부엌으로 가지고 갔다.

부엌에서 꿀을 넣은 생강차를 한 잔 만든 다음 다섯 권의 앨범 중 첫째 권을 펼쳤다. 제일 앞쪽에 손글씨가 적혀 있었다.

시드니 앤 베커
1958년 8월 5일 출생
시드니가 태어나서 행복하고 감사합니다.
텔마 베커와 랜들 베커
앨라배마 주 웨툼카, 톨 시더 로드 1435번지

그 옆 흑백사진에는 검은 머리카락을 전형적인 1960년대 헤어스타일로 올리고 눈 화장을 검게 한 여자가 아기를 안고 있고, 미소를 짓는 남자가 역시 다른 아기를 안고 있었다. 마지막으로 요람 속에 갓 태어난 아기가 누워 있었다.

페이지를 계속 넘겼다. 마지막 사진 속에서는 일곱 살, 다섯 살, 두 살 정도로 보이는 여자아이들이 정원에서 놀고 있었다.

셸비와 실라, 시드니. 사랑스러운 우리 보물들. 1960년 5월 14일

첫 앨범을 덮으면서 나는 마음이 무거워졌다. 몇 년 후에 발생한

비행기 사고로 이 행복한 가정은 깨지고 세 소녀는 고아가 됐다.

모든 걸 기억할 수 있을 정도로 자랐을 때 가족의 죽음을 겪는다면 어떤 느낌일까? 기억이 전혀 없는 나보다 나은 상황일까, 아니면 더 끔찍할까? 나는 어릴 때부터 양부모님을 엄마와 아빠라고 불렀다. 두 사람은 내가 아는 유일한 부모였다. 나를 사랑했을 다른 부모가 있었다는 사실은 훨씬 나중에야 알게 됐다. 그런 다음에는 레이첼 이모가 이유도 없이 학대할 때 친부모님이 어딘가에서 나를 그리워하고 있을 거라는 상상을 하면 위로가 됐다. 그런 상상은 내가 암울할 때면 늘 용기와 희망을 주었다. 하지만 시드니는 그런 상상조차 할 수 없었을 것이다. 자기가 영원히 잃어버린 게 뭔지 알고 있었을 테니까. 시드니의 급격한 감정변화는 그 상실 때문일까?

나는 다음 앨범을 들여다보며 시드니와 부모님과 언니 둘이 나이 들어가는 모습을 살펴봤다. 시드니는 행복한 유년기를 보낸 모양이었다. 생일과 핼러윈, 크리스마스와 부활절에는 늘 파티가 열렸다. 나중 앨범에는 시드니가 학교 댄스파티와 체육 행사, 생일파티에서 환하게 웃는 사진들이 있었는데, 놀랍게도 부모님이 계속 등장했다. 나는 혼란스러워져서 앨범을 더 들춰봤다. 1975년 웨툼카고등학교 졸업사진에는 밝은 청색과 노란색 가운과 모자를 쓰고 졸업장을 손에 든 시드니 좌우에, 카메라를 향해 자랑스럽게 웃는 부모님이 있었다. 이상했다. 시드니가 고등학교를 졸업하기 오래전에 부모님은 이미 사망하지 않았던가?

형사 같은 내 감각이 살아났다. 자리에서 벌떡 일어나 금고 안에 있는 것을 모두 꺼내 부엌 식탁에 펼쳤다.

한 시간 뒤에 시드니가 나를 속였다는 사실을 깨달았다. 그녀의 극적인 인생사는 처음부터 끝까지 지어낸 이야기였다. 시드니는 나에게 조지아 출신이라고 말했지만, 서류에 따르면 그녀는 기껏해야 단기간 여행한 것을 빼고는 대학교를 졸업할 때까지 앨라배마 주를 떠난 적이 없었다. 앨라배마 남부의 소도시 웨툼카에서 나고 자랐고, 아버지는 은행원, 엄마는 백화점 직원이었다. 고등학교를 졸업한 후에는 가까운 몽고메리대학으로 진학했고, 나중에 앨라배마대학교에서 법학과 심리학을 공부했다. 시드니는 위탁가정을 전전하며 일곱 번이나 전학해서 친구가 없었다고 했지만 사실은 사랑하는 부모님과 두 언니가 있는 지극히 평범한 가정에서 자랐다. 내가 늘 바라던 그런 가족이었다. 스물두 살 때 브루스 윌슨이라는 남자와 결혼했다가 1년 뒤에 이혼했다. 금고 안에는 혼인증명서와 결혼반지, 결혼식 앨범까지 있었다. 비행기 추락, 고아원, 위탁가정 등등은 모두 거짓말이었다!

도대체 왜 그런 거짓말을 했을까? 나처럼 숨겨야 할 비밀이 있어서? 아니면 더 단순한 이유였을까? 유년기와 청소년기가 너무 평범하고 재미없어 보여서, 그냥 더 흥미로운 사람으로 보이려고?

나는 놀라고 실망한 나머지 한참 동안 부엌 의자에 그대로 앉아 있었다. 시드니가 나를 속인 건 확실했다. 그런데 나만 속인 것도 아니었다. 조던은 여자친구의 삶이 판타지와 병적인 자기 과시의 산물이라는 걸 알고 있을까? 시드니는 언젠가 거짓말이 들통 날지도 모른다는 걱정은 안 하는 건가? 조던은 형사라서 그녀의 개인정보를 얼마든지 알아낼 수 있을 텐데. 하지만 조던이 시드니의 짧았던 결혼생활을 모른다면? 성이 윌슨인 게 그 결혼 때문이라는 걸, 결혼 전 성은 베커라는 걸 모른다면? 나는 전화번호 안내처에 전화를 걸어 웨툼카에 사는 랜들 베커와 연결해달라고 할까 잠시 고민하다가, 시드니가 거짓말을 하든 말든 나와는 상관없는 일이라는 결정을 내렸다. 어차피 나는 늦어도 석 달 뒤에는 여길 떠나서 시드니를 다시는 만나지 않을 테니까. 그리고 나 역시 그녀를 속이지 않았던가. 이야기를 지어내지는 않았지만, 사실을 전부 이야기하지 않은 것도 딱히 더 나은 행동이라고 볼 순 없었다.

앨범과 서류들을 다시 금고에 조심스럽게 가져다두고 책도 다시 꽂아놓고 열쇠는 책상 서랍에 넣었다. 그런 다음 텔레비전 앞에 앉았다. 집에서는 텔레비전을 볼 수 없었다. 학교 쉬는 시간에 〈프렌즈〉나 〈심슨 가족〉 이야기를 할 때 못 알아듣는 아이는 우리 반에서 나밖에 없었다. 하지만 이제는 뭐든지 볼 수 있었다. 나는 자유를 즐기며 채널을 이리저리 돌렸다.

살면서 뭔가 끔찍한 일이 발생할 때면 거의 늘 그렇듯, 이날 저녁에 우연히 〈인생의 진실〉 방송을 보았을 때도 나는 마음의 준비가 전혀 되어 있지 않은 상태였다. 하품을 하며 채널을 또 돌리려는데, 불쑥 나타난 크리스토퍼 핀치의 강아지 같은 갈색 눈동자를 보고는 몸이 얼어붙었다. 그의 얼굴 아래 '윌로크릭 크리스마스 학살에 대한 새로운 소식'이라는 자막이 있었다. 나는 놀라서 몸을 똑바로 세우고 앉았다.

"셰리든 그랜트와 몸싸움을 한 뒤에 양어머니는 링컨 재향군인병원 정신과 폐쇄병동에 입원해 있습니다만, 17세 소녀에 대한 그녀의 비난을 완전히 새로운 관점에서 보게 하는 소식이 들어왔습니다."

앵커의 말이 이어졌다.

"셰리든 그랜트는 어떤 소녀일까요? 교사와 성관계를 맺었다는 소문은 사실일까요? 이를 비롯해 아직 미궁에 빠져 있는 사건의 여러 의문에 답하기 위해 세인트루이스 스튜디오에 있는 사회자 리지 린드월과 연결하겠습니다."

텔레비전을 끄고 잠자리에 들고 싶었지만 나에게 어떤 비난이 쏟아지는지 알아야 했다. 환한 금발에 화장을 너무 진하게 한 비열한 사회자 리지 린드월이 화면에 나타났다. 〈인생의 진실〉은 화제의 인물들에 대한 관음증적 보도로 굉장한 시청률을 자랑하는 악명 높은 토크쇼였다.

"존경하는 시청자 여러분, 지난 몇 주 동안 저희는 네브래스카주 북동부의 외딴 농장에서 크리스마스 아침에 발생한 끔찍한 사건에 대해 여러 번 보도했습니다."

그녀는 시청자들이 혹시라도 그 사건을 모르고 있을까 걱정된다는 듯 부드럽게 소곤거리는 남부 억양으로 에스라 오빠의 범행을 조목조목 나열했다.

"그 사건 이후 온 국민은 이 비극에서 열일곱 살짜리 입양아의 역할이 무엇이었는지 궁금해하고 있습니다. 셰리든 그랜트는 가련한 희생자일까요, 아니면 양어머니의 주장대로 남자에 미친 십대 소녀일까요?"

나는 어쩔 줄 몰라 그대로 앉은 채 주먹을 꽉 쥐었다. 빌어먹을, 크리스토퍼가 이 방송에서 뭘 하려는 거지? 완전히 돌아버렸나?

"셰리든 그랜트의 부도덕한 행실은 개인적인 일탈행위일까요, 아니면 우리 사회의 도덕적 수준이 이 정도까지 떨어졌다는 슬픈 일례일까요?"

리지 린드월은 냉정한 목소리로 물었다.

"이에 관해 사회심리학자인 마샤 필드먼 박사님과 이야기를 나눠보겠습니다. 또 예전에 셰리든 그랜트의 교사였고, 문학이 청소년과 성인의 성애 발달에 미치는 영향에 관한 책을 쓴 크리스토퍼 핀치 씨도 참석하셨습니다."

크리스토퍼 핀치의 얼굴이 다시 나타나자 내 몸은 뜨거워졌다 차가워지기를 반복했다. 귀에서 피가 와글거려서 텔레비전에서 무슨 말을 하는지 거의 들리지 않았다. 재작년 여름방학이 끝나고 개학한 직후 내가 미성년자라는 걸 알게 된 크리스토퍼는 공포로 덜덜 떨며 학교를 그만둘 생각까지 하지 않았던가! 작년 여름방학이 끝난 후 그는 매디슨고등학교로 돌아오지 않았다. 나는 그때 이후로 그가 내 삶에서 사라진 게 무척 기뻤다. 그런데 이제 다시 등장한 것이다. 그것도 하필 전국으로 방송되는 토크쇼에!

리지 린드월이 사라지고 광고가 나왔다. 나는 수화기를 들고 떨리는 손가락으로 시드니의 휴대전화 번호를 눌렀다. 그녀는 바로 전화를 받았다.

"텔레비전에서 지금 〈인생의 진실〉이 방송되고 있어요." 나는 더듬거리며 말을 이었다. "그런데…… 제…… 제 이야기예요. 예전에 절 가르친 교사가 초대 손님으로 나와 있어요. 그 사람이 무슨 말을 할지……."

"나도 지금 보고 있어."

시드니는 쌀쌀하게 내 말을 가로막고는 내가 뭐라고 말하기도 전에 전화를 끊었다.

〈인생의 진실〉 테마 음악이 흐르고 리지 린드월의 얼굴이 화면에 다시 나타났다. 먼저 현대 젊은이들이 부모님 세대보다 더 일찍 성생활을 시작하는 현상에 대해 심리학자와 이야기를 나누었다. 리지 린드월은 내 이름을 대화에 끼워 넣으려고 계속 시도했지만, 필드먼 박사는 억측은 모두 거부하는 태도를 보여서 내 점수를 얻었다. 사회자는 대화가 너무 건조하다고 생각했는지 크리스토퍼를 향해 질문을 던졌다.

『처녀는 촌스러운가? 청소년 성생활의 위험』이라는 제목이 붙은 책 표지가 화면에 나타났다. 내 머릿속에 '빌어먹을 자기 책을 광고하러 나왔군' 하는 생각이 지나갔다. 아마 책 판매가 지지부진하자 이런 식으로라도 책을 팔려고 나온 것 같았다. 온갖 일을 겪었고 이제 더는 나빠질 게 없다고 생각했는데, 그건 내 착각일 뿐이었다. 리지가 입을 열었다.

"핀치 씨. 셰리든 그랜트가 다녔던 매디슨고등학교 교사셨지요? 시청자들에게 셰리든 그랜트를 어떻게 만났는지 이야기해주시죠."

"처음 만났을 때는 셰리든의 선생이 아니었습니다. 셰리든 부모님의 농장 근처에 있는 자그마한 집을 잠깐 빌렸어요. 그곳에서 조용히 책을 쓰려고 생각했죠."

크리스토퍼는 헛기침을 하고 다리를 꼬았다.

"셰리든은 제가 이사하던 날 우연히 들렀는데, 자기가 열여덟 살이고 윌로크릭 농장에서 일한다고 하더군요. 한참 같이 대화를 나눴는데, 셰리든은 그걸 초대라고 잘못 해석했나 봅니다. 그다음 몇 주 동안 속이 빤히 보이는 이유를 대며 매일 왔으니까요. 제가 반응을 보이지 않자 도발하기 시작했습니다. 제가 보고 있는 걸 알면서도 나체로 강에서 수영을 했어요. 그러다가 언젠가 집으로 와서…… 저를…… 절 공격했습니다."

나는 너무 창피해서 텔레비전을 제대로 볼 수 없었다. 너무나…… 천박하고 더럽게 들렸다. 적어도 처음에는 전혀 그렇지 않았다. 나중에는 정말로 더럽고 구역질나게 변했지만.

"열여섯 살짜리 소녀가 당신을 공격했다고요? 방어할 수 없었나요?" 사회자는 믿을 수 없다는 듯이 고개를 저었다. "당신은 체격이 좋은 남자예요. 그 말을 제가 어떻게 받아들여야 할까요?"

"그때 저는 상당히 외로웠습니다. 사우스캐롤라이나에서 일하는 아내는 몇 주에 한 번씩만 왔고요. 제가 책을 쓰려고 스스로 찾아간 그곳보다 더 외롭고 지루한 지역은 아마 거의 없을 겁니다."

크리스토퍼는 참회하는 죄인처럼 대답했다.

"게다가 셰리든은 아주 매력적이었습니다. 아 참, 그 애는 본명을 속이고 다른 이름으로 자기소개를 했어요. 셰리든이 그렇게 어리다고는 생각지도 못했습니다. 처음에 우리는 그냥 이야기만 나눴어요. 그런데 나중에 저는 그 애가 아주 명백한 의도를 가지고 있다는 걸 알고 많이 놀랐습니다. 그래서 더는 만나지 말아야겠다고 생각했는데, 셰리든은 뭐랄까…… 지독하게 끈질겼습니다."

내가 잘 아는, 경멸과 즐거움이 뒤섞인 미소가 아주 짧은 순간 그의 얼굴을 스치고 지나갔다. 그러나 그는 곧 정신을 차렸다. 카메라는 그의 얼굴을 비추고 있었지만, 나는 이 주제로 이야기하는 게 이미 그를 흥분시켰을 거라고 확신했다. 바지 속에서 발기했을 게 뻔했다. 변태 자식!

"셰리든 그랜트와 성관계를 했나요?"

비열한 사회자는 진지한 표정을 지었지만 센세이션을 일으키고 싶은 욕망에 몸을 떨고 있었다.

"예, 그렇습니다. 물론 깊이 뉘우치고 있어요. 셰리든은 온갖 기교를 다 사용해서 저를 유혹했습니다. 너무나 교활한 거짓말쟁이였어요. 그렇게 어린 나이에 말입니다. 어째서 자기 본명을 대지 않았을까요? 어째서 나이를 두 살 많게 이야기했을까요? 유감스럽게도 저는 사람을 너무 쉽게 믿었습니다. 그건 인정해요. 그리고 유혹을 견뎌내지 못한 걸 깊이 후회하고 있습니다. 바람을 피우는 바람에 제가 그 누구보다도 사랑하는 아내를 아주 고통스럽게 했어요."

나는 굳어버린 듯 그대로 앉아 있었다. 얼굴이 분노로 불타오를 것 같았다. 크리스토퍼는 희생자인 척하며 동정을 구하고 있었지만, 내가 그를 속였듯이 그 역시 나를 속였다!

"핀치 씨, 미성년자와 성관계를 맺었다고 인정하시는 건가요? 법적인 처벌이 두렵지 않으세요?"

리지 린드월은 객관적인 표정을 짓고 있었지만 좋아서 어쩔 줄 모르는 게 눈에 훤히 다 보였다. 이 스캔들 덕분에 시청률이 치솟을 테니까.

"어쨌든 셰리든은 당시에 겨우 열여섯 살이었고 당신 나이는…… 흠…… 거의 두 배였잖아요. 무엇보다도 당신이 셰리든의 교사였다는 사실은 죄질을 더욱 나쁘게 만들 겁니다."

"예, 저는 큰 죄를 지었습니다. 하지만 그때는 그 애가 미성년자라는 걸 전혀 몰랐어요. 그리고 교사가 된 건 몇 주 후인데, 그때는 이미 우리 관계가 끝난 뒤였습니다." 크리스토퍼가 강아지 같은 눈을 처량하게 반짝이며 말했다.

"어떻게 이 이야기를 하기로 마음먹었나요?" 사회자가 물었다.

"전 솔직한 사람입니다. 이건 어려운 결정이었어요." 더러운 위선자 크리스토퍼가 한숨을 내쉬었다. "아내와 저는 크리스마스에 월로크릭 농장에서 일어난 사건의 배경을 알려야 한다고 생각했습니다. 그랜트 부인이 한 모든 말이 사실에 부합한다고 믿으니까요. 상상해보세요. 어린 사춘기 소녀가 외딴 농장에서 오빠 넷과 농장 일꾼들, 양아버지 등 남자들에 에워싸여 자랐습니다. 이건 물론 짐작에 불과하지만, 그 애 주변에 있던 다른 남자들도 충분히 유혹에 빠졌을 거라고 생각합니다. 게다가 피가 섞인 것도 아니잖아요."

리지 린드월의 눈이 마약을 한 것처럼 번쩍였다. 가장 원하던 주제가 드디어 언급된 것이다.

"셰리든 그랜트의 양아버지를 아들이 쏘았을 때, 그가 딸의 침대에 누워 있었다는 소문에 대해서 말씀하시는 건가요?"

이 비난의 부당함과 아무것도 할 수 없다는 절망 때문에 피가 끓었다. 물빛 별장을 나설 때마다 느꼈던 더러운 감정이 떠올라 구역질이 났다. 크리스토퍼는 일종의 치료제로 섹스를 사용하는 병든 남자였다. 지저분한 놀이로 나에게 굴욕감을 안기고 자존심을 상하게 했다. 나는 그가 성관계를 맺은 첫 번째 미성년자가 아니었고, 그의 아내도 그 사실을 알고 있었다. 그런데도 저 교활한 인간은 뻔뻔하게도 나와 내 가족을 만인 앞에서 모욕하고 있었다.

크리스토퍼는 마지막 질문에 곧장 대답하지 않고 어깨를 으쓱하고는, 의미심장한 표정으로 고개를 옆으로 살짝 기울였다.

"크리스마스 아침에 윌로크릭 농장에서 어떤 일이 벌어졌다고 생각하시나요? 왜 그런 끔찍한 살육이 일어났을까요?" 야비한 사회자가 캐물었다.

"리지, 전 경찰이 아닙니다!"

크리스토퍼는 몸을 약간 뒤로 빼며 방어하듯 양손을 올렸다. 그는 예전에 그 손으로 강가에서 내 팔을 너무나 세게 잡아서 며칠 동안 멍이 가시지 않았다. 그때 그는 미친 듯이 화를 냈고, 자기 통제력을 완전히 잃었다. 나를 집으로 끌고 들어가 계단에서 달려들었다. 그런 다음 쭈그리고 앉아서 비굴하게 용서를 빌었지만, 동시에 너무 오래 자기를 기다리게 한 내 잘못이라며 나를 비난했다.

"개인적인 의견을 물은 거예요. 핀치 씨, 셰리든 그랜트뿐 아니라 오빠이자 범인인 에스라도 잘 알았다면서요?"

말도 안 되는 소리! 크리스토퍼는 에스라 오빠의 선생이 아니었고, 말을 나눠본 적도 없었다. 그는 손으로 조심스럽게 금발을 훑었다. 나는 그 누구에게도 느껴본 적이 없는 증오를 느꼈다.

"제 생각에는 그 애가 오빠와도 성관계를 한 것 같습니다." 그의 주장에 나는 경악했다. "어쩌면 양아버지와도 그랬을지 모르죠. 그걸 알아낸 에스라는 제정신이 아니었을 거고요. 굴욕감을 느꼈을 겁니다. 그 나이 남자아이들은 섹스와 관련해서는 무척 불안정한 상태입니다. 제 책은 바로 그 불안정성에 대해 다루고 있죠."

믿을 수 없었다. 크리스토퍼는 오로지 책을 팔려고 아빠의 명예를 훼손했다! 나중에 진실이 밝혀지더라도 일단 한번 나온 말은 주워 담을 수 없다. 진흙을 던지면 늘 흔적이 남는 법이다.

그 순간 전화번호가 화면에 나오고, 리지는 내 공개처형에 참여하라고 시청자들을 유혹했다. 나는 무엇을 해야 할지 깨달았다. 나 자신을 위해 싸워야 했다. 나는 수화기를 들고 단호한 마음으로 전화번호를 눌렀다. 심장이 두방망이질하고 손바닥이 식은땀으로 축축해졌다. 신호음이 가더니 여자 목소리가 들려왔다.

"셰리든 그랜트예요." 나는 화가 나서 떨리는 목소리로 말했다. "저에 대한 거짓말에 대해 할 말이 있어요!"

"끊지 말고 기다리세요."

여자가 말한 뒤에 딸깍 소리가 나고, 멜로디가 들리더니 텔레비전 화면에 사회자가 나타났다. 한순간 얼굴이 얼어붙는 걸 보니 이어폰으로 내 소식을 들은 모양이었다.

"방금 셰리든 그랜트가 직접 전화했다는 소식을 들었습니다."

그녀가 말했다. 내 수화기에서 다시 딸깍 소리가 들리더니 사회자의 목소리가 들려왔다.

"셰리든, 안녕하세요? 리지 린드월이에요. 〈인생의 진실〉 생방송 중입니다. 지금 어디 있나요?"

"그건 중요하지 않아요." 나는 침착하게 대꾸했다. "핀치 씨가 저에 대해 한 이야기는 모두 거짓이라는 걸 말하려고 전화했어요."

크리스토퍼의 얼굴이 화면에 꽉 차게 나왔다. 갑자기 무척이나 긴장한 것 같았다. 내가 전화하리라고는 상상도 못 했을 것이다. 이마에서 땀이 번쩍이고 얼굴색은 분장용 화장에도 불구하고 잿빛으로 변했으며, 눈은 적나라한 공황 상태에 빠졌다.

"아, 무척 흥미롭군요! 어떤 점에서 거짓말이라는 거죠?"

"핀치 씨는 에스라 오빠를 전혀 몰랐어요. 그리고 먼저 유혹한 건 그쪽이었어요. 저한테 달라붙어서 애원했죠. 처음 만났을 때 그 사람은 자기가 오하이오 주 데이턴에서 온 작가라고 했고, 전처가 자기에게 굴욕감을 안기고 바람을 피워서 헤어졌다고 했는데, 모두 거짓말이었다고요!"

"흥미로운 주장이네요. 그런데 왜 나이가 아주 많은 남자와 사귀게 됐죠?"

"그럴 마음이 있었던 건 아니에요. 전 책을 즐겨 읽는데, 진짜 작가를 만나서 들떴어요. 문학에 대해서 함께 대화를 나눌 수 있을 거라고 생각했거든요. 하지만 그 남자는…… 제게…… 아주 구역질나는 행위를 했어요."

나는 흐느껴 울며 말을 이었다.

"저는 그 사람이 하는 대로 내버려뒀어요. 저를…… 사랑한다고 믿었으니까요. 저를 진지하게 생각한다고 생각했는데, 거짓말을 했다는 걸 나중에 알게 됐어요. 작가도 아니었고…… 이혼한 것도 아니었어요!"

나는 목소리가 잠겨서 안 나오는 척했다.

"그리고 방금 아빠에 대해 한 말은 너무나 파렴치해요! 저희 아버지는 세상에서 가장 행실이 바른 사람이에요!"

스튜디오가 소란스러워졌다. 낮게 웅얼거리는 흥분한 목소리들이 들려왔다. 카메라는 크리스토퍼가 도망치려는 장면을 비췄다. 뜨거운 만족감이 밀려왔다. 리지는 이제 크리스토퍼에게는 신경도 쓰지 않았다. 그보다는 내가 훨씬 더 중요해진 것이다. 탁월한 아이디어가 번쩍 떠올랐다.

"저는 신앙심이 무척 깊어요. 핀치 씨의 행동이 아주 충격적으로 느껴지는 이유는 어쩌면 그래서인지도 몰라요."

내가 성경을 잘 아는 이유는 레이첼 이모가 틈만 나면 성경을 외우라는 벌을 줬기 때문이었다. 하지만 살면서 뭔가에 도움이 되지 않는 일이란 없는 법이다.

"시편 35편에 '불의한 증인들이 일어나서 내가 알지 못하는 일로 내게 질문하며'라는 말이 있어요. 마태복음 5장 11절은 '너희를 욕하고 핍박하고 거짓으로 너희를 거스르려 모든 악한 말을 할 때에는 너희에게 복이 있나니'라고 하지요. 그래서 저는 주님이 사악한 거짓말을 한 핀치 씨에게 요한계시록에 기록된 것과 같은 벌을 내릴 거라고 생각해요. '그러나 겁쟁이들과 거짓말하는 자들은 불과 유황으로 타는 못에 던져지리니 이것이 둘째 사망이라.'"

마지막 문구는 정확하게 인용한 건 아니지만 아주 멋지게 들렸다. 어쨌든 리지 린드월은 몇 초 동안 말문이 막혀 아무 반응도 하지 못했다.

"어…… 셰리든, 음…… 대단하군요. 전…… 무척…… 깊은 인상을 받았어요."

그녀는 잠시 말을 더듬었지만 역시 프로답게 곧 정신을 차렸다.

"아직 어린 당신을 온 세상이 쪼아대고 있어요. 얼마나 소름 끼치는 상황인지 잘 알아요. 그래서 당신이 진실을 모두 말할 수 있게 이 방송에 출연시키고 싶었답니다. 그런데 질문이 하나 남아 있어요. 핀치 씨가 당신 교사고 당신이 그의 제자라는 걸 알게 됐을 때 둘의 관계는 끝났나요?"

리지는 더 큰 스캔들을 잡기 위해 혈안이 되어 있었다. 그 순간, 나는 크리스토퍼가 나에게 한 모든 행위에 복수할 수 있는 엄청난 가능성을 깨달았다. 마지막 질문에 막 대답하려는 찰나, 현관문이 열리더니 시드니가 거실에 모습을 드러냈다. 그녀는 내 손에서 전화를 빼앗아 통화 종료 버튼을 누르고는 바닥에 내동댕이쳤다.

"셰리든, 여보세요? 아직 안 끊었죠?"

리지 목소리가 텔레비전에서 빽빽 울렸다. 시드니는 미친 듯이 주변을 둘러봤다. 리모컨을 찾는 듯했는데, 눈에 띄지 않자 벽 콘센트에서 플러그를 뺐다. 비열한 사회자가 사라지고 텔레비전 화면이 어두워졌다.

"이 교활한 인간!" 시드니가 고함을 질렀다. "나한테 어쩜 이럴 수 있지?"

"제가 뭘 어떻게 했는데요? 저 남자가 제 가족과 저에 대해 거짓말을 퍼뜨렸어요!"

나는 자기변호에 나섰다. 아드레날린과 분노가 혈관에서 들끓고 있었다.

"그대로 당하고 있을 순 없잖아요."

"너는 조던과 나를 속였어!" 그녀가 검지로 나를 손가락질하며 비난했다. "저 남자가 한 말이 사실이야? 너 선생이랑 잤어? 응? 그렇다면 네 엄마가 한 말이 맞구나. 거짓말로 우리의 신뢰를 얻은 거야. 이…… 이 갈보야!"

나는 멍하니 입을 벌리고 시드니를 노려봤다. 눈이 정신병자처럼 번쩍였다. 조던은 이런 그녀의 모습을 본 적이 있을까?

"난 널 믿고 집에 받아들였어! 감동적인 거짓말을 사실이라고 믿고 학교에 다닐 수도 있게 해줬다고!" 그녀가 쳇소리를 냈다. "그런데 텔레비전에서 저런 소리를 듣게 되다니!"

"시드니, 제발 제 말 좀 들어봐요!" 나는 자리에서 일어나 양손을 들어올렸다. "당신이 생각하는 거랑은 달라요. 정말이에요! 너무 창피해서 말을 하지 않은 거예요. 그리고……."

"듣기 싫어! 조던과 나는 너무 충격을 받았어!"

시드니는 내 말을 가로채고는 아름다운 얼굴을 추하게 찌푸리며 온갖 모욕적인 말들을 뱉어냈다. 부당한 모욕은 나에게 부딪쳐 그대로 튕겨져 나갔다. 이런 상황을 워낙 많이 겪어서 마음이 상하지도 않았다.

"당신이 어떤 거짓말을 했는지 알면 조던은 어떤 충격을 받을 것 같아요?" 나는 그녀가 잠깐 숨을 고르느라 말을 멈췄을 때 싸늘하게 물었다. "열두 살 때 부모님이 사망했다면서, 어떻게 고등학교 졸업파티 때 부모님이랑 같이 있었죠? 성이 윌슨이 된 건 양부모님 성을 딴 게 아니라 결혼했기 때문이잖아요! 조지아 주가 아니라 앨라배마 주 웨툼카 출신이고요!"

시드니의 표정이 돌처럼 굳었지만 나는 그러거나 말거나 상관하지 않았다. 평화로운 교외의 삶이라는 꿈은 3개월 만에 깨졌다.

"내 물건을 뒤졌군." 시드니가 힘없이 중얼거렸다.

"그래요." 나는 고개를 끄덕이고 말을 이었다. "책을 한 권 빌리려고 하다가 우연히 금고를 보게 됐어요. 처음엔 순수한 호기심이었어요. 저를 이 정도로 속였을 거라고는 상상도 못 했으니까요."

만화경처럼 다양한 감정이 몇 초 동안 시드니의 얼굴을 스치고 지나갔다. 그녀의 생각이 들리는 듯했다. 나에게 달려들거나 당장 집에서 쫓아내고 싶겠지만 내가 조던에게 다 이야기할까 봐 두려울 것이다. 조던은 그녀에게 정말 의미 있는 사람 같았다. 그녀가 한 거짓말이 조던의 마음에 들 리 없었다. 예전의 크리스토퍼와 나랑 비슷했다. 우린 서로 거짓말을 했고, 그 결과 아주 요란하게 산산조각 났다.

전화벨이 울렸지만 시드니는 아무 반응도 하지 않았다. 온몸에서 힘이 빠져나간 모양이었다. 고양이 같은 유연함도 사라졌다. 깊은 한숨을 내쉬었고 시선도 갑자기 둔해졌다.

"이런 날이 올 줄 알았어." 그녀가 중얼거렸다. "알았다고!"

"도대체 왜 그런 거짓말을 꾸며낸 거예요? 당신은…… 예쁘고, 좋은 직업도 있잖아요. 도대체 왜……?"

"아, 네가 뭘 알아? 나는 변호사가 300명이나 있는 더럽게 지루한 법률사무소에서 일해." 시드니가 내 말을 가로막았다. "지루하기 짝이 없는 촌구석 출신이고, 부모님은 지긋지긋한 속물이고, 언니랑 형부도 다 오만하고, 지독하게 세속적이고, 조카들은 버릇없는 애새끼들이고!"

그녀는 힘없이 소파로 가서 털썩 주저앉았다.

"나는 언제나 흥미진진한 삶을 꿈꿨어. 멋진 남편, 바닷가에 있는 별장, 개인 요트, 뉴욕에 있는 아파트, 겨울에는 콜로라도로 스키를 타러 가고 여름휴가는 유럽에서 보내고⋯⋯. 그런데 네브래스카 주 링컨으로 밀려왔지."

그녀는 쓸쓸한 미소를 지었다.

"그러다가 우연히 조던을 만났어. 잘생기고 분별 있는 남자. 조던이 나를 사랑하게 되다니, 나 자신도 놀랐지. 그는 내가 이국적이라더군!"

시드니가 새된 목소리로 웃었다. 그녀가 맺은 관계는 거짓말 위에 세워졌다. 시드니는 이제야 조던이 비참한 진실을 알게 될까 봐 두려워하는 것 같았다. 그런 허구가 어떻게 오랫동안 유지될 수 있다고 믿은 걸까?

전화벨이 쉬지 않고 울리더니 나중에는 시드니 핸드백에 들어 있는 휴대전화로도 전화가 왔다. 조던이 분명히 방송을 봤을 것이다. 그가 여기 오기 전에 떠나야 했다.

"추수감사절에 조던이 청혼을 했어. 그런데 그 후에⋯⋯ 네가 나타났지."

시드니가 툭 던지듯 말했다.

"그때부터 조던은 네 이야기만 했어. 비극적인 운명과 재능, 네가 얼마나 강인한지 등등. 게다가 네가 나랑 비슷하다는 말까지 하더군. 나도 부모님을 일찍 잃었다고 알고 있으니까. 조던은 널 우리 집에 받아들이라고 도덕적으로 거의 강요하다시피 했어. 그러니 내가 어쩌겠어? 안 그랬다가는 조던이 자기 집에 널 묵게 할 참인데! 그래서 이해하는 척한 거야. 사실은 너무 싫었으면서도!"

시드니는 양손으로 자기 머리카락을 훑고는 분노와 체념이 뒤섞인 눈길로 나를 빤히 바라봤다.

"난 이제 마흔이 다 됐어." 그녀가 음울한 목소리로 말했다. "피트니스 스튜디오에서 매일 두 시간 동안 스스로를 학대하지만 몸은 계속 무너지고 있다고. 유망한 신진 변호사가 된다는 희망을 버린 지도 오래야. 내 경력도 우리 가족처럼 지루하기 짝이 없거든."

증오로 가득 차서 번들거리는 시드니의 눈을 보니 불안한 기분이 내 안에서 스멀스멀 번졌다. 단순히 정신만 이상한 게 아니라 삶 전체가 무너질 위험에 처한 여자 같았다. 에스라 오빠나 레이첼 이모가 그랬듯, 이런 사람들은 무슨 짓이든 저지를 수 있다.

"너를 한번 봐!"

그녀가 소리를 지르더니 벌떡 일어나서 내 어깨를 잡고 현관에 있는 거울 앞으로 끌고 갔다. 시드니는 고함을 치면서 내 뺨과 가슴을 꼬집었다.

"자, 보라고! 빌어먹을, 성모 마리아처럼 순결해 보이는 얼굴에 눈 돌아가게 탱탱한 몸매! 넌 뭐든 잘하지. 요리, 청소, 승마, 노래! 학교 성적도 좋고, 빌어먹게 젊어! 난 바보가 아니야! 네 계획이 뭔지 정확하게 꿰뚫어봤다고!"

시드니의 손톱이 내 팔을 파고들었다. 시큼한 입 냄새가 났다.

"무슨 말을 하는 거예요!"

빠져나오려고 발버둥을 쳤지만 시드니는 나를 아주 단단하게 잡고 있었다.

"셰리든, 셰리든, 셰리든!" 그녀가 내 귀에 대고 쉿소리를 냈다. 내 어깨 너머로 거울을 보며 경멸하듯 웃었다. "네가 등장한 후에 조던은 나랑 같이 있어도 네 이야기밖에 안 해! 섹스조차 안 한다고! 네 엉덩이랑 가슴을 보면 내가 얼마나 빌어먹게 늙었는지 실감이 나서겠지!"

시드니는 나를 거칠게 밀쳤다.

"조던은 나를 떠날 거야." 그녀가 힘없이 말했다. "주말은 완전히 호러였어. 너 때문에 대판 싸웠다고!"

"저 때문에요? 왜요?"

나는 속삭이듯 묻고는 한 걸음 뒤로 물러나 팔을 문질렀다. 내 앞에 드러난 그녀의 맨얼굴에 큰 충격을 받았다. 이 여자에 대해 나는 얼마나 큰 착각을 했던가.

"금요일 저녁에 그냥 네 방으로 꺼질 수 없었어?" 시드니가 욕을 퍼부었다. "내가 문을 열어뒀다고 조던이 얼마나 화를 냈는지 알아? 그 전에도 발기가 잘 안 됐는데, 완전히 끝나버렸다고!"

내 두려움이 분노로 변했다. 그녀가 던지는 비난은 모두 말도 안 되는 소리였다.

"그래요, 조던이 얼마나 화가 났을지 충분히 상상이 가요. 도대체 거울 이야기는 왜 한 거죠? 제가 두 사람을 보길 원한 거예요? 그러면 흥분이 되나요? 그 정도로 변태예요?"

"넌 아무것도 몰라. 멍청하기는! 아무것도 모른다고! 나는…… 조던이…… 나한테 미칠 거라고 생각했어. 너한테 그걸 보여주고 싶었어! 그러면 조던을 단념하겠지 싶어서!"

시드니는 금방이라도 눈물이 흐를 것 같은 얼굴이었다.

"두고 봐! 언젠가는 너도 늙어서 주름이 자글거릴 테니. 그러면 젊은 여자들이 네 남자 주변을 얼쩡거리는 꼴을 대책 없이 지켜만 봐야 할 거다. 그때가 되면 네 멋진 인생사도 도움이 안 될 거야!"

"멋진 인생사요?" 나는 어이가 없었다. "전 국민이 저를 경멸하는데요?"

"전 국민이 빌어먹을 네 이름을 알아!" 그녀가 새된 고함을 질렀다. "모든 토크쇼가 널 기다리고 있어. 넌 떼돈을 벌 수 있다고! 그런데도 여기 숨어 지내는 이유가 뭐겠어? 내 남자를 빼앗을 작정인 거야! 네 속셈 다 알아!"

"말도 안 되는……."

내가 입을 막 여는데 그녀가 손짓으로 제지하고는 얼음처럼 냉랭한 목소리로 말했다.

"짐 싸서 꺼져! 당장! 더는 보기 싫어, 더는. 조던에게 도움을 요청할 생각은 꿈도 꾸지 마. 경고했어!"

그러고는 부엌으로 가서 찬장을 열었다. 잔이 타일 바닥에 부딪쳐서 깨지는 소리가 들렸다. 잠시 후에 시드니가 와인 한 병과 잔 하나를 들고 돌아왔다.

"왜 아직도 멍청하게 여기 서 있어?" 나를 본 그녀가 소리쳤다. "나가! 내 집에서 꺼지라고!"

그녀는 쿵쾅거리며 계단을 올라갔다. 문이 쾅 닫히고 안에서 열쇠를 돌리는 소리가 들렸다.

나는 지체 없이 올라가서 짐을 쌌다. 짐 싸는 데는 이력이 나서 금방 해치울 수 있었다. 그런 다음 전 재산이 든 가방과 종이상자 두 개를 끌고 아래로 내려왔다. 카멜레온보다 더 빨리 기분이 변하는 이 미치광이와 단 1분도 한 집에 살고 싶지 않았다.

나는 시드니의 핸드백을 뒤지면서도 양심의 가책을 느끼지 않았다. 지갑과 휴대전화, 립스틱, 자동차 열쇠, 휴지와 껌, 갖가지 종잇조각과 알약 통들이 바닥으로 굴러 떨어졌다. 알약 통 대부분에는 중국어로 보이는 아주 작은 글씨가 쓰여 있었지만, 하나에는 '프로작'이라는 영어 상표가 붙어 있었다. 우울증 약이라는 건 알고 있었다. 내가 다니던 시골 학교에서도 마약을 거래했는데, 프로

작도 마약 대용으로 널리 거래되곤 했다. 나는 지갑에서 돈을 모두 꺼내고 나머지는 아무렇게나 다시 쑤셔넣고는 잠깐 망설이다가 시드니의 휴대전화도 챙겼다. 그런 다음 서재로 가서 책장의 책들을 치우고 금고를 열었다. 예전 같았으면 양심의 가책을 느꼈겠지만, 이미 십계명을 너무 많이 어겨서 '도둑질을 하지 말라' 정도를 어긴다 해도 더 나빠질 게 없어 보였다. 지금은 돈이 급하게 필요했고, 어쩌면 레베카 새언니가 나 대신 시드니에게 수표를 보내줄지도 모른다.

조던에게 갈 순 없었다. 금요일 밤의 불편한 사건과 방금 벌어진 소름 끼치는 일을 생각하면 도저히 불가능했다. 월로크릭 농장으로 돌아갈 수도 없었다. 방송을 본 기자들이 그곳으로 곧장 찾아갈 테니까. 그때 매커보이 박사가 떠올랐다. 오른쪽 길가로 차를 붙이고 배낭을 뒤져 그가 첫 상담 때 준 명함을 찾았다. 이미 자정이 가까운 시각이었다. 이렇게 늦은 시간에 전화해도 될까?

시드니의 휴대전화를 꺼내는 순간, 전화벨이 울리는 바람에 나는 깜짝 놀라 몸을 움찔했다. 액정화면에 '조던'이 떴다. 가슴을 두근거리며 전화가 끊어질 때까지 기다렸다가 패트릭의 번호를 눌렀다. 그는 벨이 울린 지 세 번 만에 받았고 목소리도 말짱했다.

"우리 집으로 와."

저녁에 무슨 일이 벌어졌는지 짤막하게 설명하자 그는 그렇게만 말했다.

30분 뒤 목장 마당으로 접어들었다. 현관문 옆에 전등이 켜져 있었다. 떨리는 무릎을 간신히 가누며 차에서 내리는데 현관문이 열렸다. 패트릭이 내 쪽으로 걸어왔다. 티셔츠와 조깅 바지 차림이었다. 흐릿한 전등 불빛에 그의 걱정스러운 표정이 고스란히 드러났다. 나는 그의 품에 달려들어 내 마음을 다 털어내고 싶었지만, 마지막 남은 이성 한 조각이 그렇게 하지 않도록 막아줬다.

"한밤중에 두 분을 방해해서 죄송해요."

내 말에 패트릭은 손을 내저었다.

"트레이시는 오클라호마에 사는 여동생 집에 갔어. 나는 책을 읽는 중이었고. 일단 들어와라."

나는 계단을 올라가 아늑한 분위기를 풍기는 집에 들어섰다. 처음에 왔을 때도 거친 돌벽과 하얀 회칠을 한 참나무 대들보, 복도 바닥에 깔린 인디언 무늬 양탄자가 마음에 들었다. 이곳에서는 마음이 편안해졌다. 부엌에서 샐비어와 로즈마리, 구운 양고기의 유혹적인 향기가 풍겨왔다.

"뭐 좀 마실래?" 패트릭이 물었다.

"귀찮지 않으시다면요."

"괜찮아. 미네랄워터부터 위스키까지 뭐든 다 있어." 그가 미소를 지으며 대답했다. "커피 마실래? 아니면 차가 나을까?"

"물이 제일 좋겠어요."

"벽난로 옆에 앉으렴. 컵이랑 음료를 가지고 올게."

그가 사라진 뒤 나는 주변을 둘러봤다. 나무계단이 2층 난간으로 이어져 있었다. 책들로 넘치는 책장, 말과 기수 사진, 사이드보드 위에 놓인 은색 우승컵들. 나는 조화와 사랑이 가득한 세계에 들어선 침입자처럼 느껴졌다. 가구와 사진과 물건마다 패트릭과 트레이시 두 사람만 아는 이야기와 의미가 담겨 있는 것 같았다. 벽에는 알록달록한 수채화들이 걸려 있고, 긁힌 자국이 있는 가죽 소파 위쪽에는 소 떼 사이에서 일하는 카우보이를 그린 엄청나게 유치한 그림이 무거운 금테를 두른 액자에 들어 있었다.

"보기 흉한 그림이야. 그렇지?"

쟁반을 들고 뒤에서 나타난 패트릭의 말에 내가 대답했다.

"마음에 들어요. 이곳과 어울리는데요."

"트레이시 할아버지 댁에 60년 동안이나 걸려 있었어. 텍사스에서 대형 목장을 하셨거든. 이 그림은 가족사의 일부인 셈이야."

"멋지네요."

나는 그를 따라 거실을 가로질러 층계 세 개를 내려가 벽난로가 있는 구석으로 갔다. 불기가 남은 거대한 벽난로 앞에 모피담요와 쿠션이 잔뜩 놓인 안락한 소파가 있었다. 나지막한 소파 탁자에는 책들과 종이뭉치, 볼펜 한 자루가 놓여 있었다. 패트릭은 쟁반을 내려놓고, 커다란 컵에 내가 마실 물을 따르고 자기가 마실 맥주병도 땄다. 나는 소파 가장자리에 걸터앉았다. 맞은편에 자리를 잡은 패트릭은 파란 눈동자로 나를 한참이나 바라보다가 말했다.

"이제 차례대로 말해보렴."

불안과 분노가 가라앉았다. 패트릭이 옆에 있으니 상황이 그다지 절망적으로 생각되지 않았다. 나는 이야기를 시작했다. 처음에는 약간 더듬었지만 나중에는 점점 더 유연하게 〈인생의 진실〉 방송과 시드니와 조던에 대해, 방금 벌어진 일에 대해 말했다. 패트릭은 아무 말도 하지 않고 듣기만 했는데, 표정만 봐서는 무슨 생각을 하는지 알 수 없었다. 하기야 이제 그건 중요하지 않았다. 패트릭 앞에서 더는 착한 아이인 척하기 싫었다. 그러는 건 아무 의미도 없었다. 이제 어차피 링컨을 떠날 테니까.

나는 상담 시간에는 숨겨왔던 모든 것을 그에게 털어놓았다. 에스라 오빠의 증오, 대니와의 첫경험과 크리스토퍼와의 관계, 니컬러스와 브랜던과 호레이쇼, 사랑받고 싶다는 갈망과 뒤이은 실망……. 음악이 너무나 그립다는, 내가 잃어버린 것들 중에서 그게 가장, 고통스러울 만큼 그립다는 말도 했다. 내가 꺼내지 않은 것은 그 '끔찍한 사건'뿐이었다. 그 사건은 평생 다시는 입에 올리지 않을 생각이었다. 이야기를 마쳤을 때 거실에 놓인 커다란 구식 추시계가 한 번 울렸다.

"고맙구나." 침묵을 지키던 패트릭이 나지막하게 말했다.

"뭐가요?" 나는 어리둥절해서 물었다.

"드디어 나를 믿어줘서."

그는 깊은 생각에 잠긴 듯 진지한 표정으로 나를 바라봤다. 그랬나? 내가 그를 믿은 건가? 그래, 그랬다. 패트릭 매커보이 박사는 객관적인 사람이다. 친절하고 이해심이 많고, 게다가 잘생겼다. 그것도 아주 잘. 그의 아내는 지금 여기 없고, 이 집에는 그와 나뿐이다. 내가 안긴다면 그는 어떻게 반응할까? 키스할까? 나와 잘까? 아니면 나를 밀어낼까?

이런 상상을 하니 심장이 두방망이질했다. 나는 시선을 떨어뜨리고 손가락을 꼬았다. 이런 생각은 어디서 오는 걸까? 남자가 친절하게 대하거나 위로해주면 왜 곧장 섹스를 떠올리는 걸까? 내가 비정상인가? 시드니가 퍼부었던 욕설들이 떠오르면서 나는 너무나 부끄러워 불에 덴 듯 얼굴이 뜨거워졌다.

"이제 제가…… 창녀 같다고 생각해요?" 나는 나지막하게 물으며 내 손가락만 내려다봤다.

"아니야."

패트릭이 대답했다.

"그렇지 않아. 그런 말 신경 쓰지 마. 사람은 누구나 인정과 사랑을 받으려는 욕구가 있어. 지극히 자연스러운 일이지. 자기 모습 그대로 사랑받으려는 욕구 말이야. 하지만 유감스럽게도 자기와 잘 맞지 않는 사람을 만나는 일은 무척 흔하고, 또 너무 늦게야 잘못을 깨닫는 경우도 많아. 성적으로 끌리는 걸 사랑이라고 혼동하는 일도 잦단다. 그러다가 상대방이 자신의 감정을 가지고 장난을 쳤다거나 이용했다는 게 밝혀지면 실망하고 상처를 받지. 이건 어릴 때만 겪는 일이 아니란다. 정말이야. 실망은 평생 계속되고, 또 그게 사랑이라는 영역에서만 벌어지지도 않지. 사람들은 서로 실망하고, 속이고, 약속을 지키지 않아. 의도하지 않고 그러기도 하고, 계산적으로 그러기도 하지."

패트릭이 잠깐 말을 멈추자 나는 그를 쳐다볼 용기를 냈다. 그가 말을 이었다.

"사랑이 가득한 가정에서 자란 아이들, 부모님에게서 무조건적인 사랑을 받은 아이들은 그 느낌을 어른이 되어도 그대로 가지고 가. 이런 아이들은 한 번 실망을 겪더라도 비교적 잘 해결해가지. 하지만 넌 어렸을 때 엄마를 잃었고, 양부모님은 무조건적인 사랑을 주지 못했어. 너는 믿고 의지할 데가 없었어. 그러니 인생 경험이 많고 자신감을 내뿜는 사람들에게 끌리게 되는 거지. 의지하고, 사랑받고, 보호받고 싶어서. 게다가 네 나이에는 호르몬이 몸속에서 완전히 불꽃놀이를 일으키잖아? 자기만의 길을 찾으려고 반란을 일으키고 말이야. 사실 반란을 일으키는 게 맞는 거야. 여러 가지 실험을 해보는 거지. 마약을 하거나 술을 마시기도 하고, 자기 한계를 알아보려고 정신 나간 행동을 하기도 해. 부모님에게 반항하고, 감정이 잔뜩 실린 다툼을 벌이지. 그런데 너는 그러지 않았어. 자신을 보호하기 위해 너는 심리학자들이 '탄력성'이라고 부르는 걸 아주 일찍 발달시켰어. 심리적인 저항력, 다시 말해서 위기를 만나서 깨지는 게 아니라 다시 튕겨 올라오는 능력이지. 그런 정신적 강인함 덕분에 양엄마와 오빠의 학대를 상대적으로 큰 손상 없이 이겨낼 수 있었던 거야."

그러니까 내가 사용한 생존 전략을 나타내는 의학적인 명칭이 실제로 있었구나.

"그게 좋은 건가요?"

불안해진 내가 묻자 패트릭은 고개를 끄덕였다.

"당연하지. 심리학계에서는 아주 다양한 사람들을 대상으로 탄력성 발달 연구를 진행했어. 빈곤하게 자란 아이들, 일본계 미국인들, 트라우마를 겪은 입양아 등등. 그 결과 알아낸 사실 중 하나는 지능, 특히 감정 지능이 탄력성에 중요한 영향을 끼친다는 거야. 자기 감정과 행위를 잘 인지하고 통제하는 능력 말이야."

내 표정을 보고 이해하지 못한 걸 알아챈 그가 미소를 지으며 말했다. "그럼 잘난 척은 이만 끝. 힘든 일들을 이겨낼 수 있는 정신적 도구를 네가 이미 갖추고 있다는 말을 하고 싶었어. 물론 그게 만병통치약은 아니지. 네가 도저히 해결할 수 없는 일을 맞닥뜨렸을 때 쓸 수 있는 최후의 수단에 가깝다고나 할까."

"어쨌든 그게 어울리지 않는 남자들을 사랑하게 되는 걸 막아주진 못했네요."

"그래, 유감스럽지만 막아주지 못해." 그가 고개를 끄덕였다. "하지만 그 주제에 관해서라면 내가 조언을 하나 해줄 수 있어. 네가 원한다면 말이지."

"당연히 원해요."

"어쩌면 진부하고 좀 케케묵은 말처럼 들릴지도 모르지만, 사실 간단한 일이야. 다만 실천하는 건 전혀 간단하지 않지. 강인한 정신을 위해서는 굳건한 가치 체계가 필요해. 정직, 신뢰, 존경, 정절, 지구상의 모든 생명체에 대한 배려와 연민 같은, 네가 믿고 지켜나갈 가치 말이야. 확고한 가치 체계는 위기 상황에서 훌륭한 난간과 발판이 돼. 너는 거짓말이 어떤 결과를 가져오는지 직접 경험했지? 물론 100퍼센트 정직한 사람은 없고, 또 세상엔 '착한 거짓말'이라는 것도 존재하지. 하지만 정말로 중요한 문제 앞에서는 늘 솔직해야 해. 거울을 보면서 부끄럽지 않으려면 말이야."

패트릭은 이미 오래전에 맥주를 비웠다. 그가 자기 잔과 내 잔에 물을 따른 뒤에 몸을 뒤로 기대며 말했다.

"애정과 이해를 찾는 동안 잘못된 사람을 만날 수도 있어. 이따금은 몸이 자기를 완전히 그릇된 방향으로 이끌기도 하지. 전혀 어울리지 않는 사람에게로. 그래서 불행한 연애관계에 성급하게 빠지기 전에 이게 단지 육체적인 욕망만은 아닌지 철저하게 살펴봐야 해."

"예를 들어 유부남일 때는 말이지요."

내 말에 그가 고개를 끄덕였다.

"그래, 맞아. 나는 구태의연한 사람도 아니고 누군가를 함부로 판단하고 싶지도 않아. 독립적인 성인 두 명이 섹스를 원한다면 그게 하룻밤 불장난이라도 괜찮다고 생각해. 하지만 그로 인해 제3

자가 고통받게 된다면 그 관계는 옳지 않다고 믿어. 그리고 성인이 미성년자와 관계를 맺는 것도 안 된다고 생각해. 그런 관계를 금지하는 법률은 다 그럴 만한 이유가 있어서 존재하는 거야. 심술을 부리려는 게 아니라, 미성년자의 육체와 정신을 보호하려는 거지."

시계가 2시를 알렸다.

"이제 자러 가는 게 좋겠다. 내일은 힘든 날이 될 테니까."

패트릭의 말에 나는 단호하게 대꾸했다.

"내일 학교에 절대로 안 갈 거예요. 그럴 바에는 차라리 곧장 텔레비전에 나가는 게 낫죠."

"머리를 모래에 묻는다고 해결되는 건 없어. 또 그럴 이유도 없고." 패트릭이 반대했다.

새로운 인생을 시작하는 게 전혀 쉽지 않을 거라는 암울한 예감이 엄습했다. 나는 욕을 먹고 싶지도, 동정을 받고 싶지도 않았다. 사람들의 관심을 받는 게 두려웠다. 기자들이 학교 앞에서 진을 치고 나를 기다릴 것이다. 불을 보듯 뻔했다. 패트릭은 내가 사람들에게 에워싸여 그런 벌을 받으러 제 발로 갈 거라고 정말로 믿는 건가?

"가기 싫어요. 다시 조용해질 때까지 여기서 며칠만 지내면 안 될까요?" 나는 불쾌감을 누르며 물었다.

"당연히 지내도 돼지." 그가 고개를 끄덕였다. "그건 네가 결정할 문제야. 하지만 바보 같은 소문에 기죽지 마. 네 길을 간다는 걸 사람들에게 보여줘. 그러면 언젠가는 흥미를 잃을 거야. 네가 도망치면 사람들이 너를 사냥하러 달려들 거고. 약간 비정하게 들릴지도 모르지만, 영웅이 되거나 희생자가 되는 건 네 결정에 달려 있어."

내 불쾌감은 공포로 바뀌었다.

"내일 무슨 일이 일어날지 몰라서 하시는 말씀이에요." 나는 속삭이듯 말했다. "저는 페어필드에서 이미 경험했어요. 사람들이 자동차 지붕을 두드리며 고함을 질렀어요. 주유소에서 트럭 운전사들이 공격하기도 했고요!"

"사람들은 네가 아니라 그 교사에게 분노할 거야."

패트릭의 주장에 나는 그가 도대체 얼마나 순진한 건지 의문이 들었다.

"네가 무슨 결정을 내리든 나는 네 편이야. 교장선생님도 그럴 거고."

나는 그렇게 생각하지 않았지만 아무 대꾸도 하지 않았다. 우리는 병과 컵을 치웠다. 패트릭이 손님방에 잠자리를 준비하는 동안 나는 차에 가서 여행 가방을 가지고 왔다.

"안녕히 주무세요. 고맙습니다. 이야기할 수 있어서 좋았어요."

내 말에 그는 미소를 지으며 대답했다. "고맙긴. 도움이 되었다니 기쁘다."

"내일 학교에 갈게요."

"잘 생각했다." 그가 정말 기쁜 얼굴로 대답했다. "넌 혼자가 아니야. 그럼 이제 그만 푹 자렴."

그는 윙크를 하고 자리를 떴다.

나중에 나는 이날 밤 우리가 나눴던 대화를 자주 떠올렸다. 많은 걸 깨닫게 해준 대화였다. 이런 식으로 솔직하게 이야기할 자매나 여자친구가 있었다면 나는 더 나은 사람이 됐을까?

자신의 안 좋은 성격과 행동방식을 다른 사람 탓으로 돌리는 건 비겁한 일이겠지만, 내가 예전에 거짓말을 많이 하고 숨기는 게 많았던 이유는 어쩌면 레이첼 이모 때문이었는지도 모른다. 이모는 유도질문의 대가였고, 솔직하게 대답하면 할수록 처벌받을 만한 일은 많아졌다. 나는 작은 거짓말이 고통과 언짢은 일을 막아준다는 사실을 점차 깨닫게 되었다. 처음에는 오로지 자기방어로서 거짓말을 했을 테지만, 나중에는 거짓말이 확고한 생존전략이 되었고, 결국은 조금만 위험한 상황이 닥쳐도 튀어나오는 자동적인 반응이 됐다.

하지만 아빠는 달랐다. 아빠는 패트릭이 조금 전에 말한, 가치체계가 확고한 사람이었다. 아빠의 반응은 늘 일관적이었으며 부당하지도 않았다. 아빠가 보여준 관심의 울타리 덕분에 나는 보호받았고, 그 안에서만큼은 자유를 누렸다. 버넌 그랜트는 좋은 아버지였다. 패트릭이 탄력성이라고 표현한 정신적 강점을 내가 갖게 된 건 어쩌면 아빠 덕분인지도 모른다.

∞

몇 시간 후 잠에서 깼을 때 창밖은 아직 어두웠다. 놀랍게도 나는 꿈도 꾸지 않고 깊은 잠을 잤다. 나이트테이블에 놓인 라디오시계를 보니 겨우 6시 5분이었다. 나는 침대에서 일어나 커튼을 젖히고 창가로 바짝 다가섰다. 마구간의 전등빛 아래 말에게 먹이를 주는 패트릭이 보였다. 그의 주변에서는 개 세 마리가 꼬리를 흔들고 있었다. 동쪽에서 날이 밝아왔다. 강 위에 드리운 짙은 안개 때문에 햇살이 뿌옇게 보였다. 이런 자그마한 목장에서 말과 개와 사랑하는 사람과 함께 산다면 얼마나 좋을까!

나를 본 패트릭이 손짓으로 인사했다. 나도 손을 흔들고는 욕실로 건너갔다. 오늘 어떤 일이 나를 기다리고 있을지 모르지만, 어젯밤 우리가 나눈 대화는 그걸 이겨낼 힘을 줬다. 샤워를 하고 벌꿀 같은 금발을 세심하게 땋은 뒤 가장 단정한 옷을 차려입었다. 하얀 블라우스와 브이넥 스웨터, 진한 청바지였다. 조던이 시드니 휴대전화로 스무 번도 넘게 전화를 걸고 문자도 여러 통 보냈지만 나는 대답하지 않았다. 어쩌면 학교에 나타날지도 몰랐다. 그와 대화를 나누는 건 피하지 못할 테지만, 불편해도 충분히 해낼 수 있을 것 같았다.

"좋은 아침!"

아래로 내려가자 패트릭이 부엌 레인지 앞에서 인사를 했다. 막 내린 커피 향기가 풍겨오고 프라이팬에서 베이컨 조각이 지글거리는 소리가 들렸다.

"어때, 잘 잤니?"

"예, 아주 잘 잤어요."

"아침으로 스크램블드에그 먹을래? 우리 닭이 낳은 계란이야."

"예, 좋아요!"

"앉으렴. 커피 따라서 마셔."

그가 능숙하게 계란 네 개를 깨서 휘젓고 양념한 뒤에 프라이팬에 부었다. 그런 다음 빵 두 조각을 토스터에 넣었다.

"학교에 간다는 생각은 여전해?"

"예." 나는 결연하게 고개를 끄덕였다.

"좋아." 패트릭이 미소를 지었다. "내가 옆에 있을 테니까 걱정하지 마."

"걱정 안 해요." 나는 그를 안심시켰다.

"아침에 트레이시랑 통화했어." 그가 이렇게 말하고는 스크램블드에그를 접시에 옮겼다. "일단 우리 집에서 살아도 돼. 두 달 후에 아기가 태어날 때까지 손님방은 비어 있을 테니까."

패트릭이 웃으며 내 맞은편에 앉았다.

"정말 친절하시네요."

묵을 곳이 필요하다는 사실을 완전히 잊고 있었다. 물론 이 목장에 영원히 머물 순 없을 테지만, 임시해결책으로는 이보다 더 나은 곳도 없을 것 같았다.

우리는 30분 후 출발했다. 학교에 가까워질수록 느낌이 점점 더 안 좋아졌다. 교문 앞에 사람들과 텔레비전 중계차가 잔뜩 몰려 있었다. 언론이 나를 찾아내지 못하기를 바란 건 역시 불가능한 소망이었나 보다. 사실 나를 찾는 건 그리 어려운 일도 아니었을 것이다. 어쨌든 2000명이나 되는 학생이 나에 대해 알고 있으니까.

"힘내." 패트릭이 내 손 위에 자기 손을 잠깐 올렸다. "우린 해낼 수 있을 거야."

그는 교사 주차장 쪽으로 차를 꺾었다. 우리는 뒷문을 통해 학교 본관으로 들어갔다. 비서실의 우윳빛 유리문 앞에 흥분한 학부모들이 모여서 교장선생님과 이야기를 하고 있었다. 교장선생님은 학부모들을 진정시키느라 양손을 올리고 있었다. 나는 그 자리에 멈춰섰지만 패트릭이 안심시키듯 내 손을 잡았다.

"우리 딸이 그런 애랑 같은 학교에 다니는 게 싫다고요!"

어떤 여자가 신경질적인 목소리로 외쳤다. 어맨다 닐슨의 엄마였다.

"교사와 성관계를 한 애라니, 우리 애들한테 나쁜 영향을 줄 게 뻔합니다!"

얼굴이 벌건 뚱뚱한 남자가 교장선생님 얼굴에 대고 신문을 흔들며 요란하게 소리쳤다. 교장선생님은 패트릭과 나를 보고 입을 꽉 다물었다가 손뼉을 쳤다.

"이제 돌아가주세요!" 그녀가 흥분한 학부모들에게 단호하게 소리쳤다. "어제저녁에 학부모회의를 열었고, 이제 교사회의를 한 뒤에 입장 표명을 할 겁니다. 그러니 여러분, 돌아가세요!"

사람들은 웅얼거리면서 마지못해 뒤로 물러섰다.

"저기 있다!"

닐슨 부인이 새된 고함을 지르며 나를 손가락질했다. 몇 주 전 슈퍼마켓에서는 나를 초대하려고 혈안이 되어 있었는데.

패트릭과 나는 순식간에 사람들에게 에워싸였다. 증오에 찬 눈들이 보였다. 누군가 내 재킷을 당겼고, 어떤 여자는 신문으로 나를 때렸다. 패트릭은 보호하려는 듯 내 어깨에 팔을 얹었다.

학부모들이 분노의 욕설을 내뱉었다.

"또 선생을 낚은 거야?"

"매커보이 박사님, 이런 애랑 이렇게 돌아다니다니 사모님한테 부끄럽지도 않아요?"

경비 두 명이 달려와 미쳐 날뛰는 학부모들을 우악스럽게 밀쳐서 우리는 겨우 비서실로 들어갈 수 있었다. 패트릭은 낯빛이 아주 창백해졌다.

"도대체 왜 저러는 거지?" 그는 이해하지 못하겠다는 표정으로 물었다.

"교장실로 오세요."

교장선생님은 이렇게만 말했을 뿐, 나와 눈이 마주치는 걸 피했다. 나는 운명이 이미 오래전에 결정됐다는 걸 깨달았다. 이제 기회는 사라졌다.

우리가 들어가자 교장선생님이 문을 닫았다.

"무슨 일이 벌어진 거예요?" 내가 물었다.

"여기 이거." 교장선생님은 싸늘하게 말하며 책상에 신문을 내려놓았다.

셰리든(17세)의 고백: 예, 난 선생님과 섹스를 했어요
셰리든은 지금 링컨 소재 사우스이스트고등학교에 다니는 중

천박한 표제가 굵은 글자로 쓰여 있었다. 피가 얼굴로 솟으며 현기증이 났다.

"그랜트 양, 무척 유감스럽지만 상황이 이렇게 됐으니 우리 학교에 계속 다닐 수 없다는 걸 이해해주길 바랄게요."

교장선생님이 냉정하게 말했다.

"어제 그랜트 양이…… 텔레비전에 나온 뒤 학교운영위원회와 회의를 했는데, 학부모들은 그랜트 양이 이 학교에 다니면 우리 학교의 명성이 실추된다는 데 의견이 일치했어요. 우리는 그랜트 양 때문에 우리 학교가 전국적으로 언론의 입에 오르내리는 걸 전혀 원하지 않아요."

"하지만 교장선생님." 충격으로 잠깐 멍해 있다가 다시 제정신을 차린 패트릭이 이의를 제기했다. "그런 일은 차분하게 결정해야……."

"만장일치로 결정한 거예요." 교장선생님이 패트릭의 말을 잘랐다. "그랜트 양이 텔레비전에 직접 전화해서 교사랑 연인 관계였다고 말하지 않았더라면 아마 다른 결정이 났을지도 모르지요."

"연인 관계가 아니었어요!" 패트릭이 날카롭게 말했다. "그 남자가 열여섯 살짜리 여학생에게 접근한 겁니다! 그랜트 양에게 성관

계를 강요했다고요."

"차이가 뭐죠? 언론은 그걸 구분하지 않고, 솔직히 말하자면 나도 그런 역겨운 세부사항에 대해서 토론하고 싶지 않군요."

교장선생님이 말했다.

"그리고 박사님, 당신은 심리학자예요! 그런 이야기가 우리 학생들, 특히 어린 학생들의 예민한 심리에 어떤 영향을 끼칠지 가장 잘 아실 텐데요."

"저희는 셰리든이 이런 심각한 사건을 겪었지만 평범하게 살 기회, 적어도 학교를 졸업할 기회를 얻어야 한다는 데 동의하지 않았습니까?"

패트릭은 이성적인 논거를 대기에는 이미 늦었다는 사실을 이해하지 못했다. 교장선생님은 크리스토퍼에게 연민을 느끼는 것 같았다. 여우 같은 학생에게 교사가 희생됐다고 생각하는 모양이었다.

"그래요, 난 지금도 그렇게 생각해요. 하지만 그랜트 양은 이제 그 기회를 잃었어요. 우린 특정한 덕목과 원칙을 지키는 기독교 학교예요. 교사와 성관계를 한 학생은 이곳에 어울리지 않아요. 미안하지만 이미 그렇게 결정이 났고, 난 학교운영위원회의 결정을 따라야 해요."

패트릭이 이의를 제기하려는데 내가 그의 팔에 손을 얹고 말했다. "패트릭, 그냥 두세요. 제가 여기서 사라지는 게 나아요. 도와주셔서 감사해요."

교장선생님은 팔짱을 끼고서 이마를 잔뜩 찡그린 채 나와 패트릭을 번갈아 바라봤다. 내가 레이첼 이모의 눈에서 늘 봐온 경멸이 교장선생님의 눈빛에서도 드러났다. 나를 자기 학교에 받아들인

게 후회스럽다는 듯한 눈빛이었다.

"그 친근한 말투를 들으니 정말 알만하네요. 내가 걱정하는 일이 없었기를 바랍니다."

나는 그 말에 멍해졌다.

"박사님, 명성에 먹칠하지 않으려면 그랜트 양을 멀리하세요."

이 기가 막힌 말에 패트릭 역시 잠시 할 말을 잃고 얼굴이 시뻘게졌다. 나는 달려들어 교장의 목을 조르고 싶었다.

"매커보이 박사님을 모욕하지 마세요! 박사님은 절 도와주라는 교장선생님의 부탁을 들어주신 것뿐이에요!"

교장의 눈 아래가 분노로 꿈틀거렸지만, 그녀는 차갑게 평정을 유지한 채 신랄하게 비꼬았다. "더러운 건 처음부터 피했어야 하는 건데. 그랜트 양, 사물함 열쇠를 비서실에 반납해요. 그리고 기자들이 몰려 있으니까 정문으로 나가지 마요. 우리 학교 앞에 그랜트 양이 서 있는 사진이 찍히는 거, 난 싫습니다."

"빌어먹을 학교 타령하지 마요! 이 위선자 같으니라고."

나는 바지 주머니에서 열쇠를 꺼내고는 문을 벌컥 열었다. 비서 두 명이 호기심에 가득 차서 나를 바라봤다.

"셰리든!" 패트릭이 외치며 나를 따라 나왔다. "기다려!"

"실수하지 마세요."

교장이 위협하는 소리가 들려서 나는 그 자리에 멈춰섰다. 패트릭은 내 손을 잡고 할 말을 찾고 있었다. 눈을 보니 그가 얼마나 당황했는지 알 수 있었다.

"오늘 등교하라고 조언했던 거, 정말 미안해. 책임자들이 얼마나 비겁한지 미처 생각하지 못했어."

"자책하실 필요 없어요. 혼자 해결할 수 있어요. 선생님은 절 위

해 이미 많은 걸 해주셨어요. 저 때문에 선생님 자리까지 위태로워
지면 안 돼요."

"하지만……."

나는 패트릭의 말에 고개를 저었다.

"나중에 제 차가 있는 데로만 좀 데려다주세요."

열쇠를 책상에 던지고 우윳빛 유리문을 지나 비서실을 나왔다.
문 앞에 모여 있던 학부모와 학생들이 나를 보고서 웅성대기 시작
했다. 그중 몇몇은 박수를 치며 빈정거렸고, 또 몇몇은 휘파람을
불며 나를 조롱했다. 나는 씩씩하게 사람들을 뚫고 정문으로 걸어
갔다. 들끓던 내 분노는 단호한 결단으로 바뀌었다. 모든 걸 망가
뜨린 크리스토퍼에게 지금 이 자리에서 복수할 것이다.

"셰리든!"

나는 깜짝 놀라 뒤돌아봤다. 패트릭은 교장의 경고를 듣지 않고
나를 따라왔다! 그의 푸른 눈동자가 따뜻하게 반짝였다. 일자리를
잃을까 봐 걱정하는 사람처럼 보이지는 않았다.

"문제가 생길 텐데요."

"네 편에 서겠다고 약속했잖아. 난 약속을 지키는 사람이야." 그
가 이렇게 대답하고는 어깨를 으쓱했다. "정말로 저기로 나갈 생각
이야?"

"예." 나는 결의에 차서 고개를 끄덕였다. "더 잃을 게 없잖아요."

"셰리든, 아주 많아! 네 탄력성이 이번에는 작용하지 못할지도
몰라. 그러니 하지 마!"

그가 호소했지만 나는 분노와 복수심 때문에 귀가 먼 상태였다.

"선생님이 더는 도망치지 말라고 하셨잖아요." 나는 그의 기억을
일깨웠다. "어제 크리스토퍼가 한 말을 듣고도 절 받아줄 학교는

없을 거예요."

패트릭은 손으로 머리카락을 훑으며 한숨을 내쉬었다. "그래, 기필코 해야겠다면 어쩔 수 없지. 하지만 무슨 일이 있어도 우리가 어젯밤에 나눈 대화를 기억하렴. 솔직해야 해, 거울 앞에서 부끄럽지 않으려면."

이미 내 귀에는 어떤 소리도 들리지 않았다. 그가 유리문을 열어줬다. 나는 심호흡을 하고, 고개를 들고 바깥으로 나왔다.

남쪽으로

오후에 캔자스시티를 지나면서, 이 도시를 단 한 번 방문했을 때의 끔찍한 기억을 떠올렸다. 그때 나는 니컬러스와 함께 이곳에 왔다. 강간에서 시작된 그 '끔찍한 사건'은 살인을 거쳐 이 도시 교외의 어느 지저분한 불법 낙태 시술소에서 소름 끼치는 정점에 도달했고, 또 그와 동시에 끝났다. 지금 니컬러스는 어디에 있을까? 여전히 알래스카 어딘가의 석유 채굴용 인공 섬에 있을까? 여기서 무슨 일이 벌어졌는지 텔레비전으로 봤을까? 나는 그에게 크리스토퍼 이야기를 하지 않았다. 니컬러스가 그를 죽일까 봐 두려웠기 때문이다.

니컬러스는 내 친구였다. 그는 이것저것 묻지 않고 나를 도와주었고, 나는 전과자에 알코올중독자, 스트립 클럽에서 일하던 그를 이 세상 누구보다도 더 신뢰했다.

패트릭 매커보이는 어딘지 모르게 니컬러스를 연상시켰다. 패트릭! 그를 생각하니 눈물이 목에 차오르며 고통스러운 덩어리가 되어 뭉쳤다. 나는 어제 패트릭의 목장을 떠나면서 그에 대한 생각을 모두 몰아내려고 했지만 그러지 못했다. 학교 정문 앞, 돌아가는 카메라와 마이크 앞에서 내가 눈도 깜짝하지 않고 거짓말을 했을 때 그의 얼굴에 드러나던 말할 수 없는 실망과 경멸을 생각하면 마음이 쪼그라들었다. 나는 눈에는 눈, 이에는 이라고 믿고서 얼음처럼 냉정한 계산으로 크리스토퍼 핀치의 인생을 완전히 무너뜨렸다. 우리가 사제 사이라는 걸 알면서도 크리스토퍼가 나에게 계속 성관계를 강요했다고 주장한 것이었다. 철저하게 의도된 거짓말이었다.

크리스토퍼는 이제 절대 교사로 일할 수 없을 것이다. 어쩌면 피보호자 성폭행으로 교도소에 갈지도 모른다. 나는 복수심에 불타서 그렇게 되기를 바랐고, 그 결과 패트릭이 전날 밤에 말한 가치와 원칙을 짓밟아 뭉개버렸다. 나중에 우리가 자동차에 오르고 나서야 나는 그 사실을 깨달았다. 후회해도 늦었다. 목장으로 돌아가는 내내 패트릭은 한마디도 하지 않았다. 석상 같은 얼굴로 앞만 노려봤고, 내 눈물에도 꿈쩍하지 않았다.

"가방 가지고 나와. 여기서 기다릴 테니."

도착했을 때 패트릭은 그 말만 했다.

그는 내가 앞으로 뭘 할지, 어디로 갈지 관심도 없었다. 내가 흐느끼며 손님방에서 여행 가방을 가지고 와서 내 차 트렁크에 넣는 동안 아무 말도 없이 그저 서 있기만 했다. 팔짱을 낀 채 냉정한 시선으로 나를 바라봤다.

"패트릭, 믿어줘요. 정말 그렇게까지 할 생각은 아니었어요. 하지만…… 하지만…… 달리 어쩔 수 없었잖아요!"

나는 눈물을 흘리며 호소했다. 하지만 체념하듯 입가에 드러난 짧막한 경련이 그가 보인 반응의 전부였다.

"다른 선택은 늘 존재해."

패트릭이 쌀쌀하게 말했다. 그의 목소리에 묻어나는 실망감 때문에 마음이 아팠다.

"셰리든, 넌 아주 많이 배워야 해. 잘 가라."

그러고는 차 옆에 서 있는 나를 남겨두고 몸을 돌렸다. 그를 따라가서 용서해달라고 빌어야 하나 잠시 생각했지만 아무 의미도 없을 것 같았다. 패트릭 매커보이는 호의를 거뒀다. 그 책임은 오로지 내게 있었다.

지난 몇 달 동안의 안 좋은 경험 때문에 고속도로 휴게소를 멀리하기로 결정했다. 엊그제 가득 주유해두길 잘한 것 같았다. 캔자스시티를 지난 직후에 남쪽 국도를 타려고 70번 주간고속도로를 벗어났다. 이사벨라 고모할머니를 찾아가려던 생각은 곧 던져버렸다. 스스로 상황을 해결하고, 있는 돈으로 최대한 오래 버텨야 했다. 목적지는 플로리다였다. 그곳이라면 따뜻해서 자동차에서 잘 수도 있고, 사람들과 쓸데없이 만나는 일도 피할 수 있을 것이다. 플로리다 오렌지 농장들은 적법한 노동허가서가 없는 사람도 고용한다고 들었다. 열여덟 살이 되어 이름을 바꿀 수 있을 때까지 거기서 푼돈을 벌 생각이었다.

어스름이 깔리면서 소름 끼치는 하루가 저물어갔다. 주차장에서 잠깐 쉴 때 여행 가방에서 시드니의 휴대전화를 꺼내 보니, 아침부터 조던에게서 전화와 메시지가 마흔세 건이나 들어와 있었다. 학교에서부터 전화 소리를 줄여놓아서 듣지 못했다. 점점 더 다급해지는 그의 문자들을 쭉 훑었다. 그때 전화가 또 한 번 울렸다. 나는 통화 버튼을 눌렀다.

"셰리든, 드디어 받았구나!"

조던은 원래 차분한 편이지만, 지금은 제정신이 아닌 것 같았다.

"왜 전화를 받지 않은 거야? 지금 어디야? 할 얘기가 있어. 지금 완전히 난리가 났어. 너도 짐작하고 있지?"

그는 흥분해서 반말을 하고 있었다.

"여기가 어딘지는 저도 몰라요. 인디애나 주 어디쯤일 거예요. 어쩌면 이미 오하이오 주인지도 모르고요."

나는 내 진짜 위치를 그에게 알릴 마음이 없었다. 그는 몇 초 동안 아무 말도 없다가 다시 입을 열었다.

"왜 나한테 안 왔니? 왜 그냥 사라진 거야?"

"시드니가 난리를 피웠어요. 저 때문에 둘이 싸웠다고요."

조던은 또 잠시 말이 없었다.

"너 때문이 아니라는 건 너도 알잖아. 난 시드니가 말도 안 되게 행동해서 화가 났던 거야. 하지만 네가 시드니의 돈과 휴대전화를 훔친 건 잘못이야."

"전화는 돌려줄 거예요. 그리고 새언니한테 연락해서 수표를 보내주라고 할 거고요."

"아, 셰리든!" 조던은 한숨을 내쉬었다. "네가 지금 힘든 상황이라는 거 나도 이해해. 그래도 그런 행위가 정당화되지는 않아."

날 가르치려는 설교를 또 들어야 하다니! 양심의 가책을 느끼게 하고, 나에게 뭐가 더 나은지 아는 척하는 조던과 패트릭을 향한 분노가 불현듯 일었다. 자기 말을 안 들으면 이해심도, 다정함도, 모두 거둬들일 거면서!

"셰리든, 잘 들어. 상황이 아주 심각해." 조던의 목소리는 이제 차분하게 변했다. "네가 한 비난 때문에 그 사람은 교도소에 갈 수도 있어. 알고 있니?"

"그럼요. 바로 그걸 바란 거예요. 그 자식은 저랑 제 가족에 대해 말도 안 되는 거짓말을 했어요. 그걸 그대로 두고 볼 수는 없었다고요!"

내가 느끼는 건 증오 섞인 만족감뿐이었다. 크리스토퍼는 나를 희생시켜 이익을 보려고 했지만 그가 한 거짓말은 부메랑처럼 그에게 돌아갔다. 그의 인생은 이제 예전과 완전히 달라질 것이다. 중상을 당하고도 방어할 수 없다는 게 어떤 느낌인지 몸소 체험할 것이다.

"검찰이 오늘 펀치 씨를 고소할 거야." 조던이 말을 이었다. "그러려면 네 진술이 급하게 필요해. 네가 진술하지 않으면 증거 부족으로 고소가 이루어지지 않아."

"전 돌아가지 않아요. 절대로 안 가요."

크리스토퍼에 대한 진술이 어떤 결과를 낳을지 생각하니 소름이 끼쳤다. 나는 이 모든 걸 그저 잊고 싶었다. 그는 경험이 없는 나를 이용해서 자신의 변태적인 욕망을 채웠다. 그가 강요했던 일들을 생각하면 고통스러울 만큼 부끄러웠다. 그가 내 자존감을 얼마나 심하게 파괴했는지 나는 서서히 깨닫게 되었다. 이 모든 일을 낯선 사람에게 아주 자세하게 진술해야 한다고 생각하니 무시무시한 공포가 몰려왔다.

"다시 한 번 잘 생각해봐." 조던이 애원했다. "네가 진술하지 않으면 그 남자는 처벌을 받지 않는다고. 그리고 너 혼자 다니는 건 위험해. 시드니 집에 있기 싫다면 다른 숙소를 구해보자."

"죄송하지만 전 돌아갈 수 없어요."

"그 자식이 처벌받지 않는다면 그야말로 부당한 거야." 조던이 한숨을 내쉬었다. "하지만 내가 강요할 순 없지. 난 네가 시드니와 잘 지내서 생활이 좀 안정되길 바랐어."

시드니! 어제저녁에 어떤 일이 벌어졌는지, 그 정신병자에 대해 내가 뭘 알아냈는지 말하고 싶은 유혹에 잠깐 시달렸지만 입술을 깨물었다.

"이제 끊을 거예요." 나는 쥐어짜듯 그 말만 했다.

"셰리든, 지금 어디인지 제발 좀 알려줘. 너를 도와주고 싶어. 정말이야."

너를 도와주고 싶어. 날 믿어도 돼. 다 이해해. 사랑해. 이런 말은 이미 너무 자주 들어서 믿을 수 없었다. 헛된 약속이었다. 내가 경솔하게 사랑하고 믿었던 남자들은 모두 언젠가는 실망을 안겼다. 아빠. 호레이쇼. 크리스토퍼. 패트릭. 니컬러스까지도. 그리고 이제는 조던 블라이스톤. 내 안위를 진심으로 걱정하는 사람은 아무도 없었다. 그들 중 누구에게도 나는 약속을 꼭 지킬 만큼 중요한 사람이 아니었다. 기대했다가 버림받는 건 이제 지겨웠다.

"저를 도울 수 있는 사람은 없어요. 그동안 고마웠어요, 형사님. 안녕."

통화를 종료하고 휴대전화를 껐다.

나는 인생이란 사방을 향해 문이 여러 개 나 있는 공간이라고 상상했다. 이제 '불확실한 미래'라고 쓰여 있는 문이 열렸다.

잠깐씩 쉬어가며 밤새 달린 끝에 오전 늦게 테네시 주 클라크스빌에 도착했다. 시 어귀에 주유소가 딸린 월마트가 있었다. 늙은 주유소 직원은 내가 신문과 지도, 주유비를 계산하는는 동안 고개도 들지 않았다. 그곳에서 월마트 주차장으로 차를 몰고 가서 쇼핑카트를 끌고 슈퍼마켓에 들어갔다. 위험한 행동이었지만, 여기서도 이제 막 잠에서 깬 듯한 계산원의 무관심이 나를 보호해줬다. 그녀는 하품을 하며 물건을 스캐너 위로 긁기만 할 뿐 내게는 전혀 관심을 보이지 않았다. 연료 탱크를 채우고 종이봉지 두 개 가득 장을 본 다음 남동쪽으로 향했다. 24번 주간고속도로 진입로를 무시하고 국도에 계속 머물렀다.

30킬로미터를 달린 후 공중화장실이 있는 주차장을 발견했다. 똥오줌 악취 때문에 숨이 막히는 화장실이었다. 화장실 문 세 칸은 경첩에서 떨어져나와 덜렁거렸고 바닥과 벽은 오물로 가득했지만 그래도 세면대에서 물은 나왔다. 나는 망설임 없이 하나로 묶은 머리카락을 자르고 흑갈색 염색약을 바른 다음, 시드니의 휴대전화 심카드를 화장실에 버리고 월마트에서 구매한 선불카드를 넣었다. 다행히도 흔한 모델이라 충전 케이블과 자동차용 어댑터까지 문제없이 살 수 있었다. 원래는 돌려줄 생각이었는데, 휴대전화가 얼마나 비싼지 확인하고선 그냥 갖기로 했다. 시드니는 그 정도 손실은 감당할 수 있을 터였다.

갈색 녹물이 섞인 냉수만 나오는 수도꼭지 아래 머리를 대고 헹궈냈다. 고단한 작업이었지만, 어두운색 거품이 배수구로 흘러가는 걸 보니 지금까지의 내가 분해되어 하수구로 사라지는 것 같았다. 결과는 만족스러웠다. 검은색 머리카락에 에워싸인 큰 눈과 뾰족한 코 때문에 일본 만화 주인공처럼 보였다. 예전 외모와는 전혀 달랐다.

"잘 가, 셰리든 그랜트."

쓰레기와 자른 머리카락을 종이봉지에 넣어, 가득 차서 넘치는 바깥 쓰레기통에 버렸다. 그런 다음 자동차에 올라 지도를 펴고 방향을 살폈다. 24번 주간고속도로는 테네시 주 남부 채터누가로 이어졌다. 거기서 675번으로 갈아타고, 조지아 주 메이컨에서 75번으로 꺾으면 플로리다까지 바로 이어진다. 절반은 이미 지났다. 휴게소 때문에 지금까지는 주간고속도로를 피했지만, 외모가 달라지니 어느 정도 안심이 됐다.

저녁이 되자 다시 주유해야 했다. 너무 피곤했고 어깨와 허리도 쑤셨다. 염색약 때문에 두피가 불타는 것 같은 데다 자동차에서 화학 실험실 같은 냄새가 풍겨서, 제대로 된 샤워 시설에서 머리를 감고 싶었다. 조지아 주 롬 직전에 주간고속도로를 벗어나 눈에 띈 첫 번째 모텔에 차를 세웠다. 진출로에서 멀지 않은 공업단지에 있는, 외관이 아직 제대로 마감되지도 않은 새 건물이었다. '네브래스카 주, 캐럴린 쿠퍼'라고 숙박계를 쓰고 하룻밤 숙박비를 현금으로 지불하는데 맥박이 약간 빨라졌다. 접수처에서 보증금 20달러를 내고 드라이기를 빌린 후 객실 바로 앞에 차를 댔다. 객실에서는 페인트와 나무 광택제와 소독약품 냄새가 났지만, 오래돼서 곰팡이가 핀 방보다는 훨씬 나았다. 샤워를 하고 머리를 드라이기로 말리고 커튼을 친 후 넓은 침대에 누워 윌로크릭 농장으로 전화를 걸었다.

전화벨이 세 번 울린 뒤 받은 레베카 새언니의 목소리에서 긴장감이 느껴졌다.

"아가씨, 어디에요? 아픈 데는 없어요?" 새언니가 다급하게 물었다. "블라이스톤 씨가 몇 번 전화했어요. 아가씨랑 꼭 통화해야 한대요."

"잘 지내요. 형사님이랑은 이미 통화했어요. 거긴 어때요?"

"난리가 났죠, 뭐. 그거야 아가씨도 이미 예상했을 거예요."

새언니 말은 비난처럼 들리지 않았다.

"아가씨가 어디에 있는지 모두들 알려고 해요. 경찰, 방송국 사람들, 기자들 모두 말이에요. 그놈이 텔레비전에서 말한 게 사실이에요? 아가씨, 그 남자랑 정말 무슨 관계가 있었어요?"

"유감스럽게도 사실이에요. 하지만 자의로 그런 건 아니었어요. 그 남자가 날 협박했어요."

거짓말이 술술 나왔다. 이러다가는 얼마 안 가서 나 스스로도 그게 사실이라고 믿을 것 같았다.

"새언니, 이제 그 생각은 하기 싫어요. 너무 소름 끼쳐요. 그래서 안 돌아가는 거예요. 돌아가면 법정에서 그놈에 대해 진술해야 하니까요."

"너무 소름 끼치는 일이네요." 새언니의 목소리가 떨렸다. "난 그 남자를 그렇게 자주 보면서도 아가씨한테 무슨 일을 저질렀는지 상상도 못 했어요! 게다가 아가씨 선생이었다니! 말도 안 돼요!"

마음 좋은 새언니는 자기가 아무것도 몰라서 나를 도와주지 못했다며 한동안 자책했다. 그러다가 화제가 넘어갔다.

"여기 사람들은 다들 아가씨를 자랑스러워해요. 정말 굉장했어요! 아가씨가 성경을 인용하는 장면이 계속 방송에 나오고 있어요. 아, 그리고 뉴욕에서 어떤 남자가 몇 번 전화했어요. 1월에 아가씨가 자기를 찾아오기로 했다던데요."

"해리 하트그레이브?"

나는 몸을 일으켰다. 3주 전에 이 소식을 들었다면 황홀경에 빠졌겠지만, 지금은 내 재능이 사라졌다는 쓰라린 기분뿐이었다.

"맞아요. 이름이 그랬어요. 아가씨더러 꼭 오라고 했어요."

"정말요?" 믿을 수 없었다. "이런 사건이 벌어졌는데도?"

"으음……." 새언니가 잠시 망설이다가 대답했다. "아마 바로 그 이유 때문인 거 같아요."

"바로 그 이유라니요? 무슨 뜻이에요?"

"그 남자 말로는, 사람들이 아가씨 이야기를 무척 원한대요." 솔직하기 그지없는 새언니가 털어놓았다. "아가씨가 유명해진 덕분에 음반이 저절로 팔려서 돈을 엄청나게 벌 수 있을 거래요. 아가씨를 초대하는 토크쇼 프로그램이 정말 많은데, 그 남자도 그걸 아는 모양이에요."

내 눈앞에서 다음 문이 세차게 닫혔다. 우리 가족과 나에게 닥친 비극을 이용해서 돈을 벌 마음은 추호도 없었다.

"그런 일은 절대로 없을 거예요."

나는 씁쓸하게 대답하고, 흐릿해지기는 했지만 여전히 남겨두었던 해리 하트그레이브에 대한 기대를 내버렸다.

"새언니, 이제 전화 끊어야 해요."

"아가씨, 잠깐만요! 연락할 수 있게 전화번호를 가르쳐줘요."

"아니에요. 내가 전화할게요. 사람들한테 안부 전해줘요. 응?"

새언니가 미처 뭐라고 하기 전에 나는 전화를 끊었다. 불행이 더 심해지다니, 이런 일이 어떻게 가능할까? 에스라 오빠 사건을 들었을 때 나는 이제 더 나빠질 일은 없다고 생각했는데, 지난 며칠 동안 일어난 일은 그 생각이 틀렸음을 보여줬다. 운명은 왜 나에게 이다지도 가혹한 걸까? 빌어먹을, 도대체 나는 왜 평범한 여자애가 될 수 없는 걸까? 부모님과 형제자매와 함께 교외에 살면서 학교에 다니고, 또래 남자아이와 사랑에 빠지고, 별다른 일없이 지내는 여자애가? 엄마를 목 졸라 살해한 남자는 그때 왜 옆에 있던 갓난쟁이도 죽이지 않았을까? 그랬더라면 이 모든 걸 겪을 필요도 없었을 거고 그랜트 가족은 나에 대해서는 전혀 모른 채 평화롭게 살았을 텐데.

배가 꼬르륵거려서 생각해보니, 어제 패트릭 집에서 먹은 스크램블드에그가 제대로 된 마지막 식사였다. 주유소에서 산 샌드위치 비닐을 벗기고 콜라 캔을 땄다. 샌드위치는 후줄근하고 콜라는 미지근했지만 힘을 얻고 미래를 확신하려면 칼로리와 당이 필요했다.

이제 외모는 셰리든 그랜트가 아니었지만 나는 여전히 나였다. 두 달이 더 지나야 열여덟 살이 된다. 헤어질 때 맬러키 오빠가 준 돈은 이미 오래전에 다 썼고, 시드니의 돈 2000달러와 내 저축에서 남은 얼마 되지 않는 돈은 자동차에서 자고 신문에서 쿠폰을 오려서 슈퍼마켓에서 가장 싼 음식을 사먹는다고 해도 금방 떨어질 게 뻔했다. 사회보장카드가 없어서 합법적인 일자리는 얻지 못할 테지만, 레스토랑에서 설거지를 하거나 플로리다 오렌지 농장에서 오렌지 따는 일은 그런 서류 없이도 가능할 것 같았다. 나는 수많은 일을 할 수 있고 힘든 일도 가리지 않으니, 상황이 비참하긴 하지만 앞이 완전히 깜깜한 건 아니었다.

"내일, 내일은 계획을 세워야지." 나는 스스로에게 다짐했다.

텔레비전을 켜서 돌리다가 나에 관한 소식을 전하는 방송을 곧 찾아냈다. 지난 24시간 동안 수많은 일이 벌어졌다. 헤르난데즈 교장선생님과 학교운영위원회는 학교를 위하려다가 오히려 해를 입혔다. 언론이 이번에는 예외적으로 내 편에 서서 교장선생님을 찢어발기는 즐거움을 누렸기 때문이다. 그녀를 편협하다고 비난하고 도덕적, 사회적 자질이 있는지 의심했으며 사우스이스트고등학교 전체를 편견과 비겁의 결정체라고 낙인찍었다.

내 모습도 몇 번 나왔다. 패트릭의 얼굴이 비치자 원망이 머릿속을 스쳤다. 도덕적인 척 행동하며 냉정하게 나를 제거한 거 아닐까? 호레이쇼가 예전에 그랬듯, 패트릭도 자신만의 오만과 편견에 빠져 있는 사람인데 내가 속은 거 아닐까? 지금 와서 생각하니 그에게 '끔찍한 사건'을 털어놓지 않은 게 정말 다행이었다. 내가 패트릭의 호의를 잃기는 했지만 뭐, 그러거나 말거나! 그는 어차피 나를 도울 수 없었다. 이제 그 남자 생각은 절대 하지 않기로 했다. 그의 이름은 길게 이어지는 실망의 명단에 올라갔다.

크리스토퍼의 책을 출간한 출판사는 월요일에 유통을 중단했고, 서점들은 책을 책장에서 뺐으며, 그는 체포됐다. 텔레비전은 그가 재킷으로 필사적으로 얼굴을 가리며 법원을 나서는 장면을 짤막하게 보여줬다. 나는 거짓말한 걸 전혀 후회하지 않았다.

"그런 일을 당해도 싸지. 지옥을 경험해봐라, 나쁜 자식!" 나는 이렇게 중얼거렸다.

〈인생의 진실〉에서 내가 성경을 인용하던 모습 등 몇 장면을 더 보다가 불을 끄고 새 이불에 몸을 말고는 금방 잠이 들었다.

악몽에 시달리며 불편한 잠을 자다가, 몇 시간 뒤 억지로 눈을 떴다. 든든하게 아침을 먹고 8시 무렵 다시 남쪽으로 출발했지만 너무 피곤했다. 그래도 하루를 어떻게 시작할지 내 마음대로 결정할 수 있다는 건 무척 멋진 기분이었다. 이 자유로움 덕분에 살짝 행복할 정도였다.

1년 반 전 여름에 니컬러스와 자유에 대해 나눈 대화가 떠올랐다. 나는 그전까지 메리제인 아줌마의 이야기만 듣고 니컬러스를 낭만적인 영웅이라고 생각했지만 현실은 내 상상과 달랐다. 인디언 혼혈 여자의 혼외자로 태어나 오만한 속물들에게서 멸시를 당하던 니컬러스는 16세 때 페어필드를 떠나 끝없는 방랑 생활을 했다. 베트남 전쟁에 참전한 뒤에는 유럽과 미국 전역을 떠돌았다. 나는 그때 니컬러스가 가고 싶은 곳에 갈 수 있다는 사실만으로도 완벽한 자유와 행복을 누린다고 생각했다. 하지만 니컬러스가 자의로 방랑 생활을 한 게 아니라는 사실을 이제야 깨달았다. 그는 그때 선택의 여지가 없었던 것이다. 그가 당시에 한 말뜻을 나는 이제 이해할 수 있었다. "내 안의 욕구가 나를 계속 떠돌아다니게 했지만 그러면서도 뿌리가 그립더라. 어딘가에 소속되고 싶었어. 하지만 어디에?"

내가 지금 바로 그런 기분이었다. 뿌리가 뽑혀 외로웠고 목적지도 없었다. 나는 막 세 살이 되었을 때 변덕스러운 운명의 바람에 실려 페어필드로 왔다. 니컬러스는 그래도 부모님이 누군지 알았지만 나는 그런 행운조차 누리지 못했다. 내 안에 어떤 유전자가 숨어 있는지, 아버지가 어떤 사람인지도 몰랐다. 엄마가 누구인지는 알게 됐지만 엄마의 일기는 1965년 3월 17일에서 멈췄다! 나는 그로부터 14년 뒤, 1979년 6월 14일 독일에서 태어났다. 엄마는 그동안 어떤 경험을 했을까? 새로운 뿌리를 내리고 어딘가에 소속되는 데 성공했을까? 내 친아버지를 사랑했을까?

아, 니컬러스가 지금 어디 있는지 안다면 얼마나 좋을까! 나는 그의 편지를 몇 번 받았을 뿐, 1년 전부터는 소식을 듣지 못했다. 카우보이 니컬러스가 석유 채굴용 인공 섬에 머문다는 게 상상이 되지 않았다. 하지만 설령 그가 페어필드로 돌아가더라도 나와 가까워지는 건 아니다. 나는 이제 그곳으로 돌아갈 길이 영원히 막혔으니까.

롬과 애틀랜타, 메이컨을 지났다. 『바람과 함께 사라지다』와 역사 수업 덕분에 이름을 아는 도시들이었다. 그런 다음 75번 주간 고속도로로 방향을 틀어 남쪽으로 향했다. 이대로만 간다면 오늘 저녁에는 플로리다 주 탤러해시에 도착할 것이다. 그 후에 어떻게 할지는 도착한 다음에 생각하면 된다.

2
년
뒤

1999년 10월
조지아 주 어딘가

플로리다는 낙원이었다. 그러나 이 낙원도 언젠가부터 우울해졌
다. 2년이 지나자 내가 자란 곳의 사계절이 그리워지기 시작했다.
차가운 가을 공기와 새하얀 눈, 자연이 깨어나는 봄이 보고 싶었
다. 이곳의 아름다운 날씨와 높은 습도와 북적거리는 관광객들이
이제 지겨워졌다. 플로리다는 에어컨이 설치된 저택에 사는 부자
들에게는 좋을지 몰라도 나는 그런 걸 누릴 만큼 돈을 벌지 못했
다. 처음에는 서부 연안 브레이든턴 근처의 오렌지 농장에서 불법
으로 일했고, 그 후에는 올랜도의 디즈니월드에서 일자리를 얻었
다. 기온 40도, 습도 80퍼센트의 날씨에 미키마우스 옷을 입고 일
하는 건 지옥이었다. 그래서 몇 달 뒤 사표를 내고 한동안 호텔 주
방과 서비스직을 전전했다.

그러다가 슈퍼마켓 신문에서 윈터헤이븐 근처의 체험 목장에서
말과 관련된 일을 할 사람을 찾는다는 광고를 봤다. 그곳에서 다섯
달 동안 일했는데, 일은 그럭저럭 괜찮았지만 시급 8달러는 살기
에는 너무 적고 죽기에는 너무 많은 금액이었다. 그 후 반년은 세

인트피터즈버그와 클리어워터, 새러소타와 탬파에서 개인주택과 수영장을 청소했다. 그러던 어느 날, 저택 주인 한 명이 나와 동료가 자기 수영장에서 몰래 수영을 한다고 불만을 제기했다. 사장은 내가 여섯 달 동안 완벽하게 일했다는 사실은 전혀 고려하지 않고, 변명할 기회도 주지 않은 채 즉시 나를 해고했다. 그때 나는 플로리다와 내가 어울리지 않는다는 걸 확실하게 깨달았다.

이틀 전 그 일을 겪었고, 나는 이제 아무런 계획도 없이 북쪽으로 향하는 중이었다. 내 소유물은 몇 주 전 4000달러에 구입한 1990년형 셰보레 카프리스에 모두 실었다. 충실하게 봉사한 혼다가 7월 4일 저녁에 하필이면 클리어워터와 탬파 사이 베이사이드 브리지에서 숨을 멈추는 바람에 나는 다리 한복판에서 한 시간 동안이나 견인차를 기다려야 했다. 그래도 덕분에 올드 탬파 베이 양쪽의 불꽃놀이를 특별관람석에서 즐기기는 했다.

셰보레는 이미 나이를 꽤 먹었지만 먼젓번 주인이 손질을 잘해놓았다. 5리터 V8 엔진은 순조롭게 균일한 소리를 냈다. 나는 급할 게 없었다. 계획 없이 다닐 때의 유일한 장점이다. 은행 대출과 담보 이자, 신용카드 부채 때문에 머리가 부서지는 사람들과는 달리 나는 하룻밤 머물 잠자리와 다음에 주유할 비용을 벌 수 있는 일자리만 찾으면 됐다. 플로리다에서 보낸 2년은 윌로크릭 농장과 내적인 거리를 두기에는 좋았지만, 사실 잃어버린 시간이기도 했다. 나를 머물게 할 이유가 될 만한 사람을 한 명도 만나지 못했다. 플로리다 사람들은 마치 다른 행성 사람들처럼 느껴졌다. 이곳 남쪽에서는 3년 전 크리스마스 아침에 네브래스카 주에서 일어난 사건에 아무도 관심이 없었다.

고단한 육체노동을 하고 나면 아무런 생각도 하지 않고 푹 잘 수 있었는데, 목적지 없이 운전만 하고 있는 지금은 온갖 잡다한 생각이 밀려왔다. 안 좋은 일이었다.

갑자기 귀가 먹먹할 정도로 경적이 울려 나는 상념에서 깨어났다. 나를 추월하고 내 앞에 있던 트럭도 추월하려던 화물차가 불쑥 오른쪽 차선으로 이동하면서 적재함이 흔들렸고, 위험할 만큼 다른 화물차에 가까워졌다. 나는 급하게 브레이크를 밟았다. 눈앞에서 붉은 브레이크등과 불꽃이 날아다니더니 왼쪽에 있던 화물차가 쓰러지며 중앙분리대에 부딪쳤다. 흙덩이와 금속 부스러기들이 허공에 흩어졌다. 다른 승용차 한 대가 화물차에 와서 부딪치더니 나와 겨우 몇 센티미터 떨어진 곳에서 도로를 가로질러 분리대 위로 넘어갔다. 거대한 뭔가가 불현듯 나타나 내 차 앞 유리창에 부딪쳐 유리가 수백만 개의 파편으로 변했다. 내 차가 갑자기 멈췄다. 안전벨트가 가슴을 파고들어 고통스러웠지만 그 덕분에 앞으로 날아가는 걸 면했다. 사방이 쥐 죽은 듯이 고요했다. 내 심장 고동과 헐떡이는 숨소리만 들렸다. 벤진 냄새가 풍겼다. 내 앞 도로는 폐허처럼 보였다. 톡 쏘는 연기가 도로를 뒤덮었다. 어떤 남자가 흐느적흐느적 움직이다가 내 자동차를 향해 걸어왔다. 얼굴이 온통 피범벅이었다. 다음 순간 픽, 하는 소리가 나더니 그 남자가 사라지고 내 옆에 SUV 차량 한 대가 멈춰 섰다. 옆을 곁눈질해 보니 그 차 운전자는 놀라서 입을 크게 벌리고 비명을 지르고 있었다. 나는 이 상황을 견딜 수 없었다. 그냥 이 자리를 뜨고 싶었다. 당장! 멈춰선 화물차 오른쪽 옆, 적재함과 차단벽 사이로 내 세보레가 빠져나갈 만한 공간이 보였다. 나는 미친 듯이 페달을 밟아 이 암울한 장소를 벗어났다.

달리고 또 달렸다. 무릎과 옷에 유리 파편이 가득했고, 주행할 때 부는 바람 때문에 눈물이 흐르고 숨이 막혔다. 나를 추월하는 차는 이제 없었다. 주간고속도로는 완벽하게 비어 있었다. 시공간이 모두 무너지고, 순식간에 사라진 피범벅된 남자만 눈앞에 떠올랐다. 내가 얼마나 운이 좋았는지 서서히 깨달았다. 그 남자를 친 SUV 차량과 트럭에 치여 내가 죽었을지도 모른다! 유량계를 얼핏 보니 눈금이 붉은 곳에 가 있었다.

"이런, 빌어먹을."

다음번 주유소가 어디에 있는지 알 수 없었다. 주간고속도로 한복판에 멈춰서게 될 위험을 피하고 싶어서 다음 진출로에서 빠져나갔다. '하인즈빌, 조지아 주'라는 표지판이 보였다. 여기가 어디지? 하늘은 독특한 연분홍빛으로 물들었고, 구릉지대는 초현실적인 빛에 에워싸여 있었다. 비를 뿌릴 듯한 어두운 구름이 동쪽에 모여들었다. 나는 금방이라도 모터가 털털거리다가 꺼질까 걱정하며 달팽이처럼 느린 속도로 국도를 달렸다.

"제발, 제발 날 버리지 마."

나는 탈탈탈탈 움직이고 있는 자동차에 빌었다. 조금 더 가자 왼쪽 도로변에 주유기 두 대와 정비소가 딸린 자그마한 주유소가 나타났다. 바로 그 순간, 무거운 빗방울이 하늘에서 쏟아져서 나는 앞 유리가 없다는 사실을 깨달았다. 주유기 옆에 차를 대고 시동을 끈 후에도 힘이 없어서 내리지 못했다. 주유소는 믿을 만해 보이지 않았지만 달리 선택의 여지가 없었다. 몇 분이 지나도록 여전히 차에 앉아 있자, 작은 계산소에 있던 직원이 바깥으로 나왔다. 손에 기름이 묻고 검댕투성이인 것으로 보아 계산원인 동시에 기술자인 모양이었다.

"안녕하시오, 아가씨."

수염이 덥수룩한 붉은 얼굴, 플란넬 셔츠에 애틀랜타 팰컨스 로고가 붙은 야구모자를 쓴 남자가 보닛 위로 몸을 숙이고 걱정스러운 눈빛으로 나를 바라봤다.

"사고가 났소?"

내가 문을 열자 유리 파편들이 지저분한 시멘트 바닥으로 후드득 쏟아져내렸다.

"안녕하세요? 주유 되나요?" 나는 중얼중얼 물었다.

"당연히 되지요. 유리는 무슨 일로 저렇게 됐소?"

"고속도로에서 사고가 났는데, 뭔가가 앞 유리로 날아왔어요."

"95번 도로 브런즈윅 부근에서 발생한 사고?"

남자는 눈을 크게 뜨고는 지저분한 손가락을 더 지저분한 앞치마에 닦았다.

"이런 세상에! 여기까지 앞 유리도 없이 달렸단 말이야?"

나는 어깨를 으쓱하고 고개를 끄덕인 다음, 뻣뻣한 손가락을 문질렀다.

"일단 주유한 뒤에 유리를 알아보자고. 이런 날씨에 유리 없이 달리면 안 돼."

그는 주유구를 열었다.

"굉장한 사고라던데. 도로가 완전히 봉쇄됐어. 화물차가 전복되고, 적어도 한 명이 사망했다지."

그가 나지막하게 웅얼거렸다. 구불거리는 수염을 어루만지며 담배꽁초 수백 개가 떠다니는 양동이에 갈색 가래를 뱉었다. 나는 구역질이 나서 속이 뒤집힐 것 같았다.

내 마음의 눈앞에 피범벅인 남자가 다시 나타났다. 어지러웠다. 나는 차에 기대어 머리에 피가 좀 돌게끔 상체를 앞으로 숙였다.

주유비를 계산하자 주인 남자는 초콜릿 바와 콜라를 공짜로 줬다. 그런 다음 차 열쇠를 받아들고 내 차를 정비소로 몰고 갔다가 잠시 후에 돌아와서 말했다.

"맞는 유리를 가지고 있는 사람이 있는지 전화해보지."

나는 담배 냄새가 풍기는 계산소에 앉아 있을 마음이 없었다. 정비소에서 빗자루를 하나 찾아내 주유기 옆에 떨어진 유리 파편들을 쓸어서 쓰레기통에 버렸다. 오늘 아침에만 해도 기분이 좋았는데 지금은 상황은 우울하기 짝이 없었다. 움직이고 잠을 자려면 차가 필요하다. 차 트렁크에는 내 전 재산이 들어 있었다. 비가 퍼붓는 이 낯선 곳에서 차도 없이 어떻게 하룻밤 보낼 숙소를 찾을 수 있을까?

"아가씨, 미안하게 됐어." 남자가 바깥으로 나오며 말했다. "맞을 만한 유리가 백슬리에 사는 동료한테 있다는데, 내일 아침까지는 안 된다고 하네."

"아, 어떡하지! 그럼 이제 어떻게 해야 되죠?"

누군가 내 발을 휙 잡아당긴 느낌이었다. 오늘 밤 어디서 묵어야 할지 모른다는 사실도 절망적이었지만, 새 유리를 넣으려면 그러지 않아도 빠듯한 주머니에 엄청나게 큰 구멍이 날 터였다. 차분하게 일자리를 구하겠다는 계획은 날아갔다. 당장 돈을 벌 수 있는 곳을 찾아야 했다.

"차는 일단 여기에 둬." 남자가 말했다. "두 시간만 있으면 여기 문을 닫으니까, 내가 집에 가면서 아가씨를 가까운 모텔로 데려다 줄게."

그런 모험을 할 마음은 전혀 없었다. 나를 모텔로 데려다주는 게 아니라, 숲으로 가서 차에서 끌어내려 성폭행하고 살해한다면? 하지만 달리 선택의 여지가 있나? 눈이 불타는 것 같고 온몸이 아팠다. 검은 하늘은 세상에 종말이라도 온 것처럼 비를 퍼부었다. 남자가 나를 찬찬히 바라봤다.

"무서운 거야? 응?" 그가 히죽 웃으며 담배 때문에 갈색으로 변한 이를 드러냈다. "당연히 그래야지. 낯선 남자를 따라 차에 올라타면 안 돼. 우리 딸들한테도 늘 하는 말이야. 얼른 에드나한테 전화할게. 내 아내인데, 아가씨를 모텔로 데려다줄 거야."

"아, 그게 좋겠네요."

나는 나지막하게 대답하며, 내 마음이 가벼워졌다는 걸 그가 너무 확연하게 알아채지 않기를 바랐다.

"난 딸이 셋 있어." 전화를 걸려고 계산소로 돌아가기 전에 그가 말했다. "내 딸들이 아가씨처럼 어려운 일을 당했을 때 누군가 친절하게 대해준다면 좋겠군."

20분도 채 되지 않아 에드나라는 여자가 녹슨 픽업트럭을 타고 나타났다. 수염이 없고 손이 깨끗하다는 것만 빼면 생긴 것도, 옷차림도 남편과 똑같았다. 그녀는 나를 도와 여행 가방을 차에 실었다. 우리는 비에 젖은 어두운 밤길을 털털거리며 달렸다.

"모텔에 데려다줄게. 깨끗하고 번듯한 곳이야. 나는 거기서 반나절씩 룸메이드로 일해."

"정말 고맙습니다." 나는 진심으로 인사했다.

"여기 남쪽 사람들은 다 이래." 그녀가 미소를 지었다. "그런데 아가씨는 어디서 왔어?"

"플로리다 클리어워터에서요."

"그래? 이런 북쪽에 무슨 일로?"

에드나는 놀라서 눈을 크게 떴다. 그녀도 다른 사람들처럼 플로리다에 거주하는 걸 최고의 가치로 여기는 모양이었다.

"코네티컷으로 가는 길이에요. 햇빛과 악어에 질렸어요."

에드나는 내 대답을 듣고는 나에 대해 더는 묻지 않았다. 그러나 기본적으로 수다스러운 사람이라, 운전하는 15분 동안 자기 인생의 절반쯤을 시끄럽게 털어냈다. 나는 '오늘 비 올 것 같다'라는 문장조차 길다고 생각하는 집에서 자랐기 때문에 에드나의 수다가 너무 부담스러웠다.

깜깜한 어둠 속에서 드디어 '포 코너스'라고 쓰인 푸른 형광색 모텔 간판이 나타났다. 모텔은 빽빽한 숲에서 두 개의 국도가 갈라지는 교차로에 있었는데, 옆 건물을 아직 건축 중인 것으로 보아 문을 연 지 얼마 안 된 것 같았다. 외딴 위치에도 불구하고 주차장에 꽤 많은 자동차가 있는 걸 보고는 왠지 의기소침해졌다.

"손님이 정말 많은 것 같네요." 에드나가 호흡을 가다듬느라 잠시 말을 멈추었을 때 내가 말했다.

"평소보다 더 많아 보이는 것뿐이야. 오늘 총각파티가 있거든."

"여기 부엌 도우미나 룸메이드 필요한지 혹시 아세요?"

"일자리 찾아?"

에드나는 입구 바로 앞에 차를 세웠다.

"예." 나는 고개를 끄덕였다.

"매니저는 늘 직원을 찾고 있어. 모텔을 증축 중이니 더욱 그렇지. 게다가 이제는 식당과 바도 있거든. 로즈한테 한번 물어볼게!"

우리는 차에서 내렸다. 나는 무거운 가방을 꺼내 들고 에드나를 따라 유리 미닫이문을 지나서 모텔의 둥근 로비로 들어갔다. 유리창 대신 반구형 유리 천장이 있는 공간이었다. 돋보기를 코끝에 걸친 중년 여자가 접수처에 앉아 있었다. 눈에 보이지 않지만 어딘가에 있는 스피커에서 컨트리송이 흘러나왔다. 에드나는 접수대에 팔을 얹었다.

"로즈, 이쪽은……." 에드나가 내 쪽을 돌아봤다. "아, 네 이름을 잊어버렸네."

"캐럴린 쿠퍼." 나는 수다를 떠시느라고 내 이름 물어보는 건 잊었다고 말하고 싶었지만 꾹 참고 이렇게만 대답했다.

"캐럴린, 맞아. 그랬지. 로즈, 이 아가씨가 오늘밤 묵을 방이 하나 필요해. 사고를 당했는데, 버니가 내일이나 되어야 차를 고칠 수 있대."

둥근 로비와 이어진 복도 중 한 곳에서 사람들의 목소리와 시끄러운 웃음소리, 컵들이 쟁그랑거리는 소리가 들려왔다. 빗방울이 유리 천장에 후드득 부딪쳤다.

"안녕하세요?" 로즈가 나를 흘낏 보고는 활기차게 고개를 끄덕였다. "하룻밤에 35달러, 아침식사는 5달러 추가예요."

그러고는 숙박부와 볼펜을 내밀었다.

"아침은 필요 없어요."

나는 볼펜을 쥐며 대답했다. 2년 동안 사용했더니 캐럴린 쿠퍼라는 이름이 아주 자연스럽게 써졌다.

"고맙습니다."

로즈는 내가 내민 50달러 지폐를 미심쩍은 듯 한동안 자세히 본 다음 거스름돈과 143번 객실 열쇠를 건넸다.

"나가서 왼쪽이에요. 끝에서 두 번째 방. 소음이 방해가 되지 않아야 할 텐데. 오늘 총각파티가 있거든요."

"괜찮을 거예요. 죽을 만큼 피곤하니까요. 에드나, 도와주셔서 고맙습니다. 안녕히 가세요."

"별 소리를 다하는구나." 그녀는 내게 가까이 몸을 숙이고 속삭였다. "로즈한테 네 일자리 물어볼까?"

"그렇게 해주시면 좋죠. 고맙습니다! 안녕히 가세요!"

온몸의 근육이 아팠다. 객실에 도착하니 기분이 좋았다. 그런데 열쇠가 맞지 않았다. 자물쇠에 넣고 이리저리 돌리는데 갑자기 안에서 문이 열리는 바람에 깜짝 놀라서 한 걸음 물러났다. 러닝셔츠와 청바지만 입은 어떤 남자가 맞은편에 서 있었다.

"오! 빨리 왔네. 새로 온 아가씨야?"

나는 멍해서 아무 말도 하지 못한 채 그냥 서 있었다. 이 남자, 내가 누구라고 생각하는 거지?

"뭐, 상관없어." 값을 매기듯 내 머리부터 발끝까지 살피던 그는 만족스러웠는지 옆으로 한걸음 비켜서서 들어오라는 손짓을 했다. "왜 그러고 있어? 들어와."

자갈길을 밟는 빠른 발소리가 들리더니 무시무시한 굽의 하이힐을 신은 여자가 잰걸음으로 모퉁이를 돌아왔다.

"죄송해요!" 나는 당황해서 얼른 소리쳤다. "어……, 제가 방을 잘못 찾은 모양이에요."

그곳은 142번 객실이었다.

여자는 몸에 딱 달라붙는 미니스커트에 머리를 위로 틀어올리고, 진한 화장을 한 모습이었다.

"무슨 일이지?" 그 여자는 이렇게 묻고는 나를 노려보다가 러닝셔츠를 입은 남자에게로 시선을 돌렸다. "동시에 여자 둘이랑 하겠다는 거야?"

나는 남자가 나를 누구라고 생각했는지 깨닫고 얼굴이 새빨개졌다. 그래서 급하게 창녀 옆을 지났다.

"잠깐 기다려!" 남자가 내 등에 대고 소리를 지르고는 웃음을 터뜨렸다. "난 3인 경기도 좋아하는데! 둘이 모녀 역할을 해도 되잖아. 돈도 많이 줄게!"

"이봐, 난 스물여덟 살밖에 안 됐다고!"

창녀가 불평하자 남자가 경멸하는 목소리로 대꾸했다.

"20년 전에 그랬겠지."

"마음에 안 들면 갈게." 여자가 툴툴거렸다.

"아가씨, 이리 와! 100달러 더 줄게!" 남자가 내 등에 대고 또 외쳤다.

"아뇨, 됐어요." 나는 떨리는 손으로 방 열쇠를 돌렸다. 빌어먹을, 왜 안 열리는 거야?

"나 꽤 괜찮은 남자야. 이상한 짓 안 한다고."

남자는 정말 끈질겼다.

"어린애 좀 그만 괴롭혀." 창녀가 말했다. "아직 누가 올라탄 적도 없을 거라고."

드디어 문이 열렸다. 나는 가방을 끌고 들어와 쾅 소리 나게 문을 닫고 안도의 한숨을 내쉬고는 전등 스위치를 눌렀다. 도대체 여기가 어디지? 접수처에 있던 여자는 이 모텔에서 무슨 일이 벌어지는지 알고 있을까? 이 모텔에서 일자리를 구하는 게 어쩌면 좋은 생각이 아닐지도 모른다.

커튼을 닫고 창문 자물쇠를 세심하게 살폈다. 색정광 녀석이 여기로 침입할 마음을 먹을지도 모르니까!

욕실은 작았지만 깨끗하고 반짝거렸다. 작은 병에 든 샴푸와 보디샴푸, 드라이기도 있었다. 옷을 벗는데 남아 있던 유리 파편 몇 개가 떨어졌다. 더운 물이 더 이상 나오지 않을 때까지 샤워를 한 후에 매트리스에 반듯하게 꽉 끼어 있는 이불을 꺼내고 잠자리에 들었다. 유감스럽게도 벽이 너무 얇아서 옆방의 소리가 모두 들렸다. 베개를 머리에 올리고 귀를 막았지만 그놈은 상당히 지구력이 좋아서 15분이나 지난 후에야 조용해졌다. 하지만 괴성을 지르며 절정에 도달한 옆방 놈이 잠잠해지자 총각파티를 하던 손님들이 취해서 고함을 지르면서 방에서 나오는 소리가 들렸다. 차를 타고 떠나는지 차 문 닫히는 소리, 차바퀴가 자갈길을 구르는 소리, 모터 소리가 요란하게 울렸다. 파티가 계속되는 방도 있었는데, 누군가 그들에게 빌어먹을 주둥이를 당장 닥치지 않으면 모두 불알을 매달겠다고 고함을 질렀다. 약간 상스러운 이 협박이 먹힌 덕분에 나는 2시 반쯤 드디어 선잠에 빠졌다.

지난 몇 년 동안 자주 그랬듯이 이날도 힘겨운 꿈에 시달렸다. 에스라 오빠처럼 보이는 크리스토퍼가 등장해서는, 내가 살인을 저질렀다고 텔레비전에 폭로하겠다며 협박했다. 그다음에는 조던이 나타났다. 그는 한 손으로 내 입과 코를 막고 다른 손으로는 내 손목을 움켜쥐고서, 시드니를 죽이면 2000달러를 주겠다고 속삭였다. 패트릭 매커보이도 등장했는데, 그는 아무 말도 하지 않고 그저 비난하듯 나를 바라보기만 했다.

노크 소리에 잠에서 깼다. 깜짝 놀라서 일어났지만 여기가 어딘지 기억하는 데 시간이 좀 걸렸다. 룸메이드가 벌써 왔나? 지금 몇 시지? 잠에 취한 채 나이트테이블에 둔 휴대전화를 더듬어 찾았다. 8시 30분!

노크 소리가 다시 들렸다. 나는 침대에서 일어나 비틀거리며 문간으로 갔다. 어떤 남자가 서 있었는데, 객실을 청소하는 사람처럼 보이지는 않았다. 스물다섯 살은 넘지 않은 것 같은 다부진 남자였다. 짧게 자른 금발이었고 근육질 목에는 금목걸이를 하고 있었다.

"무슨 일이야?"

내가 의심하는 눈초리로 묻자 그는 히죽이며 대답했다.

"안녕? 잘 잤어? 매니저가 너랑 얘기 좀 하자더라."

"어…… 음…… 왜?" 나는 당황해서 말을 더듬었다.

"일자리 구한다며. 안 그래?" 그는 내가 당황하는 게 재미있는 모양이었다. "로즈가 그렇게 말했는데."

"아, 음. 맞아. 15분만 기다려 줄래?"

"물론이지. 로비에서 기다릴게." 그가 다시 히죽 웃었다.

나는 문을 닫고 옷을 입었다. 앞 유리창 없이 운전을 한 탓에 눈에 불이 붙은 듯했지만 적어도 근육통은 밤새 사라졌다. 플로리다의 햇빛에 색깔이 아주 연해진 반짝이는 긴 머리카락을 뒤통수에 단단하게 틀어올렸다. 접수처로 가면서, 매니저에게 모텔에 창녀가 드나드는 것 같다고 말해야 할지 어쩔지 고민했다. 매춘은 금지되어 있으니 경찰과 문제가 생길 수도 있었다. 어쩌면 알려준 게 고마워서 매니저가 나에게 일자리를 줄지도 모르지.

큰 주차장은 이제 거의 비어 있었다. 물이 흥건한 잔디밭에 주차된 차가 몇 대 보였다. 잎사귀가 떨어진 나무 우듬지들은 낮게 깔린 무겁고 축축한 안개에 가려 있었다. 입구 바로 옆에는 밝은 갈색 가죽 좌석을 갖춘 날씬한 검정 포르쉐가 주차되어 있었다. 모터가 식느라고 나지막하게 딱딱거리는 걸 보니 방금 주차된 듯했다. 나는 조심스럽게 거리를 유지한 채 멈춰섰다. 오빠들이 차를 정비하던 헛간에 포르쉐 사진이 걸려 있었는데, 직접 보니 감탄이 절로 나왔다.

자동문을 지나 입구로 들어섰다. 짧은 금발 남자는 오늘은 다른 여자가 앉아 있는 접수대에 느긋하게 기대어 있었다. 그가 여자에게 뭔가 이야기하고는 둘이 함께 킥킥댔는데, 내가 들어서자 둘 다 조용해졌다.

"바깥에 있는 차 멋지다. 당신 거야?"

"그럼 얼마나 좋겠어!" 짧은 금발이 즐거운 듯 히죽거렸다. "빅 보스 차야. 우연히 지금 막 왔지. 너 잠깐 기다려야 해. 매니저가 지금 빅 보스랑 같이 있거든."

"알았어. 에드나는 왔어?"

나는 어제 버니의 정비소 전화번호를 받아두는 걸 깜박 잊었다.

"아니요. 에드나는 10시에 일을 시작해요."

접수처 여직원이 대답했다. 나는 로비에서 어슬렁거리며 활짝 열린 문을 통해 어제 파티가 열렸던 바를 흘끗 들여다봤다. 반짝이는 검은색 나무탁자들이 놓인 넓은 공간에는 하늘색과 흰색 줄무늬 가운을 입고 진공청소기로 양탄자가 깔린 바닥을 청소하는 흑인만 있었다. 그때 유리문이 열리고 어떤 남자가 들어왔다. 나는 그가 142호 그놈이라는 걸 알아보고는 관광안내서가 비치된 회전 스탠드로 얼른 몸을 돌렸다. 그는 열쇠를 반납하고서 짧은 금발 남자와 몇 분 동안 이야기를 나눴다. 곁눈질해 보니 금발 남자가 나를 건너다보고 있었다. 그런 다음 그는 142호 남자와 함께 주차장으로 나갔다. 시간이 흘렀다. 접수처의 전화가 계속 울렸고, 여자 직원은 바빠서 내게는 눈길도 주지 않았다. 다른 손님들이 식당에서 나와서 체크아웃을 하고 나를 지나 바깥으로 나갔다. 나는 접수처 옆에 있는 회전 스탠드에서 신문을 한 부 꺼내서 맞은편 의자에 앉아 넘겼다.

10시가 조금 안 되었을 때 '직원 전용'이라고 쓰인 문을 열고 어떤 여자가 나오더니 나에게 곧장 다가왔다. 반짝이는 타일 바닥에 신발 굽이 부딪쳐 울리는 소리가 났다. 공들여 틀어올린 실버블론드에, 위아래가 붙은 새빨간 오버올에 반짝이 허리띠를 하고, 내가 지금까지 본 중 가장 굽이 높은 신발을 신고 있었다. 나는 신문을 얼른 접고서 벌떡 일어났다.

"매니저 론다 미첼이에요."

그녀가 거친 목소리로 말했다. 담배를 수십만 개비는 피웠는지 가냘픈 몸매와는 어울리지 않게 저음이 나왔다.

"미안해요. 좀 오래 걸렸어요."

"괜찮아요. 어차피 자동차가 아직 정비소에 있어서 시간 여유가 있거든요. 캐럴린 쿠퍼예요."

"플로리다에서 왔다고 들었어요."

"예, 맞아요."

"일자리를 구한다고요."

"예, 그것도 맞아요."

"캐럴린, 아직 무척 어려 보이네요. 몇 살인가요?"

론다는 사소한 것도 놓치지 않는 예리한 눈빛으로 나를 살폈다. 가까이서 보니 얼굴에 주름이 있었다. 최소한 50대 중반이거나 더 된 것 같았다.

"나이보다 어려 보인다고 하면 기뻐할 때가 올 거라고 말하는 사람들이 많더군요. 스무 살이에요." 나는 미소를 지으며 답했다.

론다는 처음으로 미소를 지었다. 내 대답이 마음에 든 모양이었다. 다시 유리문이 열리더니 두 남자가 바퀴 달린 작은 가방을 끌고 들어와 접수처로 갔다.

"이리 오세요. 내 사무실로 가요."

그런 신발을 신고 어떻게 걸을 수 있는지 의문이었지만 어쨌든 론다는 내가 따라가기 힘들 만큼 민첩하게 걸었다. 그녀는 좁은 복도 끝에 있는 우윳빛 유리문 앞에서 멈춰섰다.

"안에 빅 보스가 계세요." 론다가 말했다. "'하인즈빌 포 코너스'는 거대한 모텔 체인의 일부예요. 64개나 되는 모텔이 사우스캐롤라이나와 조지아 주, 플로리다와 앨라배마와 루이지애나 주에 흩어져 있지요. 뒤부아 씨는 3년 전 체인을 인수한 후 열정적으로 확장해가는 중이에요. 여기서 잠깐 기다려요."

그녀는 짤막하게 노크하고는 들어오라는 말도 기다리지 않고 안으로 들어갔다. 자신감과 지위를 나타내는 행동이었다. 우윳빛 유리를 통해 론다 말고 누군가가 또 사무실에 있다는 건 알 수 있었지만 무슨 말을 하는지 들리지는 않았다. 문이 다시 열리더니 론다가 들어오라고 손짓했다. 나는 철제 책상과 서류장이 놓인 간결한 사무실로 들어섰다. 흰색 칠을 한 벽에는 아이들이 그린 알록달록한 그림과 커다란 일정표가 걸려 있었다. 짧은 금발 남자는 사이드보드에 기대서 있고, 책상 앞에는 목 단추를 푼 흰 셔츠와 양복을 입은 날씬한 남자가 앉아서 서류를 넘기고 있었다. 기껏해야 서른 살가량이거나 그보다 더 젊어 보여서 나는 잠시 당황했다. 내가 상상한 모텔 체인 소유주의 모습과는 전혀 맞지 않았다.

"보스, 플로리다에서 온 캐럴린입니다." 금발 남자가 말했다.

"고마워, 미키."

남자가 서류에서 고개를 들었다. 짧은 금발 남자는 거의 비굴할 정도로 고개를 숙여 인사하고는 사무실을 나갔다.

"앉아요."

남자가 미소도 없이 말하며 자기 책상 앞에 놓인 방문객용 의자

268

두 개를 가리켰다. 나는 그의 말에 따랐다. 테 없는 안경 뒤에서 차가운 파란 눈동자로 나를 살피던 그가 소파에 느긋하게 등을 기대더니 팔걸이에 손을 올리며 말했다.

"일자리를 찾는군요."

질문이 아니라 단언이었다. 나는 불현듯 이 자리가 불편하게 느껴졌다. 그동안 면접을 몇 번 봤지만 보통 이렇게 큰 사업의 소유주가 주방 도우미나 룸메이드를 채용하는 데 직접 관여하지는 않았다.

"예, 어제 작은 사고가 생겨서 지금 차가 정비소에 있어요. 기술자의 아내분이 이곳에서 일한다며 여기로 데려다주셨어요. 그분이 주방 도우미나 룸메이드가 필요할지도 모른다고 하던데요."

"론다, 지금 서비스 직원을 구하고 있습니까?"

"아니요, 지금은 채용 상황이 상당히 좋습니다."

뒤에서 들리는 론다의 말에 나는 용기를 잃었다.

"전 청소와 다림질을 잘해요. 부엌일도 잘 알고, 힘든 일도 피하지 않아요. 그리고 피아노도 꽤 잘 친답니다."

내가 듣기에도 너무 필사적으로 들렸다.

"클리어워터에 있는 청소업체에서 한동안 일했고, 디즈니월드와 윈터헤이븐에 있는 목장과 오렌지 농장에서도 일했어요."

"꽤 많은 종류의 일을 했군요."

남자는 눈썹을 치켜세우고 한참이나 나를 관찰하더니 론다와 슬쩍 눈길을 주고받은 후에 물었다.

"몇 살입니까?"

"스무 살이에요."

"이름은?"

"캐럴린, 캐럴린 쿠퍼예요."

"매력적인 이름이군요." 그의 얼굴에 미소가 얼핏 떠올랐다가 사라졌다. "나는 이던 뒤부아예요."

그는 잘생겼다거나 인상적이고 특별한 뭔가는 없었지만, 내가 플로리다에서 겪은 다혈질에다가 자기애에 빠진 사장들과는 전혀 다른 차분하고 느긋한 권위를 내뿜었다.

"당신이 돈을 벌 기회가 있긴 합니다."

그는 몸을 숙이고 단도 형태의 편지 개봉용 칼을 집어들었다.

"일은 그다지 힘들지 않습니다. 그에 비해 수입은 굉장하지요."

그가 꼼꼼하게 다듬은 섬세한 손가락으로 칼을 만지작거리며 말을 이었다.

"자기 형편에 비해 호화롭게 사는 젊은 여성들이 많아요. 이들은 세련된 분위기에서 돈을 많이 벌 수 있는 부업을 하지요. 여기서 일하는 아가씨들은 대부분 이런 식으로 학비를 댑니다. 모두 자유롭게 일해요. 객실 사용료와 소액의 수수료를 제외하고 나머지는 자기가 갖는다는 뜻입니다. 물론 당신도 예상하겠지만, 우리는 공식적으론 이런 일을 전혀 모릅니다."

순간 나는 내 귀를 의심했다. 순진한 회계사처럼 보이는 이 남자가 나더러 지금 여기서 창녀로 일하라고 말하는 건가!

"아가씨들한테는 단골손님들도 많아요. 우리 모텔에는 유명인사들도 정기적으로 묵곤 하죠." 론다가 내 뒤에서 사무적으로 말했다. "총각파티나 회사 파티처럼 남성들이 여성의 은밀한 동행을 원하는 행사도 자주 있고요. 한 달에 3000에서 5000달러까지 버는 아가씨도 많아요. 물론 세금을 내지 않는 온전한 수입이죠."

론다의 입에서 나오는 말은 지극히 품위 있는 일처럼 들렸지만 사실은 돈을 대가로 섹스를 하는 일일 뿐이었다. 뒤부아가 자리에서 일어나 창가로 가서 뒷짐을 지고 섰다. 그러고서 한참이나 말없이 주차장을 내다봤다. 벌써 숱이 줄어들기 시작한 갈색 머리카락이 눈에 들어왔다.

"차분하게 생각해보고 결정하세요." 그가 몸을 돌려 나를 똑바로 바라보며 말했다. "당신을 보니 돈을 정말 잘 벌 것 같네요."

이 남자가 지금 무슨 말을 하는 거야? 내가 창녀처럼 생겼다는 뜻인가? 예전에 언론에서 나를 창녀라고 불러서 입은 상처가 채 아물지도 않았는데. 돈이 급하게 필요하긴 했지만 아직 그 정도로 타락하지는 않았다.

"뭔가 오해하신 것 같네요." 나는 싸늘하게 대꾸하고는 자리에서 일어났다. "그런 일에는 관심 없어요. 시간 내주셔서 고맙습니다."

뒤부아와 론다에게 고개를 까닥하고 문 쪽으로 향했다.

"기다려요."

나는 발걸음을 멈추고 몸을 돌렸다.

"기분 상하게 할 생각은 아니었습니다." 뒤부아가 책상을 돌아와 스킨 냄새가 풍길 정도로 내 앞에 가까이 섰다. "왜 대학에 가지 않았습니까?"

그가 내 눈을 쏘아보자, 갑자기 내 배 속에서 부드러운 날갯짓이 느껴졌다. 뒤부아는 키도 나보다 머리 절반밖에 안 크고 거의 허약해 보이는 데다가 안경까지 썼다. 지금까지 나는 키가 크고 어깨가 넓고 얼굴이 각진 남자들을 좋아했는데, 그에게 있는 거부할 수 없는 매력적인 뭔가가 나를 거세게 잡아당겼다. 첫인상은 순진해 보였지만, 조심스러운 태도 뒤에는 위험한 다른 뭔가가 숨어 있었다.

"고등학교를 마치지 못했어요. 몇 년 전 가정불화 때문에 집을 나왔거든요.”

내 대답에 그가 물었다.

“혹시 경찰에 쫓기는 건 아니죠?”

“그럼요, 아니에요.” 나는 그를 안심시켰다.

“나는 다른 사업도 합니다.” 한참 있다가 그가 입을 뗐다. “서배너에 바가 하나 있어요. 피아니스트가 임신을 해서 자리가 비었지요. 그러니 당장 시작해도 됩니다. 일주일에 엿새 저녁, 주당 400달러. 그리고 우리 손님들은 팁을 많이 주기로 유명하지요.”

바 피아니스트! 이건 정말 괜찮게 들렸다.

“이런 일자리는 할 만합니까?”

“예, 물론이죠.”

나는 안심이 되어 미소를 지었다. 어쩌면 내가 만든 노래들을 연주할 수도 있을 거야!

“좋습니다.” 처음으로 뒤부아의 새파란 눈동자에 즐거운 듯한 반짝임이 감돌았다. “나는 까다롭긴 해도 관대한 고용주예요. 성실함과 성과에는 두둑하게 보답하지요. 그러니 캐럴린, 노력만 한다면 좋은 일이 있을 겁니다.”

그의 입에서 울리는 내 이름은 ‘캐롤-린’처럼 들렸는데, 가명으로 사용하기에 좋을 것 같아서 상당히 마음에 들었다.

“하지만 오로지 이웃을 사랑하는 마음에서 이렇게 제안한다고 생각하지는 마세요.” 뒤부아가 경고하며 미소를 지었다. “사업가로서 보기에 당신은 투자 가치가 있는 것 같거든요. 당신이 지적이고 목표 지향적이라서 마음에 듭니다. 내 믿음을 충족시킨다면 우리 둘은 아마 아주 많은 돈을 벌 수 있을 겁니다.”

“하지만 전 절대로…….”

그가 손짓과 미소로 내 말을 막았다. "캐롤-린, 다가오는 기회를 모두 이용해요. 후회하지 않을 겁니다."

나는 빤히 바라보는 그의 눈길을 피하지 않았다.

"내 제안은 흥정할 수 없습니다. 예 아니요로 대답해요."

"아…… 알았어요. 동의해요." 나는 말을 더듬으며 대답했다.

그의 얼굴 표정은 전혀 변하지 않았지만, 눈에는 해석하기 어려운 뭔가가 떠올랐다. 나는 그가 내미는 손을 잡았다.

"뒤부아 씨, 감사합니다. 만족하실 거예요."

"그러길 바랍니다." 그가 내 손을 놓고 덧붙였다. "또 만나죠."

"언제요?"

나는 이렇게 묻고는 바로 혀를 깨물고 싶었다. 뒤부아의 눈에 아주 잠깐 동안 기이한 표정이 떠올랐다. 나는 내가 뱉은 한마디로 너무 많은 걸 보여줬다는 사실을 깨달았다.

"오늘 저녁 서배너에서 기다리겠습니다." 그가 미소도 짓지 않고 대답했다. "정확하게 6시 반에 내 사무실에서요. 원한다면 미키가 데려다줄 겁니다."

그가 다시 책상 앞에 앉은 뒤에 나는 그곳을 나왔다.

"당신 아버님 같은 악성 백혈병을 앓는 환자들이 살아남을 유일한 기회는 조혈모세포 이식입니다. 기증자와 수혜자의 조직 특성 열 개가 정확하게 일치하는 게 이상적인 경우지만, 유감스럽게도 적합한 기증자는 직계 가족 네 명 중 한 명꼴로 나타나죠."

클레어 웡 박사는 최대한 안타까움을 담아 말하려고 애썼지만, 조던 블라이스톤은 브라이언병원 종양학과 수석의사인 그녀에게 이런 대화는 일상적인 것일 뿐이라는 느낌을 받았다.

"제 줄기세포가 아버지와 반드시 일치하는 건 아니라는 뜻입니까?" 그가 확인차 물었다.

"그렇습니다." 의사가 고개를 끄덕였다. "그런 경우에는 타인에게서 기증받는 게 마지막 희망이에요. 다행스럽게도 골수 기증자는 지난 20년 동안 증가해서 이제는 꽤 큰 데이터베이스를 갖추고 있어요. 하지만 적합한 기증자를 찾는 건 복권에 당첨되는 것만큼 힘들죠."

조던은 고개를 끄덕였다. 사흘 전 여동생이 저녁 늦게 전화해서 아버지가 급성림프백혈병이라고 알린 뒤로 그는 충격에 빠져 있는 상태였다. 아버지는 이따금 독감에 걸리는 것 말고는 64년간 살아오면서 아픈 적이 없었다. 아버지가 이런 병에 걸릴 거라고는 상상도 해본 적이 없었다. 작년 가을, 어머니가 돌아가신 뒤 아버지는 무척 힘겨워했다. 어머니는 루게릭병에 걸렸는데, 아버지는 네브래스카 주 경찰 총경 자리까지 내려놓고 거의 3년 동안 헌신적으로 간호를 했다. 특히 마지막에는 하루 종일 옆에서 병수발을 드느라 상당히 지친 모습이었다. 그래서 가족들은 풍채 좋던 클레이턴 블라이스톤의 체중이 갑자기 준 것이 그 때문이라고 여겼다. 그러다가 조던의 여동생이자 의사인 파멜라가 건강검진을 하라고 아버지를 설득했는데, 암이 발견된 것이다.

"제가 어떻게 해야 합니까?" 조던은 의사가 약간 초조해하는 것 같아서 얼른 물었다.

"아주 간단합니다." 웡 박사가 대답했다. "유형 구별을 위해 우선 면봉으로 입 안 점막에서 세포를 몇 개 채취할 겁니다. 지금 여기서 바로 할 수 있고요. 통증은 전혀 없어요."

그녀는 용기를 북돋우듯 미소를 지었다. "그 후에 실험실에서 세포를 조사하고……."

"압니다." 조던은 의사의 말을 가로챘다. "전 형사입니다."

"아, 그렇군요." 웡은 빤히 바라보다가 고개를 끄덕이고 헛기침을 했다. "줄기세포 기증자로 적합하다는 판정이 나면 전신마취를 하고 주삿바늘로 골반 뼈에서 골수를 채취할 거예요. 이때 기증자가 겪게 될 위험은 아주 적지만, 전신마취를 한 채로 두세 시간 동안 골수를 뽑아내야 하고, 그 뒤에도 나흘은 입원해야 해요. 그게 어렵다면 말초조혈모세포를 이식할 수도 있어요. 피를 뽑아서 줄기세포를 걸러낸 후에 혈액은 기증자에게 다시 넣는 거죠."

조던은 침을 꿀꺽 삼켰다. 온갖 종류의 주삿바늘 생각을 하니 두려웠다. 살면서 전신마취를 한 적은 한 번도 없었다. 병원에 환자로 온 건 25년 전이었고, 그때 부러졌던 쇄골은 저절로 나았다.

"좋습니다. 그럼 시작하지요." 조던이 말했다.

의사는 다시 미소를 짓고는 고개를 끄덕였다. 책상 의자에서 일어나 옆방으로 가더니, 조던도 직업상 익숙한 면봉 세트를 가지고 돌아왔다. 그가 입을 벌리자 의사는 면봉을 그의 뺨 안쪽에 밀어 넣었다가 플라스틱 관에 넣었다. 피의자 DNA를 검사할 때와 똑같은 절차였다.

"수고하셨어요, 블라이스톤 씨. 다 끝났습니다. 닷새쯤 뒤에 결과를 알려드릴 수 있을 겁니다. 다른 이야기는 그 후에 하지요."

"알겠습니다. 고맙습니다, 웡 박사님."

조던은 자리에서 일어나 악수를 청했다. 의사는 그보다 머리 두 개는 작고 무척 가냘팠지만, 손아귀 힘은 그 못지않았다.

그는 긴 복도를 걸어 출구로 향했다. 의사는 매일 어떻게 질병과 죽음, 흐느끼는 유가족과 마주할 수 있을까? 왜 이런 직업을 택한 걸까? 빌어먹을, 건강하고 활력 넘치던 아버지가 어째서 이런 악성 질병에 걸린 걸까? 지난 주말에 여자친구는 또 애를 낳자는 이야기를 꺼냈고, 조던은 무척 조심스러운 반응을 보였다. 데비의 집안에선 악성 유방암으로 사망한 여자가 세 명이고 조던의 어머니는 루게릭병이었으며, 이제 그의 아버지도 백혈병에 걸렸다! 이런 유전적 짐을 진 아기를 낳는 게 과연 책임 있는 행동일까? 데비는 누구나 그런 생각을 한다면 이 세상에 태어날 아기는 하나도 없을 거라고, 일단 가끔 섹스는 해야 하는 거 아니냐고, 자기가 가톨릭이긴 하지만 원죄 없는 잉태는 믿지 않는다고 했다. 둘의 대화는 말다툼으로 바뀌었고 데비는 아주 모욕적인 말을 그에게 던졌다. 옛 여자친구 시드니 윌슨을 놀랄 만큼 연상시키는 말이었다.

조던은 유리 회전문을 지나 7월의 환한 햇살이 비치는 바깥으로 나왔다. 아버지는 브라이언병원의 다른 편 건물에 입원 중이었다. 잠깐 들를까? 그는 망설였다. 어제저녁에 파멜라와 그는 면회 시간이 끝날 때까지 아버지 침대 옆에 앉아 있었다. 더 오래 머물고 싶었지만, 아버지가 집으로 가라고 강하게 말했다.

"넌 내가 이미 죽은 것 같은 표정이로구나." 아버지가 미소를 지으며 그에게 말했다. "그깟 백혈구 몇 개가 나를 금방 땅에 묻을 순 없을 거다."

클레이턴 블라이스톤은 자기 상황이 어떤지 정확하게 알고 있었지만, 전혀 그런 낌새를 보이지 않았다. 그는 언제나 그랬다. 절대로 약점을 보이지 않았다. 자기 속마음은 늘 혼자만 알고 있었다. 이런 남자가 앓아 여위고, 이제 죽을 수도 있다니.

가면 안 된다. 조던이 지금 문병을 간다면 아버지는 절대 좋아하지 않을 것이다. 아버지는 자기를 에워싸고 사람들이 야단법석을 떠는 걸 견디지 못했고, 게다가 자기 때문에 조던이 일을 소홀히 하는 건 더욱 못 견뎠다. 아버지는 40년 전 네브래스카 주 경찰을 조직한 사람이었고 뼛속 깊숙이까지 경찰이었다. 그래서 겨우 서른여섯 살에 형사계에 새로 생긴 미제사건팀의 수장이 된 조던을 자랑스러워했다. 외아들이 자기 뒤를 이어 언젠가 총경이 되는 걸 보면 더 좋을 텐데. 조던은 아버지가 입원한 다인실이 있는 건물 유리창을 올려다봤다. 아버지는 1인실에 입원할 수도 있었는데 굳이 다인실을 택했다.

"아버지, 제가 도와드릴게요. 제 피를 다 드리는 한이 있어도요."
조던이 나지막하게 중얼거렸다. 그는 깊은 한숨을 내쉬고 주차장
으로 발길을 돌렸다.

2주 전부터 매디슨 카운티 지방법원에서는 네브래스카 주 사상
가장 이목을 끄는 재판이 열리고 있었다. 언론의 관심은 대단했다.
전국에서 모여든 기자와 촬영팀이 매디슨에 텐트를 치고 레이첼
그랜트가 1965년에 9개월 간격으로 존 루카스 그랜트와 그의 아
내 소피아를 살해한 혐의로 기소된 재판을 주시하고 있었다. 조던
의 팀은 레이첼이 시부모님을 살해한 증거를 찾기 위해 2년 넘게
노력했다. 그러다 그랜트 가족묘지에서 발굴한 유골의 머리카락과
치아와 뼈에서 높은 비소 수치를 발견했다. 두 사람이 비소에 의해
살해당했다는 명백한 증거였다.

그 후 조던의 팀원들은 주민들과 많은 대화를 나눴다. 기억도 하
기 싫어하는 사람들도 있었지만, 대부분은 이미 35년이나 지난 후
라서 당시에 무슨 일이 벌어졌는지 실제로 잘 기억하지 못했다. 레
이첼 그랜트는 자신이 무죄라고 강력하게 주장했다. 1996년 12월
25일에 벌어진 윌로크릭 학살 사건에 대한 재판에서 그녀는 다중
살인을 사주하고 공모한 행위로 30년형을 선고받은 상태였다. 에
스라가 사용한 무기와 총알을 그녀가 여름에 마련해 집의 다락에
숨겨놓았다는 사실이 증명됐기 때문이다.

레이첼 그랜트는 기소된 뒤 링컨 소재 주립 교도소에 수감되어
있었다. 반평생을 살인범과 성범죄자들을 만나며 보낸 조던이지만
레이첼처럼 증오로 가득 찬 사람은 처음이었다. 조던은 셰리든이
그런 사람의 증오에 내내 시달렸다는 생각에 레이첼을 만날 때마
다 소름이 끼쳤다.

조던 블라이스톤은 이제 아가씨가 됐을 셰리든을 자주 생각했다. 지금 어디 있을까? 어떻게 지낼까? 그때 짤막하게 통화한 뒤로 셰리든은 땅으로 꺼진 듯 사라져버렸다. 경찰 내부에서 사용할 수 있는 수단을 모두 동원해도 찾을 수 없었다. 공기 중으로 분해된 듯했다. 셰리든은 이 재판에 대해 알고 있을까?

조던이 주차카드를 판독기에 밀어넣자 차단기가 올라갔다. 그와 거의 동시에 카폰이 울렸다. 그레그였다. 좋은 소식이기를!

"팀장님, 그분이 도착했습니다."

그레그의 말에 조던은 마음이 가벼워졌다.

"그분과 두 아들을 공항에서 만나 지금 호텔로 모시고 가는 중이에요."

"잘됐군." 조던이 기쁘게 대답했다.

"검사가 오늘 그분과 이야기하려고 할 텐데, 괜찮을까요?"

"그럼, 당연하지."

"그분은 무척 건강해 보입니다. 걱정 안 하셔도 될 것 같습니다." 그레그가 말했다.

"그래. 나도 이제 사무실로 돌아갈 거야."

조던은 전화를 끊었다. 운이 따라준다면, 이 재판은 며칠 뒤에는 깔끔하게 종결될 것이다. 그럼 그때부터 아버지에게 신경을 쓸 수 있을 것이다. 하지만 지금은 재판과 애비게일 셰퍼에게 집중해야 했다. 그녀는 가장 중요한 증인이었다. 그녀의 진술이 재판 결과에 결정적인 영향을 미칠 것이다. 조던은 처음에 레이첼 그랜트가 범행을 인정하고 자백하리라고 생각했지만 그건 헛된 기대였다. 그녀는 검사가 사형을 구형할 거라고 위협해도 눈도 깜박하지 않고, 자기가 시부모님의 죽음과 관련 있다는 증거는 단 하나도 없다고 대꾸했다. 유감스럽게도 그녀의 주장이 옳았다. 간접증거만 난무하는 길고 힘겨운 재판이 될 전망이었다.

그런데 4월에 당시 페어필드에서 약사로 일하다가 지금은 애리조나 주 피닉스에 사는 92세의 애비게일 셰퍼를 발견했다. 이 노파는 육체적으로는 약했지만 정신은 아주 말짱했다. 그녀는 1964년에서 1965년으로 넘어가던 겨울에 매디슨의 유명인사와 혼외정사를 가졌다. 당시 우체국 교환수로 일하던 레이첼 그랜트는 우연히 그 사실을 알고 애비게일을 협박했다. 비소를 대량으로 구해달라고 강요하면서, 부모님 댁에 들쥐가 많아서 처리해야 한다고 둘러댄 것이다. 그러나 1년 새 레이첼의 아버지와 시부모님이 피를 토하고 경련을 일으키며 신부전으로 사망하자, 애비게일은 레이첼이 비소를 실제로 어디에 사용했는지 깨닫게 되었다. 그녀는 그에 대한 의혹을 보안관에게 신고하지 않고 야반도주했지만, 그때 이후로 평생 양심의 가책을 느끼며 살았다. 노파는 이제 드디어 진실이 밝혀지고 레이첼 그랜트가 벌을 받게 될 거라는 사실에 마음이 가벼워진다고 말했다. 조던이 피닉스로 찾아갔을 때, 자신이 레이첼의 재판까지 살아 있지 못할 경우에 대비해 진술을 녹화하자고까지 했던 애비게일이었다. 이제 정정한 모습으로 레이첼 그랜트를 직접 사형장에 보내려고 달려온 것이다.

카폰이 다시 울렸다. 데비의 번호를 본 조던은 한숨을 내쉬고 전화를 받았다.

"여보세요."

그가 무뚝뚝하게 말했다. 주말 싸움의 흔적이 먹구름처럼 둘 사이에 드리워 있었다. 그때 이후로 두 사람은 짧막하게 두 번 통화했는데, 데비는 늘 그렇듯 장황한 말을 쏟아놓으며 눈물로 사과했다. 조던은 그녀의 계속되는 감정적 곡예에 점점 더 짜증이 났다. 처음 만났을 때는 그런 성격이 흥미롭고 매력적이라고 생각했지만 지금은 힘겹기만 했다. 어째 여자 운은 없는 것 같았다. 시드니는 후안무치한 거짓말쟁이로 밝혀져서 그를 실망시켰고, 데비는 함께 있는 것만으로도 스트레스였다. 다행스럽게도 시드니는 어느날 내용이 뒤죽박죽인 작별 편지를 남기고 홀연히 사라졌지만, 데비는 그렇게 간단히 사라지지 않을 게 뻔했다. 그녀는 조던의 아내가 되기로 단단히 마음먹은 것 같았다.

"자기, 안녕! 지금 어디야?" 데비가 간드러진 피리 같은 소리를 냈다.

"차 안이야."

다른 때 같으면 이렇게 모호한 대답에 만족하지 않을 데비지만 이번에는 더 캐묻지 않았다. 뭔가 다른 목적이 있어서 전화를 건 것 같았다.

"오래 방해하지 않을게. 방금 부동산 중개인이 전화했어. 그 사람이 무슨 말을 했는지 맞혀봐!"

조던은 데비가 즐기는 이런 종류의 수수께끼를 전혀 좋아하지 않았다.

"부동산 중개인?"

재앙이 다가오는 느낌이었다.

"내 집 때문에 말이야. 사고 싶어 하는 사람들을 찾았대. 조건이 아주 좋아."

"당신이 집을 팔려고 내놓은 거 몰랐는데." 조던이 놀라서 대꾸했다.

몇 초 동안 정적이 흘렀다.

"이미 한 이야기잖아. 우리가 집을 두 개 가지고 있는 건 바보 같은 짓이라고 자기가 직접 말했어. 비용도 두 배로 들고 어쩌고저쩌고. 그랬잖아!" 데비의 목소리에서 명백한 비난이 묻어났다.

조던이 언젠가 그렇게 말한 적은 있다. 둘이 사귀고 나서 얼마 지나지 않았을 때였다. 그때 조던은 데비가 유머러스하고 독립적이며 원만한 성격이라고 생각했다. 이미 몇 달, 아니 1년도 더 지난 이야기였다. 그때 이후로 두 사람의 관계는 오히려 퇴보했다. 데비가 만족이라고는 모르는 불평불만투성이에 질투로 가득한 사람이라는 정체를 드러낸 뒤로 조던은 그런 제안을 다시는 하지 않게 조심했다.

"나 지금 유전자 검사 때문에 병원에 왔다가 증인한테 가는 길이야." 그는 데비가 장광설을 늘어놓기 전에 얼른 말했다.

"당신은 늘 어딘가로 가는 길이지." 그녀가 뾰로통하게 쏘아붙이고는 말을 이었다. "오늘 좀 만날까? 나한테 올래, 내가 갈까? 내가 요리할까? 와인도 한 병 따고, 기분 내자. 아니면 외식할까? 시내에 프랑스 레스토랑이 새로 문을 열었대. 내 동료가 어제 그 이야기를……"

지금 외식하거나 술을 마실 기분이 아니라는 걸 왜 모를까? 아버지는 죽을병에 걸렸고, 또 지금까지 해온 일 중 가장 중요한 재판이 진행 중이다. 혹시 비난할 거리를 찾으려고 일부러 나를 도발하는 건가?

"데비, 제발 좀." 조던이 그녀의 말을 가로챘다. "나 오늘 시간 없어. 증인을 심문하러 매디슨으로 가서 밤에 호텔에 묵을 거야. 내일은 재판이 계속되고……."

"그 빌어먹을 재판!" 데비가 고함을 질렀다. "그 재판이 자기한테 아주 좋은 핑곗거리 같다는 생각이 들어! 아니면 매디슨에 혹시 다른 여자라도 숨겨둔 거야?"

지금 상황에서 질투로 시비를 거는 건 도저히 견딜 수 없었다.

"도대체 무슨 말도 안 되는 소리야?" 조던은 주 경찰본부 마당으로 꺾어들었다. "나 지금 스트레스를 엄청나게 받고 있는 상태야. 아버지가 편찮으셔서 더 그렇고. 이해 못 하겠어?"

"물론 이해하지. 그런데 내가 당신을 보고 싶어 하는 건 이해 못 하겠어?"

그 말만 하고 말았더라면 얼마나 좋았을까! 그러나 데비는 나쁜 습관을 버리지 못했다.

"친구들이랑 동생들, 직장 사람들이 당신 태도가 이상하대. 우린 거의 2년 동안 사귀고 있잖아. 그러면 동거나 결혼에 대해 슬슬 생각해봐야 하는 거 아냐? 그런데 당신이 바쁜 걸 아니까 나라도 생각해보려는 거야. 안 그러면 아무것도……."

데비가 꽥꽥거리는 동안 조던은 점점 더 짜증이 났다. 같은 팀인 캔트럴 형사와 개리슨 형사가 그를 보고는 흥분해서 손짓을 하며 주차장으로 뛰어나와 그의 차로 다가왔다. 셰퍼 부인이 지금 막 사망한 건 아니기를.

"데비, 내 말 잘 들어." 의도했던 것보다 말이 더 날카롭게 나왔다. "난 지금 무슨 계획을 세울 여력이 없어. 제발 좀 이해해달라고! 시간 나면 연락할게. 알았지?"

그러고는 데비가 뭐라고 대답하기 전에 전화를 끊어버렸다. 휴대전화가 곧장 다시 울렸지만 보지도 않은 채 차에서 내렸다.

"무슨 일이지?" 그가 동료들에게 물었다.

"팀장님, 굉장한 소식이에요!" 다이앤 개리슨이 얼굴을 환하게 빛냈다. "증인이 한 명 더 있답니다!"

"정말? 누구?"

"메리제인 워커입니다." 캔트럴이 말했다. "방금 전화로 레이첼 그랜트의 동기를 알려줬어요."

조던은 전기 충격을 받은 느낌이었다. 살인 동기가 명백하지 않은 게 이번 고소의 약점이었다.

"갑자기 왜?"

조던은 이해할 수 없었다. 그는 메리제인과 이미 여러 번 대화를 나눴다. 그녀는 놀랄 만큼 기억력이 좋았고, 검사가 기소할 수 있는 중요한 정보를 많이 제공했다.

"버넌 그랜트와 이야기할 기회가 이제야 생겼다고 하더군요. 자기가 진술하기 전에 그가 동의하는 게 중요했던 모양입니다." 다이앤 개리슨이 말했다. "늦었지만 어쨌든 없는 것보다는 낫죠."

"그렇지."

조던은 버넌 그랜트를 증인으로 소환하고 싶은 마음이 굴뚝같았지만, 그는 심문을 받을 만한 건강 상태가 아니었다.

"당장 가지." 조던이 말했다. "검사한테 알려. 무슨 수를 써서라도 내일 증인 목록에 이름을 올려야 돼!"

∞

배심원이 만장일치로 평결을 내리는 데는 정확하게 42분이 걸렸다. 배심원 대표가 자리에서 일어나 돋보기를 쓰자 매디슨 카운티 지방법원 법정은 팽팽한 긴장감으로 가득 찼다. 방청석뿐만 아니라 발코니 마지막 자리까지 꽉 찼지만, 냉방장치의 소음 말고는 아무 소리도 들리지 않았다. 기침도, 바스락거리는 소리도 전혀 없었다. 조던은 법정이 한눈에 들어오는 발코니석에서 그레그 홀스워스와 다이앤 개리슨 사이에 앉아 있었다. 심장이 목으로 튀어나올 것 같았고 손은 식은땀으로 축축했다.

"기소된 대로 유죄." 조던이 중얼거렸다.

"어떻게 아십니까? 예언자라도 되세요?" 그레그가 놀라서 소곤거렸다.

조던은 자기가 소리 내어 말했다는 것도 의식하지 못했다.

"레이첼 그랜트를 바라보는 배심원이 없잖아. 유죄판결을 내렸다는 확실한 징후지." 그가 나지막하게 설명했다.

판사가 피고에게 자리에서 일어나라고 하기도 전에, 조던은 이미 35년 만에 드디어 버넌 그랜트의 부모님이 정의를 맛보게 되리라는 사실을 눈치챘다. 배심원 대표가 평결문을 읽고 판사가 판결을 내리자마자 법정에서는 소동이 벌어졌다. 비열한 살인을 저지른 레이첼 쿠퍼 그랜트에게 사형선고가 내렸다.

그레그와 다이앤은 팀장의 어깨를 두드리며 축하했다. 법정과 발코니에 있던 사람들이 벌떡 일어났고 기자들은 법정에서 달려나갔다. 조던은 눈을 감은 채 그대로 앉아 있었다. 이제 다 끝났다는 안도감이 밀려왔다. 혹시 뭔가가 틀어져서 3년 동안 한 일이 모두 물거품이 되어버릴까 봐 마지막 순간까지 긴장을 놓지 못했다. 하지만 애비게일 셰퍼와 메리제인 워커의 진술이 결정적인 역할을 해줬다.

1965년, 레이첼 그랜트는 아들의 결혼을 반대하는 예비 남편의 부모를 9개월 간격으로 비소로 독살했다. 당시 통용되던 도덕관과 달리, 존 루카스와 소피아 그랜트는 아들이 임신시킨 여자와 반드시 결혼해야 한다고는 생각하지 않았던 것이다. 그들은 아들이 사랑하지 않는 여자, 더 나아가 견디지 못하는 여자와 결혼하는 걸 그냥 두고 보지 않았다. 그들은 그랜트 집안이 레이첼 쿠퍼에게 15만 달러를 일시불로 지불하고 매달 생활비를 준다는 계약서를 작성했다. 레이첼 쿠퍼가 버넌 그랜트와의 결혼을 포기하고 페어필드를 떠난다는 조건이었다. 레이첼은 화를 내며 이 계약서를 찢었지만, 이를 메리제인이 발견해서 보관했다.

레이첼 쿠퍼는 윌로크릭 농장의 안주인이 되려는 꿈에 사로잡혀서 방해가 되는 사람은 누구든 없애려고 들었다. 자신을 철석같이 믿던 여동생 캐럴린을 제거했고, 자신을 며느리로 삼지 않으려는 버넌의 부모를 살해했다.

오늘 판결로 인해 레이첼 그랜트가 야기한 모든 비극이 없었던 일이 되지는 않겠지만, 일종의 정의는 이루어졌다. 조던 블라이스톤은 이 직업을 선택하기를 잘했다고 느꼈다.

그는 눈을 뜨고 이제는 거의 텅 빈 법정을 내려다보다가 휠체어에 앉아 있는 버넌 그랜트와 시선이 마주쳤다. 버넌은 이혼한 전처 재판에 매번 참석해서 딱딱하게 굳은 표정으로 법정을 지켜봤다. 레이첼 그랜트 때문에 사랑하는 여인과 부모님을 잃은 남자가 입술을 움직였다. 조던은 그의 입술을 읽을 수 있었다.

'고맙네.'

조던은 가볍게 미소를 지으며 고개를 끄덕였다.

네브래스카 주 매디슨

"그레그, 다이앤이랑 링컨으로 돌아가. 나는 여기 잠시 더 있어야겠어." 법원 건물 앞에서 조던이 말했다.

"알았습니다, 팀장님. 그럼 내일 사무실에서 뵙죠." 그레그가 고개를 끄덕이며 대답했다.

조던은 키가 크고 금발인 매디슨 카운티 보안관 쪽으로 발걸음을 옮겼다. 일레인 패글러 보안관은 그들의 수사를 철저하게 지원했다. 그녀의 도움이 없었더라면 오늘 재판은 이루어지지 못했을 것이다. 다행스럽게도 윌로크릭 학살 사건 몇 달 후에 치러진 선거에서 매디슨 카운티 주민들은 예전 보안관을 다시 뽑지 않았다. 조던은 패글러 보안관에게 그동안의 협조에 다시 한 번 감사를 표하고 헤어진 다음, 커다란 밤나무 그늘에 세워둔 자기 차로 천천히 걸어갔다. 납작한 법정 건물 앞 주차장은 이제 텅 비어 있었다. 교도소 수송차가 레이첼 그랜트를 태우고 떠나자 기자와 텔레비전 팀들도 카메라와 녹음기를 챙겨서 따라붙었다. 지금쯤 전국에 내보낼 사진과 영상을 확보하느라 정신이 없을 것이다.

레이첼 그랜트의 변호사는 항소하겠다고 했지만, 증거가 너무 확고했으므로 성공할 가능성은 거의 없었다. 조던은 이른 아침에 짐을 꾸려서 지난 몇 달 동안 집보다 더 자주 머문 매디슨 교외의 작은 호텔을 나왔다.

그가 미제사건팀의 팀장이 되어 치른 첫 번째 큰 재판은 이제 끝났다. 그는 모든 것을 제대로 해냈다. 고속도로 순찰대에서 형사계로 자리를 옮기고, 새로운 부서까지 창설한 건 옳은 결정이었다. 오래된 사건을 수사해서 해결했다는 데 큰 만족감을 느꼈다. 옛날 사건들은 증거도 사라지고 증인들의 기억도 사라져서 최근 사건보다 해결하기가 훨씬 힘들다. 그러나 과학수사기술의 발전은 진상 규명 작업에 엄청난 가능성을 제공했다. 조던이 그랜트 집안의 살인사건을 해결한 것도 질량분석법과 가스 크로마토그래피, 거대한 데이터베이스 덕분이었다.

조던은 이 직업이 자신의 소명이라고 느꼈다. 이제 재판이 끝났으니 혼란스러운 사생활을 얼른 정리해야 했다. 데비와의 대화를 너무 오래 미뤄뒀다. 이제 정말 더는 피할 수 없었다. 관계를 끝내고 싶다고 말해야 했다.

"형사님."

조던은 깊은 생각에 잠겨 있어서 메리제인 워커가 옆에 있다는 것도 몰랐다. 그의 차 옆에서 기다린 모양이었다.

"아, 워커 부인." 조던은 미소를 지었다. "뵙게 되어 다행입니다. 감사 인사를 드리고 싶었는데, 이미 가신 줄 알았습니다. 부인의 진술이 배심원들을 완전히 설득시켰어요."

"이제 거의 모든 사람이 정당한 대접을 받게 됐네요." 메리제인은 이렇게 대답하고는 검은 눈으로 차분하게 그를 바라봤다.

"거의 모든 사람이라니요? 무슨 뜻인가요?" 조던이 물었다.

"셰리든."

아, 셰리든. 조던은 셰리든을 제대로 돌보지 못한 자신을, 그리고 모르고 한 일이지만 시드니의 광기에 그녀를 내맡겼던 일을 지금까지도 자책하고 있었다. 맬러키 그랜트의 아내 레베카에게서 셰리든이 메일에 이따금 답장을 쓴다는, 하지만 자기가 어디 있는지는 전혀 언급하지 않는다는 말을 들었다. 셰리든은 사람들이 자신을 찾는 걸 원하지 않았다. 사실 그럴 권리도 있었다. 이제 성인이 됐으니까.

"버넌은 셰리든을 무척 보고 싶어 해요." 메리제인이 말했다. "셰리든은 지금 스스로는 빠져나올 수 없는 상황에 처한 것 같아요."

메리제인이 하는 이런 식의 말에 놀라지 않은 지는 좀 됐다. 메리제인 워커는 이성적인 방식으로는 설명할 수 없는 능력을 가지고 있었다.

"셰리든은 사람들이 자기를 찾는 걸 원하지 않는 거예요." 조던이 대답했다. "정말입니다. 사람 찾기에 사용되는 최신 방법을 모두 동원해봤어요."

"형사님, 나도 알아요." 메리제인이 고개를 끄덕이며 말했다. "형사님은 좋은 남자예요."

그녀가 이 말을 한 게 처음은 아니지만, 들을 때마다 조던은 늘 당황스러웠다.

"버넌이 대화를 나누고 싶다고 전해달라고 해서 왔어요. 혹시 농장으로 와주실 시간이 있나요?"

오후 5시였다. 조던이 윌로크릭 농장에 사는 사람들의 운명과 처음으로 인연을 맺은 지 어느새 3년 반이 지났다. 어쩌면 이게 마지막 방문이 될지도 모르는데, 같이 대화 한번 나누는 게 적절한 이별 방식 같았다.

"그럼요. 차로 모실까요?"

조던의 말에 메리제인 워커가 미소로 답했다.

"그렇게 해주시면 좋지요. 아니면 아들한테 전화해서 데리러 오라고 해야 하니까요."

"아, 아드님이 와 있군요?"

조던은 수사하는 동안 버넌 그랜트의 큰아버지 셔먼의 혼외자 니컬러스 워커에 관한 이야기를 자주 들었다. 그러나 직접 만난 적도 없고 사건과 아무 관련이 없었으므로 관심 밖이었다.

"예, 1주일 전부터요."

메리제인은 조수석 문을 열어주는 그에게 고맙다고 고개를 끄덕였다.

"알래스카 연안에 있는 석유 채굴용 인공 섬에 한동안 있다가 그 후에는 그린란드 근처에 머물렀대요. 지난 한 해는 대서양 남동쪽 새우잡이 배에서 일했는데, 이제는 발아래 단단한 육지가 있길 바라는 모양이에요."

조던은 안전벨트를 매고 메리제인을 흘낏 바라봤다. 그녀는 꿈꾸듯 미소를 짓고 있었다. 조던이 그녀를 안 이후로 가장 편안한 표정이었다.

"아드님이 와서 기쁘시죠?" 조던은 싹싹하게 묻고 출발했다.

"그럼요. 니컬러스가 떠날 때면 다시는 못 볼까 봐 불안하답니다. 아들이 성인이라는 걸 가끔 잊어요. 엄마들은 아마 다 그럴 거예요. 하지만 니컬러스도 심하지. 몇 달 동안 연락하지 않을 때도 많답니다."

부모님과 여동생과 같은 도시에 사는 조던은 몇 달이나 가족과 연락하지 않는다는 게 상상이 되지 않았다. 너무 가까운 거리 때문에 가끔 짜증이 날 때도 있지만, 그게 지극히 정상이라고 생각했고 의문을 품어본 적도 없었다.

"이제 여기서 계속 살 거라고 하던가요?"

조던은 페어필드로 향하는 도로로 차를 꺾으며 조심스럽게 물었다. 농장까지 가는 길은 이제 집으로 가는 길만큼이나 낯익었다.

"흠, 니컬러스가 어떻게 할지는 아무도 몰라요. 이 점에서 그 애랑 자기 아버지는 똑같죠. 자유로운 영혼 말이에요."

메리제인이 한숨을 내쉬었다.

"지루해지면 또 떠날 거예요. 일단은 물빛 별장에 짐을 풀고 맬러키를 도와 추수를 하고 있으니 아마 한동안 머물겠죠. 로데오는 3년 전에 그만뒀어요. 너무 위험해서요."

"그렇게 자주 떠나 있는데 아내는 뭐라고 하지 않나요?"

"니컬러스한테는…… 여자가 없어요."

메리제인은 잠시 망설이다가 대답하고는 다시 아들에 대해 여러 가지 이야기를 했다. 조던은 그녀가 이렇게 말이 많은 모습은 처음 봤다. 윌로크릭 농장에 도착할 무렵, 조던은 메리제인이 이렇게나 열정적으로 이야기하는 아들이 어떤 사람인지 궁금해졌다.

버넌 그랜트는 저택 앞쪽 베란다에서 그를 기다리고 있었다. 아이스티 한 주전자를 놓고 앉아서, 법정에서 먼저 가버려서 미안하다고 조던에게 사과했다. 여전히 목소리가 쉬어서 뚝뚝 끊겼지만 이제는 잘 알아들을 수 있었다. 조던은 이 남자가 머리에 중상을 입고 다시 깨어나기까지 자기 자신과 얼마나 격렬하게 싸웠을지 짐작할 수 있었고, 그 놀라운 업적에 깊이 감탄했다.

"카메라 앞에 나서는 게 싫어서. 내 아들들도 마찬가지고." 버넌이 말했다.

"예, 당연히 그럴 겁니다."

조던은 버넌이 권한 의자에 앉으며, 아이스티를 마시겠냐는 레베카의 말에 공손하게 그러겠다고 대답했다.

"다시 와줘서 고맙네."

"별 말씀을요. 저희는 긴 여정을 함께했잖습니까. 이제는 다 지나갔고요." 조던이 대답했다.

"잠깐 말을 타려고 하는데 함께 가겠나?" 버넌이 불쑥 물었다. "보여줄 게 있는데."

"예, 그럼요." 조던이 고개를 끄덕이고 물었다. "그런데 괜찮으신가요? 어…… 벌써 다시 승마도 하실 수 있냐는 뜻입니다."

그 말에 버넌은 미소를 지었다. 조던이 그를 알게 된 이래 처음 보는 미소였다.

"승마라는 말은 좀 과장이지. 그저 안장에 앉아 있는 정도라네." 버넌이 대답했다. "말을 타면 살아 있다는 느낌을 받아. 기분이 좋아지지. 의사들도 이런 발전에 감탄하고 있고."

"저도 감탄했습니다."

"말에 안장을 얹으라고 존에게 전할게요." 층계에 앉아 있던 메리제인이 이렇게 말하고는 어린 소녀처럼 가벼운 발걸음으로 사라졌다.

버넌은 말 방목장까지 가는 데 거의 20분이나 걸렸다. 지팡이를 짚고 걷는 게 힘겨워 보였지만 걸어가겠다는 고집을 꺾지 않았다. 가는 동안 농장 생활이 이제 얼마나 긍정적으로 변했는지 이야기했다.

"레이첼은 불화를 너무 많이 일으켰다네. 왜 그런 사악한 행동들을 했는지 지금은 알지만, 아주 오랫동안 수수께끼였어. 특히 셰리든에게 말이지."

그는 깊은 한숨을 내쉬었다. 드디어 헛간에 도착했다. 헛간 뒤쪽 커다란 방목장에 말 몇 마리가 활발하게 뛰어다니고 있었고 두 마리는 들보에 묶여 있었다.

"아, 니컬러스. 고마워."

버넌이 검은머리에 호리호리한 남자에게 말했다. 남자는 무거운 안장을 황회색 말에 부드럽게 얹다가 버넌이 말을 걸자 몸을 돌렸다. 아, 저 남자가 니컬러스 워커로군!

"자네가 웨이사이더를 타고 싶어 할 것 같아서."

니컬러스가 버넌에게 미소를 짓다가 진지한 얼굴로 변해서는 보기 드문 연푸른 눈동자로 조던을 바라봤다. 멀리서 봤을 때와는 달리 그렇게 젊지 않았지만, 평균보다 훨씬 더 매력적인 외모였다. 이제 40대 후반쯤 된 것 같았다. 검은 머리카락에는 드문드문 재색이 섞이기 시작했고, 희고 가느다란 흉터가 오른쪽 관자놀이에서 뺨을 지나 윗입술까지 이어져 있었다. 그 흉터는 각진 얼굴을 보기 흉하게 만드는 게 아니라 더 매력적으로 보이게 했다.

"안녕."

니컬러스가 말에게 인사를 하고는 배 아래에서 뱃대끈을 당기려고 몸을 숙였다. 말이 귀를 붙이며 발굽을 굴렀다.

"어이, 괜찮아. 내가 조심할게."

니컬러스가 중얼거리며 안심시키듯 말 옆구리를 쓰다듬고는 뱃대끈을 단단하게 당겼다. 말은 그의 말을 이해한 것 같았다. 머리를 돌리고 코로 그의 팔을 쓸었다.

"이쪽은 니컬러스 워커." 버넌 그랜트가 두 사람을 소개했다. "메리제인 아들이지. 니컬러스, 이쪽은 조던 블라이스톤이야."

"누군지 알아. 당신 이야기를 아주 많이 들었어요. 어머니가 당신 팬이거든요."

니컬러스 워커가 말 등 너머로 조던을 바라보며 말했다. 눈빛에서 경멸의 불꽃이 일렁거렸다.

"저도 당신 이야기를 많이 들었습니다." 조던이 대꾸했다.

"말할 게 뭐 있다고." 니컬러스 워커가 투덜거리더니 조던의 양복바지와 구두를 보고는 눈썹을 치켜세웠다. "형사 양반, 말 등에 앉아본 적 있어요?"

"예, 하지만 아주 오래전 일이지요." 조던은 쑥스러운 듯 미소를 지으며 말했다. "왼쪽으로 올라가는 거 같은데, 아닌가요?"

"맞아요." 니컬러스 워커도 미소를 지었다. "얌전하니까 걱정할 것 없어요. 말에게 자기소개를 해요. 말 이름은 다코타예요."

그는 조던의 손에 고삐를 쥐어줬다. 조던은 눈을 반쯤 감고 꼼짝도 하지 않은 채 서 있는 말을 바라보며 당황했다. 빌어먹을, 말에게 자기소개를 어떻게 한단 말인가? 저 남자가 지금 나를 놀리려는 건가?

"코를 쓰다듬고 목을 툭툭 쳐요." 니컬러스가 그의 등 뒤에서 말했다. 재미있다는 듯한 목소리였다. "말은 생명체거든. 오토바이가 아니라."

니컬러스가 말 등에 오르는 버넌 그랜트를 돕는 동안, 조던은 그의 말대로 말 머리를 쓰다듬었다. 손바닥으로 거친 털을 쓸고 귀 뒤도 긁어줬다.

"안녕, 다코타." 약간 바보 같다고 생각됐지만 나지막하게 말을 걸었다. "나는 조던이야. 너를 좀 타도 될까? 상냥하게 대해줘. 내 동댕이치지 말고. 응?"

"좋네요. 그냥 안장에 오르는 건 조금 무례한 것 같아서 말이지요." 워커가 그의 옆에 와서 뱃대끈을 다시 한 번 당겼다.

"자, 어서요. 형사님." 그가 조던을 재촉했다. "왼발을 등자에 넣고 오른발로 바닥을 차면서 안장 머리를 뒤로 밀어요."

너무 가까이 있는 니컬러스 때문에 조던은 기분이 이상했다. 워커는 땀 냄새와 스킨 냄새를 살짝 풍겼다. 색이 바랜 청바지는 근육질 다리에 딱 달라붙었고, 먼지 낀 카우보이 장화를 신고 있었다. 파란 셔츠가 눈동자 색깔을 더 돋보이게 했다. 왜 이런 세세한 것들이 눈에 띄는 거지?

조던은 꽤 우아하게 안장에 앉는 데 성공했다. 마지막으로 말을 탄 건 30년쯤 전이었다. 얇은 양복바지와 가죽구두는 승마하기에 좋은 복장이 아니었지만, 안장에 앉은 느낌은 무척 좋았다.

"나중에 말을 그냥 묶어둬. 나머지는 내가 알아서 할 테니." 니컬러스가 버넌 그랜트에게 말했다.

"안장 얹어주셔서 고맙습니다. 혼자서는 못 했을 거예요."

조던이 미소를 지으며 말했다. 니컬러스 워커는 방목장 말뚝에 걸어두었던 모자를 쓴 뒤에 다코타의 등을 두드렸다. 그러자 말은 서서히 움직이기 시작했다. 조던은 자기 말을 버넌 그랜트의 황회색 말 뒤에 따라가게 하느라고 정신을 집중했다. 둘은 천천히 방목장을 지나, 모래가 깔린 넓은 농로로 접어들었다.

"이 말 이름은 웨이사이더라네. 셰리든의 말이지." 버넌 그랜트가 황회색 말의 갈기를 쓸었다. "셰리든이 다시 직접 돌볼 수 있을 때까지 내가 돌보려고 해."

두 사람은 아름다운 황혼녘 모랫길을 따라 집에서 약 1킬로미터 떨어진 작은 언덕에 있는 그랜트 집안의 가족묘지로 향했다. 쏙독새가 곤충을 쫓느라 꽃핀 덤불의 달콤한 향기로 가득한 허공으로 우아하게 솟구쳤다. 낮게 내려온 태양이 사방을 장밋빛으로 물들였다. 동쪽 하늘은 이미 어두워져서 일찍 나오는 별들이 모습을 드러냈다. 하얀 울타리 안쪽, 가지를 넓게 편 커다란 느릅나무 고목과 거대한 수양버들 아래 비바람에 상한 묘비들이 있었다. 이제 한여름이라서 조던이 조지프 그랜트의 장례식에 참석하느라 이 작은 묘지에 처음 왔던 몇 년 전 1월과는 완전히 풍경이 달랐다. 두 사람은 말에서 내려 울타리에 말을 단단하게 묶은 다음, 이끼에 뒤덮인 대리석 벤치로 향했다.

"나는 평생 이 농장을 사랑하고 또 증오했네." 한참 시간이 지난 뒤에 버넌이 입을 열었다. "나를 여기에 묶어두는 게 뭔지 오랫동안 이해하지 못했지. 그러다가 그건 이성이 아니라 영혼이라는 사실을 깨달았어. 우리 조상은 이 땅을 살 만한 곳으로 만드느라 자연에 대항했지만, 존경심을 가지고 한 일이었어. 증조부는 인디언의 친구였고 수족 여인과 결혼했지. 지금까지도 그랜트 가문은 이곳 원주민과 우정을 유지하고 있다네."

그는 잠시 말을 멈췄다. 조던은 그가 다시 입을 열기를 끈기 있게 기다렸다.

"우리 아버지는 형이 사고로 사망하는 바람에 농장을 물려받았지." 버넌이 말을 이었다. "어머니는 동부 연안 출신이었는데, 이곳 중서부에서 행복했던 적이 없었어. 하지만 두 분은 운명에 순종해서 최선을 다했어. 내 형과 나에게 아주 좋은 부모님이었고. 아량 있고, 애정 깊고, 공평했지. 나도 나와 캐럴린의 아이들에게 그런 부모가 되려고 했고."

그는 한숨을 내쉬고, 거친 날씨와 바람에 무두질된 얼굴을 손으로 어색하게 훑었다.

"하지만 운명은 그렇게 펼쳐지지 않았지. 형이 베트남에서 전사하고, 가족의 역사는 슬프게도 반복됐어. 이런 규모의 농장과 그랜트 가문이 소유한 재산은 욕망을 불러일으키긴 하지만, 레이첼이 어떤 일을 벌일지는 나도 몰랐네. 하지만 그녀는 캐럴린이 나에게 돌아오는 걸 막지 못했지."

그의 입가에 미소가 감돌았다.

"조던, 나는 그걸 보여주고 싶었다네. 내가 독일에서 셰리든을 데리고 올 때, 그 애 엄마 유골함도 가지고 왔거든. 그때는 그걸 우리 부모님 무덤에 몰래 묻었는데, 이제 드디어 캐럴린도 자기 무덤을 갖게 됐지."

버넌은 자기 아들 조지프 묘비 옆에 있는, 아주 새 것으로 보이는 묘비 하나를 가리켰다.

캐럴린 쿠퍼
1948년 3월 16일 – 1981년 7월 14일
사랑받았고, 영원히 기억될 사람

"여기 앉아 있으면 캐럴린과 아주 가까이 있다는 느낌이 들어."

버넌이 꿈꾸는 듯한 표정으로 묘비를 바라봤다. 조던은 두 젊은이에게 너무나 짧기만 했던 사랑을 생각하면서 숨을 삼켰다.

"우린 여길 떠나려 했어. 캐럴린과 나 말일세. 동부로 가려고 했지. 나중에 나는 다양한 곳을 여행했지만, 여기처럼 특별한 느낌을 주는 곳은 그 어디에도 없었어. 내 뿌리는 이곳에 있고, 이제 여기 있을 수 있다는 사실에 만족한다네. 나는 일요일마다 교회에 가는 사람은 아니지만 신의 존재를 믿어. 내가 너무 많은 것을 잃게 내버려뒀다고 생각하면서 신의 존재를 의심한 적도 있었지. 하지만 나는 성경에 쓰여 있는 말을 믿어. 하나님은 기이한 방법으로 일하신다는 말. 어쩌면 이 모든 일은 필연이었는지도 모르겠네. 난 살면서 이런저런 잘못을 했지만, 그래도 훌륭한 세 아들과 비범한 셰리든을 슬하에 두는 행운을 누렸지. 셰리든을 통해 왠지 모르게 캐럴린을 다시 돌려받은 것 같아."

버넌 그랜트는 조던을 바라보다가, 자기 손을 그의 손 위에 얹었다. "형사 양반, 고맙네. 포기하지 않고 진실을 밝혀줘서 말이야. 이제 우리 부모님은 평안히 잠드실 수 있게 됐네."

같은 시간
조지아 주 서배너

"어디 가는 거야?"

"안 가르쳐줘, 공주님." 미키는 히죽 웃으며 대답했다. "보스 말로는, 깜짝 선물이래."

"알았어."

내 심장이 흥분해서 두방망이질했다. 안달이 나서 가만히 있기가 어려웠다. 이던은 평소와 달리 오늘 만나자는 말을 미리 하지 않았다. 하지만 깜짝 선물이 뭔지는 알 것 같았다.

미키는 10시가 조금 지났을 무렵, 서배너 구시가지에 있는 '낙원의 맛'에 나타났다. 내가 지난 10월부터 피아니스트와 종업원으로 일하는 바였다. 이던의 말대로 손님들이 팁을 무척 많이 준 덕분에 나는 꽤 많은 돈을 벌었다. 예전에 목화를 쌓아두는 창고였던 곳에 위치한 바는 상당히 인기가 높았다. 쾌활하면서도 점잖고 인생을 즐길 줄 아는 청중 덕분에 나는 편안하게 일할 수 있었다.

이던! 그가 나타나면서 음악이 내 인생에 돌아왔다. 그리고 사랑도. 이던을 처음 본 이후로 내 머릿속은 다시 멜로디로 가득찼다. 나는 오후에 바 피아노 앞에 앉아 노래를 작곡하고 피아노를 연주했다. 서배너는 숨 막힐 만큼 매력적인 도시였다. 남북전쟁 전에 지어진 화려한 저택과 향수를 불러일으키며 깜박이는 가스등, 거리와 골목과 공원의 활기찬 삶은 금방 내 마음을 사로잡았다. 마차가 포석 위를 달렸고, 예전에 목화가 쌓여 있던 벽돌건물 안에는 바와 선술집, 레스토랑과 작은 상점들이 줄지어 늘어서 있었다. 담쟁이와 포도나무가 주택의 전면을 타고 올라가고, 아프리카 향신료 향기가 풍겨왔다.

내 삶은 흥미롭고 아름답게 변했다. 나는 도시 변두리에서 젊은 여자 세 명과 목재로 마감한 아름다운 집에서 살았다. 내가 좋아하는 일자리가 있고, 보스와 짜릿한 비밀연애를 하는 중이었다. 이던은 나를 사랑한다. 그건 확실했다. 처음 만난 순간부터 우리 사이는 뭔가 특별했다. 내 옷장은 그가 지난 몇 달 동안 선물한 아름답고 값비싼 옷과 신발들로 터질 지경이었다. 그가 공식적으로 청혼하는 건 시간문제였다. 그러면 나는 그가 혼자 살고 있는 멋진 전원주택에 들어가 살 것이다. 내가 보기에 이던은 남자가 가지고 있어야 할 모든 것을 소유하고 있었다. 지적이고 매혹적인 데다 완벽한 매너를 갖췄고, 단독주택과 아파트와 요트를 가지고 있었고, 게다가 환상적인 연인이었다. 유감스럽게도 그와 단둘이 있을 기회는 너무 적었지만, 나는 그도 나처럼 우리 둘만의 시간을 즐긴다는 걸 확신했다. 그와 사랑을 나눈 뒤에 그의 품에 안겨 값비싼 프랑스산 샴페인을 마시는 건 정말이지 황홀했다.

"내 아가씨, 모든 여자 중에 최고." 그는 나에게만 보여주는 미소를 지으며 늘 이렇게 말했다. "캐롤-린, 우리 둘은 완벽한 팀이야."

이런 말은 언제나 내 심장을 날뛰게 하고 다른 모든 일을 하찮은 것으로 만들었다.

우리는 늪지대를 통과하고 거대한 사이프러스와 스페인 이끼가 늘어진 참나무를 지났다. 허물어져가는 집들, 그 앞에서 홀로 녹슬어 가는 꼬리지느러미 달린 캐딜락, 1950년대 할리우드 영화 세트처럼 보이는 작은 식당도 지났다. 나는 너무 흥분한 상태라서 경치를 즐길 여유가 없었다. 이던과 나는 지금까지 밤새 함께 지낸 적은 없었다. 나는 아직 그의 옆에서 잠이 들고 다시 잠이 깨는 경험을 하지 못했다. 혹시 오늘 이던이 계획한 게 바로 그거 아닐까! 나는 미키가 고속도로를 벗어나 숲으로 이어지는 좁은 도로로 차를 꺾는 동안 좌석에서 초조하게 이리저리 몸을 비틀었다. 3킬로미터쯤 달리자 거대한 철제문이 나타났다. 담쟁이로 뒤덮인 문이 마술처럼 저절로 열렸다. 담 위에 달린 카메라가 눈에 들어왔다.

"여기가 어디야?"

"네가 죽어라 오고 싶어 하던 곳."

내 질문에 미키가 웃으며 대답했는데, 어딘지 모르게 비웃는 것처럼 들렸다.

"내가 언제 그랬어?" 나는 의아해서 물었다. "난 이런 집이 있다는 사실조차 몰랐다고."

"보스의 집구석을 구경하고 싶어서 죽을 지경이었잖아."

미키는 참나무가 우거진 자갈길로 무거운 리무진을 몰았다.

"이던이 여기 산다고?"

믿지 못할 지경이었다.

"다른 데도 집이 있지만 여기서도 살지."

검을 벨벳처럼 새까만 밤 사이로 달빛이 내리자 나는 숨이 멎을 것 같았다. 참나무 고목들 사이로 동화에나 등장할 것 같은 성이 윤곽을 드러냈다. 더 가까이 다가가자 작은 탑과 뾰족한 지붕, 인상적인 하얀 기둥, 좌우에 돌사자가 지키는 넓은 실외 계단이 보였다. 집 바로 뒤에는 바다가 있었다. 보름달이 거울처럼 잔잔한 검은 물 위를 비췄다. 이 완벽한 밤을 이던은 나와 나누려는 것이다!

"여긴 뒤부아 가문의 종가야." 놀라움을 금치 못하는 나를 본 미키가 설명했다. "라이스버로 홀이라고 부르지."

이던이 언젠가 말해주어서 뒤부아 집안이 200년도 더 전부터 조지아 주의 상류층이었다는 건 알고 있었다. 예전에 그의 집안은 남부 전역에서 몇 안 되는 규모의 목화 대농장을 소유하고 있었다. 남북전쟁 때 농지는 파괴되고 저택도 불탔지만, 뒤부아 집안은 끈질긴 사람들이라서 금방 부와 명성을 다시 쌓았다. 전쟁 전에도 부유했는데 그 후에는 몇 손가락 안에 꼽히게 되었다. 자기 가문에 대해 이야기할 때면 이던의 목소리에서는 자랑스러움이 명백하게 묻어났다.

미키는 조명이 들어온 연못을 빙 돌아 계단 옆에 주차된 이던의 검정 포르셰 옆에 끼익 바퀴 소리를 내며 차를 세웠다.

우리는 차에서 내렸다. 귀뚜라미들이 귀가 먹먹할 정도로 시끄럽게 울고 바다에서는 한낮의 무더위를 몰아내는 부드러운 바람이 불어왔다.

"자, 어서 오라고."

미키의 말에 인상적인 저택의 모습을 감상하던 나는 눈길을 돌렸다. 이던이 청혼하면 나는 여기서 살게 될까?

우리는 정문을 지나서 대리석 바닥이 거울처럼 반짝이는 거대한 접견실에 들어가 섰다. 프레스코화를 그린 6미터 높이의 천장에는 엄청난 크기의 샹들리에가 매달려 있었고, 바닥과 같은 밝은

색의 대리석 계단이 휘어져 올라가며 위층과 연결되어 있었다. 와인색 벽지를 바른 벽에는 금테를 두른 조상들의 초상화가 걸려 있었다.

미키는 내 팔을 잡고 레몬색 벽지를 바른 방을 지나고 유리 책장들이 들어서 있는 서재를 지났다. 그런 다음 우리는 열린 테라스 문을 통해 바깥으로 나갔다. 넓은 테라스에는 야자나무와 오렌지나무, 철쭉을 심은 커다란 화분들이 놓여 있었고, 드넓은 잔디밭 너머로는 대서양이 펼쳐졌다. 나는 그 광경에 압도당했다. 이렇게 살 수 있다고는 상상해본 적도 없었다.

"캐롤-린!"

이던의 목소리에 내 심장은 더 빨리 고동쳤다. 그가 팔을 활짝 벌리고 다가와 미소를 지으며 내 팔을 만졌다. 그의 입술이 가볍게 내 뺨을 스쳤다.

"뭐 좀 마실래? 샴페인 어때?"

"으응…… 좋아." 나는 말을 더듬으며 대답했다.

"이리 와."

나는 그가 내민 팔에 매달렸다. 결혼한 뒤에는 언제나 이런 기분이겠지!

이던은 등나무 의자들이 있는 곳으로 나를 데려갔다. 얼음이 채워진 통에서 병을 꺼내 기포가 올라오는 샴페인을 잔 두 개에 따르고 그중 하나를 나에게 건넸다.

"우리를 위해 건배!" 이던이 웃으며 말했다.

"우리를 위해 건배!" 나도 미소를 지으며 따라했다.

우리는 잔을 부딪치고 샴페인을 마셨다. 내가 그토록 기다리던 순간이 드디어 온 걸까?

"정말 아름다운 밤, 아름다운 아가씨로군." 이던이 테라스 난간에 기대어 내 얼굴을 바라보며 말했다. "처음 본 순간, 나는 당신이 어떤 잠재력을 가지고 있는지 알았어."

흥분해서 배가 간지러웠다. 머리가 갑자기 텅 비어 가벼워진 느낌이었다.

"당신이 '낙원의 맛'에서 일한 이후로 매출이 두 배로 올랐어. 손님들은 당신에게 감탄하지. 나처럼 말이야."

나는 이던이 더 낭만적으로 청혼할 거라고 상상했지만 그는 어쩔 수 없는 사업가였다. 그래서 그저 미소를 지으며 마법의 순간이 어서 오기를 기다렸다. 바로 그때, 이던의 휴대전화가 울렸다. 그는 미소로 미안하다는 뜻을 표시하며 전화를 받고는 "예, 예, 알았습니다"라고만 대답했다. 샴페인을 다 마시자 알코올이 힘을 발휘하기 시작했다. 미키는 왜 계속 테라스 문에 서 있는 거지? 눈치껏 집 안으로 들어갈 것이지.

"캐롤-린, 당신은 정말 아름다워." 이던이 잠긴 목소리로 말하며 내 팔을 쓰다듬었다. "남자들이 모두 당신에게 미쳐 있어."

"하지만 나한텐 당신뿐……."

그는 검지를 부드럽게 내 입술에 대고 말을 막았다. "내가 당신을 아주 사랑한다는 걸, 당신은 오로지 내 여자라는 걸 늘 생각하라고."

"나도 당신 사랑해." 나는 행복하게 속삭였다.

이던은 미소를 지으며 내 얼굴이 도자기라도 된다는 듯 양손으로 조심스럽게 감싸고 입술에 오랫동안 부드럽게 키스했다.

"손님이 오는 중이야." 그가 입을 뗐다. "중요한 사람이지. 몇 분 후에 도착할 거야. 아름다운 아가씨, 당신에게 부탁할 게 있어."

나는 실망해서 마음이 살짝 따끔했다. 손님이 온다고? 지금?

"매닝 상원의원은 나에게 아주 중요한 인물이야. 그건 당신에게도 중요하다는 뜻이지." 그가 엄지로 내 뺨과 입술을 쓰다듬었다. "지극히 영향력이 큰 사람이거든. 바에서 당신을 본 뒤로 그는 단 한 가지 소원밖에 없대."

그의 눈빛에서 불현듯 뭔가가 느껴졌다. 가슴에 불안감과 공허감이 퍼졌다. 왠지 모르지만 일이 아주 잘못 돌아가고 있었다.

"내가 뭐…… 뭘 해야 하는데?"

나는 당혹스러웠다.

"아름다운 아가씨, 당신에게 이런 부탁하기가 너무 힘들어." 그는 갑자기 정말로 슬픈 표정을 지었다. "상원의원이 그 생각을 버리도록 온 힘을 다해봤지만 소용없었어. 당신이 매닝 의원에게 잊지 못할 하룻밤을 보내게 해준다면 나한테 정말 큰 도움이 될 거야. 그는 좋은 사람이야. 내가 잘 알아. 그러니 걱정할 필요 없어……."

이던이 나에게 이런 요구를 하다니, 도저히 믿을 수 없었다. 이던은 청혼하려고 나를 데려온 게 아니라…….

"안 돼!" 나는 너무 놀라서 고함을 질렀다. "이던, 말도 안 돼! 당신은 나를 사랑하잖아!"

그의 얼굴에서 다정한 표정이 사라지고 나를 잡은 손가락에 힘이 들어갔다.

"그럼, 사랑하지." 그가 절박하게 말했다. "하지만 사랑에는 이따금 희생도 포함돼. 당신도 이해하지, 안 그래?"

나는 안간힘을 다해 침을 삼키며 고개를 끄덕였다. 내 기억에 매닝 의원은 기름이 번들거리는 얼굴에 개구리 같은 입술의, 꼴사나운 50대 중반의 남자다. 그 남자가 나에게 손을 댄다는 생각만 해도 속이 뒤집힐 것 같았다.

"금방 지나갈 거야." 이던은 내 얼굴을 쓰다듬고 머리카락으로 장난을 쳤다. "아름다운 아가씨, 그렇게 해주면 나는 당신이 아주 자랑스러울 거야. 당신이 나를 얼마나 사랑하는지 증명하는 셈이니까 말이야. 당신도 후회하지 않을 거야. 내가 얼마나 통이 큰지 당신도 알잖아."

나는 제대로 된 생각을 할 수 없었다. 도망치고 싶었지만 이 집은 도로에서 몇 킬로미터나 떨어져 있었다. 가시철조망을 얹은 담과 대문 위에 달린 카메라들이 다시 떠올랐다. 눈물이 솟구쳤다.

"그렇게 해줄래?" 이던이 물었다.

그는 나를 사랑한다. 이런 부탁을 하는 그가 얼마나 괴로울지, 나를 다른 남자와 나눠야 하는 게 얼마나 힘겨울지 이해할 수 있었다.

나는 입술을 깨물며 고개를 끄덕였다.

"아, 내 아가씨. 고마워." 그는 내 얼굴에 키스를 퍼부으며 나를 품에 안았다. "미키가 여기 있을 거야. 그러니까 아무 걱정도 하지 마. 알았지?"

"알았어." 나는 나지막하게 대답했다.

"그리고 여기 이거." 이던은 나를 놓고 바지 주머니에서 작은 캔을 꺼내 뚜껑을 열더니 작고 투명한 알약을 꺼내들었다. "지금 샴페인 한 모금이랑 같이 삼켜. 그러면 그다지 나쁘지 않을 거야."

"이게…… 뭔데?" 나는 불안해서 물었다.

"마법의 약이야."

그는 미소를 지으며 약과 잔을 내밀었다. 나는 잠시 망설이다가 유순하게 약과 샴페인을 삼켰다.

그가 마지막으로 다시 한 번 포옹하며 내 귓가에 대고 속삭였다. "그럼 내일 만나. 고마워."

이던이 떠나고, 나는 미키와 테라스에 남았다. 알약은 1분도 채 지나지 않아 약효를 나타냈다. 편안할 정도로 몸이 따뜻해지면서 모든 불안이 사라졌다. 정말로 중요한 게 아니었다면 이던이 이런 일을 요구하지 않았을 것이다. 그는 나를 사랑한다고 몇 번이나 말했다. 다른 모든 것은 중요하지 않았다.

"이리 와, 공주님." 옆에 다가온 미키가 말했다. "이제 공연 시간 이야."

나는 잔디밭과 바다를 바라봤다. 달콤하고 부드러운 공기를 폐로 흠뻑 들여보낸 뒤에 미키를 따라 집 안으로 들어갔다.

윌로크릭 농장

두 사람이 말을 타고 다시 농장으로 돌아왔을 때는 이미 날이 거의 어두워진 후였다. 방목장 울타리 제일 위쪽 격자에 걸터앉아 있는 사람이 조던의 눈에 들어왔다. 니컬러스 워커는 두 사람이 돌아오길 기다린 모양이었다. 그는 부드러운 몸짓으로 울타리에서 뛰어내려 버넌이 안장에서 내려올 수 있게 도와줬다.

"어땠어요? 재밌던가?" 니컬러스가 물었다.

"아, 예. 그런데 내일 근육통을 앓게 될 것 같습니다."

조던은 히죽 웃으며 대답하고는 안장에서 미끄러져 내려왔다. 다리가 고무처럼 흐느적거려서 등자를 잠시 붙잡아야 했다. 그걸 본 니컬러스가 즐거운 표정으로 그에게 윙크하며 말했다.

"근육통에 좋은 약이 있어요. 다음 날 다시 말을 타는 거죠."

조던은 가죽 끈 여러 개를 바라보며 고민했다. 안장을 벗기려면 어떤 끈을 풀어야 하지?

"울타리에 그냥 묶어둬요. 내가 바로 처리할 테니. 얼른 가야죠?"

니컬러스의 말에 조던이 대답했다.

"아닙니다. 시간 있어요. 어떻게 해야 하는지 일러주십시오."

버넌은 작별 인사를 했다. 무척 피곤한 하루였을 것이다.

"언제든 환영이네. 혹시 말을 타고 싶거든 말만 하게." 그가 조던에게 악수를 청하며 말했다.

"그럼요." 조던은 미소를 지으며 버넌의 손을 잡았다. "댁까지 모셔다 드릴까요?"

"아니, 고맙지만 괜찮아. 형사 양반, 잘 가게나."

조던은 버넌이 헛간 뒤로 사라질 때까지 그의 뒷모습을 바라봤다. 원래는 바로 떠나려고 했지만 어떤 끈을 풀어 안장에 묶어야 하는지 니컬러스에게 설명을 들었다. 그런 다음 말을 끌고 방목장으로 들어갔다.

"바로 가셔야 하나? 뭐 한 잔 마실 시간 있어요? 맥주랑 콜라, 아이스티가 있을 텐데." 니컬러스가 물었다.

"시간을 뺏고 싶지 않습니다. 아마 하실 일이 있을 테니까요."

조던의 말에 니컬러스가 대꾸했다.

"아니, 할 일 없는데."

"그럼, 아이스티가 좋을 것 같네요."

조던이 대답했다. 버넌이 가고 말도 제자리에 돌아간 지금, 조던은 옆에 있는 니컬러스 때문에 이상한 당혹감을 느꼈다. 혼란스러우면서도 흥분되는 기분이었다. 둘은 서로 마주 봤다. 니컬러스의 입가에 미소가 떠올랐다가 금방 진지한 얼굴로 변했다.

"알았어요."

니컬러스가 고개를 끄덕이고 어둠 속으로 사라진 뒤에 조던은 산더미처럼 쌓인 건초를 뜯는 방목장의 말들을 바라봤다. 이곳은 정말 조용했다. 얼마나 평화로운가! 3년 반 전, 12월 아침에 물빛 별장 베란다에 서서 눈 덮인 벌판에 떨어지는 여명을 바라보던 때가 생각났다. 그때 느꼈던 행복감이 다시 떠오르면서 도시의 분주함과 소음, 협소함과 멀리 떨어져 자연과 가까이 사는 사람들이 다시 한 번 부러워졌다.

"미안한데, 아이스티가 다 떨어졌네요."

조던은 깜짝 놀라 뒤를 돌아봤다. 니컬러스가 다가오는 소리를 듣지 못했다.

"루트 비어도 괜찮으면 좋겠는데." 니컬러스는 차갑게 식힌 캔을 내밀며 미소를 지었다.

"좋죠, 고맙습니다."

"이쪽으로 와요."

니컬러스 말에 조던은 그를 따라 헛간과 방목장을 지나서 집에 딸린 큰 정원 뒤에 있는 돌 벤치로 갔다. 해가 졌다. 풀밭에서 귀뚜라미가 울고 줄지어 늘어선 나무들 뒤쪽 연못에서는 개구리가 개굴개굴 울었다. 박쥐들이 두 사람 머리 위로 획 스쳐갔다. 조던은 고개를 젖히고 검은 밤하늘을 쳐다봤다. 달과 별들이 지금까지 한 번도 본 적 없는 거리에 가까이 있었다. 차가운 루트 비어 맛은 어릴 적 생일파티와 학예회, 축구 연습 시간을 떠오르게 했다.

"여기 살면 참 좋겠어요. 이렇게 조용하고 평화롭다니. 정말 낙원 같군요." 조던이 말을 꺼냈다.

"낙원에는 뱀도 있지." 니컬러스가 모호한 대답을 했다. "어쨌든 맞는 말이긴 해요. 이 세상에는 여기보다 나쁜 곳도 많으니까."

그는 담배에 불을 붙이고 조던에게 물었다. "한 대 피울래요?"

"예, 주십시오."

조던은 몇 년 전 담배를 끊었지만 지금처럼 기이하게 비현실적인 분위기에서는 평소 하지 않는 일을 하는 게 옳다고 생각했다. 니컬러스는 그에게 담배를 건네고 다시 한 개비를 꺼내 불을 붙였다. 어둠 속에서 둘은 한동안 말없이 앉아 담배만 피웠다. 아주 더웠던 낮을 지나고서야 느낄 수 있는 시원한 밤이었다. 공기에서는 태양과 먼지 냄새가 났고, 장미와 라벤더와 건초 향기가 미풍에 실려 왔다. 키 큰 나무 우듬지에서는 바람이 윙윙거렸고 어디선가 올빼미가 소리를 질렀다. 지난 몇 달, 몇 주, 며칠 동안의 긴장감이 떨어져나가자 불현듯 한없는 공허감이 밀려왔다. 링컨으로 돌아가 데비와 이야기를 나눠야 했다. 그녀와 나눌 대화는 아버지를 위해 전신마취를 하고 골반 뼈에서 뭔가를 꺼내야 한다는 상상 못지않게 두려웠다.

"아들이 다시 왔다며 어머님이 기뻐하시더군요." 조던이 여름밤의 적막을 향해 말했다. "아까 차를 타고 오면서 들었습니다."

"흠, 우리 어머니가 나 때문에 많이 힘들었죠. 유랑하는 뜨내기라서." 니컬러스가 대답했다.

"무척 흥미롭게 들리는데요. 저는 유랑과는 상당히 거리가 멀어서요." 조던은 남은 루트 비어를 마저 마시고 말을 이었다. "기억이 미치는 한 언제나 링컨에 살고 있었거든요."

"아내랑 애들 있어요?" 니컬러스가 지나가는 말처럼 물었다.

"아뇨." 조던이 대답했다. "여자들이랑은 왠지 모르게 잘 풀리지 않아요. 어쩌면 직업 때문인지도 모르죠. 제시간에 퇴근할 때가 드무니까요."

"지금까지 어울리는 여자를 못 만난 모양이군."

"그럴 수도 있고요." 조던은 빈 캔을 손으로 구겼다. "처음에는 뭐든지 다 좋다고 하는데, 몇 달 지나면 갑자기 진짜 얼굴을 보여주더라고요. 그러면 관계는 난장판으로 끝나고요. 이제는 정말 지겹네요."

조던은 사생활에 대해 말하기를 좋아하지 않는 자기가 이 낯선 사람에게 전혀 거리낌 없이 이런 이야기를 하고 있다는 걸 깨닫고 당황했다.

"왜 경찰이 됐어요?" 니컬러스가 물었다.

"모르겠어요. 아버지가 경찰이었어요. 삼촌도요." 조던은 어깨를 으쓱하며 덧붙였다. "이유는 모르겠지만 다른 직업은 생각도 안 해 본 것 같아요."

"뭐가 되고 싶은지 그렇게 정확하게 안다는 건 부러운 일이죠. 게다가 집까지 있고, 매달 제때 월급도 들어오고."

"전 당신 생활이 부러운데요. 묶인 데 없이 자유로우니까요. 진짜 카우보이란 그런 거죠."

"그 어디에도 속하지 않는다는 게 뭔지 몰라서 하는 소리지." 니컬러스가 말했다. "난 이제 한없이 떠도는 게 지겹더라고요."

"머물면 되잖아요."

"그럴 수도 있겠죠."

조던은 니컬러스의 눈빛에서 아주 미세한 전류를 느꼈다. 지금 내가 착각하는 건가? 혹시 니컬러스 워커의 저 파란 눈에 평범한 관심 이상의 뭐가 있는 건 아닐까?

'니컬러스한테는…… 여자가 없어요.'

아까 차 안에서 메리제인 워커가 잠시 망설이다가 한 말이 떠올랐다. 그럼 혹시…… 아닐 거야. 말도 안 돼! 아니, 어쩌면 그럴 수도 있지 않을까? 조던은 처음 본 순간부터 니컬러스에게 매력을 느꼈다. 몸을 움직일 때 보이는 나른한 우아함, 자신감에서 우러나는 카리스마.

다리를 포개던 니컬러스가 실수로 조던의 무릎을 건드렸다. 예상치도 못한 성적 욕구가 번개처럼 온몸을 훑는 바람에 조던은 방금 그 감각이 통증인지 욕망인지조차 알 수 없었다. 알알한 간지러움, 그리고 이 잘생긴 카우보이의 근육질 허벅지에 손을 얹고 청바지 천을 통해 전해지는 살의 온기를 느끼고 싶다는 대담한 소망만 남았다.

"루트 비어 하나 더 할래요?" 니컬러스가 그의 손에서 빈 캔을 건네받으며 물었다.

"고맙지만 이제 슬슬 가봐야 할 것 같아요." 조던은 새된 목소리로 멍하니 대답했다. "긴 하루였거든요."

그는 갑자기 너무 혼란스러워 니컬러스를 바라볼 수 없었다. 이 남자가 왜 나를 이렇게 혼란스럽게 만드는 거지? 조던이 곁눈질을 해보니, 니컬러스는 그를 뚫어지게 바라보고 있었다. 내 마음속의 대혼란을 그가 눈치채지 말아야 할 텐데!

"자동차까지 바래다드리지." 니컬러스가 일어났다. "너무 어두워서 이곳을 잘 모르는 사람은 길을 잃기 쉽거든요."

조던은 입을 다문 채 니컬러스를 따라 차가 있는 마당으로 향했다. 차를 그곳에 세운 게 몇 시간 전이 아니라 마치 전생의 일처럼 느껴졌다. 도대체 무슨 일이 벌어진 거지? 저택에는 이미 오래전에 전등이 모두 꺼졌다. 나무 우듬지에 깃든 새들도, 연못의 개구리들도 이제는 조용했다. 저 멀리 초원 어딘가에서 코요테 무리가 울부짖었다. 신발 아래서 자갈이 바스락거렸다. 어둠 속에서도 그는 바로 앞에 있는 니컬러스의 윤곽을 볼 수 있었다.

뭐가 되고 싶은지 그렇게 정확하게 안다는 건 부러운 일이죠.

뭐가 되고 싶은지 나는 정말로 알았던가? 지금의 삶에 만족하나? 뭔가 결정적인 게 빠진 느낌이었다. 그래서 지나치게 일에 열중하는 건지도 모른다. 낯선 사람들의 운명에 매달려 살면 자기 자신의 삶에 몰두하지 않아도 된다. 하지만 이제 더는 핑계를 댈 수 없었다. 이제 재판은 끝났다. 링컨에서 데비와 병든 아버지, 텅 빈 집과 일만이 그를 기다리고 있었다. 다음 사건, 그리고 또 다음 사건을 처리해야 할 것이다. 그다음에는? 이제 서른여섯 살이고, 빌어먹을 만큼 외로웠다. 얼마나 더 오래 스스로를 속이며 모든 게 정상이라는 듯이 행동해야 하나?

자동차를 주차한 곳에 너무 빨리 도착했다. 니컬러스가 걸음을 멈췄고 조던은 바지 주머니에서 자동차 열쇠를 꺼냈다.

"만나서 반가웠어요." 니컬러스가 말했다.

"예. 저도…… 저도 그래요." 조던은 말을 더듬었다. "언제…… 또 만날 수 있을까요?"

세상에, 내가 정말로 방금 이 말을 했나? 도대체 무슨 헛소리를 지껄인 거지? 하지만 니컬러스는 전혀 이상하게 생각하지 않는 것 같았다.

"그럼, 당연하죠."

"어…… 어떻게 연락하면 되죠? 휴대전화 번호가 어떻게 돼요?" 조던은 푹 잠긴 목소리로 물었다.

"휴대전화는 없는데? 당신 번호를 줘요. 내가 전화할 테니."

니컬러스는 조던이 바지 주머니에서 꺼내서 건넨 명함을 자기 셔츠 윗주머니에 밀어 넣었다. 흐릿한 달빛 아래서 둘은 마주 봤다. 바로 그 순간, 두 사람 사이에 뭔가 일어났다. 더 많은 것을 향한 고통스러운 열망이 자기장처럼 두 사람을 감쌌다.

"이따금 엄마들이 옳아요." 니컬러스가 잠긴 목소리로 말했다. "아마 나도 당신 팬이 될 것 같군."

조던은 숨이 막혔다. 저녁 내내 그는 무의식적으로 메리제인 워커가 자동차에서 했던 말이 불러일으킨 의혹을 증명해줄 어떤 신호를 기다렸다. 이제 그 신호가 나타났다. 아마 나도 당신 팬이 될 것 같군. 니컬러스 워커 같은 사람이 이런 말을 그냥 할 리 없다! 조던은 놀랍게도 자신이 발기했음을 깨달았다. 심장이 방망이질치고 목이 너무 바짝 말라서 목소리가 나올지 어쩔지 알 수 없었다. 모든 게 여자와 처음 데이트를 하던 옛날처럼 느껴졌다. 하지만 니컬러스 워커는 여자가 아니지 않은가.

나는 왜 지금 당장 차에 올라 익숙하고 통제 가능한 생활로 돌아가지 않는 건가? 내가 지금 뭘 기다리는 거지?

"어서 가야죠. 링컨까지는 꽤 멀다고." 니컬러스가 말했다.

"그래야지요."

조던은 이렇게 대답했지만, 차에 오르는 대신 온 힘을 다해 용기를 짜내 손을 뻗어 니컬러스의 팔에 얹었다. 따뜻한 피부 아래로 단단한 근육이 만져졌다. 조던은 참지 못하고 손가락 끝으로 니컬러스의 팔을 쓰다듬으며 손목까지 내려갔다. 니컬러스가 놀라서 당장이라도 뒤로 물러서거나 팔을 뺄 거라고 생각했지만 그런 일은 일어나지 않았다. 그는 조던의 눈을 바라보며 그대로 가만히 서 있었다. 뭐라고 표현해야 할지 모를 뭔가가 둘 사이에서 요동쳤다. 심장을 두근거리게 만드는 그 무엇, 행복과 만족과 고통이 뒤섞인 예감이었다. 조던이 지금까지 지켜왔던 모든 규칙이 이날 밤 사라진 것 같았다.

"형사 양반, 나랑 장난하지 마." 니컬러스가 경고하듯 속삭였다.

"장난 아닙니까? 일종의 장난." 조던이 쉰 목소리로 대꾸했다.

"장난인 사람도 많겠지. 하지만 나한텐 아니야." 니컬러스가 대답했다.

∞

조던이 자기 집 차고에 도착했을 때는 새벽 3시였다. 등 뒤에서 차고 문이 자동으로 닫히고 2분 뒤에는 천장 조명도 꺼졌지만, 조던은 운전석에 그대로 앉은 채 자동차 모터가 긴 여정 뒤에 내는 딱딱거리는 소음에 귀를 기울이고 있었다. 정말 굉장한 낮, 그리고 정말 이상한 밤이었다. 네브래스카 주, 아니 미국 역사상 몇 손가락 안에 꼽힐 만큼 떠들썩한 살인사건 재판이 끝나는데 그는 큰 몫을 담당했다. 그러나 그를 이렇게 휘저어놓은 것은 재판이 아니라 니컬러스 워커와의 만남이었다.

우리 둘 사이에 무슨 일이 벌어진 거지? 그는 차를 타고 오는 내내 그 생각을 했다. 주고받은 말과 시선, 이런저런 암시들을 모두 떠올리며 강력하면서도 명백한 자신의 감정을 설명해줄 논리적인 해답을 찾으려고 애썼지만 찾을 수 없었다. 여자가 불러일으켰다면 이해했을 테지만 남자 때문이라니! '형사 양반, 나랑 장난하지 마.' 조던은 양손바닥으로 얼굴을 쓸었다. 아니, 장난이 아니었다. 지난 몇 시간 사이에 그의 삶을 뒤바꾸는 뭔가 근본적인 일이 벌어졌다. 조던은 핸들에 팔꿈치를 얹고 눈을 감았다. 어떻게 이럴 수 있을까? 하지만…… 이 일이 정말로 갑작스럽게 벌어졌나? 조던은 데비와 시드니, 그리고 그 전에 사귀었던 여자들을 생각했다. 여자와 관련된 일이 왜 그다지도 잘 되지 않았던 건지 고민한 적이 많았다. 그러다 잊고 있던 일들이 떠올랐다.

청소년 때는 여동생들이 좋아하는 남자 배우나 가수를 남몰래 좋아했다. 그가 열세 살인가 열네 살이었을 때 여름 캠프 코치였던 키이스 플래너건도 생각났다. 키이스와 보낸 여름은 그의 인생에서 가장 아름다운 시간이었다. 호숫가에서 새벽까지 둘이 함께 이야기하며 보낸 밤을 몇 년 동안 밤마다 생각했다. 당시에 키이스는 어느 날 갑자기 사라졌고, 그 후 은밀하게 쑥덕거리는 소문이 돌았다. 키이스가 동성애자였고 남자아이들에게 접근했다는 소문이었다. 조던은 어릴 때부터 동성애란 끔찍한 것, 금지된 것, 지옥에 바로 던져질 죄라고 주입받았다. 하지만 이렇게 옳다고 느껴지는 것이 어떻게 잘못된 거란 말인가?

갑자기 웃음이 나왔다. 가족들은 그가 지난밤에 자기와 정반대인 남자를 사랑하게 됐다는 사실을 알면 엄청난 충격을 받을 터였다. 조던은 그러거나 말거나 상관없다고 생각하는 자기 스스로에게 놀랐다.

차에서 내려 집으로 들어갔다. 어둠 속에서 자동응답기 불빛이 반짝이는 게 보였다. 아마 데비가 응답기에 대고 잔소리를 잔뜩 늘어놓았을 것이다. 그는 복도 전등을 켜고 냉장고에서 차가운 맥주를 하나 꺼낸 다음 자동응답기 버튼을 눌렀다. 스피커에서 클레어 윙 박사의 맑은 목소리가 흘러나왔다.

"블라이스톤 씨, 안녕하세요? 링컨 브라이언병원의 윙 박사입니다. 검사 결과에 대해 이야기하고 싶은데요. 최대한 빨리 전화 주세요. 언제라도 좋습니다."

'언제라도'는 분명히 아침 8시부터 저녁 9시 사이를 뜻할 터였다. 윙 박사처럼 의욕적인 의사라도 지금 같은 새벽에는 자고 있을 테니까.

조던은 맥주를 마저 마셨다. 너무 지치고 피곤하면서도 커피 다섯 잔을 마신 것처럼 정신이 초롱초롱하고 흥분한 상태였다. 셔츠와 신발, 양말을 벗고 거실로 가서 미닫이문을 열고 테라스로 나갔다. 밤이슬에 젖어 축축한 접이식 의자에 누웠다. 기분 좋을 만큼 시원한 바람이 땀에 젖은 피부와 흥분한 마음을 가라앉혀주자 정신도 서서히 노곤해졌다.

"니컬러스 워커."

그는 조용히 이름을 부르며 미소를 지었다. 그러고는 곧장 깊은 잠에 빠져들었다.

조지아 주 서배너

"캐럴린, 괜찮아?"

키이라가 걱정스러운 목소리로 물었지만 나는 대답하지 않았다. 미키가 아침 일찍 집 앞에 내려준 뒤 한 시간 반째 욕조에 앉아 뜨거운 물을 계속 채우고 있었지만 더러운 기분은 씻어낼 수 없었다. 성폭행을 당하고 굴욕감을 느끼는 게 어떤 기분인지는 이미 알고 있었는데, 이런 일을 또 겪게 되리라고는 상상도 못 했다.

문이 열리고 함께 사는 키이라가 들어왔다.

"나, 아파."

나는 이렇게 중얼거리고는 울어서 퉁퉁 부은 눈을 키이라가 못 보게 얼굴을 돌렸다. 하지만 그녀는 쉽게 속을 사람이 아니었다.

"무슨 일이야?" 키이라가 욕조 가장자리에 걸터앉으며 물었다. "바에서 안 좋은 일이 있었어? 응, 왜 그래? 말해봐."

아, 안 돼! 키이라는 매춘으로 학비를 대는 대학생이었다. 나는 지난밤에 겪은 일을 말할 수 없었다. 또 눈물이 나왔다. 아랫입술을 깨물며 말없이 그저 고개만 저었다. 이던은 어떻게 그…… 짐승이 나에게 그런 짓을 하게 내버려뒀을까? 그 짐승은 나를 묶고 때리고 성폭행했다. 몇 번이고 계속 덮치는데도 나는 방어할 수 없었다. 죽음의 공포가 아직도 골수에 남아 있었다.

"이게 뭐야?" 키이라가 놀라서 내 팔을 잡고 피멍이 든 끈 자국을 살폈다. "세상에! 누가 이랬어? 빌어먹을. 너 성폭행 당했어?"

"아니야." 나는 중얼거렸다. "어쩌면…… 그런 건지도. 앨라배마 주 상원의원 찰스 매닝이었어."

그러고서 어제저녁에 무슨 일이 벌어졌는지 이야기했다. 눈물이 폭포처럼 뺨으로 흘러내렸다. 나는 아픈 손목을 문질렀다. 키이라는 위로하듯 내 팔을 쓰다듬었다.

"이던은…… 내가 자기를 사랑하면…… 부탁을 들어줘야 한다고, 얌전한 척하지 말라고 했어." 나는 구슬프게 흐느꼈다. "그래서…… 난 그러겠다고 했어."

"뭐?" 키이라는 믿지 못하겠다는 듯이 물었다. "이던이 그놈과 자라고 했다고?"

나는 말없이 고개를 끄덕였다.

"나쁜 자식!" 키이라는 너무 놀라서 고개를 흔들었다. "처음부터 그게 그놈 계획이었어. 분명해."

"무…… 무슨 소리야?" 나는 불안한 목소리로 물었다.

"아, 캐럴린!" 키이라가 한숨을 내쉬었다. 그녀는 나와 이던의 관계를 아는 유일한 사람이었다. "이제 제발 좀 눈을 떠! 이던 뒤부아는 사악한 포주일 뿐이야. 모텔과 클럽, 바는 그저 위장용이라고! 단지 네가 뛰어난 피아니스트이기 때문에 이던이 옷과 보석, 값비싼 구두를 선물한다고 믿은 거야?"

키이라의 거침없는 말에 나는 고통스러웠다.

"하지만 이던은 날 사랑해." 나지막하게 대꾸했지만, 내가 듣기에도 너무나 초라한 말이었다.

"헛소리 그만해! 사랑하는 여자에게 다른 남자와 자라고 하는 사람은 없어!"

키이라의 말에 나는 입술을 앙다물었다.

"캐럴린, 내 말 잘 들어." 키이라는 심각한 표정으로 내 손목을 부드럽게 잡았다. "내가 너라면 오늘 바로 짐을 싸서 도망갈 거야. 안 그러면 여기서 헤어나오지 못해. 너랑 무슨 일을 했는지 소문이 돌면, 또 그런 걸 요구하는 놈이 나타날 거라고."

"아니야! 그건…… 그냥 일회적인 일이었어."

나는 이던을 옹호하고 싶었다. 그의 행동에 대한 핑곗거리를 생각하려 했지만 찾을 수 없었다. 그가 나에게 했던 요구에는 그 어떤 변명도 용납되지 않았다.

"아니, 이건 시작일 뿐이야!" 키이라가 절박하게 말했다. "내 말 믿어. 난 일이 어떻게 진행되는지 잘 알아. 넌 이제 이 일에 본격적으로 뛰어든 거야. 네 애인이라는 이던은 그 상원의원이 너에게 어떤 짓을 할지 정확하게 알고 있었어. 그냥 일이 벌어지게 내버려둔 정도가 아니라고."

나는 빤히 바라보는 키이라를 마주 볼 수 없었다.

"이던이 혹시 너한테 마약을 줬어?" 그녀가 물었다.

나는 창피해서 얼굴이 새빨개졌다. 이던이 건넨 작은 알약을 생각하며 고통스러운 심정으로 고개를 끄덕였다. 유감스럽게도 약효는 금방 사라졌다. 내가 겪은 끔찍한 고문이 생생하게 기억났다.

이성적으로는 키이라가 옳다는 걸 알면서도 나는 그 말을 믿고 싶지 않았다. 얼마나 궁색한지 잘 알았지만, 진실이 너무 고통스러워서 그럴싸한 해명을 필사적으로 찾는 건지도 몰랐다.

"처음부터 이던은 그럴 의도였어." 키이라가 말을 이었다. "그 덫에 네가 걸려든 거야."

"이제 어떻게 해야 하지?" 나는 우울한 목소리로 나지막하게 물었다.

"내가 좀 전에 말했잖아." 그녀가 단호하게 대답했다. "짐을 싸고 은행에서 돈을 모두 찾아서 최대한 빨리 여길 떠나. 나 지금 학교 가야 하는데, 돌아오자마자 도와줄게. 알았지?"

"그래." 나는 다시 솟구쳐 오르는 눈물을 억누르느라 애썼다. "그렇게 할게."

키이라가 옳았다. 난 여기를 떠나야 했다.

네브라스카 주 링컨

"무슨 말씀인지 모르겠습니다." 조던 블라이스톤은 멍한 표정으로 의사를 바라보며 물었다. "그게 무슨 뜻이죠?"

"아버지를 위한 줄기세포 기증자가 될 수 없다는 뜻입니다." 윙 박사가 대답했다.

"왜요?"

"유형을 구별할 때 결정적인 것은 줄임말로 HLA라고 부르는 조직적합항원입니다. 기증자와 환자의 조직 특성 열 개가 정확하게 일치하는 게 가장 이상적인데, 가족 간에는 그런 결과가 자주 나옵니다. 늘 그런 건 아니지만, 흔하게요."

조던은 파멜라와 얼른 눈길을 주고받았다. 동생도 브라이언병원에서 일하는 의사라, 조던이 같이 와달라고 부탁한 거였다.

"아버님의 상황이 워낙 좋지 않아서 만전을 기하려고 몇 가지 검사를 더 했습니다." 윙 박사의 말이 이어졌다. "그런데 검사를 하다가 당신의 DNA가 아버지의 것과 전혀 일치하지 않는다는 사실을 알게 됐습니다. DNA 분석 결과, 당신은 클레이턴 블라이스톤과…… 혈연관계가 아닙니다.”

혈연관계가 아니다?

조던은 의사를 노려봤다. 그 말이 무슨 뜻인지는 알았지만 그의 뇌는 이해하기를 거부했다.

“말…… 말도 안 되는 소리!”

그는 말을 더듬으며 도움을 청하듯 파멜라를 건너다봤다. 동생 역시 그와 마찬가지로 엄청난 충격을 받은 표정이었다.

“아마…… 아마도 실험실에서 표본이 바뀐 모양이죠?”

조던은 희망을 길어올려 겨우 내뱉었다. 실험실에서는 이따금 실수가 발생한다. 강력계 실험실에서조차 실수가 일어난다. 실험실 직원들도 사람이니 어쩔 수 없는 거 아닌가. 그는 의사의 검은 눈동자에 드리운 연민을 깨달았다. 조던은 시야가 좁아지면서 구역질이 났다. 남편을 사랑했고 40년 동안 모범적인 결혼생활을 한 엄마가, 사실은 간통을 저지른 건가?

“아닐 겁니다.” 그의 생각을 몰아내는 윙 박사의 목소리가 들려왔다. “당신의 표본을 동생들 것과 비교했습니다. 동생들과도 일치하지 않았어요.”

점입가경이군. 아버지의 아들도, 엄마의 아들도 아니란 건가? 혹시 입양된 거였나? 부모님은 왜 한 번도 그 이야기를 안 했을까?

“오류를 막기 위해 당신 혈액을 다시 뽑아서 검사를 한 번 더 하는 게 좋겠습니다.”

의사의 제안에 조던은 고개를 저으며 자리에서 벌떡 일어났다. 뭔가 실수가 생긴 거야. 아버지랑 이야기하면 더 쉽게 알아낼 수 있어.

“생각을…… 생각 좀 해봐야겠습니다.” 조던이 대답했다. “아버지랑도 이야기를 해보고요."

"오빠, 지금 당장……."

조던은 파멜라의 말을 가로막았다. "이 빌어먹을 검사가 아버지와 엄마가 내 부모님이 아니라잖아!"

그는 잔뜩 흥분해서는 동생에게, 아니 어쩌면 동생이 아닐지도 모르는 사람에게 고함을 질렀다.

"난 아버지랑 그 이야기를 할 권리가 있어. 안 그래?"

"물론 있어. 오빠 마음 이해해." 파멜라는 그의 팔에 손을 얹었다. "하지만 그래도 피를 뽑아서 다시 한 번 검사하는 게 나을 거야. 확실하게 하려면 말이야. 어쩌면 이렇게 흥분할 이유가 없을지도 모르잖아."

그녀의 말이 옳았다. 그게 이성적이었다. 조던은 창가로 다가가 옆구리에 손을 얹고 서서 심호흡을 했다. 지금 내가 신경질적인 십대처럼 과민반응을 보이면 안 돼.

"알겠습니다." 그는 고개를 끄덕이고 의사를 바라봤다. "피를 뽑지요."

웡 박사는 고무장갑을 끼고는 옆에 붙어 있는 진료실로 가서 시험관 세트를 가지고 왔다. 조던은 재킷을 벗고 등받이 없는 의자에 앉아 셔츠 소매를 걷어올리고 팔을 내밀었다.

"눕는 게 더 좋아." 문간에 서 있던 파멜라가 조언했다. "지난번에 오빠 쓰러졌잖아. 내가 피를 뽑을 때 말이야."

조던은 화가 나서 동생을 쏘아봤다. 지금 같은 상황에서도 보호자 노릇을 하려고 하다니! 동생은 아무렇지도 않게 그의 눈빛을 맞받았다. 파멜라는 조던보다 한 살 어린데도 언제나 그를 동생 다루듯 했다.

"예, 누우시는 게 좋겠어요." 윙 박사가 말했다.

"아닙니다. 절대 쓰러지지 않아요." 조던은 고집을 부리며 머리를 저었다.

고개를 돌리고 눈을 질끈 감았지만, 팔에 따끔한 주삿바늘이 느껴지자 몸에서 힘이 빠져나갔다.

"자, 다 끝났어요." 윙 박사가 고무줄을 풀고 주삿바늘 자리에 반창고를 붙였다. "피멍이 들지 않게 몇 분쯤 누르고 계세요."

"결과가 나오려면 얼마나 걸립니까?" 조던은 검지로 반창고를 누르며 물었다.

"사흘 정도. 제가 연락하지요."

"더 빨리 나올 수도 있지 않나요?"

"최선을 다하겠습니다."

이 멍청한 문구는 얼마나 가증스러운가! 조던도 사고와 살인사건 희생자 가족에게 이 말을 한 적이 많았다. 윙 박사가 지금 시험관을 들고 실험실로 달려가 연구원들에게 무릎을 꿇고 '최선을 다해달라' 하고 부탁하지 않으리라는 사실쯤은 잘 알고 있었다.

조던은 재킷을 집어들고 아무 말도 없이 진료실을 나와 복도를 달려 엘리베이터로 향했다. 완전히 미친 소리 아닌가? 아니, 어쩌면 미친 소리가 아닐지도 모른다. 그는 부모님이나 여동생들과 전혀 닮지 않았으니까. 사실 예전에 이미 의심했어야 하는 문제였다. 그는 가족들과 비슷하지도 않았다. 파멜라와 제니퍼는 어릴 때부터 땅딸막한 체구였고, 아버지의 밝은 파란 눈동자와 엄마의 붉은 기운 도는 금발과 주근깨, 떡 벌어진 상체를 물려받은 걸 괴로워했다. 조던이 기억하는 한 파멜라와 제니퍼는 늘 체중과 싸워야 했고, 포테이토칩과 달콤한 군것질거리로 배를 채우면서도 단 1그램도 늘지 않는 그를 증오 가득한 눈길로 쏘아보곤 했다. 반면 조던은 열다섯 살 때 이미 아버지보다 머리 하나는 더 컸다. 또 숱이 많은 검은 머리와 갈색 눈동자, 햇볕에 금방 타면서도 화상은 절대 입지 않는 피부였다.

조던은 엘리베이터 거울에 비친 자기 모습을 쏘아봤다. 얼굴도 부모와 전혀 달랐다. 이 갈색 눈동자는 도대체 어디에서 온 거지? 억세고 검은 머리카락과 곧은 코, 각진 턱은 누구에게서 물려받은 걸까?

병원 건물을 나서자마자 휴대전화가 울렸다. 조던은 한순간 니컬러스면 좋겠다는 정신 나간 생각을 했다. 그러나 액정화면에는 데비의 번호가 떠 있었다. 부당한 행동인지는 몰라도, 그는 지금 데비와 대화를 나눌 마음이 전혀 없었다. 사무실에도 가기 싫었다. 몇 달 동안 주말도, 휴가도 없이 일했으니 하루쯤 쉬어도 될 것이다. 조던은 데비가 포기하고 전화를 끊을 때까지 기다렸다가 그레그에게 전화해서 오늘 결근한다고 알렸다.

이제 뭘 해야 하지? 윌로크릭 농장으로 가서, 어제 둘 사이에 일어난 일이 그저 자신의 상상에 불과한지 확인하기 위해 니컬러스와 대화를 나누고 싶은 마음이 들었다. 그 생각을 하자마자 배에서 가벼운 떨림이 일어나 아랫도리까지 번져갔다. 아니, 좋은 생각이 아니야. 웡 박사가 전한 소식 때문에 정신적인 균형을 잃은 마당에, 하룻밤 사이에 동성애자라는 걸 깨달았다는 확신까지 더할 필요는 없지! 그는 잠시 망설이며 서 있다가 몸을 돌려 아버지가 누워 있는 건물로 발걸음을 옮겼다.

조지아 주 서배너

머리가 쿵쿵 울리고, 입은 바짝 마르고, 온몸에서 힘이 빠졌다. 키이라가 간 뒤에 나는 방으로 돌아와 옷장을 열고 안을 노려봤다. 이 많은 옷과 신발을 어떻게 다 차에 싣는단 말인가? 힘이 빠져서 침대에 털썩 주저앉았다. 예전에 미키는 이던 소유인 이 집에 방 하나를 마련해 내가 쓸 수 있게 했다. 나는 이미 오래전에 더 나은 집을 구할 수 있는 형편이 됐지만 이곳에 그대로 남아 있었다. 어차피 이제 곧 이던과 함께 살 거라고 생각했으니까. 여자들이랑 한 집에 사는 것도 좋았고, 숲이 바로 옆에 있다는 점도, 화려한 목련과 스페인 이끼가 늘어진 참나무 고목들이 있는 앞마당도 마음에 들었다. 베란다 흔들의자에 앉아 아무것도 하지 않는 것도 좋았다. 여기 남쪽에서는 여름에 이런 식으로 게으름을 부리는 게 전통이었다. 더위에 마비되어서 다른 일은 거의 할 수 없으니까.

무거운 빗방울이 지붕에 부딪치고 멀리서 천둥소리가 들려왔다. 악천후가 다가오고 있었다. 이제 조지아 주 특유의 흐린 날들이 시작될 것이다.

네브래스카 주의 봄은 짧았다. 길고 추운 겨울은 덥고 건조한 여름으로 거의 바로 넘어갔고, 내가 기억하는 한 어린 시절 가장 큰 걱정거리는 한 해의 노고를 모두 헛수고로 만들어버리는 가뭄이었다. 이곳 남쪽은 모든 게 달랐다. 비가 너무 자주 왔고, 흙은 축축하고 비옥했다. 진흙이 섞인 붉은 흙 때문에 봄날 막 갈아놓은 경작지는 피를 뿌린 것처럼 보였다. 자연은 거의 외설스러울 만큼 풍만했다. 잡초처럼 도처에 자라는 목련과 부겐빌레아와 등나무가 향기를 내뿜었다. 4월부터 더위가 심하고 습도가 80퍼센트를 넘는 경우도 흔했다. 차갑고 맑은 공기와 드넓은 초원이 이따금 그립기도 했지만, 그래도 이곳에서 아주 잘 지냈다. 그런데 어젯밤 이후로 모든 게 달라졌다.

'사랑하는 여자에게 다른 남자와 자라고 하는 사람은 없어!' 키이라의 말이 머릿속에서 울리면서 고통이 비수처럼 내 심장을 찔렀다. '이던은 그 상원의원이 너에게 어떤 짓을 할지 정확하게 알고 있었어. 그냥 일이 벌어지게 내버려둔 정도가 아니라고.'

키이라는 자기가 무슨 말을 하는지 잘 알고 있었다. 그녀도 나처럼 우연히 서배너에 왔다가 눌러 앉은 상황이었다. 고등학교를 졸업하자마자 폭력적인 아버지와 우울증에 걸린 엄마에게서 도망쳐 미시건 주로 갔는데, 거의 반년이나 지속되는 겨울에 질려서 여기로 오게 된 것이다. 키이라는 학비와 집세를 내느라고 구시가지 가장자리에 있는 이던의 호텔에서 매춘을 했다. 그녀는 전형적인 치어리더 외모였다. 운동으로 단련된 날씬한 몸매와 자연 금발, 크고 푸른 눈과 귀여운 들창코……. 그녀가 밤이면 매춘을 한다는 사실은 그 누구도 상상하지 못할 터였다. 함께 사는 다른 두 아가씨 캐리와 플로렌스도 비슷한 경우였다. 이런 식으로 집과 자동차, 여행

또는 아이들 교육비를 충당하는 가정주부도 많았다. 그들 중 누구도 그 일이 부도덕하다고 생각하지 않는 것 같았다.

그러나 나는 한 번도 매춘을 생계수단으로 생각해본 적이 없었다. 어제 겪은 일은 그래서 더욱 충격적이었는지도 모른다. 핼러윈 때 당한 성폭행과 똑같은 느낌이었고, 그때처럼 절망적이었다. 지금까지는 이던이 내 보호자라고 생각했는데, 하필이면 가장 믿었던 그가 나를 낯선 남자에게 넘겨버린 것이다.

"여보세요, 캐럴린. 집에 있어?"

아래층에서 남자 목소리가 들려와서 나는 소스라치게 놀랐다. 세상에, 미키였다! 나는 이불을 머리 위까지 끌어올리고 자는 척했다. 두려움에 심장이 두방망이질했다. 나무 계단이 삐걱거리는 소리가 들렸다.

"캐럴린!"

그는 문 앞에서 잠시 그대로 서 있다가 노크하고 들어왔다. 미키의 체중에 눌려 침대 가장자리가 내려앉는 게 느껴졌다.

"나, 아파. 좀 내버려둬."

나는 나지막하게 중얼거렸다.

"보스가 이거 너 주래."

그가 이불을 휙 걷었다. 나는 울어서 부은 눈을 들키지 않으려고 베개에 얼굴을 묻었다. 어제까지만 해도 미키가 친구처럼 느껴졌지만 지금은 증오하는 동시에 두려웠다.

"그러지 말고 이것 좀 봐, 공주님."

"싫어. 어서 가."

그러자 미키가 내 머리카락을 잡고 고개를 들어올렸다.

"아야! 무슨 짓이야? 당장 놔!" 나는 비명을 질렀다.

"일어나서 퉁퉁 부은 눈에 얼음주머니 올려놔. 오늘 저녁에 다시 제대로 된 얼굴을 보여야 하니까."

"나 아프다니까!"

나는 양손으로 그의 가슴을 밀었지만 시멘트벽을 미는 느낌이었다. 히죽거리던 그가 정색을 했다. 여드름 흉터가 가득한 얼굴을 나에게 바짝 붙이고는 손으로 내 다리 사이를 움켜쥐었다. 나는 너무 놀라서 몸이 굳어버렸다.

"보통은 스코트랑 나도 여자들한테 올라타. 그 이야기는 네 창녀 친구들이 벌써 해줬겠지?" 그가 쉿소리를 냈다. "그런데 너는 보스가 신경 많이 썼어. 어제 네 고객 이야기를 들어보니 아주 제대로 골라줬더군."

그가 더러운 웃음을 터뜨렸다. 나는 키이라를 비롯한 여자들이 왜 미키와 '낙원의 맛' 문지기인 스코트를 그다지도 두려워하는지 깨달았다.

"이던한테…… 네가 어떤 식으로 말했는지 알려줄 거야. 그럼 넌 지독한 곤경에 처하게 될걸." 나는 나지막하게 말했다.

"아, 그래?" 미키의 눈이 비웃듯 불꽃을 튕겼다. "나라면 그렇게 자신만만해하지 않을 텐데."

미키는 나를 놓고 허벅지를 꼬집었다. 그가 암청색 보석함을 베개 옆에 놓았지만 나는 건드리지도 않았다. 어떻게 하면 미키를 떼어버리고 키이라의 조언대로 최대한 빨리 여길 빠져나갈 수 있을지에 대해서만 생각했다.

"보스가 아름다운 보석 덩어리를 보냈는데 볼 생각도 안 해? 이거 완전 은혜를 모르는 계집애네."

그는 보석함을 열어 내 코앞에 내밀었다. 에메랄드와 다이아몬

드가 박힌 백금 목걸이가 검은 벨벳 위에 놓여 있었다. 이렇게 아름답고 값비싼 것은 본 적 없었다! 이던의 필체로 쓴 카드를 보자 나도 모르게 심장이 쿵쿵 뛰었다.

사랑하는 캐롤-린. 당신이 나를 위해 한 일, 무척 고맙게 생각해.

사랑을 담아, E. D.

배가 경련을 일으켰다. '사랑을 담아'라니. 이게 무슨 조롱인가! 눈물이 솟구쳤다.

"갖기 싫어. 그리고 나 지금 아프다고!"

미키에게 말했지만 그는 내 말에 귀를 기울이지 않았다.

"그러거나 말거나 난 관심 없어. 궁둥짝을 움직여서 얼른 일어나 옷 입어. 라이스버로 홀에 갈 거니까. 어젯밤에도 끝내주게 즐겼겠지만, 오늘은 아마 더 재미 보게 될 거다."

어제 겪은 일을 떠올리자 나는 공황 상태에 빠졌다.

"안 돼!" 나는 다급하게 고개를 저었다. "안 돼, 안 돼! 미키, 그러지 마. 나…… 난 못 해. 나는……."

"너는 창녀야. 당연히 창녀지." 미키가 내 말을 가로채고는 사악하게 웃었다. "돈 때문에 섹스하는 여자를 달리 뭐라고 부르겠어?"

"어제는 이던이 부탁해서 그런 거야." 나는 공포로 떨며 나지막하게 말했다. "미키, 이건 오해야. 이던이랑 통화할게. 제발 좀! 이던이 너한테 다 설명할 거야."

짧은 순간이지만 나는 미키가 뭔가 오해했다고 정말로 믿었다. 이던이 이럴 리가 없었다. 이런 일은 하지 않겠다고 처음부터 말했는데.

"쇼 집어치워." 미키가 냉담하게 말했다. "보스가 2시까지 거기로 오라고 했어. 제대로 차려입고서 말이야."

미키는 공포와 절망으로 흐느끼는 내가 짜증난다는 듯이 눈을 흘겼다. 나는 번개처럼 재빨리 침대 다른 쪽으로 굴러갔다. 그러나 도망치기도 전에 미키가 내 손목을 잡았다. 나는 그를 걷어차고 때렸지만 도저히 당해낼 수 없었다. 미키는 나를 침대에 내던지고는 손바닥으로 양쪽 뺨을 번갈아 때렸다. 그의 무릎이 내 팔을 파고들어 고통스러웠다.

"공주님, 이제 그만 잠에서 깨지 그래!" 그가 위협했다. "보호기간은 그만하면 충분해. 이제 보스가 투자한 걸 갚기 시작해야지."

나는 무슨 말인지 몰라 멍하니 미키를 노려보다가 겨우 물었다. "무슨 뜻이야?"

"옷과 구두, 보석, 저렴한 집세, 스코트와 내가 해주는 일들, 여행……."

"그건…… 그건…… 선물이었어." 나는 중얼거리듯 말했다.

미키는 이해하지 못하겠다는 내 표정을 보고 크게 웃음을 터뜨렸다. "아, 빌어먹을. 너 진짜 멍청하다!"

그는 무척 즐거운 모양이었다.

"선물이라니! 보스가 왜 너한테 선물을 해야 하지?"

"나를…… 사랑하니까."

"아, 미치겠다! 생각했던 것보다 훨씬 더 멍청하네." 미키는 불쌍하다는 듯이 고개를 저었다. "지금까지 너는 보스한테 25만 달러를 빚졌어. 오늘은 빚을 갚아야 하는 날이야."

'사업가로서 보기에 당신은 투자 가치가 있는 것 같거든요.' 모텔 사무실에서 그날 아침 이던이 나에게 한 말이었다. 그 말을 나는 완전히 잘못 이해한 걸까?

미키가 알약을 내밀었다. "먹어. 그러면 남자들이 더 멋있게 보이고 사는 게 쉬워질 테니까."

그는 웃었지만 나는 입술을 꽉 깨물고 고개를 옆으로 돌렸다.

"자발적으로 먹을래, 아니면 내가 주둥이에 억지로 넣어줄까?" 그가 고함을 질렀다.

"안 돼, 제발 그러지 마." 나는 그에게 애원했다.

미키는 내 머리를 무자비하게 허벅지에 끼우고 코를 막았다.

"주둥이 벌려!" 그가 이를 갈며 말했다. "안 그러면 턱을 부러뜨릴 테니까!"

눈물이 마구 흘러내렸다. 숨을 쉴 수 없었다. 에스라 오빠와 친구들이 억지로 독주를 마시게 했을 때와 똑같다! 산소가 부족해지자 정신이 혼미해졌다. 미키는 에스라 오빠처럼 가차 없었다. 도망칠 기회는 없었다. 필사적으로 숨을 쉬려고 헐떡이자 미키는 그틈을 타서 내 입에 약을 넣었다.

"당장 집어치워!" 누군가 소리를 질렀다. "얼른 놓아줘, 이 개자식아!"

미키는 나를 놓고 뒤돌아섰다. 나는 약을 뱉고는 헐떡이며 숨을 몰아쉬었다. 키이라가 문간에 서서 엽총으로 미키의 얼굴을 겨누고 있었다. 바깥에서 천둥이 울리자 집이 밑바닥부터 흔들렸다.

"총 치워, 미친년아!" 미키가 욕을 퍼부었다. "너랑 상관없는 일이야. 그러니 꺼져. 안 그랬다가는 험한 꼴 볼 줄 알아!"

"캐럴린은 내 친구야. 그러니 상관있어. 그리고 일 당할 사람은 너야." 키이라가 싸늘하게 대꾸했다. "욕실로 가서, 다시 나오라고 할 때까지 거기 있어."

"웃기고 있네." 미키는 두려움이라고는 전혀 없어 보였다. 눈에서 분노의 불꽃을 튀기며 키이라에게 한 걸음 다가갔다.

"농담 아니야." 키이라는 경고를 하며 한 걸음, 또 한 걸음 물러났다. "네가 캐럴린을 성폭행하려는 걸 목격했다고 경찰에 진술할 거야. 허락도 없이 우리 집에 들어왔으니 널 쏠 권리가 있어."

"꺼져, 이 창녀야!" 미키는 화가 나서 쇳소리를 냈다. "네 엄마도 못 알아볼 정도로 손을 봐주지! 진짜로!"

나는 마비된 듯 침대에 쪼그리고 있었다. 수천 가지 생각이 머리를 훑고 지나갔다. 키이라가 정말로 미키를 쏘면 경찰이 올 텐데, 그러면 내가 여기서 가명으로 생활하고 있었다는 사실을 알아낼지도 몰라. 그리고 이던은 우리 둘을 찾아내 끝장낼 때까지 절대 포기하지 않겠지! 하지만 키이라가 지금 쏘지 않으면 미키가 나를 라이스버로 홀로 끌고 갈 텐데, 어젯밤 같은 일을 당하느니 차라리 죽는 게 낫겠어.

"일어나서 옷 입고 짐 싸!" 키이라가 나에게 명령했다.

미키가 좀 똑똑한 사람이었더라면 상황을 가라앉히려고 시도했을 테지만 그는 여자가 감히 대드는 바람에 자존심이 상한, 뇌라고는 없는 근육덩어리에 불과했다. 그는 키이라에게 맹수처럼 달려들어 총신을 움켜쥐고 엽총을 빼앗았다. 잠시 몸싸움이 벌어졌지만 미키가 금방 이겼다. 분노한 그는 내가 지금까지 한 번도 본 적이 없을 만큼 잔인하게 키이라를 때렸다. 그러느라 땅바닥에 떨어진 엽총에는 신경을 쓰지 않았다. 나는 침대에서 내려가 문 쪽으로 기어갔다. 내가 엽총으로 손을 막 뻗으려는 순간, 미키가 몸을 돌렸다.

네브래스카 주 링컨

클레이턴 블라이스톤은 이제 허깨비에 불과했다. 예전의 장밋빛 둥근 얼굴은 잿빛으로 변하고 푹 꺼져 있었다. 미소를 짓는 것만도 힘겨워 보였다.

"어제 판결, 텔레비전에서 봤다." 아버지가 숨을 헐떡이며 말했다. 목소리도 예전 같지 않았다. "축하한다, 아들. 아주 잘했어."

"고맙습니다."

아버지라는 호칭은 목에 걸려서 나오지 않았다.

"자, 와서 앉아라. 네가 문병을 오니 좋구나."

조던은 의자를 침대 옆으로 가져가 앉았다. 죽음의 신이 아버지의 어깨 너머에서 히죽 웃었다. 클레이턴 블라이스톤도 그 사실을 알고 있었다.

창턱과 텔레비전 옆 선반에는 안부 카드가 꽂힌 꽃다발이 수없이 많았다. 조던의 아버지는 존경받는 경찰이었고, 부하직원들은 그를 잊지 않았다. 처음에는 문병객이 너무 많아서 의사들이 금지해야 할 정도였다.

조던과 아버지는 한동안 재판 이야기를 나눴다. 클레이턴은 일이 년 전이었다면 큰 관심을 보였을 테지만 지금은 아니었다. 정말로 호기심이 있다기보다는 그저 의례적인 질문으로 들렸다. 조던은 아버지가 자녀들 때문에 할 수 없이 치료를 받는다는 느낌을 받았다. 평생 한 번도 중병을 앓은 적이 없는 아버지는 서서히 시들어가기보다 바로 죽기를 바랐을 것이다. 아내 리디아의 곁에 가기 위해서라도.

"아들, 고민 있니?" 아버지가 물었다. "이렇게 날씨가 좋은데, 곰팡내 나는 병실에 이 늙은이랑 있지 말고 애인이랑 카페에 앉아 있어야지."

조던은 씁쓸하게 미소를 지었다. 어떻게 말을 꺼낼까 고민하다가 정면돌파하기로 결심했다. 그의 아버지는 말을 빙빙 돌리는 걸 별로 좋아하지 않았다.

"무슨 말인지 모르겠구나." 조던의 이야기를 다 들은 클레이턴이 혼란스러운 표정으로 말했다. "검사 결과, 네가 내 아들이 아니라는 뜻이냐?"

"바로 그거예요." 조던이 대답했다. "확실하게 하려고 지금 검사를 다시 한 번 하고 있어요."

"쓸데없는 짓!"

클레이턴 블라이스톤이 고개를 저었다. 조던은 아버지가 한 말이 무슨 뜻일까 생각했다. 둘은 한동안 말이 없었다. 그러다가 조던이 입을 뗐다.

"두 분이 혹시 저를 입양했어요?"

"아니다."

클레이턴은 다시 고개를 저었다. 그는 침대보 가장자리를 만지작거리며, 마치 적당한 단어를 찾는 것처럼 방을 둘러봤다. 조던은 검사를 다시 할 필요가 없다는 걸 깨달았다. 그는 자기가 아버지라고 불렀던 남자를 바라봤다. 평생 두려워하고 존경했으며, 본받으려고 애썼던 남자. 조던의 세상이 눈앞에서 산산조각 났다.

모든 게 거짓이었다. 자랑스러운 아들이 되려고 그렇게 애썼는데. 아버지에게 인정받으려고 얼마나 노력했는데! 조던은 어제 니컬러스가 왜 경찰이 됐냐고 물었을 때 사실 전부를 말하지는 않았다. 원래는 비행기 조종사가 되려고 했다. 하지만 콜로라도 스프링스 공군사관학교에 입학허가를 받았다고 기뻐했을 때 실망하던 아버지의 눈빛을 보고서 아버지가 원하는 길을 가기로 했다.

분노가 솟구쳤다. 벌떡 일어나 나가지 않기 위해 마음을 다스려야 했다.

"진실을 말씀해주세요." 조던이 꽉 누른 목소리로 부탁했다.

클레이턴 블라이스톤은 깊은 한숨을 내쉬고 대답했다. "내가 진실을 모른다는 게 진실이다. 네 엄마는 너를 임신하기 전에 다섯 번이나 유산했단다. 나는 베트남 전쟁에 참전 중이었는데, 네 엄마가 너를 낳은 후 전보를 보냈더구나. 그 후에 네 사진도 보냈고. 네 엄마는 너무나 행복해했고, 나도 그랬다. 그 후에 파멜라와 제니퍼가 태어나고 우린 오클랜드 드라이브로 이사했지. 모든 게 완벽해 보였다. 너는 두 여동생에게 정말 좋은 오빠였어. 처음에는 너랑 네 동생들 사이의 차이를 알아채지 못했는데, 예닐곱 살쯤 되니 네가 블라이스톤 집안 사람들과 얼마나 다른지 확연하게 보이더구나. 네 엄마한테 묻기는 싫어서 속으로 계산해봤는데, 시기적으로는 맞아떨어져. 네가 태어나기 일곱 달 전에 나는 휴가를 얻어서 집에 왔고, 칠삭둥이는 드물지 않으니까."

아버지는 변명하듯 슬며시 미소를 지었지만 그 미소마저 금방 사라졌다.

"엄마한테 한 번도 묻지 않았다고요?" 조던은 못 믿겠다는 표정으로 물었다. "제가 아버지 아들이 아니라는 게 명백한데도요?"

"그래, 안 물어봤다. 그럴 용기가 나지 않더구나."

클레이턴의 대답에 조던은 기가 막혔다. 그 사실을 짐작하고 있으면서도 30년도 넘게 아무 티도 내지 않았단 말인가?

"조던, 이해해라! 내가 친아버지는 아닐지 몰라도, 그래도 너는 내 아들이야!"

조던은 그가 내미는 손을 잡지 않았다. 부모님을 사랑하고 부모님에 대해 좋은 생각만 하려는 그의 일부는 아버지의 이야기에 만족하려고 했다. 그러나 경찰로서의 자아는 석연치 않아 했다.

"문제가 하나 더 있어요." 조던은 심호흡을 몇 번 하고 말을 꺼냈다. "파멜라나 제니퍼랑도 혈연관계가 없대요. 엄마도 친엄마가 아니라는 뜻이죠."

클레이턴은 백묵처럼 창백해졌다. 그의 입술이 떨렸다.

"아니, 아니! 그럴 리 없다." 그가 중얼거렸다. "넌 당연히 리디아의 아들이야. 내 말은…… 어떻게?"

그러고는 입을 다물었다. 아내가 결혼생활 내내 숨겨온 비밀이 있었다는 걸, 그것도 아주 큰 비밀이 있었다는 걸 깨달은 걸까? 아니면 그동안 알고 있었던 사실을 드디어 인정해야 해서 불편한 걸까? 조던은 그를 자세히 바라봤다. 진실에 눈을 감고, 마치 없었던 일인 척하며 살아가는 사람들은 많다. 하지만 조던이 아는 클레이턴 블라이스톤은 그런 사람들과는 거리가 멀었다.

"바로 그거예요." 조던이 말했다. "어떻게? 내가 어떻게 이 집에 오게 된 거죠? 난 누구죠? 친부모님은? 난 어디서 온 거예요?"

"아……." 클레이턴은 이렇게 중얼거리고는 눈을 감았다.

"엄마가 일기장을 썼나요? 당시에 믿고 털어놓았을 법한 친구들은 없어요?" 조던이 캐물었다.

"난 모른다." 클레이턴이 나지막하게 대답하고는 다시 눈을 떴다. 그는 조던의 시선을 피했다. "리디아는 그때 프리몬트에 살던 언니 캐서린과 함께 지냈다. 임신한…… 동안 혼자 지내기 싫다고 하더구나. 또 다시…… 뭔가 잘못될까 봐 두려워서."

쾌활하고 통통한 붉은 고수머리 여성이 어렴풋하게 떠올랐지만, 그녀를 언제 마지막으로 봤는지는 기억나지 않았다. 엄마 장례식에는 분명 오지 않았다.

"그런데도 뭔가 잘못됐군요." 조던은 씁쓸하게 말했다. "안 그랬더라면 파멜라와 제니퍼를 닮은 아들이 있었을 텐데 말이지요."

"조던, 제발 그러지 마라. 내 잘못은 아니잖니."

임종이 가까운 아버지를 보니 분노가 사그라지고, 심문할 때 상대방이 끈질기게 거짓말을 할 때면 이따금 느끼는 씁쓸한 절망감만 남았다. 클레이턴이 건강했다면 조던은 무슨 짓을 해서라도 진실을 밝혀냈을 것이다. 그러나 중병에 걸린 이 남자, 이제 겨우 몇 주밖에 못 살지도 모르는 사람에게 도저히 부담을 줄 수 없었다.

"아버지, 이 일로 아버지를 비난하는 게 아니에요." 조던은 체념하듯 말했다. "하지만 아버지가 엄마에게 물어보지 않았다는 말은 못 믿겠어요. 가족과 혈연을 그렇게 중요하게 생각하는 아버지가, 내 혈관에 누구의 피가 흐르는지 궁금해하지 않았다고요?"

"나는 그냥 겁쟁이였던 거야."

클레이턴 블라이스톤은 힘없이 베개로 머리를 내렸다.

"리디아에게 늘 물어보려고 했는데, 적당한 기회가 한 번도 오지 않더구나. 조던, 네 엄마는 널 정말로 사랑했어. 나는 가끔…… 많이 질투했다. 그러다가 리디아는 병에 걸렸고…… 말을 잃었지. 그땐 이미 너무 늦었어."

∞

아버지의 말은 조던의 가슴에 와 닿지 않았다. 분노와 바닥 모를 실망감뿐이었다. '거짓말하지 말라.' 이게 블라이스톤 집안의 최고 원칙이었다. 하지만 부모님 스스로는 그 덕목대로 살지 않았다. 위선적이고 가증스러웠다.

조던은 병원에서 곧장 주 경찰본부로 차를 몰면서, 지속적으로 울려대는 휴대전화 벨소리를 무시했다. 파멜라와 제니퍼, 다시 파멜라, 그다음에는 데비, 데비, 또 데비였다. 사이사이 문자 메시지도 왔다. 아마 파멜라가 오늘 무슨 일이 벌어졌는지 제니퍼뿐 아니라 데비에게도 말한 모양이었다. 조던은 연민으로 위장한 선정적인 호기심도, 선의에서 우러나온 충고도 듣기 싫었다. 본부에 도착한 그는 자기 부서가 있는 3층으로 갔다. 사무실에는 그레그와 다이앤밖에 없었다.

"팀장님, 오늘 안 오신다고……."

그레그가 깜짝 놀라 목소리를 높이다가 조던의 표정 때문에 말을 멈췄다. 조던은 자기 사무실로 들어가 유리문을 닫고, 큰 사무실을 내다볼 수 있는 커다란 유리창의 블라인드를 내렸다. 경찰 컴퓨터를 사적인 일에 사용하는 게 불법은 아니지만 허용된 일도 아니다. 그러나 경찰들은 가끔씩은 개인적인 용도로도 사용했다. 조던만 빼고. 그는 지금까지 정직의 화신이었고, 등 뒤에서 사람들이 자기를 '샌님'이라고 부른다는 것도 알고 있었다. 그는 수많은 행동에서 늘 스스로를 차단했다. 경찰 수장이었던 아버지의 이름을 더럽히고 싶지 않았기 때문이다.

"집어치우지 뭐."

조던은 비밀번호를 입력하고 검색 프로그램을 열었다. 행운이 그의 편을 들어준다면 이모부 부부가 주차 위반 고지서를 내지 않거나 속도위반을 하는 등 소소하게 법을 어겼을 수도 있다. '캐서린 케플러 커클랜드'라고 입력했다. 검색 결과는 일곱 개였지만 맞는 건 하나도 없었다. 한 시간 동안 커클랜드라는 이름을 온갖 조합으로 검색한 결과, 1960년 네브래스카 주 프리몬트에서 출생한 테이트 프랭클린 커클랜드를 발견했다. 사촌일 수도 있다! 그는 마지막 거주지라고 되어 있는 뉴저지 주의 주소를 메모한 뒤에 인터넷을 열었다. 거기서 테이트 커클랜드의 전화번호를 찾아내고 그것도 적었다. 그러는 동안 여동생 둘은 전화 걸기를 포기했지만 데비는 끈질겼다. 그녀는 30분 간격으로 전화했다.

조던은 그레그와 다이앤이 5시 정각에 사무실을 나가길 기다렸다가 약간 시간을 두고 그들을 따라나섰다. 계단을 막 내려가는데 휴대전화가 다시 울렸다. 모르는 번호였다. 데비가 교활한 속임수를 쓰는 건가? 아니면 혹시……. 심장 박동이 빨라졌다. 모험을 하는 수밖에 없었다.

"니컬러스 워커입니다."

어젯밤부터 계속 생각하던 남자의 목소리가 귓가에서 울렸다. 심장이 공중제비를 넘었다. 조던은 마주오며 인사를 하는 동료 둘에게 고개를 끄덕였다.

"아, 니컬러스."

"전화를 한번 해볼까, 생각했죠."

"반……가워요."

조던은 자기가 지금 사랑에 빠진 증세를 모두 보인다는 걸 깨달았다. 빠른 심장 박동, 배가 떨리는 느낌, 축축한 손, 그리고 십대처럼 말까지 더듬었다!

"통화하기 힘들어요? 긴장한 목소린데."

니컬러스의 말에 조던이 대답했다.

"오늘 상당히 힘든 날이었거든요."

"아, 미안해요. 나중에 다시 전화할……."

"아니, 아니에요!" 조던은 다급하게 니컬러스의 말을 가로챘다. "괜찮아요. 어……."

보고 싶다. 이 말을 할 수 있을까? 내가 너무 앞서 나가는 건가? 어제저녁에는 많이 외로웠고 목표를 잃은 느낌이었다. 어쩌면 재판 승소 후에 느낀 도취감이 가라앉았기 때문인지도 몰랐다. 하지만 오늘 겪은 일에 대해서는 누군가와 말을 하고 싶었다. 그러지 않으면 미칠 것 같았다. 소위 친구라는 사람들은 대화상대로 적당하지 않았고 여동생들도 마찬가지였다. 데비는 말할 것도 없었다. 하지만 니컬러스와는 대화가 통할 것 같았다. 느낌상 그랬다. 하지만 내가 어제 적극적으로 유혹을 했는데, 대화 말고 전혀 다른 걸 원하지는 않을까?

아, 의심은 그만두자. 빌어먹을! 그는 니컬러스를 다시 만나고 싶었다. 이 감정을 최대한 빨리 확인하지 않는다면 머리가 깨질 것만 같았다.

"당신…… 만나고 싶어."

그래서 그렇게 말했다.

"잘됐네." 니컬러스도 친근하게 대답했다. "나도 당신이 보고 싶으니까."

"내가 갈게." 조던이 말했다.

"좋아."

"어디서 만날까?"

조던은 걸음을 재촉하며 리모컨으로 차문을 열었다.

"난 물빛 별장에 살아. 내가 들은 소문이 옳다면, 그게 어딘지는 당신도 알겠지?"

"아아, 그래. 내 소문을 들은 거야?" 조던은 히죽 웃었다.

"당연하지. 엄마가 당신 광팬이라니까? 벌써 잊었어?"

"아, 그렇지."

"식사는 내가 준비할게. 술이 마시고 싶으면 가지고 와. 나는 안 마시니까."

"알았어."

조던은 차에 올라타 시동을 켜고 출발했다. 니컬러스를 얼른 만나고 싶어서 조급해졌다. 그는 타고난 조심성 덕분에 지금까지는 뭔가에 무분별하게 달려든 적이 없었다. 하지만 일련의 사건들을 겪고 나니, 자신의 이성이라는 것에 불신이 생겼다.

언제나 이성에만 귀를 기울인다면 제대로 된 결정을 내리는 날이 오기나 할까? 누군가와 관계를 맺거나 결정적인 행동을 하기 위해서는 감정이 작동해야 한다. 그리고 오늘은 새로운 '나'의 첫날이야. 원하는 건 뭐든 시작할 수 있어. 이 세상 그 누구에게도 변명할 필요 없이.

조지아 주 서배너

나는 미키의 부츠에 어깨를 맞고 뒤로 나가떨어졌다. 공포에 흐느끼며 바닥에 그대로 누워 있었다. 미키가 이렇게 화난 모습은 본 적 없었다.

"이 창녀들, 도대체 무슨 짓이야!" 그는 분노로 정신이 나간 것처럼 고함을 질렀다. "쇼 집어치워! 캐럴린, 옷 갈아입어! 안 그랬다 가는 일 당할 줄 알아!"

미키는 얼굴이 시뻘게진 채 오른손에 엽총을 들고 힘겹게 숨을 내쉬며 내 앞에 버티고 서 있었다.

"이러지 마." 나는 흐느꼈다. "미키, 제발. 난…… 나는 못 해."

그가 왼손으로 내 팔을 움켜쥐었지만, 나는 라이스버로 홀이 미키보다 더 무서웠다. 내가 걷어차고 때리며 저항하자 그의 분노는 더욱 불타올랐다. 미키는 나를 놓고 엽총에서 총알을 빼서 바지 주머니에 집어넣고 총은 침대에 던졌다. 그리고는 도망치려는 나를 잡아서 눈앞에 별이 보일 때까지 뺨을 후려치고, 주먹으로 배를 때리고 욕실로 질질 끌고 갔다.

"복종하는 법을 가르쳐주지."

그가 쉿소리를 내며, 내가 깜박 잊고 그대로 둔 목욕물에 내 머리를 담갔다. 나는 최대한 숨을 참았지만 폐가 터질 것 같았다. 내가 아무리 다리를 버둥거려도 미키는 내 머리를 무자비하게 그대로 꽉 잡고 있었다. 물이 폐로 들어오자 나는 공황상태에 빠졌다. 그가 드디어 내 머리를 들어올렸다. 나는 필사적으로 숨을 들이쉬고 기침을 하다가 비누가 섞인 목욕물을 바닥에 토했다. 온몸이 떨렸다.

"이제 말 들을 거지?" 그가 위협했다.

"미키, 제발 좀. 나 너무……."

흐느끼던 내가 '무서워'라는 말을 하기도 전에 그는 내 머리를 다시 물에 집어넣었다. 이번에는 숨을 참을 수 없었다. 산소가 사라지자 눈앞이 새까매졌다. 멀리서 날카로운 목소리가 들리더니, 내 목덜미를 단단하게 잡고 있던 손아귀가 갑자기 느슨해졌다. 나는 온 힘을 다해 머리를 들어올리고는 몸을 웅크리고 흐느끼며 구역질을 했다.

"캐럴린! 캐럴린!"

코피가 흐르고 한쪽 눈이 부은 키이라의 얼굴이 보였다.

"미키는…… 어디…… 어디 있어?" 나는 의식이 혼미한 채 속삭였다.

"자, 일어나. 어서!"

키이라가 팔을 당기는 바람에 힘겹게 일어났다. 미키는 숨을 헐떡이며 세면대와 변기 사이에 누워 있었는데, 등에 부엌칼 손잡이가 꽂혀 있고 목에서는 선홍색 피가 뿜어져 나왔다.

"너…… 뭐한 거야?" 난 기절할 듯 놀라서 속삭였다.

"찔렀어." 키이라가 싸늘하게 대꾸했다. "이 짐승은 이렇게 도살해야 해."

나는 경련을 일으키는 미키를 마비된 듯 멍하니 바라봤다. 그는 눈을 크게 뜬 채 꾸르륵거리며 숨을 헐떡였다. 나를 물에 밀어 넣었던 양손으로 갈라진 목을 감싸고 있었다.

키이라가 그의 목을 긋고 견갑골 사이에 칼을 꽂은 것이다. 피가 타일 벽에 튀었고, 점점 더 큰 웅덩이를 만들었다. 나도 피를 온통 뒤집어썼다.

"어서 나가." 키이라가 문간에 몸을 기댔다.

"네가…… 내 목숨을 구했어."

내가 더듬거리며 말하자 키이라는 냉정하게 대꾸했다.

"너도 나를 구한 거야. 저놈은 나를 때려죽이려고 했으니까. 어서 짐을 싸서 도망가. 지금 당장!"

"하지만…… 하지만…… 내가…….."

"네가 간 뒤에 경찰에 전화할 거야. 미키가 나를 성폭행하려고 해서 정당방위로 죽였다고."

나는 온몸이 떨렸다. 제대로 된 생각을 할 수 없었다.

"그럼…… 총은? 그건 어떻게 설명할 거야?"

키이라가 엽총을 가지고 있는 줄은 전혀 몰랐다.

"합법적으로 소지한 거야."

나는 그녀의 냉혹함에 감탄했다.

"여자 네 명만 한 집에 살잖아. 우리가 무기 소지하고 있는 거, 경찰이라면 누구나 이해할 거야."

키이라는 내 방에 들어가, 침대에서 엽총을 집어들고 물었다.

"총알은 어디 있지?"

"미키가 주머니에 집어넣은 거 같아."

키이라는 욕실로 돌아가, 이제 목숨이 끊어진 미키 위로 몸을 숙이고 바지 주머니를 뒤져 총알을 꺼냈다.

"자, 어서!" 그녀가 나를 밀며 옷장으로 가서 여행 가방을 꺼냈다. "꼭 필요한 것만 챙겨. 그리고 당장 계좌를 비워야 한다는 거 잊지 마. 알았지?"

"어차피 잔액이 얼마 안 돼. 대부분 현금으로 가지고 있어."

나는 기운을 내 피범벅이 된 젖은 옷을 벗고 청바지와 티셔츠로 갈아입었다. 옷을 다급하게 가방에 쑤셔 넣으며, 미키가 왜 여기로 왔는지 키이라에게 설명했다.

"네가 안 왔더라면 나는 지금 라이스버로 홀로 끌려가는 길일 거야."

"기분이 아주 이상하더라고. 나도 다 겪은 일이고, 이던 성격이 어떤지도 알아. 처음에는 아주 친절하게 굴어서 의심을 가라앉히지만, 그다음에는 무시무시한 깨달음을 얻게 만들어."

나는 어리석은 희망과 재가 되어버린 꿈에 대해서는 그 어떤 생각도 하지 않기로 했다. 이던이 나에게 투자한 옷과 신발은 그대로 남겨두었다. 목걸이도 마찬가지였다.

"그건 미키 자동차에 넣어두자. 물론 닭살 돋는 카드는 빼고." 키이라가 제안했다.

우리는 내 물건을 찾아서 상자와 가방에 넣느라 미키 시체를 여러 번 넘어 다녀야 했다.

"캐리와 플로렌스도 이 개자식이 죽어서 기쁠 거야. 미키가 우리를 몇 번이나 성폭행했다는 증언도 경찰에게 해줄 거고."

나는 셰보레 카프리스를 후진해서 베란다에 바짝 붙인 후 키이라와 함께 퍼붓는 빗속에서 차에 짐을 실었다. 모든 일을 끝내는 데 15분밖에 걸리지 않았다. 목걸이가 들어 있는 보석함은 미키 자동차 조수석에 놓고 이던의 카드는 가방에 넣었다. 나중에 아무 휴지통에나 던질 생각이었다.

"경찰한테는 내가 어디 있다고 말할 거야?" 나는 키이라에게 걱정스럽게 물었다.

"모른다고 할 거야. 어제저녁에 짐을 싸서 떠났다고." 그녀는 어깨를 으쓱하다가 통증 때문에 얼굴을 찌푸렸다. "휴대전화 심카드는 최대한 빨리 빼버려. 누가 보기 전에 얼른 출발해!"

나는 키이라를 혼자 남겨두는 게 너무나 마음에 걸렸다. 그녀는 내가 처음 사귄 여자 친구였다.

"캐럴린, 어서. 이게 최선의 해결책이야. 이던이 널 찾아내면 끝장이야." 키이라가 눈물을 글썽이며 말했다.

"너는 어쩌려고?"

"내 걱정은 하지 마. 다 처리할 수 있어."

"내가…… 연락할게."

"그래, 하지만 당장은 하지 마. 경찰이 분명히 내 메일 계정도 조사할 테니까." 키이라가 얼굴을 찡그리며 미소를 지었다. "이제 어서 가. 조심하고."

"그래, 너도 조심해. 평생 잊지 않을게."

포옹을 한 뒤 나는 운전석에 앉아 도로로 나섰다. 마지막으로 9개월 넘게 살던 집을 차 옆 유리창으로 바라봤다. 다시 한 번 모든 걸 잃었다. 집도, 사랑한다고 믿었던 남자도, 음악도. 95번 주간고속도로에서 북쪽을 향해 달릴 때, 내 머릿속은 텅 비어 있었다.

윌로크릭 농장

낮은 찌는 듯 무더웠지만 저녁에는 계속 번개가 번쩍였다. 대평원 서쪽 어딘가에서 엄청난 악천후가 날뛰고 있었다. 공기는 전기로 가득했다. 라디오는 폭우와 폭풍에 비견할 만한 거센 바람을 예보했다. 고속도로에는 차가 별로 없었다. 과속 단속이 없을 것 같아서 조던은 가속 페달을 밟았다.

운전하는 두 시간 동안, 동시에 발생한 사건들에 대해 곰곰이 생각했다. 서로 관계가 있는 건 아니지만, 확고부동하게 짜여 있던 세계관을 완전히 뒤집는 사건들이었다. 니컬러스와의 만남은 조던의 관점을 엄청나게 바꾸어놓았다. 하지만 부모님이 친부모가 아니라는 대재난에 비하면 그와의 만남은 그저 작은 지진에 불과했다. 조던은 이 배신이 자신의 정신과 영혼에 얼마나 심각한 영향을 미칠지 제대로 가늠조차 할 수 없었지만, 평생 지속된 부모님의 거짓말 때문에 근본적인 믿음이 크게 흔들렸다는 건 확실하게 느꼈다. 두 가지 사건의 순서가 뒤바뀌었더라면 니컬러스가 일깨운 감정이 충격과 혼란 때문이라고 판단하고 스스로에게 그 감정을 허용하지 않았을 것이다. 그러나 그게 아니었으니, 그와의 만남은 운명적이라고 설명할 수밖에 없었다.

니컬러스와의 거리가 가까워질수록, 조던은 그와의 만남이 자신 안에 늘 존재하던 어떤 그리움을 깨웠다는 사실을 명확하게 느꼈다. 그를 충동하는 것은 육체적 욕구가 아니라 삶에 대한 근본적인 결정을 내려야 한다는 인식이었다. 너무 오래 미뤄두었다. 조던은 늘 다른 사람들의 기대에 맞춰 살았고, 그러다 보니 자기가 원하는 게 뭔지 더는 알 수 없게 됐다. 그동안 어떻게 지금의 삶에 만족한다고 믿을 수 있었을까? 부모님과 여동생들의 의견에 왜 그렇게 큰 가치를 부여했을까? 그들의 의견이 정말로 중요했던가? 혹시 불편한 충돌을 피하기 위해 모두에게 예, 예 하면서 살았던 건 아닐까?

속을 자세히 들여다보면 블라이스톤 집안은 화기애애했던 적이 한 번도 없었다. 조던은 네 사람의 다혈질과 극단적으로 낮은 충동 조절 능력을 감당하며 자랐다. 비웃음과 조롱, 음험한 모욕은 일상 다반사였다. 조던은 아주 오랫동안 아버지를 미화했지만, 사실 아버지는 자기 의견 말고는 그 무엇도 허용하지 않는 독재자였다. 파멜라와 제니퍼는 독설가에다 속이 좁았고, 엄마인 리디아는 부드러운 모습 뒤에서 손아귀에 고삐를 단단히 쥐고 있는 냉혹한 조종자였다.

조던은 파멜라에게 셰리든을 진찰해달라고 부탁했을 때 가족들의 본모습을 처음 제대로 깨달았다. '쓰레기 같은 애'를 집에 왜 데리고 왔냐는 동생의 반응에 그는 큰 충격을 받았다. 그 뒤로 그의 마음은 그들과 멀어지기 시작했다. 그러나 거리를 두면 둘수록 그들은 더욱 끈질기게 그의 삶에 끼어들었다. 블라이스톤 집안은 가족의 일원을 그렇게 쉽게 손아귀에서 놓아주지 않았다.

하지만 그들과 핏줄이 이어져 있지 않다는 걸 알게 된 지금, 그는 문득 자유로운 기분이 들었다. 진정 원하는 것을 하고, 원하지 않는 것은 하지 않을 자유! 혈액검사 결과는 그를 완전히 새로운 궤도로 쏘아 올렸다.

∞

조던이 방충문을 옆으로 밀고 집에 들어서자 맛있는 허브와 마늘, 구운 소시지 향기가 밀려왔다. 니컬러스는 부엌 조리대 앞에 서 있다가 조던이 들어서자 고개를 들고 미소를 지었다.

"어이, 식사 준비 금방 끝나. 풀만 뜯는 사람이면 안 되는데……. 베이컨을 감은 싱싱한 돼지고기 소시지란 말이야."

"소시지 좋지. 난 뭐든지 잘 먹어."

조던의 대답에 니컬러스는 히죽 웃었다.

조던은 자기가 무슨 일을 예상했는지 스스로도 잘 알 수 없었지만, 어쨌든 지극히 평범한 이런 인사는 아니었다. 니컬러스가 성적으로 다가올까 봐 내심 두려웠고, 그러면 어떻게 반응해야 할지 고민했다. 하지만 다행스럽게도 그런 일은 전혀 일어나지 않았다.

"음료는 냉장고에 있어. 찾아서 마셔."

"응, 알았어."

조던은 냉장고를 열고 콜라를 하나 꺼냈다. 그러고는 문간에 기대어 몇 모금 마셨다. 냄비와 프라이팬을 다루는 모습으로 미루어 볼 때 니컬러스는 요리에 익숙한 것 같았다. 검은 머리카락은 샤워를 해서 젖은 채였고, 면도도 방금 한 모습이었다. 소매를 걸어 올린 흰 셔츠와 달라붙는 청바지를 입고 있었다. 조던은 훤한 낮에 그의 얼굴을 자세히 보고 깊은 인상을 받았다. 넓은 이마에, 입은 독특할 만큼 아름다웠으며, 얼굴 윤곽이 뚜렷해서 남성적이었다. 키는 그와 비슷할 정도로 컸고 몸은 살이라고는 없이 근육질이었다. 그는 의심할 여지 없이 매력적이었고, 불가사의할 정도로 조던의 마음에 들었다.

"왜 술을 안 마셔?" 조던이 물었다.

"술에 취해서 멍청한 짓을 너무 많이 저질렀거든." 니컬러스는 솔직하게 대답하며 어깨를 으쓱했다. "위스키에서 손을 떼면 경찰과 부딪칠 일이 줄어들 거라고 생각했어. 실제로도 그렇게 됐지."

귀가 먹먹해지는 천둥소리가 집을 뒤흔들더니 바로 다음 순간 장대 같은 비가 쏟아졌다. 작은 집에는 가구가 별로 없었다. 니컬러스는 여기 계속 머물지 어쩔지 고민하는 모양이었다. 둘은 두 개의 방 중 조던이 예전에 사무실로 썼던 작은 방으로 가서 거친 나무 탁자에 앉아 식사를 했다. 식사하는 동안 비가 유리창을 두드리고 바람이 나뭇가지를 흔들었다. 소시지는 물론 튀긴 감자와 호박 수플레 맛도 환상적이었다.

둘은 별 의미 없는 주제로 대화를 나누며 가벼운 분위기를 유지했다. 하지만 사실은 긴장 가득한 탐색의 시간이었다. 언제라도 물러설 준비를 하고서 서로를 떠보고, 거리를 좁혔다가 다시 멀어지기를 반복했다. 그러나 원은 빙빙 돌며 서서히 작아지고, 사적인 질문과 대답이 오가기 시작했다. 이건 마법도, 혼란도 아니었다. 탁자 맞은편에 앉아 있는 상대방은 피와 살로 이루어진 남자였다. 조던은 자신의 감정에 대해 객관적인 판단을 내릴 수 있었다. 그 결과는 어젯밤과 똑같았다. 마음이 가벼워지고 긴장이 풀렸다. 니컬러스 워커가 점점 더 마음에 들었다.

"어떻게 이렇게 요리를 잘해?"

둘은 함께 접시와 수저를 챙겨 부엌으로 날랐다.

"요리하는 게 재미있어." 니컬러스가 대답했다. "한동안 몬태나 주에서 요리사로 일하기도 했고."

"꽤 많은 직업을 거쳤나 봐?"

"아, 그렇지." 이번에는 니컬러스가 문간에 기대서서 조던을 바라봤다. "내 이력은 직업상담소 책자 같아. 바텐더, 카우보이, 요리사, 택시 운전사, 건설노동자, 소방대원, 수영장 안전요원, 용병, 석유 채굴 노동자."

"그리고 로데오 선수." 조던이 덧붙였다.

"맞아."

"얼굴의 흉터는 어쩌다가 생겼어?"

"형사 양반, 내 모든 비밀을 첫날밤에 모두 알아낼 작정이야?" 니컬러스는 대답 대신 재미있다는 듯이 히죽거리며 물었다.

첫날밤. 그 표현에 조던의 심장이 두방망이질했다. 니컬러스의 말은 두 번째 밤도, 그 다음도 존재할 거라는 듯이 들렸다.

"직업병이야."

조던이 가볍게 대답하자 니컬러스가 말했다.

"당신이 질문했으니 이제 내 차례야."

"좋아."

"오늘 무슨 일로 힘들었어?"

지난 몇 시간 동안 겨우 몰아낸 분노와 절망의 기억이 순식간에 다시 떠올랐다.

"아버지가 백혈병이야. 골수이식을 받아야 해. 그래서 내가 피검사를 받았는데, 오늘 결과가 나왔어. 그런데 부모님이라고 여겼던 사람들이, 나랑 혈연관계가 없대. 엄청나게 충격받았지."

"정말 힘들 만했네." 니컬러스는 눈썹을 치켜세웠다.

요란한 경악도, 꾸며낸 동정도 없었다. 조던은 짤막한 그 말이 무척 고마웠다.

"그 이야기, 하고 싶어?" 니컬러스가 물었다.

보통 때라면 만난 지 겨우 24시간밖에 안 된 사람에게 사적인 이야기를 한다는 건 꿈도 꾸지 않을 테지만, 사실 그 이야기를 하고 싶어서, 아니 해야 해서 여기 온 게 아닌가?

"관심 있어?" 조던은 되물었다. 자기 고민으로 그에게 부담을 주고 싶은 생각은 추호도 없었다.

"당신이 고민하는 일이라면 관심이 있지." 니컬러스가 대답했다. "그런데 이렇게 여기 부엌에 서 있지 말고 베란다로 나가자고."

둘은 편안한 등나무 의자에 앉았다. 두 사람 사이에는 탄산수 유리 항아리를 올려놓은 작은 탁자가 있었다. 악천후는 동쪽으로 물러갔다. 멀리서 이따금 천둥소리가 울렸다. 공기가 탁하고 땅바닥에서는 김이 올라왔다. 한낮은 이제 불그스름한 황혼으로 바뀌었다. 집 주위에 둘러선 나무에서 새들이 노래했고, 언덕 아래 강물은 세찬 소나기가 퍼부은 뒤라서 요란한 소리를 내며 흘렀다. 니컬러스가 담뱃불을 붙이자 조던은 이야기를 시작했다. 오늘 일어난 일부터 시작해서 자기가 자란 가정, 오늘까지 아버지라고 생각했던 사람과의 관계, 가장 믿었던 사람들에게 속은 느낌이라는 것⋯⋯. 니컬러스는 그의 말을 끊지 않고 신중하게 귀를 기울였다.

"36년 동안 나는 내가 누군지 안다고 생각했어. 그런데 지금은⋯⋯ 모든 게 의심스러워."

조던이 말을 마치자 니컬러스가 대답했다.

"당신은 어제와 똑같은 사람이야. 무슨 이유에선지 가족들은 당신을 속였지만, 그것 때문에 당신이 달라지지는 않아. 당신의 시각만 달라졌을 뿐인데, 그게 꼭 나쁜 건 아니지."

조던은 고개를 끄덕였다. 자기는 10분 동안 이야기를 했는데, 니컬러스는 단 세 문장으로 그의 딜레마를 명확하게 표현했다. 이 남자를 어떻게 단순한 카우보이라고 생각했는지 알 수 없었다.

둘은 이야기하고 또 이야기했다. 탄산수 항아리가 비고, 또 한 항아리가 비었다. 촛불이 절반 정도 탔다. 달이 검은 벨벳 같은 밤하늘 꼭대기에 떴을 때 조던은 시계를 흘깃 봤다. 12시 20분! 시간이 이렇게 흐른 걸 모르고 있었다. 이제 일어나서 니컬러스와 작별해야 한다는 생각을 하니 괴로웠다.

"이제 가야 할 것 같아. 링컨까지는 차로 두 시간이나 걸려."

그가 유감스러운 목소리로 말하자 니컬러스가 대꾸했다.

"여기서 묵고 아침 일찍 떠나도 돼." 평소에는 꼭 닫혀 있는 듯 보이는 그의 얼굴에서 생기가 반짝였다. "당신도 알다시피, 방이 두 개잖아."

조종사들이 '귀환 불능 지점'이라고 표현하는 순간이었다. 지금 일어나 집으로 간다면 옛 생활로 돌아갈 수 있다. 니컬러스와의 만남은 일시적인 혼란 때문에 생긴 기이한 일화로 끝날 것이다. 그러나 여기 머문다면 언젠가 그를 아프게 할지도 모르는 사람에게 감정을 투자하는 모험을 시작하는 거였다.

"내가 여기 있으면 좋겠어?"

조던은 이렇게 묻고는 심장박동이 빨라지는 걸 느꼈다. 니컬러스의 연푸른 눈동자가 진지하게 그를 바라봤다. 조던은 이렇게 강

렬하게 누군가를 바라보는 사람을 본 적 없었다. 침묵 속에 몇 초
가 흘러갔다.

"그래."

니컬러스가 대답했다.

"그래, 당신이 머문다면 기쁘겠다."

코네티컷 주 파밍턴

사랑하는 셰리든 아가씨,

아가씨 생일을 놓쳤네요. 정말 미안해요. 하지만 여긴 지금 다들 정신이 하나도 없답니다! 일주일 전에 어머니 재판이 끝났어요. 아가씨도 아마 방송이나 기사를 봤을 거예요. 어머니는 두 사람을 살해했고 온 가족에게 큰 불행을 안겼으니 처벌을 받는 게 당연하지만, 사형선고를 받았다는 건 끔찍한 일이에요. 어머니가 이중 종신형을 받기를 바랐던 맬러키는 지금 방황하고 있어요. 어쨌든 자기 엄마잖아요. 아버님도 여러 감정으로 고통스러워하고 계신답니다. 하지만 이 일이 드디어 다 지나가고 평온이 찾아오게 되어서 다행이라고 생각하는 건 다들 똑같아요.

나는 인터넷과 신문에서 레이첼 이모의 재판 기사를 읽었다. 놀랍게도 아무 느낌도 들지 않았다. 기쁨도, 동정도 느껴지지 않았다. 아주 잠깐 안도했을 뿐, 그 이상은 아니었다. 그녀가 죽든 살든, 자유의 몸이든 교도소에 가든 나와는 상관없었기 때문이다. 지난 몇 년 동안 겪은 모든 일이 연속적인 꿈처럼 생각될 때도 있었다. 레이첼 그랜트와 윌로크릭에서의 내 삶은 이제 화성에서 생긴 일처럼 멀게만 느껴졌다.

종업원이 커피를 더 채워주고 내 접시를 가지고 갔다. 요즘은 식당과 카페, 쇼핑센터에 대부분 무료 무선 랜이 생겨서 식사를 하며 이메일을 읽거나 인터넷 검색을 할 수 있었다. 나는 커피를 홀짝이며 새언니의 이메일을 계속 읽었다.

지금 여기는 추수가 한창이에요. 어떤 분위기인지 잘 알죠? 난 얼른 진통이 와서 애덤과 모린에게 동생이 생기기만을 기다리고 있어요. 아가씨가 무척 그리워요. 언젠가는 이곳으로 돌아오기를, 잠깐이라도 와서 어린 조카들을 만나게 되길 빌어요.

성실한 마음의 소유자인 새언니는 생일이나 크리스마스, 새해와 부활절, 또는 아무 일이 없을 때에도 이메일을 보내서 농장 소식을 전해줬다. 내가 어디에서 뭘 하고 있는지는 전혀 모르고 있었다. 알았더라면 당장 오빠들이랑 같이 와서 나를 데리고 갔을 것이다.

집으로! 회상에 잠길 때면 그런 생각을 했지만, 회상에 잠기는 경우는 드물었다. 네브래스카를 떠난 1996년 12월 이후, 내 삶은 새로 시작된 느낌이었다. 마치 '기원 전'과 '기원 후' 또는 '오전'과 '오후'처럼. 그 전과 후는 시간이 흐를수록 서로 멀어져서 이제는 거의 상관이 없는 것처럼 생각됐다. 인간에게는 과거를 자기 좋을 대로 해석하고 나쁜 일은 잊어버리는 다행스러운 재능이 있다. 뇌는 마음의 풍경을 바꿔놓고 흐릿하게 만든다. 불안과 분노, 씁쓸함과 염려는 용해되고, 남는 것은 아름다운 파스텔톤 수채화뿐이다.

이 수채화는 눈처럼 소리 없이 모든 기억을 덮어서 견딜 만하게 만든다.

내가 윌로크릭 농장에서 겪은 부정적인 일들은 기억에서 사라졌다. 내 기억은 실제로는 있지도 않았던 행복한 날들에 대한 뿌연 장면을 꾸며냈다. 사실 내 첫 번째 인생은 아름답거나 쉽지는 않았지만 적어도 일목요연했다. 흑백의 목판화처럼, 확실한 규칙과 단단한 틀이 있었다. 옳고 그름이 명확하게 정의되어 있었고 모든 것이 예측 가능했다. 그런데 그 후에는 그런 일이 전혀 없었다.

나는 오줌 냄새가 풍기는 화장실에 셰리든 그랜트를 내던진 후에 캐럴린 쿠퍼 역할을 했고, 그 결과 두 개의 정체성 사이에 끼어 내가 누구인지, 누구이고 싶은지 결정하지 못하는 신세가 되었다. 그게 내가 아직도 제대로 된 직업을 찾지 못하는 이유이기도 했다. 셰리든 그랜트로 나서면 누군가 다시 윌로크릭 농장 사건과 크리스토퍼의 이야기를 기억할 위험이 생긴다. 특히 레이첼 이모의 재판 때문에 언론과 대중의 관심이 다시 불붙어서 더욱 그랬다. 캐럴린 쿠퍼로 나서면 이던이 나를 발견할 수도 있다는 각오를 해야 한다. 그는 내가 도망치는 바람에 분노로 들끓고 있을 것이다.

경찰이 키이라의 말을 아무 의심 없이 그대로 믿었다는 사실은 신문을 통해 알고 있었다. 신문기사에 따르면 미키는 집에 침입해서 키이라를 때렸고, 그녀를 성폭행하겠다고 위협하고는 소변을 보러 화장실에 갔다. 키이라는 서랍에서 부엌칼을 꺼내 뒤에서 그를 찔렀다. 모든 흔적과 증거물이 그녀의 진술과 부합했다. 검찰은 이 사건을 기소할 생각이 없어 보였다. 미키가 침입했을 때 제3의 인물이 집에 있었다는 말은 그 어디에서도 보이지 않았다. 나에게 한 짓을 생각하면 미키가 너무 싫었지만, 욕실 바닥에 쓰러져 있던 그의 모습이 뇌리를 떠나지 않았다.

대부분의 신문이 미키의 죽음을 작게 다뤘다. 그러나 키이라가 3년 전 땅으로 꺼진 듯 사라진 셰리든 그랜트와, 윌로크릭 농장 살인범의 여동생이자 사형선고를 받은 이중 살인범의 양딸과 함께 있었다는 사실이 밝혀진다면 상황은 완전히 달라질 것이다. 언론이 나에게 달려들고 묵은 옛이야기들이 다시 끓어오를 거라고 상상하니 소름이 돋았다. 게다가 그러면 이던이 내 정체를 알게 될 테고, 나는 평생 그 어디에서도 안전할 수 없을 것이다.

이리저리 생각해도 솔직해지기에는 이미 늦었고 시간상으로도 매우 불리했다. 게다가 경제적 사정은 늦어도 한두 주 후에는 정말로 곤란해질 터였다. 잠은 차에서 자고 음식도 얼마 먹지 않았지만 900달러는 금방 없어졌다. 이 세상 어딘가에 모든 것이 제대로 돌아가는 장소가 있다는 사실을 레베카 새언니가 늘 일깨워주지 않았다면 이 상황을 좀 더 쉽게 견딜 수 있었을지도 모른다. 하지만 나는 호레이쇼 버넷이 있는 한 그곳으로 돌아갈 수 없었다. 억지로 힘을 내어 이메일을 계속 읽었다.

모린은 이제 두 살이 다 되었는데 정말 밝은 아이예요! 애덤은 동생을 잘 돌보는 의젓한 오빠고요. 5월이면 네 살이 돼요……

나는 숨이 막혔다. 그렇다면 내 아이도 지금 네 살이었을 것이다. 태어나지 않은 그 아이는 자주 꿈에 나타나 비난이 가득한 눈으로 나를 노려봤다.

아버님 상태는 이제 훨씬 나아졌어요. 날마다 조금씩 더 좋아지고 있어요. 말씀은 별로 없지만 이제 짧은 거리는 도움을 받지 않고 걷기도 하시고 존이나 니컬러스와 함께 말도 규칙적으로 타세요.

니컬러스가 윌로크릭으로 돌아왔다는 건 레베카 새언니가 몇 주 전에 보낸 메일에 쓰여 있었다. 니컬러스가 보고 싶었다. 그에게 몇 번 편지를 쓰려고 했지만 몇 줄 쓰다가 찢어버렸다. 모니터 위의 글씨들이 흐릿해졌다. 니컬러스에게 무슨 말을 해야 할까? 아빠에게 편지를 쓰는 것만큼이나 불가능했다. 한 단어 한 단어가 모두 거짓말일 것이다. 낙태 후에 매디슨병원에서 하혈로 내가 거의 죽을 뻔했을 때 아빠의 표정과 눈에 어린 눈물, 절망과 실망이 떠올라 오한이 났다.

하이럼 도련님은 약혼을 했는데, 9월 초에 결혼할 예정이에요. 신부는 아가씨도 아는 사람이에요. 넬리 블랜처드. 학교 다닐 때 아가씨랑 같은 학년이었죠. 10월에 아기가 태어나요.

하이럼 오빠와 넬리가? 오페라와 연극을 사랑하는 넬리, 경솔하고 잘 킥킥대는 넬리, 4년 전 7월 4일 루크 리처드슨의 대학 동기 앞에 기꺼이 납작하게 누웠던 그 넬리가 내 새언니가 된다고?

우리는 헤더 코스텔로 선생님이 지도하던 음악 클럽에 소속되어 있었다. 넬리의 꿈은 배우가 되어 브로드웨이에서 연기를 하는 거였다. 하이럼 오빠와 결혼하면 죽을 때까지 네브래스카에 쭈그리고 앉아 아이를 낳고 젊은 시절의 꿈을 모두 장사 지내야 할 것이다. 하지만 넬리한테는 최소한 그녀를 사랑하는 남자가 있다. 나한텐 뭐가 있지? 가수가 되어 날아오르려던 내 꿈은 비참하게 깨졌다. 넬리에게는 이제 새로운 가정이 생기겠지만, 내겐 아무것도 없었다.

맬러키는 드디어 컴퓨터 강좌를 듣기 시작했어요! 버넷 목사님이 가르치시는데, 신청자가 너무 많아서 감당이 안 돼요. 아가씨도 짐작하시겠지만, 처음에는 모두 회의적이었는데……

목이 조여드는 것 같았다. 호레이쇼! 그는 가끔 나를 생각할까? 내가 어떻게 되었을지 궁금해할까? 내 인생에서 호레이쇼는 가장 쓰디쓴 부분이었다. 나는 눈물을 글썽이며 이메일 마지막 단락을 읽었다. 이런저런 잡다한 소식이었다. 예전 보안관 벤턴은 심근경색과 뇌졸중을 겪고 요양대상자가 됐다. 내 첫사랑 제리의 아버지 톰 브래니건은 죽었고, 조지 아저씨와 루시 아줌마의 둘째 아들인 지미는 제리의 누이 중 한 명인 루비와 결혼했다.

새언니의 이메일은 사랑과 동시에 증오의 대상이었다. 나는 예전 인생의 소식에 목말랐지만, 한편으로 그런 소식들은 나를 한없이 우울한 검은 구멍 속으로 밀어 넣었다. 오늘은 특히 힘들었다. 내가 얼마나 깊은 나락으로 떨어졌는지 확연하게 느꼈으니까. 나는 미래라고는 없는, 떠돌이 살인자였다.

조던은 두 달 동안 돌아가신 엄마의 언니를 찾으려고 갖은 노력을 다했다. 사촌 테이트 커클랜드를 꽤 빨리 찾아냈기에 처음에는 낙관적이었다. 그러나 테이트는 오래전에 부모님과 연락이 끊겼다고 했다. 1980년대 중반에 여동생 수전이 교통사고로 사망했는데, 그러고 나서 얼마 후 부모님은 프리몬트에 있던 집을 팔고 사라졌고 그 후로 다시는 못 봤다는 거였다.

조던이 알기로 미국에서 실종된 사람들은 약 8만 명이고, 그중 60퍼센트는 성인이다. 죽은 사람들도 있지만 발견되지 않으려는 사람들도 많았다. 미국에서는 그런 사람들이 관청의 눈을 피해 숨어 지내기가 비교적 쉽다. 데이터베이스에 등록되는 일만 피하면 된다. 다시 말해, 자동차와 전화, 의료보험, 은행계좌와 신용카드를 포기하면 가능한 일이다. 게다가 성인은 특별한 이유 없이도 합법적으로 개명할 수 있으므로 찾기가 더 어려웠다. 어쩌면 외국으로 이민을 갔거나 사망했을 가능성도 있었다.

조던은 사용할 수 있는 방법을 총동원해서 이모 부부가 살았을 법한 곳을 알아낸 다음, 휴가를 내서 미국 전역을 떠돌았다. 경찰과 상점 주인, 치과 의사, 목사, 은행 직원, 집배원, 간병인, 응급의학과 의사, 주유소 주인들 등 동네에서 만나는 모든 사람들과 이야기를 나눠봤지만 다들 고개만 저을 뿐이었다. 자비로 일간신문에 사람 찾기 광고도 내고 가로등 기둥에 사진도 붙여봤지만, 이제는 계속 찾는 게 의미 없다는 사실을 인정해야 했다. 아주 작은 근거도 없었다. 가망이 없는 일을 계속하다 보면 끝내는 강박으로 변한다는 것을 조던은 알고 있었다. 수전이 사망한 후 1985년 3월 프리몬트를 떠난 캐서린과 프랭크 커클랜드는 공중에서 분해된 것처럼 보였다.

조던의 휴대전화가 울렸다. 여동생 제니퍼였다. 부모님의 친아들이 아니라는 걸 안 뒤에 그는 동생들과 대화를 거의 중단했는데, 둘은 그것 때문에 화가 나 있었다. 그는 연민이나 억측, 선의의 조언은 필요하지 않다는 걸 둘에게 이해시키려고 했다. 그러나 그가 거리를 두면 둘수록 동생들의 참견은 더욱 끈질기고 부담스러워졌고, 서서히 정신적 폭력으로 변했다. 밤낮으로 찾아오고, 이메일과 문자 메시지를 보내고, 전화를 걸었다. 대화를 나누자는 제안은 금방 비난으로, 결국은 욕설로 변했다. 조던이 온갖 형태의 위로를 모두 고집스럽게 거부하자 파멜라는 그가 중병에 걸린 아버지 생각은 조금도 하지 않는다며, 배려심이라고는 없는 이기주의자라고 비난하기까지 했다.

그건 두 여동생의 전형적인 행동 방식이자 부모님에게서도 익히 보아온 태도였다. 부모님은 옛날부터 사람들에게 무자비하게 자신들의 뜻을 강요했고, 순종하지 않는 사람들에게는 비방을 퍼부었다. 아버지에게는 이 세상에 친구나 적만 존재할 뿐 중간은 없

365

었다. 조던이 자기 엄마라고 생각했던 여자는 더 음험하게 행동했다. 악의 없는 척하며 대화를 하다가 소소하지만 신랄한 한마디를 날리곤 했는데, 클레이턴 블라이스톤의 고문보다 느리긴 했지만 효력은 더 오래 지속되는 독이었다. 블라이스톤 가족은 감정이입 능력이 놀랄 만큼 떨어졌다. 타인의 경계를 침범하기 일쑤였고, 독선이 독재로 변해도 아무도 깨닫지 못했다.

휴대전화 벨소리가 멎고 문자 메시지가 들어왔다.

오빠, 제발 전화해! 아빠 상태가 안 좋아. 당장 와. 어쩌면 아빠를 보는 게 이번이 마지막일지도 몰라!

온갖 노력에도 불구하고 지금까지 아버지에게 적합한 골수 기증자는 나타나지 않았다. 네브래스카 주 경찰들은 클레이턴에게 경의를 표하느라 전례 없이 모두 유형 검사를 받았다. 아내와 친구들을 데리고 온 경찰도 많았다. 하지만 적합한 기증자는 단 한 명도 발견되지 않았다. 화학요법은 소용없었고, 의사들은 기적을 기대하는 마음을 접었다. 조던의 휴대전화가 다시 울렸다. 이번에는 파멜라였다.

아빠를 그냥 돌아가시게 두면 오빠 죄를 짓는 거야! 오빠가 그 이후로 문병 오지 않아서 아빠가 얼마나 마음 아파하시는지 알아?

누가 누구에게 죄를 졌다는 거야? 조던은 냉소적인 생각이 들었지만 문자 메시지로 왈가왈부할 생각은 추호도 없었다. 식탁에 함께 앉아 그의 행동에 분노하며 머리가 뜨거워질 만큼 떠드는 동생들의 모습이 눈에 보이는 듯했다. 조던은 그들의 영향력에서 벗어났다. 이제 더는 조종당하거나 강요받지 않았다. 둘은 이런 그를 도저히 견디지 못했다. 조던은 답장을 썼다.

알려줘서 고맙다. 아버지는 내가 뭘 원하는지 이미 알고 계셔. 나한테 말해주느니 차라리 돌아가시겠다면, 나도 어쩔 수 없어. 새로운 소식이 있으면 알려줘.

처음에 그는 엄마에게 아무것도 묻지 않았다는 아버지의 말을 거의 믿을 뻔했다. 그러나 시간이 조금 지나 생각해보니 그 말은 상당히 의심스러웠다. 리디아는 그런 거짓말을 36년 동안 지킬 수 없는 사람이었고, 클레이턴은 아내가 바람을 피웠을 거라는 의심을 침묵으로 견디는 사람이 아니었다. 아버지는 조던에게 뭔가 숨기고 있었다. 조던은 6주 전 마지막으로 문병 갔을 때 아버지의 면전에 대고 그렇게 말했고, 아버지의 반응을 보며 자기 생각이 옳다는 걸 깨달았다.

딩동! 딩동! 딩동! 휴대전화에서 난리가 났다. 동생들의 문자 메시지가 집중사격처럼 쏟아졌다. 더 많은 비난이 이어졌다.

"아주 난리 났네." 니컬러스가 베란다로 나오며 히죽 웃었다. 그는 20분 전 집에 도착해서 곧바로 샤워를 하고, 깨끗한 셔츠와 청바지로 갈아입었다.

"동생들이야. 아버지가 돌아가시려고 한대. 그게 다 내 잘못이라고 비난하고 있어." 조던은 한숨을 내쉬며 고개를 저었다.

"가고 싶어?" 니컬러스가 물었다.

"솔직하게 말하자면 아니야. 아버지는 평생 날 속였어. 그걸 견딜 수가 없어."

니컬러스는 나무 난간에 걸터앉아 생각에 잠긴 표정으로 조던을 지켜봤다.

"내가 당신이라면 갈 텐데." 그가 잠시 뒤에 말했다. "마지막으로 이야기를 해보고 그 일은 완전히 끝내. 안 그러면 나중에 후회할 거야."

조던은 이마를 찡그렸다. 어쩌면 그게 가장 현명한 행동일 것이다. 클레이턴과 리디아 블라이스톤은 거짓말쟁이였지만, 어쨌든 그의 부모였다. 그가 '아버지'라고 부르는 남자, 한때 자신의 본보기였던 남자와 품위 있게 작별할 필요가 있었다.

"그동안 내내 궁금했던 게 뭔지 알아? 아버지는 왜 내가 검사를 하게 그냥 뒀을까? 비밀이 밝혀질 걸 알았을 텐데 말이야."

"검사를 받으라고 아버지가 부탁했어?"

"아니, 아버지는 평생 아무에게도 '부탁' 따위는 하지 않았어. 그저 '기대'했을 뿐이지." 조던은 씁쓸한 목소리를 감출 수 없었다.

"당신은 그걸 무죄추정이라고 해석하는군. 안 그래?" 니컬러스는 짧게 자른 머리카락을 손으로 훑으며 말을 이었다. "하지만 병에 걸릴 줄은 전혀 예상하지 못했겠지."

니컬러스의 예리함에 조던은 늘 놀랐다.

"이제 어떻게 해야 하지?"

조던의 물음에 니컬러스가 조언했다.

"가. 안 그러면 마음이 계속 답답할 테니까."

조던은 잠시 고민하다가 대답했다. "당신 말이 맞아. 고집 센 늙은이도 죽음에 직면하면 생각이 달라질 수도 있겠지."

"내가 같이 가줄까?"

"당신만 괜찮다면."

"좋아, 그럼 출발하자."

니컬러스는 자리에서 일어나면서 조던의 무릎을 가볍게 쳤다. 육체적인 면에서 둘 사이에는 이런 사소한 스킨십이 전부였다. 이 분야에서 실질적인 경험이 전혀 없는 조던은 둘 사이에 아무 일도 벌어지지 않고 몇 주가 흘러가자 불안했었다. 그는 동성애가 사악하고 위험하다고 낙인찍는 환경에서 살아왔다. 그런 환경에서 갖게 된 편견에 따르면 레즈비언이란 남자를 못 사귀는 여자들이었고, 게이는 딱 붙는 옷을 입고 최대한 많은 파트너들과 영혼 없는 빠른 섹스를 하는 변태들이었다.

언젠가 조던은 용기를 내서 니컬러스에게 그 이야기를 꺼냈다. 성격대로 조심스럽게 물었지만 니컬러스는 조던의 질문이 무슨 뜻인지 금방 이해했다.

"내가 당신에 대한 욕망이 없다고 생각하는군. 그렇지?"

조던은 망설이다가 고개를 끄덕였다. 그러자 니컬러스는 이렇게 말했다.

"오해야. 내 생각에, 당신은 아직 시간이 필요해. 지금 출생에 관한 일 때문에 괴롭고, 또 나한테 이끌린다는 느낌 때문에 더 혼란스러워졌잖아. 그러니 우리는 서두르면 안 돼. 그렇지?"

조던은 다시 고개를 끄덕였다.

"나는 당신이 지금 겪는 일을 이미 오래전에 겪었어. 그때 어떤 느낌이었는지 아직 꽤 잘 기억하고 있어. 한동안 여자들을 사귀었지만 아무런 의미도 못 찾았지. 상황을 이해하기까지는 아주 오래 걸렸고, 스스로 인정하기까지는 더 오랜 세월이 흘렀어. 인정하고 나서도 힘들었지. 아무도 알아서는 안 됐으니까. 내 활동 영역에 있던 사람들은 동성애에 너그러운 편이 아니었거든. 경찰들도 비슷하지. 남자를 사랑한다고 인정하는 건, 유감스럽게도 그 사랑을 대부분 감춰야 한다는 뜻이야. 당신은 언젠가 그 사실을 완전히 인정할 마음이 들거나, 아니면 그 길을 포기하게 되겠지. 난 당신이 어떤 결정을 내리든 존중할 거야. 내 마음에 들건 아니건."

니컬러스가 미소 짓는 순간, 조던은 자기가 이 남자에게 느끼는 감정이 단순한 우정 이상이라는 걸 확실하게 깨달았다. 니컬러스와 함께하면서 삶의 모든 것이 훨씬 더 분명하고 단순해졌다. 둘 사이에는 다툼도, 감정이 가득 실린 한없이 긴 입씨름도, 의중을 알 수 없는 술책이나 힘겨루기도 없었다. 상대방이 무슨 생각을 하는지 말을 하지 않고도 알 수 있을 때가 많았다. 조던은 살면서 니컬러스 워커 말고는 그 누구와도 이렇게 진지하게 말하고, 마음 편하게 웃고, 자연스럽게 긴장을 푼 채 아무 말도 하지 않고 있어 본 적이 없었다. 니컬러스가 바라보면 조던은 늘 배가 간지럽고 심장이 날갯짓하듯 떨렸다. 둘은 지난 몇 달 동안 친구이자 짝꿍, 익숙한 사이가 됐다. 이런 식으로 계속되면 언젠가는 연인이 될 것이다.

∞

클레이턴 블라이스톤은 죽음에 직면해 있었다. 그의 피부는 양피지처럼 창백하고 투명해 보였다. 말라서 뼈만 남았고, 병과 약물 때문에 쇠약해졌다. 가느다란 팔의 정맥에는 주삿바늘이, 코에는 산소 호스가 꽂혀 있었다. 유리 너머로 중환자실을 바라보던 조던은 그다지도 생기 넘치고 강인하던 그의 잔해에 충격을 받았다.

"아, 오빠. 오빠가 온 걸 보면 아빠가 기뻐하실 거야! 어쩌면 살아갈 힘이 더 생길지도 몰라." 제니퍼는 조던의 팔에 매달려 손을 쓰다듬었다. "우린 가족이니 하나로 뭉쳐야 해. 오빠, 안 그래? 오빠 생각도 그렇지?"

제니퍼의 얼굴은 기이하게 윤곽이 없어 보였다. 눈이 퉁퉁 부어 있었다. 제니퍼의 극적인 성격을 잘 아는 조던은 그녀의 눈물이 정말로 죽어가는 아버지를 위한 것인지 아니면 자기연민인지 궁금해졌다. 아버지가 사망하는 걸 슬퍼하는 걸까, 아니면 부모를 모두 잃을 자기 자신이 불쌍한 걸까?

"오빠, 안 그래? 그렇지? 가족이 제일 중요하잖아."

제니퍼는 울음이 터질 듯한 목소리로 다시 한 번 말했다. 이런 상황에서 무슨 말을 해봤자 의미가 없다는 걸 잘 아는 조던은 입을 꾹 다물고 있었다. 그러자 파멜라가 매서운 눈길로 노려보며 적대감을 내뿜었다.

조던이 도착했을 때 두 여동생은 병원 입구에서 그를 기다리고 있었다. 둘은 그가 차에서 내리는 모습을 지켜봤다. 파멜라는 운전석에 앉은 남자가 누구인지 궁금해 안달이 났지만, 웡 박사가 옆에 있어서 차마 묻지 못한 것 같았다.

"지금 면회해도 될까요?"

조던이 묻자 웡 박사가 고개를 끄덕였다.

"예, 그럼요."

"우리도 같이 갈게." 제니퍼가 불쑥 말했다.

"아버지랑 둘이서만 할 말이 있어. 부탁이야." 조던이 말했다.

두 동생은 할 수 없이 유리 뒤쪽에 남았다. 조던은 의사를 따라 들어가 초록색 가운을 입고 두건과 마스크를 썼다.

작은 병실은 공기가 탁했다. 들척지근한 오줌 냄새와 죽음의 악취에 조던은 몇 초 정도 숨을 쉬지 못하다가, 겨우 침대 발치로 다가갔다.

"조던." 한때 힘차던 클레이턴 블라이스톤의 목소리는 이제 새된 까옥거림으로 변했다.

"예, 아버지."

"나한테 뭐가 남았는지 보렴." 클레이턴이 중얼거리고는 주삿바늘이 꽂혀 있는 창백한 갈퀴 같은 손을 힘없이 들었다가 내렸다. "평생 타인을 위해 한 모든 일이 아무 소용도 없구나. 모두 나를 버렸어. 기적이 일어나지 않는 한 처량하게 죽어갈 신세야."

바짝 마른 흉곽이 오르내렸다. 말을 하는 게 힘들어 보였다.

"나는 어느 날 그냥 퍽 쓰러져서 죽을 줄 알았다." 클레이턴이 색색 소리를 내며 말했다. "하나님이 나를 이 정도로 고통스럽게 할 줄은 정말이지 몰랐다. 나는 잘못한 게 없는데, 하나님의 말씀을 언제나 지켰는데, 이렇게 비참한 결말을 맞게 되다니!"

연민이나 슬픔을 느끼기를 기다렸지만 조던의 심장은 냉담했다. 마음에서 우러나는 애정과 이해심은 지난 몇 달 동안 점차 사라졌고, 지금은 그동안 못 본 체하고 있던 성격상의 결함밖에 보이지 않았다. 게다가 진실을 말하기를 끈질기게 거부하는 클레이턴의 태도는 가족을 향한 조던의 마지막 호의마저 파괴했다. 진정으로 타인을 위해서 한 일이 대체 뭔지, 정말로 자기가 좋은 사람이라고 믿는 건지 묻고 싶어서 혀가 근질거렸다.

죽음의 신이 손을 내밀고 있는데도 클레이턴 블라이스톤의 머릿속에는 비난과 자기연민뿐이었다. 얼마나 비참하고 가련한가! '내 편이 아니면 모두 적이다.' 클레이턴의 인생철학이었다. 그는 이런 태도로 경찰뿐만 아니라 가족과 교회 모임, 이웃과 친구들,

자녀들의 친구와 학교에까지 영향력을 행사했다. 블라이스톤 집안은 모두 선한 사마리아인 행세하기를 좋아했다. 그러나 자기보다 못해 보이는 사람들에게 강요하는 타산적인 자선은 사실 통제 욕구와 자기 과시 욕구에서 나온 것에 불과했다.

조던은 긍정적인 기억이 하나도 남아 있지 않아 유감스러웠다. 그가 존경하고 또 두려워하기까지 했던 남자, 그의 인생에 결정적인 영향력을 끼쳤던 남자를 바라보며 조던은 어째서 여태껏 그의 자기애적인 행동양식을 꿰뚫어보지 못했는지 의아했다. 가족들은 죄책감과 열등감을 감추고 조던을 엄격하게 대함으로써 그를 통제하고 그의 자존심을 상하게 하려고 했다. 조던은 가족들과 달랐고, 그래서 그들은 불안했다. 조던은 자신이 일종의 스톡홀름증후군을 앓은 건 아닐까, 그래서 모든 걸 좋게만 보려고 한 게 아닐까 생각했다.

"좋은 광경은 아니지, 안 그러니?" 클레이턴이 쓸쓸한 목소리로 말을 이었다. "그래서 문병 오지 않은 거냐? 내가 이런 모습으로 누워 있는 걸 견딜 수 없었어? 넌 나랑 네 동생들을 아주 쓸쓸하게 만들었다."

"아버지가 진실을 말해주셨더라면 자주 찾아왔을 거예요."

조던은 마스크를 벗었다.

"무슨 말이 하고 싶은 거냐?"

노인의 눈에 불안한 빛이 감돌았다.

"아버지는 제가 어떻게 두 분의 가정에 오게 됐는지 다 알고 계시잖아요. 엄마는 절대 감추지 못했을 테니까요."

불쑥 찾아든 정적 속에서 아버지에게 매달린 의료기구들이 내는 재깍거리고 삑삑거리는 소리는 더욱 시끄럽게 느껴졌다. 클레

373

이턴에게서 눈을 떼지 않던 조던은 자기 생각이 맞다는 걸 다시 한 번 확인했다. 떨리는 후두와 이불을 반듯하게 펴는 성급한 손동작은 노인의 마음이 동요했음을 적나라하게 보여줬다.

"왜 말해주지 않으시려는 거죠? 이제 와서 그 비밀이 아버지에게 무슨 의미가 있어요? 저를 왜 이렇게 괴롭게 하세요?"

"그래서 온 거로구나." 클레이턴이 조롱하듯 바짝 마른 얼굴을 찡그렸다. "네가 신경 쓰는 건 그것뿐이야. 그렇지?"

조던은 엄한 아버지 덕분에 냉철한 자제력을 길렀고, 그 능력은 도움이 될 때가 많았다. 그러나 지금은 자제할 이유가 없었다. 이 노인이 그를 대하던 것과 똑같은 무자비한 솔직함으로 잘못을 알려줘야 할 때가 왔다.

"아버지는 곧 돌아가실 테죠." 조던은 싸늘하게 말했다. "전 눈물 한 방울 안 흘릴 겁니다. 다른 사람들도 거의 그럴 거고요. 아버지를 사랑한 사람은 없어요. 사랑받을 만한 사람이 아니었으니까요. 온갖 수단을 동원해서 자기 의지를 다른 사람들에게 강요한 전제군주였죠."

클레이턴의 창백한 얼굴이 일그러졌다.

"꺼져!" 분노한 그가 소리쳤다.

"죽음을 눈앞에 두고도 관용을 모르고, 자기 잘못을 인정하지 못하는군요." 조던은 냉담하게 말을 이었다. "아버지가 신을 원망할 이유가 없잖아요. 속으로는 자기가 나쁜 인간이라는 걸 분명히 알고 있을 텐데. 아버지는 이 침대에서 곧장 지옥으로 떨어질 겁니다. 거기서 엄마가 아버지를 기다리고 계시겠죠."

"이 비열한 후레자식, 어떻게 그런 소리를!" 클레이턴은 숨을 헐떡이며 일어나려고 했다.

"아버지와 피가 섞인 것보다는 후레자식이 되는 게 낫겠네요." 조던이 대꾸했다. "아버지는 많은 걸 만회할 기회가 있었어요. 하지만 천성은 어쩔 수 없나 봅니다. 전 아버지를 경멸해요."

문이 열리고 웡 박사가 들어오고, 제니퍼와 파멜라가 바로 그 뒤를 따랐다. 박사는 걱정스러운 눈빛으로 클레이턴을 봤다. 파멜라는 박사를 밀치며 다가왔고, 제니퍼는 문간에 남아 있었다.

"아버님을 흥분시키지 말라고 부탁했잖아요. 그러는 건 환자분에게 좋지 않아요. 이제 그만 나가주세요." 웡 박사가 비난이 가득한 목소리로 말했다.

"어차피 가려고 했습니다."

조던은 몸을 돌렸다. 오랫동안 지고 다니던 무거운 짐을 내려놓은 기분이었다. 클레이턴 블라이스톤이 비밀을 무덤까지 가지고 가든 말든 이제 그와는 아무 상관도 없었다.

"조던!" 클레이턴이 뒤에서 숨을 색색거리며 필사적으로 외쳤다. "기다려, 얘야! 제발 좀!"

"여기 계세요." 웡 박사가 조던이 못 나가게 막으며 못마땅한 얼굴로 고개를 저었다.

조던은 마지못해 다시 몸을 돌렸다. 파멜라가 아버지의 손을 잡았지만 그는 딸의 손을 쳐내며 소리쳤다.

"놔!"

파멜라는 마음이 상해서 손을 치웠다. 클레이턴은 애원하는 듯한 표정으로 조던의 얼굴에서 눈을 떼지 않았다.

"아직 할 말이 남았어요?" 조던은 싸늘하게 말했다.

"이런 식으로 헤어지지 말자."

클레이턴이 애원했다. 그가 기침을 하자 두 딸과 박사가 도와주려고 했지만, 그는 고압적인 몸짓으로 도움을 거절했다.

"이 쉬파리들아, 날 좀 평화롭게 죽게 내버려둬!"

"아빠……"

제니퍼는 흐느꼈고 파멜라는 화가 나서 인상을 썼다. 의사만 이 모욕을 아무렇지도 않게 그냥 받아넘겼다.

"나는 정말 더는 모른단다. 애야…… 믿어주렴."

클레이턴은 나지막하게 중얼거리고는 조던에게 가까이 오라고 힘없이 고갯짓을 했다. 조던은 혐오감을 누르고 침대 옆으로 갔다. 오랫동안 아버지라고 생각했던 남자가 그의 손을 잡았다. 클레이턴 블라이스톤은 패배했다. 생의 마지막 순간에 와서야 그는 모든 게 자기 뜻대로 이루어지지는 않는다는 사실을 인정했다.

"나는 잘못을 저질렀어. 많은 잘못을. 너한테 죄를 지었다. 조던, 나를 용서해주겠니?"

그가 쉰 목소리로 나지막하게 말했다. 늘 요구만 하던 그가 처음으로 부탁하고 있었다.

"예, 아버지. 용서합니다."

클레이턴의 호흡이 가빠지고 눈동자가 흐려지면서 조던의 손을 잡은 손아귀에서 힘이 빠졌다.

"고맙다. 너…… 너는 착한 애야."

죽어가는 남자의 푹 꺼진 얼굴에 힘겨운 미소가 스치고 지나갔다. 목소리는 거의 숨결처럼 약했다.

"프랭크…… 프랭크가 그때 너를 발견했다. 네 이모한테 물어봐라. 다 대답해줄 거야. 지금…… 캐나다에 산다. 매…… 매틀록 위니펙…… 호숫가에."

2000년 9월
코네티컷 주 파밍턴

"죄송합니다만, 또 쫓아내야겠어요. 이제 곧 문을 닫는답니다."
60대 초반으로 보이는 도서관 여자 사서가 자애로운 미소를 지으며 말했다.

나는 깜짝 놀라 고개를 들었다. "어, 벌써 5시네요. 몰랐어요! 시간이 너무 빨리 가는 것 같아요."

"흥미진진한 책을 읽으면 그렇죠. 대출해서 집에 가서 읽는 게 어때요?"

'집이 없어요.' 나는 속으로 그렇게 대답했다. 자동차만 있을 뿐. 나는 서점과 도서관을 늘 좋아했다. 편안한 적막과 책 냄새가 좋았다. 나흘 전 우연히 이곳에 처음 왔다. 하얀 기둥 네 개가 떠받치는 회랑과 넓은 실외 계단이 있는 흰 건물을 보자마자 마음에 들었는데, 그 건물이 도서관이라는 걸 알게 된 순간 기쁨은 훨씬 더 커졌다. 사서들은 누가 신분증 없이 도서관 책장을 훑고 다녀도 아무말도 하지 않았다. 천장이 높고 벽난로와 널찍한 소파들이 있는 열람실이 너무나 마음에 들어서 나는 다음 날 또 오기로 결정했다.

"여기서 읽는 게 좋아요."

나는 몇 시간 앉아서 시간을 보낸 편안한 천 소파에서 일어났다.

"그러면 내일 와서 다시 읽으세요. 그 책을 보관해둘게요." 사서가 윙크했다. "10시에 문을 열어요. 그건 이미 알고 계시죠?"

나는 미소를 지으며 고개를 끄덕이고, 그녀에게 책을 건넨 뒤 인사를 하고 출구로 갔다. 나 말고는 젊은 여자 둘뿐이었는데, 둘 다 대학교 로고가 박힌 똑같은 암청색 티셔츠를 입고 있었다.

도서관에 더 있을 수 없어서 섭섭한 마음을 안고 늦여름 햇빛이 쏟아지는 바깥으로 나갔다. 내일 아침 10시까지 10달러만 쓰면서 시간을 보내야 했다. 나는 이사벨라 고모할머니 댁에서 당분간 숨어 지낼 수 있을 거라는 기대로 파밍턴에 왔다. 고모할머니는 도서관에서 도보로 겨우 10분 떨어진 윈첼 스미스 드라이브에 살았다. 차에서 내려 초인종을 누르기까지는 용기가 좀 필요했는데, 실망스럽게도 할머니는 집에 안 계셨다. 세 시간 동안 차에 앉아 기다리다가 결국 이웃집 초인종을 눌렀고, 그 결과 할머니가 친구들과 유럽으로 여행을 떠나 10월 초순, 다시 말해서 약 열흘 후에나 돌아온다는 걸 알게 됐다.

내 전 재산은 112달러뿐이어서 어디 묵을 형편이 안 됐기 때문에 야외 수영장 근처 주차장에 차를 댔다. 2달러를 내면 수영장에서 샤워를 하고 화장실을 사용할 수 있었다. 하루에 10달러 이상 지출하지 않으면 이사벨라 고모할머니가 돌아오실 때까지 버틸 수 있다는 계산이 나왔다. 일주일에 한 번 빨래방에 가서 옷을 세탁하고, 그날은 굶었다. 일자리를 구할 수도 있었지만 이던이 나를 찾아낼지도 모른다는 공포심이 너무 커서 그러지 못했다. 레베카 새언니에게 도움을 청할 수도 있었다. 부탁만 한다면 새언니는 단

1초도 망설이지 않고 돈을 보낼 테지만, 마지막 남은 자존심 때문에 그러지 않았다. 맬러키 오빠 부부와 하이럼 오빠가 절망적인 이 상황을 안다면 윌로크릭 농장으로 돌아오라고 나를 설득할 테고, 돌아가면 내가 얼마나 처량하게 실패했는지 모든 사람이 알게 될 테니까.

호레이쇼나 이제 하이럼 오빠와 결혼할 넬리가 동정의 눈빛을 보낼 생각만 해도 수치심이 몰려왔다. 그보다는 굶주림과 목마름, 불편함을 견디는 게 차라리 나았다. 내가 한 짓을 생각하면 동정을 받을 자격도 없었다. 밤에는 악몽에 시달렸는데, 요즘은 미키와 이던이 자주 등장했다. 낮에는 누군가 알아볼지도 모른다는 불안감이 계속 따라다녔다. 파밍턴은 넓고 서배너와도 멀리 떨어져 있어서 이던의 지인을 우연히 만나는 경우는 없을 테지만 그래도 안심되지 않았다. 나는 언제부턴가 이성적으로 생각하지 못했고, 늘 누군가 나를 쫓고 있다는 불안감에 시달렸다. 가게 점원이 필요 이상으로 나를 오래 보는 거 아닌가? 등 뒤에서 뭐라고 쑥덕거리는 거지? 경찰차가 이상하게 너무 느린 속도로 지나가는 거 아닌가? 긴장이 풀리는 시간은 도서관에 있을 때가 유일했다.

길을 건넜다. 다음 한 끼를 어떻게 해결할까 걱정하지 않고 야외 카페나 햇빛이 잘 드는 공원 잔디밭에서 황금 같은 9월을 즐기는 사람들은 나를 깊은 슬픔에 빠뜨렸다. 불현듯 절망이 밀려왔다. 나는 돈도, 목표도, 희망도, 계획도 없었다. 왜 매일 이렇게 살고 있는지, 이 처량한 상황을 왜 그냥 끝내지 않는지 이따금 스스로에게 묻기도 했다. 나는 이 세상 누구에게도 의미 있는 사람이 아니고 아무도 날 그리워하지 않을 텐데.

차를 세워둔 주차장에 가까이 다가가자, 와이퍼에 꽂힌 분홍색 쪽지가 보였다. 앞 유리에서 쪽지를 빼내 읽어보니 공영 주차장에서 캠핑을 한 죄로 보안관이 발급한 25달러짜리 벌금 고지서였다. 수영장을 이용하던 누군가가 플로리다 번호판이 붙은 내 셰보레를 보고 경찰에 신고한 모양이었다. 벌금 걱정은 하지 않았다. 내 차는 올랜도에 주소를 둔 캐릴린 쿠퍼 이름으로 등록되어 있었고, 사실 그런 사람은 존재하지 않으니까.

그때 뒤에서 사이렌이 울려서 나는 깜짝 놀라 몸을 움찔했다. 경찰차가 느린 속도로 다가와 내 옆에 서는 동안 심장이 두방망이질 했다. 경찰은 나보다 기껏해야 너덧 살 많을 것 같았다. 그러나 나는 그에게서 관용을 기대할 수 없다는 사실을 첫눈에 알아봤다.

"당신 자동차입니까?"

경찰의 질문에 나는 고개를 끄덕였다.

그는 선글라스를 벗고 옆 유리창으로 차 내부를 들여다보고는 침낭과 베개가 눈에 띄자 과장된 표정으로 눈썹을 치켜세웠다. 이미 그걸 보고서 벌금 고지서를 발급했을 텐데도.

"당신은 여기서 일주일 전부터 캠핑 중입니다. 이유가 뭡니까?" 그가 나를 비난하며 선글라스를 다시 썼다.

나는 사실대로 대답하기로 마음먹고 이사벨라 고모할머니를 방문할 계획을 말했다.

"제가 제대로 이해했다면, 10월 초까지 여기서 이러고 있겠다는 건가요?"

"호텔비가 없어요. 그리고 여기서 캠핑한다고 해서 피해를 보는 사람은 없잖아요?"

"경찰이 봅니다." 그는 양쪽 엄지를 허리띠에 끼우고는 나를 내려다봤다. "저희는 여기에 부랑자가 있는 거 싫습니다."

"전 부랑자가 아니에요!" 나는 흥분해서 소리쳤다.

"아니면 뭡니까? 차에서 자고, 야외 수영장 샤워시설을 이용하고, 낮에는 할 일 없이 시내를 돌아다니는데요."

내가 본 첫인상은 옳았다. 이 경찰은 선량한 사람이 아니었다. 내가 마음에 들지 않는 말 한마디를 하기만 기다리고 있었다. 뭔가 기분 나쁜 일이 있는 것 같았다. 어쩌면 여자친구가 이별 통보를 했거나 상사와 문제가 있는지도 모른다. 어쨌든 화풀이 대상을 찾고 있었는데 내가 딱 걸린 것 같았다. 그는 자동차등록증과 운전면허증을 달라고 하더니 아주 천천히 자기 차로 가서 컴퓨터로 조회했다. 시간이 흐를수록 나는 점점 더 불안해졌고, 키 큰 나무 그늘에 서 있어서 추위로 몸이 떨렸다. 드디어 차에서 내리는 경찰의 얼굴이 어두웠다. 그는 아무 말도 없이 자동차등록증과 운전면허증을 돌려줬다.

"이상 없죠?" 나는 이렇게 묻는 내 목소리가 수상하게 떨리지 않기를 바랐다.

"여기서 당장 차 빼요." 그가 대답 대신 험악하게 말했다. "그리고 계속 자동차에서 잘 생각이라면 지체 없이 이 도시를 떠나요."

"예, 알았어요."

마음이 놓이자 무릎이 후들거렸다.

"지체 없이란 '당장'이라는 뜻입니다! 내가 도시 경계까지 뒤따라갈 겁니다."

"아, 알았어요."

나는 서둘러 차 문을 열고 운전석에 앉았다. 떨리는 손으로 주차장에서 차를 빼자 경찰이 나를 따라왔다. 나는 도서관과 시내 중심가를 지나서 84번 주간고속도로 표지판이 있는 곳까지 왔다. 경찰차는 내가 연결도로에 올라선 후에야 물러났다. 나는 안도의 한숨을 내쉬었다.

이제 어떻게 해야 하지? 연료 탱크는 겨우 4분의 1만 남았는데, 다시 주유하면 지갑에 엄청난 구멍이 뚫릴 것이다. 나는 넘어가는 해를 향해 천천히 달리며, 트럭 운전사가 추월하려고 울려대는 분노의 경적을 무시했다. 주간고속도로를 벗어나 국도로 계속 달리다가 작은 주유소를 발견하고는 20달러어치를 주유했다.

감기는 눈을 더는 지탱할 수 없어서 새벽 2시 반에 텅 빈 숲 속 주차장에 차를 세웠다. 도로에서 금방 눈에 띄지 않는 주차장 제일 뒤쪽까지 갔다. 소변이 마려워 다시 한 번 추운 바깥으로 나와야 했지만 자동차 바로 뒤에서 해결했다. 그러고는 차 문을 모두 잠그고 뒷좌석 침낭에 들어가 머리에 모자를 눌러썼다. 하루 종일 먹은 거라고는 칠면조 고기 샌드위치와 차가운 스크램블드에그뿐이었다. 주유비도, 휴대전화 선불카드를 살 돈도 없었다. 이제 곧 음식을 살 돈도 남지 않을 것 같았다. 돈이 될 만한 건 자동차뿐인데, 운이 좋으면 1000달러 정도는 받을 수 있을 터였다. 하지만 차가 없으면 나는 정말로 부랑자 신세였다. 아침에는 결정을 내리고 현실을 똑바로 직시해야 했다. 나는 끝났다. 정말 완전히 끝났다.

∞

배가 꾸르륵거려서 잠에서 깨었을 때는 날이 막 밝아오는 중이었다. 물을 몇 모금 마시려고 바닥을 더듬어 물병을 찾았지만 텅 비어 있었다.

"빌어먹을."

욕설이 나왔다. 마지막 남은 푼돈으로 뭐라도 먹어야 했다. 따뜻한 침낭에서 억지로 나왔다. 부츠를 신고 운전석으로 기어가, 안쪽에 김이 서린 창문을 긁어 내다본 후에 차 문을 열었다. 주차장은 여전히 텅 비어 있었다. 차에서 내려 스트레칭을 한 다음 차 뒤쪽에서 소변을 봤다. 새들이 나무 위에서 노래했고, 공기는 가을답게 서늘하고 맑았다. 남쪽에서는 이런 공기가 얼마나 그리웠던가! 그러나 두 달만 더 지나면 자다가 얼어 죽을 각오를 하지 않고서는 자동차에서 잘 수 없을 것이다.

시동을 걸고 난방을 최고로 올렸지만 한참 지난 뒤에야 맺힌 물방울들이 다 말랐다. 7시가 지나기 전에 주차장을 떠나 도로로 나섰다. 거의 20분 동안 차는 한 대도 만나지 못했다. 보이는 거라고는 나무, 나무, 나무뿐이었다. 주유 표시 바늘이 붉은 영역에 다시 가까워지자 손바닥이 축축해졌다. 도로변에 드디어 표지판이 나타났다. '록브리지, 매사추세츠 주'라는 글자를 보니 마음이 가벼워졌다. 나는 방향감각을 완전히 잃어서 지금 여기가 어딘지 전혀 알 수 없었다. 그럼 어젯밤에 버몬트 주까지 왔나? 아니, 뉴햄프셔 주가 먼저던가? 이곳 위쪽 작은 주들의 이름이 뭔지 기억해보려고 했지만 떠오르지 않았다. 6개 주가 있었지. 아니, 13개 주? 머리에 이상이 생겼나? 늘 따라다니는 불안 때문인가? 아니면 그동안 제대로 자지도, 먹지도, 마시지도 못했기 때문인가? 액체가 충분하게 공급되지 않으면 뇌가 쪼그라든다는 글을 읽은 적이 있는데.

록브리지 표지판을 지나 그림책에 나올 법한 뉴잉글랜드의 작은 도시로 들어섰다. 대로를 따라 늘어선 식민지풍의 화려한 대저택, 잘 손질된 공원과 뾰족한 종탑이 있는 아름다운 하얀 교회가 보였다. 영화 세트장에 들어선 느낌이었다. 이 소도시는 비현실적일 만큼 매력적이고 깔끔했다. 호텔, 가로수가 늘어선 도로, 화랑들도 있고, 장난감과 책, 기념품과 예술품을 판매하는 작은 상점들도 보였다. 우체국, 소박한 식당과 이탈리아 레스토랑, 돌다리 아래로 흘러가는 작은 강도 있었다. 다 있는데 빌어먹을 주유소만 보이지 않았다! 록브리지 한복판에서 셰보레 모터가 덜덜거리기 시작했다. 나는 마지막 한 방울이 다해서 모터가 꺼지기 직전, 그 최후의 순간에 샛길로 차를 몰아 들어가는 데 성공했다.

"이런 젠장."

이렇게 중얼거리고는 한숨을 내쉬었다. 이제 아침 7시에 걸어서 주유소를 찾아야 하고, 거기서 기름통을 빌려주기를 기대할 수밖에 없었다. 배낭을 들고 차에서 내리다가 불현듯 눈앞이 새까매져서 쓰러지지 않으려고 차를 붙잡고 섰다. 살이 불타는 것처럼 뜨거우면서 온몸이 떨렸다.

먼지를 잔뜩 뒤집어 쓴 셰보레 카프리스에 기대 어지럼증이 지나가기를 기다렸다. 대로는 아직 조용한 편이었지만 이렇게 이른 시간에도 문을 연 가게로 몇몇 사람들이 들어가는 모습이 눈에 들어왔다. 출입구 위에 '서튼의 독일 빵집 - 아침과 점심식사'라고 쓰인 고풍스러운 간판이 달려 있었다. 갓 구운 빵의 향기가 풍겨왔다. 배가 큰 소리로 꼬르륵거렸다. 빵조각이 얼마나 맛있을지, 또는 크림치즈를 두툼하게 바른 베이글이 얼마나 맛있을지 상상하니 침이 고였다. 자동차 문을 잠그고 대로를 건너갔다. 태양이 이 작은 도시를 빙 에워싼 숲 꼭대기로 솟아오르자 눈이 부셨다. 또다시 현기증이 일면서 다리가 납처럼 무거워졌다. 나는 힘겹게 비틀거리며 빵집으로 향했다. 어떤 여자가 싹싹한 미소를 지으며 문을 잡아줬다.

"고맙습니다."

나는 중얼거리며 인사하고 빵집에 들어섰다. 유리 판매대 뒤편에 있는 젊은 여직원 둘은 하늘색 폴로셔츠에 빳빳하게 풀을 먹인 흰 앞치마를 걸치고 하늘색 모자를 쓰고 있었다. 두 사람은 문을 잡아준 여자만큼이나 환하게 미소 지었다. 나는 이렇게 많은 종류의 빵과 하드 롤, 크루아상을 본 적이 없었다. 나도 모르는 사이에 죽어서 천국에 온 걸까?

"안녕하세요?" 금발 종업원이 피리처럼 간드러진 목소리로 인사했다. "무엇으로 행복하게 해드릴까요?"

나는 그녀를 빤히 바라봤다. 귀에서 윙윙 소리가 나고 눈앞에서 모든 게 흐릿해졌다. 나는 다리를 꺾으며 쓰러졌다. 불안은 모두 사라지고, 그와 더불어 배고픔과 걱정도 없어졌다. 나는 하늘나라에 온 거였다. 긴장감이 모두 풀린 무중력 상태, 이곳은 아름다웠다. 멀리서 흥분한 목소리들이 들려오고 누군가 내 뺨을 탁탁 쳤다. 사람들의 얼굴이 사라지더니, 나를 걱정스럽게 바라보는 갈색 눈동자 두 개가 보였다. 누군가 나를 들고 옮겼다. 주변이 어두워졌다가 다시 밝아졌다. 오른쪽 위팔에 가해지는 압력이 점점 더 강해지다가 풀렸다.

"혈압 60 대 20." 어떤 남자의 저음이 들려왔다. "맥박은 40인데 상당히 약하군."

누군가 부드럽게 내 손목을 잡고, 내 입술에 컵을 갖다 댔다. 목이 말랐던 나는 시원한 물을 벌컥벌컥 마셨다.

"그래요, 잘하고 있어요. 다 마셔요."

남자가 말했다. 머릿속에서 서서히 안개가 걷혔다. 나는 어딘가의 소파에 누워 있었는데, 다리 아래 베개가 몇 개 놓여 있었다. 서류장과 책상, 천장에 달린 형광등이 눈에 들어왔다. 창문 대신 커다란 유리판이 있었는데, 그걸 통해 천장 바로 아래까지 타일을 붙인 어떤 공간이 눈에 들어왔다. 흰 옷을 입은 남자들이 천천히 오가는 게 보였다.

"천사들인가요? 천국에 온 거예요?" 나는 멍하니 중얼거렸다.

"아, 아닙니다!" 누군가 귓가에서 웃음을 터뜨렸다. "빵 굽는 곳이에요. 저 남자들은 천사가 아니라 제빵 기술자들이고요."

"무슨 일이 벌어진 거죠?" 나는 나지막하게 물었다.

"당신이 가게로 들어와서 쓰러졌습니다." 남자가 걱정스러운 목소리로 대답했다. "종업원 아가씨들이 아주 기절할 뻔했어요."

그제야 아까의 상황이 떠올라 얼굴이 달아올랐다.

"죄송해요."

몸을 일으키려고 하자 그의 손이 부드러우면서도 단호하게 나를 다시 눕혔다.

"그럴 필요 없어요. 잠깐 더 누워 계세요. 지금 혈액순환이 엉망이에요."

남자가 움직인 덕분에 얼굴이 보였다. 다정해 보이는 눈, 길고 숱이 많은 갈색 속눈썹, 갈색을 띤 뻣뻣한 금발, 매력적인 입술과 잘 손질한 수염. 그가 미소를 짓자 눈 주위에 잔주름이 잡혔다.

"그건 그렇고, 저는 폴 엘리스 서튼입니다." 남자가 자기소개를 했다. "그쪽은요?"

"셰리든이에요." 나는 아무 생각 없이 대답하다가 곧 정신이 들었다. "셰리든…… 쿠퍼."

"셰리든. 무척 특이한 이름이군요. 그리고 눈동자도 정말 독특해요! 음…… 샐러리 색깔이에요."

"샐러리요?" 나는 당황했다.

"칭찬이에요." 그가 얼른 덧붙였다.

내가 미소를 짓자 폴 서튼의 갈색 눈이 반짝였다. 유리판 뒤쪽에서 둔탁하게 진동하는 소리가 들리고 내가 누워 있는 소파가 흔들리기 시작했다. 나는 깜짝 놀라 몸을 움찔했다.

"반죽 기계예요." 폴 서튼이 설명했다. "이제 좀 괜찮아요?"

"예, 그런 것 같아요." 나는 수줍게 대답했다. 나 때문에 벌어진 일이 너무 창피했다.

"멋진 아침식사 어때요?" 그가 물었다. "제가 보기엔 아주 잘 드실 수 있을 것 같은데요."

그의 짐작을 확인시켜주듯 내 배에서 꼬르륵 소리가 났다.

"음…… 더 이상 폐 끼치고 싶지 않아요. 분명히 뭔가 다른 할 일이 있으실 텐데요."

사실은 얼른 차에 올라타 여길 떠나고 싶었다. 그러다가 차에 기름이 한 방울도 남지 않았고 나는 거의 파산 상태라는 데 생각이 미쳤다.

"오늘은 토요일이니 시간을 조절할 수 있어요."

그가 몸을 일으키고는 내가 일어나는 걸 돕느라 한 손을 내밀었다. 나는 그의 큰 키에 놀랐다. 눈을 보려면 고개를 뒤로 한껏 젖혀야 했다. 검정과 파랑 체크무늬 셔츠와 지저분한 청바지에 검은 작업화를 신은 걸로 미루어볼 때, 이 고급스러운 빵집의 주인처럼 보이지는 않았다.

"마구간에서 오는 길이에요. 얼른 샌드위치만 가지고 가려고 했는데, 당신이 가게에서 쓰러졌네요."

내가 곱지 않은 시선으로 보는 걸 눈치챈 그가 말했다.

"눈앞에서 벌어진 일이라서, 당신을 회복시켜야 한다는 책임감을 느꼈거든요."

"그러실 필요 없어요. 정말이에요."

"이곳 록브리지에서는 누구나 서로 도와준답니다."

그는 내가 다시 비틀거리자 재빨리 팔을 잡아주었다.

"조금 더 누워 있는 게 어때요?"

"아니, 아니에요! 이제 괜찮아요. 오랫동안 아무것도 먹지 않아서 그래요."

"몸매 걱정 때문에 일부러 그러신 건 아니겠지요?"

남자가 깜짝 놀란 표정을 짓는 바람에 나는 웃음이 터졌다.

"그런 거였으면 얼마나 좋겠어요. 자발적인 다이어트가 아니에요. 돈이 떨어졌어요."

비참한 처지를 이렇듯 솔직하게 말할 수 있어서 나 스스로도 놀랐다. 남자는 어딘지 모르게 신뢰감을 주는 구석이 있었다. 또 그가 나에 대해 무슨 생각을 하든 전혀 상관없었다. 레베카 새언니가 돈을 보내주자마자 다시는 볼 일이 없을 테니까.

"자, 아침식사 어때요? 혹시 많이 바쁜가요?" 그가 다시 물었다.

"아뇨, 전혀 안 바빠요. 어차피 여기에 갇혔거든요. 설상가상으로 연료 탱크도 비었고요." 나는 어깨를 으쓱하며 대답했다.

우리는 거리를 따라 천천히 걸어서 '블랙 라이언 인'으로 갔다. 식민지풍 3층짜리 호텔은 대로변에서 가장 큰 건물이었다. 비바람에 풍화한 잿빛 목재 건물이었는데, 계단 좌우에 돌사자가 한 마리씩 서 있었다. 호텔 손님 몇몇이 천장이 있는 넓은 베란다에 앉아 아침식사를 하면서 거대한 가로수들이 늘어선 그림 같은 대로의 풍경을 즐기고 있었다.

나는 서튼이 정중하게 잡아주는 출입문을 지나, 안락한 거실처럼 꾸며진 넓은 로비로 들어섰다. 오래된 나무 바닥에 깔린 닳은 양탄자와 고전적인 가구들, 사랑스러운 꽃다발과 은촛대, 아기자기한 온갖 장식들이 친근한 분위기를 자아냈다. 벽에는 아주 오래전 호텔 모습을 보여주는 사진들이 빽빽하게 걸려 있었다. 신문이 놓여 있는 낮은 나무 탁자를 에워싸고 낡은 안락의자와 소파들이 모여 있었다. 길고 어두운 색 목재로 만든 접수처 오른쪽은 바 같았다. 천장 바로 아래까지 닿는 선반에 술병들이 빼곡하게 쌓여 있는 게 보였다. 피아노도 있었다. 우리는 활짝 열린 양쪽 여닫이문을 지나 빈자리가 거의 없는 레스토랑 안으로 들어갔다.

잠시 후, 한쪽 구석의 작은 식탁에 서튼과 마주앉은 나는 300년이 넘는 역사를 자랑하는 별 4개짜리 호텔과 빵집, 시내의 몇몇 가게가 서튼 집안 소유라는 사실을 알게 됐다. 그는 주방으로 직접 가더니 방금 짠 오렌지주스를 유리 주전자 하나 가득 가지고 와서 어서 마시라고 재촉했다.

"혈당이 다시 높아질 겁니다." 그가 주장했는데, 그 말이 옳았다.

종업원이 김이 무럭무럭 올라오는 산더미 같은 스크램블드에그와 베이컨, 버터를 바른 토스트와 우유 한 잔을 가지고 왔다. 한 입 먹을 때마다 몸 상태가 나아지는 것 같았다. 나는 마지막 한 점까지 싹싹 긁어 접시를 비웠다. 서튼은 그런 나를 흐뭇한 미소를 지으며 바라봤다. 내 식욕이 마음에 든 모양이었다.

"접시를 이리저리 찌르기만 하고, 샐러드랑 찐 생선만 먹는 사람들을 보는 것만큼 슬픈 일은 없어요. 잘 먹는 사람만이 인생을 즐길 줄 알죠. 그런데 록브리지에는 무슨 일로 오셨나요?"

"우연히 오게 됐어요."

나는 트림을 억누르며 말했다. 내 위는 이렇게 많은 음식에 익숙하지 않았다.

"가정불화 때문에 고등학교를 졸업하기 전에 집을 나왔어요. 그게 벌써 3년 전이네요. 생각보다 쉽지 않더군요. 플로리다에서 오렌지를 수확하고 수영장 청소도 하고, 디즈니월드에서 미키마우스로도 일했어요. 그러다 보니 햇빛이랑 파란 하늘이 너무 지겹더라고요. 사계절이 그리웠어요. 그러다가 뜻밖의 사고가 나서 차를 수리하느라 남은 돈을 다 써버렸죠."

조지아에 머문 일은 말하지 않았다.

"코네티컷에 사는 고모할머니를 찾아갔는데, 유럽 여행 중이더라고요. 그래서 상당히 창피하기는 하지만, 집에 돌아가기로 어제 결심했어요. 차에서 자고 고속도로 휴게소에서 샤워를 하는 데 질렸거든요. 어젯밤에는 주차장에서 잠을 자고, 주유소를 찾다가 록브리지에 오게 된 거예요."

그에게 왜 이런 말을 늘어놓는지 나 스스로도 알 수 없었다. 나를 구해주고 아침식사에 초대했기 때문일까. 나는 그가 솔직한 이야기를 들을 권리가 있다고 생각했다. 종업원이 막 내린 커피를 더 따라줬다.

"정말 우연이었군요." 내 말을 주의 깊게 듣던 그가 미소를 지었다. "이제 뭘 하실 건가요?"

나는 어깨를 으쓱하고 대답했다. "새언니한테 전화해서 돈을 보내달라고 하려고요. 최소한 주유비는 있어야 하니까요." 나는 솔직하게 말했다. "그런 다음에는 좋든 싫든 네브래스카로 돌아가야죠. 달리 어쩔 수 없잖아요. 완전히 파산했는데."

'셰리든'과 '네브래스카'라는 조합을 듣고도 그는 아무 생각도 없는 것 같았다. 그 끔찍한 소문은 그림엽서처럼 비현실적으로 아름다운 이곳까지는 전해지지 않은 걸까?

"오늘은 토요일이라 돈을 빨리 받을 수 없을 텐데." 그가 생각에 잠긴 표정으로 말을 이었다. "월요일까지 머무는 게 어때요? 아니면 더 오래 있거나."

내 말을 제대로 들은 건가? 아니면 내가 이 사람의 말을 잘 이해하지 못했나?

"돈이 없다니까요." 나는 다시 한 번 말했다.

"몇 살이죠?"

"스물한 살."

"이제 가장 아름다운 계절이 시작되고, 늦여름 장관을 즐기려고 찾아오는 관광객들로 이곳은 붐비게 될 거예요." 그가 이렇게 말하며 식탁 아래로 긴 다리를 뻗었다. "그러니 분명 호텔 룸메이드나 종업원이 한 명쯤 더 필요할 거예요. 숙소도 제공될 거고요."

그는 느긋하게 앉아서 커피를 홀짝거렸지만, 눈빛을 보니 지금 진지하게 제안하는 거였다.

미국의 절반가량을 방랑하면서 나는 여러 도시와 마을과 풍경을 봐왔지만, 매사추세츠의 이 작은 도시처럼 보자마자 마음에 든 곳은 없었다. 몇 달 록브리지에 머물면서 돈을 벌어도 좋지 않을까? 어쨌든 실패해서 기가 꺾인 모습으로 윌로크릭 농장으로 돌아가는 것보다는 확실히 나을 것이다. 잃을 건 하나도 없었다. 록브리지가 마음에 들지 않으면 떠나면 그만이다.

"괜찮은 것 같네요." 나는 미소를 지으며 대답했다. "일자리를 얻을 수 있다면 여기 머물겠어요."

2000년 10월
캐나다로 가는 길

92세에 사망하는 것과 64세에 사망하는 것은 확실히 차이가 있었다. 조문객 숫자만 봐도 그랬다. 조던은 화창한 9월 말 링컨에서 가장 오래되고 아름다운 휘카 공동묘지에 모여든 조문객들의 모습이 분명 아버지 마음에 들 거라고 생각했다. 밝은색 사암으로 지은 작은 예배당은 몰려든 조문객을 모두 수용할 수 없었고, 관은 꽃다발에 묻혀 거의 보이지도 않았다. 주지사와 시장을 비롯해 수많은 유명인이 오고 행진용 제복을 입은 경찰들이 관을 들었으며, 온갖 기구와 단체들이 공식 조문단을 보냈다. 거짓말이 난무하는 연사들의 조사가 이어졌다. 워낙 잘 우는 제니퍼만 눈물을 보였을 뿐 다른 사람들의 눈은 모두 말라 있었다. 클레이턴 블라이스톤의 죽음을 진심으로 슬퍼하는 사람은 없었다.

파멜라는 마지막 순간에 자기한테 쉬파리라고 한 아버지에게 앙심을 품었고, 제니퍼는 아버지의 마지막 말이 자기가 아니라 조던을 향한 것이라서 상처를 받았다. 그러나 두 자매가 가장 크게 실망한 것은 유언장을 공개했을 때였다.

클레이턴 블라이스톤은 두 딸이 노리던 얼마 안 되는 재산을 네 브래스카 주 경찰 유가족 재단에 기증했고, 집만 세 자녀가 똑같은 지분으로 나눠 갖게 했다. 상속 때문에 싸움이 벌어졌는데, 두 자매는 조던에게 그의 몫을 포기하라고 요구했다. 친자식이 아닐 뿐더러 가정도 없고 대출을 갚아야 하는 것도 아니니 돈이 필요 없을 거라는 이유에서였다. 처음에 조던은 충동적으로 두 동생에게 마음대로 하라고 대답할 뻔했지만, 곧 생각을 바꾸어 자기 몫을 챙기겠다고 주장했다. 불화에도 불구하고 두 자매는 장례식을 완벽하게 준비했다. 남들에게 책잡히고 싶지 않았고, 어떤 상황에서도 체면을 유지해야 했으니까. 그러나 관 뚜껑에 흙더미가 떨어지자마자 제니퍼의 눈물은 말랐다. 두 자매는 우울한 표정을 짓고 있는 남편들과 빨강머리 말썽꾸러기 아이들을 그대로 내버려두었다. 장례식 뒤처리보다는 부모님 집에서 기다리고 있는 부동산 중개업자가 더 중요했기 때문이다. 조던도 2주의 휴가가 시작되기 전에 동료들에게 업무를 배치하느라고 최대한 일찍 공동묘지를 나와서 사무실로 향했다.

클레이턴에게 프랭크와 캐서린 커클랜드를 어디에서 찾아야 하는지 들은 뒤로 그들을 찾는 건 식은 죽 먹기였다. 캐서린 이모는 처음에 조던이 연락했을 때 당황해서 전화를 바로 끊어버렸다. 조던이 편지를 보낸 뒤에야 두 번째 통화가 가능했다. 그녀는 전화로는 그 무엇도 설명해주지 않고 직접 찾아오라고 그를 초대했다. 그리고 일단 클레이턴의 사망확인서 복사본을 매틀록 우체국으로 보내라고 요구해서 조던을 어리둥절하게 만들었다. 이 기이한 요구의 이유가 뭔지는 묻지 않았지만, 그녀가 클레이턴 블라이스톤을 얼마나 두려워하는지는 확실하게 알 수 있었다.

새벽 4시가 조금 지나 출발한 니컬러스와 조던은 다섯 시간 뒤에는 여정 절반을 지나왔다. 쭉 뻗은 고속도로가 사우스다코타와 노스다코타를 지났다. 눈에 띄는 게 거의 없는, 잿빛이 섞인 단조로운 황갈색 풍경이 이어졌다. 드넓은 땅을 보자 숨이 막힐 지경이었다. 자연과 비교하면 인간의 걱정과 고난과 존재 그 자체마저 얼마나 작고 사소한지! 조던은 비행기 대신 자동차로 캐나다까지 가자는 니컬러스의 제안에 따른 걸 단 한순간도 후회하지 않았다.

"천천히 가는 데 익숙해지면 여행이 즐거워질 거야."

니컬러스는 이렇게 주장했는데, 이미 여러 차례 그랬듯 이번에도 그가 옳았다. 얼마쯤 달리자 지난 몇 달 동안 느꼈던 짜증 섞인 긴장감이 모두 풀리고 마음이 차분해졌다. 뒤돌아보니 평생 남의 요구를 충족시키느라고 바쁘게 살았다는 생각이 들었다.

가족과 상사, 동료와 이웃과 친구, 이상한 관계를 맺었던 여자들, 그 모든 사람을 만족시키려는 욕구는 도대체 어디에서 비롯된 것일까? 그는 언제나 타협했고, 다른 사람들이 알게 모르게 강요하는 결정을 택했다. 집을 사는 문제만 해도 그랬다. 그는 예전에 살던 자그마한 집에 만족했다. 그런데 무슨 이유에선지 조던 부모님과 틀어진 사람이 어떤 집 건축 공사를 넘겨받았고, 부모님은 반쯤 지어진 그 집을 싼 가격으로 사라고 조던을 설득했다. 부모님은 그 사람을 자비롭게 도와주는 척했지만, 그는 조던이 지불한 금액으로 채무도 다 갚지 못했다. 구역질나게도 부모님은 그 사실에 남몰래 무척 기뻐했다.

여자들과의 마땅찮은 관계도 비슷한 방식으로 줄줄이 이어졌다. 제니퍼가 예고도 없이 시드니 윌슨을 소개했는데, 그의 엄마는 조던이 시드니와 처음으로 데이트를 하고 사흘째 되던 날 일요일 식사에 그녀를 초대해서 마치 며느리처럼 대했다. 시드니보다 먼저 사귄 여자도, 나중에 사귄 데비도 마찬가지였다. 부모님은 그가 서른 살을 넘겼는데도 미혼이라는 걸 탐탁지 않아 했다. 일요일 가족 점심식사 때면 늘 결혼과 손자 이야기가 나와서 불쾌해졌다. 시드니를 처음 집에 데려가고 4주가 지났을 때, 그의 엄마가 시드니의 배에 태연하게 손을 올리고 혹시 축하할 일이 생긴 게 아닌지 물었던 일을 생각하면 지금도 창피했다. 반평생을 피트니스 스튜디오에서 보내고, 살이 찔까 봐 거의 아무것도 먹지 않던 시드니는 그 질문을 받고 죽을 만큼 감정이 상했었다.

조던은 4년 넘게 제대로 된 휴가를 가지 못했다. 레이첼 그랜트 재판 때문에 5월까지 긴장을 늦추지 못했고, 그러는 동안 미제사건팀을 새로 조직했다. 셰리든과의 만남은 그의 삶에 중대한 변화를 가져왔다. 여동생 파멜라가 본모습을 드러냈으며, 시드니에게 정신적으로 문제가 있다는 사실이 밝혀졌다. 데비와 헤어지는 일은 무척 힘들었다. 그녀는 자기 환상에 이미 너무 푹 빠져 있어서 조던이 왜 헤어지려고 하는지 이해하려 들지 않았다. 몇 주 동안이나 그를 심하게 괴롭히고 스토킹하던 그녀는 우연히 관계와 미래에 대한 그녀의 생각을 무조건 받아들이는 남자를 만나게 되자 겨우 그 짓을 그만뒀다.

만났던 여자들이 한 번도 임신하지 않은 건 행운이었다. 그랬다면 지금쯤 결혼해 있었을지도 모르니까. 조던은 멍청하게도 콘돔을 사용하지 않고 비싼 값을 치른 수많은 지인들을 봤다. 시간이 갈수록 여자들은 남자들이 좋아하는 모든 것을 금지했다. 야구 시청, 친구들과 맥주 마시기, 낚시 가기, 자동차 튜닝하기……. 많은 경우, 그들은 아내와 아이들의 욕구를 충족시키기 위해서 자기 인생을 돈벌이에 바쳤다. 사랑과 행복이라는 몇 달 동안의 망상이 끝난 뒤 실망과 분노가 평생 이어지는 경우가 드물지 않았다.

그런 운명은 다행스럽게도 조던을 스쳐지나갔다. 클레이턴과 리디아 블라이스톤은 땅에 묻혔고, 두 여동생은 유산 분배 때문에 서로 다투느라 정신이 없었다. 지난 몇 년 동안의 스트레스는 조던의 외모에 흔적을 남겼다. 그는 얼마 전 거울을 보다가 예전에는 보이지 않던 주름과 잿빛 머리카락을 발견했다. 하지만 이제는 자유로웠고, 드디어 미래로 향할 수 있었다.

조던은 심호흡을 했다.

"괜찮아?" 운전을 하던 니컬러스가 그를 흘낏 바라보며 물었다.

"당연하지. 이렇게 좋았던 적이 없어." 조던은 미소를 지으며 대답했다. "차로 오는 거, 최고의 아이디어였어."

"당신 마음에 들 거라고 생각했지." 니컬러스가 고개를 끄덕이며 말을 이었다. "시간을 애초에 넉넉하게 잡으니까 시간표에 맞춰서 서두르지 않아도 되고, 방해하는 사람도 없잖아. 이렇게 한없이 달리면 세상이 줄어들고 중요한 일들만 남지. 하지만 눈을 돌릴 것들이 없으니까 불현듯 자기 자신과 직면하게 되기도 해. 그 상황을 견디지 못하는 사람도 많지."

"나는 견딜 수 있어. 혼자 있는 걸 언제나 좋아했거든." 조던이 대답했다.

"어쩌면 고독은 인간의 기본 욕구일지도 몰라. 혼자서도 완벽하게 만족한다는 의미에서."

니컬러스는 담뱃불을 붙이고 유리창을 조금 내렸다.

"그런데 그게 생각처럼 쉽지 않더라고. 왜, 내가 젊었을 때 대도시, 특히 유럽과 아시아 대도시에서 오래 살았다고 했잖아. 처음엔 무척 마음에 들었어. 아무에게도 방해받지 않고 조용히 지낼 수 있었거든. 시골 동네는 서로가 서로를 다 알고, 그저 호기심과 지루함 때문에 서로 참견을 하는데, 도시는 그렇진 않으니까. 하지만 그러다가 도시 사람들은 다른 방식, 그것도 굉장히 우울한 방식으로 외롭다는 걸 깨달았지. 자발적으로 고독한 게 아니었어."

둘은 정오 무렵에 캐나다에 이르기 전 마지막으로 가장 큰 도시인 그랜드포크스를 지났다. 니컬러스는 조금 더 가서 주간고속도로를 떠나더니, 확신에 찬 태도로 차를 몰아 국도 두 개가 갈라지는 곳에 위치한 작은 식당에 다다랐다. 근처에는 아무것도 없었다. 그러나 주차장에는 자동차와 화물차들이 가득했고 식당도 엄청나게 붐볐다.

"여기 스테이크가 아주 맛있어. 길을 살짝 돌아갈 가치가 있지."

니컬러스가 말했다. 웃을 때 잇몸이 다 드러나고 귀여운 보조개가 들어가는 통통한 금발 여주인은 니컬러스를 오래된 지인처럼 열광적으로 환영했고, 그가 어떤 스테이크를 좋아하는지 정확하게 기억하고 있었다. 길쭉한 판매대와 식탁에는 대부분 붉은 얼굴에 체크무늬 셔츠를 입은 건장한 남자들이 앉아 있었는데, 그들은 호기심에 몸을 돌리고 니컬러스를 바라봤다. 그들 중 몇몇은 니컬러스를 아는지 고개를 끄덕였고, 그의 이름을 부르며 인사를 하는 사람도 많았다.

"당신이 여기 단골이라는 게 왜 놀랍지도 않을까?"

조던은 하나 남아 있던 구석 빈자리를 잡고는 놀리듯 말했다. 그는 사람들이 니컬러스를 알아보는 경우를 이미 몇 번이나 겪었는데, 예전에 니컬러스가 로데오 챔피언으로 유명했기 때문이라고 짐작했다.

"단골이라는 건 과장이지만, 어쨌든 이 근처에 올 때마다 여기 미니네 가게에서 식사를 하지."

"여기 자주 와?"

이번에는 놀랐다. 네브라스카 주 사람들에게 이 북쪽 노스다코타 주는 거의 외국처럼 느껴졌다.

"지난 몇 년 동안은 자주 못 들렀지만, 예전에는 이 부근에서 일했어. 그리고 외가 쪽 친척들이 근처의 터틀 마운틴 보호구역에 살아. 또 캐나다 로데오 경기에 가려면 거의 이곳을 지나가야 하고."

니컬러스는 조던이 모르던 세 가지 정보를 지나가는 말처럼 한 번에 말했다. 조던은 사람들과 이야기를 나누다 보면 그들의 모든 인생사를 두 시간 만에 다 알 것 같을 때가 많았다. 그러나 니컬러스는 반년이 지난 지금도 여전히 많은 조각들이 비는 퍼즐 같았다.

오래전 호기심이 나서 니컬러스의 이름을 경찰 컴퓨터에 입력하고는 그가 18세이던 1970년에 술을 마신 상태에서 상해치사를 저질러 법정에 섰다는 사실을 알아냈다. 교도소에 가는 대신 군인이 된 니컬러스는 1973년까지 베트남에서 전투에 참전했다. 그 후에 두 번 더 법을 어겼는데, 그때마다 술에 취한 상태였다. 1976년에는 텍사스에서 싸움질을 하다가 술집을 부수고 남자 몇 명이 병원 신세를 지게 했고, 1983년에는 와이오밍 주에서 혈중 알코올 농도가 거의 0.002퍼센트인 상태에서 싸움질을 시작했는데, 재범이라 10개월 형을 받고 교도소에서 복역했다. 그 후로는 눈에 띄지 않았다. 아마 조던에게 말했듯 술을 끊은 모양이었다. 니컬러스는 지금까지 그 이야기를 한 적 없었다. 그는 근본을 캐기 어려운, 잔잔하지만 그 깊이를 알 수 없는 호수 같았다.

그런 사실이 싫은 건 아니었다. 오히려 이 매력적인 남자에게서 늘 새로운 면을 발견하는 게 긴장되고 흥미진진했다. 하지만 그는 니컬러스와 자신을 비교하며 끊임없이 위축되는 것을 느꼈다. 그에 비하면 자신은 너무 지루한 거 아닌가? 니컬러스는 휴가나 출장 말고는 링컨을 벗어난 적 없는, 오만한 속물인 나를 어떻게 생각할까?

조던은 니컬러스 워커 같은 사람을 만난 적 없었다. 온갖 사회적 관습 너머에 살고, 자기 자신에 대해 다른 사람들이 뭐라고 하든 전혀 신경 쓰지 않는 사람. 니컬러스는 경탄할 만한 지식과 철학적인 세계관으로 늘 조던을 놀라게 만들었지만, 다른 한편으로는 건강한 실용주의와 운명에 대한 현실적인 견해를 소유하고 있었다. 자기가 사람을 꽤 잘 이해한다고 믿었던 조던은 니컬러스와 비교하면 완전히 둔할 뿐더러, 형사 치고는 소름 끼칠 만큼 순진하다는 사실을 지난 몇 달 동안 뼈저리게 깨달았다. 오래 지속된 고독이 타고난 니컬러스의 감수성을 더욱 예리하게 만들었을지도 모르고, 또 그의 혈관을 흐르는 인디언의 피 때문일 수도 있었다. 어쨌든 조던은 니컬러스 워커처럼 세심하고 통찰력이 뛰어난 사람은 처음이었다.

둘은 환상적인 스테이크를 먹고, 조던이 캐서린 이모와 약속한 대로 어둡기 전에 도착하려고 다시 길을 떠났다.

운전대를 잡은 조던은 점심때부터 계속 생각하던 질문을 머릿속에서 굴리고 있었다.

"너무 오래 생각하지 말고 그냥 물어보는 게 어때?" 니컬러스가 불쑥 말했다.

"내가 그 정도로 속이 다 들여다보여?" 조던은 반쯤은 속이 상하고 반쯤은 놀라서 물었다.

"글쎄, 나한테는 다 보여. 당신이 뭔가 골똘하게 생각하고 있으면 다 느껴져." 니컬러스가 히죽 웃었다.

"아, 알았어." 조던은 그를 흘끗 바라봤다.

"자, 무슨 일이야?"

"으음…… 나 때문에 당신이 지루하지는 않을까 생각했어." 조던은 잠시 망설이다가 입을 뗐다. "나는 속마음도 금방 들키고, 몇 달 내내 내 고민 이야기만 했잖아. 그런데 당신은 나를 계속 놀라게 만들어. 음…… 당신을 처음 만났을 때보다 더 많이 알게 됐다는 느낌이 안 들어."

니컬러스는 이마를 찡그리며 생각에 잠겼다.

"그래서 싫어?"

그의 질문에 조던은 고개를 저었다.

"아니, 전혀 아니야! 누군가를 아주 천천히 더 잘 알게 된다는 건 굉장히 흥미로운 일인 것 같아. 내가 말하고 싶은 게 바로 그거야. 당신은 흥미진진해! 하지만 당신에게 나는?"

"똑같이 흥미진진하지." 니컬러스가 말했다. "당신은 일곱 개의 봉인이 있는 책 같거든. 지금까지 당신이 한 이야기는 표지만 보여준 것뿐이야. 그 아래에서 뭐가 드러날지 상당히 궁금해."

"정말?"

조던은 이번에도 자기가 다시 한 번 잘못 판단했음을 인정해야 했다.

"그래, 당신은 나에게, 나는 당신에게 살아온 이야기를 대략 했지. 하지만 그 뒤에 뭐가 숨어 있는지, 뭐가 당신을 움직이고 닦달하는지는 지금까지 거의 말 안 했잖아."

조던은 심장이 팔랑거리는 느낌이 들었다. 니컬러스도 나와 마찬가지였구나!

"하지만 당신이 기대하는 게 실은 존재하지 않는 거라면 어쩌지? 그러니까…… 사실은 내가 표지밖에 없는 책이라면 말이야."

"솔직히 말하자면 난 아무것도 '기대'하지 않아." 니컬러스가 대답했다. "우리처럼 이런 식으로 진행되는 게 최상이라고 생각해. 난 당신 모습 그대로를 좋아해. 둘이 있으면 좋아. 긴장이 풀리고 만족스럽지. 내가 과거에 느꼈던 그 어떤 감정보다 훨씬 더 큰 감정이야."

니컬러스의 말은 다른 사람의 기대를 만족시켜야 한다는 부담에 늘 시달려온 조던을 행복하게 만들었다. 들으리라고 예상한 건 아니었지만, 조던이 기대하고 열망하던 바로 그 대답이었다.

주차장 표지판이 제때 나타났다. 조던은 깜박이를 켜고 들어가 첫 번째 자리에서 브레이크를 세게 밟았다. 그는 시동을 끄지 않고 운전대를 움켜쥔 채 그대로 앉아, 보닛을 노려보며 자기 내부의 혼란과 싸웠다.

니컬러스가 손을 뻗어 차 열쇠를 돌렸다. 시동이 꺼졌다. 차 주변에서 부는 바람 소리만 들릴 뿐 사방이 조용해졌다.

"너무 많이 생각하지 마." 니컬러스가 나지막하게 말했다.

조던은 감정이 너무 격해서 대답을 할 수 없었다. 다른 사람을 향해 이렇듯 격렬한 감정을 느끼는 것은 처음이었다. 당황스러우면서도 동시에 황홀했다. 평소에는 말을 잘하는 그였지만 지금 느끼는 감정을 표현할 적당한 말이 떠오르지 않았다.

니컬러스에게 몸을 돌려 그의 연푸른 눈동자를 바라보던 조던은 망설임의 시간이 끝났다는 걸 깨달았다. 가슴이 이미 오래전에 결정한 일을 이제 머리가 받아들였다.

"키스하고 싶다." 조던은 떨리는 목소리로 조용히 속삭였다.

니컬러스는 그를 아주 오랫동안 바라보다가 잠긴 목소리로 대답했다. "그럼 해."

잠시 망설이던 조던은 그에게 키스했다. 돌이킬 수 없는 경계를 넘어섰다. 숨이 막힐 만큼 좋았고, 예전에 했던 그 어떤 행동보다 옳다고 느꼈다.

2000년 10월 7일 토요일
캐나다 마니토바 주 매틀록

조던이 36년간 살아오면서 처음으로 국경을 넘었다는 역사적 사실은 그의 안에서 날뛰는 아름다운 감정의 혼란 때문에 완전히 의미를 잃었다. 스스로에게 드디어 허용한 격렬한 감정에 놀란 조던은 니컬러스의 손을 자꾸 잡지 않으려고 억제하느라 정신을 붙들어야 했다. 예전에는 연인들이 거리에서 서로에게 취해 포옹하거나 애무하거나 키스하는 게 보기 불편했다. 그는 한 번도 그런 행동을 한 적이 없었다. 여자친구가 손을 잡고 걸으려고 하면 거부할 정도였다. 그런데 지금은 바로 그런 행동이 하고 싶었다. 니컬러스가 바로 옆에 있는데도 만지지 못한다는 게 견딜 수 없었다.

마지막 몇 킬로미터 동안 두 사람은 굉장한 가을 악천후를 만났다. 위협적일 만큼 낮게 깔린 가지색 구름에서 번개가 번쩍이더니 자동차 지붕 위로 우박이 투두둑 떨어져 와이퍼가 작동되지 않게 만들었다. 두 사람은 다리 아래 차를 세우고 악천후가 지나가기를 기다렸다. 5분 후 매틀록 표지판을 지나자 조던은 캐서린 이모가 전화로 대충 설명해준 약도 쪽지를 펼쳤다.

자동차 대리점까지 직진, 그다음에는 호수 쪽으로 들어가지 말고 오른쪽으로 꺾는다. 그러고는 나무만 보일 때까지 계속 직진. 파란색 우편함이 보이는 곳에서 우회전. 호수가 나타날 때까지 계속 직진. 거기서 자갈길 끝 집.

조던은 아침 일찍 내비게이터에 주소를 입력하려다가 캐서린 이모가 도로 이름을 알려주지 않았다는 걸 깨달았다. 그러자 니컬러스는 훨씬 덜 상세한 묘사로도 제대로 찾아갈 수 있다고, 내비게이터를 사용한 적이 없다고 말했는데, 정말 그랬다.

악천후가 남긴 오렌지색 황혼 덕분에 금빛과 붉은 빛 잎사귀 사이에 있는 파란색 우편함이 유난히 돋보였다. 자동차는 좁고 구멍이 많은 도로를 굴러갔다. 호수가 보이기 시작했을 때쯤 새빨간 옻나무와 노란 포플러나무 사이에서 자갈길이 나타났다. 커브를 돌자 붉은 나무로 지은, 놀랄 만큼 큰 건물이 보였다. 집 전체를 빙둘러 베란다가 있고 유리창은 호수를 향해 나 있었다. 지붕만 있는 차고에 낡은 닷지 픽업트럭이 서 있고, 1층 유리창 안쪽에서 불빛이 새어나왔다. 니컬러스는 픽업트럭 뒤에 주차했다.

"당신 이모가 어떻게 생각할지 모르지만, 우리 사이를 바로 말하는 건 좋지 않을 것 같아." 니컬러스가 말했다.

"좋아." 조던은 이렇게 대답하고서야 이 여행의 목적이 서서히 다시 생각났다. "당신을 계속 만지지 못하는 게 힘들긴 하겠지만 말이야."

그 말에 니컬러스가 웃음을 터뜨렸다.

"왜 웃어?"

곧장 불안해진 조던이 묻자 니컬러스가 대답했다.

"좋아서. 우리 관계가 말이야."

현관문이 열리더니 개 몇 마리가 베란다 계단을 달려 내려와 자동차를 에워싸고 흥분해서 짖어댔다. 니컬러스는 한 손을 조던의 손에 얹고 가볍게 힘을 준 다음 차 문을 열고 내렸다. 개들에게는 신경도 쓰지 않는 것 같았다. 수사를 하다가 외딴 집에서 끈 없이 돌아다니는 개들 때문에 좋지 않은 경험을 많이 한 조던은 개들이 짖기를 멈추고 니컬러스 주위에서 꼬리를 치는 모습을 보고서 깜짝 놀랐다.

"개랑 의사소통이 가능한 분인가 봐요."

베란다 제일 위쪽 계단에 나타난 여자가 담배를 많이 피워서 쉰 목소리로 말했다. 조던이 기억하는 캐서린 이모의 목소리 그대로였다. 세월이 흔적도 없이 그녀를 스쳐지나간 건 아니었다. 불꽃처럼 빨갛던 머리는 잿빛으로 변했고, 목걸이와 반지와 알록달록한 옷 대신 청바지와 거친 양모 스웨터 차림이었다. 그러나 따뜻하고 쾌활하며 선의가 가득 넘치는 눈은 예전과 똑같았다.

"조던, 우리 아기!"

그녀는 조던에게 인사를 건네며 따뜻하게 안다가 양손으로 얼굴을 잡고 자세히 살폈다.

"널 다시 만나다니, 얼마나 기쁜지 모르겠구나!"

"저도 기뻐요, 이모. 마지막으로 본 지 얼마나 됐죠?"

"프랭크랑 내가 계산해봤지. 거의 20년이 되어가더라. 우린 1985년에 프리몬트를 떠나 여기로 이사를 왔지만 그 전부터 네 부모님이랑은 사이가 안 좋았거든."

이모의 얼굴에 그늘이 졌다가 금방 다시 미소로 변했다.

"조던, 너 정말 멋진 청년이 됐구나!"

이모의 웃음은 거친 기침으로 변했다.

"이모도 좋아 보이세요. 제가 기억하는 모습 그대로인데요."

"날 이렇게 늙고 주름 진 얼굴로 기억하고 있단 말이야?"

이모가 다시 웃음을 터뜨렸다.

"이모, 제 친구 니컬러스를 소개할게요."

니컬러스가 악수를 청하자 그녀의 얼굴에 놀라움이 번져갔다.

"니컬러스 워커?" 이모는 믿지 못하겠다는 표정으로 말했다. "정말이네! 말도 안 돼! 퀵-닉 워커죠, 그렇죠?"

"예, 부인. 맞습니다." 니컬러스는 미소를 지었다.

"이모가 니컬러스를 어떻게 아세요?"

니컬러스와 관련해서는 이제 무슨 일이 벌어져도 별로 놀라지 않지만, 그래도 호기심에 물었다.

"조던, 그것도 몰라?" 이모는 고개를 저었다. "캐나다 로데오 여섯 종목에서 다섯 번 연거푸 종합우승을 차지한 사람이잖아! 캐나다 로데오협회 명예의 전당에 오른 첫 번째 미국인이자 유일한 미국인! 로데오 세계에서 이 사람은 전설이라고!"

"오래전 일입니다." 니컬러스는 겸손하게 어깨를 으쓱하고는, 관심을 바라며 그의 다리를 누르는 개를 쓰다듬었다.

"프랭크가 당신을 보면 감격할 거예요." 캐서린 이모가 말했다. "일단 들어오세요. 오래 운전을 했으니 시원한 맥주가 좋겠죠? 어때요?"

니컬러스와 조던은 짐을 가지러 다시 자동차로 갔다.

"프랭크! 당신, 조디가 누굴 데리고 왔는지 못 믿을걸!"

캐서린 이모의 말이 들리자 둘은 마주 보며 빙긋 웃었다.

"조디가 애칭이야? 마음에 든다."

니컬러스의 말을 조던이 받았다.

"퀵-닉 워커도 괜찮군. 왜 그런 별명이 붙었어?"

"나중에 기회가 되면 말해줄게. 오늘 저녁은 다른 이야기가 더 중요하니까."

"그래, 맞아."

조던은 트렁크를 닫으려고 손을 올렸지만 니컬러스가 막았다.

"조디."

그가 나지막하게 불렀다.

"당신, 내 마음에 들어."

∞

"링컨부터 여기까지 먼 길을 오게 한 거, 용서해주렴." 캐서린 이모가 조던에게 말했다. "사망확인서를 보내라고 해서 아주 이상하게 생각했을 거야. 하지만 나는 네 아버지가 죽었다는 걸 확신해야 했다. 그럴 만한 이유가 있어."

그녀는 프랭크 이모부와 재빨리 눈길을 주고받았다. 이모부는 조던이 기억하는 그대로 키가 크고 바짝 마르고 싹싹했지만, 숱이 많던 머리카락은 잿빛 가장자리만 빼고는 다 빠졌고 얼굴에도 깊은 주름이 파여 있었다.

"이야기하자면 길어." 캐서린 이모가 말을 이었다. "사실 우리는 훨씬 오래전에 네가 진실을 알기를 바랐는데, 네 부모님이 반대했단다."

네 사람은 식사를 한 뒤에 부엌을 치우고 짙은색 나무 원탁에 막 둘러앉은 참이었다. 바닥까지 닿는 유리창 뒤편으로 보이는 호

수 표면에 달빛이 반짝였다. 타일 난로에서 타닥거리는 불이 넓은 공간을 따뜻하게 했고, 난로 앞에선 개들이 편안하게 몸을 말고 앞발을 꿈틀대며 모험 가득한 꿈을 꾸고 있었다. 니컬러스는 탄산수를, 조던은 캐서린과 프랭크가 마시는 화이트와인을 마셨다. 식사를 할 때는 니컬러스가 로데오 경기에서 거둔 성과에 대해 이야기를 나눴다. 프랭크는 로데오 광팬이라서 지금도 로데오 경기라면 거리를 막론하고 보러 다닌다고 했다. 두 사람은 조던이 니컬러스와 어떻게 만나게 됐는지 알고 싶어 했지만, 이제는 조던이 온 이유에 대해 이야기를 해야 할 때였다.

"리디아랑 나는 아주 친했지." 캐서린이 입을 열었다. "리디아는 나보다 네 살 어렸는데, 나는 그 애한테 엄마처럼 굴었어. 우리 부모님은 당시로선 특이하게도 맞벌이였거든. 나는 시카고에서 간호사 교육을 받았고, 그 후에 오마하 재향군인 병원에서 첫 일자리를 얻었어. 거기서 프랭크를 만났지."

"난 그때 오토바이를 타다가 팔이 부러졌는데, 병원이 너무 무서워서 도망치려고 했다." 프랭크가 미소를 지으며 덧붙였다. "그런데 거기서 힘이 넘치는 빨강머리 간호사를 보고서는 첫눈에 반했지 뭐냐."

"당신, 그때 나한테 좋은 인상을 주려고 괜찮은 척했잖아. 그런데 아파서 기절하면서 바지에 오줌까지 쌌지."

캐서린이 웃음을 터뜨렸다. 그동안 두 사람은 더 가까워진 것 같았다. 둘이 얼마나 친근한지 누구라도 금방 알아볼 수 있었다. 40년이 지난 뒤에도 첫 만남을 기억하며 즐거워하는 사이라니.

"우린 1958년에 결혼했단다. 난 리디아가 우리 집에 오길 바랐어. 그 애는 그때 여전히 디모인에서 부모님이랑 같이 살면서 허드

렛일을 하고 있었거든. 인생에 뭔가 변화를 주려는 의지가 없어 보였어. 그래서 프랭크의 형이 존스턴에 있는 군부대에 비서 일자리를 마련해줬는데, 거기서 클레이턴을 만난 거야. 리디아가 그 남자한테 푹 빠진 게 우리는 이해가 안 됐어. 클레이턴은 그때도 고압적인 성격으로 유명했거든. 리디아는 어쩌면 무슨 일을 해야 하는지 명령해줄 사람이 필요했는지도 몰라. 결정 내리는 걸 언제나 힘들어했으니까."

캐서린은 담뱃갑에 손을 뻗어 새 담배에 불을 붙였다.

"두 사람은 5개월 뒤에 결혼했고, 리디아는 금방 임신을 했어. 그런데 6개월째 들어섰을 때 유산을 했단다. 그 후에도 네 번 더 유산했고. 그러지 않아도 불안정한 애였는데, 그 일로 상황이 더 악화됐어. 클레이턴은 리디아를 온갖 의사랑 심리상담사한테 보냈어. 아이를 반드시 낳길 바랐으니까. 정확하게 말하자면 아이 '들'을 말이야. 프랭크랑 나는 클레이턴이 리디아에게 너무 부담을 준다고 생각했지."

캐서린은 담배를 한 모금 빨고는 고개를 절레절레 저었다.

"리디아는 기분 전환도 할 겸 일을 하려고 했는데 클레이턴이 반대했어. 그래서 리디아는 클레이턴이 세계사가 진행되는 현장으로 다니는 동안 몇 달, 몇 년을 기지 주변의 지저분한 작은 집에 쭈그리고 앉아 아기를 기다렸지. 1964년에 클레이턴은 베트남 전쟁 참전 중에 휴가를 왔는데, 그때 리디아가 다시 임신했어. 나도 그때 수전을 임신했고. 우린 리디아가 혼자서 고생하지 않도록 우리 집에 데려오기로 결정했어. 이번에는 다 잘되는 듯했는데, 1965년이 되고 얼마 지나지 않아 우리 집 진입로에서 넘어져서 또 유산이 됐단다."

그녀는 깊은 한숨을 내쉬었다.

"정말 충격적이었다. 리디아가 얼마나 괴로워했는지, 얼마나 자책했는지 이루 말할 수가 없어! 내가 건강한 아이를 낳은 게 미안할 지경이었지. 너무 끔찍했다. 우리는 리디아가 스스로에게 무슨 짓을 할까 봐 두려웠어."

그녀는 입을 다물고 담배를 재떨이에 눌러 껐다.

"1964년에서 1965년으로 넘어가는 겨울에 네브래스카 주는 온통 눈에 뒤덮여 있었다." 프랭크가 아내의 말을 넘겨받았다. "나는 밤늦게 다닐 때가 많았지. 우린 주유소 일 말고도 견인 서비스랑 제설 작업도 했거든. 시와 계약하고 시내와 고속도로 제설 작업을 했어. 그해 2월 15일에는 특히 더 일이 많았어. 하루 종일 미친 듯이 눈이 내렸지. 나는 10시쯤에 캐서린에게 전화해서 기다리지 말고 먼저 자라고 했어. 자정까지 바깥에서 일하다가 팀원이랑 교대할 때가 됐지. 내 차가 주유소 옆 정비소에 있었기 때문에 우린 거기서 만났다. 그날 밤은 그해 겨울 중 가장 추운 날이었어. 영하 30도나 됐단다. 주유소 입구에 뭔가 놓여 있어서 나는 약간 짜증이 났어. 그게 뭔지 보려면 길을 좀 돌아가야 했으니까. 그런데 여행 가방에 갓난아이가 들어 있는 걸 보고는 내 눈을 믿을 수 없었다. 조던, 그게 바로 너였다."

프랭크는 조던을 바라보며 미소를 지었다.

"너는 이불에 감싸여 핫팩 위에 놓여 있긴 했지만, 내가 너를 발견하지 못했더라면 그날 밤에 살아남지 못했을 거다."

"집에 돌아온 프랭크는 제정신이 아니었어. 나는 아기가 태어난 지 몇 시간밖에 되지 않았다는 걸 금방 알아봤지. 우리는 다음 날 아침에 아기를 병원에 데려다주고 경찰에 알리기로 했단다. 눈보라가 치는 날에 갓난아기를 바깥에 내다버리다니, 도저히 이해할 수 없는 일이었다!"

캐서린의 뺨이 붉어졌다. 오랜 세월이 흘렀지만 분노는 사라지지 않았다.

"그때 나는 아직 수전에게 젖을 먹이고 있었는데, 다른 아이를 하나 더 먹일 수 있을 만큼 양이 많았단다. 프랭크는 늘 나더러 젖소 같다고 했는데, 그날 밤은 우리 둘 다 그 사실에 기뻐했지."

프랭크가 헛기침을 하고 캐서린의 말을 받았다.

"그런데 리디아 처제가 불쑥 부엌에 나타났다. 정신병자처럼 보이더라. 약효가 강한 수면제를 먹기 때문에 다른 때는 밤에 깨지 않고 자는데, 뭔가에 깬 모양이었어. 아기를 보더니 정신을 차리지 못했지. 우리는 거의 밤새 토론했다. 나는 아기를 다음 날 병원에 데려다주는 게 가장 좋다고 처제를 설득하려고 했지만, 처제는 아기를 자기가 맡고 다른 사람들에게 자기가 낳았다고 말하겠다는 생각에 완전히 빠져버렸지. 아기 엄마가 갖기 싫어한 거라고, 아니면 버릴 리 없다고 우기더라. 그 말도 어느 정도 일리는 있지만, 거짓말을 한다는 생각에 기분이 편하지 않았다."

"하지만 아기를 품에 안고 있는 동생이 얼마나 행복해하는지 난 봤어." 캐서린이 말했다. "그래서 뭐 어때, 하고 생각했지. 아기가 고아원에 가서 입양되는 거나 리디아에게 그대로 있는 거나 마찬가지라고 판단한 거야. 리디아는 분명히 아기를 잘 돌봐줄 거라는 확신도 있었고. 리디아와 나는 결국 프랭크를 설득했단다. 우린 그렇게 공모하고, 이날 밤 일을 우리만의 비밀로 하자고 맹세했지. 클레이턴에게도 말이야. 그렇게 해서 네가 그 집에 간 거란다."

조던은 이야기를 들으며 점점 더 깊은 충격에 빠졌다. 갓난아기를 그런 날씨에 바깥에 내놓다니, 친엄마는 도대체 어떤 사람이었을까? 너무 어려서 아기를 감당할 수 없다고 느꼈나? 아니면 혹시 성폭행으로 생긴 아기였을까?

"도저히 이해할 수 없군요. 도대체 어떤 사람이 그런 짓을 할 수 있을까요?"

조던의 말에 캐서린이 반박했다.

"1960년대는 지금이랑 완전히 달랐어. 혼외자를 낳은 여자는 사회적으로 매장됐어. 특히 네브래스카 주처럼 보수적인 지역은 더욱 그랬지. 미혼모는 존재할 수가 없었단다."

조던은 니컬러스와 시선이 마주쳤다. 둘은 아주 비슷한 운명이지만, 조던의 엄마와 달리 메리제인은 사람들의 수군거림에 신경 쓰지 않고 아들을 혼자 키웠다.

"최소한 병원 앞에 버릴 수도 있었을 텐데."

조던의 말에 프랭크도 동의한다는 듯이 고개를 끄덕였다.

"그렇지. 주유소는 문을 닫았고 다음 날 아침 7시에나 다시 여니까. 그 주유소는 시외로 빠지는 간선도로에 있었기 때문에 누군가 우연히 지나가다가 발견할 가능성도 적었어."

"그 후엔 어떻게 됐어요?" 충격에서 조금 벗어난 조던이 물었다.

"리디아가 너를 존스턴으로 데리고 갔단다." 캐서린이 대답했다. "클레이턴에게 편지를 보내고, 네 사진도 보냈지. 그는 네가 칠삭둥이라는 걸 기꺼이 받아들였어. 그저 가문을 물려받을 아들이 자랑스러워서 죽을 지경이었지. 네 세례식은 아주 성대하게 치러졌단다. 리디아는 행복에 젖었고."

"클레이턴……, 그러니까 아버지에게는 전혀 말을 안 했고요?"

조던은 리디아가 입을 다물고 있었다는 사실을 믿을 수 없었다.

"결국 말했다." 캐서린이 고개를 저었다. "그게 불행의 시작이었단다. 하지만 나였더라도 아마 말했을 것 같긴 하다."

"클레이턴은 1966년에 퇴역해서 주 경찰이 됐다." 이번에는 프랭크가 말했다. "그의 부모님이 아들 부부에게 링컨에 집을 한 채 사줬고, 곧 파멜라와 제니퍼가 태어났다. 모든 게 아주 잘 돌아가는 것 같았지. 그런데 1969년 크리스마스 직전에, 크리스마스 파티에 갔던 클레이턴이 분노로 제정신이 아닌 채 술에 취해서 돌아왔다. 누가 너는 그 집안 사람처럼 보이지 않는다는 말을 한 거야. 클레이턴은 리디아가 다른 남자와 바람을 피웠다고 의심하고는 흥분해서 난리를 쳤지. 리디아는 우리 집에 전화해서 아무 말도 하지 말라고 하더구나. 그 후로 리디아에게서 소식이 없기에 우린 모든 게 해결된 줄 알았다. 그런데 클레이턴은 애들은 자기 부모님한테 보내고, 리디아는 지하실에 가뒀어. 치아가 두 개나 빠질 정도로 맞은 뒤에 리디아는 그에게 사실대로 고백했단다."

조던은 침을 꿀꺽 삼켰다. 당시에 클레이턴이 어떤 모습이었을지 생생하게 상상할 수 있었다. 어렸을 때 조던은 클레이턴의 화풀이 대상이었다. 집 지하실도 모두 기억났다.

"아버지는 제가 뭔가 잘못한 것 같으면 늘 지하실에 가뒀죠." 조던이 말했다. "거긴 전등 스위치도 없고 전구도 빠져 있었어요. 오래 있지는 않았지만, 이유도 정확하게 모르면서 검은 구덩이에 앉아 있을 때면 늘 영원히 갇힌 느낌이 들었죠."

캐서린과 프랭크가 눈길을 주고받았다.

"1월 어느 날엔가, 저녁에 초인종이 울렸어." 캐서린이 말했다. "수전이 문을 열자 얼굴이 시체처럼 창백한 클레이턴이 장전된 엽총을 들고 술 냄새를 풍기며 들어왔단다. 아이들이 있거나 말거나 상관하지 않더구나. 총을 내 얼굴에 겨누고는, 자기 아내가 저지른 간통을 감추려고 했느냐고 묻더라. 남의 자식을 자기한테 기르게 하는 게 내 아이디어였냐고도 묻고. 솔직히 말해서 그의 분노가 어느 정도 이해 가기는 했다. 우리가 그에게 한 일은 부당했으니까. 프랭크는 리디아가 바람을 피운 게 아니라고 말해줬지. 그날 일을 설명하자 클레이턴은 어느 정도 분노가 가라앉았단다. 우리는 너한테 출생의 비밀을 절대로 말하지 않겠다고, 우리 애들의 목숨을 걸고 맹세했어. 모든 게 무사히 끝난 것 같았지. 그런데…… 그런데…….”

캐서린은 말을 멈추고 얼굴을 찌푸렸다. 그녀의 눈길에서 조던은 오래된 기억을 꺼낼 때의 고통을 봤다. 프랭크는 눈물을 억누르려 애쓰는 캐서린의 손을 잡고 이야기를 넘겨받았다.

“수전은 그때 막 여섯 살이 됐다. 무척 용감한 꼬마였지. 클레이턴이 애들한테 신경 쓰지 않는 사이에 그 애는 지하실로 몰래 가서 내 권총을 가지고 와 그의 등에 대고 외쳤지. ‘이모부 싫어! 엄마랑 아빠한테 나쁜 짓 하면 내가 이모부 죽일 거야!’라고 말이야. 클레이턴은 애한테서 권총을 빼앗고는 뺨을 후려쳤는데, 애가 방 다른 쪽 끝까지 날아갈 정도였다. 캐서린과 내가 그에게 덤벼들어서 거친 몸싸움이 벌어졌지. 다행스럽게도 다친 사람은 없었다. 클레이턴은 물러갔지만 그때부터 리디아랑 우리가 연락하지 못하게 했단다.”

“세상에!”

조던은 한숨을 내쉬었다. 클레이턴과 리디아에 대해 얼마나 잘못된 인상을 가지고 있었는지 지난 몇 달 동안 깨닫긴 했지만 이 정도였을 거라고는 미처 상상하지 못했다.

"나는 동생이랑 몇 번 이야기를 나눠보려고 했어." 캐서린이 말했다. "하지만 리디아는 세뇌 받은 것처럼 완전히 변했어. 거리에서 한 번 마주쳤는데 나를 피해 도망갔고, 두 번째는 경찰을 불러 나를 체포하게 했지. 그 집에 발도 들여놓지 않았는데도 나는 주거 침입을 해서 동생을 괴롭혔다며 고소를 당했단다. 너희 가족에게 접근하면 안 된다는 판결도 받았지."

"모든 게 그 거짓말 때문에!" 조던은 믿지 못하겠다는 표정으로 소리쳤다. "엄마는 어떻게 자기 양심을 속이고 그럴 수 있었죠?"

조던은 이곳에 오면서 온갖 상상을 다 했지만 이렇게 끔찍한 이야기를 듣게 될 줄은 몰랐다. 이 좋은 사람들에게 쓰디쓴 기억을 불러일으킬 권리가 나에게 있을까? 니컬러스가 식탁 아래로 손을 뻗어 조던의 무릎을 쓰다듬었다. 덕분에 조던은 어느 정도 흥분이 가라앉았다. 그는 니컬러스에게 살짝 감사의 눈길을 던졌다.

"리디아는 너를 잃고 싶지 않던 거야." 캐서린이 말했다. "리디아는 아이를 가지려는 강박에 사로잡혀 있었어. 동시에 클레이턴이 일찍 진실을 알아낸다면 단 1초도 너를 자기 집에 두지 않을 거라는 사실도 알고 있었지. 클레이턴이 마침내 진실을 알았을 때는 너무 늦어서 아무것도 할 수 없었어. 굉장한 스캔들이 일어났을 테니까."

"다른 사람들이 알 필요는 없었어요! 하지만 저한테는 말을 했어야죠!" 조던이 다급하게 대꾸했다.

"그래, 그랬어야지." 프랭크가 고개를 끄덕였다. "사람이라면 그랬어야지. 하지만 그 둘은 보통 사람이 아니었다. 우리는 리디아 처제가 유산을 너무 많이 해서 심각한 심리적 장애를 겪고 있다고 짐작했단다. 클레이턴은 원래도 자기애 성향이 아주 강한 사람인데, 베트남 전쟁에 참전한 후에는 더 나빠졌어. 뭔가가 자기 통제를 벗어나면 견디지 못했지."

조던은 고개를 끄덕였다. 자기 의도와 다르게 일이 진행되면 끔찍한 분노 발작을 일으키던 클레이턴을 아주 잘 기억했다.

"그래서 우린 거리를 유지하면서 클레이턴이 주 경찰에서 승승장구하는 모습을 멀리서 지켜봤단다." 프랭크가 말을 이었다. "그는 상사를 음해하고 자기가 수장이 되는 데 성공했지. 그러고는 전횡이 시작됐단다. 우리 애들은 아주 사소한 일로 계속 경찰에게 잡혔다. 우리가 저질 연료를 판다는 소문도 났고, 사복 경찰이 주유소에 와서 다 때려 부순 적도 많아. 그가 뭘 원하는지는 명확했지. 하지만 우리는 굴복할 마음이 없었다. 나는 프리몬트에서 태어나 자랐고, 친구들도 모두 거기 살았으니까. 우리 아들 테이트는 1978년 학업 때문에 동부로 갔다가 나중에는 영국으로 갔지만 수전은 우리와 함께 지냈다. 그 애는 자동차와 오토바이를 다루는 손재주가 남달랐고, 정비소 일을 정말 좋아했지. 수전이 죽던 날 아침에 나는 또 말도 안 되는 이유로 경찰에게 잡혀서 어떤 약속 시간에 너무 늦었다. 그래서 수전은 화가 나서 이 모든 문제를 해결하러 링컨으로 갈 거라고 정비소 사람들한테 말했다더라."

캐서린은 흐느끼며 손으로 입을 가렸다. 프랭크는 그녀의 손을 꽉 쥐었고, 그녀는 남편의 팔을 사랑이 담긴 손길로 쓰다듬었다. 두 사람이 얼마나 강해져야 했을지, 이 모든 일에 대해 이야기하는 게 얼마나 힘이 들지 조던은 짐작조차 할 수 없었다.

"수전은 클레이턴의 사무실로 곧장 갔단다. 거기서 무슨 일이 있었는지 우리는 지금도 몰라. 건물을 나오던 수전은 빠른 속도로 달려오는 차에 치여 그 자리에서 즉사했다. 사고 운전자는 찾을 수 없었지. 클레이턴 블라이스톤은 우리 딸을 죽게 했다. 그러니 지옥에서 벌을 받아야 해."

정적이 찾아왔다. 난로에서 나무토막이 딱 소리를 내며 부러지고 불꽃이 비처럼 내렸다. 개 한 마리가 자면서 한숨을 내쉬었다.

"두 분은 저를 무척 미워하시겠군요." 자기 때문에 커클랜드 가족이 겪어야 했던 대재난이 어느 정도였는지 깨닫게 된 조던이 나지막하게 말했다. "이 모든 불행의 책임은 저에게 있으니까요! 이 모부가 그때 저를 발견하지 않았더라면……."

"아니다, 조던. 우린 너를 미워하지 않아." 프랭크가 조던의 말을 가로챘다. 그는 식탁 위로 팔을 뻗어 조던의 손을 잡았다. "오히려 반대야. 너는 이 모든 일에 아무 책임도 없다. 우리 삶에 들어왔을 때, 너는 태어난 지 몇 시간도 안 된 신생아였어. 우리 잘못이다. 그러면 안 된다고 생각하면서도 일이 벌어지게 그냥 뒀으니."

"우린 동생 부부가 얼마나 병이 깊은지 깨달았어야 했어." 캐서린이 말했다. "신이 인간에게 시련을 주는 건 우리가 견딜 수 있다는 걸 알고 있기 때문이야. 우리에게 수전을 선물하고 다시 거둬갔지만, 우린 괜찮아. 그 독특한 아이와 21년이라는 아름다운 세월을 함께할 수 있었으니까."

프랭크는 고개를 끄덕였다. 그러고는 자리에서 일어나 장을 열고 독주 병과 잔 네 개를 꺼내왔다.

"직접 빚은 거야. 알코올 도수가 45도나 되지."

미소를 짓던 그의 표정이 다시 진지해졌다. 내내 침묵하며 귀를 기울이던 니컬러스는 자기 잔을 조던에게 밀었다.

"네가 전화했을 때 충격이 컸어." 캐서린이 이렇게 말하고 독주를 마셨다. 창백한 뺨에 혈색이 약간 돌아왔다. "처음에 우린 클레이턴이 우리를 찾아냈다고 생각했지. 프리몬트에 사는 옛날 친구에게서 리디아가 고통스럽게 죽었다는 소식은 들었지만 클레이턴이 병에 걸렸다는 말은 듣지 못했거든."

"캐서린은 너를 당장 만나고 싶다고 하더구나." 프랭크가 말을 이었다. "네 목소리를 듣고서는 안도하고 반가워했지. 하지만 이 모든 이야기를 전화로 할 용기는 내지 못했다. 그리고 우린 클레이턴이 정말로 죽었다는 걸 확실하게 알고 싶었어."

"예, 알아요."

조던은 먹먹한 마음으로 대답했다. 독주 때문에 위가 불타는 것 같았다.

"이제 다 이해가 돼요. 엄마가 병들고 아버지가 직업을 포기했을 때 모든 사람이 놀랐죠. 끝까지 헌신적으로 간호하는 모습에 다들 감탄했어요. 하지만 사실 아버지는 엄마가 이 이야기를 다른 사람에게 할까 봐 아무도 접근하지 못하게 한 거예요. 엄마를 홀로 죽어가게 만든 거죠."

조던이 고개를 들었다.

"오래된 상처를 다시 들춰내서 죄송해요. 무슨 일이 벌어졌는지 알았더라면 두 분을 절대로 찾아 나서지 않았을 거예요."

"네가 찾아와서 우린 정말로 기쁘단다." 캐서린이 말했다. "우린 그동안 네가 뭘 하는지 항상 소식을 찾아봤다. 요즘은 인터넷 덕분에 예전보다 쉬워졌지. 너는 우리 셋째 아이나 마찬가지야."

그녀의 선한 눈을 보자 조던은 가슴에 찌르는 듯한 통증을 느꼈다. 이렇게 선하고 사랑이 많은 두 사람의 집에서 자랐더라면 내 인생은 얼마나 달라졌을까. 아니, 아예 나를 발견하지 않았더라면 두 분은 고통과 괴로움을 겪지 않았을 텐데. 아주 작은 우연이 엄청난 결과를 가져오기도 하는 법이다.

"고맙습니다." 깊은 감동으로 목이 멘 조던이 겨우 말했다.

"클레이턴과 리디아가 너한테 끝내 진실을 말하지 않았다니, 믿을 수가 없다." 프랭크는 고개를 절레절레 저었다.

"아버지가 병들지 않았더라면 정말 아무것도 몰랐을 거예요." 조던이 말했다. "임종할 때에야 이미 알고 있었다고 인정했거든요. 또 두 분이 어디에 사시는지도 말해줬어요. 죽기 전에 마지막으로 한 말이에요."

"그럴 수가!"

캐서린이 깜짝 놀라 소리쳤다. 프랭크는 얼굴을 찌푸렸다.

"그 인간이 몰랐다면 더 이상한 거지."

그는 캐서린과 조던에게 술을 따라주고 자기 잔에도 한 잔 더 따랐다. 니컬러스는 괜찮다며 사양했다.

"그러나 말거나 이제 상관없다. 클레이턴이 죽었으니 우린 드디어 과거를 평화롭게 놓아줄 수 있어."

프랭크가 잔을 들었다.

"수전에게 건배하자. 경이로운 우리 딸에게."

장엄하게 말하는 그의 목소리가 약간 떨렸다.

"최고로 선한 사람들이 가장 일찍 죽지!"

∞

조던은 한밤중에 소변이 마려워서 잠이 깼다. 아까 어떻게 계단을 올라와 침대에 누웠는지 기억나지 않았다. 비스듬한 천창으로 달이 비쳐서, 옆에 누운 니컬러스의 윤곽이 기이한 우윳빛에 잠겨 있었다. 심장이 빨리 뛰었다. 니컬러스를 깨우지 않으려고 조심스럽게 침대에서 빠져나오다가, 쓰러지기 직전에 침대 기둥을 잡았다. 눈앞에서 방이 빙그르르 돌고 머리가 끔찍하게 아팠다. 입술도 바짝 말랐다. 살면서 이렇게 술을 많이 마신 건 처음이었다. 이성적이고 신중한 성격이라 해보지 않은 일이 수없이 많았는데, 앞으로는 좀 달라질 것 같았다. 비틀거리다가 서랍장에 엄지발가락을 아프게 부딪치고는 문을 겨우 찾아서 복도로 나갔다.

마지막 불꽃 잔해만 남은 난로 앞에서 개들이 자고 있었다. 차가운 연기 냄새가 풍겼다. 통유리창으로 바다처럼 수평선까지 뻗어 있는 호수가 내다보였다. 눈이 어둠에 익자 조던은 계단을 더듬어 내려가 화장실을 찾아냈다. 그런 다음 탁자에 앉아 바깥의 호수를 내다봤다. 어제저녁에 알게 된 모든 일을 곰곰이 다시 생각했다. 개 한 마리가 고개를 들고 초록색 눈을 반짝이며 한동안 그를 바라보더니 편안한 한숨을 쉬고는 머리를 다시 옆으로 내렸다.

나는 이제 예전의 내가 아니야.

지금까지 시야를 막고 있던 커튼이 눈앞에서 불현듯 옆으로 걷힌 느낌이었다. 부모님이라고 생각했던 두 사람에 대한 진실은 그에게 충격을 주었지만 동시에 마음이 가벼워지게도 했다. 이제 많은 것들을 이해할 수 있었다. 설명할 수 없었던 많은 일들이 서로 관련되어 있었다. 출생과 친부모에 대해 알아낸 건 없지만, 지금 알고 있는 것만으로도 만족스러웠다. 더는 캐지 않을 작정이었다. 그가 갑자기 불쑥 나타나면 행복한 가정이 깨질지도 몰랐다. 이제 아무 상관없었다. 니컬러스가 없었더라면 아마 달랐을 것이다. 니컬러스는 언제나 그를 괴롭히던 삶의 공허감을 채워줬다. 지금 그의 옆에는 니컬러스가 있다. 내일도 모레도, 아마 영원히 있을 것이다.

조던은 몸을 일으켜 다시 위로 올라갔다. 침대 발치에서 잠시 걸음을 멈추고, 몸을 옆으로 돌리고 팔로 머리를 받치고 잠든 니컬러스를 바라봤다. 조던은 이불로 들어가 니컬러스에게 바짝 다가갔다. 온갖 일들을 겪은 후에 혼자가 아니라서, 니컬러스의 몸이 주는 온기에 위로받을 수 있어서, 이게 첫날밤이고 이후에도 수많은 밤을 함께할 거라는 사실을 알고 있어서 좋았다.

2000년 10월 15일
매사추세츠 주 록브리지

105번 객실 욕실을 청소하면서 나는 콧노래를 불렀다. 욕조와 샤워기, 변기, 세면대를 닦았다. 거울에 치약이나 물방울이 튀면 안 되고, 샴푸와 보디샴푸 병들도 가득 채워놓아야 했다. 처음 며칠은 긴 체크리스트를 계속 확인해야 했지만 이제는 뭘 해야 하는지 모두 외웠다. 깨끗한 수건을 막대에 반듯하게 걸고 유리 꽃병을 객실 탁자에 놓은 다음 옷장을 모두 열어서 혹시 손님이 두고 간 물건은 없는지 살폈다. 텅 빈 금고는 열려 있었고 옷 커버는 사용하지도 않은 상태였다. 마지막으로 방을 다시 한 번 재빨리 훑었다. 잠깐! 커튼이 제대로 걷혀 있지 않았다. 창가로 가서 리본으로 커튼을 묶으며 도로를 흘낏 내려다봤다. 정문 계단 앞에 트레일러가 딸린 트랙터가 서 있고, 남자 하나가 호텔 곳곳을 장식할 늙은 호박을 내리는 중이었다. 이제 곧 핼러윈이다. 여전히 영화 세트장처럼 아름다운 이 소도시가 더욱 아름답게 장식될 것이다.

검은 SUV 차량이 맞은편 길가에 서더니 어떤 남자가 내렸다. 누군가 해서 보고 있는데 그 남자가 고개를 들었다. 나는 그가 폴 서튼이라는 걸 알아보고는 깜짝 놀랐다. 객실을 청소하라고 돈을 주는 거지 창밖 구경을 하라고 주는 게 아닐 텐데! 하지만 그는 미소를 지으며 상냥하게 손을 흔들었다.

"다 마쳤어?" 언제나 불만투성이인 동료 미란다가 문간에 나타나서 물었다.

"응, 끝났어."

내가 대답하자 미란다는 진공청소기를 켰다. 나는 그녀를 지나쳐 복도로 나가서 깨끗한 침대보와 수건, 청소세제, 손님들이 욕실과 미니바에서 사용한 물품의 리필 통이 놓인 청소 카트로 갔다. 이 층에서만 객실 세 개가, 그 후에는 부속 건물의 객실 여섯 개가 나를 기다리고 있었다. '블랙 라이언 인'은 별 네 개짜리 유명 호텔로, 객실 사용료는 하룻밤에 250달러에서 900달러 사이였다. 역사적인 본관 건물 말고도 부속 건물이 여러 채 있었다. 미국 전역뿐만 아니라 유럽과 아시아에서도 이곳에 숙박하려고 손님들이 왔고, 며칠씩 머무는 투숙객도 많았다. 동일한 디자인의 객실이 하나도 없는 아름다운 호텔이었다. 벽지가 모두 달랐고 벽도 그림이나 아기자기한 장식으로 각각 다르게 꾸며졌다. 편안한 느낌을 주는 분위기가 마음에 들었다. 106호 객실 침대보를 막 벗기는데 앞치마에 들어 있던 호출기가 울렸다. 나는 한숨을 내쉬며 호출기를 끄고는 전화기로 가서 접수처 번호를 눌렀다.

"폴 서튼입니다."

나를 구해준 남자의 저음이 들려왔다. 일은 하지 않고 창밖만 내다봤다고 야단을 치려는 건가.

"건강은 어떤지 물어보려고요."

"아 저…… 괜찮아요." 나는 놀라서 말을 더듬었다.

"일을 방해할 생각은 없어요. 1시쯤 점심식사 어때요?"

그는 엊그제도 커피를 마시자고 초대했고, 그래서 내가 맡은 객실을 대신 청소해야 했던 미란다는 불같이 화를 냈다. 손님이 아래에서 기다리고 있었기 때문에 어쩔 수 없었다.

"으음…… 서튼 씨, 고맙습니다. 그런데 4시까지 객실 아홉 개의 청소를 마쳐야 해요." 나는 불편한 마음으로 대답했다.

"아, 그렇군요. 그러면 그 후에 로비에서 커피 한 잔 어때요?"

"알겠습니다."

호텔 소유주와 로비에 앉아 동료의 시중을 받으며 커피를 홀짝이는 게 편안할 리 없지만, 싫다고 할 용기는 없었다. 고용주의 초대를 거절해서 기분 나쁘게 하는 건 현명하지 못한 행동이다.

"그래요. 그럼 4시에 아래 로비에서 만나죠."

서튼은 내가 미처 뭐라고 하기도 전에 전화를 끊었다.

"빌어먹을!"

나는 왼쪽 나이트테이블 위에 놓인 디지털시계를 흘깃 봤다. 짜증나는 커피 초대 때문에 점심 휴식시간을 포기해야 할 판이었다. 안 그러면 청소를 마칠 수 없을 테니까.

"누구랑 수다 떠는 거야?" 미란다가 문간에 기대서 물었다. 통화를 엿들었다는 걸 숨기려고 하지도 않았다.

"신경 꺼." 나는 이렇게 대꾸하고는 걸레를 들었다.

"그 열성팬 맞지? 그렇지?"

뒤를 캐는 미란다의 눈빛이 짜증스러웠다.

"무슨 열성팬?"

미란다는 욕실로 향하는 나를 따라왔다. 며칠 전부터 대놓고 수작을 거는 검은머리의 종업원 로비 말인가?

"박사가 널 좋아하잖아."

미란다의 주장에 나는 고개를 저었다.

"말도 안 돼!"

처음에 나는 폴 서튼이 운 좋게 호텔과 록브리지의 거의 절반을 상속받고 취미로 농사를 짓는 농부라고 생각했는데, 알고 보니 록브리지와 레녹스 사이에 위치한 개인병원을 소유한 의사였다.

"아니, 맞아. 박사는 원래 낮에는 호텔에 안 와. 기껏해야 저녁에 로터리 클럽 회원 모임이 있을 때나 바에 오는 정도지 아침에 오는 일은 절대 없어. 룸메이드랑 커피를 마시는 일도 당연히 전혀 없었고."

미란다는 가슴 앞으로 팔짱을 끼고는 거울에 비친 내가 어떤 반응을 보이는지 잔뜩 기대하며 노려봤다.

"박사가 요즘 계속 여기 드나드는 이유, 다들 눈치챘어."

"그런 쓸데없는 말 조잘거리는 거 말고는 할 일 없어?" 나는 짜증이 나서 미란다에게 쏘아붙였다.

"흠, 내가 보기에 박사는 아주 귀여운 사람인데." 미란다는 내 말에 신경도 쓰지 않고 계속 떠들었다. "돈이 한없이 많고, 사는 집도……."

"그럼 네가 잡지 그래?" 나는 이렇게 대꾸하고 변기를 청소했다.

"나는 이미 남편이 있잖아." 그녀가 인상을 찌푸리며 말했다. "행크랑 애들만 없었더라면 수작 한번 걸어봤을 텐데 말이야."

드디어 그녀가 사라졌다. 나는 상사인 루엘라가 객실 검사를 할 때 꾸지람을 듣지 않으려고 서둘렀다. 그녀는 먼지 한 톨도 놓치지 않았다.

객실을 차례로 청소하면서 미란다의 말을 곰곰이 생각해봤다.

내가 바라는 거라고는 돈을 좀 벌면서 정신을 차리고, 앞으로 어떻게 해야 할지 잘 생각하고 결정하는 것뿐이었다. 남자 때문에 상황이 복잡해지는 건 정말이지 싫었다. 서튼 박사는 물론 친절한 사람이지만, 나는 이던에게 실망한 뒤로 다시는 사랑에 빠지지 않겠다고 다짐했다. 게다가 나에게 월급을 주는 사람과는 더 말할 것도 없었다.

∞

급하게 일을 하고 땀을 흘리면서 4시 1분 전에 호텔 로비로 갔다. 가죽 소파에 앉아 전화를 하던 서튼 박사는 미소를 지으며 자기 옆에 와서 앉으라고 손짓했다. 나는 소파 한쪽 끝에 걸터앉아, 동료들의 호기심 어린 시선을 무시하려고 애썼다. 지금 내 등 뒤에서 속닥거리고들 있겠지. 확실했다. 서튼은 누군가와 암소 이야기를 나누더니 드디어 통화를 마치고 몸을 돌렸다.

"셰리든, 와줘서 다행이에요."

그는 마치 내가 선택의 여지라도 있었다는 듯이 말했다.

"고용주가 부르시면 당연히 와야죠."

나는 말투는 공손하지만 퉁명스럽게 대꾸했다. 작업복을 입고 여기 앉아 있는 걸 내가 무척이나 좋아한다고 생각하면 안 되니까.

"어!" 그의 얼굴에서 미소가 사라졌다. "커피 마시는 거 좋아할 줄 알았는데요."

"좋아는 하죠." 나는 여전히 퉁명스럽게 말했다. "하지만 여기는 제 직장인데, 박사님과 함께 앉아서 동료들의 시중을 받는 건 불편해요. 곧장 이상한 억측을 할 테니까요."

"어떤 억측 말인가요?"

미란다의 추측이 틀렸다면 내 꼴이 우스워질 텐데, 이걸 어떻게 표현해야 할까?

"그러니까……." 입을 떼는데 피가 얼굴로 몰리는 게 느껴졌다. "박사님이 오후에 여기 오셔서 직원이랑 커피를 마시는 게 흔한 일은 아닌 것 같아서요."

"그 생각은 전혀 안 해봤네요." 서튼 박사는 무척 당황한 것 같았다. "당신 일에 대해 이야기를 하려고 했어요. 그런데 당신 말이 옳아요. 여긴 적당한 장소가 아니네요. 당신 체면이 상하는 일이 생겨서는 안 되죠."

그는 지극히 합리적으로 말했다. 나와 관련해서 뭔가 다른 의도는 없어 보여 다행이었다. 미란다의 멍청한 수다 때문에 잠시라도 그런 생각을 했던 게 창피했다.

"제 일요? 뭐가 잘못됐나요?" 나는 걱정스럽게 물었다. "누가 불평이라도 했어요?"

"아니, 아니요. 전혀 아닙니다." 서튼 박사가 나를 안심시켰다. "생각한 게 있어서 같이 차분하게 이야기해보려고 했어요. 룸메이드나 부엌 보조는 전망이 없는 일자리라서 말이죠."

지금 상황에서 전망은 내가 누릴 수 없는 사치였으므로 나는 아무 대답도 하지 않았다.

그는 시계를 흘낏 보고는 이마를 찡그렸다. "오늘 저녁에는 제가 일이 있어요. 내일은 일요일이니 당신도 쉬겠죠?"

나는 잠깐 망설였다. 아들을 돌봐줄 사람이 없다는 루시에게 내일 서빙과 부엌일을 대신해주겠다고 약속했기 때문이다. 루시는 전남편이 돌연 약속이 생겼다고 했다.

"'눅 앤 크라니'에서 아침식사 어때요? 아침 9시 반에." 서튼 박사가 제안했다. "어딘지 알죠?"

나는 고개를 끄덕였다. 11시에 호텔로 돌아오면 점심 업무는 할 수 있다. 아침 업무는 루시에게 하라고 하면 된다.

"그럼 내일 만날까요?"

"예⋯⋯, 알았어요." 나는 어쩔 수 없이 동의했다.

"제가 데리러 올까요? 그러면⋯⋯."

나는 상당히 거칠게 그의 말을 가로챘다. "아니요, 좋은 생각이 아니에요. 누가 보면 또 말들이 많을 테니까요."

나는 욕실과 간이부엌이 있는 호텔 기숙사에 살았다. 그가 일요일 아침에 나를 데리러 온다면 순식간에 소문이 퍼질 것이다.

우리는 내일 9시 반에 식당 앞에서 바로 만나기로 약속했다. 나는 이 불편한 상황을 벗어나게 되어 마음이 놓였다. 자리에서 일어선 박사가 악수를 청했다. 종업원들이 앞쪽 베란다를 과도하게 자주 오가며 슬금슬금 훔쳐보는 걸 정말 모르는 걸까?

"그럼 내일 뵙죠! 기대가 큽니다."

게다가 큰 소리로 인사까지 했다.

"저도요."

나는 얼굴이 새빨개져서 중얼거리고는 최대한 빨리 그 자리에서 도망쳤다.

"나도 기대가 커."

내내 귀를 세우고 있던 능글맞은 접수처 직원 도슨이 지하실 계단으로 달려가는 나에게 히죽거리며 말했다. 나는 하마터면 무례한 손짓을 할 뻔했으나 가까스로 참아냈다.

"셰리든?" 내가 옷을 막 갈아입는데 루엘라가 탈의실 문을 두드렸다. "퇴근하기 전에 내 사무실에 잠깐 들를래?"

"예, 곧 끝나요."

나는 청바지와 티셔츠를 얼른 입으며, 내 목록에 있는 객실들을 머릿속으로 훑었다. 뭔가 못 봤거나 잊어버려서 고객의 불만이 들어왔으면 안 되는데!

작업복을 빨랫감 주머니에 급하게 쑤셔넣고 사물함에서 배낭을 꺼내들고는 계단을 올라갔다. 내 직속상관인 루엘라는 직원 관리와 업무 시간표, 객실 관리부터 세탁까지 눈에 안 보이는 곳에서 호텔 일이 문제없이 돌아가게 하는 사람이었다. 예순이 막 넘었는데, 유능하고, 언제나 침착하고, 그 무엇에도 흔들리지 않는 '블랙 라이언 인'의 영혼 같은 존재였다. 그녀의 사무실은 접수처 바로 뒤쪽 복도에 있었다. 내가 들어갔을 때 루엘라는 벽에 걸린 칠판 앞에 서서 이마를 찡그린 채 업무 시간표를 들여다보고 있었다. 늘 그렇듯이 팔에 클립보드를 올려놓고 균형을 잡고 있었다.

"아, 왔구나."

루엘라는 이렇게 말하고 평소에 늘 열려 있는 문을 닫았다. 계약대로 매주 토요일에 주급을 받았으므로 나는 이번에도 주급을 주려고 부른 줄 알았다. 그래서 루엘라가 나더러 책상 앞에 앉으라고 했을 때 깜짝 놀랐다. 그녀는 낡은 빨간색 가죽 소파에 커다란 몸을 구겨 넣고 몇 초 정도 엑스레이 찍듯 나를 찬찬히 바라봤다.

"제가 뭔가 잘못했나요?" 불안해진 내가 물었다.

"아니, 아니야." 루엘라는 안심시키듯 미소를 지었다. "아주 착실하게 잘하고 있어. 아주 만족스럽다."

나는 안도의 한숨을 내쉬었다.

"도슨 씨 말을 듣자니 박사님이 오늘도 여기 오셨다더구나."

그녀는 나에게서 눈을 떼지 않고 말했다. 나는 속으로 입이 정말 가벼운 놈이라고 욕을 퍼부었다.

"예, 맞아요. 저랑 커피 한 잔 마시자고 했는데 제가 시간이 없었어요. 박사님은 가끔 들러서 제 건강이 어떤지 물어보세요. 아마 약간 책임감을 느끼시는 모양이에요."

루엘라는 고개를 끄덕이며 미소를 지었다.

"그래, 박사님은 그런 분이지."

그녀가 눈을 반짝이며 말을 이었다.

"그저 돈만 모으려는 사람들도 있지만 박사님은 완전히 달라. 사회적인 책임을 소중하게 생각해. 박사님은 자녀가 없지만, 록브리지 주민들이 그분 자녀나 마찬가지야. 카운티 전체에 실업자가 거의 없는 건 다 그분 덕이지. 박사님은 일자리가 없는 청소년들이나 연금수령자를 위한 지원 프로그램을 만들었는데, 이곳 주민들 대부분이 그 도움을 받고 있어. 병원에서는 사회적 약자들을 무료로 치료해주고, 교육을 받기 힘든 형편의 젊은이들을 위해 장학재단도 설립했지."

루엘라가 꽉 찬 책상에 놓인 서류 무더기를 밀어서 한 군데로 모으자 종이들이 곧 쓰러질 듯 위태롭게 쌓였다. 나는 그녀가 박사를 이렇게 칭찬하는 이유가 뭘까 궁금했다.

"셰리든, 그분이 너한테 특별히 신경을 쓴다는 거 나도 알고 있단다." 루엘라가 말했다. "박사님은 할 일이 아주 많은데도 나한테 늘 네 소식을 물어봐. 네가 지금까지 하루도 쉬지 않았다는 걸 알고는 무척 걱정하셨지."

내가 일을 얼마나 하든 폴 서튼이 무슨 상관이람?

"하지만 그건 부인 잘못이 아닌데요." 나는 다급하게 말했다. "저는 여기 아는 사람이 없어서, 주말에 누군가 아프면 대신 일하는 거 아무렇지도 않아요. 지루하게 그냥 앉아 있는 것보다 일하는 게 낫죠."

"일에 대한 그런 견해는 좋아." 루엘라는 엄한 표정을 지었다. "하지만 쉬는 날도 있어야 해. 몸이 쉴 기회를 줘야지. 너처럼 젊은 사람도 마찬가지야. 그러니 내일은 쉬어."

"루시 아들을 봐줄 사람이 없대요. 주말에 봐주기로 한 전남편이 갑자기 취소해서……."

"우린 일요일에도 직원 자녀 돌봄 서비스를 제공해." 루엘라가 내 말을 가로챘다. "루시는 다른 계획이 있어서 아들 핑계를 댄 거야. 교활하게 말이야. 그런 핑계를 대고 주말 업무를 피해간 게 유감스럽게도 이번이 처음이 아니야. 내가 루시랑 이야기했어. 내일 루시가 일을 할 거야. 너는 쉬고."

"하지만……."

내가 입을 열었지만 루엘라는 말대꾸를 용납하지 않았다.

"셰리든, 이제 됐다. 네가 하는 일은 꽤 힘들어. 네가 어느 날 갑자기 쓰러지는 거, 난 싫다. 일주일에 하루 쉬는 건 의무야. 알아들었니?"

"예, 알겠습니다." 나는 고개를 끄덕이고 억지로 미소를 지었다.

루엘라는 책상 서랍을 열고 수표를 꺼내서 건넸다.

"평소보다 조금 더 많이 넣었다." 루엘라가 윙크하며 말했다. "일을 잘해서 주는 보너스야. 자, 이제 가라. 내일 즐겁게 보내고! 작업복 입고 호텔에 나타나면 절대 안 된다!"

"네, 안 그럴게요." 나는 서둘러 대답했다. "고맙습니다. 주말 잘 보내세요."

사무실을 나와서 호텔을 빙 돌아 기숙사로 갔다. 서튼 박사는 내일 정말로 새로운 일자리에 대해서 말하려는 걸까, 아니면 그건 그저 나를 만나려는 핑계에 불과할까? 미란다의 멍청한 말 때문에 나는 오후 내내 머리가 복잡했다. 지금까지 있었던 서튼 박사와의 만남과 대화를 모두 다시 떠올려봤다. 하필이면 내 업무 시간에 그가 늘 아침식사를 하러 호텔에 온 게 우연일까? 그는 늘 친절하고 세심했다. 그가 한 말이나 행동 중에 순수한 관심 이상으로 해석할 만한 것은 없었지만, 그가 모든 직원의 업무 시간표를 꿰고 있을 것 같지는 않았다. 그가 루엘라와 나에 대해 이야기했다는 사실도 좀 짜증스러웠다. 배려는 높이 사지만, 통제받는 기분은 싫었다. 나는 몇 시간 일할지 스스로 결정할 수 있을 만큼 충분히 나이를 먹었다. 짐을 꾸려 록브리지를 떠나는 게 현명할지도 모른다. 하지만 내일 서튼 박사가 무슨 제안을 하는지 들어본 후에 떠나도 손해 볼 건 없겠다는 생각이 들었다.

햇살 좋은 날을 그다지 즐기지 못했는데 어느새 저녁이 찾아왔다. 나는 노트북을 들고 방에 딸린 작은 발코니에 앉아서 레베카 새언니와 이사벨라 고모할머니, 키이라에게 이메일을 썼다.

젊은 여자 직원 세 명이 10시경에 집으로 돌아왔다. 셋 모두 1층에 살았는데, 일이 끝나면 베란다에 앉아서 수다를 떨곤 했다. 가끔은 와인이나 샴페인을 함께 마시며 밤늦게까지 온갖 사람들의 흉을 보고 킥킥거렸다. 발코니가 너무 추워서 막 들어가려고 하는데, 셋이 나에 대해 하는 말이 들려왔다.

"새로 온 여자, 도무지 이해가 안 돼." 릴리의 목소리였다. "박사는 도대체 비쩍 마른 개의 어디가 좋은 거지?"

심장 박동이 빨라졌다. 몸을 앞으로 숙이고 귀를 쫑긋 세웠다.

"박사는 자기가 무슨 위대한 성자라도 되는 줄 안다니까. 너도 알잖아." 재닛이 비웃었다.

"나는 새로 온 여자가 사실 무척 매력적이라고 생각해." 세탁실에서 일하는 마옐라였다. "그냥 나서지 않을 뿐이지."

"웃기는 애야. 왜 우리랑 말을 안 섞는 거야? 자기가 더 나은 줄 아는 모양이지?" 릴리가 다시 말했다.

"그건 부당한 소리야! 우리가 부른 적이 없잖아." 마옐라가 나를 변호했다.

잔들이 쟁그랑거리는 소리가 들리고 담배연기가 올라왔다.

"나는 박사가 동성애자인 줄 알았어." 재닛이 말했다. "내가 록브리지에 온 이후로 박사가 여자랑 있는 걸 본 적 없어. 이따금 자기 엄마랑 있는 건 봤지만 말이야. 그 사람이 사는 성은 꼭 수도원처럼 보이잖아."

"결혼했었대. 그런데 아내가 도망갔다더라. 이유는 모르지만." 마옐라의 말을 재닛이 받았다.

"맞아. 도슨이 그런 말을 한 적 있어. 행복해지는 데 돈이 전부가 아니라는 걸 거기서도 알 수 있지."

"박사가 자기를 사랑하는 여자를 만나면 좋겠다." 마옐라가 한숨을 내쉬었다. "다른 사람들을 위해서 그렇게 좋은 일을 많이 하는데, 그런 복을 누릴 만하잖아."

"좋은 일을 좀 덜 했더라면 이미 오래전에 여자를 만났을지도 모르지." 재닛이 냉소적으로 대꾸했다. "성자 같은 남자를 좋아할 여자가 어디 있어?"

"어쨌든 박사는 새로 온 여자에게 푹 빠졌어." 릴리가 우겼다. "안 그러면 아침마다 호텔에 나타날 이유가 없다고."

"루시 얘기 들었지? 새로 온 여자랑 시간을 바꾸려다가 망했다더라. 성스러운 세인트 폴 박사가 요즘은 직원들 업무 시간까지 굽어살피시나 봐!" 재닛이 이렇게 말하고는 낄낄거렸다.

셋이 내 이야기를 하는 걸 들으니 마음이 편치 않았다. 그들의 이야기가 어느 정도 사실일 수도 있다고 생각하니 배 속이 이상했다. 하지만 다른 한편으로, 폴 서튼이 나를 사랑할지도 모른다는 생각은 마음에 들었다. 그 생각이 옳다면? 폴 서튼은 호레이쇼와 달리 유부남이 아니고, 이던 뒤부아 같은 느끼한 포주도 아니다. 뭐, 호레이쇼나 니컬러스처럼 미남은 아니지만 그렇다고 보기 흉하다거나 못생긴 얼굴은 절대 아니다. 폴 서튼의 특징 중에서 내 마음에 드는 점을 생각해보기 시작했다. 그는 눈이 아름답고 목소리가 편안했으며 호감이 가는 분위기다. 내 안에서 가벼운 간질거림이 일어났다. 몇 번이나 실수를 저지르게 만들었던 감정이었다.

패트릭 매커보이가 예전에 한 조언이 다시 떠올랐다. '그래서 불행한 연애관계에 성급하게 빠지기 전에 이게 단지 육체적인 욕망만은 아닌지 철저하게 살펴봐야 해.' 지금까지 내가 했던 연애는 처음부터 실패가 예정되어 있었지만, 지금은 달랐다. 수염이 있는 남자에게 키스를 하면 어떨까 상상하다가 내가 동료들의 멍청한 수다에 걸려들었다는 걸 깨달았다. 머릿속에서 연애와 끌림에 관한 상상이 피어났다. 내 이성이 막강한 힘을 행사하며 내 몸과 심장을 조작했다. 바로 이 순간, 별빛이 빛나는 서늘한 바깥 발코니에서 나는 이번에 먼저 움직인 건 심장이 아니라 이성이라는 사실을 깨달았다. 사랑이 이런 식으로 일어난다면, 나는 앞으로 실수를 덜 하게 될까?

세 여자는 이미 방으로 들어갔다. 나도 들어가서 발코니 문을 닫고 이불로 기어들어갔다. 내일 폴 서튼을 만나면 소문이 진실인지 아닌지 알게 될 터였다.

∞

누군가 들것에 누운 나를 밀며 조명이 환하게 켜진 긴 복도를 굉장한 속도로 달렸다. 아는 얼굴과 모르는 얼굴들이 옆을 스쳐갔다. 나는 손을 뻗으려고 했지만 팔이 움직이지 않았다. 여기가 어디지? 무슨 일이 벌어진 거야? 방금 나는 폴 서튼과 교회 제단 앞에 서 있었다. 그는 내 면사포를 옆으로 밀고 사랑이 가득한 미소를 지었다. 키스를 하던 우리는 불현듯 벌거벗은 채 숲속 빈터에 누워 부드러우면서도 정열적으로 사랑을 나눴다. 그러다가 폴이 사라지고 내 위에 엎드린 사람이 이던으로 변했다. 그의 눈에는 증오뿐이었다. 간신히 그에게서 벗어나 어두운 숲으로 도망쳤지만 점점 더 배가 불러와서 뛰기가 힘들었다. 나는 텅 빈 도시를, 아무도 없는 도로와 외딴 공원을 달리다가 자동차로 들어가 문을 잠갔다.

"폴, 도와줘!" 나는 필사적으로 외쳤다.

기괴하게 튀어나온 괴물 같은 배가 보였다. 하얀 타일 벽과 번쩍이는 수술실 천장 조명도 눈에 들어왔다. 초록색 가운과 마스크를 착용한 사람들이 몸을 굽히고 있었다. 나는 그들이 내 배 속의 아이에게 무슨 짓인가를 하려고 한다는 걸 깨달았다. 공포의 눈물이 흘러내려 코를 막았다. 남자들 중에 한 명이 마스크를 내렸다. 패트럭 매커보이였다.

"셰리든, 너는 아이를 얻을 자격이 없다." 그가 싸늘하게 말했다. "넌 살인자니까!"

그 옆에는 얼굴이 반쯤 부패한 에스라 오빠가 나를 매섭게 노려보며 서 있었다.

"폴!" 나는 미친 듯이 사슬을 당기며 외쳤다. "폴, 어디 있어?"

"자기, 나 여기 있어."

그가 나타났지만, 내가 익히 알고 있는 상냥하고 선한 표정이 아니라 눈물과 걱정으로 일그러진 얼굴이었다.

"폴!" 마음이 놓인 나는 흐느끼며 말했다. "당신이 와서 다행이야! 제발 좀 도와줘! 이건 모두 오해야!"

"셰리든, 왜 나를 속였어?"

그는 내 다리 사이에 서서 눈물을 흘리며 임신한 내 배와 묶인 다리를 쓰다듬었다. 그의 눈물이 내 몸으로 떨어져 내렸다.

"당신을 행복하게 만들어주고 싶어. 하지만 당신에게서 일단 악을 제거해야 돼."

나는 속인 게 아니라고 필사적으로 설명했지만 그는 내 말에 전혀 귀를 기울이지 않았다.

"셰리든, 이렇게 해야 돼. 나를 믿어."

폴의 얼굴이 내 얼굴로 아주 가까이 다가왔다. 그가 사랑이 가득 담긴 손길로 내 뺨을 쓰다듬고 입술에 키스했다. 행복한 파도가 내 몸으로 밀려들었다. 그러나 다음 순간 그의 손에서 번쩍이는 메스가 눈에 들어왔다. 나는 비명을 지르며 걷어차려고 했지만 다리를 꼼짝도 할 수 없었다. 폴이 내 배를 가르고 잘린 레이첼 이모의 머리를 꺼내는 모습을 속수무책으로 보고만 있었다.

그러다가 잠이 깼다. 심장이 갈비뼈를 두드렸고 눈물이 흐르고 있었다. 온몸은 식은땀으로 젖었고, 공포와 경악 때문에 몸이 움직이지 않았다. 영원 같은 시간 동안 마비된 듯 그렇게 누워 있었다. 이런 끔찍한 악몽은 처음이었다. 심장박동은 서서히 안정됐지만 몸을 일으킬 수 있기까지는 시간이 더 걸렸다. 이불을 젖히고 일어나 물을 한 모금 마셨다. 긴장 때문에 온몸의 근육이 아프고 숨도 제대로 쉴 수 없을 정도였다. 이 꿈이 도대체 무슨 뜻일까?

겨우 새벽 4시였지만 다시 잠들 수 없었다. 말짱한 정신으로 침대에 누워 알람시계의 숫자만 노려보다가, 일요일 아침 업무를 담당한 옆방 동료들이 일어나서 시끄럽게 준비하는 소리를 들었다.

내가 지은 죄를 생각하면 나는 행복해질 수 없을 것이다. 하지만 지금까지 충분히 벌을 받지 않았던가? 낙태를 후회하지 않고 그냥 지나가는 날은 하루도 없었다. 그때는 그게 유일한 해결책이라고 생각했지만, 그건 변명이 될 수 없다.

건물이 다시 조용해졌다. 지붕에서 비둘기가 구구 소리를 내고 커튼 틈새로 들어온 햇살은 바닥에 환한 띠를 그렸다. 빛 속에서 먼지들이 춤을 췄고, 반쯤 열린 창문으로 지빠귀의 노랫소리가 들려왔다. 나를 불쑥 깨운 꿈은 쉽사리 떨어져나가지 않았다. 폴 서튼이 생각났다. 꿈속에서 그에게 느꼈던 감정이 떠오르자 내 몸이 욕망에 떨리기 시작했다. 나는 금방 부끄러워졌다. 빌어먹을, 사랑에 빠지고 싶지 않아. 난 왜 실수에서 배우는 게 없을까? 사랑받으려는 내 갈망이 좋게 끝난 적은 한 번도 없었다. 하지만 모험을 감행하지 않는다면 나와 진정으로 어울리는 사람을 어떻게 발견한단 말인가? 겁을 먹고, 실망을 감당하지 않고, 비참한 노파로 늙어갈 수밖에 없는 걸까? 아니, 불안과 죄책감에 시달리며 숨어 지내기 싫었다. 과거의 그늘에서 벗어나 제대로 살아가고 사랑받고 싶었다.

사랑과 고통에 대해 곰곰이 생각하다 보니 아이디어가 하나 떠올랐다. 너무 단순해서 지금까지 그 생각을 못 했던 게 이상할 정도였다. 이제껏 사랑에 빠져야만 음악에 대한 내 욕망이 자극받는다고 생각했는데, 어쩌면 그동안 음악을 다시 시작하려는 시도 자체를 하지 않았던 건 아닐까? 이던에게 빠졌을 때 작곡과 작사가 가능했던 것도 그저 매일 피아노를 칠 수 있게 되어서 그랬던 게 아닐까? 스튜디오를 빌리고 녹음 기술자를 찾아서 내 노래들을 녹음하면 어떨까? 저녁마다 이 작은 방에 침울하게 앉아서 다음 날을 기다리는 대신, 바깥으로 나가 주변에서 가수나 피아니스트를 찾는 곳이 있는지 알아보면 좋지 않을까? 교회에서 오르간을 치거나 성가대에서 노래할 수도 있다. 할 줄 아는 게 많은데도 재능을 그냥 썩히고 있는 건 바보짓이다.

이런 생각을 하자 몸에 전기가 통하는 것 같았다. 침대에서 벌떡 일어나 발코니로 나가서 맑고 시원한 공기를 힘껏 마시고는 눈을 감았다. 아직 추웠지만 햇살이 얼굴을 따뜻하게 데워주었다. 모든 것이 불현듯 아주 확실하고 단순해졌다. 나는 물결에 이리저리 흔들리는 나뭇조각처럼 내내 밀려다니기만 했다. 처음에는 레이첼 이모가 내 인생을 쥐고 흔들었고, 운명을 직접 결정하려고 뉴욕에 갈 용기를 내자마자 에스라 오빠 때문에 모든 게 망가졌다. 그 뒤에는 언론이 전하는 거짓 소문들을 제대로 해명할 생각도 하지 않고 지레 겁을 먹고는 도망처버렸다. 내 용기와 결단력은 모두 어디에 팽개쳤던 걸까? 아니, 이런 식은 안 된다. 실패와 도망의 책임을 계속 다른 사람이나 사건에 미뤄버리면 앞으로의 인생도 똑같이 흘러갈 것이다. 그래, 난 잘못한 게 많아. 인정해야 돼.

"셰리든, 오늘부터는 모든 게 달라질 거야!"

나는 나 자신에게 크게 말했다.

"네 행복은 네 손에 달려 있어. 갈 길을 찾아! 목표를 세우고 그걸 따라가. 언젠가는 이루어질 테니!"

잠이 덜 깬 동료 직원 브렌트의 얼굴이 옆 발코니에서 나타났다.

"뭐해? 자율훈련법 실시 중이야?"

"긍정적인 사고를 통한 자기암시."

나는 이렇게 대꾸하고는 웃음을 터뜨렸다. 불현듯 온 세상을 포옹할 수 있을 것 같았다.

∽

9시 반에 나는 자갈이 깔린 '눅 앤 크라니' 주차장으로 들어섰다. 눈에 잘 띄지 않는 이 잿빛 나무집은 셰이커 밀 연못가에 있었는데, 점심을 먹으러 한 번 와본 적 있었다. 식탁이 열 개뿐인 데다 무척 인기가 좋아서 자리를 차지하려면 운이 좋아야 했다. 서튼 박사의 검정 캐딜락은 주차장 제일 앞쪽에 있었는데 박사는 보이지 않았다. 벌써 들어간 걸까? 주변을 둘러봤다. 면사포 같은 안개가 드리운 연못과 주변에 둘러선 단풍 든 나무들이 숨이 막힐 것 같은 장관을 만들어놓았다. 풍경을 구경하려고 전 세계에서 관광객들이 찾아오는 것도 무리는 아니었다.

"안녕하세요?"

나는 서튼 박사의 목소리에 몸을 돌렸다. 그는 차 몇 대가 서 있는 길 건너편 중고 자동차 가게 뜰에 서서 손을 흔들고 있었다. 꿈에서 그의 품에 안겨서 느꼈던 행복감과 편안한 감정이 저절로 떠올랐다. 그가 길을 건너 미소를 지으며 나에게 다가오자 간질거리는 느낌이 온몸을 스쳤다. 단 한 번의 꿈과 수다스러운 동료들의 말은 나를 흥분시키고 가슴 두근거리는 수줍은 사랑의 감정으로 몰아넣기에 충분했다. 이 남자를 거의 모르는데도 불구하고.

"안녕하세요, 서튼 박사님."

나는 당황해서 인사했다. 내가 무슨 꿈을 꿨는지 안다면 그는 나를 어떻게 생각할까?

"아, 셰리든. 폴이라고 부르세요. 여기는 직장이 아니니까요."

그가 미소를 지으며 말했다. 그는 내 손을 따뜻하게 꽉 잡고 인사하며 심장까지 뚫을 듯한 시선으로 나를 빤히 바라봤다. 지난밤 꿈에서도 그는 나를 이렇게 봤다.

지붕이 편평한 잿빛 건물에 들어갈 때 서튼 박사가 공손하게 문을 잡아주는데 몸이 나른해지는 것 같았다. 이곳 사람들은 물론 그를 잘 알고 있었다. 우리는 창가 자리로 안내를 받았는데, 박사는 그리로 가는 내내 악수를 하고 어깨를 두드리며 사람들과 인사를 했다.

"어이, 트렌트. 어때? 고관절은 괜찮고?"

"브렌다, 오랜만이네. 반가워!"

"테드한테 인사 전해줘. 어제 아주 멋진 경기였어."

서튼 박사는 모두에게 미소를 보이며 친근하게 인사했다. 당황해서 그의 뒤를 터덜터덜 따라가던 나는 그가 원래 친절한 성격이라는 걸 알 수 있었다. 그가 말을 건넨 사람들은 관심을 받은 어린아이처럼 기뻐했다. 폴 서튼은 호레이쇼를 연상시켰다. 두 사람 모두 자연스러운 카리스마와 권위를 사람들에게 행사했다.

식탁에 이르자 종업원은 줄무늬 식탁보에 놓였던 '예약석' 안내판을 집어 앞치마 주머니에 넣었다. 서튼 박사는 내 의자를 잡아준 뒤 맞은편에 앉았다. 나는 노골적인 호기심을 보이는 종업원과 손님들의 시선을 알아챘다. 서튼 박사와 내가 함께 식사를 했다는 소문은 몇 시간 안에 마을에 두루 퍼질 터였다. 이 상황이 마음에 들기 시작했다. 이곳에 와서 남자와 처음으로 외출한 자리였다. 흥미진진했다. 나는 지금 이 지역에서 가장 인기 있는 독신남과 한 식탁에 앉아 있다. 사람들이 무슨 말을 하든 상관없었다. 우리가 금지된 행동을 하는 것도 아니지 않은가!

종업원이 비닐에 싸인 차림표와 커피를 가지고 왔다.

"블랙커피와 망고 주스, 저지방 우유를 얹은 과일 샐러드?"

나는 미소를 띤 채 고개를 옆으로 살짝 기울이고 서튼 박사를 바라봤다. 그가 블랙 라이언 인에 오면 늘 먹는 아침식사였다.

"기억 잘하네요." 그가 칭찬했다. "하지만 일요일에 교회에 갔다 오면 베이컨을 넣은 스크램블드에그와 토스트를 먹어요."

"오늘 벌써 교회에 다녀오셨다고요?" 나는 놀라서 물었다.

"예, 8시에요. 일찍 일어나거든요." 그가 차림표를 접고 나에게 윙크했다. "날이 밝을 때 하루를 시작해야죠. 안 그래요? 특히 동물들과 같이 하루를 시작하는 기분은 정말 좋아요."

"아, 맞아요. 저도 그래요!" 나는 진심으로 동의했다. "생태 시계가 매일 아침 늦어도 6시에는 절 깨워요. 중서부 농장에서 자랐는데, 곡물 농장이었지만 동물도 많았어요. 학교에 가기 전에 말을 보는 게 가장 멋진 일이었죠."

흐뭇한 미소를 짓는 그를 보니 내 말이 마음에 드는 모양이었다. 걱정했던 것과 달리, 폴 서튼과 대화를 나누는 건 전혀 어렵지 않았다. 내 이야기를 들은 후에 그는 내 질문에 모두 기꺼이 대답했다. 식사를 하는 한 시간 반 동안 나는 그와 그의 가족에 대해 아주 많은 사실을 알게 됐다. 폴은 누이가 다섯 명 있는데, 누나 네 명에 동생 한 명이었다. 지금은 모두 록브리지를 떠나 여기 없었다. 아버지는 15년 전에 세상을 떠났고 엄마가 서튼 가문의 고삐를 단단히 쥐고 있었다. 엄마 모니크 이야기를 할 때 그의 목소리는 아주 부드러워졌다. 독일에서 온 가난한 이주자였던 폴의 고조부가 19세기 초반 시내에 문을 연 작은 제빵 가게가 이 가족이 지닌 부의 근원이었다. 카를 주터는 찰스 서튼으로 이름을 바꾸고 집에서 독일 빵을 만들었기 시작했는데, 독일 출신인 다른 이주자들이 무척 좋아했다. 그 후로 세대가 이어질 때마다 다양한 모험가와 게으름뱅이들도 나왔지만, 성실함과 선견지명으로 가업을 용감하게 확장한 후손이 적어도 한 명씩은 나왔다. 니컬러스의 전설적인 아버지셔면 그랜트처럼, 폴의 조부인 프레더릭은 1930년대 대공황 때 카운티 거의 전체를 사들였다. 그중에는 1929년의 검은 목요일에 전 재산을 잃은 뉴욕과 보스턴 부자들의 대저택과 호텔도 포함되어 있었다.

"가업을 잇지 않고 왜 의사가 되셨어요?"

내가 물었다. 그가 이름을 부르라고 했지만, 나는 이름을 직접 불러야 하는 상황을 계속 피했다. '폴'이라고는 도저히 부를 수 없었다. 우리는 이미 오래전에 식사를 끝냈고 식탁도 다 치워진 상태였다. 다른 식탁에는 모두 새로 온 손님들이 자리를 잡았다.

"어렸을 때부터 의사가 되고 싶었어요." 그가 눈을 반짝이며 대답했다. "전 이 직업을 사랑해요. 경제적으로 넉넉하니까 다른 곳에서 거절당한 환자들도 치료해줄 수 있고요."

"무슨 과 의사인데요?"

저절로 악몽이 떠올랐다. 나는 그가 '산부인과'라고 대답하지 않기를 바랐다.

"성형과 재건 외과 의사요."

폴의 대답에 나는 깜짝 놀랐다.

"햄프턴에 멋진 병원을 짓고 돈 많은 부인들의 지방을 제거하거나 얼굴과 가슴을 당겨주면 훨씬 많은 돈을 벌 수 있겠죠. 하지만 제 전문분야는 화재 희생자들이나 기형으로 태어난 아이들의 치료예요. 이 작업이 더 의미 있다고 믿고, 만족감도 더 크니까요."

"우와!" 나는 진심으로 감탄했다.

"좋아하는 일을 할 수 있다는 건 정말 행운인 것 같아요." 그가 말했다. "게다가 전 천성적으로 의사거든요. 내키지 않는 마음으로는 절대 할 수 없는 직업이죠."

그의 얼굴에 그늘이 슬쩍 지더니 눈에 그대로 남았다.

"전처 프랜시스는 유감스럽게도 그걸 전혀 이해하지 못했어요. 처음에는 병원에서 일을 거들어주기도 했지만, 언젠가부터 모델로서의 경력만 생각하더군요. 그래서 그 문제로 점점 더 자주 싸우게 됐죠. 프랜시스는 저더러 병원이랑 결혼했다고, 저한텐 환자들이 자기보다 더 중요하다며 비난했지요. 이곳의 삶을 너무 답답해하기도 했고요. 뉴욕에서 살면서 친구들을 만나고, 세계여행을 다니고 싶어 했지요."

나는 한숨을 쉬는 그를 보며 그의 솔직함에 놀랐다.

"전 프랜시스와 같은 줄을 함께 끌고 있다고 생각했어요."

서튼 박사가 고개를 저으며 말을 이었다.

"제가 하는 일을 프랜시스가 자랑스러워할 거라고, 절 지지해줄 거라고 믿었죠. 그러겠다고 약속했거든요. '성공한 남자 뒤에는 강한 여자가 있다'라는 경구 아시죠? 전 프랜시스가 그런 여자라고 생각했어요. 믿을 수 있는 여자, 내 뒤를 든든하게 지켜주는 여자. 하지만 그건 착각이었어요. 제 뒤에서 프랜시스는 제가 전혀 모르는 계약에 서명을 했어요. 어느 날 집에 왔을 때는 사라지고 없더라고요."

그는 생각에 잠긴 채 한동안 자기 손을 내려다보더니 고개를 들고 나를 바라봤다. 꾹 참는 표정이었지만 눈에는 아직도 싸우고 있는 오래된 고통이 담겨 있었다. 바로 그 순간, 내 마음에 변화가 일었다. 그는 상처를 받은 뒤 나처럼 조심스러워졌다. 불현듯 그가 탁월하고 훌륭한 서튼 박사가 아니라, 자기 자신에 대한 의심과 걱정이 가득한 지극히 평범한 사람으로 보였다. 거의 고통에 가까운 연민의 파도가 나를 에워쌌다.

"참 유감스럽네요." 나는 나지막하게 속삭였다.

"마음 쓰지 않아도 돼요." 그가 미소를 지었지만, 즐거운 미소는 아니었다. "살면서 아무런 상처도 받지 않을 수는 없죠. 하지만 그때 이후로 누군가를 믿는 게 힘들어진 건 사실이에요."

"이해해요."

"정말요?"

"예, 실망하고 상처받는 게 어떤 느낌인지 잘 아니까요."

그는 강렬한 눈빛으로 오랫동안 나를 바라봤다.

"그럴 것 같았어요." 그가 드디어 입을 열었다. "당신은 이따금 어딘지 모르게…… 슬픈 분위기를 풍기거든요. 처음 봤을 때부터, 상처 입은 영혼 같았어요."

그 말은 전기 충격처럼 내 몸을 훑었다. 대화가 이런 식으로 흐르리라고는 미처 예상하지 못했다. 그가 보내는 공감과 이해에 마음이 움직였다. 나는 벌떡 일어나서 그를 포옹하지 않으려고 고개를 숙였다. 내 행동을 오해할지도 모르니까.

"제 이야기만 했네요." 서튼 박사가 황망한 표정으로 말했다. "사실은 당신처럼 젊은 아가씨가 어쩌다가 중서부에서 이곳 록브리지까지 왔는지 아주 궁금했는데 말이죠."

나는 아름다운 유년기와 청소년기를 보냈다는 말을 늘어놓기 시작했다. 성실한 농장주 가정에 입양되어 가정교육을 잘 받은 양딸, 일요일마다 교회에 가는 게 일주일 중 가장 즐거운 일이던 착한 학생, 교회 활동을 열심히 하던 아이……. 내가 바라던 셰리든의 모습이었다. 지금까지의 삶을 돌이키고 싶은 유혹이 너무 커서 이제는 나 스스로도 그 모습을 믿을 지경이었다. 그런데 머릿속에서 패트릭의 목소리가 불쑥 들려왔다. '정말로 중요한 문제 앞에서는 늘 솔직해야 해. 거울을 보면서 부끄럽지 않으려면 말이야.'

폴 서튼을 속이고 싶지 않았다. 제때 겨우 방향을 똑바로 잡은 나는 가장 끔찍한 일만 빼놓고 사실에 꽤 가까운 인생사를 짤막하게 말했다.

그가 놀란 표정으로 말했다. "정말 경악할 이야기군요. 그 사건에 대해 들은 기억이 나요. 셰리든, 정말 소름 끼치는 시간을 보냈겠네요."

그의 공감은 상처 입은 내 영혼을 위로해주었다.

"숨으면 안 되는 거였어요." 나는 어깨를 으쓱하고 말을 이었다. "잘못한 게 없었으니까요. 지금이라면 아마 다르게 행동했을 테지만, 그때는 충격을 받아서 제정신이 아니었어요. 저를 보호해줄 사람도 없었고요. 아빠는 혼수상태였거든요."

"그때 당신은 열일곱 살이었어요." 서튼 박사가 말했다. "누구라도 당신처럼 행동했을 거예요. 그리고 그런 트라우마를 겪고 나서 그릇된 길로 빠지는 젊은 아가씨들도 많을 거고요."

나는 그 말에 아무 대답도 하지 않고 슬픈 미소만 지었다. 서배너에서 내가 겪은 일보다 더 그릇되기도 드물 테지.

서튼 박사는 시계를 흘낏 보고 이마를 찡그렸다.

"이제 하루가 시작됐는데, 오늘은 뭘 할 건가요?" 그는 이렇게 묻고는 햇살 같은 미소를 지었다. 그가 어떤 괴로움과 싸우고 있는지 아무도 짐작하지 못할 미소였다.

"별다른 일 없어요." 나는 솔직하게 말했다. "인근을 드라이브하면서 늦여름을 즐기려고 했어요. 지금까지 못 그랬거든요."

"제가 동행하면 어떨까요?" 그가 제안했다. "아주 아름다운 장소를 알고 있거든요. 숲이 내려다보이는 곳이죠."

나는 잠시 망설였다. 아침식사 정도는 큰 의미가 없지만, 하루 종일 그와 함께 시간을 보낸다는 건 어딘가로 한 걸음 나아가는 행동이었다. 식사를 하는 동안 긴장이 풀렸던 나는 다시 주저하기 시작했다. 하지만 주변에서 감탄과 존경을 보내는 남자, 내 꿈속에 나타난 남자, 내게 자신의 상처를 자발적으로 내보인 이 남자에 대한 호기심도 일었다. 그리고 하루 종일 나 혼자 뭐 그렇게 대단한 일을 하겠나?

"박사님 시간이 괜찮다면 저야 좋죠."

나는 어깨를 으쓱하고는 미소를 지었다.

∞

서튼 박사의 말은 과장이 아니었다. 매사추세츠 주 최고봉인 그레이록 산 정상의 경치는 정말이지 환상적이었다. 알록달록한 색의 바다가 언덕과 계곡을 가득 메우고 있었다.

우리는 레녹스와 피츠필드, 애덤스를 거쳐 그림처럼 아름다운 버크셔 힐스의 풍경을 지났다. 이곳이 점점 더 마음에 들었다. 게다가 폴 서튼은 지적이고 유쾌했다. 나는 긴장이 완전히 풀려서 아침식사 때 무슨 이야기를 나눴는지도 거의 다 잊어버렸다.

"이렇게 인상적인 색깔을 만들어내는 나무 품종은 얼마 되지 않아요." 산 정상으로 향하는 좁은 길을 오르면서 그가 설명했다. "우선 흙과 날씨가 맞아야 하죠. 햇빛이 비치는 낮과 추운 밤은 엽록소 생산을 중단시키고 대신 다른 색소가 나타나게 하지요. 예를 들면 카로티노이드나 안토시안 같은 거요."

물론 산에 우리만 있는 건 아니었다. 관광객과 산악자전거를 탄 사람들이 많았지만 전혀 방해가 되지 않았다. 우리는 따뜻한 햇살을 받으며 제1차 세계대전 때 전사한 병사들을 기리는 탑까지 느릿느릿 올라가서 아래를 내려다봤다. 반짝이는 파란 하늘 아래 펼쳐진 색깔의 향연은 믿을 수 없을 만큼 아름다웠다.

"포플러와 자작나무, 느릅나무와 은행나무, 가래나무 종류는 금색과 노란색으로 물들어요."

그는 역사뿐만 아니라 고향의 식물계에도 통달한 듯했다.

"층층나무와 사사프라스나무, 루브라참나무와 단풍나무는 심홍색이나 주홍색이 되고요. 개버즘단풍나무는 붉은 빛을 띤 오렌지색으로, 옻나무는 보라색으로 물들어요."

나는 부드러운 공기와 눈부신 풍경, 흥분될 만큼 가까이 있는 폴 서튼 박사에게 푹 취했다.

"여기서는 다섯 개 주가 보이죠." 그가 사방을 가리키며 말을 이었다. "북쪽은 버몬트, 북동쪽은 뉴햄프셔, 서쪽은 뉴욕, 동쪽은 매사추세츠, 남쪽은 코네티컷."

미풍이 그의 머리카락을 헝클어뜨리고 팔의 금빛 털을 간질였다. 내 옆에 아주 가까이 붙어 있어서 체온이 느껴질 정도였다.

"아름답죠?"

"꿈처럼 아름답네요." 나는 감탄하며 동의했다. "사랑에 빠질 것 같아요!"

"정말? 누구한테요?"

나는 몸을 돌려 그를 쳐다봤다. 그는 자기 질문에 별 의미가 없다는 듯이 미소를 짓고 있었지만 눈빛은 완전히 달랐다.

'당신에게!' 그렇게 외치고 싶었지만 지금 이 상황은 이전의 경험들과는 완전히 다르다는 걸 깨달았다. 지금은…… 진지했다. 나는 어울리는 사람이 앞에 있어도 알아보지 못할 거라는 불안에 늘 시달렸다. 그러나 온갖 실망과 혹독한 패배 후에, 감히 꿈도 꾸지 못하던 위대한 사랑을 할 수 있을 가능성이 폴 서튼에게 있다는 걸 깨달았다. 이제 어떻게 행동해야 할까? 이 사람은 나에게서 뭘 원하지? 나는 순진한 척하기로 마음을 정했다.

"이 아름다운 경치에요!" 나는 미소를 지으며 말을 이었다. "한없이 넓고 푸른 이 하늘에 빠져 죽을 것만 같아요."

나는 팔을 활짝 벌리고 노래를 시작했다. R. 켈리의 〈아이 빌리브 아이 캔 플라이〉였다.

서튼 박사가 노래를 따라 불렀다. 나는 그를 쳐다봤다. 그의 눈빛이 달라져 있었다. 눈빛에 담긴 놀라움과 동경은 의심할 여지 없이 나를 향한 것이었다. 그가 나를 좋아한다는 동료들의 주장이 맞다는 갑작스러운 깨달음에 나는 신경이 날카로워졌다.

"셰리든, 목소리가 정말 아름다워요."

나는 그가 내 이름을 발음하는 방식이 좋았다. 보통은 마지막 음절을 삼키는데, 그는 그 음절을 강조했다. 우린 서로 마주 봤다. 내속에서 날뛰는 감정을 이렇게 숨기기 힘든 적도 드물었다.

"고맙습니다. 한때 가수가 되려고 했어요."

"어째서 '한때'로 그친 거죠?"

그에게 내 계획을 밝히고 내가 작곡한 노래들을 들려줄 좋은 기회였지만, 그의 마음에 들지 않을까 봐 갑자기 불안해졌다. 아내가 자신의 꿈을 좇는 바람에 결혼생활이 깨졌다고 말하지 않았던가.

"정신 나간 생각이었어요." 그래서 가볍게 대답하고는 웃음을 터뜨렸다. "다들 한때 그런 꿈을 꾸잖아요. 가수나 영화배우, 유명한 운동선수가 되려는 꿈 말이에요."

"지금은 무슨 꿈을 꾸나요?" 그가 물었다.

나는 내 대답이 중요하다는 걸, 아주 중요하다는 걸 깨달았다. 오늘이 단 한 번의 경험으로 끝날지, 아니면 내가 동경하는 것의 시작이 될지는 내 대답이 결정할 것이다. 실수하면 안 된다.

"제가 자란 가정에서는 안락함을 느끼지 못했어요."

그래서 그를 바라보지 않은 채 대답했다.

"가정을, '내' 가정을 원해요. 절 사랑하는 사람과 아이들, 시골에서 말과 개와 고양이와 함께하는 삶."

나는 서튼 박사에게 몸을 돌렸다. 이 대답으로 나는 그에게 완벽한 점수를 얻었다. 기쁘게 반짝이는 그의 눈빛으로 알 수 있었다.

"생각했던 것보다 우린 훨씬 더 비슷하군요." 그가 말했다. "그 모든 걸 저도 원하거든요."

∞

우리는 점심을 먹으러 '황금 독수리'라는 이름의 식당으로 돌아 왔다. 단풍으로 유명한 모호크 트레일 근처에 있는 식당으로, 소풍 나온 사람들이 많이들 이용하는 곳이었다. 작은 주차장에는 수많 은 자동차가 주차되어 있었지만, 서튼 박사는 이곳에서도 아무 어 려움 없이 자리를 하나 얻을 수 있었다. 더구나 눈앞에 파란 안개 에 가려진 산과 계곡이 숨 막히게 펼쳐지는 1층 발코니 식탁이었 다. 서튼 박사는 이 지역에서 벌어진 슬프거나 재미있는 일화를 무 척 많이 알고 있었고, 사람을 매료시키는 탁월한 이야기꾼이기도 했다. 다른 사람들에 대한 이야기만 하는 게 아니라 자기 이야기도 아주 많이 했는데, 내가 감탄하고 호기심을 보이며 잘 들어주는 게 무척 기쁜 모양이었다. 그는 긴장을 풀고 기쁜 표정으로 갈색 눈 동자를 반짝였다. 나도 그와 함께하는 시간을 온 마음으로 즐겼다. 그의 정중한 관심은 내 마음을 온통 사로잡아버렸다.

나는 황금 독수리 버거와 어니언 링, 감자튀김을 시켰지만 배가 쪼그라든 듯 식욕이 없었다. 샌드위치와 샐러드를 먹은 서튼 박사 는 내가 몇 입만 먹고 그만두자 눈썹을 치켜세웠다.

"맛이 없나요?" 그가 걱정스러운 목소리로 물었다.

"아니, 아니에요. 아주 맛있어요." 나는 얼른 대답했다. "그냥 너 무 흥분해서 식욕이 없네요."

나는 그의 가느다란 손을 바라보며, 복잡한 수술을 수행하는 그

손이 나를 애무하면 어떤 느낌일까 상상했다. 서튼 박사는 우리가 그레이록 산을 떠난 이후에 애정의 표시라고 해석할 만한 행동을 더는 하지 않았다. 나는 내가 착각한 거라고 생각하고 약간 실망했지만, 곁눈질로 보니 그는 나를 계속 바라보고 있었다. 눈을 들자 아까와 같은 그의 눈빛과 마주쳤다. 아니, 착각이 아니야! 심장이 두방망이질하고 손이 너무 심하게 떨려서 포크가 미끄러져 바닥에 떨어졌다. 동시에 몸을 숙이는 바람에 손가락이 서로 닿았다. 나는 불에 데기라도 한 듯 손을 얼른 뒤로 뺐다.

"아…… 음…… 죄송해요." 나는 말을 더듬으며 사과했다.

"아…… 새 포크를…… 가지고 오라고 해야겠어요."

서튼 박사가 말했다. 그의 표면을 감싸고 있던 자신감이 순식간에 사라졌다. 내 당황스러움이 그에게도 옮았다. 그가 일어서는데 긴 다리가 식탁에 걸렸다. 나는 양손으로 식탁보를 움켜쥐었다. 서튼 박사도 나처럼 식탁보를 잡다가 유리 주전자를 쳤다. 물과 얼음이 내 티셔츠와 청바지에 쏟아졌다.

"아, 이런 실수를!" 서튼 박사는 얼굴이 새빨개졌다. "미안해요, 정말 미안합니다."

경련 같은 웃음이 속에서 올라왔다. 나는 손으로 입을 가렸지만 터지는 웃음을 막을 수 없었다. 이 상황이 너무 우스꽝스러웠다.

"제가 그렇게 우스운가요?"

서튼 박사는 속이 상한 척 투덜거렸지만 그도 웃음을 흘렸다. 그가 의자에 다시 앉았다. 우리는 눈물이 흐를 정도로 웃었다.

"평소에는 이런 얼간이 짓 안 하는데, 샐러리 같은 당신 눈 때문에 완전히 뒤죽박죽이 됐어요. 당신이 선글라스를 쓰면 안전할 것 같은데."

그의 고백에 나는 웃음을 멈추고 그를 바라봤다. 심장 박동이 손가락 끝에서까지 느껴졌다. 이 긴장감을 얼마나 더 오래 견딜 수 있을까? 심근경색에 걸릴 것만 같았다.

"쓰는 게 나을까요?"

내 질문에 서튼 박사가 진지한 표정으로 대답했다.

"아니요. 절대 안 돼요. 지금까지 본 가장 아름다운 눈이거든요."

∞

이번 일요일은 내 평생 가장 아름다운 날이었다. 저녁에 록브리지로 돌아가려고 폴과 헤어지면서 그에게도 이런 말을 했다. 점심 식사 이후로 우리 사이는 뭔가 달라졌다. 겉보기에 자연스러웠던 분위기는 손에 잡힐 듯한 긴장감으로 변했다. 하지만 싫지 않은 긴장감이었다. 하루 종일 내 일에 관한 말은 전혀 없었는데, 다음에 또 만날 핑계를 남겨둔 건지도 몰랐다. 폴은 헤어지면서 악수를 청했을 뿐 그 이상은 없었다. 나는 더 많은 걸 원했지만 일단은 악수로 만족해야 했다.

폴은 서른여섯 살, 그러니까 나보다 열다섯 살 더 많았다. 첫 애인 대니만 빼고 내 욕망의 대상은 모두 아버지뻘이었다. 나는 나이가 지긋한 남자가 좋았다. 경험이 많은 남자가. 그들은 인생의 중요한 결정들을 이미 내렸고, 뭔가를 성취했고, 자기 상황을 잘 자각하고 있었다. 나는 또래 남자아이들과는 잘 지내지 못했다. 미성숙한 얼굴과 행동의 미숙함은 기껏해야 형제 같은 느낌만 불러일으켰다. 브랜던 래컴과의 내키지 않던 관계, 이건 정말 아니라고 느꼈던 불편한 기억이 떠올랐다. 축구와 쩝쩝거리는 키스, 남몰래 마시는 술이 전부인 줄 아는 열일곱 살짜리랑 무슨 진지한 이야기를 하겠는가? 나는 성숙한 남자, 온갖 경험과 인생사를 지닌 진짜 어른이 좋았다. 솔직하게 말하자면 권력과도 어느 정도 관련이 있는 것 같았다. 성인 남자의 몸과 마음을 통제할 권력을 얻고, 그가 선을 넘게 만들고, 모든 것을 걸고 모험을 감행하게 하는 것보다 흥미진진한 일이 있을까?

월요일 아침에 출근하자마자 루엘라가 자기 사무실로 나를 불렀다. 책상에 커다란 흰 장미 꽃다발이 놓여 있었다. 오늘이 루엘라 생일인가?

"셰리든, 방금 너에게 배달된 꽃다발이야."

그녀가 부드러운 미소를 지으며 말하고는, 내가 장미꽃 사이에 끼어 있는 봉투를 열고 카드를 읽는 모습을 기대에 찬 눈길로 바라봤다.

아름다운 날을 보내게 해줘서 고맙습니다.
더 많은 날들이 이어지기를 빌어요.

P. E. S.

손이 떨리고, 행복해서 온몸이 따뜻해졌다. 한 장의 카드가 모든 의심을 떨쳐냈다. 소문은 예상보다 훨씬 빨리 호텔 전체에 퍼졌다. 아니, 호텔뿐만이 아니었다. 록브리지 주민 누구나 갑자기 나를 알아보기 시작했고 모두 예의 바르게 존경을 표했다. 길을 걸어가는 내 등 뒤에서 사람들이 수군거렸고, 상점에서는 내 이름을 부르며 말을 걸었다. 여기서도 쿠퍼 양, 저기서도 쿠퍼 양을 불렀다. 나는 하룻밤 사이에 록브리지에서 가장 유명한 여자가 되어버렸다.

나는 폴의 전화번호를 몰랐으므로 병원으로 편지를 보냈다. 이틀 뒤 꽃다발이 또 왔는데, 이번에는 카드에 폴의 휴대전화번호가 적혀 있었다. 그는 필라델피아에서 열리는 의사들 회의에 참석해야 해서 주말에나 돌아온다고, 그때 다시 만나면 기쁘겠다고 했다. 그날 우리는 몇 시간이나 통화했다.

∽

폴이 얼마나 빨리 내 생활의 중심이 됐는지를 생각하면 놀랄 지경이었다. 나는 그의 세련된 바리톤 목소리와 유머감각, 탁월한 기억력을 사랑했다. 나는 우리가 한 번 나눈 이야기는 잊는 법이 없는 폴을 보고서 그에게 내가 무척 큰 의미라는 걸 알아챘다. 그동안 그를 더 신뢰하게 되어 내 이야기를 조금 더 많이 했는데, 놀랍게도 폴은 레이첼 이모가 이중 살인으로 사형선고를 받았다는 사실이 끔찍하다기보다는 기묘하다고 했다. 이런 상황에서 내가 그랜트라는 성이 아니라 친엄마의 성을 쓰는 걸 전적으로 이해한다고도 했다.

"그 사람들과 피가 섞이지 않아서 다행이야."

폴은 그저 이렇게만 말했다. 나는 아버지와 맬러키 오빠 부부, 하이럼 오빠에게 잠시 양심의 가책을 느꼈다.

"핏줄이 중요해. 다른 건 하나도 중요하지 않아. 어느 집에나 돌연변이는 있기 마련이지만 말이야."

그 말을 들은 나는 살인자인 양엄마가 내 친엄마의 언니라는 말은 하지 않는 게 좋겠다고 판단했다. 엄마가 군인에게 목이 졸려서 살해당했다는 말도 하지 않는 게 현명해 보였다. '끔찍한 사건'에 대해서는 물론 전혀 언급하지 않았다.

남자친구가 있었느냐는 질문에는 시드니 윌슨 앞에서처럼 브랜던 래컴 이야기를 순진한 척 늘어놓았지만, 크리스토퍼 핀치 이야기도 털어놓았다. 내 고백을 들은 폴은 예상과 달리 반응했다. 그런 일이 벌어질 정도로 가족이 관심을 주지 않았다니 슬프고 화가 난다고 말한 것이다. 그 후 그는 우리 가족에게 조금이나마 가지고 있던 호감까지 거둬들였다. 나중에는 내가 '예전에' 또는 '그때'라는 말만 꺼내도 짜증이 나는 기색이었다. 그래서 나는 그런 단어를 사용하지 않았고, 내 이야기를 하기보다는 그의 말을 듣게 됐다. 사실 그러는 편이 훨씬 더 흥미진진했다. 폴은 자기 일과 여행과 가족 이야기를 즐겨 했고, 나는 그의 말에 기꺼이 귀를 기울였다.

폴은 주중에는 바빴지만 주말에는 나와 온갖 일들을 함께했다. 자기 병원도 보여줬는데, 탄성이 나올 만큼 규모가 크고 세련된 현대식 건물이었다. 수술한 환자들을 돌보는 재활부서도 따로 있었다. 우리는 인근을 드라이브하며 농부들이 직접 재배한 작물을 파는 시장에도 가고, 폴이 소와 돼지, 양과 닭을 키우는 그의 농장에도 갔다. 일요일이면 우리는 교회에 갔다가 외식을 하고 영화도 봤지만, 그는 늦어도 밤 10시가 되면 나를 집에 데려다줬다. 그의 말에 따르면 나를 '더럽히지 않기' 위해서였다. 나를 끌고 당장 잠자리에 들려고 하지 않는 남자를 만났다는 게 도무지 믿을 수 없었다. 하지만 나는 갈망으로 활활 타오르고 있었다. 진지하게 만난 지 두 달이 되어가는데도 손을 잡는 것 말고는 더 나아가지 않았다는 게 견딜 수 없었다. 한번은 내가 조심스럽게 그 말을 꺼냈는데, 그는 그저 미소를 지으며 내 뺨에 오빠 같은 입맞춤만 했다.

"셰리든, 나도 똑같아. 하지만 우리가 육체적으로 가까워지기 전에 서로를 확실하게 알아야 한다고 생각해."

패트릭 매커보이의 말이 떠올랐다. 나는 인내심을 발휘해야 했다. 그러지 않으면 폴의 마음에 들지 않을 테니까. 그가 호기심 가득한 주민들의 눈앞에서 내 환심을 사려고 노력하는 구식 방식이 왠지 모르게 마음에 들기도 했다. 그랬다, 이보다 구식일 순 없었다. 게다가 폴은 엄격한 신자였다. 나는 그와 자려면 결혼식 첫날 밤까지 기다려야 하는 게 아닐까 걱정스러웠다.

폴의 어머니에게서 일요일 점심에 차를 함께 마시자는 초대장을 받고 나서야 그가 나와의 관계를 얼마나 진지하게 생각하는지 확실하게 깨달았다. 그녀는 록브리지 변두리에 위치한 품격 있는 붉은 벽돌집에 살고 있었다.

"자기도 같이 갈 거지?"

전날 뉴욕 주 의사당과 라피엣 공원을 지나 주차해둔 차로 손을 잡고 걸어가면서 그에게 물었다. 우리는 올버니에 있는 프랑스 레스토랑에서 점심을 먹은 뒤 햇살을 받으며 산책을 하고 있었다.

"아니, 엄마는 당신과 둘이서만 이야기하려고 해."

그는 따뜻하게 미소를 지으며 내 손을 꼭 쥐었다.

"걱정할 필요 없어. 우리 엄마 첫인상은 약간…… 뭐랄까…… 무서워 보이지만, 정말 선한 분이시거든. 셰리든, 나는 엄마의 판단을 중요하게 생각해. 내가 이미 한 번 아주 큰 실망을 겪었다는 거, 당신도 잘 알잖아."

파멸로 끝난 그의 결혼생활에 관해서는 그동안 모두 들었다. 프랜시스는 지금 투자은행가와 결혼해서 뉴욕에 산다고 했다. 폴은 대학교 때 그녀를 사랑하게 되어 첫사랑 세라를 버리고 5년 뒤 프랜시스와 결혼했다. 결혼생활은 5년간 유지되다가 끝났다. 그가 왜 하필이면 나를 좋아하게 됐는지 나 스스로도 이따금 믿기지 않을 때가 있었다. 나는 그가 이혼한 후 6년 만에 처음 만난 여자였다. 그가 프랜시스에 대해 이야기할 때마다 나는 그의 눈에 드러나는 고통에 깊은 연민을 느꼈다. 이렇게 잘해주는 남자를 절대 실망시키지 않을 거라고, 그를 위해 무슨 일이든 할 거라고 다짐했다. 그를 힘껏 사랑하기만 하면 그의 고통을 치유하고 안 좋은 모든 기억을 쫓아낼 수 있을 거라고 생각했다.

"엄마는 그때 프랜시스가 나와 어울리지 않는다고 바로 말했지." 폴은 프랜시스에 대해서 말할 때면 늘 그렇듯이 구슬프게 한숨을 내쉬었다. "엄마의 말을 듣지 않은 건 실수였어."

서튼 부인과의 만남이 불현듯 예상치 못한 의미를 갖게 되었다.

"자기 엄마가 나를 싫어하면 어떻게 할 거야?" 나는 불안한 심정으로 물었다.

"그런 일은 없을 거야." 그가 일어나서 내 다른 쪽 손을 잡고 힘차게 머리를 저었다. "셰리든, 엄마는 당신을 아주 좋아할 거야. 확실해."

"그래야 할 텐데. 폴, 나는 당신이 행복해진다면 뭐든지 할 거야. 나는 프랜시스가 저지른 일을 당신이 모두 잊을 수 있었으면 해."

"아, 셰리든." 폴의 눈에 눈물이 고였다. "당신은 정말 놀라운 사람이야. 사랑해."

나는 행복에 취해 온몸이 뜨거워졌다. 이거야! 진실한 사랑은 이런 느낌이어야 해. 이렇게 마음이 따뜻해지고 모든 것을 감싸 안으며 단호하고 완벽한 것!

"폴, 나도 사랑해!"

나는 그에게 나지막하게 속삭였다.

"이 세상 그 무엇보다도."

폴이 내 얼굴을 양손으로 부드럽게 감싸 쥐었다. 한동안 나를 가만히 지켜보던 그가 너무나 부드럽게 키스하는 바람에 나는 무릎이 떨리고 맥박이 빨라졌다. 이 아름다운 첫 키스는 백 살이 되더라도 잊지 못할 것 같았다! 폴의 품에 폭 안겨 있으니 보호받는 느낌이 들었다. 그가 옆에 있으면 그 무엇도, 그 누구도 나에게 해를 끼칠 수 없을 것이다.

∞

어둠이 막 내리기 시작한 길을 지나 록브리지로 돌아오는데 청회색 하늘에서 올 겨울 첫 눈송이가 내렸다. 나는 오는 내내 폴의 손을 잡고 있었다. 우리는 말은 별로 하지 않고 계속 서로를 마주 봤다. 그의 차에서 내려 남은 저녁 시간을 내 방에서 혼자 보낼 시간이 오는 게 두려웠다. 물론 통화는 할 테지만, 함께 있는 것과 똑같지는 않다. 우리의 사랑에서 단 하나의 단점은 내가 록브리지에 친구가 없다는 점이었다. 같이 외출하자거나 파티에 가자고 초대할 용기를 내는 동료는 한 명도 없었다. 나는 저녁마다 홀로 앉아서 폴이 전화를 걸기만 기다렸다. 하지만 1월부터 그의 병원에서 사무를 보기로 해서 벌써부터 기분이 좋았다. 그러면 주말뿐 아니라 매일 폴을 볼 수 있을 것이다.

"여기서 오른쪽으로 꺾어야 하잖아."

폴이 블랙 라이언 인을 막 지났을 때 내가 말했다.

"알아." 그가 비밀스러운 미소를 지었다. "당신을 위해 준비한 자그마한 선물이 있어."

10분 후 그의 농장에 도착했는데, 평소처럼 마당으로 들어서는 게 아니라 이미 눈이 살짝 쌓인 사유지의 좁은 개인 도로를 계속 달렸다.

"어디 가는 거야?"

호기심이 나서 묻자 폴이 대답했다.

"내가 사는 집에."

미키와 함께 라이스버로 홀로 갈 때의 두려운 기억이 잠깐 스쳤지만 그 생각은 금방 몰아냈다. 그때는 지금과 완전히 달랐다. 폴은 이던이 아니다. 나는 폴을 전적으로 믿었다. 그의 집에 관해서는 이미 들은 게 많았다. 록브리지에서 몇 킬로미터 떨어진 곳, 촘촘한 활엽수림으로 에워싸인 모호크 호숫가에 있다고 했다. 원래는 1885년 어떤 유명한 건축가가 한 정치인의 여름 별장으로 지은 저택이 있던 곳이었다. 19세기 말 보스턴과 뉴욕의 부유한 도시인들은 도시의 소음과 혼잡에서 탈출하기 위해 여름과 가을이면 이곳 버크셔 힐스 지역으로 여행을 왔다. 폴은 이혼한 후에 호숫가에 자리 잡은 그 저택을 허물고 새 집을 지어 고향 사람들을 경악하게 만들었다.

커브를 돌아서 집이 보였을 때 나는 내 기대와는 다른 의미에서 놀라지 않을 수 없었다. 실망이었다. 유리와 시멘트로 이루어진 이런 현대식 건물을 기대한 건 결코 아니었다. 호숫가에 서 있는 건물은 벙커처럼 사람들을 거부하는 듯했고, 호수로 향한 부분은 전부 유리로 되어 있었다.

"바깥에서 보기에는 좀 딱딱하지." 폴도 인정했다. "하지만 안쪽을 봐야 해! 이건 천연 건축자재만 이용한 저에너지 건물이야. 지붕에 태양전지가 있고, 목재 팰릿으로 난방하고, 천연가스로 가동

되는 열병합 발전소도 갖췄지. 거름이나, 퇴적된 흙, 유기물 쓰레기 같은 걸로 에너지를 만드는 거야."

"시멘트 덩어리 같은데." 나는 조심스럽게 말했다.

"시멘트 덩어리 맞아." 그가 재미있다는 듯이 히죽 웃었다. "하지만 시멘트보다 더 자연이랑 가까운 것도 별로 없지. 석회암과 흙, 모래와 자갈로 이루어져 있으니까."

보도블록이 깔린 뜰로 들어가서 문 앞에 멈춰서자 전등이 켜졌다. 폴이 열쇠 대신 문 옆에 있는 작은 모니터에 검지를 대니 4미터 높이의 반질한 나무문이 자동으로 열렸다.

"이러면 열쇠를 가지고 다닐 필요가 없지." 그가 말했다.

나는 감탄하면서도 약간 기가 죽은 채 그의 뒤를 따라 들어가, 동작 감지 센서 덕분에 바로 환하게 조명이 켜진 넓은 로비에 섰다. 벽과 바닥, 2층으로 이어지는 난간 없는 계단까지 모두 시멘트로 되어 있었다. 벽에는 화려한 색깔이 잿빛 시멘트와 멋진 대조를 이루는 아주 거대한 유화 한 점이 걸려 있었다.

"집이 완성된 후에 저 그림을 주문했지."

그가 이렇게 말하고는 내가 미처 보지 못한 벽장문을 열고 내 외투를 받아서 그곳에 걸었다.

"아, 부츠 벗어도 돼. 바닥이 차가울 것 같지만 그렇지 않거든."

갈색 가죽 부츠를 벗으니 나와 폴의 키 차이가 좀 더 벌어졌다. 예전에 나는 우리 키 차이 때문에 조금 불편했지만 이제는 괜찮았다. 처음에는 폴의 체격이 위협적이라고 생각했는데, 지금은 오히려 그의 옆에 있으면 작고 연약하게 느껴지는 내가 좋았다.

"난방기가 안 보이네."

내가 주변을 둘러보며 말하자 폴이 설명했다.

"바닥과 벽을 데우는 구조야. 이리 와. 집 구경시켜줄게."

그는 내 손을 잡고 다음 공간으로 갔다. 거실이 집 전체에 해당하는 길이로 뻗어 있었다. 유리가 바닥까지 이어진 한쪽 면에는 잿빛 나무탁자와 의자 여덟 개가 있고, 그 뒤편에는 하얗게 반짝이는 넓은 부엌이 보였다. 이 집은 말할 나위 없이 아주 독특하긴 하지만 내 마음에 드는지 어떤지는 잘 알 수 없었다. 사랑스럽게 꾸며진 패트릭 매커보이의 목장 집이 떠올랐다. 그 집은 보자마자 마음이 편안해졌다. 이곳은 그 집과는 완전히 반대였다.

폴은 내 손을 놓고 냉장고를 열었다.

"부엌을 사용하기는 하는 거야?"

"지금은 거의 못 그래."

그는 샴페인 병을 나무 작업대에 놓고 높은 찬장에서 크리스털 잔 두 개를 꺼냈다.

"하지만 당신이 여기서 나랑 함께 살면 달라지겠지."

그는 이렇게 미래에 대해, 어떤 일을 기대하는지에 대해 자주 말하곤 했다. 벽난로 앞에서 함께 보내는 저녁시간, 함께 요리하고 함께 먹기, 함께 잠들고 함께 깨어나기…… 코르크 마개가 퐁 소리를 내며 병에서 빠져나오고, 장밋빛 샴페인이 잔에 쏟아져내렸다. 우리는 건배하고 샴페인을 마셨다. 폴이 작은 모니터를 조작하자 나지막한 음악이 울렸다.

"R. 켈리!" 나는 깜짝 놀라서 소리쳤다.

"첫날 당신이 부른 노래잖아." 폴이 미소를 지으며 말했다.

"그걸 기억하고 있었네!" 나는 또 놀랐다.

폴은 내 손에서 잔을 빼고는 나를 가만히 바라봤다. "내가 그날을 어떻게 잊겠어?"

그가 나지막하게 말하고 내 얼굴에서 머리카락을 걷어냈다.

"자, 이제 이리 와! 깜짝 선물을 보여줄게. 일단 눈 감고."

잔뜩 흥분해서 심장이 두근거렸다. 나는 눈을 감고 그의 손을 잡고 걸었다.

"조심, 이제 계단이 있어." 그가 내 어깨를 잡고 오른쪽으로 몸을 돌렸다. "자, 이제 눈 떠도 돼."

그곳은 거실보다 더 넓어 보였다. 나는 천장까지 닿는 책장을 올려다봤다. 방 한가운데 엄청나게 큰 벽난로가 있고 그 앞의 환한 양탄자 위에는 편안해 보이는 암갈색 가죽 소파 세트가 있었다.

"이제 돌아서봐." 폴이 말했다.

전면 유리창 앞에 눈부시게 하얀 콘서트용 그랜드피아노가 하나밖에 없는 천장 조명을 받아 반짝이고 있었다.

"우와!" 나는 감탄했다. "자기가 피아노 연주하는 거 몰랐어!"

나는 가까이 다가가 반질거리는 목재를 손끝으로 조심스럽게 만졌다.

"난 피아노 안 쳐." 폴이 뒤로 다가와 내 어깨에 손을 얹었다. "앞으로 당신이 치면 좋겠어."

나는 호텔에서 이따금 시간이 날 때면 바 피아노 앞에 앉았다. 직원들이 폴에게 알려준 모양이었다.

"쳐봐도 돼?"

"물론이지."

폴이 리모컨으로 음악을 껐고, 나는 피아노 의자에 앉아 건반 뚜껑을 올렸다.

"스타인웨이 그랜드피아노!"

나는 감탄해서 환호성을 울렸다. 건반에 손가락을 대고 있다가 음계를 몇 번 쳤다. 피아노 소리는 아주 아름다웠고, 완벽하게 조율되어 있었다. 내가 즐겨 치던 슈베르트의 〈세레나데〉 다음에 쉬지 않고 바로 라흐마니노프의 〈피아노 협주곡 1번〉으로 넘어갔다. 연습 부족으로 복잡한 진행에서는 손가락이 꼬이기도 했지만 이렇게 훌륭한 악기를 연주해볼 수 있어서 행복했다. 연주가 끝나자 폴이 미소를 지으며 박수를 쳤다.

"셰리든, 그랜드피아노는 약혼 선물이야. 반지는 누구나 선물할 수 있잖아."

나는 벼락이라도 맞은 듯 그를 빤히 바라봤다. 너무 놀라서 입이 벌어질 지경이었다.

"약혼 선물?" 나는 당황해서 나지막하게 말했다.

"그래."

폴은 내 양손을 쥐고 무릎을 꿇었다. 내가 지금까지 한 번도 본 적 없는 진지한 표정이었다.

"셰리든 쿠퍼, 내 아내가 되어줄래? 내가 당신을 사랑하듯 당신도 나를 사랑하고, 내가 당신에게 신의를 지키듯 당신도 나에게 신의를 지켜줄래? 영원히, 언제나?"

행복한 눈물이 내 눈에서 솟구쳤다.

"응."

나는 숨을 내쉬며 떨리는 목소리로 대답했다.

"그래, 폴. 그러길 원해."

세상에, 이렇게 낭만적이라니!

폴이 일어섰다. 불규칙하고 거친 그의 숨결이 내 정수리에서 느껴졌다. 그의 손가락이 내 얼굴을 쓰다듬고 어깨를 지나 허리를 단단하게 잡았다. 그의 손놀림에 내 온몸은 뜨거운 전율을 일으켰다.

폴의 눈에서 일어나는 불길을 보자 나는 불현듯 우리가 정열적으로 사랑하던 꿈을 떠올렸다. 현실에서는 어떨까? 오늘 그렇게 될까? 지금? 나는 마음의 준비가 되어 있나?

"폴과 셰리든, 우리 둘만 있는 거야."

"응, 우리 둘만."

나는 엄숙한 태도로 그의 말을 따라했다.

"폴과 셰리든. 언제나, 영원히, 또 영원히."

그는 나를 가까이 당겨 안고 키스했다. 이번에는 도발적이었고, 나도 똑같은 방식으로 그 키스에 응답했다. 흥분한 그를 느끼자 내 몸에도 뜨거운 욕망이 퍼졌다. 그가 나를 안아들고 다음 방을 지나서 계단을 올라가 넓은 침대에 눕혔다. 그러고는 나를 안고 또 키스했다. 수염이 내 뺨을 살짝 긁었지만 그의 입술은 따뜻하고 부드러웠다. 그날 나는 구름 위를 떠다니는 것처럼 행복했다.

2000년 11월 추수감사절
윌로크릭 농장

편안한 저녁이었다. 조던은 자신이 손님이 아니라, 추수감사절 저녁식사를 하려고 윌로크릭 농장에 모인 대가족의 일원이라는 느낌이 들었다. 조던이 4년 전 크리스마스 아침에 처음 이 농장에 온 이후로 많은 것이, 아니 거의 모든 것이 달라졌다. 특히 이곳에 사는 사람들의 관점은 놀랄 만큼 달라졌다. 레이첼 그랜트가 수감된 후 농장에는 새로운 바람이 불었다. 맬러키와 레베카는 추수감사절에 일꾼들과 그 가족들이 저택에 모두 모여 식사하는 새로운 관례를 시작했다. 거의 서른 명이나 되는 사람들이 긴 식탁에 다닥다닥 붙어 앉았다. 바깥 하늘에서는 커다란 눈송이가 떨어지고 있었다. 마사와 레베카, 메리제인과 루시 밀스가 요리들을 부엌에서 내오자 모두들 입맛을 다셨다. 속을 채워 구운 칠면조 두 마리와 윤이 나는 돼지고기 커틀릿, 늙은 호박 케이크와 고구마, 다양한 채소 그라탱과 월귤 소스, 거기에 와인과 맥주, 매년 존 화이트호스가 미리 담그는 펀치도 있었다.

식탁 머리에 앉은 버넌 그랜트는 이 혼잡스러움이 마음에 드는 모양이었다. 네 명의 손주가 이 분위기에 흥을 더했고, 그의 오른쪽에는 대재난이 일어나기 전 여름에 동부로 돌아간 고모 이사벨라 듀발이 앉아 있었다. 거의 팔순이 다 된 나이였지만 짧게 자른 재색 머리카락과 개구쟁이 같은 눈빛 때문에 도무지 그 나이로 보이지 않았다. 조던은 자기를 니컬러스의 친구로 따뜻하게 맞아준 사람들의 얼굴을 찬찬히 바라봤다. 맬러키 그랜트와 그의 아내 레베카, 하이럼과 넬리와 아기 루크, 그 옆에는 루시와 조지 밀스 부부, 그리고 살아남은 여섯 아들이 앉아 있었는데 그중 한 명은 최근에 결혼했다. 존 화이트호스와 메리제인 워커, 행크 코에닉과 월터 모리슨, 스벤과 론다 벵슨 부부, 이 집의 선한 영혼인 마사 쇠렌센도 있었다. 지난 몇 년 동안 일어난 사건에서 비껴날 수 있었던 사람은 없었다. 이들은 아이나 형제, 동료를 잃었다. 그러나 그 사건을 겪으면서도 아무도 부서지지 않았다. 이들 모두는 확고한 실용주의자들이었다. 시골 사람들은 재해와 자연의 폭력에 늘 직면하고, 운명과 싸우는 게 의미가 없다는 걸 알고 있다.

음식을 나누기 전 버넌 그랜트는 포크로 자기 잔을 두드리며 잠시 주목해달라고 했다. 그러고는 의자에서 일어나 기대에 차서 자기를 쳐다보는 사람들을 둘러봤다.

"길게 말하지 않겠습니다. 음식이 식을 테니까요."

그가 말했다. 목쉰 소리였지만 또렷하게 들렸다. 그는 1년 내내 수고한 가족과 일꾼들에게 감사 인사를 했다.

"새로운 사람들과 낯익은 사람들이 이 자리에 함께하게 되어 기쁩니다. 이사벨라 고모, 긴 여행을 하고 다시 고향에 오셨지요. 반갑습니다. 오늘도 술을 거하게 드시겠죠?"

"아이고, 말하는 것 좀 봐라."

이사벨라의 말에 모두 웃음을 터뜨렸다.

"새 식구가 된 며느리 넬리를 환영합니다. 어린 손자 루크와 존 루카스 3세도 물론 환영하고요. 맬러키와 레베카가 오랜 전통에 따라 막내아들에게 이 이름을 붙여서 기쁩니다."

박수갈채가 터져 나왔다.

"니컬러스, 자네가 다시 이곳에 돌아와서 기뻐. 이번에는 오랫동안 머물기를 우리 모두 바란다고."

니컬러스는 미소를 지으며 버넌에게 고개를 끄덕였다.

"니컬러스의 친구인 조던도 진심으로 환영합니다." 버넌은 헛기침을 하고 말을 이었다. "조던은 윌로크릭 농장 역사상 가장 암울했던 날에 처음 이곳에 왔지요. 그의 끈기 덕분에 저는 과거의 여러 사건들로부터 드디어 해방되어 평화를 찾을 수 있었습니다."

사방이 쥐 죽은 듯이 조용해졌다.

"우리가 사랑했지만 지금 이 식탁에 함께 앉아 있지 않은 사람들이 있습니다."

버넌이 말을 이었다. 조던은 버넌이 지금 이 말을 하는 게 얼마나 힘들지 그의 표정에서 읽을 수 있었다.

"잃어버렸지만 영원히 우리 마음에 남아 있는 사람들을 추모합시다. 조지프, 리로이와 카터, 라일. 우리는 너희를 잊지 않아. 그리고 셰리든도! 셰리든이 지금 어디에 있든 건강하게 잘 지내기를, 그리고 언젠가는 우리에게 돌아오기를 바랍니다."

버넌이 입을 다물었다.

레이첼은 언급하지 않았다. 맬러키와 하이럼도 사형선고를 받고 수감 중인 엄마 이야기는 전혀 꺼내지 않았다. 이 자리에 앉아 있는 사람이라면 누구나 너무나 많은 불행과 고통을 몰고 온 그 여자를 생각하고 있을 테지만.

"자, 여러분. 공식적인 인사는 끝났습니다." 버넌이 다시 입을 열었다. "이제 마구 먹읍시다. 하나도 남기면 안 돼요. 그랬다가는 마사가 슬퍼서 앓아누울 테니까요!"

웃음과 박수소리가 대답으로 돌아왔다. 모두들 음식에 힘차게 손을 뻗었다.

"셰리든이 많이 보고 싶나 봐." 조던이 말했다.

"버넌은 사실 4년 전에 세 아이를 동시에 잃은 거야." 왼쪽에 앉아 있던 니컬러스가 말했다. "셰리든과 버넌 사이는 무척 특별했어. 사랑했던 여자의 딸이니까."

조던은 그 비극적인 이야기를 다 알고 있었다.

"나도 셰리든이 보고 싶어." 니컬러스가 말을 이었다. "굉장한 아이였지. 당신도 그 애를 봤잖아."

조던은 셰리든을 떠올리면 괴로웠다. 그때 그는 모든 걸 잘못 처리했다. 조던은 당시에 셰리든이 링컨에서 도망쳐서 지금까지도 나타나지 않는 게 자기 탓이라고 생각했다. 감자와 채소 그릇 너머로 메리제인의 시선과 마주쳤다.

"네 탓이라고 생각하는 거 그만둬."

메리제인이 말했다. 조던은 속마음을 읽어내는 그녀의 능력에 이번에도 깜짝 놀랐다.

"셰리든은 어차피 이곳을 떠났을 테니까. 그 아이는 자기가 속할 곳에 도착할 때까지 앞으로도 긴 여행을 하게 될 거야."

그녀가 니컬러스를 바라보며 미소 지었다.

"그런 점에서 보면 셰리든은 내 아들과 똑같지."

"엄마, 난 이제 여기 있잖아요. 이제 내 걱정은 할 필요 없어요."

니컬러스의 말에 메리제인이 대답했다.

"자식은 언제나 자식이란다. 몇 살을 먹든지 말이야."

"셰리든 아가씨는 잘 지내고 있어요." 대화를 듣고 있던 레베카가 끼어들었다. "얼마 전에 이메일로 흥미로운 직업과 멋진 집이 생겼다고 말했어요."

"어디에 있는지는 말하지 않았죠?" 조던이 물었다.

"예, 유감스럽게도." 레베카가 고개를 끄덕이고는 말을 이었다. "컴퓨터 아이피 주소로 알아낼 수도 있지만, 말하지 않으려는 아가씨의 뜻을 존중하고 싶어요. 그러는 이유가 있겠죠."

한 시간 반이 지나자 칠면조 두 마리는 뼈밖에 안 남았고 다른 그릇들도 모두 비었으며 모두 엄청나게 배가 불렀다. 마사는 얼굴을 환히 빛내며 기뻐했다. 밀스 가족이 일어나자 행크와 벵슨 부부, 윌리엄도 따라나섰다. 레베카는 아이들을 재우러 가고, 존 화이트호스는 넬리와 아기를 데려다주러 갔다.

"멋진 저녁이었어요. 이제 독주를 좀 마셔볼까요?"

맬러키의 말에 니컬러스를 빼고는 모두 고개를 끄덕였다. 맬러키는 직접 담근 진 병을 들고 와서 사람들에게 따라줬다.

"그동안 내내 묻고 싶은 게 있었어요." 그가 조던에게 말했다. "둘이 캐나다로 갔던 일은 성과가 있었나요?"

"예, 괜찮았죠."

조던은 그냥 모호하게 대답했다. 어지러운 자신의 가족 관계로 다른 사람들을 지루하게 하고 싶지 않았다. 하지만 이사벨라 듀발이 관심을 보였다.

"캐나다 어디에 갔었어요?"

"위니펙 호숫가에 있는 작은 마을이에요. 위니펙 시에서 북쪽으

469

로 150킬로미터쯤 떨어져 있는 곳이죠." 조던이 대답했다.

"둘이 캐나다에 갔었다고? 전혀 몰랐네." 버넌이 놀라서 물었다.

"별로 중요한 일 아니에요." 조던이 별 거 아니라는 듯이 말했다. "저희 이모 부부를 찾아갔어요. 두 분은 20년 전에 프리몬트를 떠나서 캐나다로 이주했거든요."

"프리몬트! 세상 정말 좁네. 나랑 제일 친한 친구도 거기 출신이에요. 몇 년 전에 사망했지만." 이사벨라는 반가운 표정으로 미소를 지었다. "혹시 레저우드 가족 알아요? 약국을 했는데, 나중에 그 약국이 그 도시 최초의 백화점이 되었죠."

조던과 니컬러스의 시선이 부딪쳤다.

"이모 말을 듣자니, 저는 프리몬트 출신이 아니더군요. 제 인생사는…… 약간 복잡하답니다."

"얼른 말해봐요! 난 복잡한 가족 이야기가 제일 좋더라!" 마사가 말했다.

"지루할 거예요."

조던이 방어막을 쳤지만 모두들 그렇지 않을 거라고 우겼다. 그는 갑자기 관심이 자기에게 집중되는 게 불편했다.

"작년 초 아버지가 백혈병에 걸려서 골수 기증 검사를 했을 때, 제가 친아들이 아니라는 사실이 드러났어요."

조던은 결국 입을 열었다.

"처음에 믿을 수 없어서 검사를 다시 했는데, 결과에 기가 꺾였죠. 아버지와도, 엄마와도 혈연관계가 아니더군요. 아버지는 1965년 2월에 무슨 일이 벌어졌는지 정확하게 아는 사람은 제 이모와 이모부밖에 없다는 걸 돌아가시기 직전에야 알려줬어요. 저는 두 분을 찾는 데 성공했고, 그분들이 저를 캐나다로 초대했죠."

조던은 그가 알아낸 사실을 짤막하게 설명했지만, 클레이턴 블라이스톤이 어떤 짓을 했는지는 말하지 않았다. 그 이야기를 하는 건 지금도 여전히 힘들었다.

"프랭크 이모부가 늦은 밤 자기가 운영하는 주유소에 들른 게 저에게는 행운이었어요. 안 그랬더라면 저는 발견되지 않았을 거고, 그날 밤에 분명히 얼어 죽었을 테니까요."

"세상에, 세상에!" 마사가 소리쳤다. 그녀의 눈이 점점 더 커졌다. "말도 안 돼!"

당황해서 사람들을 둘러보던 조던의 눈길이 안색이 완전히 창백해진 버넌 그랜트의 얼굴에 멎었다. 버넌의 얼굴은 뒤에 있는 벽처럼 새하얘졌고 갑자기 아주 멍해 보였다. 그가 불쑥 일어나서 방을 나갔다.

하지만 메리제인은 미소를 짓고 있었다.

"내가 뭔가 잘못 말했나?"

조던이 당황해서 묻자 니컬러스가 대답했다.

"내가 알기로는 그런 거 없는데."

식사할 동안 이미 술을 많이 마신 맬러키와 하이럼은 독주를 한 잔씩 더 마셨다. 아버지가 다시 나타났고 그의 뒤를 레베카가 따라왔다. 버넌 그랜트는 안색을 되찾았지만 흥분한 표정이었다. 낡은 노트가 그의 손에 들려 있었다.

"아버지, 무슨 일이에요? 그건 뭐고요?" 하이럼이 물었다.

"에스라가 얼음장에 빠졌던 날 기억하니?"

그가 두 아들과 며느리에게 물었다. 셋은 불편한 표정으로 고개를 끄덕였다. 그때까지의 삶을 완전히 바꾸어버린 그날을 떠올리는 게 싫은 듯했다.

"왜 갑자기 그날 일을 꺼내시는지……." 레베카가 말했다.

"곧 알게 될 거다. 잘 들어보렴."

버넌이 독서용 안경을 썼다. 식탁은 쥐 죽은 듯이 조용해졌다. 니컬러스는 조던의 손을 꽉 움켜쥐었다.

"여기 이건……." 버넌의 목소리가 떨렸다. "셰리든의 엄마인 캐럴린 쿠퍼의 마지막 일기장이야. 나는 베트남에 가게 됐을 때 이 노트를 캐럴린에게 선물했다. 내가 없는 동안 일어나는 일을 모두 쓰라고 했지. 내가 멀리 가 있는 동안 안 좋은 일이 많이 일어났어. 레이첼이 자기 일기장을 몰래 읽고 부모님께 이른다는 걸 알게 된 캐럴린은 일기장의 마지막 부분을 대부분 일종의 암호로 기록했지. 셰리든은 힘겹게 그걸 해독했단다."

그는 숨을 힘껏 들이쉬었다가 뱉고는 일기장 사이에 끼어 있는 종이에서 뭔가를 읽으려고 했지만 결국 읽지 못하고 이사벨라에게 그 종이를 넘겼다.

이사벨라는 잠시 망설이다가 버넌의 독서용 안경을 빌려서 큰 소리로 일기장을 읽기 시작했다.

"1965년 2월 16일. 죽고 싶다! 더는 살기 싫다! 나에게 왜 이런 짓을 하는 걸까? 어쩌면 인간이 이렇게 잔인하고 냉혹할까? 이 사람들이 싫다, 너무나도 싫다!"

이사벨라는 읽기를 중단하고 고개를 들었다.

"어머나! 버넌, 무슨 끔찍한 일이 벌어졌던 거니?" 그녀가 당황해서 물었다.

"1965년 2월 14일, 캐럴린의 아기가 태어나자마자 레이첼이 그 아기를 빼앗았어요."

버넌은 조던에게서 눈을 떼지 않은 채 나지막하게 말했다.

"캐럴린이 제 애를 낳았다는 사실을 셰리든 덕분에 알게 됐어요."

조던은 자기도 모르게 몸을 똑바로 세웠다. 정신이 번쩍 들었다. 그는 지금 여기서 무슨 일이 벌어지고 있는지 이해하려고 애썼다. 전체적인 연관성을 깨닫자 등줄기가 서늘해졌다.

"내 아기는 어디 있을까?" 이사벨라가 다시 읽기 시작했다. "언니는 내 아기에게 무슨 짓을 한 걸까? 언니에게 빌고 애원하고 눈물로 호소하고, 죽어버리겠다고 협박했다. 하지만 언니는 나를 위해서 이게 더 나은 행동이라고, 언젠가는 자기한테 감사하게 될 거라고 말했다. 언니는 내게 애 딸린 여자를 누가 원하겠냐고, 이미 더럽혀진 몸이라고 했다! 언니는 아주 끔찍한 말을 했고 엄마와 아버지도 그랬다! 나는 울고, 울고, 또 울었다. 내 아기, 우리 아기. 설사 버넌이 이제 날 사랑하지 않더라도, 아기는 우리의 마지막 밤 낙원만에서 잉태된 우리의 아기다. 아버지는 멍이 들 정도로 나를 때리고 또 때리고는 다락방 창고에 가뒀다. 버넌의 아기를 낳은 게 부러워서 아이를 뺏은 거라고 언니를 비난했다는 이유로……. 하지만 그건 사실이다. 이제 내게 남은 거라곤 아기의 머리카락 한 다발뿐이다."

캐럴린의 일기장을 가득 채운 절망감은 36년 후 이곳에 앉아 있는 사람들에게도 깊은 인상을 남겼다. 마사는 흐느끼면서 손수건에 크게 코를 풀었고, 하이럼과 맬러키는 충격을 받은 표정이었으며, 레베카는 버넌과 조던을 번갈아 바라봤다.

"이게 그 머리카락이야." 버넌이 일기장 사이에 끼어 있는 투명한 비닐에서 머리카락을 꺼냈다. "어디에 들어 있었냐 하면……."

"양철 상자에 있었지." 니컬러스가 말했다. "셰리든과 내가 낙원만의 토네이도 대피용 벙커에서 발견했어."

버넌은 깊이 한숨을 내쉬었다.

"계속 읽을까?"

이사벨라의 말에 버넌이 고개를 끄덕였다.

"1965년 2월 22일. 내가 아무리 애원해도 레이첼 언니는 가르쳐 주지 않는다. 동맥을 끊으려고 했지만 하지 못했다. 어쩌면 아기를 다시 찾을 수 있을지도 모른다. 아기는 내가 필요하다. 아기를 찾아 사방을 뒤져야겠다. 네브래스카 주의 주유소를 하나하나 찾아 다니며 아기를 봤느냐고 물어봐야지. 내가 아는 건 그것뿐이다. 언니가 엄마에게 이야기하는 걸 엿들었다. 언니는 아기를 이 추위에 주유소 앞에 버렸다! 누군가 아기를 발견할 때까지 차에서 기다렸다지만 그 말은 전혀 위로가 되지 않는다……."

여덟 명의 눈이 조던을 향했지만 아무도 말을 꺼내지 못했다. 조던 자신은 충격 때문에 아무 말도 할 수 없는 상황이었다. 심장이 몸을 뚫고 튀어나올 것만 같았다. '크리스마스 전날, 시아버님은 셰리든의 친어머님이 자기 아이를 낳았다는 것을 알게 되었어요.' 셰리든이 가족사를 진술한 뒤, 레베카가 메리제인 워커의 부엌에서 그레그와 그에게 한 말이었다. '하지만 시어머니가 여동생이 아기를 낳자마자 빼앗아서 링컨의 어느 집 문 앞에 버렸다더군요.'

프리몬트와 링컨 시는 사실 다른 곳이지만, 네브래스카 북서부 출신의 아가씨 입장에서는 프리몬트도 링컨의 일부라고 생각했을지도 모른다. 조던의 형사로서의 이성이 1965년 2월 네브래스카 주에서 그 말고 다른 남자 신생아가 한밤중에 주유소에 버려질 확률이 통계상으로 얼마나 되는지 계산해봤다. 상당히 낮겠지. 그는 스스로에게 대답했다. 모든 것, 정말 모든 것이 아주 작은 세부사항에 이르기까지 일치했다!

"우와, 굉장한 이야기다!" 하이럼이 분위기를 가볍게 하려고 애쓰며 말했다. "맬러키 형, 우리 형이 한 명 생겼어. 어떻게 생각해?"

"일단 건배해야겠네. 나는 장남 역할에 이제야 익숙해졌는데 말이야!"

둘은 웃음을 터뜨렸다. 마사는 말문이 막혔지만 니컬러스는 미소를 지었다.

"정말 닮았구나!" 이사벨라가 감탄했다.

"정말 그러네요!" 레베카도 믿지 못하겠다는 듯 버넌과 하이럼, 조던과 자기 남편을 번갈아 바라봤다.

니컬러스와 메리제인만 빼고 모두 흥분해서 왁자지껄 떠드는 동안, 조던은 꼼짝도 하지 못하고 식탁 맞은편의 버넌 그랜트를 바라봤다. 아버지!

이사벨라의 말이 옳았다. 의심할 여지가 없었다. 유전자 검사를 거칠 필요는 없어 보였다.

'그랜트 집안 아들 중 한 명인가요?' 재판이 진행될 때 어떤 기자가 그에게 물었다. 조던은 처음 만났을 때 메리제인의 눈빛이 떠올랐다. 그녀는 지금도 전혀 놀라지 않은 것 같았다.

조던은 의자에서 일어나 식탁을 빙 돌아서 버넌에게 갔다. 버넌도 일어났다. 둘은 아무 말도 없이 서로 마주 봤다.

"넌 내 눈을 물려받았구나."

버넌은 눈물을 억누르려고 했지만 소용없었다.

"입술과 미소는 네 엄마를 닮았고."

조던은 팔을 벌린 버넌 품에 안겼다.

"내 아들, 집에 온 걸 환영한다."

처음의 흥분이 가라앉고 이 믿을 수 없는 소식을 어느 정도 소화하자 마사는 낡은 앨범들을 가지고 나왔다. 지금까지 가족사에 별로 관심이 없던 맬러키와 하이럼도 조상들의 흑갈색 사진에 호기심을 보이며 이사벨라와 마사, 메리제인과 버넌이 하는 이야기에 귀를 기울였다.

"그럼 우린 사촌인 거야? 재밌네."

니컬러스가 이렇게 말하며 조던의 어깨를 두드리자 마사가 끼어들어 바로잡았다.

"네가 당숙이야. 네 아버지 셔먼은 이사벨라와 존 루카스의 형제고, 버넌의 큰아버지니까."

조던은 멍하니 미소만 지었다. 갑자기 너무 많은 일이 벌어져서 어안이 벙벙했다. 순식간에 친척이 잔뜩 생겼다. 아버지와 이복형제 두 명 말고도 당숙과 고모할머니, 조카들과 제수들, 이미 오래전에 사망한 전설적인 큰할아버지와 베트남에서 전사한 큰아버지……. 그러다가 조던은 레이첼 그랜트에게 살해당한 존 루카스와 소피아 그랜트가 자신의 조부모라는 사실을 불현듯 깨달았다.

"너는 그랜트 쪽 친척들이 많아." 버넌이 그에게 말했다. "그리고 여동생도 있지."

"그렇죠!" 조던은 기쁜 미소를 지었다. "셰리든이 제 동생이네요! 꼭 알려줘야겠어요!"

"아가씨 이메일 주소를 드릴게요. 직접 알려주세요." 레베카가 말했다.

자정이 다 된 시각, 니컬러스와 메리제인, 조던은 집을 나와서 눈 덮인 마당을 가로질렀다. 눈이 그친 뒤 공기는 유리처럼 맑고 매섭게 차가웠다. 수많은 별들이 새까만 밤하늘에서 반짝였다.

조던은 메리제인이 1996년 12월 물빛 별장에 차려진 그의 지휘 본부에 온 날 한 말을 떠올렸다. 그때 조던은 그녀의 말이 무슨 뜻 인지 이해할 수 없었다.

"다 알고 계셨나요?"

세 사람이 참나무 단지의 첫 번째 집에 도착해서 메리제인이 앞 쪽 베란다 계단을 올라가는데 조던이 물었다.

"캐럴린이 1965년 2월에 아기를 낳았다는 건 알았어." 메리제인 이 대답했다. "널 처음 봤을 때 뭔가 짚이는 게 있었지. 그랜트 집 안을 몇 세대에 걸쳐서 아는 사람이 보면 닮았다는 게 금방 눈에 띄거든."

그녀는 손을 뻗어 조던의 뺨을 사랑스럽게 쓰다듬었다.

"레이첼은 운명의 행로에 끼어들려고 했어." 메리제인의 얼굴에 서 미소가 사라졌다. "그런 짓을 하고 벌을 안 받을 순 없지. 온갖 계략과 거짓말과 범죄도 그걸 막을 순 없었어. 레이첼이 잘라버린 고리가 오늘 다시 이어진 거란다. 이제 모든 게 균형을 찾았어."

"셰리든이 이곳으로 돌아올까요?" 조던이 물었다.

"언젠가는." 메리제인은 한 손을 문손잡이에 올렸다. "하지만 그 러기까지는 아주 먼 길을 가고, 어려운 시험을 통과해야 할 거야."

조던은 이 예언에 소름이 끼쳤다. 어쩌면 내가 셰리든을 도울 수 있지 않을까…….

"조던, 아니야." 메리제인이 그의 생각을 중단시켰다. "넌 아무것도 할 수 없어. 내가 방금 한 말을 기억해. 운명의 행로. 셰리든은 일단 니컬러스의 도움이 필요할 거야. 그런 다음에야 네 도움이 필요할 거고."

"하지만 왜……?"

조던은 입을 열다가 멈췄다. 메리제인의 능력은 논리로 설명할 수 없었다.

"잘 자라, 얘들아."

메리제인의 말에 니컬러스가 대답했다.

"엄마, 안녕히 주무세요."

조던도 손을 들어 인사했다. 메리제인이 들어가고 두 사람은 아무 말 없이 별이 빛나는 평화로운 밤길을 걸었다. 부츠 아래에서 뽀드득거리는 눈이 달빛을 반사했다.

"정말 미친 소리 같지 않아?" 조던이 이렇게 묻고는 발걸음을 멈췄다. "내가 하필 여기서 친아버지를 찾았다는 걸 어떻게 이해해야 하지? 만약 영화에서 이런 이야기를 봤다면 화를 냈을 거야. 이렇게 어처구니없는 우연이라니……!"

"우연은 없어. 모든 건 우리 엄마 말처럼 운명의 행로에 따른 결과지." 니컬러스가 대답했다.

조던은 고개를 저으며 반박했다. "말도 안 돼! 그럼 살면서 아무리 애를 써도 아무것도 변화시킬 수 없다는 뜻이잖아. 결국은 어차피 마찬가지일 텐데, 그러면 왜 악착같이 노력해야 돼?"

"어차피 마찬가지라고 누가 그래?" 니컬러스가 대꾸했다. "악착같이 애를 쓰는 건 정해진 운명에 도달하기 위해 반드시 가야 하는 길이야."

"이해가 안 되네." 조던이 투덜거렸다. "난 어릴 때부터 '노력해라, 안 그러면 아무것도 되지 않는다!' 하는 소리를 듣고 자랐어."

"난 어릴 때부터 '살면서 벌어질 일은 어차피 벌어진다'라는 말을 듣고 컸지." 니컬러스는 이렇게 말하고 히죽 웃었다. "크게 도움이 되는 말은 아니지만 그래도 의미가 있어. 더 큰 힘이 내 삶에 관여하고 있다는 걸 인정하면 미칠 것처럼 힘들지 않거든."

"신을 말하는 거야?"

"마음대로 불러도 돼." 니컬러스는 어깨를 으쓱했다. "신, 알라, 위대한 영혼. 뭐라고 부르든 똑같아. 백 살까지 살면서 위대한 일들을 하는 사람도 있고, 어릴 때 죽거나 살해당하는 사람도 있어. 인생이 단 한 번뿐이라면 이건 상당히 부당한 일이야. 안 그래?"

"흠."

조던은 당황한 표정으로 니컬러스를 바라봤다. 무슨 이야기를 하려는 거지?

"나는 누구나 불멸의 영혼을 가지고 있다고 생각해." 니컬러스가 설명했다. "한 번 살 때마다 새로운 기회를 얻어서 최선을 다해 사는 거지. 똑바로 행동하지 않으면 벌을 받게 돼. 자기 자신과 타인에게 선한 행동을 하면 상을 받고."

"윤회 말이야? 말도 안 되는 소리야."

조던이 고개를 젓자 니컬러스가 대꾸했다.

"왜? 난 그런 상상이 마음에 드는데."

"늘 처음부터 새롭게 시작된다고?"

조던은 멍하니 니컬러스를 바라봤다.

"비슷하지. 살면서 추구해야 할 것은 부나 성공이 아니라 완벽한 만족의 상태야." 니컬러스가 대답했다. "누구나 아는 사실이지.

하지만 거기에 이르는 길을 찾으려면 자신의 욕구를 너무 진지하게 받아들이지 않아야 해. 자기 자신과 자기 이익만 생각하는 사람은 불행해진다고. 레이첼 그랜트나 예전의 당신 가족을 캐서린과 프랭크 부부하고 비교해봐. 그 두 사람은 많은 걸 잃었지만 내적인 평화를 얻었어. 상실을 운명으로 인정하고 그와 더불어 살아가고 있지."

그 말은 혼란스러웠지만 어딘가 진리처럼 느껴지기도 했다.

"당신 정체가 뭐야, 구루?"

그는 뒤엉킨 생각과 감정을 정리하지 못한 채 농담처럼 물었다.

"형이상학적 관점에서는 '오래된 영혼'이지." 니컬러스가 대꾸했다. "하지만 이번 삶에서는 카우보이야. 삶에 상당히 만족하는 카우보이."

"아, 그래? 왜 그렇지?"

"드디어 도착했으니까."

"어디에 도착했는데? 여기?" 혼란스러워진 조던이 물었다.

"그래, 바로 지금, 바로 여기에."

니컬러스는 재킷 주머니에서 손을 빼 조던의 어깨에 얹었다.

"당신에게 도착했어. 아주 좋은 느낌이야."

둘은 서로 마주 봤다. 조던은 예전에도 자주 그랬듯, 지금 자기가 느끼는 감정을 묘사할 말을 찾을 수 없었다.

"내일 다시 얘기해."

니컬러스가 미소를 지으며 말했다.

"이제 집에 가자. 이렇게 바깥에 있다가는 엉덩이가 얼어붙고 말 거야."

2000년 11월 말
매사추세츠 주 록브리지

나는 잠에 취한 채 밝아오는 아침 햇살에 눈을 깜박이며 여기가 어딜까 잠깐 생각했다. 아주 넓은 침대에 나 혼자 누워 있었다. 어제 폴과 내가 처음으로 사랑을 나눈 침대였다. 아래층에서 소리가 들리고, 갓 간 커피 향기와 베이컨과 달걀 냄새가 풍겼다. 나는 베개에 다시 머리를 묻었다. 어젯밤을 생각하니 배 속에서 나비가 날아다니는 것만 같았다. 샴페인을 마신 후 폴은 나에게 낭만적인 청혼을 하고 스타인웨이 그랜드피아노를 약혼 선물로 줬다! 그 후 그는 나를 안아서 계단을 올라왔고, 우린 처음으로 함께 잤다.

몸을 일으켜 사방을 둘러봤다. 한가운데 침대가 있는 이 방은 무도회장만큼이나 넓고, 가구라고는 침대와 낮은 탁자, 내가 어제 옷을 벗어둔 소파뿐이었다. 천장에서 바닥까지 닿는 앞쪽 유리창으로 굉장한 파노라마가 펼쳐졌다. 눈길이 미치는 곳마다 호수와 눈 덮인 숲이 끝없이 이어졌다. 잿빛 구름에서 눈송이가 떨어지고 있었다. 어젯밤에는 이 장관이 보이지 않았고, 호숫가에 있는 집이라고는 폴의 집뿐이라는 사실도 알 수 없었다.

침대에서 나와서 욕실을 찾았다. 맨발로 밟는 밝은색 마루는 따뜻했다. 이 환상적인 집에 살면 어떤 느낌일까? 언젠가는 이 광경에 익숙해질까, 아니면 매번 감탄하며 여기 서서 호수를 바라보게 될까? 욕실을 찾은 나는 다시 한 번 말문이 막혔다. 이 집은 정말 모든 곳이 넓고 우아했다!

수건을 하나 집어 몸을 감쌌다. 욕실에서 막 나오는데 폴이 쟁반을 들고 계단을 올라왔다. 목욕가운만 걸친 그는 머리카락이 온통 부스스했다. 나를 본 그의 눈빛이 반짝였다.

"안녕, 잘 잤어?" 그가 미소를 지으며 말했다.

"응! 꿈도 안 꾸고 달게 잤어."

폴은 쟁반을 탁자에 내려놓고 천천히 다가와 내 몸을 감은 수건을 풀었다.

"세상에, 당신 정말 아름다워." 그가 말했다. "원래는 침대에서 편안하게 아침을 먹으려고 했는데…… 잠시 미루는 게 좋겠어. 안 그래?"

그는 목욕가운을 벗어 바닥에 아무렇게나 떨어뜨린 뒤 나를 품에 안았다. 우린 아침이 낮으로 넘어가는 동안 다시 한 번 사랑을 나눴다. 폴은 부드럽게 키스하며 손으로 내 가슴을 쓰다듬었다. 나는 그의 사랑과 열정을 즐겼다. 그러다가 불쑥 다른 남자가 내 머릿속으로 들어왔다. 아무리 애를 써도 호레이쇼 버넷과의 추억을 몰아낼 수 없었다. 이것은 결코 내가 원하는 일이 아니었다. 사랑하는 남자와 자면서 다른 남자를 생각하고 싶지 않았다. 폴과 행복해지기 위해서는 호레이쇼를 잊어야 한다.

폴이 내게 몸을 기대고 행복한 한숨을 내쉬는데, 나는 마치 바람을 피운 것처럼 죄책감이 느껴졌다.

"결혼식 날짜로 5월 15일 어때?" 폴이 물었다.

나는 폴을 바라보며 그의 얼굴을 쓰다듬었다. "그렇게 오래 기다리려고? 내일 당장 하는 건 어때?"

내가 나지막하게 속삭이자 폴은 미소를 지으며 내 머리카락을 매만졌다.

"모든 걸 갖춘 성대한 결혼식을 치를 거야. 눈부시게 아름다운 내 신부를 보면서 온 세상이 나랑 같이 기뻐할 수 있도록."

온 세상? 그건 절대 안 된다! 폴 서튼과 그의 집안은 메사추세츠주에서만 유명한 게 아니었다. 신문에 사진이 날 수도 있고, 어쩌면 텔레비전이나 인터넷으로 뉴스가 전해질지도 몰랐다! 이던이나 크리스토퍼 핀치가 나를 알아볼 거라고 생각하자 불안감이 몰려왔다. 조던 블라이스톤과 패트릭 매커보이, 내 가족이 내가 어디 사는지 알게 되는 것도 싫었다.

폴은 내가 불편해하는 걸 눈치챈 모양이었다. 그는 심각한 표정으로 나를 끌어당기며 물었다.

"마음에 안 들어?"

나는 망설이다가 대답했다. "당신이랑 둘이서만 조촐하게 하고 싶은데……."

폴은 탐색하듯 내 얼굴을 자세히 살피며 물었다. "뭘 두려워하는 거야?"

"두려운 건 없어." 나는 아무렇지도 않게 거짓말을 하고는 미소를 지었다. "결혼식이 우리 둘만의 날이라면 훨씬 더 아름다울 거라고 생각할 뿐이야. 자기랑 나만 있는 날."

"혹시 나한테 얘기하지 않은 거 있어?" 폴이 의심하는 눈빛으로 물었다. "여자라면 누구나 성대한 결혼식과 아름다운 웨딩드레스,

하얀 말 여섯 필이 끄는 마차와 많은 하객들을 꿈꾸고……."

"나는 다른 여자들과는 달라."

내가 끼어들자 폴은 미소를 지었다.

"그래, 그 말이 맞아. 당신은 무척 특별하지. 당신이 원하는 대로 결혼할게. 당신과 나만."

"고마워." 나는 마음이 놓여 그의 목을 감싸 안았다.

"난 당신을 보호하고 지킬 거야." 폴은 이렇게 말하며 키스했다. "약속할게. 아무것도, 그 누구도 두려워할 필요 없어."

"당신을 행복하게 해주겠다고 약속할게." 나도 화답했다. "당신의 여자가 되고 싶어. 영원히, 언제나."

이제 더는 미래가 불안하지 않았다. 메리제인 아줌마가 4년 전 크리스마스 때 부엌 식탁에서 했던 말이 떠올랐다. 그때는 위로가 되지 않았지만 아줌마 말이 옳다는 걸 이제는 깨달았다.

'하지만 언젠가 넌 행복해질 거야. 어쩌면 네가 지금 상상하는 것과는 아주 다른 삶을 살게 될지도 몰라. 이곳이 아닌 아주 다른 장소에서 말이야. 네 앞에는 험난한 길이 놓여 있단다. 그리고 넌 아직 배울 게 아주 많고.'

여기까지 오는 길은 정말 쉽지 않았지만 어쨌든 지금은 도착했다. 두려움과 불안의 시간은 지나갔다. 사랑받기보다는 그저 겨우 용인되던 입양아가 아니라, 폴의 아내가 되어 이 큰 집안의 일원으로 살게 될 것이다. 내가 살면서 꿈꾸던 모든 것이 폴을 통해 이루어질 것이다. 내 가정, 애정 넘치는 남편과 내 집. 그리고 그의 사랑은 상처 입은 내 영혼을 치유할 거다.

그 순간 나는 컴퓨터에서 글을 삭제하듯 과거를 지우기로 결심했다. 오늘 당장 이메일 주소를 바꿔야지. 레베카 새언니의 이메일을 더는 받지 않고, 원하지 않는 기억들을 잠재우기 위해서.

모든 걸 처음으로 돌려야겠다는 생각이 들었다. 나는 쓰지 않은 종이, 더럽혀지지 않은 종이를 원했다. 새로운 이야기, 오늘부터 시작하는 폴과 셰리든의 이야기를 쓸 수 있는 깨끗한 종이를.

감사의 말

제가 셰리든의 이야기를 계속 쓸 수 있도록 『여름을 삼킨 소녀』를 열광적으로 사랑해주신 많은 독자들께 진심으로 감사드립니다. 범죄소설과는 좀 다른 소설을 쓰는 일은 정말 재미있었습니다!

자신의 일에 대해 많은 이야기를 들려주고 수많은 질문에 끈기 있게 대답해준 콜로라도 주 그랜드 카운티의 부보안관 차드 유리치에게 감사드립니다. 차드와 그의 동료인 네이션은 제가 처음으로 엽총과 권총을 사격할 수 있게 도와주었고 무기에 관한 모든 질문에 대답해주셨습니다.

뉴멕시코 주 앨버커키의 스티븐 T. 머리에게도 감사드립니다. 제 원고를 세심하게 읽고 조언과 충고를 아주 많이 해주셨습니다. 이 책에서 오류가 발견된다면 그것은 오로지 제 책임입니다.

원고를 미리 읽어준 클라우디아 코헨과 안드레아 빌트그루버, 지몬네 야코비에게 감사드립니다. 비판적이고 솔직한 피드백을 주고 중요한 사항을 많이 언급해준 덕분에 제가 옳은 길로 갈 수 있었습니다.

마음이 잘 통하는 편집자 마리온 바즈케즈가 아니었더라면 이 책은 출간되지 못했을 겁니다! 마리온과 일곱 번째 책을 함께 만들면서, 그녀의 유익한 비평과 탁월한 제안을 경험하는 큰 기쁨을 다시 한 번 맛보았습니다. 사랑하는 마리온, 고마워!

마지막으로 제 인생의 동반자인 마티아스에게 감사드립니다. 그는 아마 『여름을 삼킨 소녀』를 가장 좋아한 팬일 것입니다. 그는 제가 글을 쓰는 동안 언제나 최고의 정신적 파트너가 되어주었습니다. 사랑하는 마티아스, 지원과 격려 고마워. 당신의 사랑에도 감사해!

넬레 노이하우스

옮긴이 전은경

한양대학교 사학과를 졸업하고 독일 튀빙엔 대학교에서 고대 역사 및 고전문헌학을 공부했다. 출판 편집자를 거쳐 현재 독일어 전문 번역가로 활동하고 있으며 『여름을 삼킨 소녀』, 『리스본행 야간열차』, 『16일간의 세계사 여행』, 『철학의 시작』, 『청소년을 위한 사랑과 성의 역사』, 『데미안』 등 많은 책을 우리말로 옮겼다.

끝나지 않는 여름

초판 1쇄 발행 2016년 5월 16일
초판 4쇄 발행 2022년 5월 13일

지은이 넬레 노이하우스 | **옮긴이** 전은경 | **펴낸이** 신경렬 | **펴낸곳** (주)더난콘텐츠그룹

기획편집부 최장욱 최혜빈 | **디자인** 박현경
마케팅 박수진 | **관리** 김정숙 김태희 | **제작** 유수경

독자 모니터 김경환 · In2the_depth · 오세영 · 주에바 · 임성진 · 김근회 · 정기용 · 조금령 · 박예송 · 전희은 · 김혜진
김희정 · 오미나 · 하진영 · 김옥선 · 이미정 · 송창일 · 최미란 · 장예주 · 변현정 · 정지영 · 김민주 · 류지원 · 이권식
김현정 · 박영미 · 박경수 · 이동훈

출판등록 2011년 6월 2일 제2011-000158호
주소 04043 서울특별시 마포구 양화로 12길 16, 더난빌딩 7층
전화 (02)325-2525 | **팩스** (02)325-9007
이메일 longest@thenanbiz.com | **홈페이지** www.thenanbiz.com
ISBN 979-11-5879-026-4 03850